陈思和◎主编
宋炳辉◎副主编

中国当代文论选

宋炳辉 颜敏 王 进 王小平◎编著

上海教育出版社
SHANGHAI EDUCATIONAL
PUBLISHING HOUSE

王进负责上编第一、二部分编选与撰写

颜敏负责上编第三、四、五部分编选与撰写

宋炳辉负责下编第一、二、三部分编选与撰写

王小平负责下编第四、五部分编选与撰写

全书由宋炳辉统稿，陈思和创意并审定

目录

下篇　文体批评

一　小说论

二　诗歌论

三　散文论

四　戏剧论

五　电影论

前　言

陈思和

　　从 20 世纪初开始的中国现代文学,与以往历史上文学发展的常态并不相同。历来文学,无论中外,大多数的文学家都是在现实生活环境的刺激下自然发生创作冲动,进行创作,待到优秀的创作足以改变一时代的风气的时候,才会引起研究者对文学创作的关注、分析、提炼、推广以及进行理论上的探讨,于是出现了理论的表达,有了文论。所以,文论滞后于创作是自然而然的。但是现代文学在其产生过程中,除了常态的文学发展外,还出现了一种先锋性的文学发展形态,即通过理论先导的形式来规划和指导文学,进而调整文学与社会生活的关系,以求文学给社会进步更大的推动。现代文学从一开始就拥有某种自觉性和目的性,文学创作与文学理论往往同时产生,甚至在一定程度上理论先于创作。

　　我们回顾一下 20 世纪文学史,晚清的"小说界革命"似乎可以看作是新的理论与新的创作同时产生的现象,而《新青年》大力鼓吹"八不主义"、"文学革命"、"人的文学",提倡来自于西方的白话文学样式,几乎就是理论先于创作了。倒不是说,没有胡适、陈独秀、周作人等就不会有白话诗或白话文的创作运动,但是历史是不能假设的,事实上胡适、陈独秀等人就是在觉悟到"文学革命"的必要性以后,才有了提倡白话文运动,以及《新青年》集团发起"文学革命"的自觉行为。如果没有《新青年》提倡"文学革命"和钱玄同的鼓励,又如何会有鲁迅的《狂人日记》及其随之而来的"一发而不可收"的白话小说创作高潮? 而当我们把"五四"新文学运动的理论与实践置于世界性的先锋文艺运动思潮的背景下考察,我们还不难看到,这种理论先导也是 20 世纪初风靡世界的先锋文艺现象。

　　接着是"十月革命"以后在苏联发生的无产阶级文艺(普罗文艺)运动,以及遍及世界的所谓"红色三十年代"、在中国和日本的左翼文艺运动,基本上都是理论先于创作的文艺运动。或者说,左翼先锋理论同样起源于社会矛盾的尖锐化,并以理论形态告知天下,指导和呼唤文艺家以新的视角来观察生活和表现生活,刺激文艺家的创作欲望。当这种左翼先锋思潮渐渐与成长中的政权结合起来,并依靠政治权力来普及文艺理论和文艺思潮的时候,理论先导的行为便获得了前所未有的支持而被强行普及开去,当然,这时候的文艺理论已经不仅仅是文艺理论,而是整个权力机器运作的一部分,或称之为意识形态的宣传工具了。

　　这种理论先导行为一直到"文革"结束以后,在文艺领域拨乱反正过程中仍然起着重要的作用。当时文艺思想完全被政治上的实用主义、工具主义所搞乱,文艺界的思想解放运动不能不依靠一大批有胆有识的理论家打破各种政治禁区,与敢于大胆试验的艺术家们一起承担了开路先锋的责任。大约是到了 20 世纪 90 年代初以后,文学才逐渐回到了常态的发展状态,在当局关于政治理论上不予争论的决策影响下,文艺理论也逐渐失去了先锋的活力,不再对文学创作负有指导的使命,而支配文艺运作的主要力量慢慢集中到由市场经济调节的指挥棒上。官方意识形态的主旋律逐渐向市场靠拢,利用各种奖项鼓励、宏观调控、审查制度以及市场规律来运作文艺,知识分子力量被迫集中在学院里通过文学教育形式来薪尽火传,而大众的狂欢情绪、收视率、票房以及畅销书等因素支配了媒体的运作。这时候的文学批评和理论要发出独立的声音已属不易,遑论指导文学和影响文学。理论的前景只能回到文本细读、概念游戏、文学势态分析、文学史梳理等属于教育范畴的类型。当然文学批评仍然需要,但主要是集中在知识分子话语中的操练,对于大众的狂欢,文艺理论指导和文艺批评似乎都是没有意义的。

回顾中国 20 世纪文学史的历程,先锋与常态两种发展形态并非是交替出现,而是同时并存两种形态,其中先锋形态则起到了决定性的作用。这么说的意思是,即使是先锋形态起决定性的作用时,仍然有着常态的文学发展——民间文艺、通俗文学、流行文艺、一般随着社会变化而变化的文艺现象,也包括文学教育和文学批评,都始终存在着和发展着,依照着文艺自身的规律。而先锋形态所以能够起到决定性的作用,是因为它符合了以下几项条件:一,先锋文艺形态旨在调整文艺与社会生活的关系,它不仅仅是单纯的为艺术而艺术的自律行为,它强调了文艺影响社会生活的功能,由此出现的先锋文艺理论也不仅仅是单纯的文艺理论,而是与某些先进的政治社会理念联系在一起的文学观念;二,先锋文艺形态是从边缘出发向社会中心挺进,发展目标明确,它必须大声疾呼,以强烈亢奋的战斗精神来支配语词和声音,以急切论战的形式进行文化批判和社会批判,艺术上喜欢标新立异夸大自我,因此,它呈现了乖张的批判的战斗姿态;三,先锋文艺形态的强烈功利性促使它与现实的政治力量相结合,借助政治力量来完成自己的文艺使命,但是一旦与政治力量结合以后,它本身也将成为权力意识形态的有机部分而异化。这些特征在 20 世纪世界文学史上屡见不鲜,并非 20 世纪中国政治和文学独有的现象,但是在中国特殊的政治语境里,这种文艺的功能和特性具有较大的典型意义。

以上是我对于中国现代文论发展的一点想法,它们与古代文论之间没有直接继承的关系,两者是断裂的,二元的,各具特点的。我们只有认清楚现代文论的自身特点,才能够对这两卷文论选的编选意图有所认识和把握。上海教育出版社在出版了多卷本的《中国历代文论选》以后,希望我接着主编一套现当代文论选。以我的理解,19 世纪末 20 世纪初开始,中国就逐渐进入了现代时期,至今仍然在"现代"的历史框架中。"现代"应该是一个长时期的历史概念,不能以 1949 年分界,而"当代"只是一个时间概念,指的是"当下",目前来说,也就是指新世纪以来的最近几年的时间。但是按照教育部的学科分类,还是将 20 世纪以来的文学分作"现代文学"和"当代文学"两个时期,有些高校里开设文学史的课程,也往往会分现代文学史和当代文学史。因此,为了教学的方便,我还是同意了将我们编的现代文论选分作"现代文论"和"当代文论"两卷。我在文贵良与宋炳辉两位教授的协助下,顺利确定了选目和编选原则,具体工作是由贵良和炳辉两位分卷负责、召集了一批青年学者通力合作完成。《中国现代文论选》选文的时期是 1917 年至 1949 年 10 月前,《中国当代文论选》选文的时期是 1949 年 10 月以后一直到现在。具体的编辑体例均按照《中国历代文论选》的样式进行。特此说明。

2010 年新春初三于杭州西子湖边

上　篇

文学思潮

一　文　学　观　念

　　总体而言,当代文学以同政治的关系而在文学史上确立自身,这是一种范围广大的历史事实,而非一般的文学观念。1949—1976 年间固然如此,"文革"后相当长时间内仍延续了这一特点,文学在反叛、逃逸,或迂回、旋闪中展开自身。以 1979 年第四次全国文代会为界,此后的文学观念在更大场域里发生种种剧变。1984 年以"科学"为主导的"方法"革命、随后以"人文"为指向的"主体"建构,都使审美成为时代的文学旗帜,推动当代文论走向文学本体。在纯文学理论预设下,从心理、生命到形式、语言,种种本体论述显示了百年文学不曾有的历史机遇。但这样的纷繁,因同处于与反映论相反的方向而显出内部的单一。1989 年后,随着当代史上更为巨大的历史转变,当代文论开始进入以"现代性"为总名的巨大知识场域,曾预设了"本体"的文学理论,被作为方法的文化研究逐渐取代。后者主要以现代性知识为直接理论来源,而曾经伴行半个世纪的当代文学创作,因此偏离了当代文论的中心。这在以"五四"为传统的新文学史上也属首次。

　　但在这种转变的背后,仍显示出文学与政治总体理论框架撤离后留下的理论空洞,而审美本体的失陷恰恰在于,此前对反映论的批判,并未在理论上对文学与政治的关系做更深的把握。在文学与政治关系理论框架下,现实主义的反映论曾在当代文论领域独占鳌头 30 年。在"客观生活"与作品"反映"之间的创作实践,一方面指示了"典型"艺术的"这一个"与"那许多"之间的二元关系,另一方面在"真实性"与"倾向性"等种种相生相掣的概念之间,最终被导向"一个阶级,一个典型,一种本质"的本质论。这里的确显示了政治的绝对主导力量。以这一本质论为总体方向的当代文论最终形成了坚固的体系,其基座在大学课堂迄今难移,这一点却不是政治所能完全解释的。所以,真正有理论意味的是,在不断衍生的概念群所形成的极其狭窄的理论空间内,当代文论对文学所做的种种阐释努力,是集聚当代文学能量的真正所在。1956年毛泽东提出"百花齐放,百家争鸣"方针后,文艺界开展了建国后第一次大规模的学术讨论,典型、形象思维、美学等文艺问题都得以正式提出,并在其后的历史条件下得以展开。这些与文学直接相关的论题,虽与其他政治概念相纠缠,但其间的张力恰恰多向度地开启了论题以外的理论空间。比如典型创造中的虚构概念,形象思维所包含的情感、审美因素及总体思维性质、文学研究中的多层次文化视野等,如本单元选文所呈现的,都在后来直接、间接地启示甚至引领了"文革"后的文论建构。其中最具文学阐释力的属"典型"范畴。它直接扩充着反映论的内部空间,至少对处于文学与政治关系之下极易转化为教条主义的现实主义理论起着延宕作用。而当代文论对"黑暗面"、"暴露"等问题强烈排斥,或者能够喻示典型理论和反映论的有限性。事实上,所谓"黑暗面",正与真实性、倾向性等范畴紧密相联,并在"文革"后的人道主义思潮中充分释放其理论诉求。其后的审美理论建构在何种程度、何种方向上容纳之,虽迄今没能作出充分解释,但其间明显存在着一条理论线索,即随着现实主义独尊地位的动摇和反映论的迅速瓦解,此前由政治确保其本质意义的"真实"范畴亦开始消解,在这个意义上,当代文论的种种文学观念,又都是未完成的。

论 阿 Q

何其芳

　　鲁迅的最重要的作品,五四以来最杰出的小说《阿 Q 正传》,创造了阿 Q 这个不朽的典型。一个虚构的人物,不仅活在书本上,而且流行在生活中,成为人们用来称呼某些人的共名,成为人们愿意仿效或者不愿意仿效的榜样,这是作品中的人物所能达到的最高的成功的标志。在五四以来的新文学里面,包括小说和戏剧,阿 Q 在这方面的成功是最高的,从而与我国和世界的文学上的著名的典型并列在一起。

　　《阿 Q 正传》发表于一九二一年至一九二二年的北京《晨报副镌》。一九二三年,后来也成为著名的小说家的沈雁冰就写道:"现在差不多没有一个爱好文艺的青年口里不曾说过'阿 Q'这两个字。我们几乎到处应用这两个字……"(《读〈呐喊〉》)阿 Q 就是这样迅速而广泛地流传的。现在,早已不止于爱好文艺的青年,而是流传在更广大的人民中间了。

　　然而,直到现在,我们的文学批评对这个人物的解释仍然是分歧的,而且各种解释都并不圆满。

　　困难和矛盾主要在这里:阿 Q 是一个农民,但阿 Q 精神却是一种消极的可耻的现象。

　　为了解决这个矛盾,曾有人否认阿 Q 是农民,或者从阿 Q 说过的"我们先前——比你阔的多啦"这句话,断定他是从地主阶级破落下来的,和一般农民不同。这种企图单纯从阶级成分来解释文学典型的方法显然是不妥当的。按照小说本身的描写,阿 Q 的雇农身分谁也无法否认。"我们先前——比你阔的多啦",这不过是阿 Q 的精神胜利法的一种表现,同时也是作者对于当时有些不长进的人喜欢夸耀我国过去的光荣的一种嘲讽。这"先前"不一定是指他本人,很可能是他的先世。我们并不能用这句话来断定阿 Q 的阶级出身,正如并不能根据他的精神胜利法的又一表现"我的儿子会阔得多啦",就断定他将来一定会成为阔人的老太爷一样。而且阿 Q 的性格的某些很重要的方面,包括开头的"真能做"和后来的要求参加革命,都并不能用破落的地主阶级的子弟的特性来解释。

　　还有一种解释说阿 Q 是中国人精神方面的各种毛病的综合,或者说他是一种精神的性格化和典型化,说他主要是一个思想性的典型,是阿 Q 主义或阿 Q 精神的寄植者,是一个在身上集合着各阶级的各色各样的阿 Q 主义的集合体。这种解释也不妥当。世界上的文学的典型,没有一个不是具有高度的概括性和思想的意义,而又同时是,或者还可以说首先是一个具体的活生生的人。这两者是不可分离的。如果阿 Q 只是各种毛病的综合或者某种精神的性格化和典型化,那他就不可能成为现实主义的文学的典型,而不过是一个概念化的不真实的人物。在《阿 Q 正传》里面,阿 Q 的性格从头至尾都是统一的,他的思想和言行除了极其个别的地方,都是和他的阶级身分、社会地位和特有的性格很和谐的。他并不是一个用中国人精神方面的各种毛病或者各阶级的各色各样的阿 Q 主义拼凑起来的怪物,而是一个我们似曾相识的有血有肉的个人。提出集合体的说法的人也承认阿 Q 是一个活生生的人物,但这种承认就和他的一种精神的性格化和典型化的说法自相矛盾了。因此,这种解释的提出者后来也改变了他的意见。

　　更多的评论者是把阿 Q 解释为过去的落后的农民的典型,认为他身上的阿 Q 精神并不是农民本来有的东西,而是受了封建地主阶级的思想的影响。这些评论者都以"统治阶级的思想在每个时代都是占统治地位的思想"这样的名言来作为根据。没有问题,就阿 Q 的整个性格来说,他是过去的落后的农民的一种典型。同样没有问题,阿Q头脑里的那些"合于圣经贤传"的想法,"断子绝孙便没有人供一碗饭"、强调"男女之大防"和排斥异端,都是封建思想。而且整个阿Q的愚昧也是长期存在的封建剥削封建压迫的一种结果。但我们称为阿Q精神的他性格上的那种最突出的特点,却未见得是封建地主阶级的特有的产物和统治的思想。马克思和恩格斯所说的每个时代里的统治阶级的占统治地位的思想,如他们自己所说明的,"是占统治地位的物质关系在观念上的表现","是那些使某一阶级成为统治阶级的各种关系的表现"。很显然,阿Q精神并不是这样的东西,它并没有表现封建思想的特有的性质。而且,如果说鲁迅通过阿Q这个人物只是鞭打了辛亥革命前后的落后的农民身上的封建思想,那就未免把这个典型的思想意义缩小得太狭窄了。所以这种解释仍然是不圆满的。

阿Q性格上的最突出的特点是什么呢?如大家所熟知的,是他的精神胜利法。文学上的典型和生活中的人物一样,他的性格总是复杂的,多方面的。阿Q"真能做",很自尊,又很能够自轻自贱,保守,排斥异端,受到屈辱后不向强者反抗而在弱者身上发泄,有些麻木和狡猾,本来深恶造反而后来又神往革命,这些都是他的性格。但小说中加以特别突出的描写的却是他的精神胜利法。两章《优胜纪略》就是集中写他的这种特点。夸耀"先前"的阔和设想儿子的阔来蔑视别人,忌讳自己的癞疮疤而又骂别人"还不配",被人打了一顿却在心里想"现在的世界太不成话,儿子打老子",打不赢别人的时候便主张"君子动口不动手",甚至在其他精神胜利法都应用不灵的时候便痛打自己的嘴巴,这样来"转败为胜"……所有这些都是写的阿Q精神的具体表现。流行在我们生活中的正是这个阿Q。凡是见到这样的人,他不能正视他的弱点,而且用可耻笑的说法来加以掩饰,我们就叫他"阿Q",于是他就羞惭了。凡是我们感到了自己的弱点,而又没有勇气去承认,去克服,有时还浮起了掩饰它的念头,我们就想到了阿Q,于是我们就羞惭了。文学上的典型都是这样的,他们流行在生活中并且起着作用的常常并不是他的全部性格,而是他们的性格上的最突出的特点。

鲁迅在《阿Q正传的成因》中说,"阿Q的影像,在我心目中似乎确已有了好几年"。许寿裳在《亡友鲁迅印象记》中说,鲁迅在日本留学的时候就很注意研究中国的"国民性"。在主观上作者是有通过阿Q来抨击他心目中的"国民性"的弱点的意思的。在他的论文中,他曾经多次地批评过这种弱点。一九○七年写的《摩罗诗力说》就有这样一段话:

> 故所谓古文明国者,悲凉之语耳,嘲讽之辞耳!中落之胄,故家荒矣,则喋喋语人,谓厥祖在时,其为智慧武恕者何似,尝有闳宇崇楼,珠玉犬马,尊显胜于凡人。有闻其言,孰不腾笑?夫国民发展,功虽有在于怀古,然其怀也,思理朗然,如鉴明镜,时时上征,时时反顾,时时进光明之长涂,时时念辉煌之旧有,故其新者日新,而其古亦不死。若不知所以然,漫夸耀以自悦,则长夜之始,即在斯时。今试履中国之大衢,当有见军人蹀躞而过市者,张口作军歌,痛斥印度波兰之奴性;有漫为国歌者亦然。盖中国今日,亦颇思历举前有之耿光,特未能言,则姑曰左邻已奴,右邻且死,择亡国而较量之,冀自显其佳胜。夫二国与震旦孰劣,今姑弗言;若云颂美之什,国民之声,则天下之咏者虽多,固未见有此作法矣。

他在这里所批评的弱点,不是和阿Q夸耀先前如何阔,并且自己头上有癞疮疤,却蔑视又癞又胡的王胡一样吗?一九一八年,他在《随感录》三十八中批评了所谓"合群的爱国的自大",并且把这种自大分为五种:

甲云:"中国地大物博,开化最早,道德天下第一。"这是完全自负。

乙云:"外国物质文明虽高,中国精神文明更好。"

丙云:"外国的东西,中国都已有过;某种科学,即某子所说的云云",这两种都是"古今中外派"的支流,依据张之洞的格言,以"中学为体西学为用"的人物。

丁云:"外国也有叫化子——(或云)也有草舍,——娼妓,——臭虫。"这是消极的反抗。

戊云:"中国便是野蛮的好。"又云:"你说中国思想昏乱,那正是我民族所造成的事业的结晶。从祖先昏乱起,直要昏乱到子孙;从过去昏乱起,直要昏乱到未来。……(我们是四万万人,)你能把我们灭绝么?"这比"丁"更进一层,不去拖人下水,反以自己的丑恶骄人;至于口气的强硬,却很有《水浒传》中牛二的态度。

这五种议论虽然程度不同,不都是阿Q精神的具体表现吗? 至于一九二五年,他在《论睁了眼看》中所写的这些话,就更像是对于阿Q精神的总说明了:

中国人的不敢正视各方面,用瞒和骗,造出奇妙的逃路来,而自以为正路。在这路上,就证明着国民性的怯弱,懒惰,而又巧滑。一天一天的满足着,即一天一天的堕落着,但却又觉得日见其光荣。

很显然,鲁迅并不认为阿Q精神只是存在于当时的落后的农民身上的弱点,也并不把它看作仅仅是一种封建思想。他把它称为"国民性",这自然是不妥当的;但如果说阿Q精神在当时许多不同的阶级的人物身上都可以见到,这却是事实,这却的确有生活上的根据。一八四一年,第一次鸦片战争中的广东战争失败后,清朝的将军奕山向英军卑屈求降,对清朝的皇帝却诳报打了胜仗,说"焚击痛剿,大挫其锋",说英人"穷蹙乞抚"(《中西纪事》卷六)。清朝的皇帝居然也就这样说:"该夷性等犬羊,不值与之计较。况既经惩创,已示兵威。现经城内居民纷纷递禀,又据奏称该夷免冠作礼,吁求转奏乞恩。朕谅汝等不得已之苦衷,准令通商。"(《筹办夷务始末》道光朝卷二十九)一八九八年出版的《劝学篇》,它的作者张之洞在最初的《自序》上说:"中国学术精微,纲常名教以及经世大法,无不毕具,但取西人制造之长补我不逮足矣;……其礼教政俗已不免于夷狄之陋,学术义理之微则非彼所能梦见者矣。"这就是清朝的皇帝和大臣们的精神胜利法。鸦片战争以后的清朝的统治者们就是带着这样的阿Q精神一直到他们的王朝的灭亡的。辜鸿铭极力称赞辫子和小脚,专制和多妻制,并且说中国人脏,那就是脏得好。《新青年》第四卷第四号上发表过林损的一首诗,开头两行是:"乐他们不过,同他们比苦! 美他们不过,同他们比丑!"这就是过去的旧知识分子的精神胜利法。据说鲁迅常常引林损这几句诗来说明士大夫的怪思想(周遐寿《鲁迅小说里的人物》)。至于被取来作为阿Q的弱点的象征的癞疮疤,在旧中国的农村里,那的确是从地主到农民,都一律忌讳,而且推广到连"光""亮""灯""烛"也忌讳的。"儿子打老子",也是同样广泛地流行在旧中国的各种不同的人们的口中。鲁迅还做过一篇文章,叫做《论"他妈的!"》。对这一类非常流行的骂语,他解释为是庶民对于"高门大族"的攻击,那恐怕是过于曲折的。这和"儿子打老子"一样,都是阿Q式的精神胜利法。阿Q精神的确似乎并非一个阶级的特有的现象。

鲁迅在《答〈戏〉周刊编者信》中又说:"我的方法是在使读者摸不着在写自己以外的谁,一下子就推诿掉,变成旁观者,而疑心到像是写自己,又像是写一切人,由此开出反省的道路。"这不但是在说明他的一般的写作方法,而且正是在说明《阿Q正传》。《阿Q正传》发表的时候,的确就曾有一些小政客和小官僚疑神疑鬼,以为是在讽刺他们。而且发表以后,这个共名又最先流行在知识青年中。可见作者的主观意图和作品的客观效果都不仅仅是鞭打旧中国的落后的农民,也不仅仅是鞭打他们身上的封建思想。

然而文学作品中的人物不能不像在真实的生活里一样,也是社会的人物。尽管鲁迅主观上是想揭露他所认为的"国民性"的弱点,但在中国的土地上却找不到一个抽象的"国民性"的代表。他选择了阿 Q 这样一个辛亥革命前后的雇农来作为主人公,就不可能停止于只是写他的癞疮疤,只是写他的精神胜利法,只是写他的优胜实即劣败,就不能不展开旧中国的农村的阶级关系的描写,不能不写到阿 Q 以外的赵太爷、赵秀才和钱假洋鬼子这样一些人物,不能不写到阿 Q 的受剥削和受压迫,写到他从反对造反到神往革命,不能不写到辛亥革命的不彻底,写到阿 Q 要求参加革命却被排斥,并且最后得到那样一个悲惨的"大团圆"的结局。这正是现实主义的巨大的胜利。这样,鲁迅的最重要的作品,五四以来最杰出的小说《阿 Q 正传》,它的成就就不只是创造了阿 Q 这个不朽的典型,而且深刻地写出了旧中国的农村的真实和资产阶级领导的旧民主主义革命的弱点。这样,阿 Q 就不是中国人精神方面的各种毛病的综合,不是一种精神的性格化和典型化,不是一个集合体,而是一个具体的活生生的人物,而是一个独特的存在,而是一个个性非常鲜明的典型了。从阿 Q 精神来说,存在于阿 Q 身上的是带有浓厚的农民色彩的阿 Q 精神,并不是各阶级的各色各样的阿 Q 主义,虽然它们中间有着共同之处。从农民来说,阿 Q 只是具有强烈的阿 Q 精神的农民,只是一种农民,并不是农民全体,虽然他身上有着农民的共性。曾有过这样的评论,说阿 Q 终于要做起革命党来,终于得到"大团圆"的结局,似乎在人格上是两个。这种评论就是由于只看到阿 Q 身上的阿 Q 精神,没有看到他是一个雇农。而鲁迅写他神往革命并且决心投降革命的时候,他又仍然是我们已经很熟悉的阿 Q,仍然是带着阿 Q 式的落后的色彩,甚至临到了最后的场面,他还"无师自通"地说了半句"过了二十年又是一个……",虽然他这最后一次的精神胜利法的表现是那样悲怆,那样沉重,我们再也笑不出来了。所以在整篇小说中,阿 Q 的性格是有发展,却又仍然很统一的。只有读到他被抬上了没有篷的车,突然觉到了是要去杀头,小说中说他虽然着急,却又有些泰然,"他意思之间,似乎觉得人生天地间,大约本来有时也未免要杀头的";接着又读到他游街示众的时候,小说中说他不知道,"但即使知道也一样,他不过以为人生天地间,大约本来有时也未免要游街要示众罢了"——这些描写却像是把士大夫的玩世思想加在他头上,我们觉得小有不安而已。

鲁迅自己说,他写《阿 Q 正传》,"实不以滑稽或哀怜为目的"(《鲁迅书简》三四九页)。阿 Q 受到剥削和压迫,尤其是他要求参加辛亥革命而受到排斥和屠杀,都是激起我们的同情的。而且我们从阿 Q 这种落后的农民身上,也看到了农民的反抗性和革命性。然而,如果如有些评论者所说的那样,把阿 Q 精神当作一种反抗精神,或者把阿 Q 看作一般的弱小人物,以为鲁迅对他主要是同情或甚至喜爱,那就不但远离作者的原意,而且和作品的客观效果也不符合了。我们读《阿 Q 正传》的时候,是经历过这样一种感情的变化的,对阿 Q 最初主要是鄙视而最后却同情占了上风。这真有些像托尔斯泰对于契诃夫的《宝贝儿》所说的话一样,作者本来是打算诅咒她,结果却反倒为她祝福了。但作品的主要效果和作者的目的还是一致的。在我们生活中流行的阿 Q 是以精神胜利法为他的性格的主要特点的阿 Q,是一个谁也不愿意仿效的否定的榜样。文学上出现了阿 Q,生活中就有很多很多的人再也不愿意作阿 Q 了。

阿 Q 是一个农民,但阿 Q 精神却是一种消极的可耻的现象,而且不一定是一个阶级所特有的现象,这在理论上到底应该怎样解释呢? 理论应该去说明生活中存在的复杂的现象,这样来丰富自己,而不应该把生活中的复杂的现象加以简单化,这样来勉强地适合一些现成的概念和看法。阿Q性格的解释问题,实际上是一个典型性和阶级性的关系问题。困难是从这里产生的:许多评论者的心目中好像都有这样一个想法,以为典型性就等于阶级性。然而在实际的生活中,在文学的现象中,人物的性格和阶级性之间都并不能划一个数学上的全等号。道理是容易理解的。如果典型性完全等于阶级性,那么从每个阶级就只能写出一种典型人物,而且在阶级消灭以后,就再也写不出典型人物了。这样,文学艺术在创造人物性格方面的用武之地就异常狭小了。在阶级社会里,真实的人都是有阶级身分,都是有阶级性的。文学作品所描写的阶级社会的人物因而也就不能不有阶级性,而且典型人物的性格的确常常是表现了某些阶级的本质的特点。然而在同一阶级里面却有阶层不同、政治倾向不同、思想不同、性格不同的人物,这就决定了文学从一个阶级中也可以写出多种多样的典型来。这大概谁也不会否认。生活中还有一种现象,某些性格上的特点,是可以在不同的阶级的人物身上都见到的。文学作品如果描写了这样的人物,而且突出地描写了这种特点,尽管他也有他的阶级身分和阶级性,但他性格上的这种特点却就显得不仅仅是一个阶级的现象了。诸葛亮、堂·吉诃德和阿Q都是这样的典型。诸葛亮的身分是一个封建统治阶级的知识分子和政治家,然而小说中所描写的诸葛亮的性格的最突出的特点却是他很有智慧,他能够预见。希望有智慧和预见,这就不仅仅是封建统治阶级的政治家的要求,而且也是人民的要求。因而诸葛亮就流传在人民的口中,成为人民所喜爱的人物,并且产生了"三个臭皮匠,合成一个诸葛亮"这句歌颂集体的智慧的谚语。堂·吉诃德的身分是西班牙的乡村里面的一个旧式的地主,他的身上不但有他的阶级性,而且还有特定的时代和特定的地域的色彩。小说的情节主要是写欧洲中世纪的骑士制度已经灭亡以后,这位旧式的地主仍然要去做游侠骑士,结果得到不断的可笑的失败。堂·吉诃德的全部性格不止于此,然而小说中描写得最突出的却是这样的特点。因而这个名字流行在我们的生活中,就成了可笑的主观主义者的共名。主观主义当然不仅仅是一个阶级的现象,因而堂·吉诃德这个典型的意义就不因时代和地域的差异而丧失。阿Q也是这样。他的身分是辛亥革命前后的雇农,他的性格他的行动都强烈地带有他的阶级和时代的特有的色彩。许多评论者在说明阿Q的性格的时候,都指出了他所特有的时代背景,指出了在鸦片战争以后不断地遭到失败和屈辱的老大的大清帝国里面,阿Q精神是一种异常普遍的存在。这是对的。正是因为阿Q式的想法和说法在清末民初很流行,鲁迅才孕育了阿Q这样一个人物。然而小说中所描写的阿Q的最突出的特点,不能正视自己的弱点,而且企图用一些可耻笑的自欺欺人的想法和说法来掩饰,却是在许多不同阶级不同时代的人物身上都可以见到的。这到底应该怎样解释呢? 我们知道,剥削阶级(并不仅仅是封建地主阶级)为了维持和巩固它们的统治,当它们遭到困难和失败的时候,特别是当它们走向没落的时候,它们是不能公开承认它们的弱点和景况不佳,而必然会采取自欺欺人的办法来加以掩饰的。半封建半殖民地的旧中国的统治阶级及其知识分子的阿Q精神之特别浓厚,而且表现得特别畸形和丑陋,以至曾被鲁迅误认为是"国民性",原因就在这里。像阿Q那样的劳动人民,除了劳动力而外一无所有,本来是没有忌讳自己的弱点的必要的。然而当他还不觉悟的时候,他不能不带有保守性和落后性,而这种保守和落后也就不能阻碍他去正视、承认和克服他的弱点,而且用可笑的方法来加以掩饰了。这就是说,在人民的落后部分中间也可以产生阿Q精神的。有些评论者认为阿Q的时代过去了,阿Q精神就完全过去了,永远过去了,这并不完全符合客观的事实,并从而降低了阿 Q 这个典型的意义。在我们今天的生活中，如果碰到那种拒绝批评和自我批评、而且用一些可耻笑的想法和说法来掩饰他的缺点和错误的人，不管他的想法和说法和那个老阿 Q 是多么不同，我们仍然不能不叫他作"阿 Q"。从日益陷于孤立和失败的帝国主义分子及其豢养的和本国人民为敌的傀儡政权中间，我们更常常听到阿 Q 式的叫嚣和哀鸣。《阿 Q 正传》的很早的评论者沈雁冰说，"我又觉得'阿 Q 相'未必全然是中国民族所特具，似人类的普通弱点的一种"（《读〈呐喊〉》）。"似人类的普通弱点的一种"，这种说法自然是不科学的。但如果我们并不着重这后半句话，并不承认人类有什么抽象的超阶级的弱点，而仅仅取其前半句话的意思，"阿 Q 相"并非只是旧中国一个国家内特有的现象，就不能不说，这位评论者的这种感觉仍然有一定的生活的根据。晚清的封建统治集团和今天的帝国主义者及其豢养的傀儡政权的阿 Q 精神，应该说没有什么本质上的不同。走向没落的失败的剥削阶级和落后的还没有觉醒的人民中间的阿 Q 精神，却不但表现形式有差异，而且本质上也是不同的。如我们在前面说明过的，剥削阶级的阿 Q 精神是为了维持它们的反动统治，而落后的人民中间的阿 Q 精神却不过由于他们还不觉悟而已。因此没落时期的剥削阶级的阿 Q 精神是无法去掉的，就像是它们的影子一样将要一直跟随到它们的灭亡；而落后的人民中间的阿 Q 精神却会随着他们的觉悟的提高而消逝，只要他们认识到没有必要害怕承认自己的错误和缺点，而且接受了马克思列宁主义的自我批评的武器。

对阶级社会中的文学的现象，是必须进行阶级分析的。但如果以为仅仅依靠或者随便应用阶级和阶级性这样一些概念，就可以解决一切文学上的复杂的问题，那就大错特错了。不仅是对于阿 Q 的解释，在对于《红楼梦》中的刘姥姥和《西游记》中的妖魔的争论上，都曾经表现了一种简单化的倾向。刘姥姥是一个农民家庭的妇女，然而她在大观园中出现的时候，又带有女清客的气味。根据她的性格中的这个特点，于是有些人就曾经叫吴稚晖那种反动统治阶级的帮闲为"刘姥姥"。刘姥姥出现在大观园中的时候，小说又曾着重描写了她对于上层社会生活的陌生和见识不广。根据她的性格的这又一个特点，于是我们的生活中又流行着一句谚语，"刘姥姥进大观园"。不知道文学上的典型人物在我们的生活中常常只是他的性格的某一种特点在起着作用，并不是他的全部性格，而全部性格又并不全等于他的阶级性，却企图都从他的阶级身分去得到解释，因而把争论都纠缠在给人物划阶级上，这就永远也得不到正确的结论了。《西游记》的妖魔，它们很多都是由动物变成的，因而这些由动物变成的妖魔的形象首先就有一些适合它们的原形的特点。它们既是妖魔，又自然有一些妖魔的特点，如会变化和会使用法术等等。它们都会变化为人，这样就又有了人的特点。作者在描写它们身上的最后这一种特点的时候，当然是以现实中的人为模特儿的。因而可能在某些妖魔身上找得到某些表现人的阶级性的东西，但不会是一个统一的阶级的阶级性。因为作者到底是在写各种各样的妖魔，并不是在写一个统一的阶级里面的种种人物。而且如果用实事求是的态度去读《西游记》，我们可能还会发现这样的事实：在有些妖魔身上，作者只描写了动物的特点、妖魔的特点和人的某些外表的或一般的东西，根本就难于找到明显的或者很统一的阶级性。总之，对于这样众多、这样来路不同而且性格也不同的妖魔，正如对于《聊斋志异》里面所描写的那些狐狸精一样，是要加以具体的研究和细致的分别的。但我们的许多评论者却硬要给这些妖魔划阶级，而且硬要把它们划成一个统一的阶级。首先是把它们都划为农民，而且都是起义的农民，于是一直为人民所喜爱的孙猴子就非成为一个镇压农民起义的封建统治阶级的爪牙不可了。后来有些评论者心中不安，又反其道而行之，于是把那些妖魔又一律定为反动的统治阶级，不是皇亲国戚就是地主恶霸。好像《西游记》的作者吴承恩并不是在写他的幻想的小说,而是在充满了神和妖魔的世界里做土地改革工作,早已心中有数地把它们的阶级成分都定好了,只等待我们来发榜一样。把阶级和阶级性的概念这样机械地简单地应用,实在只能说是对于马克思主义的嘲笑了。

研究文学作品中的人物,正如研究生活中的问题一样,是不能从概念出发的。必须考虑到它的全部的复杂性,必须努力按照它本来的面貌和含义来加以说明,必须重视它在实际生活中所发生的作用和效果,必须联系到文学历史上的多种多样的典型人物来加以思考。这样作自然要困难得多。正是因为困难,我在这里所试为作出的对于阿 Q 的一点说明,和比较圆满的解释大概还是很有距离的。但是我相信,用这样的方法却可以从不圆满达到比较圆满。

一九五六年九月二十四日为鲁迅先生逝世二十周年纪念作

原载《人民日报》1956 年 10 月 16 日

 **导　　读**

《论阿 Q》写作于 1956 年"双百"方针的背景下,是当时关于典型问题探讨的重要学术成果之一。面对"阿 Q"这一中国现代文学起源性的人物创造,该文首先在方法论上独辟蹊径。一般论述多从思想性或政治性,尤其是阶级性角度分析其典型构成,最终不出哲学上的共性、个性统一说。而《论阿 Q》却从生活、创作的实际出发,自下而上开辟言路,创立"共名"新说。"一个虚构的人物,不仅活在书本上,而且流行在生活中,成为人们用来称呼某些人的共名……"这一作为全文论述起点的"虚构"与"生活"之间的关系分析,凸显了论述空间,表现出一位文学家的理论敏锐。正因着眼于"阿 Q"这一类形象的"中介"性质,"共名说"将处于"生活—反映—本质"思维递进模式中的典型问题,朝向文学"内部"转化。全文在与各种典型论述的对话中展开,而不被定义所黏滞。其中,从阿 Q 的复杂性格中辨析出"性格上最突出的特点"——"精神胜利法",从而与阶级典型论形成多向度的论述张力,尤其具有理论华彩和思想意味。

链　　接

冯雪峰:论《阿 Q 正传》,《人民文学》1956 年第 1 期。
李希凡:《典型新论质疑》,《新港》1956 年第 6 期。
张光年:《艺术典型与社会本质》,《文艺报》1956 年第 8 期。

一 以 当 十

王朝闻

一

　　笊篱,捞东西的用具。在北方的村镇,我不只一次看见它,悬挂在面食店的门首。正如用红布条来做的面条,成了以视觉形象见长的幌子。因为它和面食有过密切的联系,在面食店门首引人注目地出现,不只是一种标志,而且可能是一种诱惑。它诱惑需要充饥的旅人,产生相应的联想和想象。

　　当成幌子来看,笊篱的形象,是不是不如红布条作成的面条完整呢? 它的内容,是不是不如后者表现得明确呢? 不见得。即令是后者,也不能说明一切。看样子人们也不企图要它说明一切。把笊篱当成幌子,不就是艺术的创作,但也和艺术创作有相似的地方。

　　任何艺术,都不能说明一切,也不必说明一切。艺术创作,是生活实际、艺术家的劳动、欣赏者的需要组成的。只有联系着欣赏者的感受和影响,才能够判断艺术的思想和技巧的高低。艺术家的本领之一,在于适应广大欣赏者的生活经验、情绪记忆、审美要求、欣赏习惯……,塑造出容易了解却又是能够唤起相应的再创造的心理活动的形象,让人们受到健康的思想感情的影响。能够说明一切的形象是不存在的。

　　去年我在重庆,听了一个有趣的曲艺节目①。描写妄自尊大的猫,从各方面把自己幻想为老虎,所向无敌的兽中王。最后经不起事实轻轻一击(它想吓吓牛羊,山羊差点把它杵死),自我欣赏的好梦破灭了。有点像童话也有点像讽刺画的这一曲艺节目,虽然完全没有提到主观主义等等概念,欣赏者不会不想到它是在反对什么。当成再现生活的形象来看,它不过是在妄自尊大这一点,而不是在各方面,和某些人的性格相接近的。能够促使欣赏者由某一点联想到其他,是这些节目的重要好处。在这种有趣的形象之前,欣赏者不是简单地接受宣传,同时也是一种探索、发现和补充,得到欣赏的乐趣(包括为古人担心)。因为欣赏者有所探索,有所发现和补充,作品的反对什么的主题,才能产生更深入的影响。

　　最近看了一幅场面并不大,看起来觉得内容丰富的画稿。表现中朝人民血肉相连的关系,是从似乎琐碎而意义并不琐碎的生活侧面着手的。画面上唯一的人物,是一位朝鲜老大娘,她在给中国人民志愿军补军衣。中国人民志愿军不知到哪儿去了,是执行任务还没有回来吗?画家没有向我们说明,似乎也不必特别说出。屋里只留下三个被包,三个挎包,三个水杯。三个水杯就放在老大娘面前的火盆上面,水杯里的水正在冒着热气。这是老大娘为他们准备着的,她像期待儿子归来一样在期待着志愿军。在这幅画稿里,用形象来表现的东西很有限,可是它包含了许多内容。在这种画稿里,崇高和伟大,不是外加进去的概念,而是平平凡凡的人物和事件中透露出来的,一种看不见却感觉得着的精神。这画稿,没有直接描写志愿军的行动,只描写他们的行动的影响,影响的形象化。这种画稿,从人物的精神面貌着眼,着重表现生活中的美,能够引起欣赏者很多想象。单就国际主义精神的歌颂来看,不是较之那些规模不小,画得很细致,好像很完整,可惜不过是生活现象的平板叙述的作品更动人也更完整吗? 生活现象的平板的但也是详尽的叙述,可能掩盖作者对于生活的无知和冷淡,却不能够得到令人心情激动的效果。人们需要的,是以少胜多和由此及彼的艺术,而不是艺术的原料。

---

　　① "猫学老虎"(金钱板),1957年重庆市工人写作班运输工人王理修作。

至今也还有要求艺术叙述一切的观众,也还有要求艺术再现一切的艺术家。向雕刻提出连环图画的要求,向雕刻提出多幕剧的要求,向雕刻提出长篇小说的要求,不只因为不了解雕刻的特长和局限性,也因为不了解艺术与生活的区别。如果对艺术提出的要求违反艺术的特征,那末,不叙述行动的肖像画和不描写人在活动的风景画,一切艺术,其存在的必要性都可怀疑。不是吗? 它和复杂的现实本身比较,不是太"不完整"了吗? 可是艺术创作的重要特征,是由复杂到单纯。单纯化的艺术形象,和生活本身可以有很大的区别。运用高亢的音乐(例如帮腔)来表现人物深思、忧戚或向往之类的内向的情绪状态,是从情绪激动这一点的着重描写,来和生活实际相接近的。要求创作里的形象和素材一样,难免取消艺术。正因为艺术不必是生活的复制,画面上尽管还是明亮亮的,只在天空画上月亮,也可以让观众体会夜游的人物的心情;只画爆竹和红灯,题上字,欣赏者也可能被带进热闹的过年的幻境;只画一个干枯了的莲蓬和一只蜻蜓,可能使欣赏者想象出秋高气爽的景色;只画临刑前拒绝忏悔的英雄的冷静状态,看画的人联想得到狂风暴雨般的热烈斗争,只画人民将要劳动,也可能使人感到轰轰烈烈的社会主义的时代精神。要是不从本质上而是从形式上了解艺术是生活的反映这一原则,用朱色来画竹子的办法可以说是形式主义的;用歌唱代替说话的表演是精神状态不正常的胡闹;有关工艺和建筑的美学知识(利用特殊的造形的形式感来反映人民的感情,而又用这种反映来影响人民),也可能被看成是脱离实际的空谈。

二

以少胜多和由此及彼,也是艺术技巧的标志。特别是造形艺术,它只能是从生活的某一侧面而不是从一切侧面来再现现实的。任何场面任何情节都不过是构成整体的一部分,重要的是它能不能够概括其他的部分。艺术家善于选择最富于代表性的现象,而且着重它的某些特征,就能构成"言简意赅"的好作品。艺术家难做的原因之一,就在于能不能在认识生活时,发现事物的内在意义,形成新颖的主题。能不能为了适应新颖的主题,切合特定艺术样式,选择最富于代表性的现象,塑造不落陈套的形象,也就是典型化。

典型的力量在于使人由作品里的这一个联想到那许多。这一个是艺术家认识生活的结果,也就是欣赏者再认识生活的出发点。富于概括性的形象,欣赏者可以举一反三。"在有才能的作家的笔下,每个人物都是典型;对于读者,每一个典型都是熟识的陌生人。"别林斯基的这句话,也就是指一以当十的形象的优越性。现代中国电影"两个营业员",虽然还有分明的缺点,但它和前面提到过的画稿、曲艺一样,恰好表现了一般与特殊的关系,因而它可能普遍使人们受到积极的影响,恰好是别林斯基这句话的形象的解释。作者持了友善的态度在批判着的青年营业员,那个习惯于城市商店工作方式和制度,不明白农村生活特点的青年,作为偏僻农村中的杂货店的营业员来看,我们感到陌生;可是,他那些自以为是,脱离实际,脱离群众的言行,就思想的性质而论,我们感到熟识。因为这个青年不只代表了由城市调到偏僻的农村的营业员,而且代表了各行各业里在思想作风上还有毛病的革命者。当观众看到他那可笑的言行而笑了之后,可能脸热,感到刚才自己嘲笑过的角色里,也包含了自己的缺点在内。他虽然不能代替别的人,却也代表了许多人。

为社会主义服务的艺术,只就人物形象而论,也必须是万紫千红的。如果以为大题材就有重大的意义,而且在描绘大题材时大家都只选择同一侧面,即令画的是最重要的一面,画来画去都是它,画法又差不多,观众也难免感到腻。怎样才能够塑造出既有特殊性又是有普遍性的这一个呢？或者说，怎样才能够从复杂的生活现象里，找出最有代表意义的也就是所谓最有概括性的姿态、语言和表情呢？没有别的办法，只能是见得多，看得透。现实的复杂性，群众需要的多样性，给有才能而又努力的艺术家，提供了大胆独创的前提。要从普通的现象的反映里，揭示出重大的意义，需要有较高的技巧，出众的眼光。可是有些把题材当作主题来对待的艺术家，以为写生习作可以代替典型化的艺术家，还没有向生活进行探索，就匆匆放下他的扩大镜，结束了他的劳动。不着重反映人物的性格，特别是人物的个性，只在一般的现象上用笔墨，以建筑为题材就只画施工的场面，以炼钢为题材就只画出钢的场面，好比以积肥为题材就着重描写积肥那样，不见得作者不知道别出心裁地塑造人物的重要，困难在于自己心中无数。因为心中无数，只有在一些不便于塑造典型的，形象容易流于一般化的现象上卖力，甚至重复别人既成的创造。

三

怎样从现实的各个方面来进行反映，创造富于个性的典型人物，传统戏剧中有不少可供画家参考的范例。那怕是为了体现同一观念，例如为了嘲笑缺乏韧性的生活态度，同是以朱买臣的妻崔氏想和丈夫恢复关系为题材的，京剧"马前泼水"和湖北巴陵戏"夜梦冠戴"，是完全不同的生活侧面。前者着重表现的是崔氏要求做了官的朱买臣收留她，在大街上受了羞辱。后者是描写崔氏做梦，梦见她过去看不起的丈夫朱买臣，派人来迎接她；剧作者从人的下意识活动的描绘着手，对有些人的品质和思想，进行了含蓄而又尖锐的批判。就崔氏的生活而论，这两个戏都是冲突的余波，可是它也很能揭露人物的性格，便于体现特定的主题。由此可见，艺术的创造有很自由的天地。人民所喜爱的性格，例如智慧，在传统戏曲里也得到了千变万化的表现。就这一优点的表现来说，诸葛亮自己出头的"草船借箭"和"空城计"很好，不直接出头的"黄鹤楼"也不坏。

一以当十是相对的。这一个可以代表其他，却不是代替其他。他可以和千千万万的人相似，却不能相同。为了赞美妇女的争自由，不只描写采取武装斗争的白素贞才是最动人最有意义的。和父亲闹翻了脸的王宝钏，在爱人的坟上碰死了的祝英台，在战斗中选择爱人的穆桂英，在梦里看见爱人的杜丽娘，具体状况的区别很大，但都是很动人很有意义的形象。在戏曲里，有许多受损害而起来斗争的妇女，有一个大家共通的特点——不妥协。她们的性格，她们受害的具体情况，千差万别，斗争的对象和斗争的方式也千差万别。杜十娘用李甲最关心的东西之一（财富）来羞辱李甲；秦香莲还击陈世美时，借助于有利于斗争的社会力量；"三上轿"里的崔氏，忍着一时的屈辱，怀了短刀去同仇人拜堂；焦桂英活着的时候没有得到胜利，变成鬼也要继续斗争。

没有特殊也就没有一般。在创作上，不能因为强调共性而忽视了个性。在艺术上，一般只能依靠特殊来表现，共性包含在个性之中。受封建势力蹂躏的李慧娘，她的个性和处境都不像喜儿和小飞娥，不像祝英台和白素贞，不像所有的要求自由的妇女的典型，不是"红梅阁"的缺点而是它的优点。正因为李慧娘与众不同，才不至于被其他艺术品里的妇女典型所代替。李慧娘不像小飞娥一样本来就有爱人，不像喜儿一样本来就有爱人，在游西湖时看见了陌生的然而使她倾慕的少年麦禹，透露出要求改变现状的（那怕是连她自己也还不明白是什么意义的）愿望，无损于作品反封建的意义。不能说贾似道要像黄世仁那样强占别人的未婚妻才是罪恶，依靠合法地位妨碍了人们的自由就不是罪恶。更不能说李慧娘本来有爱人才应当反击仇人，本来没有爱人就该当挨贾似道的杀害。不论事情发生的早晚，也不论当事人的认识是不是明白，李慧娘不安于自由被妨碍的处境，渴望获得真正的爱情，其性质是不以具体情况的复杂性为转移的。也正如姚安杀绿娥，萧方杀翠娘，杀妻的动机不尽相同，但就蔑视妇女的人格这一点而论，没有根本性质的区别。如果修改剧本时，强求李慧娘这一个妇女向别的妇女看齐，只要一般性而不要特殊，那么，不能用别的话来解释，只能说是生活的简单化，艺术内容的一般化。不是扩大艺术取材的领域，而是缩小了它的领域。

为了适应艺术欣赏者多方面的要求，反映现实只有从多方面着眼。艺术所要求的典型化，不是现实生活的简单化。着重描写人物的行动可能塑造典型，不写人物行动，只借助于它的影响的描写，也可能塑造典型。在次要人物身上着力，不见得就是企图避开生活的重点，不算是在着重表现主要人物。个性的某一方面被强调，例如"思凡"里的小尼，在表演上着重她不安于不幸的现状和着重她幻想幸福的未来，都可以是有力量的反封建的形象，都可能是完整的形象。但愿艺术领域中，不是减少而是增加富于代表性而且是富于独创性的形象。

1959 年 2 月 10 日写成

原载《人民日报》1959 年 3 月 10 日

 **导　读**

　　作为一个谙熟创作实践的艺术家，王朝闻给当代文艺理论领域带来了一股圆融贯通、灵活弹性的思辨气质。他的理论发现，多源于直接或间接的审美经验，"欣赏"一维的引入，不仅使"审美"理论更大程度地向现实开放，也与"生活—艺术"这一当代文论的经典命题相融，从而相应地概括出适应—征服、含蓄、单纯、和谐等艺术原则。这一具有"接受美学"雏形的理论建构，与"服务"意识的时代文艺趋向相交错，使审美创造的能动性、艺术魅力的持续性获得了理论空间，其灵活、生动的文艺论述在美术创作领域也起到了普遍的指导作用。王朝闻较早的论文《一以当十》清晰体现了他独特的理论风貌。同样作为一种"典型"论述，文章介入了作为"欣赏者"的"群众"视角，从成语"一以当十"释放出的民间智慧，都成为可能与"生活—艺术"、"这一个—那许多"、"题材—主题"、"个性—共性"、"特殊——般"、"主要人物—次要人物"等重要命题产生交接的通道，从而打开了一个"审美"的理论空间。

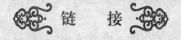 **链　接**

王朝闻：《宽与不宽》，《美术》1958 年第 8 期。
王朝闻：《不全之全》，《美术》1959 年第 6 期。

试论形象思维 （节选）

李泽厚

思维,不管是形象思维或逻辑思维,都是认识的一种深化,是人的认识的理性阶段。人通过认识的理性阶段才达到对事物的本质的把握。形象思维的过程,在实质上与逻辑思维相同,也是从现象到本质、从感性到理性的一种认识过程。但这过程又有与逻辑思维不同的本身独有的一些规律和特点,这就是在整个过程中思维永远不离开感性形象的活动和想象。相反,在这过程中,形象的想象是愈来愈具体、愈生动、愈个性化。因此,形象思维是个性化与本质化的同时进行。这就是恩格斯称赞黑格尔所说的,"这一个":典型的创造。形象思维的过程就是典型化的过程。所以形象思维可以分成这两方面来讲。

一方面,从开始的第一瞬间起,为艺术家所注意、所触动、所尽量寻捕的某个现实中的形象、事件,就一定是它本身具有着某种较深刻的社会意义或是能使艺术家联想、触发起某种深刻的社会意义的东西。常是这样:艺术家被生活中的某事某物打动了,他感到在这事这物的形象外貌下藏有某种东西吸引他,打动他,扰乱他,他于是去联想、想象或思考,尽管他一时还说不出来,还不明确这吸引、打动、骚扰他的究竟是甚么东西、甚么意义,但它实际上却已进入形象思维的第一步了:开始感受、注意、观察、捕捉和挑选含有某种意义(对真正的艺术家来说,这意义当然是社会意义、本质意义)的现实生活形象了。"一个感受力比较敏锐的人,一个有'艺术家气质'的人,当他在周围现实世界中,看到某一事物最初事实时,他就会发生强烈的感动。他当然还没有在理论上解释这种事实的思考能力,可是他却看见了这里有一种值得注意的特别的东西,他就热心而好奇的注视着这个事实,把它摄取到自己的心灵中来,开头把它作为一个单独的形象,加以孕育,后来就使它和同类的事实和现象结合起来,而最后终于创造了典型"(杜勃洛柳波夫)。这种"强烈的感动",也就是人们常说的所谓艺术家感受力、敏感、灵感等,实际上它在性质上是一种一般人都有的美感直觉能力。只是对一般人来说,它主要表现在艺术欣赏上(欣赏时不很明确但却敏锐地感到艺术作品形象中有某种东西某种意义打动自己和吸引自己),对艺术家来说,它还能惊人地表现在对生活形象的捕捉上罢了。这现象并不神秘但却是事实:艺术家善于敏锐地感受生活形象的意义而开始创作。

据说,果戈理的小说《外套》的材料是得自朋友们的一个笑谈。但果戈理听了以后,却"沉思起来"。显然这故事中有某种东西打动了他、触发了他,使他去开始形象的想象,而最后终于完成了那篇深刻揭露旧俄社会本质的著名作品。鲁迅《狂人日记》的主人公,其模特儿据说是鲁迅的一个表兄弟,在西北作事,忽然说同事要谋害他,便逃到北京,四处躲藏,但自己还说没用。他告诉鲁迅说:如何被人跟踪追捕。在客店听见深夜脚步声,就说捕捉他的人已知道他的住处,已埋伏好。于是马上要求换房间。大清早跑到鲁迅那里,鲁迅问他为何起得这么早,他说,要被处决了,面色苍白,音调凄惨。在路上忽然看见荷枪的士兵,便神情大变,表情比真正临死的人还要恐怖。这是个患迫害狂的精神病者(周遐寿:《鲁迅小说里的人物》)。这样一个看来似并无甚么意义的事件,却触动了鲁迅,使鲁迅感触和联想起许多事情,于是便注意、琢磨、加深和改变这个狂人形象的内容和意义,使狂人的举动、言语具有一定的社会性质和含义,而终于通过狂人的形象勾画出了一幅惊人的图画,揭穿了当时整个社会在物质上和精神上对人的残酷的迫害。

所以,对艺术家来说,形象思维的第一步就要善于在广阔繁复的现实生活中,在五光十色的现实形象中去感触到、去发现和捕捉那些本身具有深刻社会意义的、或容易联想起这种意义的形象和事物。艺术家的才能首先就表现在这里。感触、捕捉、联想和了解(即使常常是不明确的了解)形象,生活形象的深浅,远近,宽狭,是区别一个艺术天才或庸才的标志之一。有些人对生活形象常常是视而不见,以为平常;有些人却能锲而不舍,悟出道理。所以,如果只对形象有兴趣而不管是甚么形象,也不知道去发现、选择有意义的形象,这就完全不是艺术才能。托尔斯泰说的好:"如果近视的批评家以为我只是描写我所喜爱的东西,如奥布朗斯基如何吃饭,卡列尼娜有怎样的肩膀,那他们就错了。在我所写的作品中,指导我的是为了表现,必须将彼此联系的思维汇集起来……。"即从形象中能显现出思想、意义,不是为形象而形象。如果一个艺术家只对人家吃饭抽烟的样子、买裤戴帽的偏好有兴趣(如毛星同志文中所举的例),而自以为这就是在捕捉形象,是在开始形象思维,那就可笑和可怜了。

进一步,从注意捕捉形象到使这形象发展成长,更是一个艰难的过程。托尔斯泰写《战争与和平》时曾说:"考虑、反复的考虑我目前这个篇幅巨大的作品的未来人物可能遭遇到的一切。为了选择百万分之一,要考虑百万个可能的际遇……。"一个形象下一步究竟应该如何作,如何说,的的确确有太多的可能,困难就在如何从千百个可能中,选择一个最好的最正确的可能,使形象能够摒弃一切非本质的无关重要的生活现象,集中一切富有代表性和意义的现象,来更进一步发展和深化它内在的含意。每一个细节的选择和确定,都应该是形象的社会本质意义的扩大和加深。连话剧演员在舞台上的一切日常生活动作都必须不是自然形态而是经过选择提炼了的东西,其他艺术就更如此。鲁迅《祝福》中祥林嫂的情节,据说是很多故事凑在一起的,这些情节(如改嫁,小孩被狼吃掉,捐门槛等),生活中本来并不相干,但鲁迅却随着祥林嫂形象的发展把它们集中在一起。据说鲁四老爷的原型也没那么坏,但鲁迅却把生活中另一个人的样子加在鲁四老爷原型身上。这样一来,就深刻多了:祥林嫂的形象变得更苦命,鲁四老爷变得更凶残,从而封建社会的本质也就暴露得更鲜明了。又如《狂人日记》中的狂人,其原型据说病好后就住在家里,并没去"候补"(均见《鲁迅小说里的人物》)。但鲁迅偏要说狂人病好后就作候补官去了。短短一句,便加深了狂人的形象,使这形象更完整了:只有狂人才是清醒的,才敢大胆地反抗,喊出礼教吃人、救救孩子,而一清醒,便又亲身去做迫害者去了。当时的现实是多么像一间不透气的"铁屋子"(《呐喊》自序),是多么真实的"杀人如草不闻声"呵。列宾名画《意外的归来》,据说初稿是一个年青的女大学生,但我们今天所看到的定稿却是一个经过多年折磨的上了年岁的革命家。这个形象的琢磨改变,也就使内容大为深刻化了:进行革命的已不是没有经验的,或刚出茅庐一时冲动的热情的女学生,而是顽强、憔悴而有经验和力量的职业革命者了。这样,社会的苦难(对革命的长年的残酷的镇压和迫害),革命的信念(尽管如此,革命仍在进行)就都显现得更加深沉、充分和有力的多了。中国古代画院以诗题试画:"所试之题,如'野水无人渡,孤舟尽日横'自第二人以下,多系空舟岸侧,或拳鹭于舷间,或栖雅于蓬背;独魁则不然,画一舟人卧于舟尾,横一短笛,其意比为非无舟人,止无行人耳,且亦见舟子之甚闲也"(邓椿);"唐人诗有'嫩绿枝头红一点,动人春色不须多'之句,闻旧时常以此试画工,众工竞于花卉上妆点春色,皆不中选;惟一人于危亭缥缈绿杨隐映之处,画一美人凭栏而立,众工遂服,可谓善体诗人之意矣"(陈善)。为什么会得"魁",为什么会"众工遂服"?很清楚,这也是因为经过精细的琢磨、想象后所塑造出来的形象,更能深刻地表现出当时所要求表现的事物和生活的本质意义所在。"野水无人渡,孤舟尽日横",是要求表达出那种安闲、恬静、懒洋洋的牧歌式的封建农村气氛。所以,"非无舟人,止无行人",就比连舟人也没有(这容易变成一幅无人烟离生活很远的荒凉的野渡），更深刻和更真实了。"动人春色不须多"的诗句是企图通过和寄托于自然景色来表达生活中的春意，而生活中春意总是与爱情紧相联系的；这样，当然画红妆美人就比死板地去按诗句字面画大红花更能概括和表现"诗人之意"了。这是巧妙，是含蓄，也是深刻；而所谓深刻就是更正确更真实地反映了生活的本质。画既如此，诗亦如之。有名的"春风又到江南岸"与"春风又绿江南岸"；"云山苍苍，江水泱泱，先生之德，山高水长"与"先生之风，山高水长"，一字之差，形象迥异，形象所概括的内容也有区别。"风"比"德"，"绿"比"到"，不但形象更具体，更生动，更具有感性传染力，而且所包含的内容和意义也更丰富。"风"不仅是"德"，而是整个人所有的品貌风格；"绿"不仅是"到"而是"到"的可见的具体结果。很明显，这里的字斟句酌，具有很大的意义；这意义就在于：只有对形象作精细的推敲琢磨才能使它更真实更准确地概括和反映出生活中美好的、本质的东西。而形象思维所以说是思维，其意思和价值也就全在此：去粗取精，去伪存真，由此及彼，由表及里，以达到或接近本质的真实。这无论是人物的描写，诗句的推敲，演员的体验，画家的捉摸……都毫无例外的。

　　上面是形象思维的一方面，与此同时的另一方面，是在形象思维的过程中，随着形象本质化的程度的加深，形象的个性化的程度也同时在加深。因为形象本质化的道路和过程，本就是一步一步地十分具体地进展着的。形象在这过程中既不断地在具体增减删添发展变化，它就必然会比生活中变得更加活跃，更加独特，正因为它合规律地集中了许多带有深刻社会意义的情节、姿态、气氛，所以个性也就必然会更加突出了。"狂人"因为害怕这害怕那，觉得兄弟和妹妹都想吃他的肉（真的狂人并无此事），就愈发像狂人；祥林嫂两次出嫁，两次又都不幸丈夫先死，小孩又被狼吃掉了，怕鬼神而求捐门槛，把这些在生活中本来是分散在不同人身上的细节集中提炼统一在一起，这一方面固然使形象的本质意义加深了，而同时另一方面也就使祥林嫂这个人的命运、遭遇、性格更加个性化、独特化了。任何艺术都必须如此。狄德罗《绘画论》中说，一个画家要善于抓住一瞬间，这个瞬间既要表现前前后后许多的时间，而这个瞬间又必须是独特的富有个性化的一瞬间。油画《列宁在工作中》作者谈自己创作的经过：作者想表现十月革命前一段时间列宁隐蔽中的地下工作的情况，最初企图用列宁在写作时突然听见外面有声响、竖耳细听的一瞬间来表现。但最后定稿却是，列宁突然发现了一个重要意见，而匆忙书写的那一瞬间：在一个简陋的房屋内，椅子斜摆着，列宁只随便坐了小半边，显然坐得很不舒服，但列宁根本没来得及顾到这些，聚精会神的一手按着书的某处一手匆忙的书写……。这当然是比初稿更个性化的一瞬间，而同时却又是比初稿更本质化（概括的意义更多）的一瞬间。列宁随便坐着急急书写的姿势，不但完全独特的、自然地表现了列宁那种爽朗、朴素、令人感到十分亲近的个性（与很多人为表现领袖的庄严，结果弄得十分死板，枯燥不同），集中表现了生活中极富有个性的一瞬间；而同时又深刻地生动地表现了列宁地下工作时期的紧张、热情、忘我的本质的东西。而紧张、热情、忘我这些本质东西又正是通过前一方面的随便、匆忙等个性化的方面，才最好地表现出来。所以，很清楚，形象思维的两方面——本质化与个性化是完全不可分割的、统一的一个过程的两方面。如果把这两方面分割开来，只要求本质化，即没有个性化的本质化，那常常必然是逻辑思维的直接引申，形象不能感性具体地生长发展，结果像一个影子或符号贴在纸上活不起来，这就容易产生公式化概念化的作品，而不能打动人心。同时，如果只追求个性化，即没有本质化的个性化那常常必然是形象思维的混乱，或是一大堆无意义的奇异的情节，或是一大堆无意义的自然主义的描写，这就必然是自然主义或形式主义的作品，使人感到厌恶和无聊。

形象思维还有一个主要特征：这就是它永远伴随着美感感情态度。在整个形象思维过程中，艺术家每一步都表现着自己的美感或情感态度，并把这种态度凝结体现在作品里。在创作前，它常常表现为一种要求说出的情感冲动。托尔斯泰说得很干脆，如果没有这种非说不可的创作要求，那就根本暂时不必提笔。《红旗谱》的作者说，他写小说是一种极强烈的情感要求他这样做，要求他写出来，好像这是他的义务。为什么会这样呢？很清楚，那是因为生活中的某些事物、经历、情节，有的较短暂的、有的经过较长酝酿的，感染了、触发了、打动了艺术家的感情，艺术家对此不仅是有所触，有所知（即使很模糊很不明确），而且是有所感。从对客观形象的第一瞬间的感触捕捉和选择开始，就已自觉或不自觉地伴随着艺术家主观的情感——美感态度的表现了：有所激动，有所感伤，有所喜悦，有所憎恶，或爱悦之，或鄙厌之，或怜悯之……只有这样，情动于中，才能构思，才能欣然命笔。中外古今许多理论家、艺术家都十分强调创作过程中情感态度的重要。《乐记》说："情动于中，故形于声"；《诗品》说："非长歌何以骋其情"；鲁迅说："能憎能爱才能文"；别林斯基说："没有情感，就没有诗人"（这里和以上所指的"诗"应为广义的文学艺术而不仅是狭义的诗歌）。托尔斯泰则更认为艺术的本质和使命就在于传达感情：把作者的感情传给读者；上一代的传给下一代……。其他英、法、德国许多美学家也有与此相同或近似的论点。所以，不仅是像诗歌、音乐、舞蹈……这些更直接表现感情的艺术（所谓"表现性"强的艺术）是如此，就如小说、绘画、雕刻以至建筑、工艺等（所谓"造型性"强的艺术），也是如此的。

在这里，正确的情——美感感情态度是艺术典型化的必要条件。只有充分具备和抒发正确优美的主观情感态度，才能真正完满地客观地反映事物的本质真实。情感愈真愈强，就愈有反映的能力，就愈能正确巧妙地进行选择、集中和提炼；情感卑下虚伪，就必然造成形象的虚假、淫滥。《文心雕龙》很早就强调指出过这点："故情者，文之经……诗人什篇，为情而造文，词人赋颂，为文而造情……为情者要约而写真，为文者淫丽而烦滥"，"夫以草木之微，依情待实……言与志反，文岂足征"。这就是形象思维中情感态度的必要性。那末，可能性呢？可能性就在于"生活现象本身充满着情绪内容"，生活本身具有一定的情绪色调。所以，只要不是抽象的逻辑思考而是具体的形象捕捉和想象，生活形象或其表象首先就自然会激起一定的情感态度。"诗人感物，连类不穷"，"目既往还，心亦吐纳"（《文心雕龙》）。"现象在你的心里造成相应的情绪，它会影响你的心灵，并激起相应的体验"（斯坦尼斯拉夫斯基）。所以斯氏主张演员在认真的具体的形体动作中自然会诱发出内心体验。其他艺术家也同样，在形象的选择、捕捉想象和长期孕育塑造中，艺术家不仅注意和熟悉他们，而且对他们的行为、言语、思想情感、以至一举一动也自自然然就会有所评价，有所喜恶。这正如在日常生活中与一些关系十分密切，长期相处的熟人（不论是友是敌是爱人或是孩子），打交道一样，也总是关心的，注意的；对其言行以至很小的在别人看来是无足轻重的一切也是有所爱憎喜恶一样。艺术形象既像活人似的在艺术家周围（实际上是在脑子里，或画面上）与艺术家息息相关，艺术家是在与他们同生活共起居中来描写塑造他们，就必然会"随着他们，感受同样的心理活动"（狄德罗），"一个角色从萌芽到成熟的各个不同阶段，会以不同的方式影响演员本人的性情和心境"（斯坦尼斯拉夫斯基）。这不但对演员艺术家而且对语言艺术家都如此的。所以无怪乎巴尔扎克在描写高老头死后会几天不愉快，福楼拜描写包法利夫人服毒时，感到自己嘴里也有砒霜味。只有自然主义作家和作品才真正拒绝表现感情态度。但是，实际上不表示态度，也还是一种态度：对丑恶不表示憎，客观上就表示了作家对丑恶的宽容和默认；对美好不表示爱，客观上就表示了作家对美好的冷漠和轻视。这对"传染感情"当然是有害的。所以,托尔斯泰在称赞莫泊桑的同时,就表示了对莫泊桑的某些自然主义的描写的严重不满,指出作家对所描写的对象不表示态度,是错误的,有害的。而中国古代批评家也早说过:"繁采寡情,味之必厌"。

简单说来,艺术家塑造正面形象,怀有的常常是同情、爱护、钦佩和崇敬的肯定的感情态度,常常是尽量发掘自己内心的某些近似或相同的美好品质、感情来体会、体验和想象这些形象的外貌和内心。艺术家也常把自己的优美性格、情操放在要塑造的正面形象的身上。所以我们常听说书中的主人公的原型就是作家自己。例如据说安得烈公爵与彼尔(《战争与和平》)是托尔斯泰的两面;贾宝玉是曹雪芹的影子,保尔·柯察金是作者的自传形象……,其实不仅如此,一些原型根本不是采自作家本人的正面形象,其思想、感情、性格、行动也常常被赋以作者本人的某些东西。这很自然:因为作者感情上喜欢他,便常常把自己的形象不吝啬的借予了他。

对反面形象,也需要有设身处地的体验和想象。"文学家在描写吝啬汉的时候,虽然是不吝啬的人,也必须要把自己想象为吝啬汉;描写贪欲的时候,虽然不贪欲,也必须要感到自己是个贪婪的守财奴"(高尔基)。只有这样,通过作家自己很具体的设身处地,才能忠实地具体地造形。这是极重要的。但这里更重要的是:作家一方面设身处地,另一方面却又要保持清醒,站在比所设想对象更高一些的地位,站在能批判的角度和立场,带着憎恶否定情感态度上来设身处地。因为,只有这样,才能真正真实地描绘和深刻地揭露,才能使人感到不是自然主义的"客观""如实"的照象。既憎恶之,又模仿想象之,这并不矛盾。其实就在日常生活中也可见到:一件丑陋的事情或姿态,在当事人看来也许并不觉得,但一经别人有意模仿或叙说,便能引起哄堂大笑。所以如此,就因为旁观者清,站在"有意"要嘲笑、讽刺的更高的立场、角度上来作了具体的形象模仿和夸张的原故。在创作过程的形象思维中,艺术家一方面必须与形象同起居共体验,"生活于角色中";而另一方面却又须清醒地考察和批判着形象,"从角色中感觉到自己"。"演员在舞台上生活,在舞台上哭和笑,可是在他哭笑的同时,他观察着自己的笑声和眼泪。构成他艺术的就是这种双重的生活……"(斯坦尼斯拉夫斯基)。对一切艺术家都应如此。只有这样,普希金才不会是奥涅金,莱蒙托夫也不就是皮却林,作家比其形象站得更高。

艺术家对自己作品的形象或形象总体的感情态度,其本质是一个美的理想问题。关键在于艺术家主观的美的理想与现实生活中客观的美的理想能否、如何以及在何种基础、何种范围和何种程度上统一和一致。而主客观的美学理想是否一致或接近,关键又在美感——感情态度是否对头。因为艺术家的美学理想并不是作家自己宣布的一套抽象的信念、理论或宣言,而是一种由美感态度发展成长出来的一套自觉或不自觉的比较根本和系统的对世界、人生和艺术的感情态度或原则。这种美感感情态度是一种深入骨髓的在长期生活和教养下培养形成的具有强烈的阶级性质的东西,它本身就已包含着立场观点等根本问题在内。这在艺术欣赏或艺术创作中都随时顽强地表现出来。古话说,情感最难作伪。抽象道理可以说得头头是道,但一创作或一欣赏就马上出毛病;主观意图十分良好,一到具体作品里就突然走样:看来好像有点形象思维不由自主,其实却仍是灵魂深处的美感感情态度在作合规律的运动的表现。不熟悉工农而写工农,或还熟悉但并不热爱或是抽象的热爱,于是就必然会从自己的知识分子的感情态度出发,来观察、体验和赞赏,把自己所领会的和自以为是美好的一切(这常常就有作家本人的某些东西)加在形象身上,这样一来,形象只好成为知识分子了。正因为形象思维不同于逻辑思维,艺术创作就不能像写理论文章那样可以避开感情态度的流露。

所以,如果了解到形象思维的根本特征之一,是永远伴随着美感——感情态度,那末问题的核心就在于艺术家的美感感情态度究竟是怎样的态度,是符合客观现实发展及其情绪色调的先进阶级的感情态度呢?还是相反。从而,这里的结论就应该是,今天艺术家最根本的问题,是如何使自己具有真正工农兵的劳动人民感情态度。只有具有了这种感情态度,才能高度真实地去体验去观察,去分析,去想象,去描画,去塑造,才能保证自己的形象思维能够正确无误的进行,由此及彼,由表及里,去粗取精,去伪存真,在个性化的典型形象中充满情感地揭示出今天生活的本质的真实。

原载《文学评论》1959 年第 2 期

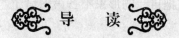 **导　　读**

　　李泽厚以宏观的哲学视野进入美学,在中国当代美学建设中起到独特作用。1956 年"双百"方针提出后,学界展开了 1949 年以来第一次大规模的美学讨论。在美的本质问题上,蔡仪的重在"反映"的"客观"论与朱光潜的偏向"艺术特征"的"主客观的统一"论发生了理论交锋。李泽厚由此提出美是客观性与社会性相统一的观点,将作为整体的人类社会活动的"实践"维度引入美学。"实践"的历史性及"实践者"的能动性,使这一美学取向在马克思主义哲学框架中获得更富弹性的阐释,尔后自成一派。《试论形象思维》一文,即显示了这一"实践美学"在文艺理论领域的阐释力。形象思维范畴因涉及创作过程本身,而易于沾染"唯心"色彩,因此问题一经提出,对肯定其存在并为"艺术特征"争取理论空间的论述来说,就常常与作为现实主义创作方法关键的典型问题联系在一起。该文提出的"形象思维是个性化与本质化的同时进行",即恩格斯所谓"这一个"的"典型的创造"过程的论点,就是对"反映"模式下典型论的正面破解。在此,个性化概念拓展了形象思维可能包含的审美空间。而另一方面,作者强调"逻辑思维是形象思维的基础",由此引出"美感"与"认识"的关系、"个性化的道路上"的"方向"把握和创作方法与世界观的关系等问题,则显示了该文与现实主义理论的对话和纠葛。其对"形象思维"的有限承认,事实上体现了更广泛的当代中国精神创建中的某种困境。在 1980 年的《形象思维再续谈》一文中,尽管李泽厚进一步提出"艺术不只是认识",意在为"审美"留出更大的空间,但同时也更强调了形象思维的"逻辑"基础。"文革"后,他的主体性实践哲学、自然人化说、历史积淀说、艺术本体论等都对当代文论建构产生了重要影响。在此节选的是《试论形象思维》的第二部分。

链　　接

陈涌:《关于文学艺术特征的一些问题》,《文艺报》1956 年第 9 期。
毛星:《论文学艺术的特征》,《文学评论》1957 年第 4 期。
毛泽东:《和陈毅同志谈诗的一封信》,《诗刊》1978 年第 1 期。

文学的真实性和倾向性

王元化

一

"由无不能生有。"——鲁克底里斯

"在有真实的地方也就有诗。"——别林斯基

我想谈谈我对文学的真实性和倾向性的一些意见。我不能同意所谓真实性强倾向性差的说法。这样的分割是重蹈社会和艺术二元标准论的故辙。三十年代末期,我曾赞同并在当时出版的《文艺新潮》上发表文章附和过藏原惟人所提出的社会价值和艺术价值的观点。据说这一理论是从苏联传入日本的,它来源于拉普时期苏联文艺界对普列汉诺夫提出的"社会等价物"所作的解释和引申。由于缺乏资料,我没有经过查考,至今未究明原委。如果有人对这方面进行探讨,把研究成果发表出来,那对我们文艺理论研究工作会是很有益的。在四十年代初期,我开始对自己曾经相信过的这个观点产生怀疑。试问:在艺术形象的真实性之外有什么倾向性呢?也许某些概念化作品正是表现了这种筋骨外露的倾向性的,——例如,我国革命文学发难时期文学作品中的光明尾巴之类。但是,不久成熟起来的以鲁迅为首的左翼文艺理论界就已辨明它的虚妄,因为提倡这种倾向性不是尊重艺术感染力的潜移默化作用,而是主张耳提面命的生硬灌输。不过历史的教训并没有得到普遍的承认,文学的真实性和倾向性问题仍尚待解决,过去的谬误在新形势下还在改头换面地时隐时现。我以为真正的倾向性不能游离于艺术形象的真实性之外,而是从艺术形象本身自然而然流露出来的。当时我是读了《海上述林》介绍恩格斯关于现实主义的理论,才取得这种认识,纠正了自己过去的偏颇。我认为硬加到作品上去的倾向性是造成概念化的根源之一。倾向性是作家的立场观点在认识、掌握和表现生活时有意或无意的表露,它只能从艺术形象的真实性中显现出来。怎么能说一部作品写得很真实而它的倾向性却不好呢?就以被评论者作出这种评价的剧本《假如我是真的》来说,它的缺陷恐怕还是在于其中羼杂了人工造作的不真成分。倘说它的倾向性有些问题,也只能通过艺术形象的真实性的不足去探索原因加以论证,而不能离开作品本身的艺术形象的真实性去评论短长。

一九五二年我出版的一本论文集是以《向着真实》作为书名的。我在这书的后记中说:"写出真实来! 斯大林同志说的这句话是现实主义的基本原则。文艺上的许多错误,不正是因为忘记了它才滋生蔓延起来的么? 那么,坚持现实主义,向着真实努力,这是必要的。"现在二十八年过去了。我不讳言这书中存在某些缺点和偏激之处,但是我对上引那段话仍深信不疑。那时我在书里曾明确反对冷淡旁观的态度和把写真实当作有闻必录作生活起居注式的自然主义繁琐描写。当我用《向着真实》作为自己书名的时候,我完全没有料到在以后历次文艺思想批判的政治运动中,写真实竟成为最受攻击的目标之一,历经厄难。直到四人帮被粉碎后,它才不再成为不容进行科学探讨的禁区。不过,直到今天在有些人心目中,写真实和自然主义仍无异同义语。我不懂这种误解怎么竟如此根深蒂固? 这里我想举一个可资借鉴和参考的例证。黑格尔曾提出:"一切现实的皆是合理的,一切合理的皆是现实的。"这一著名命题曾引起普鲁士政府的感激和进步党人的愤怒,双方都没有理解它的合理内容。在这种误解始终没有消除的时候,恩格斯曾对黑格尔所用的现实一词作了切中肯綮的阐释。他指出:"黑格尔的意

思根本不是说,凡存在的一切无条件地都是现实的。在他看来,现实的属性仅属于那同时是必然的东西。"我认为这段话可以有助于我们来澄清在写真实问题上所形成的种种混乱,或者至少可以使我们受到启发,对真实这个概念也作出相应的正确理解。为什么一定要把真实和存在混同起来?为什么一定要把真实和本质隔绝开来?根据什么理由可以断言真实的属性一定不是仅属于那同时是必然的东西?如果有人对真实的涵义作了歪曲的理解和滥用,那么文艺理论工作者的责任,是应该分清是非辨明真相,还是将错就错把罪咎推到无辜的真实头上?这样平凡的真理竟需要大声疾呼地申辩,真是令人为之扼腕。

二

"任何个别都不能完全地列入一般之中。"——列宁

我不赞成矫枉必须过正的办法。难道以偏纠偏是科学的态度吗?至于以自以为是的"正"去纠自以为是的"偏"就更不应该了。现在有人以写本质去代替写真实,我并不以为然。生活的本质不是存在于生活的现象之外,也不是先验地产生于生活的现象之前。抽象的本质总是依附或潜在于具体的现象之中,赤裸裸的一无凭借的本质是没有的。我们只能吃到葡萄、苹果、桃子和梨,而不能吃到抽象的纯粹水果实体。马克思和恩格斯在《神圣家族》中曾对上述例子详加论证,从而深刻地揭露了思辨哲学的秘密。难道我们还要退回到比思辨哲学更为虚妄的魏晋玄学上去,认为只有本体才是实相,而万有——即从作为空玄无形绝对精神的本体幻化出来的瞬息万变刹那生灭的现象界——则都是假象?倘使一旦偏离了作为感性形态的具体现象去侈谈本质,不管在什么动听的名义下,都会造成一种抽象思维的专横统治。黑格尔虽然是个思辨哲学家,但是当他的辩证法一旦使他从思辨结构摆脱出来作出把握事物本身的真实叙述的时候,往往说出一些深刻的道理。他在《小逻辑》中曾用这样的命题来表述现象和本质的关系:"凡现象所表现的没有不在本质内的,凡在本质内的没有不表现于外的。"这话说得很好。从一滴水看大千世界曾被认作是荒诞不经之言,不可为训。可是,我看这个比喻也有某些合理的成分。各种现象都在不同程度上表现了本质,就像个别是一般这一直接判断一样是不容置疑的。

马赫曾诬蔑唯物主义者所看到的世界是单调的、僵死的。事实相反,作为唯心主义的思辨哲学才是这样。唯物主义者所看到的世界是丰富多彩、生气勃勃的。既然一切生活现象都从不同的侧面反映了生活的本质,因此这就给题材的多样化提供了广阔的天地。在文艺创作上可以鼓励作家去写某种题材,但在题材的选择上不应加以强迫和限制。至于作家对某一题材怎样去写,从什么侧面去写,则更不能挑剔苛求,横加干预。表现解放战争,可以正面去写战火纷飞、硝烟弥漫的冲锋陷阵场面;也可以不尽情铺展这类场面,而像《今夜星光灿烂》那样,着眼于人物性格去写几个普通战士的悲欢,和他们那年轻而纯洁的心灵对于并肩作战的生者与死者的真挚情谊和同志爱。表现十年浩劫,可以正面去写林彪死党和四人帮及其帮派分子的篡党夺权阴谋,也可以不详细涉及这类场面,而像《在社会档案里》那样侧重去写这场灾难的受害青年,怎样怀着一颗赤子之心在当时特定条件下由于盲目追求革命理想而误入歧途,或者一个纯洁少女处于非人的境遇下,在人性上所发生的自我异化。后者难道就不能震撼人的心灵,引起人的思考,激发人的革命良心?但是这类作品往往遭到不公正的责难,理由之一是不典型,而所谓不典型就是没有写所谓的本质。可是,大自然的客观规律不是上帝,它并没有自己垂青的选民,只把本质赋予为数稀少的特定现象,而使其余的现象一律成为无家可归的孤儿,永远

被放逐在本质的圣殿之外。

我在去年《文艺论丛》上发表的一篇论述审美主客关系的札记中,曾援引过费尔巴哈对于"类在一个个体中得到完满无遗的体现"的思辨观点的批判,并根据自己的理解加以论述。其中有些意见对于正在讨论的写本质问题也许有些用处。因为有些人不是把本质看作是某种现象的本质,而是加以扩大化,把它看作是属于更广范畴的共性或类。这就重复了费尔巴哈所批判的要求"类在一个个体中完满无遗的表现"的错误。比如过去曾经出现过的一个阶级只有一个典型的观点,正是反映了这种错误理论的最好例证。事实上,任何作为感性形态的"这一个",都不能一劳永逸地体现作为类的全体代表的本质,正如历史长河的人类认识过程,决不会在某一瞬间获得绝对真理,突然戛然中止,再不能前进一步一样。本质并不能一举囊括作为感性形态的"这一个"的现象整体,后者有些成分是本质所不能完全纳入的,因为本质是排除干扰经过净化的抽象。车尔尼雪夫斯基所提出的命题:"茶素不是茶,酒精不是酒"。虽然曾受到某些美学家的指摘,但我始终相信它是真理。试问:茶素能代替茶,酒精能代替酒吗?在文学创作上,用写本质去代替写真实,那结果往往是以牺牲本质所不能囊括的现象本身所固有的大量成分作为代价的。这个代价却未免太大了,它剥去了文学机体的血肉,使之变成只剩筋骨的干瘪躯壳。黑格尔说得好:化学家分析一块肉,指出这块肉是由氢、氧、碳等元素构成的,但这些抽象的元素不再是肉了。我们可以援此为例打个比喻,倘使有人请客吃饭,他端出来的不是一盆肉,而是氢、氧、碳等元素,并且说这就是本质的肉,是肉类的精华,比平常普通的肉更好;你将会怎样想法?不幸的是这种写本质的偏见竟如此难以消除,以致把几十个或上百个人的共同点抽象出来概括到一个人的身上,和后来发展到尽量把所有的优点或缺点集中到一个人身上的典型论,曾风靡一时,至今尚流传不歇。由此所产生的悍然违反生活真实也违反艺术真实的作品,将会给读者留下怎样的印象?我想套句古话来回答:尧之善不若是之甚也,桀之恶不若是之甚也。作品不能使读者相信,还谈得上什么感染力?文学作品当然要表现生活的本质,但这并不意味着排斥生活的现象形态。经过作家提炼、加工、熔铸了的生活现象,可以像许多人喜欢讲的那样是容许变形的(变形只是艺术手法中的一种,不是唯一的),但不能放纵意志的任性,海阔天空,漫无边涯,而必须随心所欲不逾矩,要有适当的分寸。经过作家虚构出来的东西必须和现实生活本身一样保持着细节的真实性,而不能抛弃生活现象形态本身所具有的属性。在这样的情况下,透过现象显示本质是文学创作的真正困难所在。而作家就是要在这种困难条件下,披荆斩棘,逞才效技,施展自己的本领。

三

"从喷泉里出来的都是水,从血管里出来的都是血。"——鲁迅

"少女为失去爱情而歌,守财奴却不能为失去金钱而歌。"——罗斯金

目前,社会效果已成为一个经常涉及的题目。其实这本来是不言自明的。文学作品既然公之于众,怎么可能没有社会效果?问题是不能把社会效果作简单化庸俗化的理解。过去我们在这问题上吃过亏,教训不能忘记,否则又要退回到所谓为政治服务的"赶任务"、"写中心"等等偏向上去。社会效果归根到底仍离不开倾向性问题。前面已经说过,倾向性是作家的思想感情在认识、把握和表现生活真实时在艺术形象中的自然流露。过去,杜勃罗留波夫也曾经表明:"艺术作品可能是某种思想的表现,并不是因为作者在他创作的时候听从了这个思想,而是因为那作品的作者被现实的事实所征服,而这思想正就是自然而然地从这种事实中流露出

来的。"这话近似恩格斯关于文学倾向性的观点。我以为这不是偶然的巧合,而是在同一问题上科学地探讨了艺术规律的结果,正如不同的科学家在同一试验中作出了类似或相同的发现一样。作家的思想感情不是一朝一夕所形成的,它按照思维或心理活动的规律,其中包含着性格、才能、天赋、气质等等复杂因素,经过长年累月的熏陶和磨练才形成起来的。在这方面我们的研究还处于幼稚阶段,许多微妙的精神现象还有待我们经过不断的探索去——揭开其中的奥秘,找出规律性的东西来。这里我所能说明的是作家的思想感情有一个自然形成的长过程,决不是临时张罗,依靠人工装修的办法所能奏效。一旦进入写作阶段,作家为了追求社会效果,不从自己的真情实感出发,企图用强制手段,进行削足适履的弥缝修补,纵使出于自觉自愿,也仍然无济于事。因为他不能在顷刻之间使自己长期定型的思想感情骤然发生脱胎换骨的变化。倘使硬要这样做,那势必会束缚作家的自由抒发,变成创作活动的无情桎梏。自然,作家在写作时也要考虑到社会效果问题,但是,这种考虑首先必须尊重生活的真实,不能违反艺术的规律。只有在作家的思想感情适应并服从艺术形象的真实性情况下,他才能使自己关于社会效果的考虑步入正轨。否则就会出现有时令成功的作家也难免感到不安的二元化倾向,这也就是说,作家在艺术形象中不自觉流露出来的潜在的思想感情和他为了追求社会效果强加到作品上去的外露的思想感情,形成真假混杂,表里抵牾的矛盾,从而造成思想感情本身之间和它与艺术形象之间的分裂。这势必破坏了艺术必须浑然一体的和谐一致性。

我觉得,鲁迅所说的先做革命的人这句大家熟知的话,始终是文学倾向性的关键所在。革命人才写出革命作品,取得革命效果。过去,别林斯基曾提出,思想必须获得人格的印证,要求把思想融为自己的血肉。罗曼·罗兰也说过,只有伟大的性格才写出伟大的作品。我认为这些话都和鲁迅的话相通。从某种意义上来说,倾向性是不以作家本人的意志为转移的。强扭的瓜不甜,强扭的思想不真。艺术最不能做假,作品无法掩饰作家的灵魂。一个人被胁以刀锯鼎镬也不肯吐露的内心隐秘,有时也会不知不觉地在作品中经过折射露出或隐或显的痕迹。作家在写作的时刻,如果强迫自己去写对他是陌生的、未经消化的、并未扎下根的思想感情,那么,不是煮成一锅夹生饭,就是弄虚作假。艺术要求真诚,假、大、空是引起读者厌恶的。文艺复兴时期,摆脱了经院神学束缚、代表人文主义的光辉形象哈姆莱特在一场戏出场的时候,一边念着手里的一本书,一边说:"空话,空话,空话。"这重复了三遍的两字评语难道不能使我们引以为戒? 难道还要重蹈言之无物或言不由衷的故辙? 没有获得人格印证融为自己血肉的思想是虚假的。游离于艺术形象真实性之外的倾向性,不是脉管中流动的血液可以灌注全身,赋予机体以生命,而是贴上好看商标的赝品,顶多只能起着暂时的蒙混作用,利用假象去唤起错觉。可是人们只要揉一下眼睛,那些五彩缤纷的幻景就会立刻烟消云散。从艺术形象的真实性之外去评论倾向性,恰恰无视文学作品是活的有机体。其实把文学视为活的有机体并不是什么新的见解,古代文艺理论家早已认识了这一点。亚里士多德曾在这方面作过充分的阐发。刘勰说:"义脉不流则遍枯文体",也是把作家的思想感情看作是血液在布满全身的脉管中流动不息,灌注艺术以生气和生命。

四

"请你们在公文上老老实实照我本来的样子叙述,不要徇情回护,也不要恶意构陷。"——奥瑟罗

为什么到今天我们还不能按照艺术本身的规律对作品的倾向性作出合情合理的评价? 我

们对于这两年间涌现出来的一些不是按照通常习惯把脚色划分为好人和坏人的写法，而是坚持了现实主义原则表现生活真实的作品，并不是都能接受的，有时甚至还发出了不公平的责难。作家需要别人实事求是地正确理解他的作品。评论者纵使不能成为作者的知音，至少也要尽量去理解作者的创作甘苦。可是有的评论者往往由于已经习惯了的审美趣味的惰性作用，却把珍珠当作鱼目。如果一部作品出现的人物既不能简单的归为好人，也不能简单地归为坏人，却是像真实生活本身那样具有复杂的性格，而作者对这样的人物又不是简单地抑扬或作出一览便知的褒贬，而是同情中夹杂了批判的成分或批判中夹杂了同情的成分，那么这些评论家就不免对之瞠目结舌，不知所措。而比这更糟的是不屑理解就硬以已经定型的习惯标准率尔判定是非。我不知道评论者根据什么逻辑又有什么权力，可以把别人作品中的复杂的人物性格按照自己所熟习的非此即彼的分类法去任意归类，把作品中的复杂的思想感情强行纳入自己看人论事的简单划一的尺度去妄作解人，然后再把这种歪曲了原著精神实质纯属捕风捉影的主观独断当作铁证，从而义形于色地进行无的放矢的指摘？最近我读了《文艺报》第九期发表的漠雁同志对《在社会的档案里》的批评文章，我感到自己不能沉默，因为这类批评并不是孤立的现象。我在本文里不可能以更多的篇幅来评论这个有争议的剧本的功过，我只是想顺便提一下，嬉笑怒骂虽然皆成文章，但是意在求胜却不应是批评的应有态度。我不懂漠雁同志的那篇评论为什么要运用比"一个阶级只有一个典型"更偏颇的理论，把作者写的在十年浩劫中一个紧跟林彪，——用作者的话来说"倒下去的人越多，官做得越大"的部队坏干部，充当作人民解放军的全体，从而对作者大张挞伐，并加上了给"最可爱的人"抹黑，给老干部"挂走资派黑牌"等等吓人的罪名？过去一位外国戏剧家把我国京戏中武生背上的四面靠旗当作了四支军队，这虽然可笑，但是，呜呼！他毕竟还没有把一个军人，哪怕他是军队的"大首长"，做为整个军队的化身！我不懂这篇评论为什么既然声明"不敢说王海南（作者笔下的一个人物）的思想就是作者的思想"，可是紧接着笔锋一转，又以这个人物误入歧途的行为作为唯一的根据，去呵责作者本人竟"公然宣扬叛国无罪"？倘使把这种方法施诸于前人，像普希金和莱蒙托夫这样的现实主义作家也会遭到无妄之灾。评论者可以质问：奥涅金开枪打死了自己的朋友兰斯基，这是什么行为？毕巧林的故事冠以当代英雄的美名，这是什么思想？作者必须为自己笔下的人物负起道德上以至法律上的责任，因为作者并没有在自己人物身上粘贴区分善恶的显眼标签，为读者提供现成的褒贬答案。如果作家没有采取金圣叹评《水浒》那种眉批夹注的办法，对书中人物的每句话和每一行动都作出塾师批卷式的诸如"妙"、"丑"、"狠毒"、"可畏"、"绝倒"之类的案语，那就是作者没有表态，没有批判，没有站稳立场。我想，鲁迅所说的分明的是非与热烈的爱憎和这种评论要求完全是风马牛不相干的两回事，那是需要具有思想力和艺术鉴赏力的评论者以严肃认真的态度实事求是地深入到作品艺术形象的真实性中去探讨作家思想感情的复杂表现，才能作出中肯的审美判断。十年浩劫遍及全国的大批判造就了一批比著名的忒耳西忒斯还要严厉，还要粗暴，横行阔步的酷评家。随着四人帮的覆灭，这种显赫一时的大批判再没有耀武扬威的余地了。但是余毒未清，大批判的病菌也会侵入我们自己的机体，这是需要我们警惕并加以克服的。但愿那种无限上纲，罗织罪名，打《语录》仗式的驳难攻击，永远消失不再重演吧。

五

　　"那隐闭着的宇宙本身没有力量足以抵抗求知的勇气。对于勇毅的求知者，它只

能揭开它的秘密,将它的财富和奥妙公开给他,让他享受。"——黑格尔

接下来我想谈谈怎样从文学的真实性和倾向性方面去看待文学史上那些杰出的作家。这是一个很复杂的问题,决非三言两语可尽。我只想就其中关系比较重大的方面谈谈自己的想法。过去,我们只谈这些作家的阶级局限性,几乎已经毫无争议。但是,我觉得是不是也应该进一步探讨一下,在某种程度上他们也可以摆脱这种局限?我认为不能把阶级的局限认作是他们绝对不能逾越的鸿沟。恩格斯曾经概括了文艺复兴时期杰出人物的特点。他认为在那个人类前所未有的最伟大的进步性变革运动中,顺应时代的需要出现了一批学识渊博、思想深刻、性格坚强的多才多艺的巨人。他说,这些"为现代资产阶级打下基础的人,无论如何,都是些不受资产阶级观点局限的人。"这清楚表明文艺复兴时期的那些杰出作家是摆脱了资产阶级观点制约的。例如,莎士比亚就是明显的例子。如果说,莎士比亚笔下的一些英雄人物如亨利五世和《约翰王》中的庶子菲力浦,还是体现了刚刚从封建社会母胎脱生出来的新兴资产阶级依附王权去消灭封建割据的观点。那么,莎士比亚在另一些剧作中却摆脱了这种阶级观点的局限。比如《李尔王》就存在这种情况。李尔在让出王位之后,失去了君王的尊荣,降到底层。当他认识到并懂得了民间的疾苦,人的感情在他身上觉醒起来。他在大雨倾盆、狂风怒吼、雷电交加的旷野上所发出的那段关于"衣不蔽体的人们"的独白,曾被一位英国评论家说成是比大自然的暴风雨更为壮烈的心灵的暴风雨。我们可以把它看作是莎士比亚本人的动人心魄的内心表露。倘使莎士比亚对于资本主义原始积累时期的圈地运动的羊吃人的现象,和由此所造成的无家可归的流浪汉遭受统治阶级血腥立法的残酷迫害,不是抱着深恶痛绝的态度,他是写不出这场戏的。在同一剧作和另一剧作中,莎士比亚还如实地反映了出现在他那时代的另一类人物形象,他们泼剌、强悍、精力饱满,却又像魔鬼般的奸诈,像豺狼般的狠毒,这就是那些在资产阶级萌芽时期的最早野心家冒险家爱特门、埃古之流。倘使莎士比亚不是对他们疾恶如仇,就不会像禹鼎铸奸般地把他们载入自己的戏剧史册,垂诸后世。对于莎士比亚这样的作家究竟应该怎样予以正确的评价?按照通常的说法,就是这些作家体现了人民的要求和愿望,他们的作品是具有人民性的。这样说大体上是不错的。不过,人民性却往往被笼统地加以解释,成为一个模糊的概念。我们通常把文艺复兴说是资产阶级上升时期,并认为在这样的时期,资产阶级和无产阶级的矛盾尚未激化,而且在反封建反神权方面,资产阶级和劳动人民的基本利益是一致的。这就是资产阶级作家可以体现人民的要求和愿望,在作品中表现人民性的理由和根据。六十年代苏联出版的奥夫斯亚尼柯夫编撰的《简明美学辞典》仍沿袭这种说法。实质上,这种说法是以资产阶级在上升时期和劳动人民有着基本一致的利益为前提的,因此这可以被理解作资产阶级作家表现的人民性仍然是站在资产阶级立场上反映了资产阶级的观点,从而小心地回避了恩格斯明确指出的"无论如何都是不受资产阶级观点局限"的科学论断。为什么要采取这种遮遮掩掩的态度呢?我们应该理直气壮地承认恩格斯的这一真理:在某种情况下作家可以在一定程度上摆脱阶级的制约,不受阶级观点的局限。

自然,我们也应该看到过去那些杰出作家的世界观呈现了错综复杂的情况。但我不同意把他们的具有矛盾的世界观完全看作是保守的,甚至是反动的。如果我们承认生活在阶级社会中的人除了具有阶级性之外,还可能具有某种不是阶级性这一范畴所能容纳的人性。那么,为什么那些杰出作家反而不可能出现这种情况呢?也许人性和人道主义是使他们在作品中摆脱阶级局限的一个主要原因。我以为这问题可以进行探讨。这里,我且不谈这个问题,只想再援引恩格斯所举的另一例证。他曾经说:"歌德像黑格尔一样,各在自己的领域内,都是真正奥

林帕斯山上的宙斯,然而两人都未能完全免去德国庸人习气。"这句话如果作简单化的理解就会产生误会。我以为所谓庸人习气主要指的是政治态度方面,歌德他们不像文艺复兴时期的巨人那样具有革命激情和坚强性格,用笔或兼用笔和剑投入那场人类前所未有的伟大的进步性变革之中。他们小心翼翼,不敢得罪或碰疼当时普鲁士的专制政府,甚至有时还表现了懦怯的态度。可是,在另一方面他们又都在自己领域内是真正的奥林帕斯山上的宙斯。这一点不可轻视,值得我们思考。我以为,他们在自己领域内作出了对人类的伟大贡献,不仅仅需要天赋、勤奋、毅力和学识,而且也需要追求真理的热忱和忠于科学忠于艺术的优秀品质。这种品质同样值得推崇,并且和他们在政治态度上所表现庸人习气恰恰相反,形成奇异的鲜明对照。而事实却正是如此。我觉得在巴尔扎克、果戈里等等这些作家身上也都具有同样的情况,我们只要读读他们的传记就可以明白。例如,像巴尔扎克年轻时为了献身文学,要用自己的笔去开拓拿破仑的剑所不曾达到的领域,甘愿清贫自守,住在拉丁区的阁楼,忍受饥寒的煎熬,而放弃家庭的接济和优裕的生活享受。再像果戈里为了坚持他所开创的以自然派命名的现实主义创作道路,在当时充满陈腐偏见的文艺界,遭受多少责难和辱骂,但他毫不妥协,始终坚守自己的岗位。这类可歌可泣的动人事迹,直到今天仍使我们深深感动。如果他们以庸人习气去对待自己所从事的文学事业,就会由奥林帕斯山上的宙斯一变为渺小的侏儒了。当马克思批评当时的庸俗经济学的时候,曾说:"超利害关系的研究没有了,代替的东西是领津贴的论难攻击,无拘无束的科学研究没有了,代替的是辩护论者(Apologetik)的歪曲的良心和邪恶的意图。"这不是表明超利害关系无拘无束的科学研究是存在过的么? 马克思说的古典经济学家就是这样的。《资本论》所提到的那些工厂视察员和公共卫生报告医师也是这样的。他们恪尽职守,无党无私,毫无顾忌地秉笔直书,揭示劳动人民的悲惨处境,而并不计较个人得失,趋承上意,像前人诗人所说"颠狂柳絮随风舞,轻薄桃花逐水流"的风派人物那样随波逐流,趋炎附势。科学家不怀任何私人利害打算去探索自然规律,艺术家不怀任何私人利害打算去追求生活真实,他们决不肯为了领取津贴去充当统治阶级的御用工具,决不肯歪曲自己的良心,怀着邪恶的意图进行颠倒黑白的论难攻击,就这方面来看,应该说他们具备了罗兰所谓的伟大性格,他们的脉管是流着红色的血浆而不是喷泉的清水,因此他们才写出了伟大的作品。还应该说,正是由于这种缘故,他们才可能在一定程度上在一定范围内摆脱了阶级制约,不受阶级观点的局限。可是,过去一涉及追求真理的热忱或忠于艺术的良心这类提法,马上就会有人出来呵责,斥为宣扬唯心主义。他们忘记了恩格斯早在一个多世纪以前就已回答了史达克对于费尔巴哈提出的理想的力量所作的责难,他说:"如果一个人只因他具有'理想的意向'并承认'理想的力量'对他的影响,就算是一个唯心主义者,那么任何一个稍稍正常发展的人就都是天生的唯心主义者了。于是这一点不可以理解:世上怎么会有唯物主义者呢?"恩格斯的话是值得我们记在心头永志不忘的。让经过惨痛经验教训而在当前这场思想解放运动中重得确认的实事求是精神永远发扬光大,成为引导我们为社会主义文学事业奋斗的灯塔!

一九八〇年十月十五日晚

原载《上海文学》1980 年第 12 期

导　读

作为谙熟黑格尔著作与《文心雕龙》等中西经典文论的马克思主义文论家,王元化对具有现实意义的理论问题特别敏感,并表现出思辨的穿透力。20世纪80年代初,"伤痕"、"反思"文学的创作与整个思想文化界的"人道主义"思潮相互应和,而关于"人的本质异化"问题的讨论,是"人道主义"论争的焦点,并涉及当代政治理论中社会主义有无"异化"现象等重大问题。周扬对该问题曾做出集中论述,并将之提升到人的思维和认识领域具有普遍性的理论高度,使其在中国当代思想语境中显示出发散性影响,而"伤痕"、"反思"文学所表现出的"阴暗面",正与"真实性"、"倾向性"等范畴紧密关联,都涵容于"人的本质异化"的论题域。

王元化的《文学的真实性和倾向性》写于"文革"结束之初,它对当代文论提出的挑战,甚至超出了一般美学理论。该文虽未正面触及"异化"问题,但却对此表现出高度敏锐,并显示了从哲学高度逼近这一问题的路径。文章既表现出对"真实"与"本质"的确信,更对"现象"和"个别"的丰富性予以有力的申解。在探讨"倾向性"的具体形成,"倾向性"与作品"这一个"的表现、与作家思想感情状况、与批评家应有态度间的关系时,尤其表现出恳切的历史反省态度和深刻的理论洞察力。事实上,这一"作品—作家—批评家"的论述结构,已经指向后来以刘再复《论文学的主体性》为代表的"人"学理论视野。

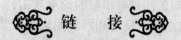

链　接

胡耀邦:《在剧本创作座谈会上的讲话》,《文艺报》1981年第1期。
徐俊西:《一个值得重新探讨的定义》,《上海文学》1981年第1期。

二　文学中的人与政治

20 世纪 80 年代初的人道主义论争,空前凸显了"人"的问题,它成为文学与政治关系总体构架之解体的思想支持。90 年代初的"人文精神"大讨论,再次接续了这一话题,但已遭逢文化为主导的全球化知识境遇。而文学审美本体的建构,亦随着这两次发自文学界的时代思潮而起落沉浮。换言之,政治话语的消退,并未使文学获得理论的自足。这里,社会转型是重要的影响因素,但从"人"的问题出发,则可能探究到当代文论一个更高的理论层次。

事实上,一条关于"人"的思想线索,自始至终隐伏于文学与政治关系中。一般认为,它始于 20 世纪 40 年代胡风提出的"主观战斗精神",经 50 年代钱谷融关于"文学是人学"的理论开拓,再经 80 年代初周扬等对"人道主义"的思考和反省,在 1985 年刘再复关于"文学是人的灵魂学"的"主体性"论述中得到集中表述。此后,随着政治话语的出位及"现实主义"、"反映"、"真实"等范畴的消弭而重新退隐。可见,"文革"后文论的审美本体建构,未能提升这一思想线索。随后审美话语的自身失陷,更使它在 90 年代以来的知识话语中,几乎遭到价值性的消解。但"人文精神"大讨论的发生有力地提示:这一思想线索的存在,不只关乎"人"的价值或审美问题,而是一个在当代文论中历史地形成的问题。

从本单元所选论文可以看出,当代文论中"人"的思想线索,正起始于与"教条主义"的尖锐对立。1956 年"双百"方针期间涌现出的大量论文,显示出这一整体情势和背景。钱谷融的"文学是人学"论,甚至以"多灾多难"喻其现实后果。而指陈整个文艺领域教条主义思想蔓延及其现状的胡风的"三十万言书",尤其显出先锋性和尖锐性。因此,当代文论中"人"的问题的产生,不仅出于文学与政治的理论紧张,而且牵涉到思维、精神与行动、实践两个相互关联的领域及其可能发生的相互交错。

当代文学中有关"人"与政治的论题,它与充满意识形态迷雾和现实灾难的 20 世纪人类处境相连接。作为人类活动的两大基本领域,在思维、精神与行动、实践二者的交接点上,必然牵涉到"人"的问题。所谓二者间发生交错,即意味着现实的"人"将承受交错的全部后果。因此,文论中的文学与政治的关系,高度映射出新中国的建立这一中国当代史上的理论创举与伟大实践。事实上,当代文学的高度实践性,决定了这一思维精神领域向统领整个历史实践的政治敞开,"人"的问题正表征了两者间所发生的历史性的深度交错,同时也恰恰显示出在理论和实践中区分两者之边界的必要。

本单元所选的论文就显示了这一边界区分的巨大努力。胡风在源泉问题上将"创作实践"与《讲话》中确定的"生活实践"并置,刘再复的"文学主体性"论述对精神主体与实践主体的区分等,都是重要的标志性体现。边界的寻求与建立还集中在关于"黑暗面"、"暴露"问题的理论申诉上。邵荃麟关于农村题材的讲话,因触及"中间人物"而引发文学与政治的双重悲剧,就是一论题之艰难展开的见证。而从 20 世纪 40 年代胡风关于"精神奴役的创伤"的"人",到 80 年代周扬关于普遍性的"本质异化"的"人"的论述,正表现在将"人"的问题域从行动、实践领域向思维、精神领域转移的理论努力。这也使周扬的"异化"论述显示出真正的意义,它的认识论框架及对理论独立性的强调,都可能使"人"的问题的讨论摆脱政治意识形态的束缚,从而有可能显现两大领域之间的边界。留给当代文论的核心命题,则是对"异化"问题所内含的"人"之"真"的普遍追索。

关于解放以来的文艺实践情况的报告（节选）

胡 风

……

第五个论断，第二个原则性的结论：胡风片面地不适当地强调所谓"主观战斗精神"，而没有强调更重要地忠实于现实，这根本上就是反现实主义的。（林默涵）

"主观精神"这个说法，是用在这样的内容里面的：

> 新文艺的发生本是由于现实人生的解放愿望，所谓"言之有物"的主张就是这种基本精神的反映。但说得更确切的是："我的取材，多采自病态的社会的不幸的人们中，意思是在揭示出病苦，引起疗救的注意。"（鲁迅）这里才现出了真实的历史的内容，而不止是模模糊糊的"物"了。于是，才能说"为人生"，"要改良这人生"。

> 然而，为人生，一方面须得有"为"人生的真诚的心愿，另一方面须得有对于被"为"的人生的深入的认识。所"采"者，所"揭发"者，须得是人生的真实，那"采"者"揭发"者本人就要有痛痒相关地感受得到"病态社会"的"病态"和"不幸的人们"的"不幸"的胸怀，这种主观精神和客观真理的结合或融合，就产生了新文艺的战斗的生命，我们把那叫做现实主义。（《在混乱里面》五六——五七页，一九四三年）

一，新文艺是从现实人生的解放愿望（人类解放的愿望）产生的，为了反抗"病态的社会"。

二，文艺是写人，尤其是被压迫的人民的，不能是所谓"物"；说明了文艺的特殊性，文艺的任务是表现人（典型）的。

三，要通过写人去写出"人生的真实"。

四，要做到这，须得作家有和人民痛痒相关的胸怀。主观精神，革命人道主义的精神。

这应该是说的要忠实于现实的。虽然是抒情性的文字，这三、四两项的含意应该是从苏联作家协会章程上的定义（"结合起来"）翻译出来的意思。这"主观精神"，不是"社会主义精神"的一个具体的表现，在一九四三年黑暗的蒋介石统治下面的具体表现么？未必作家不应该抱着对人民有所为的态度去忠实于现实么？这不正是为了"更重要地忠实于现实"么？

何其芳同志又带着嘲笑的口气捉住了那短文里面的另外几句：

> 这种精神由于什么呢？由于作家的献身的意志，仁爱的胸怀，由于作家的对现实人生的真知灼见，不存一丝一毫自欺欺人的虚伪。我们把这叫做现实主义。（同上，五八页）

即使把这几句从前面的整段文字割开来，但还是看得出来，这说的也是和上面引用的那一段同样的意思。第一个"由于"子句是指的作家对于革命斗争对于人民的态度（精神），第二个"由于"子句是指的要写出真实。是要求这两者"结合起来"的。如果何其芳同志责备我不应该用这种"非科学"的词汇，那我决不用当时的感情要求和窒息性的审查制度来辩解的。但把这个抒情的说法判为"反现实主义"，我以为是过于性急了的。

但林默涵同志主要地是从《文艺工作的发展及其努力方向》（《逆流的日子》一——一三页，一九四四年）做了一大段文章，说我想用"主观精神"和"阶级立场""掉包"，断定我"陷进了唯心主义的泥潭"。①

我决不想和林默涵同志的"阶级立场"掉包。那虽然是"奴隶的语言",说不上严谨的科学性,但当也看得出来,那里所用的"主观精神"是说的抗战初期那一种民族解放、人民解放的高扬的热情。那不是林默涵同志所要的"阶级立场",但却是从无产阶级先锋队所发动所领导的历史大斗争爆发出来的产物。这虽然不就是"社会主义精神"本身,但在当时的大斗争中,社会主义精神也是非得成为这种具体的内容不可的。否则,工人阶级不但不能领导,而且还要脱离或取消民族解放战争的。反转来看,反映在作家身上,这种高扬的热情,如果能够成为实践的动力,通过实践的锻炼,能够"和客观对象结合"和人民结合,深入历史现实的"在全体联结上的潜在内容",受到"锻炼",它就一定会通向社会主义精神,甚至能够是一种具体性的社会主义精神,像在鲁迅作品里所表现出来的。我以为,那会给社会主义现实主义带来一些胜利,也会打开道路逐渐达到林默涵同志所要求的阶级立场和世界观的。从当时的政治要求看,也只能是如此的。但由于当时的政治反动所造成的社会情况,由于作家们不能"生活在兴奋的战斗和觉醒的人民里面",不能置身"在健康的土壤上"(革命根据地),由于作家们不能在实践里面保持并且继续吸取人民的血肉要求来培养自己,于是,这高扬的主观精神就不能结果,逐渐衰落了。我说的就是这一点意思,作家要凭着人民解放的精神和对于现实的认识"结合起来"的意思。目的是为了给作家们唤回对于实践的庄严感觉,献身战斗,深入生活,"追求而且发现新生的动向,积极的性格"(引文俱见同一文章内)。这应该是担心"主观战斗精神"会成为"没有阶级内容的抽象的东西"的林默涵同志所要求的,但他却完全不顾这样的历史环境,简单地鄙弃了当时可能争取的实践途径,甚至对我的这些分析都装做没有看见,反而责备我不该不抽象地先验地向作家们要求"首先要具有"的"工人阶级立场和共产主义世界观"了。林默涵同志应该知道这正是为了立场和世界观的,这正是不是抽象的而是具体的政治内容即"阶级内容"的"东西"。他不该忘记了这是一九四四年的重庆,而且,这文章还是在张道藩亲自审查之下"突围"出来的。

当中华人民共和国成立的当时,法捷耶夫在他那篇用着深挚的兄弟爱所写的《论鲁迅》里,所引用的鲁迅自己的话也是我引用过的那几句:"我……以为必须是'为人生',而且要改良这人生……所以我的取材,多采取病态社会的不幸的人们中,意思是在揭出病苦,引起疗救的注意。"他由这说明了鲁迅的人道主义的性质,说明了他的"心灵的道德力量",说明了为什么他的作品"都善于触及人类的主要部分——良心、社会良心",说明了由于什么他能够和"解放运动的先锋队"结合在一起。这是林默涵、何其芳同志的鄙弃实践的冷冰冰的"科学"或"阶级观点"绝对不肯容许的。

　　当批判的现实主义在人类解放里面争到了进一步的发展,文艺的战斗性就不仅
　仅表现在为人民请命,而且表现在对于先进人民的觉醒的精神斗争过程的反映里面
　了。(《逆流的日子》,一九页,一九四四年)

社会主义现实主义对于过去的现实主义的继承关系和原则区别(根本区别),我是这样理解了的。作家的人道主义的精神(为人民寻找更好的道路和更好的生活制度),作品内容的真实性或人民性("从下面"看出来的具体的历史真实,并不限于直接表现人民本身),这是应该继

---

① 在《一段时间,几点回忆》里,没有对这一篇作解释,林默涵同志因而喜形于色地特意从这里做了文章。——作者原注

承的现实主义的光荣传统。到了在国际无产阶级思想所领导的革命斗争时期的或立脚在苏联社会主义现实上的现实主义、社会主义现实主义,人道主义就发展成了社会主义的人道主义,一方面,它是被彻底反对人剥削人制度的精神所武装起来的,另一方面,人民解放的道路得到了明确的政治方向,得到了在政策精神领导下面的党性道路;因而,它所要求的真实性或人民性是在历史必然性的革命发展("新生的动向")中反映出来的(虽然不一定都是在直接的斗争背景上面),它的先进人物已经不是停留在寻找道路上的追求者,而是、或者必然要成为代表历史要求的,如法捷耶夫所说的行动家、斗士、社会改造者了。我是用"新生的动向"、"积极的性格"、"对于先进人民的觉醒的精神斗争过程的反映"等说法表现了这一个实践要求的。所以,社会主义现实主义要得到胜利,在苏联,要被党和国家政策的基本精神所领导,在五四起到当时的中国,要被无产阶级政治纲领的人民解放的精神(民族解放的爱国主义精神是以它为基础的)所领导的。我是把这理解为原则区别的。

社会主义现实主义,它是一个体现了最高原则性的概念,因而同时也是一个广泛的概念。

就鲁迅说。从那人民性或真实性看,从那火一样的反对人剥削人制度的人民解放(人类解放)的精神看,《狂人日记》就奠定了社会主义现实主义的基础,虽然代表了推动历史要求的先进人物并没有表现在他的小说里,而是表现在他的散文里的。毛主席指示,社会主义现实主义是从五四开始的。

林默涵、何其芳同志看不到我们革命大斗争中的人民解放的精神正是社会主义精神的现实性的内容,看不到当时到处存在的人民解放的要求正是社会主义精神的现实基础,先验地要求作家"首先要具有工人阶级立场和共产主义世界观",把一个广泛的概念做成了一个死硬的概念。尤其是林默涵、何其芳同志要在蒋介石统治下的当时这样提问题,那么,一方面,那就完全脱离了当时的政治斗争要求,脱离了也就是堵死了当时的实践途径,因而成了鄙弃实践的说空话者,另一方面,以为当时政治纲领领导下的斗争没有一点力量推动作家加强实践,加强和人民的结合,能够认识现实,因而成了反唯物主义认识论的不可知论者。

由于林默涵同志把"世界观"理解为先验的被一次完成了的,没有矛盾或没有发展的东西,因而:

第一,他完全不能理解过去的现实主义作家,实际上简单地鄙视了他们,何其芳同志且以为谁要向他们学习"就是企图抵抗无产阶级现实主义"。他们不理解,像巴尔扎克的保皇主义,托尔斯泰的基督教无政府主义,只是在他们的观念世界里占着主导的地位。但在他们的感受世界中,由于他们为人民寻找道路的人道主义的精神,正视现实的精神,在托尔斯泰,如列宁所分析的,俄国千百万农民在资产阶级革命到来时期的渴望(思想和情绪)却占着了主导的地位;在巴尔扎克,法国革命时期的人民群众的情绪或历史经验却占着了主导的地位。这样的"从下面"看的精神,正是推动了他们正视现实、深入现实、保证了他们的现实主义。现实主义的实践又推动了他们的感受世界的扩大和深入,变成了他们寻求美学立场的力量。从艺术实践上看,在巴尔扎克的场合,他的感受世界推翻了他的观念世界,在托尔斯泰的场合,他的感受世界压伏着他的观念世界。如列宁所说的,对于他们观点(世界观)里的矛盾,不应该从现代无产阶级运动和社会主义运动的观念出发去估量(当然,这种估量是必要的,但却是不够的),而是要从当时的历史经验去估量的(《列宁论作家》一一二——一一三页)。但林默涵、何其芳同志,不但说不上只是凭着他们所理解的现代无产阶级运动的观点去"估量",而且完全是"胡乱审判古人"的判决了。

过去的伟大的现实主义作家,他们的世界观当然是有着限制和缺陷的,这不但由于历史限制和作家本人的阶级限制,而且是还有着无产阶级本身的未成熟性的历史限制的。应该认识这限制,但是为了如实地认识过去,作为我们的借鉴,但绝对不能因此就可以"胡乱审判古人"的。受着限制,有着缺陷,但他们却达到了那么高的成就,这其实是有了没有"限制"和"缺陷"的世界观的林默涵同志等应该加以研究和参考的问题。他们的现实主义的实践,甚至能够克服反动的世界观或世界观的限制或缺陷,那我们的现实主义的实践,正是能够达到共产主义世界观,因而能够达到比他们更大的成就的。

第二,他要当时蒋介石统治下的作家"首先要具有"他这个先验的"工人阶级立场和共产主义世界观",而且是不能有缺陷的世界观,而且,创作方法和这个先验的"世界观"是不可能分裂而只能是一元的。在认识论上看,这就完全敌对了马克思主义和毛泽东思想,敌对了"生活、实践的观点,应该是认识论的首先的和基本的观点"这一原则,敌对了只有在实践中才能一步一步接近、懂得、以至掌握正确的立场这一原则,又堕进了在苏联被批判过的、艺术创作只要有正确的意识或政治方向就行了的"理论"里面去了。因而完全否认了艺术实践过程中的斗争(认识作用),只有通过它才能够使现实主义得到胜利的斗争。这就是,要反对主观公式主义和"客观主义"。林默涵、何其芳同志,否定这个斗争的时候,用的是带有挑拨性的说法,把对于这两个倾向的提出和一点分析说成"一律加帽子"、实际上是害怕了、取消了在艺术实践上的认识意义,害怕了、取消了只有通过这个斗争才能实现的、细微而曲折的美学斗争,即一种阶级斗争。反对主观公式主义,是为了苏联作家协会章程里面那个定义的前一个要求,为了"真实";反对"客观主义",是为了那个定义的后一个要求,为了"社会主义精神",这和毛主席所指出的文艺上两条战线的斗争是相通的。尤其是这个"客观主义",何其芳同志以及林默涵同志誓死不肯承认,以为反对"客观主义"就是反对客观;这是他们只要一个先验的、没有缺陷的、正确的冷冰冰的"世界观"而不要作家在政治纲领领导下对于人民的苦乐相关的实践精神而来的。有一个时期,何其芳同志等对于要求作家应有燃烧的热情、应该和现实拥抱、应该有人格力量等说法,都曾经鄙弃地加以嘲笑。

如果文艺上的问题要以文艺实践为中心环节,为出发点和落着点,那么,不反对这两种倾向,现实主义怎样能争取胜利?作家怎样能够在深入地认识历史真实的过程之中,使人民解放的反帝反封建政治要求(工人阶级立场在具体历史阶段上的政治要求)获得历史内容的深度,一方面,使作品的内容得到真实性;另一方面,使他的主观世界得到变化或发展,一步一步接近或者达到"工人阶级立场和共产主义世界观"?不反对这两种倾向,党性的原则怎样能够在实践过程(认识过程)中获得胜利?这是作为认识方式的现实主义从历史发展中获得的宝贵经验,但只有社会主义现实主义才能够把它提到从来没有这么明确的原则性的高度,反转来指导着文艺实践。这里也正现出了和过去的现实主义的原则区别。

而且,如果"典型是党性在现实主义艺术中的表现的基本范围"(马林科夫),文艺是通过人物的历史内容的热情高度及其发展深度来锻炼读者的,如果作家"必须是真正站在人民的立场上,用保护人民、教育人民的满腔热情来说话"(毛主席),如果"不能感动人们心灵的艺术、无人性的艺术,这是一种退化了的艺术,真正讲起来,这已经不是艺术了"(法捷耶夫《论鲁迅》),如果创作须得"经过作家内心的燃烧","离开了热情,没有、也从来不曾有过真正的文学。摆脱……文学其他的缺点,比起摆脱灵魂的冷淡来,要容易得多"(爱伦堡《论作家的工作》),那么,不反对"客观主义",那林默涵、何其芳同志的文艺,只有或者从那个一次完成了的、僵化的

"世界观"直接产生出来，或者从那个林默涵同志也知道靠不住的"直观经验"直接产生出来了。林默涵同志认为反动的法西斯主义作家也有强烈的"主观战斗精神"，那是因为他丧失了敌性观念去看这样的"作家"，以为他们也能够为人民请命、和人民的苦乐痛切相关的原故。何其芳同志问：主观和生活实践，什么是对于创作具有最后决定性的东西？那是因为他否定了被政治纲领所引导的作家的"自觉的能动性"，因而成了一个把原来只能在实践中解决的问题又回过头来做成了一个"理论"问题的僧侣主义者的原故。

　　所谓情绪的饱满，是作为对于现实生活的反应的情绪的饱满，所谓主观精神作用的燃烧，是作为对于现实生活的反应的主观精神作用的燃烧……要不然，现实主义也就不能够成为现实主义了。……（《剑·文艺·人民》一八四页，一九四一年）

　　只要不脱离现实的生活基础，只要在生活战斗里面日新月异地培养自己的热情或精神力量，我相信，为民族为人民服务的现实主义的创作方向一定能够得到胜利的。（《在混乱里面》一七页，一九四二年）

林默涵、何其芳同志口头上不嘲笑热情或主观精神了，也只好承认这不是凭空而来的"主观唯心论"了，但还是不肯就此罢休，一定还要追问：这难道不会是小资产阶级的热情或主观战斗精神么？这一问问得很天真，但除了实践，在当时人民解放的反帝反封建政治要求和写真实的艺术要求之下的实践，谁也不能提出保证。如果一定还要玩"理论"的观念游戏，用"片面地不适当地强调"之类来蒙混，企图做成一个"主观唯心论"的断案，那么，要就是取消创作实践的基本规律，否定实践或闷死实践，成为虚无主义者，要就不过是只是为了愚弄对手的诡辩派罢了。林默涵、何其芳同志也大概没有办法制定一张"热情的阶级成分表"，使作家能够合规格地按表制造的。

作为原因也作为结果，林默涵、何其芳同志的"理论"是完全取消了历史，取消了实践，因而取消了党性在现实主义艺术中的表现，取消了文艺本身的。

原载《文艺报》1955 年 1 月

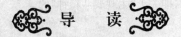

导　读

　　胡风坚持文艺批评"实践的生活立场"，并以近乎孤独的身体力行，从生活底部开辟出一个独特的理论空间。其理论核心"主观战斗精神"，是一个重在描述创作过程中作家精神活动的术语。它一方面是作家以强烈爱憎"突击"、"肉搏"客观对象，"把捉"、"感应"其真实之所在，另一方面对象以其"真实"的力量"促成、修改，甚至推翻"作家主观精神的追索线路。艺术作品即诞生于主客观如此"相生相克"的过程中，而作家的精神世界则经历"分解和再建"，达到与人生、艺术的"拥合"。这一核心概念所针对的，是战时笼罩在左翼文学思维领域的教条主义，是"现实主义"对革命文艺运动实践之挑战的一种理论回应。而反对教条主义亦是当时毛泽东《讲话》的思想背景。在确立文艺与政治关系的根本前提下，这一理论将作家与"生活"关系的重点相对地置于外部，提倡作家在与群众的实际结合中改造世界观。所以，伴随胡风理论的发展成熟的是一系列重要论争，并在中国左翼文艺理论发展史上留下深刻的印迹。

胡风的命运深刻显示了当代文学中文艺与政治的纠缠。而更大的理论启示则来自这样的事实：胡风与其批评者同属一个文艺阵营，但相互间的理论鸿沟，远大于他们与偏向自由主义思想立场的文论家之间的距离。这说明，文艺与政治间还有某种更深层次的冲突，以至于卷入其中的现实之人充当了两者的直接中介。而胡风用奇绝特异的理论语言所传达的，那种如同亲历的"创作实践里面一下鞭子、一条血痕的斗争"的语言经验表明，他那看似据于"创作论"的理论表述，其实已经向思维和精神领域真正敞开。它的意图正在于将"精神奴役的创伤"的"人"放在理论领域而非暴露于行动与实践领域。但胡风的这一理论，是以路翎这位在生活与艺术间具有"受难"般"主观战斗精神"的现实作家为前提的。因此，思维与精神领域在创作实践中的全面敞开，必然引发通向"唯心主义"、"资产阶级"思想方向的绝大可能。因此，在冷战格局全面形成的文化背景下，胡风的文艺思想必然会在实践中遭遇冰封，但它在当代文论的发展中，在种种审美探索之外（尤其围绕人道主义思想线索），开辟了一个富有意义的理论空间。这就是《报告》的深层历史情境，题目中的"文艺实践"一语，清晰地体现了作者一贯的理论立场，文章的观点也基本沿袭此前的思路，而他对当时已经出现的教条主义思维的批评和预警，不仅体现了超常的理论敏锐，也被其后的中国文艺发展道路所验证。

《报告》分四部分："几年来的经过简况"是近年思想状况的自我批评；"关于几个理论性问题的说明材料"主要辩释自己以往的理论观点，以回应林默涵、何其芳的批评，并由此展开对整个理论批评和创作状况的分析，其理论焦点为"现实主义"；"事实举例和关于党性"则将问题进一步延伸到具体的文化领导工作，批评所存在的宗派主义及其导致的忽视艺术规律的行为。同时概括出在世界观、生活实践、题材等方面妨碍作家创作的"五把刀子"之说；"作为参考的建议"是改革现行文艺体制的具体思路、措施。

1955年，《文艺报》未经作者同意就公开附发《报告》的二、四部分。1988年，《新文学史料》发表一、二、四部分。1999年出版《胡风全集》第6卷（湖北人民出版社）收录全文。在此节选《报告》第二部分第一节（《有关现实主义的一个基本问题》）的"第五个论断"部分，即关于"主观战斗精神"的论述。

链　接

林默涵：《胡风的反马克思主义的文艺思想》，《文艺报》1953年第2期。
何其芳：《现实主义的路，还是反现实主义的路》，《文艺报》1953年第3期。

论"文学是人学"（节选）

钱谷融

高尔基曾经作过这样的建议：把文学叫做"人学"。我们在说明文学必须以人为描写的中心，必须创造出生动的典型形象时，也常常引用高尔基的这一意见。但我们的理解也就到此为止，——只知道逗留在强调写人的重要一点上，再也不能向前多走一步。其实，这句话的含义是极为深广的。我们简直可以把它当做理解一切文学问题的一把总钥匙，谁要想深入文艺的堂奥，不管他是创作家也好，理论家也好，就非得掌握这把钥匙不可。理论家离开了这把钥匙，就无法解释文艺上的一系列的现象；创作家忘记了这把钥匙，就写不出激动人心的真正的艺术作品来。这句话也并不是高尔基一个人的新发明，过去许许多多的哲人，许许多多的文学大师都曾表示过类似的意见。而过去所有杰出的文学作品，也都充分证明着这一意见的正确。高尔基正是在大量地阅读了过去杰出的文学作品，和广泛地吸收了过去的哲人们、文学大师们关于文学的意见后，才能以这样明确简括的语句，说出了文学的根本特点的。

我这篇文章，就是想为高尔基的这一意见作一些必要的阐释；并根据这一意见，来观察目前文艺界所争论的一些问题。

三

我是不是过分推崇了人道主义，过高地估计了人道主义精神的作用呢？我以为，如果是就文艺而论，那么，人道主义精神的作用，恐怕还要远比我上面所说的大得多。

一切被我们当作宝贵的遗产而继承下来的过去的文学作品，其所以到今天还能为我们所喜爱、所珍视，原因可能是很多的，但最最基本的一点，却是因为其中浸润着深厚的人道主义精神，因为它们是用一种尊重人同情人的态度来描写人、对待人的。假如人民性、爱国主义、现实主义等等概念，并不是在每一篇古典文学作品的评价上都是适用的话，那么，人道主义这一概念，却是永远可以适用于任何一篇古典文学作品上的。人民性应该是我们评价文学作品的最高标准[1]，最高标准并不是任何时候都能适用的；也不是任何人都会运用的。而人道主义精神则是我们评价文学作品的最低标准，最低标准却是任何时候都必须坚持的；而且是任何人都在自觉地或不自觉地运用着的。够不上最低标准，就是不及格；就是坏作品。达到了最低标准，就应该基本上肯定它是一篇好作品；就一定是有其可取之处的。至于好到什么程度？可取之处究有多大？那就得运用人民性等等的标准去衡量了。

谁能够从古典文学作品中，举出一篇，不管是属于哪一个时代、哪一个国家的，缺乏人道主义精神的作品来呢？但是，我们却可以举出很多既不是用现实主义的创作方法写的，也并没有什么人民性和爱国主义精神的作品来。像不久以前我们的文艺界所争论的李后主的词，就是属于这一类。要在李后主的词中去找什么人民性和爱国主义精神，是很困难的，除非我们把这两个概念的含义无限制地加以扩大。但这样做的结果，就等于是取消了这两个概念的实际作用。对我们只有坏处而不会有任何好处。那么，我们应该怎样来解释有很多人喜爱着李后主的词的现象呢？如果充分估计了人道主义精神在文学作品中、以及在人民对文学作品的评价中所起的作用，这一现象就没有什么可怪了。

诚然，在李后主的诗词里，所写的都是他个人的哀乐，既没有为人民之意，也绝少为国家之心。亡国以后，更是充满了哀愁、感伤，充满了对旧日生活的追忆和怀恋，很少有什么积极的意义。但是，文学作品本来主要就是表现人的悲欢离合的感情，表现人对于幸福生活的憧憬、向往，对于不幸的遭遇的悲叹、不平的。它正是通过了这些思想感情的艺术的表现，而发挥其作为阶级斗争的武器的作用的。即使作家所要表现的是广大人民的生活，是广大人民的理想、愿望等等，也必须通过作者个人的感受而反映出来，否则就不成其为文学作品。而且，每一个人既都必有其独特的生活遭遇，独特的思想感情，为什么又不能把他个人的哀乐唱出来呢？如他唱得很真挚，很动听，为什么又不能引起我们的喜爱，激起我们的同情呢？只要这个人不是人人痛恨的恶人，一种深厚纯真的感情，不管它是对人的，对自然的，也不管它是对个人的，还是对广大人民的，或者是对国家民族的，都是能够引起我们的赞许的。因为他使得我们对人、对自然界更加接近了；使得我们更加热爱我们的生活、更加热爱我们的国家、民族了。而李后主就是不缺乏这种感情的人。王国维非常称道李后主的赤子之心，其实，岂但王国维呢？所有喜爱李后主的诗词的人，最最欣赏的，恐怕也就是他那点赤子之心。

试看如下的诗篇：

又见桐花发旧枝，一楼烟雨暮凄凄，凭栏惆怅人谁会，不觉潸然泪眼低！

层城无复见娇姿，佳节缠哀不自持，空有当年旧烟月，芙蓉池上哭蛾眉。

这是为怀念昭惠后而作的。又如：

一重山，两重山，山远天高烟水寒，相思枫叶丹。菊花开，菊花残，塞雁高飞人未还，一帘风月闲。（长相思）

别来春半，触目愁肠断。砌下落梅如雪乱，拂了一身还满。雁来音信无凭，路遥归梦难成。离恨恰如春草，更行更远还生。（清平乐）

这两首据说是为思念他留宋不归的弟弟从善而作的。所有这些，感情是这样的醇厚真挚，造语是这样的清新自然，怎么能够不引起我们的喜爱，不激起我们的同情呢？更不必说那些最最脍炙人口的亡国以后所作的悲叹自己身世的作品了。

如果评价一切作品都要用人民性、爱国主义、现实主义等等标准，那么李后主的词，王维、孟浩然以及许多别的诗人的许多诗篇，就都只能被排除在古典作品之外。这样，不但会大大削弱我们的文学宝库，而且，还是违反人民的爱好，违反人民的感情的。反过来，我们对于那些颓废派的和自然主义者的作品，难道还需要先从里面去找寻一下，等到看出其中的确并无人民性、并无爱国主义精神才能加以否定吗？他们的作品的非人性和反人道主义性，是这样的鲜明、触目，每一个正常而善良的人看了，都会立即发生极大的反感而加以唾弃的。人民可能并不懂得什么叫人民性，什么叫现实主义，但是他们却都有一定的欣赏和鉴别文学作品的能力。他们的唯一的标准（往往也是最可靠的标准），就是看作品是怎样描写人，怎样对待人的？是不是尊重人、同情人，是不是用一种积极的态度来对待人的？一句话，是不是合于人道主义的原则的？虽然他们也不一定懂得什么叫人道主义。

这里，我就难免会遭到如下的许许多多的责难：你是不是想用人道主义的原则来抹煞、推翻人民性原则和现实主义原则呢？你这种说法，是不是一种超阶级的文学观、一种近乎人性论的文学论呢？是不是等于否认了文学是阶级斗争的武器的说法呢？

为了回答这些可能发生的责难，我必须作如下的声明与辩解：第一，如我上面所说，我决不是否认人民性原则和现实主义原则的重大意义，我只是认为这两个原则不能作为评价文学作品的最根本的和普遍适用的原则。我也并不认为人道主义原则就是评价文学作品的唯一可靠的、充分有效的标准,而只是把它当作一个最基本的、最必要的标准。至于说到人道主义与人民性、人道主义与现实主义之间的关系,那么,我认为它们决不是互相对立的,而是有着异常紧密的联系的。可以这样说,人道主义是构成人民性与现实主义的必不可少的条件,哪儿没有人道主义,哪儿也就不会有人民性和现实主义。第二,真正的人道主义者,必然是同情被压迫者和被剥削者而痛恨压迫者和剥削者的,他必然会站在被压迫者和被剥削者一面来反对压迫者和剥削者。所以,人道主义和阶级观点并不矛盾,和抽象的人性论倒是格格不入的。第三,文学既是人们的思想感情的反映,在阶级社会里,就必不可免地是从属于阶级、从属于政治的。它必然要为阶级斗争政治斗争服务,不管有一些人是怎样竭力在否认这一点。但我们也不能忘记,对于大部分古典作家来说,以至对于今天在世界范围内的一些还没有消除掉超阶级的幻想的小资产阶级作家来说,是并不能认为他们是有意识地把文学当作阶级斗争的武器来使用的。我们不能混淆了我们与他们之间的区别,用我们对文学的看法,来代替了他们的看法。至于对我们的作家来说,那末,我们当然应该要求他们自觉地把文学当作阶级斗争的武器来使用,而且还要要求他们有效地来使用这一武器。

人道主义这一名词,今天虽然已经被资产阶级糟蹋得不成样子,虽然常常被资产阶级用来作为反对无产阶级革命,反对无产阶级专政的工具,但是我们决不能因此就抛弃了这一名词,正如我们决不能因为资产阶级糟蹋了自由、民主等等名词,就不再使用这些名词一样。相反的,我们应该用力去揭穿资产阶级所作所为的反人道主义性质,用力来保卫真正的人道主义。

人道主义,作为一种思潮来说,虽是十六七世纪时在欧洲为了反对中世纪的专制主义而兴起的。但人道主义精神,人道主义理想,却是从古以来一直活在人们的心里,一直流行、传播在人们的口头、笔下的。我们无论从东方的孔子、墨子,从西方的苏格拉底、柏拉图等人的言论著作中,都可以发现这种精神,这种理想。虽然随着时代、社会等等条件的不同,人道主义的内容也时时有所变动,有所损益,但我们还是可以从其中找出一点共同的东西来的。那就是:把人当做人。把人当做人,对自己来说,就意味着要维护自己的独立自主的权利。对别人来说,又意味着人与人之间要互相承认互相尊重。所以,所谓人道主义精神,在积极方面说,就是要争取自由,争取平等,争取民主。在消极方面说,就是要反对一切人压迫人、人剥削人的不合理现象;就是要反对不把劳动人民当做人的专制与奴役制度。几千年来,人民是一直在为着这种理想,为着争取实现真正的人道主义——马克思说过,真正的人道主义也就是共产主义——而斗争的。而古今中外的一切伟大的文学作品,就是人民的这种理想和斗争的最鲜明、最充分的反映。

在《我怎样学习写作》一文里,高尔基劝初学写作者必须学习文学史。不但要学习本国文学史,也要学习外国文学史。"因为,"他说,"文学的创造,从它的本质上讲起来,在所有的国家、所有的民族中都是一样的。"而这所谓一样,并不是指"形式上的外表的关联",也不是指的"题材的一致"。这些是并不重要的。什么才是重要的呢? 他说:

> 重要地是要使人相信,就是自古以来,到处就都张着"摄取人的心灵"的网子,而且现在还是张着的;那些在过去想把人从迷信、偏见和误解中解放出来的事情作为自己工作的人,而且现在还这样做着的人,是无论什么时候,无论什么地方都有过的,而现在还是到处都有的。重要的,就是要知道在过去想使人在愉快的琐事中得到安慰的人,而且现在还这样做着的人,是到处都有的;那些过去企图鼓起暴动来反对污秽无耻的现实的叛逆者,而且现在还这样企图着的人,是到处永远都有过,而且现在还

是有着的。而最后极重要地，就是要知道这些叛逆者的工作；他们最后的目的是要向人们指出一条前进的道路，把他们推向这条大路，而且要战胜那些劝人和由阶级的国家、由资产阶级的社会所创造出的现实之丑恶平息与妥协的说教者的工作，因为这种国家和社会在过去和现在都想使得劳动的人民传染上贪吝、嫉妒、懒惰、厌恶劳动的各种最卑鄙的恶德。[2]

这些话，最好地说明了文学创作的动力，说明了在文学作品中一切都是从解放人、美化人的理想出发的，一切都是为了人的。同时也说明了，伟大的文学家必然也是个伟大的人道主义者。美国的进步作家马尔兹(Albert Maltz)，在他的《作家——人民的良心》一文中，也指出：在文学史上占主要地位的作家，都是以"对人民的同情和热爱著称"的。他说：

怎么能不是呢？作家是一个人，他被别人的苦难感动了。假如一个作者不采取人们的生活作为素材，他将采取什么呢？假如他的心充满同情，他的智力善于探索，他的眼光敏锐——他怎么能避免描绘一个不完美的世界呢？——或者死心塌地，不再向往一个更好的世界？从有作者开始写作的日子起，人类一直过着动荡的生活，世界一直在行动或者震荡中。没有一天平静过，每天都有人受难！每天都有些人心在希望、梦想变更。[3]

而世界文学中的大部分作品，他认为，就是从这种基本情势中产生的。事实的确如此。我们可以看到，世界文学中的杰出作品，大概不外如下的两类：一类是对于"不完美的世界"进行揭露与鞭挞；一类是对于"更好的世界"表示向往与憧憬的。大部分的现实主义作品属于前者，一切积极的浪漫主义作品属于后者[4]。而两者的出发点，则都是基于对人民的同情和热爱，都是为了改善人民的生活，为了帮助人民争取精神上的解放。世界文学史上的伟人，差不多每一个都是像俄国的工人阶级给予托尔斯泰的光荣称号一样，是"暴虐与奴役的敌人，被迫害者的友人。"如果一个作者不是这样的人道主义者，他就决写不出能够感动人、能够为人民所喜爱的作品来。不管他是个现实主义者也好，还是个浪漫主义者也好。

伟大的现实主义者巴尔扎克和狄更斯，是伟大的人道主义者。伟大的浪漫主义者拜伦与雨果也是伟大的人道主义者。我们并不是因为巴尔扎克和狄更斯是现实主义者，才喜欢他们、尊敬他们的。同样，我们之所以喜欢和尊敬拜伦、雨果，也并不是因为他们是浪漫主义者的缘故。这四个人之所以受我们的称颂，是因为他们在他们的作品里，对剥削阶级进行了严厉的抨击，对被压迫者表示了深厚的同情；是因为他们的作品渗透着尊敬人、关怀人的人道主义精神的缘故。列宁说："艺术是属于人民的。它的最深的根源，应该是出自广大劳动群众的最底层。它应该是为这些群众所了解和为他们所挚爱的。它应该将这些群众的感情、思想和意志联合起来，并把他们提高起来"。[5]而把人当做人，承认人的正当的权利，尊重人的健康的感情，这种人道主义的理想就是在人民群众中有着最深的根底，最广的基础的。

假如我们承认文学是"人学"；假如我们知道文学作品的历史地位与社会意义，首先是从它描写人、对待人的态度上表现出来的；假如我们明白一切时代的进步艺术跟颓废派艺术之所以针锋相对，主要就在于他们描写人的态度的不同、对人的理想的不同；那么，我们就不会怀疑人道主义精神在文学领域内的崇高地位了。

五

自从共产党人杂志关于典型问题的专论发表以后，把典型归结为一定社会历史现象本质的理论,就遭到了大家的唾弃。近两年来,报章杂志上所发表的文艺论文,差不多每一篇都要批判一下这种理论的错误。然而,事实上,这种理论却并没有就此死亡,它还拥有相当强大的潜势力。(因为这种理论其实并不是在苏共十九次代表大会以后才产生的,而是早就存在了的。不过是,在那次大会以后,它就更加取得了无上的威力罢了。)

我们不是还常常看到:因为某一篇文艺作品讽刺了某一行业、某一阶级的个别的人和事,就被认为是对这整个行业、整个阶级的讽刺而受到指责的事例吗?例如,相声《买猴儿》因为讽刺了百货公司的一个工作人员,就被认为是对所有百货公司工作人员的糟蹋。"新观察"上发表了一幅讽刺言行不一致的教师的漫画,就有读者来信指责说,这是对于可敬的人民教师的侮辱。影片《新局长到来之前》上映后,又有人写文章反对把片中的牛科长写成转业军人。最近在《文艺学习》上展开的关于《组织部新来的青年人》的讨论中,有人因为这篇小说把一个老干部刘世吾写成了一个对一切都处之泰然的官僚主义者,就指责作者"这样来刻划老干部老同志,简直是对老干部的污蔑"。[6]这种论调,难道不是和把典型归结为一定社会历史现象的本质的理论相一致的吗?[7]

在关于阿Q的典型性问题的争论中,也可以看到这种错误的典型论确是余威犹存的。

关于阿Q的典型性问题,已经争论了好几十年了,但是直到现在,大家的意见仍很分歧。何其芳同志一语中的地道出了这个问题的症结所在:"困难和矛盾主要在这里:阿Q是一个农民,但阿Q精神却是一个消极的可耻的现象。"许多理论家都想来解释这个矛盾,结果却都失败了。

难道这真是一个不可克服的困难,无法解决的矛盾吗?事实上一点也不是如此,对于一个没有受过错误的典型论的影响的人,是既不会感到困难,也不会觉得有什么矛盾的。为什么农民身上就不会有或者不能有消极的可耻的现象呢?是谁做过这样的规定的?你无论从实际生活中,或者从马列主义经典著作中,都找不到这种根据。这依旧是那种把典型归结为社会本质、阶级本质的观念在作祟。好像,不谈典型则已,一谈典型,就必然得是某一个特定阶级的典型。就要首先要求他必须充分体现出他所从属的阶级的阶级本质,必须符合这一阶级在当时的历史条件下的客观动向。否则,那就是非典型的,就要被认为是歪曲了这一阶级,歪曲了现实。解放初期,不是就有许多人认为:说阿Q是一个农民,是一种农民的典型,是对我们勤劳英勇的农民的侮辱吗?群众之所以会提出这种指责,正是受了理论家的"熏陶"的缘故。因此,理论家就不得不自食其果了。针对这种指责,理论家赶快声明说:阿Q只是个落后农民的典型,并不是一般农民的典型。(幸喜没有人肯自居于落后农民之列,不然,恐怕也会要有人出来抗议的。)同时,又特别强调阿Q的革命性,以期使他虽然有着那么多的缺点,终于还能配得上他光荣的农民身分。对艺术中的典型抱着这样机械狭隘的看法,这就无怪乎今天的漫画家和相声艺人之所以要常常陷于触处荆棘,动辄得咎的境地中了。

但把阿Q说成是落后农民的典型,问题依旧并没有解决。落后农民毕竟还是个农民,而且,他的落后决不是天生的,正是因为有了阿Q精神,才使他成为一个落后农民的。那么,他身上的阿Q精神,究竟是怎样产生的呢?按照阶级本质论的典型论,农民身上是决不会有这些缺点的。即使有,那也是偶然的、个别的,因而就是非本质、非典型的;就是不值得写、不应该写的。然而,我们的鲁迅先生竟然把它写了出来,而且写得这样成功,令人无法怀疑,无法推翻。怎么办呢?理论就必须能说明这种现象。过去,冯雪峰同志是把阿Q和阿Q主义分开来看的。认为阿Q主义是属于封建统治阶级的东西,不过由《阿Q正传》的作者把它"寄植"在阿

Q的身上罢了。(在他后来写的一篇关于"阿Q正传"的论文中,雪峰同志并没有提到阿Q主义的形成问题,不知他是否仍持此说。)李希凡同志认为雪峰同志这种说法,实质上仍然是"把典型仅仅看作是一定社会力量的本质的体现"的观点在作祟。但是,他自己的说法,其实与雪峰同志的说法,并无多大的差别。不过他不用"寄植"的字眼,而说是受了"统治阶级的统治思想毒害的结果"。他说:"鲁迅通过雇农阿Q的神精状态,不仅是为了抨击封建统治阶级的阿Q主义,更深的意义在于控诉封建统治阶级在阿Q身上所造成的这种精神病态的罪恶。"又说:"鲁迅通过落后农民的阿Q来体现阿Q精神,这正表明了鲁迅对于这种腐朽的精神状态所给予人民危害性的发掘和强调,这是和他的革命民主主义的立场相关联的。"[8]足见他也是把阿Q主义主要看做是封建统治阶级的东西的。何其芳同志看出了这种说法无论在理论上在实际上都是不大说得通的,因而又提出了另外的看法。他认为阿Q精神"并非一个阶级的特有的现象",而是"在许多不同阶级不同时代的人物身上都可以见到的","似人类的普通弱点之一种"。(这最后一句是三十多年前茅盾同志的话,但为何其芳同志所同意的。)何其芳同志这种说法一出来以后,就立即遭到了李希凡同志的反驳,认为这种说法和被何其芳同志自己在同一篇文章中所批评过的"某种精神的性格化和典型化"的观点,并没有什么区别。并且指责这种看法是一种超阶级的人性论的观点。在去年年底中国科学院文学研究所举办的讨论会上,有更多的人给了何其芳同志以同样的指责。

其实,何其芳同志在提出这种看法时,是十分谨慎小心的。他虽然认为典型性并不等于阶级性,但也并不否认"文学作品所描写的阶级社会的人物"是"有阶级性"的。而且,他还指出了剥削阶级和劳动人民中间的主观主义和阿Q精神的差别所在。尽管如此,他还是免不了要受到"超阶级观点"的指责。原来,批评他的人,虽然不见得就在典型性与阶级性之间"划一个数学上的全等号",然而却都认为典型性首先是体现阶级性的。如李希凡同志一再强调,典型必须是一个特定阶级的典型。罗大冈同志认为:"典型是通过各种不同的角度表现一个阶级的特性"的。[9]钱学照同志认为:"一个典型有共性和个性,但个性是不能和共性分开的。共性是体现阶级性的;个性就是共性在特殊的时间和地点的条件下的具体表现。"[10]而现在,何其芳同志却把阿Q典型性格中的最突出的特点精神胜利法,说成是在不同阶级的人物身上都可以见到的人类的一种普通弱点,自然就不能不被认为是一种超阶级观点了。很明显,李希凡等同志,尽管也反对把典型"归结为一定社会历史现象的本质",然而事实上他们还是在受着这种理论的支配的。

文学作品中的典型人物,必须是一个在一定历史条件下的具体的、活生生的人,在阶级社会里,他必然要从属于一定的阶级,因而也就不能不带着他所属阶级的阶级性。这是不成问题的。譬如,阿Q是农民,就不能没有农民的特性;奥勃洛莫夫是地主,就不能没有地主的特性;福玛·高尔杰耶夫是商人,就不能没有商人的特性。但我们能不能就说,所有阿Q的特性,都是农民的共性;所有奥勃洛莫夫的特性,都是地主的共性;所有福玛·高尔杰耶夫的特性,都是商人的共性呢?把阿Q当做农民的阶级性的体现者,谁都要说是对农民的诬蔑。而把奥勃洛莫夫当做是地主的阶级性的体现者,那更是对现实的严重歪曲,地主难道都像奥勃洛莫夫那样的善良仁慈吗?同样,商业资本家假如都像福玛·高尔杰耶夫那样的纯洁、真诚,那样的反对人压迫人、人剥削人,阶级斗争就真的可以熄灭了。阿Q、奥勃洛莫夫、福玛·高尔杰耶夫,以及文学作品中的所有典型,正像我们现实生活中的每一个人一样,他们身上,除了阶级的共性以外,难道就不能有他们各自所特有的个性吗?难道就不能有作为一个人所共有的人性吗?

假如说,个性只是阶级性"在特殊的时间和地点的条件下的具体表现",那么,我们也可以说,阶级性只是人性"在特殊的时间、地点和条件下的具体表现"。这样,不但否定了个性,就连阶级性也给否定掉了。

资产阶级学者说,文学是写永恒不变的人性的。这种论调当然是荒谬的,应当反对的。但反对写抽象的人性,是不是就意味着必须强调写人的阶级性呢?我看是不应该得出这样的结论来的。所谓阶级性,是我们运用抽象的能力,从同一阶级的各个成员身上概括出来的共同性。纯粹的阶级性,只存在于人们的头脑中,在实际生活中的具体的人身上是不存在的。文学的对象,既是具体的在行动中的人,那就应该写他的活生生的、独特的个性,写出他与周围的人和事的具体联系。而不应该去写那只存在于抽象概念中的阶级性。不应该把人物的活动作为他的阶级性的图解。阶级性是从具体的人身上概括出来的,而不是具体的人按照阶级性来制造的。从每一个具体的人的身上,我们可以看到他所属阶级的阶级性,但是从一个特定阶级的阶级共性上,我们却无法看到任何具体的人。过去的杰出的古典作家,绝大多数都是不知道有阶级性这样的观念的,但是,他们却都写出了不朽的典型。而且,我们从这些典型人物身上,也可以清楚地看出这些人物所属阶级的阶级特性来。所以,在文学领域内,正像列宁所说的,一切都决定于"个别的情况",决定于"一定典型的性格和心情的分析"。用一个抽象的阶级和阶级性的概念,是不能解决任何问题的。

屠格涅夫在谈到他自己的创作过程时,这样说:

> 起初在想象里孕育的是书中人物之一个。这些人物,在我大半都有实在人物为根据。首先使你注意的人物时常不是主角,而是副角;但没有副角作伴是不会生出主角来的。你开始对于性格,他的出身,学历,加以构思,在第一人身旁便渐渐地聚拢其他的人物来。在想象内孕育着,交叉着模糊的形象的那个时候——是艺术家最有趣的时间。随后才感觉到有将这些形象加以系住,给予定形的需要!……

在另一个地方,他更明确地解释道:

> 譬如说,我在社会里遇见某费克拉·安得列夫纳,某彼得,某伊凡,忽然在这费克拉·安得列夫纳,在这彼得,在这伊凡的身上,有一点特别的东西,以前我从未在别人方面见到、听到的东西,使我发生惊讶。于是我对他注视,他或她使我引起特别的印象;我开始加以深思,然而这个费克拉,这个彼得,这个伊凡,随后渐渐的后退了,不知消失到何处去了,只有他们所引起的印象遗留着,渐渐的成熟。我将这些人物与别人对照相比,引他们走进不同的行动的范围内,我心里整个的小世界都是这么造成的。……随后,突然地,无从猜到地,会发生描写这小世界的需要。[11]

可见他的创作都是从具体的人,具体的事和具体的印象出发的。根据研究家所提供的材料,我们知道许多古典文学名著中的典型人物,在过去的现实生活中,都是有着他们的原型的。鲁迅也说,他笔下的人物大抵都有模特儿。所以,作家们都是从现实生活的感受出发,都是因为在现实生活中所看到、所接触到的具体的人具体的事打动了他,才进入创作过程的。从抽象的阶级性出发,在写作过程中处处想着这个人物的性格是不是合乎他的阶级特征,像这样的作家是很少的。——也许很多,但结果他们是决成不了作家的。

高尔基的如下一段话,时常被人们引用,差不多已成了公式化概念化作家的理论根据:

　　　　假如一个作家能从二十个到五十个，以至从几百个小商人、官吏、工人的每个人
身上，抽出他们最特征的阶级特点、性癖、趣味、动作、信仰和谈风等等，把这些东西抽
取出来，再把它们综合在一个小商人、官吏、工人的身上，——那么这个作家靠了这种
手法就创造出"典型"来，——而这才是艺术。[12]

在其他地方，高尔基也曾说过类似的话。应该说，这些话是说得不顶确切的。如果从字面上来
了解和接受这些话，确乎会使创作走上概念化的道路的。高尔基自己却明明并不是按照这样
的方法来创造典型的；可见我们是不应该这样来理解这些话的意义的。我认为高尔基在这里
是告诉初学写作的人：要创造典型，是不能专门模写一个人的；必须有想象、推测和"虚构"。
这就要求作者熟悉人、熟悉生活，要求作者多观察，多分析。所以，在这几句话下面，他紧接着
说："观察的广博，生活经验的丰富，时常可以用克服艺术家对于事物的个人态度及主观主义的
力量，把他武装起来。"可见，他所强调的，正是"观察要广博"，"生活经验要丰富"这层意思。

　　也许有人会说：作家的创作固然不应该从抽象的阶级性出发，但是，他在创作过程中，难
道也可以不去考虑他的人物的阶级性，不去发掘他的人物的阶级本质吗？这不是等于说只要
写个性，而可以不必写共性了吗？这样，人物的典型性，作品的典型意义，又从哪里来呢？

　　像这样发问的人，我相信一定是很多的。因为，正是在个性与共性的关系上，正是在作品
的典型意义的来源上，大家的思想最为混乱。

　　在理论上，大家都知道，个性与共性是不可分割的有机统一体。但是在具体运用上，却常
常把二者对立起来。例如我们常常可以听到这样的说法：典型包括个性与共性两个方面，必
须同时写出人物的个性与共性，才能写出典型来。单有个性而没有共性，或者单有共性而没有
个性，都不能构成典型。上面的发问者就是根据这样的理解提出问题的。其实，天下并没有脱
离个性而存在的共性，也没有不体现共性的个性。因此，那种只有个性而没有共性的人，或者
只有共性而没有个性的人，是不会有的。在文学创作中，也并不存在"写个性与写共性孰为重
要"、"在写个性的时候应该怎样同时顾到他的共性"等等的问题，这些问题，是只有在理论家的
笔下才会出现的。创作家所注意的，只是具体的人和他的具体的活动。差不多所有作家的创
作过程都是和前面所提到过的屠格涅夫的相类似的：因为生活中的某一个人某一件事打动了
他，他对这个人这件事形成了一定的印象、看法，丰富的生活经验又使他把这个人这件事和其
他人其他事联系了起来，这些人和这些事碰在一起，于是发生了种种的矛盾纠葛，搅动着作家
的心魂，激起了他的异常复杂的思想感情，使他无法摆脱。就是在这种思想感情的驱迫下，他
才来进行创作的。他根据他的立场、观点，根据他对生活的理解和一定的美学理想，来描绘激
动着他的人和事，对他们作出一定的评价。什么阶级性，阶级本质等等抽象的概念，他是很少
考虑的。但是也决不会因为他的不考虑，他的人物身上就缺乏了这些东西；假如他真正写出了
人物的话。水浒的作者，总该是个没有阶级观点的人吧？他在描绘他的人物时，是并不知道，
也并不去考虑，他们的阶级性阶级本质等等的东西的，但是他笔下的人物，却无一不合于他们
的出身、经历，无一不合于他们的阶级地位。他在有着相同的阶级本质的同一个阶层中，写出
来了不是一个，而是几十个活生生的典型。假如他也接受了"写人要写阶级本质"的理论的影
响，时时想着他的人物的阶级本质，那他就恐怕只能写出一个，不，甚至一个典型也写不出
来了。

　　我这样说，并不就是认为作品中的人物可以不必在一定程度上体现出他的阶级本质的某
些方面；也不是说我们在评论作品中的人物的时候，不应该从他有没有表现出他的阶级特征上

去检查;相反的,我认为这些都是必要的、应该的。我只是反对把"写人要写出他的阶级本质"作为一种创作原则,作为一种向作家提出的前提要求。然而,很明显,一向大家却的确是把它当作创作原则、当作向作家提出的前提要求的。一般人都把这种"写人物要写出他的阶级本质"的理论,当作是马克思主义的理论,其实却是一种反马克思主义的,尤其是反文学的理论。马克思主义没有告诉我们人的思想、性格,与他所属的阶级之间永远保持着固定不变的关系;也没有告诉我们阶级的思想、阶级的客观动向就是阶级个别成员的思想,就是阶级个别成员的客观动向。福玛·高尔杰耶夫,葛利高里·麦列霍夫这样的人,并不只是在文学作品中才有,在现实生活中也是有着他们的根据的。因此,想用揭示抽象的阶级本质来代替刻划千差万别的个性的企图,实质上只是一种典型的机械论和庸俗社会学的观点。这里,根本没有什么阶级观点,有的只是成分决定论。[13]

那么,人物的典型性,作品的典型意义,从哪里来呢?

人物的所以有典型性,并不是因为作家揭示出了他的阶级本质的缘故[14];作品的典型意义,也不是仅仅存在于典型人物本人的身上的。人物之所以有典型性,乃是因为在他的周围集结着各种各样的人和事;乃是因为通过他的活动,展开了一幅广阔的社会生活的图景,概括出那一时代的错综复杂的社会阶级关系的缘故。而作品的典型意义,也不应该仅仅从作品中的个别人物身上去找,而是应该从作品所构成的整个画面,所揭示的生活的总的动向中去找寻的。阿Q之所以有典型性,难道是因为鲁迅揭示了阿Q作为一个农民(或者说落后农民,或者说流浪雇农)的阶级本质的缘故吗?《阿Q正传》的典型意义,难道是仅仅存在于阿Q个人的身上,仅仅存在于他的精神胜利法上吗?假使离开了未庄的典型环境,离开了他与王胡、小D、吴妈,以及赵太爷、假洋鬼子等人之间的关系,阿Q的典型性又从哪里产生出来呢?即使你把他的阶级本质揭露得再鲜明、再深刻些?如果《阿Q正传》的典型意义,仅仅在于阿Q的精神胜利法上,而不同时也在它对于中国半封建半殖民地时代的农村生活和阶级关系的反映上,也在它对于封建地主阶级对农民的残酷剥削和压迫的揭露上,也在它对于辛亥革命的深刻的反映和批判上,(而这些,都是通过阿Q的具体活动来完成的。)那么,这篇作品就决不会被我们这样的推崇了。

马克思主义教导我们,在观察社会现象的时候,应该运用阶级分析的方法。我们在理解和分析文学作品的时候,当然也要运用阶级分析的方法。但进行阶级分析,决不是只要简单地为作品中的人物划上个阶级就算,它要比这复杂得多,艰难得多。但是我们过去在评论作品时,却就存在着这种简单的"阶级分析"方法。这难道是种偶然的、孤立的现象吗?它是与"典型必须是某一特定阶级的典型"等等的理论,密切联系着的。大家时常嘲笑那种把对某一行业的个别的人的讽刺,误认为就是对这整个行业的讽刺的人。然而这样的人,却仍旧时常要涌现出来。不久前,甚至还发生了中华护士学会总会向长春电影制片厂提出抗议的事件。原因不过是为了"长影"拍摄的讽刺喜剧片《带刺的玫瑰》中的主角,恰恰是个护士。我们难道能够过分责备中华护士学会总会吗?至少,我们在责备这个团体的时候,是不是也应该好好追寻一下根源,检查一下我们的庸俗社会学的典型论呢?资产阶级学者时常恶意地称文艺领域为马克思主义的"致命伤",假如我们的一些自以为是马克思主义者的文艺理论家们,只知道把马克思主义关于哲学、政治、社会等等方面的理论、原则,直接转入文艺领域的话,那么,这一领域虽然不见得真会成了个"致命伤",恐怕也就不免要成为一个多灾多难的领域了。

车尔尼雪夫斯基曾经十分明确地表达过这样的意思,他认为:艺术之所以别于历史,是在于历史讲的是人类的生活,而艺术讲的是人的生活。高尔基把文学叫做"人学",这个"人",当然也并不是整个人类之"人",或者某一整个阶级之"人",而是具体的、个别的人。记住文学是"人学",那么,我们在文艺方面所犯的许多错误,所招致的许多不健康的现象,或者就都可以避免了。

一九五七年二月八日写完

原载《文艺月报》1957 年第 5 期

注　释

1. 季摩菲耶夫在《论人民性的概念》一文中,因为历来"提到人民性这个概念,就习惯地指作家已达到了艺术性的最高水平",都"把这个概念归于我们最杰出的作家",因而,他认为:"从这个意义来说,人民性是艺术性的最高形式"。我是同意他这种说法的。
2. 高尔基:《我怎样学习写作》,三联书店 1951 年版,第 3 页。
3. 马尔兹:《作家—人民的良心》,自由出版社版,第 39—40 页。
4. 这只是就其大体的倾向而言,并不是说现实主义作品就没有对于"更好的世界"的向往与憧憬,而浪漫主义作品就不会去对于"不完美的世界"进行揭露与鞭挞。
5. 转引自周扬:《马克思主义与文艺》,解放社 1950 年版,第 206 页。
6. 《文艺学习》1956 年第 12 期,第 6 页。
7. 当然,造成这类现象的原因,可能是很多的;不能完全归咎于上述的错误理论。但这类现象的所以会如此经常地发生,那就不能不说是与这种理论的影响有关了。
8. 李希凡:《论"人"和"现实"》,《新建设》1956 年 4 月号,第 27 页,重点是我加的。
9. 10. 见《光明日报》1956 年 12 月 30 日第 2 版。
11. 转引自季摩菲耶夫:《怎样创造文学的形象》,见生活书店版《给青年作家》一书第 94、95 页。也见《文学原理》第 183、184 页,译文小有出入。
12. 高尔基:《我怎样学习写作》,三联书店 1951 年版,第 6 页。
13. 当然,提出这种理论的人的用意是好的。他提醒作家要注意人物的阶级本质,因为只有当我们认识了一个人的阶级本质以后,才更能了解这个人。如果意思只是这样,那我是完全同意并且竭诚拥护的。但是,这样也就不必提出什么"写人要写出他的阶级本质"这样的理论来,而只须告诉作家应该熟悉人、了解人,应该透过人的阶级本质去了解人就好了。
14. 概念化的作品中的人物,他的一举一动是处处合于,处处体现出他的阶级性、阶级本质来的,然而却并不能成为典型;并没有典型性。可见关键并不在这里。

导　读

　　《论"文学是人学"》一文,总体上是针对文学中的教条主义而发。该文以高尔基"文学是人学"的观点立论,在关于作家"反映""整体现实"的现实主义一般论述中,树立"人"之一维。认为"整体现实"只是原则性、本质性的存在,"人"才是文艺的中心对象,并因之具有"人"的特征:情感性、具体生动性、社会性等。就论述而言,这一广大的"人"之世界一经打开,所谓教条主义,无论在"审美"还是"真实"层面,都可能遭遇最有力的理论批判。该文层层深入,以马克思"社会关系的总和"之"人"

重新勾连文学与生活,以"人"之"人道"另释世界观与创作方法,进而探讨人道主义与阶级性的关系等。从而使其后的论述得以在创作方法层面探讨现实主义与自然主义、浪漫主义与颓废主义,以至社会主义现实主义与传统现实主义的关系,并重新确立"社会主义人道主义精神"的艺术标尺。这一"人学论"的意义,不仅在于对文艺与政治关系的理论反叛,或者涉足"人性"禁区的勇气,更在于对那种"把马克思主义关于哲学、政治、社会等等方面的理论、原则,直接转入文艺领域",从而使之成为"一个多灾多难的领域"的警示及其理论上的努力。这尤其表现在文章最后以阿 Q 之典型创造为例证时所做出的区分:"纯粹的阶级性,只存在于人们的头脑中,在实际生活中的具体的人身上是不存在的。"在此节选的是全文第三、五部分。

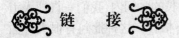 链　接

巴人:《论人情》,《新港》1957 年第 1 期。
王淑明:《论人情与人性》,《新港》1957 年第 1 期。

关于马克思主义的几个理论问题的探讨（节选）

周　扬

四　马克思主义与人道主义的关系

人道主义和与此相关系的人性论，是关系到哲学、伦理学、社会学、文艺学等的重大理论问题。马克思主义与人道主义是什么关系？这是在全世界范围内探索、研究的问题，也是我国学术界、文艺界近几年来热烈讨论的一个问题。

在"文化大革命"前的十七年，我们对人道主义与人性问题的研究，以及对有关文艺作品的评价，曾经走过一些弯路。这和当时的国际形势的变化有关。那个时候，人性、人道主义，往往作为批判的对象，而不能作为科学研究和讨论的对象。在一个很长的时间内，我们一直把人道主义一概当作修正主义批判，认为人道主义与马克思主义绝对不相容。这种批判有很大片面性，有些甚至是错误的。我过去发表的有关这方面的文章和讲话，有些观点是不正确或者不完全正确的。"文化大革命"中，林彪、"四人帮"一伙把对人性论、人道主义的批判，发展到了登峰造极的地步，为他们推行灭绝人性、惨无人道的封建法西斯主义制造舆论根据。过去对人性论、人道主义的错误批判，在理论上和实践上，都带来了严重后果。这个教训必须记取。粉碎"四人帮"后，人们迫切需要恢复人的尊严，提高人的价值，这是对"四人帮"倒行逆施的否定，是完全应该的。

对人的问题的探讨，给我们提出一个问题，就是完整准确地掌握马克思主义的问题。许多年来，我们对马克思主义的了解，侧重在阶级斗争和无产阶级专政方面。在进行急风暴雨的革命斗争时期，我们当然需要马克思主义的阶级斗争和无产阶级专政学说，正是由于有了这个伟大学说的指引，我们才取得革命的胜利。在社会主义建设的新时期，我们仍不能忽视阶级斗争的存在，仍要坚持人民民主专政。但是，阶级斗争毕竟不是我国社会的主要矛盾了，全党和全国各族人民的总任务是实现社会主义现代化，把我国建设成为高度文明、高度民主的社会主义国家。正如斯大林所说，社会主义生产的目的"是人及其需要，即满足人的物质和文化的需要"。（《斯大林选集》下卷第 598 页）人是我们建设社会主义物质文明和精神文明的目的，也是我们一切工作的目的。生产本身不是目的，阶级斗争、人民民主专政本身也不是目的。过去许多同志把这一点忘了。马克思从他成为共产主义者的第一天起，就是以全人类的解放为己任的。关于人的问题，他在早期著作中谈得比较多，比较集中，其中有十分精辟的见解，当然也有不成熟之处。后期马克思集中力量研究经济问题，关于人的问题谈得少一些，但比之早期著作又有新的发展。只有把马克思的早期著作和后期著作连贯起来研究，既看到两者的区别，又看到两者的联系，才能对马克思主义获得完整准确的了解。

二三十年来，西方的马克思主义者和马克思主义研究者集中力量研究马克思的《1844 年经济学——哲学手稿》，写出了不少著作。与此同时，人道主义思想也很盛行。一个时期里，我国不少青年学生对现代西方哲学的一些流派颇感兴趣。这种现象，我们应该认真引导。我认为，只有用马克思主义的人道主义，才能真正克服资产阶级人道主义。

作为欧洲文艺复兴时期出现的资产阶级人道主义（亦译人文主义），是资产阶级先进思想家提出来的，在打破封建主义束缚，揭露中世纪神学和宗教统治方面，曾经起过非常积极的作用。此后，资产阶级人道主义的社会作用，在不同历史条件和不同环境下，有所不同，因此也要作具体考察和分析，不能一概否定。在某种条件下，资产阶级人道主义也可以成为马克思主义的同盟军。但是，必须指出，资产阶级人道主义的思想体系，与马克思主义思想的体系是根本不同的。它的根本缺陷，是用抽象的人性、人道观念去说明和解释历史。尽管这种人道主义学说，对旧制度的抨击，也曾经显示出某些激动人心的力量；对历史的认识，也有过片断唯物主义的见解，但总的说来，未能跳出社会意识决定社会存在的历史唯心主义的框框。作为整个思想体系，未能成为科学。

我不赞成把马克思主义纳入人道主义的体系之中，不赞成把马克思主义全部归结为人道主义；但是，我们应该承认，马克思主义是包含着人道主义的。当然，这是马克思主义的人道主义。

在马克思主义中，人占有重要地位。马克思主义是关心人，重视人的，是主张解放全人类的。当然，马克思主义讲的人是社会的人、现实的人、实践的人；马克思主义讲的全人类解放，是通过无产阶级解放的途径的。马克思把费尔巴哈讲的生物的人、抽象的人变成了社会的人、实践的人，从而既克服了费尔巴哈的直观的唯物主义，并把它改造成实践的唯物主义；又克服了费尔巴哈的以抽象的人性论为基础的人道主义，并把它改造成为以历史唯物主义为基础的现实的人道主义，或无产阶级的人道主义。在这一转变过程中，"异化"概念的改造起了关键的作用。

所谓"异化"，就是主体在发展的过程中，由于自己的活动而产生出自己的对立面，然后这个对立面又作为一种外在的、异己的力量而转过来反对或支配主体本身。"异化"是一个辩证的概念，不是唯心的概念。唯心主义者可以用它，唯物主义者也可以用它。黑格尔说的"异化"，是指理念或精神的异化。费尔巴哈说的"异化"，是指抽象的人性的异化。马克思讲的"异化"，是现实的人的异化，主要是劳动的异化。关于"劳动异化"的思想，马克思在《1844年经济学——哲学手稿》中有详细的论述。后来，他把这个思想发展为剩余价值学说。这在《资本论》中说得很清楚。那种认为马克思在后期抛弃了"异化"概念的说法，是没有根据的。

马克思认为，私有制下的异化现象，到资本主义社会发展到了顶点。各种异化现象，都是束缚人、奴役人、贬低人的价值的。马克思和恩格斯理想中的人类解放，不仅是从剥削制度（剥削是异化的重要形式，但不是唯一形式）下解放，而且是从一切异化形式的束缚下的解放，即全面的解放。马克思认为，共产主义将使"人的本质力量，人的肉体力量和精神力量……得到充分的自由发挥和实现"（《1844年经济学——哲学手稿》），使"个性的全面发展代替旧的分工制度下个人的片面发展"（《资本论》）。实现人的全面发展，是共产主义的"目的本身"。（《马克思恩格斯全集》第46卷上第486页）他甚至说，共产主义就是"以每个人的全面而自由的发展为基本原则的社会形式"。（《马克思恩格斯全集》第23卷第649页）毫无疑问，这是从早期的马克思到成熟时期马克思的重要思想。应该说，这个问题是与历史上的人道主义有着思想继承关系的。我们都知道，从文艺复兴以来，崇尚人的全面发展是资产阶级人道主义的基本标志之一。卢梭在他的《论人类不平等的起源》一书中，就论述过人的肉体和精神上的全面发展的主张。席勒在他的《美育书简》中更有出色的论述，他要求通过美育活动，使人获得解放，"成为一个全面的完整的人"。（《美育书简，第二封信》）傅立叶设想在他的未来协作制度中，使人"实现体力和智力的全面发展"。（《傅立叶选集》第3卷第217页）但是几个世纪以来，先进人们崇尚的人的全面发展的理想，只有到了马克思主义这里，才有实现的可能。因为马克思主义与以往的人道主义不同，马克思主义找到了实现人的全面发展理想的现实依据和方法，即改变旧的社会关系，取消私有制，建立社会主义、共产主义。而以往人道主义者幻想在人奴役人的社会里，靠"理性力量"、"泛爱"、"美育"等唯心主义说教,实现人的全面发展,那只能是一句空话。在这个意义上,不妨说,马克思主义确实是现实的人道主义。

马克思在他的早期著作中,曾经肯定地谈到人道主义。不能否认,这个时期他还未完全摆脱黑格尔、费尔巴哈的错误影响。一八四五年以后,马克思、恩格斯都曾对"真正社会主义者"的人道主义呓语进行批判。在他们成熟时期的著作中,也确实不再用人道主义这个词了,这些都是毋庸回避的事实。不承认马克思主义有一个发展过程,看不到马克思早期著作与后来成熟时期著作的区别,是不正确的;但是,否认马克思早期著作与后来成熟时期著作的联系,把两者完全对立起来,认为后期马克思从根本上抛弃了人道主义,也同样是不正确的。即使马克思在早期著作中讲的人道主义,也是和费尔巴哈的人道主义不同的。马克思所理解的人,是现实的、社会的、历史发展的,这和他后来所讲的有名命题"人的本质不是单个人所固有的抽象物,在其直观性上,它是一切社会关系的总和",是一致的。而费尔巴哈把人看成是抽象的,把人的本质看成是理性和爱。马克思从费尔巴哈那里吸取了一些东西,但并没有停留在费尔巴哈的水平上,他超越了费尔巴哈;马克思批判了费尔巴哈的人道主义,但未从根本上否定人道主义。后来唯物史观和剩余价值论的创立,使马克思的人道主义思想放在更科学的基础上,而不是抛弃了人道主义思想。

肯定人的价值,或者如毛泽东同志所说,"世间一切事物中,人是第一个可宝贵的",那就要肯定社会主义和共产主义,反对一切形式的异化。承认社会主义的人道主义和反对异化,是一件事情的两个方面。社会主义消灭了剥削,这就把异化的最重要的形式克服了。社会主义社会比之资本主义社会,有极大的优越性。但这并不是说,社会主义社会就没有任何异化了。在经济建设中,由于我们没有经验,没有认识社会主义建设这个必然王国,过去就干了不少蠢事,到头来是我们自食其果,这就是经济领域的异化。由于民主和法制的不健全,人民的公仆有时会滥用人民赋与的权力,转过来做人民的主人,这就是政治领域的异化,或者叫权力的异化。至于思想领域的异化,最典型的就是个人崇拜,这和费尔巴哈批判的宗教异化有某种相似之处。所以,"异化"是客观存在的现象,我们用不着对这个名词大惊小怪。彻底的唯物主义者应当不害怕承认现实。承认有异化,才能克服异化。自然,社会主义的异化,同资本主义的异化是根本不同的。其次,我们也是完全能够经过社会主义制度本身来克服异化的。异化的根源并不在社会主义制度,而在我们的体制上和其他方面的问题。十一届三中全会提出解放思想,就是克服思想上的异化。现在进行经济体制和政治体制的改革,以及不久将进行的整党,就是为了克服经济上和政治上的异化。所以,我们的改革是具有深远意义的。掌握马克思关于"异化"的思想,对于推动和指导当前的改革,具有重大的意义。关于"异化"问题,理论界已经进行了一些有益的探讨,希望这个探讨能够进一步深入下去。在这个问题上,也应当贯彻"百家争鸣"的方针和理论联系实际的原则。

总的说来,社会主义社会,最有利于人的才能的发挥;社会主义社会新型的社会关系,使每个劳动者都可以平等地受到社会尊重。当然,即使是在社会主义条件下,或由于某些制度不完善,或由于旧意识影响,在某些局部情况下,糟蹋人才,埋没贤能,侵犯人格尊严的情况,并不是不会发生的。人的尊严、人的价值,理应受到重视。我们要教育青年建立科学的价值观。把人的价值抽象化,用实现"人的价值"来装扮自己的极端个人主义是不足取的。应该在建设社会主义的创造性劳动中,在为实现共产主义远大理想而献身的奋斗中,实现人的价值,提高人的价值。

在当前伟大社会主义现代化建设中,配合全国各个领域改革工作的进行,研究异化问题,在政治、经济、文化建设各个方面,采取正确区分两类矛盾的方法,克服和消除异化现象,是当前理论和实践的重要课题。

原载 1983 年 3 月 16 日《人民日报》

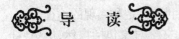 **导　　读**

《关于马克思主义的几个理论问题的探讨》一文系马克思逝世 100 周年纪念文,是对当时人道主义思潮的应和,并将这一思潮在整个思想文化界推向理论高端,最后,论争以胡乔木发表《关于人道主义和异化问题》一文而告终止。文章由王若水、王元化、顾骧执笔,共分四部分:(1) 马克思主义是发展的学说;(2) 要重视认识论问题;(3) 马克思主义与文化批判;(4) 马克思主义与人道主义的关系。全文重点在第四部分对"异化"问题的集中阐述,提出了社会主义也存在"人的本质异化"的论断。在此,"异化"虽属马克思主义的一个理论范畴,但更来自中国社会主义实践的历史经验。

《关于马克思主义的几个理论问题的探讨》的可贵之处正在于它将这一沉重的历史追问,转化为一个纯粹内部的理论问题。在人道主义问题上,同时代一般理论家的两种取径,或者仅关乎价值层面,或者只是"审美"层面的简单"超越",它们的共同点是使批判锋芒易于指向外部。而面对"异化",本文恰恰提出了认识论问题,并将"异化"规定于思维领域,认为它是一个以"否定"为中介的"辩证的概念"。这意味着"异化"问题及其认识和自我批判的永无止境,并使这一"自我"在思维领域朝向包括"人道主义"在内的古今中外文化遗产的不断开放。后者正是文章第三部分所论述的"文化批判"问题。由此,作者在马克思主义学说发展观的总领下,在后三部分的论述中内在地形成一条从"否定"思维、"批判"方式到"异化"阐释的严密的逻辑链条。"异化"概念于是成为这一不断朝外部敞开的逻辑之动力,并在指向纯粹的思维—精神领域的过程中,形成一个深广的"异化"题域。本文因此可能将社会主义实践在"文革"中失败的关键归于理论思维的严重乏弱,进而提出建立一种独立于实践的理论,以防止实用思维的冲击。正是这一闪耀出真正中国马克思主义理论内在光华的判断,指示出思维—精神领域与实践—行动领域之间的边界建立,从而开启了一个关于当代中国的崭新视界。而这一"异化"题域的形成,也照亮了与文艺与政治关系的发展直至解体的全过程,绵延了近半个世纪的"人道主义"思想线索。这里节选的是《关于马克思主义的几个理论问题的探讨》的第四部分。

链　　接

王若水:《为人道主义辩护》,《文汇报》1983 年 1 月 17 日。
胡乔木:《关于人道主义和异化问题》,《理论月刊》1984 年第 2 期。

论文学的主体性（节选）

刘再复

文学主体包括三个最重要的构成部分，即：（1）作为创造主体的作家；（2）作为文学对象主体的人物形象；（3）作为接受主体的读者和批评家。我国文学在相当长的一个时期，普遍地发生主体性失落的现象，为此，我们需要探讨一下文学主体性的回归、肯定和实现的途径。

探讨文学主体性的实现，首先应当探讨对象主体性的实现。文学对象包括自然、历史、社会，但根本的是人。只有人，才是文学的根本对象。对象的主体性，就是文学对象结构中人的主体地位和人的主体形象。

马克思曾说："人是一个特殊的个体，并且正是他的特殊性使他成为一个个体，成为一个现实的、单个的社会存在物。同样地他也是总体，观念的总体，被思考和被感知的社会主体的自为存在，正如他在现实中既作为社会存在的直观和现实享受而存在，又作为人的生命表现的总体而存在一样。"[1]又说："有意识的生命活动把人同动物的生命活动直接区别开来。正是由于这一点，人才是类存在物。或者说，正因为人是类存在物，他才是有意识的存在物，也就是说，他自己的生活对他是对象。仅仅由于这一点，他的活动才是自由的活动。"[2]作为文学的对象的人，相对于作家来说，它是被描绘的客体，但是相对于它的生活环境（社会）来说，它又是主体——它是有意识的存在物，他的环境和他的生活是被他所感知的对象。这样，作为文学对象的人就具有这样的双重性：对于作家来说，是被感知的客体存在物，对于环境来说，它又是能够感知环境的主体存在物。作家给笔下的人物以主体的地位，赋予人物以主体的形象，归结为一句通俗的话，就是把人当成人——把笔下的人物当成独立的个性，当作具有自主意识和自身价值的活生生的人，即按照自己的灵魂和逻辑行动着、实践着的人，而不是任人摆布的玩物与偶像。不管是所谓"正面人物"还是"反面人物"，都承认他们是作为实践主体和精神主体而存在的，即以人为本。

文学对象主体性的失落现象大体上表现在三个方面：

（1）用"环境决定论"取消人物性格自身的历史。环境与人的关系，实际上并不是一种单向的因果关系，而是对立统一的辩证运动。一方面人的性格、人的情感是环境的产物，但是典型性格也不只是简单地被典型环境这种单一原因所决定的。从主体的角度来考虑问题，也可以说，时代是人创造的，环境是依靠人调节的。人对环境具有巨大的制约和支配的力量。以往我们对于人的本质，更多地看到它被客观世界本身的规律所制约、所决定的一面，当然，否认这种制约性是错误的，但是，我们往往忽视人的本质的巨大创造性，也就是说，人的本质在很大的程度上是"自主"的，不是"他主"的。环境既作用于我，我也作用于环境，客观世界既影响我，我也影响客观世界。因此，人的性格也是人的自我创造过程，每个人都有性格自身的历史。鲁迅先生曾说，"人能组织，能反抗，能为奴，也能为主。"[3]人可以自我完成，自我塑造，自我实现。人的主体性，就是在客观世界所提供的条件下（包括顺境和逆境）最大程度地发挥自身的调节能力和创造能力。人对环境的巨大超越力量，往往表现为主体的怀疑意识、自主意识、创造意识，也表现为不受环境所束缚的想象力、宇宙感、历史感，当然也表现为行动上的改造环境的意志力量和变革精神。但是在这方面，我国当代的文学观念曾机械地强调客体对主体的决定作用，以至用"环境决定论"来解释典型环境中的典型性格。因此，作家笔下的人物大多缺乏自身性格的历史，除了那些被神化了的支配一切的英雄，都是一些被某种外在力量所支配的命定的可怜虫。

(2)用抽象的阶级性代替人物活生生的个性。人处于社会中,既是个体存在物,又是群体存在物,类存在物。问题是,人与动物最主要的区别,还不在于人的群体性,动物也有群体组织。但是,动物对群体组织没有调节的能力,它至多能调节数量关系,不可能调节质量关系。因此,人与动物最根本的区别是在于人能自由创造,自由选择,自由调节,在于人的创造能力。创造性思维,就是人的"灵"性。具有创造性的思维能力,才是人区别于动物的最根本特点。当然,人总是存在于某种群体之中的,而且总是要带上某种群体的属性,至少是要被打下某种群体观念的烙印。例如民族、阶级、党派观念的烙印。但是,我们过去却过分强调这种烙印,以至把个体的主体价值淹没了。最明显的表现,是用阶级性来淹没人的主体性,把人视为阶级的一个符号,把人规定为阶级机器上的螺丝钉,要求人完全适应阶级斗争,服从阶级斗争,一切个性消融于阶级观念之中。这样,在作家的笔下,人就完全失去主动性,失去人所以成为人的价值。我国封建社会要求人"非礼勿视,非礼勿听,非礼勿言,非礼勿动",就是把"礼"当成一种不可变易的规范,一切以"礼"为转移,一切以"礼"为依归,"礼"成了一条公律,人的一切思想和行为被全部纳入"礼"的固定模式中,因此,人的个性也被消灭了。在我国古代的道德家眼中,人是"礼"的附属物,而在当代的某些文学评论家眼中,人则是阶级机器的附属物。我们就这样不知不觉地制造出一种新的绝对观念,即人的一切行为和心理都是阶级斗争所派生的,一个人说什么,做什么,早已被规定好了。于是,文学就不再是人学,而蜕变为阶级符号。文学研究也跟这种社会思潮相适应,用阶级和阶级斗争的眼光来观察一切,分析一切,当然也用阶级和阶级斗争的眼光来观察和分析文学现象,因此,极其复杂丰富的中外古典文学和西方现代文学现象,统统被称为封、资、修文学。而在一些较为严肃的文学理论教科书中,也以阶级为中心来思考,以阶级斗争为基本审视点。这样,就把典型解释为共性——阶级性的形象注解,个性只是若干共性——阶级性观念的具体形态。

(3)用肤浅的外在冲突掩盖人物深邃的灵魂搏斗。人的外部行为,外部活动,即人表面的,他人可感知的生活,是人的精神世界的外化。作家当然应当表现人的外部行为,这些外部行为,集合为社会事件,构成作品的情节,于是,作品展示出战争,革命,政治运动,改革运动等情节。但真正优秀的文学作品应该通过这种外部事件去表现人,而不是通过人去表现外部事件。即不是通过人去表现战争,表现改革,而是通过战争,通过改革等外部行为去表现人,表现人的命运和人的情感。而我们过去有不少作品恰恰是通过人去表现社会事件,因此,在解决各种问题的场面中,我们看到人在忙碌,在搏斗,却看不到人的命运和人的极其丰富的内心世界,此时人的精神主体性已被淹没于外部现象之中。

造成文学对象主体性失落的原因,从根本上说,就在于作家忽视了人的地位与价值,而以物本主义与神本主义的眼光来对待自己的人物。以物为本的作家,把人降低为物,降低为工具,降低为自己手中任意摆布的玩偶。他们不了解,人是一种自由自觉的实体,是一种最富有能动性的自我调节系统。人完全能够主动地,能动地改变和创造环境,使环境适应人自身的生存和发展的需要,而不是消极、被动地接受环境的影响,变成必然性的奴隶,因果链条上的一环。人从最初感受世界开始,其感觉不仅依赖刺激物的性质,也依赖感觉的结构和机能的性质,依赖感受体的内部状态。以反映活动而论,反映不仅仅是外部能量和信息传递至意识的简单的机械过程。实践更是如此,人是实践的主体,人能主宰和控制自己的实践活动。但是,物本主义的眼光看不到人的这种本质,因此,他们只能把人视为工具,只知人的服从性,不知人的自我选择性。

这种物本主义眼光归根到底是不承认"人是目的"这种根本观念。物有物的价格,人有人的人格,人不能因对谁有用而获取价值。人作为自然存在,并不比动物优越,也并不比动物有更高的价值可言,但人作为本体的存在,作为实践主体和精神主体,是超越一切物的价格的。因此,不应当把人的存在视为工具,好像它与内在目的无关。这就是说,作家在表现人的时候,要把人当成人,把人视为超越工具王国的实践主体,而不是把它当成自然存在,当成牲畜,草芥,工具。总之,人应当是目的性因素,而不是工具性因素,在表现所谓英雄人物时,英雄人物尽管有许多英雄行为,但是,如果他毫无内在情怀,只知道服从命令,那么,他也只是执行命令的工具,这样,他仍然只是工具王国的成员,而不是目的王国的成员。即使是"反面人物",他也不应当是草芥,牲畜,粪土,作家不应当仅仅把他们视为执行某种意志的工具,不应当在艺术上人为地把他们作为只能消极地陪衬英雄人物的工具。产生在我国文化大革命中的所谓"三陪衬"观念,就是把"反面人物"全部作为牲畜王国的一部分,除尽他们身上一切人的本体的存在根据和内在目的。这样做的结果,是他们的主体性全面丧失,我们看不到任何人的丰富性和复杂性,甚至看不到人的基本特性。这样的艺术形象,就必定是毫无人的血肉和心灵的玩偶。恢复文学对象主体性的地位,包括恢复所谓英雄人物和反面人物的主体性地位。

真正以人为本的作家,他们一定会正确地摆正创造主体与对象主体的关系,会在创作过程中,赋予描写对象以主体的地位,即赋予他们以独立活动的内在自由的权利。这就是作家在特定时刻要服从人(对象),而不是人服从作家,是作家要为人服务,而不是人为作家服务。作家要允许笔下的人物超越自己的意图,允许他们突破自己一切先验的安排,只有当笔下的人物有充分的独立活动的权利,非常自由地按自己行动逻辑展开自己的行动时,这种人物才是活生生的。作家处于最好的创作心态时,往往由常态进入变态,进入虚幻系统,真诚地相信自己所创造的一切。此时,作家的真我,进入一种神秘的体验,"情不自禁"地跟着自己笔下的人物走,无意识地服从自己的人物,接受笔下的人物应有的命运,也是作家本没有意料到的命运。王蒙曾说,他笔下的人物出现的情况,不仅出乎读者的意料之外,也往往出乎自己的意料之外。安娜·卡列尼娜的卧轨自杀,达吉亚娜的出嫁,阿Q的被枪毙,就是作家尊重笔下人物,服从笔下人物灵魂自主性的结果。如果作家把自己放在上帝的地位上,只知道摆布笔下人物的命运,不能给予笔下人物以主体的地位,那么,他们在创作中势必只想到所谓"精心设计",甚至精心设计到每一个细节。笔下人物的一言一行一举一动,都在先验的设计之中。一切都在作家的意料之中,一切都是先验构想的形象注释,这实际上并不是作家用整个心灵去"创造",而是按照某种观念去刻意"制造",这样的作家顶多是一个具有某种技巧的艺术匠人,而不是富有灵性的作家。他们的创作势必不能得其道,得其神,得其灵性,势必缺乏创造性。

作家对描写对象的尊重,就是赋予对象以人的灵魂,即赋予人物以精神主体性,允许人物具有不以作家意志为转移的精神机制,允许他们按照自己灵魂的启示独立活动,按照自己的性格逻辑和情感逻辑发展。作家处于最佳心理状态时,也是自己的人物充满着主体意识,充满着生命活力的时候,此时,作家不是受自己的意志所支配,而是受到充分调动起来的主体潜在力量的支配,并沿着潜意识的导向前行,在可感知的范围内,造成了"意外"的效果,即愈有才能的作家,愈能赋予人物以主体能力,他笔下的人物的自主性就愈强,而作家在自己的笔下人物面前,就愈显得无能为力。这样,就发生一种有趣的、作家创造的人物把作家引向自身的意志之外的现象。这种有趣的现象使很多文学理论家、批评家感到困惑,笔者也曾久久地陷入困惑与迷惘之中。而现在,笔者终于了解:这种状况,正是作家在创作中的自由状态。这种令人困惑的现象,正是一种二律背反,我们可以把它推演成如下的公式:

作家愈有才能　　作家(对人物)愈是无能为力
作家愈是蹩脚　　作家(对人物)愈是具有控制力
作品愈是成功　　作家愈是受役于自己的人物
作品愈是失败　　作家愈能摆布自己的人物

关于这种二律背反的现象,法国的著名作家,诺贝尔文学奖金获得者弗朗索瓦·莫里亚克,曾经讲得十分精彩。他说:"我们笔下的人物的生命力越强,那么他们就越不顺从我们"。[4]莫里亚克认为,认识这个反律对于创作是极为重要的,这是作家塑造成功的人物形象应当注意的,他说:"……我们笔下的人物并不服从我们。他们当中甚至会有不同意我们,拒绝支持我们的意见的头号顽固派。我知道,我的有些人物就是完全反对我的思想狂热的反教权派,他们的言论甚至使我羞惭。"[5]莫里亚克认为,这种背反现象正是作家成功的标志。相反的现象倒是作家失败的表现,他说:"反之,如果某个主人公成了我们的传声筒,则这是一个相当糟糕的标志。如若他顺从地做了我们期待他做的一切,这多半是证明他丧失了自己的生命,这不过是受我们支配的一个没有灵魂的躯壳而已。"[6]莫里亚克不愧是一个杰出的作家,他从自己的创作实践中,了解这种背反性的痛苦规律。但他的成功,恰恰是因为他坚定地尊重这种规律,无保留地赋予笔下人物以生命的力量,甚至是与自己对抗的力量,心甘情愿地让笔下的人物粉碎自己早已设计好的种种美妙的构思,于是,他在创作中简直是在与他笔下的充满活力的人物搏斗,但他却从这种搏斗中感到创造的愉快。他承认,他"在与这些主人公的斗争中感到极大的愉快"。[7]他所以愉快,就是他发现自己的人物已有自己的生命,甚至能保护自己的生命,顽强地进行自卫。

有的同志对我在《文汇报》所提出的主体观念,提出质疑,认为我只注意到作家的主动性,没有看到作家的被动性。这种批评实际上是把主动与被动割裂开,事实上,创造主体与对象主体双方都既是主动的又是被动的,整个创作过程就是双方主体能力主动与被动的辩证运动过程。这就是:

作家在创作中愈是处于主动状态　　作家在自己的人物面前愈是处于被动状态
创造主体性愈正常地发挥　　　　　创造主体愈是被对象主体所占有

上述作家与笔下人物的二律背反现象,黑格尔早已为我们提供了一种哲学依据,他说:"主要的还是要注意到,把因果关系应用到自然有机生命和精神生活的关系上是不允许的。在这里,被称为原因的东西当然显得自身具有不同于结果的内容,不过,之所以如此,却是因为那个作用于有生命的东西是由有生命的东西独立地决定,改变和转化的,因为有生命的东西不让原因达到其结果,有生命的东西把作为原因的原因扬弃了。"[8]黑格尔这段话给我的启发是,在自然有机生命和精神生活中,线性因果关系的逻辑结构是不能适应的,同样,作家和他们笔下的人物的关系,也不是因果决定论。

有些朋友提出作家应当干预人的灵魂,这种观念的提出,本是针对干预政治而发的,即认为与其主张文学干预政治还不如主张文学干预灵魂。这本是指创造主体对接受主体的干预,但是,另有一些作家却把接受主体(读者)换上对象主体(人物),以说明作家可以干预笔下人物的灵魂。这种观念,我认为有一半是可以接受的,这就是人物一旦走到自己的人生十字路口,发生双向可能性的时候。(任何一向都不违反人物性格的发展逻辑),作家是可以帮助人物打开自己的心灵,作一种不违背个性的选择的。这种选择也可以说是一种干预,而作家在这种选择中恰恰可以表现出自己的眼光和水平,即必须选择出一种可以使人物表现得更丰富、更深邃、更精彩的道路,也是更艰苦的道路——更需要作家下苦功的道路。伟大的作家总是选择最难走的路。这种选择,实际上是人物走到一个江津路口,一个关键之地,此时,要求作家给予一个指令,一个使人物展示灵魂的全部丰富性的指令。这种干预,大体上像电子计算机的操作员给电子计算机一种指令,计算机得到这种指令后,便把信息贮存于自己的机体中,然后进行独立的运转和活动,最后把结果告诉操作员。作家的干预也仅仅在于给予人物一个灵魂的指令,而这之后,作家就像操作员一样,不再起干预作用了,他一旦把信息输入到人物的身上,人物就像电子计算机一样,独立地运转活动起来,不受作家(操作员)所摆布。那种认为作家的世界观可以决定一切的观点,就是作家可以任意干预笔下人物的灵魂和行动的观点,就是不尊重笔下人物、剥夺笔下人物的主体性的观点。但是,以上所说的二律背反现象,将使世界观决定论感到困惑。

以物为本,会使对象的主体性丧失,以神为本,同样也会使对象的主体性丧失。物本主义笔下的人物,只知服从,不知价值选择;神本主义笔下的人物,只知立法(只知发号施令),没有情怀。两者都不可能使自己成为自己的主人,两者都没有自我调节系统,都没有一个自我完成的过程。神本主义眼光下的英雄,就是神的代表,并没有内心世界,没有内心矛盾。他们认为英雄必定是尽善尽美的,没有任何人的弱点和局限,如果认为英雄性格是善恶并举,那就是对英雄的污辱。中世纪的大神学家奥古斯丁在他的"忏悔录"中早作了这样的规定,因此,他决不能容忍那种认为人是二重组合的说法,他对主说:"我的天主,假如你不在我身上,我便不存在,绝对不存在。而且一切来自你,一切通过你,一切在于你之中。"[9]在彻底的神本主义眼光下,人自身是毫无价值的,人只是神的奴隶和工具,此时人的目的性更是丧失殆尽,由于神本主义对"人是目的"加以彻底否定,因此,它规定人只能有一个与神绝对相通的灵魂,不能有自己的灵魂,不能有"善恶并举"的人的灵魂的复杂性,所以奥古斯丁诅咒说:"我的天主,有人以意志的两面性为借口,主张我们有两个灵魂,一善一恶,同时并存。让这些人和一切信口雌黄、妖言惑众的人,一起在你面前毁灭。"[10]文化大革命中那种以塑造高大完美的英雄为根本任务的观念,与奥古斯丁这种观念多么吻合,任何非高大非完美的观点,都被视为妖言惑众,这样就从根本上淘汰了真实的人,我提出的人物性格的二重组合原理,正是一个与神本主义相对抗的主体性原理。

原载《文学评论》1985 年第 5 期和 1986 年第 6 期

注 释

1、2. 马克思:《一八四四年经济学哲学手稿》,《马克思恩格斯全集》第 42 卷,第 123、96 页。

3. 鲁迅:《花边文学·倒提》,《鲁迅全集》第 5 卷,人民文学出版社 1981 年版。

4、5、6、7. 王忠祺等译:《法国作家论文学》,三联书店 1981 年版,第 192、193、33 页。

8. 黑格尔:《逻辑学》下卷,商务印书馆 1976 年版,第 220 页。

9、10. [古罗马] 奥古斯丁著,周士良译:《忏悔录》,商务印书馆 1982 年版,第 4、153 页。

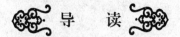 导　读

　　写于 20 世纪 80 年代中期的《论文学的主体性》一文,既是时代思潮的重要标志,也是"文革"后中国文论建构中"文学是人学"命题最完整的理论表述。一方面,它的思想背景契合了百年文学"重铸民族魂"的总体指向,因而在主要思路上与其主体性哲学及其"文化—心理积淀"说①多有相承。另一方面,则在具体论述上通过对"实践主体"和"精神主体"的哲学辨析,强调后者的相对独立,从而确立一个更具个人精神特质的审美主体,以打开通向心灵世界的超越之径。这一"主体"论述,在"文革"后文学脱离政治、寻求本体的文论建构中,具有承前启后的理论功效。而该文之"人学"结构的形成,则更具理论的启示性。在此,"文学的主体性"视野主要由三大"主体"构成,即作品人物、作家和批评家,其内在关联,则源于虚构领域的"作品人物"。在关于"二律背反"创作规律的论述中,这一主体被赋予完全超越于作家的自主性。而所强调的"深邃的灵魂搏斗"则显然将这一自主性与"异化"问题做了最大程度的喻示性连接。正是由"作品人物"这一特殊性质所产生的逻辑动力,推动了作家尤其是批评家走上了超越的、审美主体的建构之路,从而喻示了一条存在于虚构与现实领域的不可跨越的边界。同时,也在同属现实领域的作家和批评家之间,隐喻着疆域的划分。这一划分,在曾经出现"大批判现象"的当代文学批评史上,尤具历史感。可以说,在当代文论应对"人"的问题的历史线索上,《论文学的主体性》最明确地表现了将之置于虚构领域的理论方向。这里节选的是该文第二部分。

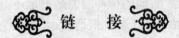 链　接

陈涌:《文艺学方法论问题》,《红旗》1986 年第 8 期。
姚雪垠:《创作实践和创作理论——与刘再复同志商榷》,《红旗》1986 年第 21 期。

----

　　①　关于主体性哲学基本观点,参阅李泽厚《康德哲学与建立主体性论纲》,中国社会科学院哲学研究所编《论康德黑格尔哲学》,上海人民出版社 1981 年版。

旷野上的废墟
——文学和人文精神的危机

主持人：王晓明　华东师大中文系教授
参加者：张　闳　华东师大中文系博士研究生
　　　　徐　麟　华东师大中文系文学博士
　　　　张　柠　华东师大中文系硕士研究生
　　　　崔宜明　华东师大哲学系博士研究生
时间：一九九三年二月十八日
地点：华东师范大学第九宿舍625室

王晓明（以下简称王）：今天，文学的危机已经非常明显，文学杂志纷纷转向，新作品的质量普遍下降，有鉴赏力的读者日益减少，作家和批评家当中发现自己选错了行当，于是踊跃"下海"的人，倒越来越多。我过去认为，文学在我们的生活中占有非常重要的地位，现在明白了，这是个错觉。即使在文学最有"轰动效应"的那些时候，公众真正关注的也并非文学，而是裹在文学外衣里面的那些非文学的东西。可惜我们被那些"轰动"迷住了眼，直到这一股极富中国特色的"商品化"潮水几乎要将文学界连根拔起，才猛然发觉，这个社会的大多数人，早已经对文学失去兴趣了。

照我的理解，爱好文学、音乐或美术，是现代文明人的一项基本品质。一个人除了吃饱喝足、建家立业，总还有些审美的欲望吧？他对自己的生存状况，也总会有些理不大清楚的感受需要品味，有些无以名状的疑惑想要探究？在某些特别事情的刺激下，他的精神潜力是不是还会突然勃发，就像老话说的神灵附体那样，眼睛变得特别明亮，思绪一下子伸到很远很远，甚至陶醉在对人生的全新感受之中，久久不愿意"清醒"过来？假如我们确实如此，那就会从心底里需要文学、需要艺术，它正是我们从直觉上把握生存境遇的基本方式，是每个个人达到精神的自由状态的基本途径。正是从这个意义上，文学自有它不可亵渎的神圣性。尤其在二十世纪的中国，大多数人对哲学、史学以至音乐、美术等等的兴趣，都明显弱于对文学的兴趣，文学就更成为我们发展自己精神生活的主要方式了。

因此，今天的文学危机是一个触目的标志，不但标志了公众文化素养的普遍下降，更标志着整整几代人精神素质的持续恶化。文学的危机实际上暴露了当代中国人人文精神的危机，整个社会对文学的冷淡，正从一个侧面证实了，我们已经对发展自己的精神生活丧失了兴趣。

张闳（以下简称闳）：我想从创作现象来谈谈对文学危机的看法。按照我的理解，这种危机在作家创作方面有两种表现，一是媚俗，一是自娱。其实这两种方式倒是中国传统文学观念的延续。自古以来，文章乃"经国之大业，不朽之盛事"，看似把文学抬到了一个极高的地位，其实所谓"大业"和"盛事"，只是帝王的业和事。到了现代，帝王的事业不复兴旺，文学的"载道"功能便转换为代人民立言。这也是一个很崇高的事业，每当人民欲言又止之时，文学事业就格外发达。可如今，文学的这一功能逐渐被其他传播媒介所取代，人民自己独立发言的能力也逐渐发达，文学"载道"的事务就又濒于歇业了。在这种情况下，文学的功能只好转移到"缘情"上来，而这不过是自娱的一种漂亮的说法罢了。总之，文学没有自己的信仰，便不得不依附于外在的权威。一旦外在的权威瓦解了，便只有靠取悦于公众来糊口，这便是媚俗的方式。要不然就只好自娱自乐了。这就好比找不到用武之地的拳师，或者去走江湖，靠卖狗皮膏药度日；不然就得回家去，自己打拳健身。

看起来，作家王朔采取的主要是第一种方式。有人说他是个讽刺作家，我却认为，他的作品总的基调是"调侃"，而不是讽刺。这两者绝然不同，尽管从表面上看，它们是那么相似。讽刺有着喜剧的外观，而其背后有一种严肃性。讽刺总是以一种严肃的姿态批判性地对待人生，它清除人生的污秽，是生命的清洁工。讽刺所显示的批判性甚至高居于作为个体的讽刺者及讽刺对象之上，达到对普遍性的生命价值的肯定。调侃则不然。调侃恰恰是取消生存的任何严肃性，将人生化为轻松的一笑，它的背后是一种无奈和无谓。王朔笔下正是充满了调侃，他调侃大众的虚伪，也调侃人生的价值和严肃性，最后更干脆调侃一切。在这种调侃一切的姿态中，从调侃对象方面看，是一种无意志、无情感的非生命状态，对象只是无谓的笑料的载体。从调侃者本身看，也同样是一种非生命状态。调侃者一如看客，他置身于人生的局外，既不肯定什么，也不否定什么，只图一时的轻松和快意。调侃的态度冲淡了生存的严肃性和严酷性。它取消了生命的批判意识，不承担任何东西，无论是欢乐还是痛苦，并且，还把承担本身化为笑料加以嘲弄。这只能算作是一种卑下和孱弱的生命表征。王朔正是以这种调侃的姿态，迎合了大众的看客心理，正如走江湖者的卖弄噱头。

王：这当中也包括了迎合大众想发牢骚，想骂娘的心理，大众也因此获得了一种宣泄怨愤的快感。

闵：王朔以这种方式博得了大众的青睐。在调侃中，人们通过遗忘和取消自身生命的方式来逃避对生存重负的承担。然而，现实生存并不因这种逃避而有丝毫改变。从这里也可以看出国人生存境况之不堪和生命力的孱弱。不然，人们何以像抓救命稻草似的乞灵于这一点点可怜而又无聊的"轻松"呢？

从嘲弄和挖苦大众虚伪的信仰到用调笑来向大众献媚，王朔兜了个大圈子。倘若他要迎合得更彻底些，当然还得满足大众必然会有的道德上的虚荣心。王朔果然一改以往嬉皮士似的反道德面目，而以"好人一生平安"的空头许诺来劝善。嬉皮士变成了道德家，这可称得上真正的喜剧。

徐麟（以下简称徐）：其实，在文学上，"王朔现象"并不罕见，它是《儒林外史》及以后的谴责小说，和四十年代包括《围城》在内的所谓"讽刺文学"的恶性重复。尽管作者们的社会角色迥然不同，但从他们对语言的态度和操作中可以找到许多相似之处。它们都是正统价值观念崩溃后的产物，并都是对文化废墟的嘲笑。问题不在于嘲笑和调侃本身，而在于废墟只对人来说才是废墟。嘲笑也要有嘲笑者。嘲笑者并不是作者的肉体存在，而是被我们称之为人文精神的价值指向。《儒林外史》中还有王冕式的人物，无论他离我们有多么的遥远，但这表明作者还有一种人格和信念的意指。这种意指在《围城》中更加漂浮不定。但是，方鸿渐毕竟还有惶惑、无奈和拒绝，毕竟还指向了某种可能的东西。王朔之为恶性的重复就在于他的文本没有任何结构上的意指。也许在《一半是海水，一半是火焰》、《顽主》中他尚有某些痛苦感和彷徨感，但这些感受在后来的作品中完全被消解了。痛苦的消解是因为认同了废墟，彷徨的终止则是因为不再需要选择，因而就没有也不需要任何可能的人文意向。一旦嘲笑者本人也成了废墟，那末，他就不能指向任何外部世界，于是便只有在玩弄语言的亵渎与嘲笑中获得一种自慰式的快感。

闵：对这样的快感的追求，在所谓"玩文学"派那里有着更为突出的表现，他们以另一种方式暴露出文学创作的危机。王塑是与民同"乐","玩文学"者则独"乐"之。他们把文学当作自娱自乐的工具,独自把玩,回味无穷。

徐:譬如,"第五代"导演张艺谋的艺术创作在这个问题上表现得集中而突出。近来极为叫红的《大红灯笼高高挂》中的主人公颂莲是张艺谋努力赋予某种现代人文意识的洋学生。她不是用轿抬,而是自己走进陈家大院的,并且还说出了"这里有狗、有猪、有耗子,就是没有人"的"人"话来。但她不仅很快洞悉了陈家大院里的一切,而且立即全身心地投入了与众姨太的争风吃醋中。这个转向似乎可以解释成人物复杂性和艺术处理上的脱节,但在全片的结构中却成了对礼教的皈依,并且嘲弄了对礼教的反叛主题。更重要的是,在电影语言上,张艺谋是对"后现代主义"模仿得比较像的。色彩上,如对红色的大肆渲染;音响上,如捶脚声的音响主题反复出现;构图的对比性、视角的变换、长镜头的运用以及对点灯笼,挂灯笼,吹灯笼的精心刻画等等,都造成了画面具有强烈的感官刺激性的效果。但最强烈的反差更在于影片中使用了在中国人看来最具现代性的技巧,所表现的却是中国文化最陈腐的东西。因而,颂莲的那些"人"话就仅仅成了一种主题上的装饰。张艺谋的真正快感只是来自于对技巧的玩弄。

张柠(以下简称柠):本来影片中表现什么倒并不十分重要。所表现的事物既可以是陈腐的,也可以是美好的。关键在于这些事物在作品中所产生的功能。这种功能取决于文本的语义指向,从根本上说,它又是取决于作者主观的价值取向。在《大红灯笼高高挂》中看不出张艺谋对其所表现的陈腐肮脏的东西有多少批判意识,相反,他始终在大肆渲染和玩味这种东西。

徐:《大红灯笼高高挂》在国内外的反应是很值得关注的。它的技术在西方世界早为人所熟知,甚至已开始过时,但因为它表现的是被称为"中国文化"的那些东西,而使西方人大开眼界。至于中国这边的亢奋的反应,则来自于对所谓"后现代主义"之类"新潮"艺术的迷恋,而忽略了作品价值取向上的陈腐性。能像《大红灯笼高高挂》那样引起东西方人对对方陈腐性的互相欣赏的作品是非常罕见的,如果这里有为张艺谋所追求的好莱坞精神的话,那么这正是人文精神的全面丧失。

张艺谋电影探索的文化动因,是当代文学中的"寻根"意识。例如《红高粱》吧,应该说,对于现代文明生命的萎缩以及被阶级意识或政治革命等"历史动机"所淹没了的欲望或生命冲动来说,它确实有一种反叛和反历史的意味。它把余占鳌式的暴力取代建筑在更原始的个人占有欲上,不仅颠覆了暴力革命的神圣性,也确实意指了某种历史的可能性。但问题在于,它不是指向新的生存可能性及其精神空间,而是指向文化回归的道路。这是为张艺谋所熟悉并且认同的。只是这种文化回归很快就在《菊豆》中透了底。杨天青不仅不能取代父辈而公然占有菊豆,而且还只能作为自己儿子的哥哥跪拜在宗法道德和政治秩序的神座面前偷情。他会犯禁,但欲望的冲动根本无法与道德秩序相抗衡,其结果只能导致自我阉割。至于在《大红灯笼高高挂》中,颂莲用自己的脚走进了旧道德规范,因而欲望满足的方式是给定的,她必须在礼教许可的范围内不懈竞争,才可能短暂地获得她的男人。所以,在象征欲望的红色中,"我奶奶"是以认同并接受暴力来满足的,菊豆是在道德秩序下靠偷情来满足的,而颂莲则干脆投身到礼教规范中来获取满足。这是否就是张艺谋的"欲望三部曲"?

阎:以上两种方式尽管有种种不同,却共有一个根本的原则,即"游戏"。曾经有人在理论上公开提出过"文学游戏"的原则,还抬出维特根斯坦的语言哲学和后现代主义的文艺理论来作为根据。

崔宜明(以下简称崔):其实这里存在一种文化的误读。西方文化中的游戏概念与中国人常说的"玩"的涵义完全不同。在西方文化观念中，客观世界与心灵世界之间有一道鸿沟，而游戏是联结两者走向自由的唯一通道。它是生命的基础，涵盖了一切生命的体验，包括痛苦、颤栗等。我们把"游戏"误读成"玩"，使之成了逃离一切真实的生命体验，消解痛苦和焦虑的理论。

阚："游戏"在其规则范围内，是一桩严肃的事情。我们看到儿童在游戏时，往往是全身心地投入，他自身的体力和智力（即全部生命力）正在此过程中获得充分的显示和肯定。维特根斯坦用游戏来解释语言现象，认为语言即是对语言的使用，即如按规则所进行的一场游戏。在言说活动之外，并无什么语言的本质，而充分使用语言，就能充分显示出语言的本质和意义。人生同样如此，人生并非无意义，而只是说，人生的意义在于人的生存活动之中，人的最高本质即是在自己的生存活动中为自己立法，为自己创造意义。这些原则用之于解释文学，凸现的恰恰是文学创造的严肃性和神圣性。

徐：西方现代主义文学的兴起，有一个价值观念的危机和转型的深远文化背景。语言形式所以被推到一个历史的高度上，是根于西方人对语言与存在关系的理解。因而不仅其游戏规则是严肃的，其游戏态度也是真诚的。他们正是在这种严肃的游戏的投入中，把握并超越个体性存在的独特体验的。但中国当代"玩文学"者的那些"游戏"之作，既不表现出对某种生存方式的解构，更没有对存在的可能性的探索与构造，一旦失去了这种形而上的意向性，那末形式模仿的意义就只剩下"玩"的本身，它所能提供的仅是一种形而下的自娱快感。人文精神正是在这种快感中丧失了。

崔：这种人文精神的丧失，在文艺创作上的最严重的表现，就是想象力的丧失。

徐：所谓艺术想象力，当然包括诸如故事的虚构等等艺术处理能力，但更多的是指对于存在状态与方式及其可能性的想象力。我以为，这是一个文学或艺术家的生命所在，它在今天尤为重要。它是在这个原有价值观念全面崩溃的时代中的价值重构能力，也就是被保罗·蒂利希称为"存在的勇气"的那种东西，这在根本上决定了一个艺术家的激情、才华和力度等基本素质。与此相比，故事虚构只是一个技术问题。然而中国当代的许多艺术家却正在越来越丧失这种能力。王朔是一个例子，他的小说描绘出的世界就是废墟，能指与所指是完全等值而同构的，是废墟嘲笑废墟。张艺谋稍有不同，他曾经试图用原始生命力（欲望）来解构历史，但这种原始生命力是无形式的，他无法为它给出一个价值指向。而如果不能获得某种个体人格形式的力量，他就根本无法突破更加深固的道德秩序及其心理沉积物。所以，张艺谋从寻根出发反叛历史，最后又重新回归黑暗的历史怀抱。从这个意义上讲，他是在玩弄欲望，"后现代主义"则成了他从这玩弄中获取快感的器具。

王：张闳刚才谈到的"调侃一切"，徐麟讲的"以废墟嘲笑废墟"，都是这个时代人文精神日见萎缩的突出症状。这并不是一个偶然的现象，在某种意义上，它恰是我们精神历程的一个合乎逻辑的结果。你在一连串事件的摇撼下清醒过来，发现自己原来被一种无知的信仰引入了歧途，于是跳起来，奔向另外一些与之相反的信仰。可很快你就发觉，这新的信仰仍然无用，你还是连连失败，找不到出路。在这种时候，你的头一个本能反应，大概就是干脆放弃信仰，放弃寻找出路的企图吧？你甚至会反过来嘲笑这种企图，借以摆脱先前那沉重的失败感。在严酷的环境中，自嘲确能成为有效的自慰。和理想主义相比，虚无主义总是显得更为有力，因为它自身无需证明。

崔：理想主义需要以整体的人去建构，他的情感、意志和理性必须达到一定程度的整合，还需要有充沛的生命的意向性。这样的人以理性建立起自己的理想,对它一往情深,努力使它成为自己实践意志和生命意义的基础。而虚无主义则是一个心灵已成废墟的人所唯一能持的哲学态度,他只能用自己的理智来嘲笑自己的情感,用情感来嘲笑意志等等。因此,理想主义总是因自身的矛盾而软弱,虚无主义则因自身的矛盾而强大。

王:因此,一个人只要有一点点聪明,就完全能用虚无主义来嘲笑(或者说调侃)所有的信仰。这种嘲笑的成功也确实能给那些信仰上的失败者带来某种安慰和心理平衡。也正是因为这种高级阿Q式的精神胜利法的有效,本世纪初以来虚无主义情绪在中国屡屡发作,不断蔓延。周作人的虚无主义还比较深刻,今天的"调侃一切"则浅直得多,更带一点颓废气,一点无赖气。虚无主义也一代不如一代了。

阎:这应该说是中国式的虚无主义。在西方,虚无主义自有其独特意义。近代的理想主义的信仰和价值依据(无论其为上帝还是理性、科学),通常总是外在于人的生命,而虚无主义恰恰是要瓦解这种外在于人的价值依据,这并不意味着人本身的意义的丧失,相反,它将生命的价值落实到生命本身。上帝死了,人有了更充分的自由,就好比父亲死了,解除了对孩子的管束。但一个成熟的少年将会意识到,他从此必须独自来承担自己的命运,创造自己的生活了。人的充分的自由同时就意味着更多的承担,意味着需要更强的生命力,也意味着他有可能创造出更高的意义,可惜在我们这里,虚无主义竟常常导致逃避和放纵,似乎一旦父亲死了,大家便可以抛弃一切承诺,怎么玩儿就怎么玩儿,这真会令人生出无以言说的悲哀!

王:一九八七年以来,小说创作中一直有一种倾向,就是把写作的重心从"内容"移向"形式",从故事、主题和意义移向叙述、结构和技巧,产生出一大批被称为"先锋"或"前卫"的作品。这个现象的产生,除了小说观念的革新、创作者主观感受的变化之外,是不是也暗合了知识界从追究生存价值的理想主义目标后撤的思想潮流呢?再比方说,那批所谓"新写实主义"作家的平静冷漠的叙述态度,真如有的论者所言,是一种有意为之的姿态吗?是否也同样反映出作者精神信仰的破碎,他已经丧失了对人生作价值判断的依据呢?至于这两年流行的以嘲讽亵渎为特色的小说和诗歌,就更是赤裸裸地显露出对我前面所说的那种文学的神圣性的背叛。当然,近几年中国文学的状况相当复杂,造成这些状况的原因更是多种多样,远不能一概而论。但是,从一些似乎并不相关的现象,我却强烈地感受到一种共同的后退倾向,一种精神立足点的不由自主的后退,从"文学应该帮助人强化和发展对生活的感应能力"这个立场的后退,甚至是从"这个世界上确实存在着精神价值"这个立场的后退。

徐:其实西方的后现代主义是经过一系列建构以后的超越性否定。可在中国,根本就没有这个过程,我们处于一个多种历史阶段的人文思潮混作一团的共时性结构中,处在这样的状况中而一味"后现代",结果很可能是保护了腐朽的文化因素。

王:后退总是一件令人不快的事。你可以闭上眼睛,却无法不感觉到自己的后退。既然不能停下后退的脚步,或者虽然想停住,却缺乏足够的体力,那就只好想办法给这后退一个好一点的解释。我想,这是否就是一九八五年以后那种用西方思想观念来比附自己的热情的一个来源?类似张闳刚才谈到的用"游戏"概念来比附"玩文学"的现象,还有许多,譬如,用罗兰·巴特的"零度写作"理论来比附"新写实主义"作家的写作态度,用从俄国形式主义一直到博尔赫斯等等来比附"先锋文学",最近则又开始用"反文化"的理论,用"后现代主义"来比附"调侃一切"的态度,比附以亵渎为特色的"痞子文学"……这些比附有不少做得相当精彩,足以使人产生错觉。在这错觉中陷得深了，你甚至真会在自己的头脑中发现种种类似于"现代主义"乃至"后现代主义"的情绪，于是极力将它放大、强化，再一头扎进去……经过如此一番循环，你就非但不再有后退的羞耻感，反倒有一种"前卫"的自豪感了。

后退固然不是好事，但也并不丢脸。遇上了太强大的对手，有时也只能后退。但是，明明是在后退，却要贴上一大堆外国的招牌来粉饰、自欺，那就有点可怜了。我觉得，这种后退而又自欺的现象，把这个时代人文精神的危机表现得再触目也没有了。

柠：前面大家分析了当前文学界乃至文化界的种种情况，似乎由此可以作出这样一个结论：这是一个审美想象力全面丧失的时代。可我一直在考虑，这种结论恐怕是要遭到反驳的。反驳不会是来自王朔那样的流行作家，因为他们的审美经验早已同日常经验合而为一了；也不会是来自"寻根"派或"新写实"派作家，因为他们或认同某种既定的生存条件，或只是抄袭现实；更不会是来自大众文学，因为它的想象力早已指向了各种感觉的享受和欲望的满足：金钱、权威、暴力……唯一可能提出反驳的是先锋小说，因为先锋小说创作中，尚蕴涵着某种可喜的想象力。

以马原为代表的早期先锋小说创作，是把想象力倾注于词与词之间。他们凭借幻想制造出种种新的感受，并试图以新的叙述方式和语词结构来传达这些感受。这是一种重新对故事进行讲述的欲望和新的话语方式的习得过程。但共同的语言符号系统与经验主体之间的间距，是个体的自我意识得以充分实现的障碍。如果在叙事中，意识主体与语言主体的分裂不能合而为一，那末，叙述行为也就纯然是一场语言的游戏，创作中的形式专横倾向也就由此产生（马原后期的创作明显体现了这一点）。在当代中国的文化背景下，文学究竟充当何种角色，承担什么任务的问题，在马原他们那里，仍然悬而未决。

阎：简单地说，早期先锋小说最突出的贡献在于：它将语言如何传达生存感受的问题凸现出来了，也从某种程度上为感受提供了某些可能的方式。至于感受的充分性及在多大程度上对真理性切中的问题，则往往被搁置。

柠：正因为如此，近两三年来，以格非、余华为代表的先锋小说家正在逐渐摆脱马原的影响。他们在创作中努力发挥艺术想象，也更自觉地承担起对存在本质质疑和对生命意义追问的责任。

徐：质疑态度本无可厚非。在一个价值崩溃的时代，对既定事物抱怀疑是完全正常的。但必须指出，怀疑也有两种，一种怀疑指向对世界和自身生命的重新把握，有一个确定的意向性，尽管它在怀疑中并不表现出确定的形态，并且不可言说，但却是使怀疑成为怀疑的依据。怀疑是人的怀疑，怀疑正因是"人在"。另一种怀疑则是取消生命的意向性，也就是"人在"被取消了。因而，它是价值取消主义，它只能导向虚无。中国当今时髦的怀疑主义多属于后一种。

柠：我还是想从另一个角度来看近期先锋小说。《边缘》、《呼喊与细雨》是其中的代表作。从文本的叙事方式来看，这些作品往往从童年回忆切入，叙事构成一种有指向的线性时间，但又不时被回忆中的创伤性记忆所打断。就在叙事力图重现失去的时光，唤回童年的诗性记忆的同时，记忆中的创伤性因素却不断地瓦解它，暗示对现实的质疑和对存在意义的追问。创伤性所带来的"震惊体验"充填于幻想的时间结构之中，时间被瓦解为碎片，历史被转换为一个颓败的寓言，小说家则在这片荒废的背景上，凸现出一种因童年的"诗性记忆"被击碎而产生的忧伤和焦虑。

倘若人们的目光一直专注于单向度时间结构的历史,许多复杂的生存体验就可能被遗忘。小说家则以其真诚的感受和回忆瓦解了线性时间的链条,提醒人们:存在被遗忘了。我觉得,在格非、余华等人的近期创作中,尽管依然可见欲望、暴力、性爱、冒险、逃逸、死亡等等主题,但这些主题在整个文本结构中却被瓦解了,或者可以说,任何一种总体性的观念,任何一种乌托邦式的意识,在这里都会被瓦解。这种瓦解未必就是消极的,一旦人们从乌托邦的幻梦中苏醒过来,对存在本身的注意力往往能更充分地焕发。而这种注意力本身就预示着某种新的可能,它可能会激发出某种希望与创造的激情。

当然,问题的另一面也暴露出来了。语词之间及本文结构之间的张力场,固然为想象力提供了空间,但却没为它规定应有的向度,艺术借助想象达到审美升华的规定性尚无保证。一个作家面临的最大难题,就是精神存亡的问题,或者说"灵魂救赎"的问题。作家如果不能直面并着手解决这一问题,而仅仅满足于作一些反叛和瓦解的工作,就不但会限制其作品的成功,也会导致精神活力和创造力的衰退。并且,作品在其精神价值指向方面的犹豫不定,最终也将会销蚀其对希望的激情。这样,不仅读者不能从作品中获取精神能量,就是作者本人也会因精神颓废所带来的"如释重负"感的诱惑,而丧失精神的力度和自信心,最终无以抵挡来自外部世界的种种压力和诱惑(据说有一些颇有前途的先锋作家也"下海"了)。可见,先锋小说家不但在其作品的价值指向上,而且在其自身生命的价值意向上,都正面临困境。

王:张柠谈到的先锋小说的困境,可以说较为集中地体现了整个社会人文精神的困境。能否从这种困境中突出来,大概正是中国文学,同时也是中国文化生死存亡的关键所在吧。

崔:说得夸张一点,今天的文化差不多是一片废墟。或许还有若干依然耸立的断垣,在遍地碎瓦中显现出孤傲的寂寞(王:例如史铁生和张承志),但已不能让我们流泪。

我也不想对大家谈到的那些文学现象表示痛心疾首。一个走在商品经济道路上的社会渴求着消费,它需要、也必然会产生消费性的商品文学,文学总要为人民服务嘛。但中国的问题并不那么简单,和西方成熟的商品文学相比,我们这不成熟的商品文学却正在冒充社会的精神向导,并沾沾自喜,做作地炫耀其旺盛的"精神"创造力,恰像一个肺病患者在健美舞台上炫耀他的肌肉。其实只是强烈的灯光和橄榄油膜才给人以某种感官的刺激,实际上人也只要这个。西方人爽快,承认商品文学只有一个目的——钱,相比之下,中国成长中的商品文学着实让人腻味。真不明白鲁迅说的瞒和骗何以能如此历久而弥新。

我们所感受到的人文精神的危机有两重。首先,我们正处在一个堪与先秦时代比肩的价值观念大转换的时代。举凡五千年以来的信仰、信念和信条无一不受到怀疑、嘲弄,却又缺乏真正建设性的批判。不仅文学,整个人文精神的领域都呈现出一派衰势。在商品经济大潮的冲击下,穷怕了的中国人纷纷扑向金钱,不少文化人则方寸大乱,一日三惊,再也没了敬业的心气,自尊的人格。更内在的危机还在于,如果真的有了钱就天圆地方,自足自在,那当然可以不要精神生活,人文精神的危机不过是那批文化人的生存危机而已。但是,一个有五千年历史的民族真的可以不要诸如信仰、信念、世界意义、人生价值这些精神追求就能生存下去,乃至富强起来吗?

我们必须正视危机,努力承担起危机,不管它多么沉重。只有这样,才能看到危机的另一面,如张柠刚才所讲的,当代文学中乌托邦精神的消解,展示出新的文学精神诞生的可能性。实际上,可以在整个人文精神领域里来理解这一点。传统的价值观念的土崩瓦解,同时也正展示出一切有形与无形的精神枷锁土崩瓦解的可能性。而另一方面，新的生活实践也必然要求新的人文精神的诞生。在这个急剧变动的时代，每个人的心灵中都充满了太多的渴望和要求，都积累了太多的呻吟和焦灼。我们的情感瞬息万变，难以捉摸；意志相互冲突，难以取舍；理智恍惚不定，难以抉择。世界、生活、自我都在走马灯般地乱转，不再能被有效地把握。但是，只要是人，就必定需要把握自己，需要知道这个世界到底是个什么样子，需要确信生活究竟是为了什么。这一切都需要在人的心灵中得到某种程度的整合。这才能有我的世界，我的生活，才能有"我"。倘若既定的价值观念已不能担当此任，那就只能去创造一个新的人文精神来。我们无法拒绝废墟，但这决不意味着认同废墟。如果把看生活的视角调整一下，心灵的视界中也许就会出现一片燃烧的旷野，那里正孕育着新的生机。

从文学上讲，人们需要它展现自己生存于其中的跃动的现实生活和喧哗的心灵世界，并以此呈现当代人投向生活的独特视角和视野，进而揭示当代人内在的生存意向。真正的当代文学应该敢于直面痛苦和焦虑，而不应用无聊的调侃来消解它；应该揭发和追问普遍的精神没落，而不应该曲解西方理论来掩饰它。如果一颗心正滴着血，那就应该无情地扒开它，直至找到最深的伤口——这样的文学才能让人流泪。

说到这里，看来文化人是不应改行摆摊了，但不敢说"不必"，因为总不能要求人人都有殉道的毅力。不过话说回来，就是遇上了再严酷的时代，我们这个社会也总会有些人铁了心甘当殉道者的。听研究数学的朋友说，在美国，研究数学的人自称为"敢死队"，因为那儿数学教授的年薪最低。而这些人因热爱数学而不悔，才有了人数不多却仍执世界数学发展之牛耳的美国数学界。以实用主义哲学为国学的美国尚且如此，以志于道为国学的中国就更不该缺乏这样的"敢死队"吧？一个社会，竟弄到要靠这样的"敢死队"来维持人文精神的活力，当然很可悲，但是，倘若你还能看见一支这样的"敢死队"，那就毕竟是不幸中之大幸，能令我们在绝望之后，又情不自禁要生出一丝希望了。

原载《上海文学》1993年第6期

导　　读

《旷野上的废墟——文学和人文精神的危机》系20世纪90年代初王晓明与几位同仁的对话，主要针对当代文学发展中所显露的新的文化现象进行分析、批判，认为中国文学和人文精神出现了巨大的危机。该文后来成为历时数年，波及整个思想文化界的"人文精神"大讨论的主要发动之作，这使它的影响和意义远超出文学本身。但这一有关"人文精神"的最先警讯，既然发之文学领域，大讨论的意义仍可观照于当代文论。与此前半个世纪的文学论争不同，它基本无涉于政治，甚至也不直接相关于市场经济。它真正涉及的更大理论域是"知识分子"。在整个大讨论中，最终触目地显现出知识分子立场的严重分化，及由此昭然的自身的"人文精神"问题①。它与20世纪80年代的"人道主义"论争，在"异化"问题上处于同一理论层次。

---

① 具体可参见王晓明编《人文精神寻思录》，文汇出版社1996年版。王晓明《"人文精神"论争与知识分子的认同困境》；陈清桥编《身份认同与公共文化》，香港：牛津大学出版社1997年版，等。

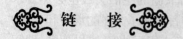
链　接

王蒙：《躲避崇高》，《读书》1993年第1期。

张汝伦、王晓明、朱学勤、陈思和等：《人文精神：是否可能和如何可能》，《读书》1994年第3期。

白烨、王朔、吴滨、杨争光：《选择的自由与文化态势》，《上海文学》1994年第4期。

吴炫、王干、费振钟、王彬彬：《我们需要怎样的人文精神》，《读书》1994年第6期。

三　"文革"后的创作思潮

按照当代文学史约定俗成的分期,"文革"后文学又称为"新时期文学",即 1976 年 10 月粉碎"四人帮"以后,尤其是指 1978 年至今的文学。总体上讲,这 30 年的文学与前 30 年文学相比,无论是文学发展形态还是话语表达方式,都具有明显的变化。然而,当我们梳理这 30 年文学的演变过程则可发现,其实这种演变是逐步形成的,而且变化过程中的阶段性标志,往往是具有代表性的创作思潮。

20 世纪 70 年代末的"伤痕文学",是"文革"后文学的发端标识。尽管这一创作思潮可视为当时解放思潮的一个部分,文学创作与文学批评都具有浓厚的过渡痕迹,但它对"文革"后文学发展所产生的意义是难以估量的,它不仅破除了文化专制主义设置的种种文学禁区,而且有力地改变了人们的文学观念,以现实主义为主体的现代文学传统得以复苏和发展;继之出现的"反思文学"、"改革文学",实质上是"文革"后现实主义文学分别在社会历史与社会现实维度的深化。而当现实主义在历史与现实维度难以为继之时,则出现了文化维度的"寻根文学"。当然,"寻根文学"思潮也充分吸收了西方现代派的表现手法与传统文化的艺术精神,并逐步走向文本的自觉。这就是说,从文学外部关系上讲,"伤痕文学"与"寻根文学",分别标志着"文革"后现实主义文学的复苏发展与深化变异。本单元所选李庆西的《寻根:回到事物本身》一文就属"寻根文学"思潮的批评代表作。

20 世纪 80 年代初的现代派小说技巧的讨论,与其前后出现的"朦胧诗的争论"和"方法热"是密切相关的;1985 年前后则出现了以刘索拉、徐星及高行健等为代表的现代派作家,他们的创作再次引发了关于"伪现代派"的争论。围绕着西方现代主义文学的讨论,实质上是中国文学重归世界文学格局必经的发展阶段,但由于西方现代主义长期被指责为腐朽和颓废的资本主义意识形态,因而关于它的争论显得比较复杂和漫长。1987 年出现的以余华、格非、苏童和孙甘露等作家为代表的先锋小说思潮,也是对西方现代主义文学借鉴的产物,只是更加注重文体的试验;然而时隔两年,他们创作的形式实验日益锐减,集体地遁入虚构的历史世界。简而言之,就文学内部关系上讲,从现代派小说到先锋小说的讨论,展示了中国文学自觉地融入世界文学格局,有机地接纳现代主义的艰难过程。本单元所选陈焜《漫评西方现代派文学》和陈晓明《无望的救赎——论先锋派从形式向"历史"的转化》就分属现代派文学和先锋文学思潮的批评代表作。

20 世纪 90 年代之后,尽管先后出现了新现实主义、新历史主义和女性写作等创作思潮,但文学的边缘化和作家的分化是最显而易见的,中国文学的发展形态出现了根本性的变化。一方面是当代文学从主流话语中彻底剥离出来,其身份从社会文化的中心走向边缘;另一方面,随着作家文化同一性的丧失,文学的整体面目越来越暧昧。本单元所选陈思和的《破碎中的世界,破碎中的历史》则是对 20 世纪 90 年代中期小说创作形态整体概述与阐述的代表作。

尽管以上简述不能完全涵括"文革"后文学的诸多创作思潮,但通过对主要文学思潮的梳理,基本上可以理解"文革"后当代文学历史发展的脉络,把握当代文学思想价值和审美价值深化变异的大致趋向。需要说明的是,20 世纪 80 年代中期以后的现实主义与现代主义创作思潮,并不是泾渭分明的,而是相互渗透的,诸多创作思潮都吸收了它们之前成功的创作经验。

梁启超曾在其《中国近三百年学术史》中说,"凡'思'非皆能成'潮';能成潮者,则思必有相当之价值,而又适合于其时代之要求者也。凡'时代'非皆有'思潮',有思潮之时代,必文化昂进之时代也"。虽然梁启超所指乃社会思想潮流,但移用于"文革"后的文学思潮,大致也适用。所谓文学创作思潮,是指某一历史时期,在特定的时代精神、社会心理和哲学观念,或艺术理论、创作手法等影响下,自觉或不自觉地形成的群体性创作趋向。值得注意的是,真正具有文学史影响的创作潮流,往往与文学批评思潮密切联系,并一道形成文学思潮。当然,创作思潮与批评思潮的联系方式比较复杂,"文革"后创作思潮中,既有明确的理论主张在先,创作趋向在后的文学思潮,如"现代派文学"和"寻根文学";也有先出现自发的创作趋向,后出现系统理论观念的文学思潮,如"伤痕文学"等。但是,无论是何种联系方式,重要的并不是创作与批评思潮的谁先谁后,而是两者在互动过程中如何相互砥砺,逐步形成或整合出某种文学规范系统,即文学思潮的规定性特质。

从本单元的选目中,我们还可以发现当代文学批评话语的演变。它大约包括两个重要的转变。一是当代文学批评话语逐渐从对主流话语的依附状中解脱出来,真正确立了自身相对独立的学术文化品格。二是当代文学批评话语由沾滞于某种理论资源或学术观念,到凸显批评主体的思想文化意识。如陈思和的 20 世纪 90 年代批评观,创建了共名/无名、庙堂文化形态/民间文化形态等批评概念。此外,还有批评文体的多样化,既有通过作品分析来论述创作思潮的论文,也有较纯粹的研究性论文,还有对话式的通信批评等等,它们各自体现出批评主体的创作个性。

漫评西方现代派文学

陈　焜

从两个有关的理论问题谈起

　　谈到西方现代派文学,有一些思想理论方面的问题是躲避不掉的。因为我们基本的文艺思想是注意从文学的社会历史条件出发来了解文学,所以,我们在了解和评价西方现代派文学时,总是要取决于我们是怎样认识西方现代社会的。在这方面,过去有许多不容怀疑的定论,不但在过去很长的一段时间内支配着我们对现代派的评价,也许现在也还有很大的影响。所以,既然要讨论现代派,我就想从两个有关的理论问题谈起。

　　一个是关于资本主义垂死和灭亡的问题。这个观点一直是我们评价西方现代文学的重要依据:既然资本主义制度是没落的、垂死的,那么,它的文学当然也是垂死的、灭亡的。这样一个基本的理论问题,尽管超出了我们搞文学的人所能解决的范围,却是我们研究西方现代文学时不能回避的问题。从文艺理论的角度来说,把一个时代的文学与那个时代或那个时代的一个阶级的历史地位完全等同起来,是完全站不住脚的。一个阶级在历史上的地位是没落的,死亡的,并不一定这个时代的文学就必须是灭亡和腐朽的。十九世纪的俄罗斯文学是非常有战斗性的文学,这是举世公认的;但十九世纪的俄国,却是沙皇统治下的极端反动、黑暗的封建农奴制帝国。因此,这两者是不能等同的。何况对资本主义灭亡这个问题,也还有值得仔细思考之处。我认为,资本主义作为一个剥削制度,它一定要灭亡,这是毫无疑义的。即使是社会主义,也要让位给更高的社会发展阶段,因为人类历史进步的过程是无限的。但资本主义是今天灭亡还是明天灭亡,这就需要有实事求是的态度。马克思说过,任何一种社会制度,在它所能够容纳的生产关系尚未完全释放出来之前,是绝对不会灭亡的。二十世纪的历史事实证明,资本主义制度还具有一些自我调整的活力,使资本主义国家的社会生产力获得了很大的发展。从二十世纪资本主义已经走过的道路来看,至少目前还不能说它马上就要死亡了。我认为这种看法是符合实际情况的。因此,无论从哪个角度看,用"腐朽"和"死亡"的观点来确定现代派文学的性质,看起来都是不科学的。

　　另外一个问题,就是所谓"资产阶级作家是大垄断资本家工具"的观点。实际上在资本主义社会,并不是所有的资产阶级作家都依赖大垄断资本家的钱袋、收买和豢养。所谓依赖钱袋,当然不是指需要金钱,而是和收买及豢养一个意思。像卡夫卡、乔哀斯、托玛斯·曼这样重要的现代派作家受谁的豢养,这是很难讲的。所以,把所有的资产阶级作家都划到统治阶级范围内,把他们都说成是大垄断资产阶级的走狗和工具,是不准确、不科学的。这个问题从理论的角度看,涉及如何认识一个作家和他所属的那个阶级的关系。马克思说过,不要把资产阶级的那些思想家和这个阶级的小店主、生意人等同起来,要看到他们的区别。实际上,作家和他自己的阶级的关系是很复杂的。任何一个阶级,它从事精神生产的人和处理实际事务的人有着很大的差别,不仅资产阶级是如此,就是我们这个社会,也是如此。怎么能用笼统的办法把现代派作家看成大垄断资产阶级的走狗?这样的看法不但与事实不符,理论上也不大恰当。所以,我认为在这个问题上我们已到了应该认真地采取实事求是的态度的时候了。只有从实际出发,用马克思主义观点来对待这些问题,西方现代派文学的问题才能谈得清楚。

　　西方现代文学,特别是现代派文学,其实并不是青面獠牙、非常可怕的东西,它不过是西方现代社会发展的产物,是这种社会现实在精神上的一种反映。因此,还是要用存在决定意识这一唯物主义的观点来加以认识。但是,西方现代派文学的现象非常复杂,各式各样的问题很多,我只能谈个基本的形势,试着画一幅鸟瞰图,看能否把它的来龙去脉讲个大概。然后,再举一些作品为例,讲讲它的文艺思想和表现手法。

现代派文学的来龙去脉

现代派文学是从十九世纪九十年代开始,一直发展到现在的一股文学潮流。为了了解这股潮流,不能只谈这一段时间,而是需要追溯到一个更大的历史范围,从西方文化的整个传统来了解它。西方文化传统从整个源流来看,大体上包括这么几个部分:最早是古希腊、罗马的古典文化;然后是中世纪基督教文化,宗教改革后,则出现了新教和清教徒这样两股潮流;在世俗方面,是文艺复兴的人文主义文化、十八世纪的启蒙主义和十九世纪的人道主义、民主主义和个人主义。简而言之,古典文化、基督教文化和文艺复兴以来的世俗文化,大体上就是西方文化的基本传统。其中,核心的东西就是人道主义和民主主义的问题。

西方文化的传统在十九世纪末至二十世纪初受到了很大的冲击。这一冲击来自两个方面:一个方面是,现代物质文明的发展形成了一种享乐主义,它把西方文化中那种讲究道德、讲究勤俭的传统冲垮了,而这些正是清教徒和新教的传统。清教徒是禁欲主义的,讲究道德的,强调人生来就有罪,人永远是一个必须虔诚地依顺神的意志的罪人。英国丹扬的《天路历程》,是一部很重要的表现清教徒传统的作品。开头就说,我做了一个梦,在梦中看见一个人,身上背着一个包袱,手中拿着一本书仔细地读,然后两眼望天,很痛苦地喊了一声:"我怎么办?"这个形象就是清教徒,他身上背的那个包袱就是基督教的"原罪",他手里拿的那本书就是《圣经》。原罪把他压得直不起腰来,但他还是希望得救。新教所强调的观念是节俭、勤奋、刻苦。物质文明的发展所形成的享乐主义,把清教徒和新教的道德价值标准冲垮了,人与人的关系变了,家庭关系瓦解了。关于这一点,马克思在《共产党宣言》中做过一些说明。

来自另一方面的冲击是第一次世界大战的爆发。这次战争对西方的震动和影响之大,是我们中国不大能理解的。基督教教义中宣传说,基督徒之间应该是兄弟,但是,却发生了血腥的相互屠杀,并且这种屠杀都是在"国家"、"民族"等神圣的名义下进行的。战争的结果是任何人都未曾料想到的,它毁灭了西方自己的文化传统。西方文化一向强调理性和人道,而这场残酷的屠杀有何理性和人道可言?这样,在西方世界,特别是在知识分子当中,出现了一种幻灭的情绪,认为传统的观念已经崩溃了。当时许多重要的作家都对第一次世界大战后出现的这种形势——人心的绝望、对传统价值感到的幻灭发表过评论。如:英国诗人叶芝在一首诗中说,事物解体了,中心把持不住了,现在混乱被释放到世界各个角落去了。再早一些的尼采说,上帝死了。他的这句话也就是意味着西方传统文化中最高的价值观念毁掉了。英国作家劳伦斯说,一九一四年旧世界结束了。

现代派文学就是在这样的背景下产生的。

表现资本主义文明的危机,是现代派文学最基本的主题。最有名的作品之一是艾略特的《荒原》(发表在 1980 年上海出版的《外国文艺》上),诗中以水代表生命,把西方现代社会描写成一个完全干枯的、没有任何生命现象存在的荒原,土地是龟裂的,没有一滴水,没有一点生命的痕迹,整个社会沉沦了。泰晤士河上过去有许多美丽的诗,叙述文艺复兴时期青年男女在那里游戏、恋爱,享受一种人生的乐趣。但现在,泰晤士河边到处是淫乱和肮脏的迹象——社会沉沦了。另外,像詹姆斯·乔哀斯的意识流小说《尤利西斯》,写一个广告商,年轻时丧子,妻子又有外遇,很多人都知道,并有意无意地喜欢在他面前谈及此事。他感到很羞愧,别人一谈到他的妻子,他就设法转移话题,这给他的精神造成了很大的负担,觉得生活没着没落,生命无抛锚立足之处。作品并未写一个重大的社会事件或一个政治性问题,而是通过这个人所遇到的许多生活琐事,描写他的灵魂深处已失去了生存的支柱,人的人格瓦解了,使人的精神凝聚起来的价值消失了,人心中只是一团混乱,有许多琐碎、古怪、病态的念头。从这个角度可以看出,现代派文学是资本主义文明危机的非常深刻的反映。

关于现实的观念

现代派文学的代表人物和作品很多,我不一一列举了。下面,想集中地从现代派文学的思想观念和表现形式这样两个方面,介绍一下现代派文学的特征。

这里先谈谈现代派关于现实的概念。

在现代派文学里,对于现实的概念有一种根深蒂固的怀疑情绪。认为,世界上有各式各样的理论,任何一种理论都能够对世界提出一种合理化的解释。这形形色色的解释就像墙上的裱糊纸一样,今天贴一层,明天再贴一层,可以贴许多层,结果,就很难使人看到墙壁的本来面目了。人们所看到的,只是裱纸,而不是真的墙壁,或者说,人们看到的只是油漆,而不是家具的本色。以往的文学一般说来常常用一种美好的眼光来解释世界,但现实世界是否就是那么美好呢?对于作家来说,现实生活是以其原始形式非常杂乱地出现的,并不是现成的东西。如果你对现实的了解是歪曲的,不过是一种观念或是一种脱离现实的表面现象,那你的创作就失去了创作的根基。怎么能够接近真实呢?怎么能够扎扎实实地站在一个可靠的基础上,而不是在描写一种虚假的东西呢?这是现代派文学的一个很深的忧虑。现代派文艺思想中比较核心的问题就是怎样认识现实,究竟什么是真实。当然,这里有着深刻的苦恼。如果你接受了对于现实的某种解释,这很可能使你脱离了社会的真实;但是如果你拒绝所有这些解释,那最后自己的思想可能是一片混乱,无法对现实做出正确的解释。因此,他们认为作家是处于一种非常困难的境遇之中。比如,当代美国有一部作品《凯伯特·赖特开始了》,描写几个文化事业中的失败者,在报上看到了一条强奸三百名妇女的罪犯被释放的新闻。他们认为这是表现自己才能的机会,如果能把这件事写成畅销书,肯定会赚许多钱。当他们找到这个人后,发现报刊、广播中关于他的各种说法,把他自己都搞糊涂了,觉得自己现在已经不是一个活生生的人,而是用纸和笔创造出来的另外一个人,连他自己也不了解不认识自己了。但由于他被人说成那样一个罪犯,因此心理健康受到了损害,也很希望作家能把自己的真实情况写出来。这样,他才能得到治疗,成为一个真正的人。但当这几个作家把他的真实情况写出来之后,老板却不要这本书了。这样,他们仍旧成为文化事业的失败者。这部作品当然是用荒谬的手法写的,但是,表达了一种苦闷:我和现实是什么关系?现象和真实是什么关系?什么是真正的真实?这类作品在西方现代派文学中是很多的,我们在研究西方现代派文学时,可以注意它在这些问题上的着眼点和思考,然后再进一步从他们的作品中,研究他们是怎样对现实做出解释的。这是我们研究西方现代文学的一个重要的角度。

现代派的创作方法

研究西方现代文学的另外一个角度就是它的表现方法。这牵涉到现实主义问题。我们一向是提倡现实主义的,粉碎"四人帮"之后,很多同志提出,要回到现实主义传统上来。对于这种提法，我有些想不通。我觉得，很多同志讲现实主义，是可以理解的。他们的意思无非是说，要真实，不要搞虚假的东西。这个意思无疑是非常好的。但是，把真实和现实主义等同起来，这种提法在理论上是站不住脚的，因为反映不反映现实是一个文学的本质的问题，怎么反映不过是表现方法问题。如果把现实主义和反映现实直接地等同起来，那岂不是把文学的本质和文学的表现方法混淆了吗？如果你承认文学的本质是要反映生活的真实，那么各种形式的文学，不论它是什么主义，只要符合这个文学的基本的本质，就应该有生存的权利。如果我们在批判"四人帮"时，提出恢复现实主义的传统，把"四人帮"极"左"的文艺路线和政策说成是一个反现实主义的问题，那不是把文学表现方法上的问题和政治问题直接联系起来了吗？那些主张非现实主义方法的人，不都有了嫌疑了吗？所以，现在有一些关于现实主义的提法，在理论上和政治上恐怕都是混乱的。这种观点实际上都是前些年从苏联那里搬过来的，连苏联现在都不是这样看了，我们就需要再考虑一下。

　　西方现代派可以说基本上不是现实主义的。如果一定拿现实主义做是非标准，那现代派就无法谈了，它就一无可取之处了。实际上，我们这些年是把反现实主义当作一个可怕的罪名提出来的，不论什么作品，只要说它是反现实主义的，这个作品就完了。所以，在谈现代派文学时，这样一个问题也是不能回避的——非现实主义的东西有没有一点生存的权利？文学是生活的反映，这是文学的基本的本质，也是我们评价现代派文学的根据和准则。既然现代派文学是资本主义社会现实的反映，那么它就符合文学的本质，就应该得到承认。如果我们同意了上述看法，那么，现代派文学不仅在理解生活方面有些角度可供我们研究；而且在表现生活的方法上，也有值得我们考虑的地方。

　　我着重介绍一下现代派的三种创作方法——象征主义、超现实主义和荒谬。这是现代派文学最基本的东西，既表现了它们的观念，也表现了它们的手法。当然，现代派有各种各样的主义和流派，如未来主义、达达主义、印象派、表现主义，等等，但实际上都是大同小异的。几乎所有的现代派大体上都包括了象征主义、超现实主义和荒谬这三种东西。在介绍这些表现手法时，我主要以当代比较有名的作品为例子。

一、象　征　主　义

　　《蝇之王》（威廉·戈尔丁著）是英国五十年代很有名的一部小说。描写在假想的原子战争爆发后，一架疏散儿童的英国飞机被炮火击落，摔在一个孤岛上。飞机上的成年人都死了，孩子们自己在那里生活，慢慢地分成了两派。一派认为，他们最重要的事情是点燃一堆火，让远方过往的船只看见后来搭救他们；另一派则不考虑能否得救的问题，就是想吃肉，于是就组织人上山打猎，并把山顶上的火堆扑灭了。在这个美丽的荒岛上，白天大家都很高兴，但一到晚上，小孩子就非常害怕，他们仿佛看到从海里爬上来一种可怕的怪物，因此常常在睡梦中发出恐怖的喊叫。主张点火的孩子中有一个很聪明，也很善良，他知道世界上没有那种从海里爬上岸来作恶的怪物，最可怕的东西不是怪物，而是人，因为人的内心里有一些黑暗的东西。一天，上山打猎的孩子杀死一头猪，他们把猪头割下，放在一根棍子上，并把它插在地上，然后，孩子们高兴地把猪肉扛下山去，准备烧猪肉吃。一个落在后面的孩子忽然看见猪头上粘满了苍蝇，变成了蝇之王。它张开了嘴巴，用一种非常恐怖的声音说："我就是野兽，我就是世界为什么这样黑暗的根本原因。"孩子一听，吓坏了，赶快跑下山去。而山下的孩子们正在狂欢，脸上涂满猪血和泥，完全成了野蛮人。他们扑上去咬死了这个跑下山来的孩子，又向另一派发动进攻。

另一派只剩下两个人了,他们把其中的一个推下山涧摔死了,然后就去追赶另一个孩子,并放火烧山。这惊动了一艘过路的军舰,把他们都救了出来。那个死里逃生的孩子见到救他的英国军官,抑制不住地痛哭起来。他哭的不是自己终于得救了,而是天真时代结束了,看到了人心中许多黑暗的东西。小说到此结束。这是一部象征主义的作品,它涉及到人性善还是人性恶这样一个重大问题。关于人性善恶的争论,中外都有过。传统的观念认为,主张人性善的人是比较有道德的;而主张人性恶的,都是些诽谤人生的厌世者。作家威廉·戈尔丁也是在思考这个问题,他认为,人的本质是恶的,同时,他又认为,文明对于改善人性是有作用的,人应该接受教育,接受文明。如果你像那群孤岛上的孩子那样离开了文明,那你心中的黑暗就会爆发出来。这种思想和古希腊柏拉图的思想很相近。柏拉图认为,如果人受到很好的教育,可以变得很好;反之,如果得不到适当的教育,就会成为野兽,而且是野兽中最坏的野兽。威廉·戈尔丁对人性恶有一种很深的忧虑,他希望人们能够接受文明的教育。他写这部作品的象征意义在于:他企图用这部作品来概括二十世纪人类经验中最惨痛的经验——两次世界大战的经验。为什么法西斯那样黑暗的东西能够在德国掀起如此歇斯底里的狂热? 他觉得这与人性恶、与人性中的黑暗有关。所以,他就把儿童世界作为成人世界的象征。在儿童世界中所发生的事情,实际上就是成人世界中所发生的事情。儿童世界的孩子们用棍棒来进行屠杀,而成人世界则用最现代化的武器进行屠杀。同时,作品用猪头——蝇之王这样一个外在的形式,来象征人类内心中的黑暗。这是用一件事物来代表或表现另一件事物,它的意义超出了这一事物本身的意义,而具有其他意义。这种象征性手法在现代派的创作中是用得非常普遍的。

二、超现实主义

超现实主义也是现代派文学最基本的一种手法。比如,荒诞派最著名的戏剧《等待戈多》,手法就是超现实主义的。戏的情节很简单:两个流浪汉,在一片空地上等待一个名字叫戈多的人,等了很久,越等越腻烦,但戈多还是没有来。后来来了一个小孩,对他俩说:"戈多先生叫我来告诉你们,他今天不来了,明天再来。"第一幕就结束了。第二幕,两人第二天还是在那里苦苦地等着戈多,那位小孩又来了,他还是说:"戈多先生叫我来告诉你们,他今天不来了,明天再来。"这个戏就结束了。剧本发表后,在社会上引起了很大的争论。对于剧中的戈多到底是什么,众说不一。有人说,戈多是上帝;有人说,戈多是其他的什么东西。于是人们就去问作者,作者说:"我也不知道戈多是什么,要是知道,我早就把它写出来了。"当然,如果抓住作者的这句话,拿它来证明现代派很荒谬,连作者自己都不知道写的是什么东西,那就没有幽默感了。其实作者所讲的不过是一句俏皮话。现代派这种抽象艺术,都是经过了作家非常精巧的设计和思考的,哪里是连作家都不知道的东西呢? 事实上,这个戏的重点不在于戈多,而在于等待。主人翁在生活中总期望着某种东西,希望发生某种事情,使他们痛苦腻烦的生活发生一点变化,但那种东西到底是什么,往往连他自己也不知道。这种等待是一种抽象的等待,它把生活中各式各样的等待的具体内容都抽掉了,代表一切的等待。这个戏不是一个单纯的悲剧,也不是一个单纯的喜剧,而是一个悲喜剧。一方面,这是一种很悲壮的等待,那个东西虽然总也不来,但我还是要坚持地等下去,作为一个人来说,这是很尊严、很悲壮的;另一方面,这又是一种滑稽可笑的等待,因为你要等的东西明明白白是等不来的,而你却不知道这一点,还是在那里傻里傻气地等。从这里可以看出,作者在理解现实和解释现实这个角度上,掌握了一种非常复杂的境界。他不是用一种简单的观点来了解现实,而是看到了现实中悲剧和喜剧的交织,深入发掘了生活的含义。所以,他对生活的理解是包含一些独特见解的,审美意识也发展得非常复杂。剧中的戈多,就是希望。等待戈多,就是等待一种希望。这种抽象的代表一切希望的希望,是一种总是答应马上就来,但是永远都不肯来的希望。这种等待和期望当然都不是现实主义的,它们都是超现实的,是一种比日常现实更高、更本质的东西。这种东西类似我们中国所说的"形而上谓之道,形而下谓之气",这形而上的"道"就是超现实的。荒诞派还有一出名剧叫《秃头歌女》,其中一个情节是,一位绅士和一位夫人相遇,谈话中发现他俩住在同一个城市;再往下谈,又发现他们住在同一栋房子里;最后,又发现他俩原来是夫妻。这种场面当然是很荒唐的,但作品所要表达的思想却并不那么荒谬,无非是说人与人之间是很难相互了解的,即使是生活中最亲密的人,也很难真正地彼此了解。人与人间的这种距离,人在人群中生活时的这种孤独感,是西方社会中的一个很大的问题。现代社会使农村社会中人与人间的亲密关系瓦解了,大家虽然同住在一幢公寓内,却各干各的,互不往来,彼此间的灵魂不能沟通。《秃头歌女》所表现的,也是超现实的东西,生活中不可能有这样的事情。它是把日常生活中本质的东西形象化了,这个形象是比日常生活中的现实更高的现实。我们可以拿它与易卜生的现实主义戏剧《玩偶之家》作一个比较。娜拉深深地爱着她的丈夫,为他可以做出一切牺牲,并相信丈夫在某个时刻到来时,也会为她作出同样的牺牲。她相信这样的奇迹一定会到来,但最后奇迹没有到来,丈夫丑态毕露。这时,娜拉才忽然发现,她对于这个和她生了三个孩子的男人,并不了解,她过去所看到的,只是他的假象。《秃头歌女》和《玩偶之家》这两个剧本,在不了解对方这一层意思上是相似的。但是,《玩偶之家》是现实主义的作品,具有特定的具体的社会内容;而《秃头歌女》则是超现实主义的,它所表达的社会内容是被抽象化了的。超现实主义手法的特点是,它虽然也是通过形象来表现现实,但这种形象却是一种艺术上的抽象化了的形象,而不是日常生活中一般的感性形象。

三、荒　　谬

荒谬既是一种对社会的观念,同时又是一种表现手法。关于荒谬、异化的思想,在现代派文学中是很多的,与这些思想相适应,也出现了这样的文学表现方法。我举卡夫卡的一部作品《审判》做例子。研究西方文学的人,一定要了解卡夫卡,他就像A、B、C中的A一样。《审判》的情节很简单,现在西方这类作品的特点,已经不是讲究情节,而是包含着一种哲理,一种对世界的解释。小说讲一个银行的职员,莫名其妙地被通知说他已被控告,并叫他在家里等待审判。但究竟他犯了什么罪,是谁控告了他,连通知他的法院差役都不知道。他通过各种办法,四处活动,却打听不到控告他的人在什么地方。他想找最高法官申诉,但也不知道那高不可及的法官到底在哪里? 开始他还着急、愤怒,后来也就适应了。最后,有一天法院宣布判决,说他有罪,他就在月光下像狗一样地被拉出去处决了。这部作品所表现的观念就是荒谬,认为社会是荒谬的。这个人本来是无辜的,那些处理他的案件的人,也都对他没有个人的恶意,他们都不过是奉公守法,照章办事而已。但是,社会里有一种超人的异己的力量,这种力量是敌视人的,和人作对的。而且它有着一种自我调节的能力,如果你打碎了它的某一个环节,它通过活动和调整,又可以恢复原状。只要是什么最高的地方来了一道命令,整个机器就会不可逆转地运转起来,把人碾成肉泥。这也就是社会对于人的异化,社会本来是由人组成的,人的力量应该能够左右社会;但现在社会却形成了一种异己的力量,反过来统治人,使人受到折磨、摧残和迫害。对于这样的作品,我们往往很容易从政治上进行解释,认为它控诉了资本主义制度司法机关的荒唐等等,这是比较简单的。解释一种文学现象,用一种非常简单的社会分析方法来判断作品的社会内容,好像作者写作品的主要目的就是为了提出一种非常政治化的社会抗议,和我们所了解的政治观念一样,我认为,这是我们文艺思想方面的一个缺陷。当然,这样的作品是具有社会抗议的性质,它揭露了现代资本主义社会对人的折磨和摧残;但是,从更基本的角度来说,它不是从政治着眼的,不是要提出政治问题、法律问题,而是从哲学的角度,就人的生存条件问题,人与社会的相互关系问题而言的。由于法院是以强制性的暴力为基础的机构,法院的形象很适于表现社会所形成的荒谬的力量,因此,作品就选取了犯法、受审这类问题来表现人与社会的关系。这就牵涉到第二次世界大战后,西方比较流行的存在主义观念。它认为,世界是荒谬的,并没有什么固有的意义。照这种观念来看,《审判》中的那个人想在世界上找到合理的东西,到处申诉,拼命挣扎,那是徒劳的,所以终于把自己毁了。只有承认世界的荒谬,勇敢地面对荒谬,才有可能超出荒谬,找到一种意义,得到某种程度的自由,同时也就可以使生命得到某种价值。这也是西方现代哲学里的一些基本观念。这种荒谬的观念对西方文学的影响非常之大,许多作家都写这个主题,在一些电影中也有所表现。如意大利影片《等待审判的人》(我国有拷贝),它的构思与《审判》是一样的,也是要表现社会对于人的异化。影片讲一个在北欧工作的意大利工程师,携妻子回意大利度假,在边境哨卡上检查护照时,被捕入狱。妻子到处打听,不知道他的下落,他本人也莫名其妙,不知自己被抓的原因。影片对监狱的环境进行了详细的描写,他走过一道一道的铁门,没完没了的铁门给人一种沉重的感觉,感到他被关在监狱的最深处,永远与世隔绝了。他在狱中抗议、哭喊,都没有人理会,除了他的妻子之外,再也没有什么人关心他的命运。后来,他得到一个暗示,只要他承认在某时某处有过一个死人的事件,不论与他有无关系,他就可以释放。他没有承认,不过法院还是把他放了。当他在回北欧的途中,在边境哨卡上等待检查护照时,产生了幻觉,好像警察又要找他,并在他逃跑时开枪把他打死了。这时,现实中警察的声音使他从幻觉中清醒过来:"欢迎你明年再到意大利来玩。"

荒谬表现异化有四方面的内容:

1. 物对人的异化。物是人创造的,是供人享用的,但它反过来统治了人,甚至完全窒息了人的精神。

2. 社会对人的异化,成为一种超人的力量。

3. 自己和其他人的异化。其他人对我是异己的,人与人之间的关系是疏远的、冷漠的、敌视的。

4. 自己对自己的异化。我按自己的本质和意志应该成为某一种人,但社会却不允许我成为那样的人,它把自己的要求强加于我,结果我失去了自己的本质而成为非我。例如,美国当代作家索尔·贝娄的《奥基马其历险记》,写一个男孩,他周围的人都有自己做人的标准,并且都把各人的标准强加于他,教他如何做人。他的祖母希望他成为一个绅士,却经常教他如何撒谎;他的哥哥希望他成为一个小贩,并教他如何尽量占买主的小便宜;因为他是一个美男子,被一个专卖奢侈品的商店老板看中,就想不惜一切代价,把他培养成一个高级商品的推销员,并想收他为义子,将来继承遗产。这个男孩感到,作为一个人,总要追求一种高尚的、宁静的、和谐的生活,如果能做到这一点,大概就是找到了他自己。而如果照别人的要求去做,把自己的生活纳入别人的公式,就失掉了自己,就不能成为一个真正的人。他的兄弟们做人的准则是很不一样的。他的弟弟是一个白痴,丧失了在现实生活中生存的能力,只能在慈善机关中生活。

他的哥哥却特别能适应现实,由一个小商贩变成一个矿工,又与矿主的女儿结婚,成了煤矿主人。但是,作者总是用自杀,或死亡的比喻来形容他哥哥的每一步的高升,虽然他有钱了,但作为一个人来说,他却死掉了,失去了自己的本质。男孩决心要找到自己作为一个人的本质。但结果却未能如愿,最后他成了一个推销美军剩余物资的风尘仆仆的掮客。生活讽刺了他,他对自己异化了。卡夫卡的《变形记》,写一个保险公司的小职员,一觉醒来变成了一只多足的扁平的甲虫,一家人都害怕和厌恶它,最后它躲在地板的角落里,孤独、忧郁地死去了。这也是写人的异化,人失掉了人的本质,变成了一条虫,成为非人。

现代派基本的美学思想

如果只从象征主义、超现实主义、荒谬这三个方面来介绍西方现代派文学,那还只限于一般的观念和表现方法。我们还应该了解现代派一些最基本的美学思想,了解它关于美的观念。

现代派文学有一个很明显的特点,就是都不再追求真善美的境界。在现代派的很多作品中,都是写丑恶、罪恶、古怪、荒唐、病态、恶心、恼怒,等等。这些年来,我们一直说现代派是"颓废的艺术",重要的根据就是从这里来的。我们一般认为,文学总是应该引导人们向上的,要表现真善美,写那些古怪、丑恶、病态的东西,难道不是颓废吗?这涉及人们怎样掌握世界的问题。马克思说过,人类掌握世界有两种方式,一种是理论的方式,一种是审美的方式。在理论上和审美上掌握世界和表现世界时,到底是从什么原则出发,这是一个很基本的问题。所谓真善美的观念,无非是体现了一种在理论上和艺术上掌握世界的原则。关于这一真善美的原则,在西方美学中有很大的争论。光靠真善美这个角度,能不能充分了解世界和人生的各种复杂性,对此现代派是有怀疑的。

第一,美是不是就是文学艺术所应追求的最高境界呢?现代派提出了疑问。他们认为,美通常是一种柔弱的,使人安静下来,使人融化的境界。但如果因此就把美否定掉,似乎也站不住脚。所以,有人提出对美要做区分,比较著名的代表人物是席勒。他认为,美有两种类型,一种是阴柔的美,一种是阳刚的美,应该强调阳刚的美,因为用阴柔的美来解释和表现世界时,很难说明世界的本质。也有人认为,应该用"崇高"这个概念来代替美,因为"崇高"能够代表生活中更有力量的东西。

对于"善"的概念也存在着争论。把世界说成是有一种至善的力量存在着,它操心每个人的祸福和命运,对每一种违背善的行为都要予以惩罚,对每一个有善行的人都要予以报答。世界上是否存在着这样一种秩序呢?善是不是世界最基本的本质呢?西方现代美学、现代哲学、现代心理学对于这个问题都是怀疑的。现代派认为,文学艺术的审美境界和审美意识活动,应该是一种更有力量来掌握世界的理论,而不能简单地从"善"和"美"的角度出发。比如,一个人年轻的时候,可能会喜欢一些很善很美的东西。当他人生的经验越来越丰富之后,也会有一些庄严、崇高的东西,但如果把这些东西叫做善和美,总好像有点幼稚。并不是说这个人成熟后就没有正义感和良好的品质了,而是说这时他的人生经验更丰富了。黑格尔把这种现象叫做"教化",也就是说,这个人已经受到了世界的教化,不再简单地相信一种天真的美好观点,而是在复杂的生活经验的基础上来了解世界了。因此,要掌握世界,不能光靠真善美这个角度,你必须懂得世界上有许多丑和恶,必须有一种比善良和美好的意识更能够经风雨的力量,有一种比善良更不容易受欺骗的经验。否则,无论是在理论上还是在艺术上,都不能掌握世界。

关于"真"的概念。现代派美学思想突出的核心是"真",它强调"真",认为"真"是文学艺术的基础,是文学艺术生命的源泉。有些东西可能是真正的真善美,有些东西的所谓"真善美"却完全是虚假的,做作的。我举一个会引起争论的例子,雨果的作品是不是真善美的呢? 冉·阿让听见神父的一句话,从此就改恶从善,变得那样神圣,这样的善是不是很真实呢? 要人用这样的观念来了解世界和人是不是妥当呢? 在古典文学中,这样的东西可以是很美的;但是现代文学中,不但这样的美找不到了,大团圆也找不到了,光明的尾巴也找不到了。

现代派文学把"真实"作为审美的最高标准。过去,衡量一个作家的作品价值的很重要的标准是"真诚",只要你所表现的东西是真诚的,就是可信的。比如雨果,他对自己所主张的人道主义是真诚的,所以,他的作品就是感人的。但是,现代派文学认为,光是真诚本身已经不能感人了,还应该要求作品的真实性、可靠性。也就是说,你所描写的生活,应该使你的读者和观众感到,生活确实就是那么个样子,它有着一种牢牢靠靠、扎扎实实的基础。这样的作品才能感人。在审美标准中,他们把真实提到了最高的地位上面,超出了真善美。如果作品中的真善美是真实的,那么,这样的作品是可以被承认的;但是,如果作品中的丑和恶也是真实的,而且有助于人们认识世界和认识人生,这种作品也具有认识和审美的价值,也应该被承认。

当然,我们与现代派不同,我们有革命的理想和信念,相信生活中有真善美的东西。但是,我们的确应该破除对于那种虚假的真善美的迷信。虚假的真善美是不会有使人终生难忘的强烈的艺术感染力的,它只会产生一种暂时的效果,而不会有真正深刻的教育作用。有人说,现代派文学太颓废了,使人看了悲观失望。但是,是否看见了丑恶的东西就会使人悲观呢? 也不见得。实际生活中往往有这样的情形,由于你把世界讲得太好了,人们相信了你的话,认为世界真的是那样十全十美,而一遇到残酷和丑恶的现实,美好的幻想就碰得粉碎,于是就会产生一种绝望,而且是非常颓废的绝望。到了这种时候,人就会什么信念都不相信了,就会真的沉沦下去,这样的事我们见得不少了。为了避免出现这样的悲剧,就应该坚决摒弃虚假的真善美,教会人认识世界,并且能勇敢地面对丑和恶。如果我们不加分析地笼统地提倡真善美,总是一味强调要用美好的观点解释世界,并把这一点作为评价作品的最重要的标准,这恐怕是不正确的。这个问题到了我们应该认真地想一想的时候了。我们不能说现代派是放着好路不走,非要搞颓废的东西不可。这是一种用道德观念看问题的方法,而仅仅用道德观念来解释世界是很困难的。它只注意某种解释在道德上是否正确,而不管它对世界的说明是否符合世界的实际状况。要了解世界的实际就得认识恶,这是现代派比较重要的美学思想。如果在这个基本的美学观点上否定了现代派,那对它就没什么好谈的了。

对 人 的 理 解

关于人的观念,也是了解西方现代文学比较重要的问题,因为任何一种文学大概都是要以一种对人的认识为基础。什么是人的本质? 怎样认识人与人之间的差别及其相互关系? 这些问题上的不同理解都会对文学有很大影响,一个时代在这些观念上所处的发展阶段往往要决定这个时代的文学的一些特征。

西方现代派文学对人的理解与过去相比有了很大的改变。在西方现代派文学和美国文学中,人的形象和过去文学中的形象已经完全不同了。最早的希腊史诗中,有一种人的观念,这种观念表现在史诗中的英雄形象身上。这些英雄都是一些在各个方面高度统一的人物:出身的高贵与精神的高贵高度统一,精神的崇高与体魄的强壮高度统一,地位的高贵与才智的超群高度统一,行动的能力与思想意志高度统一。但到了希腊悲剧,情况就不同了。希腊悲剧中的人是一种完全被命运拨弄的玩物。人可以是尊严的、高贵的，但是，他在命运面前却是一种微不足道的力量，无论你怎样充满了正义，最后还是要被命运毁灭。人是命运的玩物，这就是希腊悲剧中人的形象。这种形象除了代表一个具体的人物形象之外，还是一种哲理上的对于人的基本概念，即从这种人和命运的冲突中，看出了人的形象、他在宇宙中的地位和他的本质。到了希腊喜剧，发现了人的矛盾，觉得人是表里不一、言行不一的，他的地位和品德可能是完全分裂的。讽刺喜剧的基础和本质就是不调和，在这类不调和的讽刺喜剧作品中，人的形象是充满着矛盾的，特别是人有许多内在的自相矛盾。一个占据高位的希腊将军可能是一个愚蠢卑鄙的人，而一个灵魂高尚的希腊农民却只有非常卑贱的地位。就是说人的内在本质和他的社会功用不能协调一致，在这两个方面发生了分裂。到了中世纪，也有一种人的概念，认为人是有罪的。因为亚当和夏娃偷吃了智慧之果，这是人不能摆脱的原罪。因此，人应该是谦卑的罪人，任何一个人都面对着一个喜欢发脾气和爱报复的上帝，他总喜欢惩罚罪人，因此，人必须谦卑地接受他的惩罚，必须在神的面前认罪。文艺复兴时期，则提出以人为本的思想来代替以神为本，歌颂人的本质，歌颂人的力量胜过神。如哈姆雷特说过："人是万物的灵长，宇宙的精华。"

但从那以后，西方文学中关于人的本质的看法开始发生了分裂。一个系统是强调人的高贵。这种思想是从文艺复兴开始的，发展到了十八世纪的理性主义，它的核心思想就是强调人是高贵的，强调理性是人的最重要的特征，是人和万物的最重大的区别。启蒙主义的核心也是提倡理性，提倡用理性战胜愚昧。到了十九世纪的浪漫主义，则是反对理性，而提出了感情的问题。浪漫主义非常推崇感情，觉得人是一种感情的人。表面看来，浪漫主义所推崇的感情的人和理性主义所强调的理性的人似乎是很对立的，但实际上两者有比较一致的地方，都是强调人的高贵。只不过一个强调人有高贵的理性，一个强调人有高贵的感情，在推崇人的高贵的价值这一点上，十八世纪的理性主义和十九世纪的浪漫主义是完全一样的。《少年维特的烦恼》，写的就是一个浪漫主义的感情的人，又具有反封建的启蒙意识。

另外一个系统则发展了希腊喜剧中那种强调人的矛盾的观念，认为人是充满矛盾的。这种思想从十七世纪文艺复兴末期就开始发展起来，但当时不占统治地位，占统治地位的思想是强调人的高贵。到了二十世纪，文学中整个人的形象完全倒过来了，主要强调人是充满自相矛盾的，强调人有许多与生俱来的内在矛盾。比方说，人的愿望是无限的，但愿望能够满足的程度却是有限的，这就不可避免地总要产生一些基本矛盾。人与社会，人与其他人，总是会有矛盾，总是要发生冲突，这些矛盾冲突是由人的内在因素所决定的。而且，人也不是纯然地高贵和尊严，人心中有许多欲望，其中有许多是盲目的、黑暗的、连他自己都没有勇气承认的东西。甚至可以这样说，人心中有一座地狱，充满了复杂的自相矛盾。自相矛盾的概念就是现代派文学关于人的概念的一个基础。这个思想是西方许多现代作家都接受的。比如布莱希特，他相信马克思主义，但他在对人的理解上，则是强调人的自相矛盾，强调人的复杂性。他笔下的伽里略，就是一个自相矛盾的人。伽里略并不仅仅是一个伟大的英雄、一个科学的殉道者。他有许多人的优点，比如戏一开始出现的脱光了身子在那里洗澡，这个情节当然表现了人文主义关于人的感官享乐是与人的生存权利结合在一起的思想，对伽里略说来，这种感官享乐和知识的乐趣是一致的，所以，他一边洗澡，一边讲授天体知识，充满了人的生趣。这是他具有人的优点的一面。同时，他也有许多弱点，好吃，到后来也为了烤鹅而忘掉一切，几乎有点犬儒主义；他有时也撒谎，信手把别人发明的望远镜说成是自己的发明；他既是一个受难者，在强暴的面前又有卑躬屈膝的地方；他是一个力量大得毁掉了宗教世界观的巨人，又是一个完全不能掌握自己命运的微不足道的人。因此，他不是一个简单的，要么一切皆好、要么一切皆坏的人，而是具有一种复杂性。一般说来，现代文学中人的形象就是这样。人已经非英雄化了，散文化了，他不是一个纯粹的英雄，也不是一个纯粹的歹徒，而是一个充满了矛盾的人。非英雄化并不是说，人就没有高尚的东西。比如我们所知道的《雨王汉德森》，他追求一种高尚的东西，但这种追求又常常是滑稽可笑的，所以，他不是一个高大完美的英雄人物，而是一个非英雄化的正面人物。作品中写他喜欢养猪，是象征他的灵魂深处有猪的东西，这个猪的因素要求实现自己，于是他就忽然喜欢养猪了。这种人的形象与古典文学中那种崇高、壮美、尊严的人的形象是不相同的。现在，苏联文学中的人的形象，也有用非英雄化的观点写正面人物的趋势，如影片《这里的黎明静悄悄》，就可看得出来。那些为战争作出英勇贡献并且壮烈地死去的人们，并不是一种通体发光的英雄，他们也有许多平常人的私情和痛苦，有的在危险面前也产生了恐惧，有的在苦难中磨炼得更成熟更坚强。但是，胜利就是由于许多这样的人的牺牲才得到的，这些小女子的故事几乎都有一点民族史诗的味道了。

　　上面讲的情况，内容是比较拉杂的，也许是把本来就比较乱的事情说得更乱了。但是，就我自己的原意，我还是有一个中心，中心就是讲现代文学所表现的复杂性。我觉得，无论对外国文学还是对中国文学，这都是一个带根本性的问题。我们的文学观念到底怎么样？如果孤立起来作自我估计是很难不盲目的，如果放在历史背景当中看，那么我认为我们在情节、人物、善恶和表现方法这样一些基本的文学观念上，大体上是比较接近十九世纪的现实主义的。我们的文学观念，无论在政治上有了什么新特点，基本的范畴是接近十九世纪的，所以，一接触现代的东西，难免有许多不能适应的感觉。现代的东西当然有许多局限，就像我们自己也有许多局限一样，这些局限今天虽然没有谈，但有局限是毫无疑义的。不过，我觉得随便怎么讲，现代派有一些文学观念是发展得更加复杂了，一般地讲，这种复杂化不是歪曲而是更加接近了生活的真实，是值得我们注意的。所谓复杂性，我想有两层意思。一层是说，世界、人类社会和人本身是非常复杂的，用一种非常简单的条理化的观点或情节是不能把握世界的，用一种道德化的善恶观念把世界和人看得好就是好，坏就是坏，这也是脱离实际的，世界和人都比我们想象得复杂。许多事情都不是很清楚，而是混乱的，但是在混乱的事态中又存在着某种规律性的东西；人对自己的认识总是容易与实际脱节，其中包含着许多人不能自知的情况，而且人往往面临自相矛盾的困境，做了许多事与愿违的事情，他的许多高尚的自我意识往往变成可笑的东西，甚至显得有些荒谬，但是，他在挫折之中坚持着的努力又保持着一种尊严。而且生活对人的讽刺总是应该注意到的，这就需要有一种站得高一点的眼光来了解人类戏剧。另一层意思是说，人的审美意识也要能把握世界的复杂性。人不应该满足于把世界表现为一种道德化的观念所了解的样子，他要有一种比较发展的意识来更加深入地了解世界和人的复杂性，了解那些既存在又不存在的复杂联系和不断变化的特征，了解那些善恶是非的复杂组合，了解人的生活经验中所包含的那些喜、怒、哀、乐的复杂结构，了解人类戏剧中的那些正剧、喜剧、悲剧、悲喜剧、史诗和散文气息等各种因素的复杂交织。这样，文学审美意识的复杂性才能和世界的复杂性相称，才能真正摆脱那种简单化和公式化的东西，真正激发人的认识活动和审美活动。这样，问题就回到我们开始的地方了，到底怎么理解现实？我们对现实的那些解释是否真的把握了现实的复杂性？我们的审美意识是否复杂到能够再现世界的复杂性？这是要考虑的。平时，我们阅读马恩著作时，对于辩证唯物主义和历史唯物主义所强调的那些联系、矛盾和运动的复杂性是印象很深的,但是一看我们的文学作品,它所构成的生活图景却不是那种样子,可见学习一种能充分了解世界复杂性的世界观是一回事,而实际上所理解和表现的世界却过于简单化,又是另一回事。这是一个很大的矛盾,是一种做的事情脱离了想的事情的自相矛盾,是一种自己违背了自己的自相矛盾。我觉得现代派的某些特征是可以触动我们想一想这种自相矛盾的。

对于现代派的思想,我们不可能完全同意。但是,对于它认识现实、解释现实和表现现实的基本思想,还是值得我们考虑的。对于西方文化,我们绝对不要全盘照搬、全盘吸收。而且,就我们中国的国情来讲,也不可能全盘照搬、全盘西化,总要有自己的特点。现在有些同志对民族化的问题很强调,似乎谈谈西方的东西就是认为外国的月亮比中国的圆。我觉得,民族化是应该提倡的,因为我们有着悠久的文化传统和丰富的文化遗产,我们的民族文化有许多长处;但是,光强调民族化还不够,还要学习和借鉴国外的优秀文化。应该承认,我们的文化是有缺陷的。为了发展我们民族的文化,需要不断地接受一些新的东西。比如,"四人帮"这类问题的出现,在某些国家是不可想象的。这不能单单归结为某几个人的责任,也说明我们的文化有缺陷。再比如,从文艺的角度来讲,那种公式化、概念化的东西,现在在许多国家,不要说存在几十年,就是几年也不大好想象。这也说明我们的文化有缺陷。所以,不妨多接触一些外国的东西。当然,在接触的过程中,总是会出现一些毛病,实际上现在也出现了许多不好的现象,不是学该学的东西,而是学不该学的。我们当然不能忽视这些问题。但是,如果反过来,又采取排斥态度,后果是更甚于学了不好的东西的。我们切不能因小失大。就基本的情况看,重要的问题还在于要善于把其他文化中的精华吸收进来,这对我们这样一个古老的民族说来,是太重要了,对民族的复兴有很大关系。当然,学习不可照搬,还要创造,这是很难的。

原载《春风译丛》1981 年第 4 期

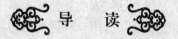 导　　读

陈焜的《漫评西方现代派文学》一文,是"文革"后发表最早、影响最大的西方现代文学评价文章之一。20 世纪 80 年代初,随着西方现代派文学作品的大量引进,人们一方面被这些形态各异的文学作品所刺激和吸引,同时又一时难以找到合理的解释,而各种传统的文学观念又束缚了理论界的思路,陈焜的文章可谓领时代风气之先。与稍后发表的徐迟的《现代化与现代派》、袁可嘉的《我所认识的西方现代派文学》等文章不同,陈焜不是笼统地以现代化社会发展趋势比附和肯定现代派的价值,也不是借助对西方现代作家的阶级划分而曲折地、有限地肯定西方现代派文学的借鉴意义,而是明确地强调文学评价应该与时代或阶级地位关系脱钩,应该从西方文化的传统源流中把握现代派文学的发展趋势,并分别从西方现代派文学关于现实观、创作方法、基本美学思想和关于人的理解等角度,依次展开论述。关于创作方法的论述,作者明确反对以政治替代审美的评价方法,从区分文学本质与文学表现方法的角度,肯定现代派文学创作方法的合理性,并结合具体作品,阐述象征主义、超现实主义和荒谬(存在主义)文学流派的表现手法和意义内涵。在对现代派文学基本美学思想分析中,作者又明确反对以道德评判替代审美判断的立场,肯定现代派文学以"颓废"方式勇敢面对丑恶的新的美学观念;最后从西方文化传统中分析人的观念的发展及其在西方文学的不

同表现,以此从总体上概括并肯定西方现代文学以复杂的审美意识把握复杂的现代世界的特征。此文不仅以鲜明的态度体现了学术勇气,而且以具体深入的文本分析体现了精到的艺术功力。如果说袁可嘉是以四卷八册的《外国现代派作品选》(上海文艺出版社)的编辑出版,给 80 年代的读者留下深刻的记忆,那么,陈焜则是以他的明晰而深入的理论分析给文坛和学术界带来深远的影响。

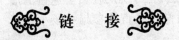 **链　接**

徐迟:《现代化与现代派》,《外国文学研究》1982 年第 1 期。

袁可嘉:《我所认识的西方现代派文学》,《光明日报》1982 年 12 月 30 日。

寻根： 回到事物本身

李庆西

一　风格意识中的文化意识

在一部分青年评论家的记忆中，一九八四年十二月的杭州聚会，至今历历在目。这番情形就像一个半大孩子还陶醉在昨日的游戏之中。也许对他们来说，像那样直接参与一场小说革命的机会难得再能碰上了。

那一次，他们跟几位正在酝酿着某些想法的小说家进行了长达一周的对话。十二月不是杭州的好时节，但来自京沪和各地的二十几位与会者兴意甚浓。这次活动由《上海文学》发起，得到当地的一家出版社和另一团体的有力支持。东道主特意将会议安排在西湖边上的一所疗养院里。那地方静谧、幽闭，烹茗清谈最好。

一些记者闻讯赶来，被拒之门外。上海一家报纸的记者抱怨说：他多年的文坛采访活动中还未碰过这种钉子。处于当时的社会气氛，与会者很不愿意让新闻界人士掺和进来。事实上，关于这次会议的情况，以后也一直没有作过详细报道。所以，对话中的关键性内容及其对此后中国文坛产生的实际影响，迄今仍鲜为人知。

现在可以说，那次会议与"寻根"思潮的发展关系甚大。笔者当时在场，完全感受到那种气氛。

韩少功是参加对话的小说家之一。就在那次聚会之后，他发表了引起广泛注意的《文学的根》[1]一文，提出向民族的深层精神和文化特质方面去寻找自我的"寻根"口号。这篇文章后来被人称为"寻根派宣言"。见于那一时期的"寻根派"的重要文章还有：郑万隆的《我的根》[2]、李杭育的《理一理我们的根》[3]、阿城的《文化制约着人类》[4] 等。值得注意的是，以上提到的几位小说家也都是那次聚会的当事者。

不过，当时对话的焦点并没有完全集中到"文化寻根"上边。会议的主题是"新时期文学：回顾与预测"；如何突破原有的小说艺术规范，也是与会者谈论较多的话题。显然，这种宽泛的议题给与会的小说家、评论家们带来了开阔的思路。

所谓小说艺术规范，当然不仅仅是一个艺术问题。新时期小说在最初的"伤痕文学"阶段，基本上沿袭五六十年代的套数，仍未摆脱"反映论"和"典型论"的框架，要说规范首先是政治规范和伦理规范。进入八十年代以后，题材和写法发生的明显变化，并由此带来了价值取向的转捩。相继出现了这样一些作品，如：汪曾祺的《受戒》、邓友梅的《那五》、冯骥才的《高女人和她的矮丈夫》、叶之蓁的《我们建国巷》、陈建功的《辘轳把胡同九号》、吴若增的《翡翠烟嘴》，等等。这些作品不再纠缠于现实的政治问题和道德批判，而从生活的纵深方面拈出几分世事沧桑的意境。这使人感到，逾过现实的表层倒更容易看清世道人心的本来面目。在这种风格意识的召唤下，一部分小说家的艺术情趣很快转向民间生活和市井文化方面。稍后，张承志那些展现草原和戈壁风情的作品，邓刚对于海洋的描写，以及其他作家笔下那些表现大自然的人格主题的作品，也已在人们谈论之中。这时候，任何能够突破原有的价值规范的思路和手法，都必定引起文坛的普遍注意。这是"寻根派"形成气候之前也即一九八四年文坛的基本势态。当时在杭州进行对话的小说家和评论家们，都不能忽略这样一个背景：一些具有先锋精神的小说家的思维形态发生了很大变化，他们正在从原有的"政治、经济、道德与法"的范畴过渡到"自然、历史、文化与人"的范畴。

当然，这种超越了现实的(亦已模式化的)政治关系的艺术思维，不是凭空产生的，它必然附丽于民族的文化精神。所以，评论家季红真在对话中指出：对传统文化的重新认识，实际上也是对人自身的重新认识。

阿城认为：中国人的"现代意识"应当从民族的总体文化背景中孕育出来。

阿城和季红真的看法比较接近，他们都注重对"民族的总体文化背景"的认识。尤为注意中国传统文化—心理构成中的儒、道、释的相互作用。这种意趣，后来在他们各自的创作和评论活动中都有所表现。

小说家的艺术思维应当从社会的表层进入文化的深层，这是没有异议的。但是，具体谈到文化的选择时，两位南方作家表示了不同看法。韩少功和李杭育提出：所谓"传统文化"，可以区分为规范文化与非规范文化；并且，许多富于生命力的东西恰恰存在于正统的儒家文化圈以外的非规范文化之中。韩少功谈到，楚文化流入湘西蛮夷之地如何在当地民间风习的滋润下保存其瑰丽、奇谲的艺术光彩。李杭育对浙江民间流传甚广的济公和徐文长的故事颇为津津乐道，他从中感受到乡间的幽默与创造的活力。他们认为，真正具有创造性的小说，应当突破规范文化的限制。

当时在这些分歧点上并没有作深入探讨。因为与此相牵扯的问题实在太多。评论家许子东、陈思和、南帆等人谈到东西方文化碰撞以及现代意识与传统文化的融合问题。黄子平从禅的顿悟、般若直觉谈到对人的理解和对世界的把握方式。吴亮提出，应当探索理性光圈之外的那个神秘世界……

有些话题一时看起来是扯远了，但是从八五年以后的创作发展来看，这里提出的一些艺术探索的可能性都得到了印证。实际上，这次对话从理论上肯定了"寻根派"的艺术思维的格局。

当然，这并不是说"寻根派"是先有理论后有实践。实际的情况是，那次对话之前，"寻根派"的一些代表人物已经迈出了自己的步履。例如，贾平凹早在八二年就发表了《商州初录》，李杭育的"葛川江小说"已形成初步的格局，郑万隆正雄心勃勃地投入"异乡异闻"的系列工程，乌热尔图有关"狩猎文化"的描述几度引起文坛重视，而阿城的《棋王》则已名噪一时……。作为"寻根"的第一批成果，已经摆在面前。在此之前，"寻根"对于他们来说，还只是个人创作道路上的风格探索，也许谁也没有想到日后还另有一番文章可做。而参加对话的评论家们，正是从这些作品中看到了一种潜在的势能，也在文化的背景上找到了共同语言。于是，他们从便于理解的角度给予理论的说明与支持。这对于正在酝酿和形成过程中的"寻根"思潮，无疑起到一种杠杆作用。

二　寻根与寻找自我

关于"寻根"思潮的发生，可以联系到许多方面，这里不妨对更早些时候的文坛纪事稍作提示。

八十年代初，文坛上流行过一本小册子，那就是高行健的《现代小说技巧初探》[5]。许多人大概还记得当时的情形，王蒙、冯骥才、李陀、刘心武等人曾以通信形式对这本书展开一场讨论[6]，声势颇壮。确切说，那是一九八二年的事情。

高行健的小册子是对西方现代小说技巧的一番概览性介绍，现在看来很稀松平常，而当时却给人一种实实在在的震动。经历了若干岁月的文化禁锢之后，刚一打开窗户，域外的许多事物都使人感到新鲜和惊奇。当时上述几位作家的通信，实际上是一次寻求"现代意识"的对话，而高行健那本小册子恰好是一个扣得上的话题。他们彼此间的捧逗也好,抬杠也好,都是为着小说革命做舆论准备。虽然他们的对话由于"不合时宜"而未能深入下去,却已产生了不可低估的影响。其实,对话本身所体现的"寻找"意识,要比他们谈论的内容更为重要。看到这一点,我们对下述现象就不至于感到不可理解:尽管那几位思想敏锐的小说家向同道们指示了西方人如何做小说的许多门径(当然,王蒙同时强调"外来的东西一定要和中国的东西相结合",刘心武也说"要顾及中国当前实际情况");在更大的范围里,有关"现代派"的讨论成为一时的热门话题;可是那以后的大陆小说创作却并没有顺茬发展为欧化趋势。就连王蒙本人(同时还有茹志鹃、宗璞等人)的"意识流"实验也已告停。相反,恰恰从那一时期开始,小说界逐渐形成追寻民族文化的主趋势。

不少作家都有一个转捩。

李陀曾一度对西方现代小说技巧表现出异乎寻常的热情。而在杭州对话时,他表示自己的着眼点已有所调整,认为有必要联系民族的文化背景来考虑小说艺术问题。

冯骥才在许多人眼里是一位"洋路子"的作家。但是说变就变,再也不写像《意大利小提琴》那类东西了(那是一部模仿外国小说的作品),而对纯属"国粹"的辫子、小脚之类发生了兴趣,一头扎进传统文化堆积中去进行反思。

孤立地看,文化寻根思潮是一回事,人们对西方现代主义的兴趣又是另一回事。然而,上述情形表明,二者至少具有相同的出发点。关于这内中的关系,理论上的解释大致可以概述如下:

(一) 新时期文学走向风格化之初,作家们首先获得了一种"寻找"意识。寻找新的艺术形式,也寻找自我。

(二) "寻找"意识的产生,与通常说的"价值危机"有关,也与文坛的"现实主义"的危机相联系。因而,许多作家从艺术思维方法和感觉形式上接受了西方现代主义。

(三) 西方现代主义给中国作家开拓了艺术眼界,却并没有给他们带来真实的自我感觉,更无法解决中国人的灵魂问题。也就是说,艺术思维的自由并不等于存在的意义。正如有人认为的那样,离开了本位文化,人无法获得精神自救。于是,寻找自我与寻找民族文化精神便并行不悖地联系到一起了。

从这一过程来看,"寻根"思潮的发生,似乎也包含着一种必然的价值取向。喧嚣一时的"现代派热",在新时期文学发展中尽管是一个短暂的插曲,但毕竟完成了自我觉醒的第一步。由此发生的"寻找"意识可以看作"寻根"思潮的先声。从新时期文坛的"现代派热"到"寻根热",是一部分中国作家自我意识逐渐深化的过程。

从另一层面说,寻找自我也意味着对文学的主体性的确认。正如现象学美学家杜夫海纳所说,"艺术家在寻找自我的同时,自己也在被寻找。"这个主客体合一的命题,在"寻根派"小说家的艺术活动中得到充分印证。事实表明,尽管"寻根派"小说家大多从西方现代主义各流派那里获得过心智的启发,但他们并没有简单地袭用西方现代派作家的艺术思维方式,而是试图以注重主体超越的东方艺术精神去重新构建审美(表现的)逻辑关系,确立自己的艺术价值规范。在"寻根派"作家的一些代表作品中,可以说,艺术的价值主要不在于作家对客体世界所持有的认知方式,而是体现为主体境界的升华。譬如阿城的《棋王》,人们看到的并不是对客体世界的某种说明,作者不是将文学作为对客体世界的认识手段去剖示王一生的棋运和命运,而是用自己特有的那种超然的叙事态度进入主体的自我体验。在李杭育的《最后一个渔佬儿》中,人的孤独被作为一种境界呈示在无可选择的两难之间,强调的正是对现实生存处境的超越。这种重情蕴而不执着事理的态度,跟西方人的美学趣味相去甚远。如果说,在卡夫卡或博尔赫斯的作品中,呈现的是某种需要费力辨识的世界图像,那么,在这些"寻根派"作家笔下你可以直接感悟到人格的意味。

"寻根派"作家这种回到中国艺术传统的选择,从宏观上解释当然是受民族文化背景的制约,具体说来原因又很复杂。然而,他们的追求,与其说是为了显示自己的艺术特性,而故意跟现代主义潮流拉开距离,倒毋宁认为是出于对二十世纪中国文学中的"反映论"认识模式的反叛心理。因为在"寻根派"作家看来,西方现代主义并没有完全割断它跟古典认识论的哲学脐带。西方现代派作家描绘的世界图像,不管作了什么变形处理,依然是作为一种对客体的解释或认知。"寻根派"作家不想重新成为一种认知工具。

值得玩味的是:"寻找"原本是西方现代派的口头禅,但是从这个字眼里获得了某种哲学启示的中国"寻根派"作家,找到的却不是什么洋玩意儿,而是他们自己。

三　重新构建的审美(表现的)逻辑关系

小说在八十年代的进步,从艺术观念上讲,也表现在相当程度上摆脱了"写什么"(题材或主题范畴)的思维局限,更多地考虑"怎么写"(艺术方法)的问题,强调了主体自身的创造性。在"寻根派"崛起之前,小说创作已经出现所谓散文化和诗化的倾向。如汪曾祺、王蒙、张承志这样一些个人风格毫不相似的作家,几乎同一时期进入了这个抒情化的纪程。评论家黄子平曾将小说艺术的衍化摆到文学现代化的历史进程中加以考察,把这种审美意向具体归结为"用'抒情性的东西'来挤破固有的故事结构"[7]。其他一些论者也对小说结构何以不同于故事结构作出过大量论述。评论界认为,小说审美逻辑关系的变化具有重要意义。

需要说明,这个由抒情化开始的重新构建小说审美逻辑关系的进程,不单由"寻根派"作家所推动。而本节之所以要专门讲一讲这个问题,是因为"寻根派"的艺术发展与这一进程相始终,而且真正体现那种新的艺术思维关系的作品,也大多是"寻根小说"或"类寻根小说"。

大约从八二年到八五年那一期间,最能引起人们注意的就是小说的叙事意识上的特点了。当时出现的一些优秀作品,都尽可能地舍弃那种由情节构成所决定的矛盾冲突。例如,张承志的《黑骏马》、史铁生的《我的遥远的清平湾》、李杭育的《最后一个渔佬儿》、乌热尔图的《琥珀色的篝火》、邓刚的《迷人的海》等等,这些作品都不再袭用人们以往惯用的戏剧化的叙事结构;如果说它们还保留着某些故事因素的话,那也只是作为一种深度线索隐藏到背景后边去了。

当然,"散文化"的说法只是一种外在的观察。往深里看,它们并非抛弃了矛盾冲突而成为纯粹的抒情散文。小说还是小说。问题的实质在于:此类小说已将外在的动作冲突变为内在的价值冲突,由时空范畴转入了心理范畴。

确乎很少出现激动人心的高潮,人物之间的对立或被取消或不再成为叙述的动力和杠杆。可是价值的冲突却无所不在。《我的遥远的清平湾》中,对往事的感怀表现了自得其乐的生存精神,也使人联想到一个民族的历史误会。那个"破老汉"的一生中,或许也能生发出某种传奇色彩,但作家寻取的却只是日常生活的苦难和欢乐。《最后一个渔佬儿》写的是捕鱼人福奎的平凡的一日,却抓住了人与世界相遇的时刻;物质文明与精神自由之间的权衡不定,从这位"最后一个"身上透露出一个时代的价值困惑。倘若对这些作品做进一步分析,还可以看到:由于动作失去了本来所有的外在效应,冲突自然就进入了内心世界。这一点,在《琥珀色的篝火》中尤为明显。这篇小说真正的主人公并不是猎人尼库（尽管作者的笔墨几乎全都落在这个人物身上），而是他的妻子塔列。当尼库去援救迷路者的时候，病危中的塔列无言地完成了内心的历程。这般潜在的冲突，对于读者不啻是一种心理挑战。阅读者很容易进入塔列的境遇之中，用自己的情感去体验那种生与死的价值抉择。

实际上，价值的冲突不但在于作品本文，也体现在接受者的介入。借助那一幅幅表面上平淡无奇的图画，读者可以按照自己的思维方式去重建二元对立的感觉世界：新与旧、生与死、物质与精神、此岸与彼岸……。也许，一切权衡最终都将证明为徒劳。感慨也罢，惘然也罢，与此相伴的一切情愫都大大深化着作品的价值涵义。

这里，可以分辨的一个区别是：对于阅读者来说，动作冲突的召唤功能一般反应为浅层次上的线索追踪，或对其中因果关系的把握；而价值冲突本身受制于民族文化背景和生活的深层结构，故而在深处提供着心理渗透和扩展的余地。

价值冲突的前提乃是价值范畴的选择。抽象地说来，仅以抒情笔墨提示的价值冲突不能认为是"寻根派"的独家风格，因为我们在别的作家那儿也见过相似的路径。譬如王蒙的某些作品就用感怀的笔触写出价值的困惑。但是将王蒙的作品具体拿出几部跟"寻根派"的作品比较一下，你会发现毕竟不一样。如较早的《深的湖》、晚近的《庭院深深》，都是通过个人道路的反省来表现理想与现实的对立。而"寻根派"的思维格局中就很少涉及这种价值关系。所以，对审美逻辑关系的判断，还应当从价值范畴的具体运用上去辨识。

构成"寻根派"小说的价值范畴，主要是传统与现实的冲突。（可以比较一下它与"理想与现实"的范畴区别所在）当然，这一范畴可以具体体现为人与自然、物质与精神、商品经济关系与自由人格等诸般同一关系。重要的是，"寻根派"小说家一般都善于从这种存在的对立中获得主体的超越。因为他们笔下被揭示的价值对立，大多从一些基本的方面涉及人类的生存问题，这本身就超越了一般社会学的表述。譬如在韩少功的《爸爸爸》中，生存的障碍一方面被突出地加以强调，另一方面又仿佛不曾被人意识到；这种有无相生的命题，显然隐含着某种历史的踪迹，亦可作为人类的自我观照。同时，我们看到，傻孩子丙崽更是体现着某种存在的对立，他可以被人作为"野崽"耍弄，也可以被人作为"丙仙"而膜拜；客体价值的含混而不可确认，似乎也意味着主体价值的确立。

由上可见，所谓"超越"是在两个层次上发生的。第一，包含在表现对象中的价值范畴，一般具有大文化背景；通过观照、反省、认同，与传统相吻合。这是对现实的政治、伦理的范畴的超越。第二，作家用理解或苟同的态度对待历史，则是对自己提出的价值范畴的超越。

不过，并不是所有的"寻根派"作家都完成了这两个层次上的超越。因为，至少有一部分作家并不认为价值范畴本身也是可以超越的。或者说，他们不愿意以无可无不可的态度看待世界。如山东的几位"寻根派"作家，王润滋、张炜、矫健等，就是这部分作家中的代表人物。把他们的主要作品排列起来，则可以清晰地看出他们相持一贯的价值倾向。在《鲁班的子孙》、《三个渔人》（王润滋）、《一潭清水》、《古船》（张炜）、《天良》、《河魂》（矫健）那些作品中，完全渗透着重义轻利的传统人格精神。因而，评论界有人把山东作家的"寻根"意识归诸儒家文化的入世精神。这种看法尽管还嫌粗率，却有一定道理。

当然这样说起来，像韩少功、李杭育、阿城那几位，就应该被抹上一层老庄玄禅的色彩了。也许，他们自己并不认为超越是一种虚无的态度。超越本身意味着完成了的批判与反思。中国作家实在很少有人能够真正超脱世事。据说，韩少功最欣赏过去人的一句老话：用出世的态度做入世的事业。一切奥秘都可以从这句话里去琢磨。

四　世俗的价值观念与超越世俗的审美理想

已故的哲学家金岳霖先生很早就发现中国人价值观念中的逻辑悖论。举例说，中国有这样两句老话：一曰"朋友值千金"，一曰"金钱如粪土"，分别看都没有问题，但要搁在一起说就麻烦了，朋友居然跟粪土划了等号。

看来是一个笑话，其实这里反映着价值关系的暧昧。这两句话之所以在逻辑上扯不到一起，是因为这里边作为本位价值的东西恰恰是互为颠倒的关系。当人们将朋友比作财富时，物质是价值尺度；而将金钱视为粪土，无形中已将精神的东西提到了价值的本位。

在价值描述中，这种互证的关系构成了一个怪圈。然而，它却向人们指示着超越的可能。当精神的价值不能用精神来表示，物质的价值也无法以物质来衡量时，互证的相对性便带来了价值的抽象。

尽管从逻辑上讲还是有点别扭，但是相对性关系毕竟是一种超越的前提。其实，当人们强调"朋友值千金"的时候，说话的意义并不在于金钱本身（真要是拿朋友跟金钱做交换的话，那就不够哥们意思了）。金钱诚然作为一种世俗的价值标准，这时也由于精神的映射而超越了自身。

"寻根派"小说家们不一定从理论上思考过这个问题，然而他们从事物的自然状态中把握了这种相对关系。或许已经悟出了这个道理：正如精神的价值终究不体现于精神本身，艺术中的高蹈境界并不在风雅君子吟风弄月之际，不能用"高蹈"二字去证实。而世俗观念是一种必然的价值"语言"，离开这种"语言"，超越世俗的精神境界就无法得以表述。

在新时期的小说家里边，是否重视世俗的价值观念，着实反映着不同的艺术追求。"寻根派"以外的一些乡土作家（如古华、张一弓等），习惯从世界以外去把握世界，他们描写乡村生活同样可以写得栩栩如生；这种局外人立场是为了给人道主义的理性思考与批判提供方便。而"寻根派"作家，首先是用世俗的眼光去看待世间的事物，他们喜欢拉扯柴米油盐、描写婚丧娶嫁；当然更重要的是，在这种描述中他们有意使自己的审美态度跟人们的日常生活的态度相协调。

譬如，阿城的《棋王》用很多笔墨写了主人公王一生的"吃"，其意义不仅仅是作为一种观照的对象，关键是主体的观照态度。古今中外的文学作品写吃喝、宴饮的固然不少，却罕有阿城这般写法的，因为他是用人们日常面对食物的态度来描写主人公的"吃"。这多少带有一种禅的"平常心"。正如禅师所说，饥来便食，困来便睡。阿城很善于从这种生存的基本问题上表现自己的人生态度。当然，所谓"平常心"，也意味着不以作品求道。如此将世俗日常生活的态度引入文学作品，可以在叙述中避开一般社会学的价值倾向。

"寻根派"的创作意向，一般偏重于人的基本生存行为以及生命的自由状态。其中包括对人性的探讨。所以，许多作品在以世俗观念介入的同时，构成了价值的二元对立。如郑万隆的由十几个短篇组成的"异乡异闻"系列，一再展示金钱与色欲、或与人性的对立范畴，同时也写出了人的某种尴尬境遇。而这种情势不啻是对那些凌越世俗的文明法则的挑战。"寻根派"小说家对于人的各种欲望的描述表明：愈是在这些最基本的事物中，人类的价值认识愈是没有把握。所以，二元对立范畴的提出，并不意味着对人的命运的某种逻辑概括。

回到事物本身，命运就说明不了什么。"寻根派"作家之所以如此重视日常生活的价值关系,也正是因为从人的基本生存活动中发现了命运的虚拟性。如果要真实地表现人格的自由,可行的办法就是穿透由政治、经济、伦理、法律等构成的文化堆积,回到生活的本来状态中去。真实的人生,人的本来面目,往往被覆盖在厚厚的文化堆积层下。这种堆积,既有历史的,也有现实的。

有些"寻根派"作品就直接写到文化与人性的对立。王安忆的《小鲍庄》即为一例。王安忆也许不能算是典型的"寻根派"作家,但《小鲍庄》却是典型的"寻根"作品。这部作品的故事发生在一个古风犹存的礼义之乡,那个名叫"捞渣"的孩子,因为搭救别人自己丧生,被乡民们视为义举,引为宗族的骄傲,其事迹又被新闻工具大加渲染。于是,一种可以被称作"仁"的行为就硬是被纳入到"礼"的规范中去了。"仁"和"礼"的对立,是中国儒家伦理思想的内在矛盾,"寻根派"作品中关于这种价值冲突的揭示,也是一种对人的文化境遇的描述。在世俗的背景下,"仁"与"礼"的反差十分明显。

用世俗的眼光去看取人生的欢情与苦难,可以认为是一种理解。但这并不等于作家的审美意识与情趣完全止于世俗观念。因为理解本身也是超越,正是它导引着超越世俗的审美理想。毫无疑问,艺术表现一旦完成了事物的本来过程,也便产生某种脱俗的真意,进入高蹈境界。

《棋王》里的王一生说:"呆在棋里舒服";《最后一个渔佬儿》里的福奎觉得:呆在江里自在。"舒服"和"自在"是什么样的价值概念呢?说来也跟饮食男女相去不远。但是,无疑地,这种世俗的价值尺度却指示着超越世俗的自由人格。

在"寻根派"作家的心目中,真正被看作"俗"的东西,恐怕倒是某些凌驾世俗生活之上的文明法则。

五　从知识分子的个体忧患意识到民族民间的群体生存意识

检讨"五四"以来的中国新文学,不难发现,知识分子的忧患意识乃是整个文学思潮发展的基本精神。黄子平等人曾在有关研究中指出:现代忧患意识的产生在于先觉者的个性解放热情以及由此带来的文化反思的痛苦。[8]从"五四"时代的先觉者到八十年代的解放派,都有这般大略相同的精神历程。此种热情或痛苦,投入文学作品,即形成"以我观物"的个体感觉特征。综而观之,中国新文学的基本构架也便相当清晰:从文化—心理层面上讲是知识分子的个体忧患意识,用艺术的观点看,则有如王国维所说的"有我之境"。

然而,自"寻根派"崛起,情况便有所改观。从大方面讲,中国文学的格局发生了变化。至少小说不再纯粹作为诉诸知识分子个体忧患意识的精神载体了,而是开辟了一条表现民族民间的群体生存意识的新路。

从艺术上讲,当然是从"有我之境"转向"无我之境"。

事情的变化可以从下述两个方面加以说明:

其一,审美对象的群体化。"寻根派"小说跟中国以往的叙事作品不同,一般地说,它们所揭示的或者说表现的不是某种个人命运。譬如《爸爸爸》,就是写了一个鸟的部落的传统,一个山寨的历史性的迁徙。这里可以看到,在情势发展中,任何个人的行动不再具有举足轻重的意义。因为几乎所有的人物都缺乏自我人格,他们服从命运,服从某个统一的意志,祭谷、打冤、殉古、过山……,一切都按部就班进行,个人的偏执并不妨碍整体的步调一致。无论是新派人物仁拐子的想入非非,还是老一辈人之间冤家仇隙,都只被纳入日常化的描述之中,而不是织入某一戏剧性事件。这不仅是情节演化的结果，从根本上说，是叙事原则的改变。在生活的向心状态下，任何个人追求和个人恩怨统通显得那样微不足道。这里，最具有否定意味的是，作为对象的主体的丙崽，恰恰是一个不谙人事的傻瓜，恰恰丧失了主体的自我。将韩少功笔下的丙崽跟福克纳的《喧哗与骚动》中的班吉比较一下，你会发现，人家那个傻子就有点头脑。班吉那孩子甚至还有性意识。"寻根派"的作品或多或少都有排除个体主动性的倾向。

当然，《爸爸爸》是一部具有寓言象征色彩的作品，带有相当成分的假定性。从这方面说，不算得"寻根"小说的典型式样。但是，许多纯粹写实的"寻根"小说，也同样表现出对群体人格意识的追求。如乌热尔图笔下的猎人，郑万隆笔下的淘金人，贾平凹、郑义笔下的农民，李杭育笔下的渔人和船工；个别地看，一般也都具有鲜明、丰满的性格，而总起来看，却显出了类型化的本体象征意味。作为审美对象，这些人物身上都可以见出渗透着民族文化心理特征的群体人格。可以说，一切在总体风格上具有代表性的"寻根"小说，几乎没有强调个人命运而忽略具体文化背景中的群体意识的。因为正如本文第三节所述，"寻根"小说的冲突因素在于价值背景，这本身就是一个共时态和历时态相交叉的问题，所以个别人物的命运必然跟整个群体联系在一起。显然，这跟以往所谓"典型化"的方法有很大区别。

其二，就审美主体而言，似乎也是一种"局外人"的态度，其实不然。真正的"局外人"是可以在一边指手画脚、说三道四的，而这里的审美主体则已消融在对象之中。"寻根"小说一般没有鲁迅那种"哀其不幸，怒其不争"的感愤，更没有郁达夫式的愤世嫉俗、忧国忧己。小说家只是提供了生活的某些实在的轨迹，留给读者去思索。叙述的意向，是对民族民间群体生存意识的认同。也许在嘲笑中有所扬厉，在肯定中不无批判。不过这一切似乎并不见诸作品本身，大抵产生于审美接受者的阅读、欣赏之余。

主体的隐遁，实际是"我"的超越。王国维对"有我"、"无我"两种境界作如是辨说：一者"以我观物，故物皆著我之色彩"；一者"以物观物，故不知何者为我，何者为物"。由"观物"的视角不同，可以见出"我"之不同胸臆。其实，"无我"的背后依然有一个"我"在，只是这个主体已经超然物外，包诸所有，空诸所有，与世界浑然一致了。

"寻根派"作家之所以放弃关于个体意识的陈述，显然是考虑到：作为一种叙述口吻，知识分子的个体意识无论如何带有"局外人"的隔膜。在他们的感觉中，任何外来者的价值判断，都不及生活本身的涵义丰富。从民间的日常生活到民族的生存斗争，这一切，本来就是"无我"的存在。当小说家直接面对这个阔大的世界时，也许他会感到个人情怀的偏狭与渺小，一种油然而生的崇高之感会迫向他的整个心灵……，在永恒的生存面前，他会明白，这是知识分子的个体忧患意识难以达到的境界。

文学的本体如何接近世界的本体？这一艺术的原始命题至今尚令人困惑。事情恐怕不仅仅是细节的表象的把握。应该看到，"寻根派"作家为此作出的最大努力便是，将叙述的对象和目的变成叙述本身。如果说，转变的努力最初在贾平凹写《商州初录》的时候还只是几分模糊的意向；那么，后来从莫言的《透明的红萝卜》开始，就成为一种自觉追求了。阅读莫言后来的那些作品，你很容易感觉到叙述本身的力量，因为它本身充满着生命的跃动，从而将一种生机勃勃的挣扎着要向外舒张的经验呈示于面前。可惜这里不能专门地谈一谈莫言，在"寻根"作家里边他是风格独特的一位。他比较晚起，却有后来居上的势头，是他将"寻根派"的某些风格特点推向了极致。

风格倾向极端，有力度上的优势，也有某种危险。一般说，"寻根派"作家比较讲究艺术分寸。但少数出类拔萃之辈却试以个人的才分向既有的艺术经验发起挑战。

六　文化寻根，也是反文化回归

读者从以上粗略的勾勒中，也许可以得出一个印象："寻根派"的叙事态度里边含有现象学的美学意味，因为它明显带有"回到事物本身"的意向性。我想，也正是这个原因，使我对"寻根派"叙事艺术发生了持久的理论兴趣。现在说到这个话题，不妨就作为本文的结语。

几年来，关于"寻根派"现象的讨论虽然不少，而由于种种原因却未能真正深入。似乎也未见有人从现象学的哲学视点上做出观察。许多研究者目光集中在题材特点及其文化背景方面，多少忽略了对这样一种叙事态度的认识。一些对"寻根派"发出诘难的意见，往往是基于对这一文学现象的某种粗浅的认识。以为"寻根"就是简单地回到中国文化传统，就是复古。这种批评既来自某些保守人士，也来自一部分激进分子。新时期十年来的文学进程中，被这两部分人共同指斥的事物恐怕唯有"寻根"一说。

其实，来自两方面的看法只是一副眼光，都只着眼于"寻根派"作品的表现对象，而将主体的叙事态度从形式、内容中抛出去了。

说到"复古"，这里不能不指出一点：文学史上，大凡标举"复古"旗帜的思潮、流派，都不是简单地回到过去，甚至大多起到推进潮流的作用。如欧洲的文艺复兴，亦如中国唐代的古文运动之类。"寻根派"作家之所以标举"寻根"，其中原委已如本文前两节所述，首先要从八十年代中国文坛的实际状况去考虑。

当然，从内在的审美关系上看，"寻根派"对中国传统美学精神有很大的继承面。但这中间选择的意向也相当明显，"寻根派"作品中很少有惩恶劝善的教谕，对道德问题也并无太多兴趣；对于传统的"诗教"和"礼乐"精神，"寻根派"小说家并不真当一回事儿。实际上，他们提出"寻根"的口号，并不是倡导儒教的修养以重铸民族性格，而是从艺术方法和美学态度上寻找我们民族的思维优势。所以，从他们的作品中可以看出，他们承续的主要是老庄哲学中的返璞归真、崇尚自然的本体论精神。同时，在人的问题上，他们追求古典的自由人格，这与孔子的"仁"的思想有相通处。

这一切，跟现象学所说的"还原"有很大关系。所谓"还原"，其中一个很重要的涵义就是将文化时空还原为直接经验所形成的生活世界。"寻根派"作家以"描述"的态度处理自己的艺术对象，写人的生存斗争，写民间的日常生活，强调人的基本欲望和世俗的价值观念，就是为了把握那个直接的经验世界。其中，基本的意向自然在于人格追求。因为，只有离开了包围着你的文化时空，回到事物本身那儿去，自我才能融入某种自在的又是自由的境界之中。

在实际的精神探索中，"还原"不可能是彻底地回归自然。所以，"寻根派"在向事物自在状态追寻的过程中，自然需要某种文化作为依托。但是，在他们找到某个精神特点的时候，至少已经掀掉了表层的文化堆积。

如此说来，文化寻根，实际上也是一种反文化的回归。这种精神的确立，既体现着对中国传统文化某些方面的继承，也有受西方哲学思潮影响的因素。中国文化是一个非常复杂的庞然大物，其内在的分裂由来已久，可是在以往的时代里却没有产生应有的活力，而只是形成了封闭的自我循环；在当今之世，受西方现代人文思想的碰撞，中国文化终于逐渐产生新的精神动力，也即自我否定和再生的力量。

　　"寻根派"的文学活动，正是在这一文化背景中发生的。由文化寻根，到反文化的回归，问题可以作不同层面上的探究，然而这中间的转换关系很值得玩味。

一九八八年四月杭州翠苑

　　〔两点说明：（一）本文主要寻绎寻根文学的理论发生及其与整个新时期文学潮流的相互关系，不是对这一流派的全面评述。从新时期文学发展的精神关系上认识这一事物的必然性，并不意味着对寻根派作家的艺术实践的全盘肯定。对这样一个产生重大影响的文学现象，应该说，可以作几面观。由于论题所限，这里不能一一展开。（二）在有关作家作品评论中，对寻根派、类寻根派和非寻根派之间的划分与界说，一向比较混乱。本文对此也没有作出应有的说明。我觉得这个问题可留作专门讨论，因为事情还牵涉到对寻根派的艺术风格的认识。〕

原载《文学评论》1988 年第 4 期

注　释

1. 韩少功：《文学的根》，《作家》1985 年第 4 期。

2. 郑万隆：《我的根》，《上海文学》1985 年第 5 期。

3. 李杭育：《理一理我们的根》，《作家》1985 年第 6 期。

4. 阿城：《文化制约着人类》，《文艺报》1985 年 7 月 6 日。

5. 高行健：《现代小说技巧初探》，花城出版社 1981 年版。

6. 刘心武：《在"新、奇、怪"面前》，《读书》1982 年第 7 期；王蒙：《致高行健》，《小说界》1982 年第 2 期；冯骥才、李陀、刘心武：《关于当代文学创作问题的通信》，《上海文学》1982 年第 8 期。

7. 黄子平：《论中国当代短篇小说的艺术发展》，《文学评论》1984 年第 5 期。

8. 黄子平、陈平原、钱理群：《论"二十世纪中国文学"》，《文学评论》1985 年第 5 期。

导　读

　　20 世纪 80 年代中期的寻根文学，是"文革"后文学发展史上影响深远的重要创作思潮。1984 年年底的杭州会议，对寻根文学思潮的发展关系甚大。1984 年初胡乔木发表题为《关于人道主义和异化问题》文章，使始于"伤痕文学"的以人道主义为核心价值的批判现实主义难以为继，逼迫当代文学不得不思考怎样突破原有的政治与道德规范和现实主义手法。与会者从新出现的原本作为个人创作风格的文化意识中发现了潜能，"在文化的背景上找到了共同语言"。日后成为寻根文学代表作家的韩少功、郑万隆、李杭育和阿城等，正是通过这次会议形成了自觉的文化寻根意识。

　　李庆西的《寻根：回到事物本身》一文独出心裁，既不是对这一流派的全面论述，也不是对具体作家作品的阐释，而是"寻绎寻根文学的理论发生及其与整个新时期文学潮流的相互关系"，"从新时期文学发展的精神关系上认识这一事物的必然性"。

　　从价值意义上讲，寻根与寻找自我密切相关。"从新时期文坛的'现代派热'到'寻根热'，是一部分中国作家自我意识逐渐深化的过程。"由于种种复杂的原因，"西方现代主义给中国作家开拓了艺术眼界，却并没有给他们带来真实的自我感觉，更无法解决中国人的灵魂问题"，于是他们把精神自救的思路投向本位文化,从民族精神和文化特质中体认自我。

从审美意识上讲,寻根文学试图构建新型的审美逻辑关系。寻根小说的叙事结构不再是以往惯用的戏剧化,而是散文化和诗化,从而"将外在的动作冲突变为内在的价值冲突,由时空范畴转入了心理范畴",并从传统与现实的内在价值冲突中获得主体的超越。

寻根派的创作意向,"偏重人的基本生存行为以及生命的自由状态",用世俗的眼光理解人生悲欢,导引超越世俗的审美理想。寻根派的叙述意向,是通过审美对象的群体化和审美主体的隐遁,表达对民族民间的群体生存意识的认同。文章最后认为,"文化寻根,实际上也是一种反文化的回归。这种精神的确立,既体现着对中国传统文化某些方面的继承,也有受西方哲学思潮影响的因素"。文章从"文革"后文学的精神发展和文学潮流的相互影响方面,梳理寻根文学理论的发生和发展过程,并运用现象学哲学原理深入分析了寻根文学的思想特质。

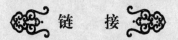 链　接

阿城:《文化制约着人类》,《文艺报》1985 年 7 月 6 日。
韩少功:《关于文学"寻根"的对话》,《文艺报》1986 年 4 月 26 日。
陈思和:《当代文学中的文化寻根意识》,《文学评论》1986 年第 6 期。

无 望 的 救 赎

——论先锋派从形式向"历史"的转化

陈晓明

　　1987 年之后,一批年轻的作者踩着马原的足迹在文坛崛起,以其叙事形式和语言风格的显著特色被称为"先锋派"而令文坛侧目而视,这当然有复杂的历史原因。1989 年之后,形式实验有所退化,原来不过是作为叙事话语的原材料来运用的"历史故事"却再度呈现出来,这使不少人倾向于认为"先锋派"已经臣服于传统的文学规范完成其历史定格。对于我来说,"先锋派"本来就是一个夸大其词的比喻性说法,他们并没有明确向文化传统、文学规范以及意识形态主体挑战,因此"形式的退化"也就不能在"先锋性的丧失"的意义上来解读。在我看来,"先锋派"的写作一直有着自身的准则:它并不具有"挑战性"的姿态,而只具有"自我救赎"式的立场。在我们的时代,写作的涵义已经发生某些变化,某种类型的写作不再是去建构或认同主流意识形态的神话,而是变成个人在文明解体或价值失范时期完成自我救赎的一种方式,其扩大的意义也仅仅在于作为维系社会整合的"文化救赎"的形式。因此,先锋派从"形式"向"历史"的转化,也可以看成是以退却性的姿态完成"自我救赎"的深化进程。现在需要探讨的是,这种"自我救赎"(或文化救赎)式的写作是在什么样的意义上来确认?"自我救赎"又是如何推导"形式实验"向"历史深处"(复古的共同记忆)转化的?"救赎"预示或者加深了先锋派所面临的哪些危机?

一、在现实的尽头: 写作与文化救赎

　　1929 年,T·S·艾略特有感于西方文化中稳定的信念消亡而面临的危机,告诫世人说:"世界正在作一试验,要建立有文明而无基督教的一种精神。这场试验将来必然失败,但是我们必须非常耐心地等待它的崩溃,目前则应该为这段试验时间赎罪。"

　　中国文化没有类似基督教的那种宗教传统,"上帝之死"与我们无关,既无须惶惶不安,也不必为之赎罪。然而,80 年代后期,意识形态权威的失落,统一的价值规范的解体,对于一代中国知识分子来说,也无疑是一次严重的精神危机。事实上,文学是这次意识形态分化产生的精神灾难的最严重的承担者。在整个"新时期"的历史阶段,文学是主流意识形态的开路先锋,文学共同体建立的"大写的人"是 80 年代初期社会理想最明确的表达规范式。对人的历史创伤的审视(伤痕文学、反思文学、知青文学),对社会主义新人的塑造(改革文学),对人的自然强力的重建(大自然主题),关于人的文化本性的认同(寻根文学),寻找现代人及其现代观念(现代派文学)等等,构筑了一个完美无缺的关于"人"的,或者说"寻找人"的神话体系。这个神话体系在 80 年代后期不攻自破,它既不能被上层建筑的权力系统所认可,也不为大众化的日常需要所认同。

　　以"大写的人"为纲领建立的统一规范式的解体,意味着"纯文学"已经丧失了进入主流意识形态的功能,文学共同体不可能在短期内修复或重建统一的规范式,按照库恩在《科学革命的结构》中的看法,新的规范式(Paradigms)只能通过"解难题"的实践活动才能建立,文学史在这一点上与科学史的发展原理相通。那么,现在文学共同体遇到的难题是什么呢? 很显然,俗文学去认同商品化社会的价值观念,而"纯文学"却失去了主流意识形态的支撑点,以"人"为中心构造"反映"现实生活的故事很难激动人心,它既不能在现实认同的意义上拯救文学,也不能

在文学史的水平上得到确认。那么,难题的症结在于退回文学本身,在文学史的艺术进步(艺术创新)的意义上来找到突破的出路。事实上,在文学史的发展进程中,形式变革的冲动每时每刻都在压迫着、推动着有自觉意识的写作者,而在文学失去意识形态的强大支撑力的时候,形式变革的力量就起到决定性的作用。1986年马原在文坛走红并不偶然,"怎么写",亦即形式实验使"纯文学"摆脱了不被大众意识形态认同的窘境,它干脆就以拒绝大众意识形态的姿态来实现自主性的文学品格;而且在文学史的水平线上找到自我确认的价值标向。既然纯文学已经不可能在意识形态的背景上与公众对话——建立共同的想象关系,讲述共通的愿望;既然公众对"精英价值"、对"纯文学"失去兴趣;那么,文学写作若还以寻求"轰动效应",寻求读者大众的热烈支持为目标,那将是像唐·吉诃德与风车搏斗那样徒然而可笑,文学已经没有敌手要征服,它唯一的对手就是自己,就是在文学史进步的水平线上寻求艰难的突破。马原因此而成功,也因此半途而废。

继马原稍后,一批更年轻的写作者(如苏童、格非、余华、叶兆言、孙甘露、北村等)步入文坛。他们所面对的文学现实,不仅仅是意识形态热点的丧失,而且还有马原这个样板——同时也是他们亟待逾越的障碍。马原另辟蹊径是明智的,但是马原的"叙事圈套"却有局限性,马原的基本语式:"我就是那个叫做马原的汉人"——通过把现实中的马原改变成虚构故事中的一个角色,来扰乱真实与虚构的界线。然而,马原的"叙事圈套"变化有限,而且他实际是要获取"真实性",他的"虚构"不过是认同"现实性"的一个手段而已。因此,年轻的作者——在超越马原的意义上,他们被看作"先锋派",开始在虚构性上划下背离现实的地平线,一个虚构的话语空间,一个由想象、幻觉和语言的迷津构筑的精神乌托邦。

然而,我们时代的"先锋派"并不是,也不可能仅仅去营造"语言的乌托邦",他们的"形式主义"写作在当代的文明情境中不得不具有文化的象征意义。"象牙之塔"在80年代后期的风雨飘摇之中,早已破败不堪,——它看上去更像是一座倒霉的瞭望塔,这里没有任何能够自鸣得意或孤芳自赏的《珐琅与雕玉》,当年戈蒂叶穿着他的小红背心,在法兰西剧院横眉冷对整个巴黎;而我们时代的先锋派却披着"长城牌"风雨衣落荒而走,这座破败的"象牙之塔"不过是一块远离喧嚣的世俗社会的一块暂时的栖息地,他那徒有其表的拒绝掩盖的不过是自我确认的逃避姿态,而流浪者的郁郁寡欢则是其全部的浪漫情怀。他们蛰居于破败的"象牙之塔"不自量力企图夺取文学史最后剩余的胜利;他们铤而走险毁坏传统与现实的"象征秩序",折解意识形态的神话而多少具有殉难者的革命气节;作为梦幻的孤独个体不约而同以闪烁其词的诗意祈祷开始"自我救赎"的最后仪式——他们的"形式主义"实验因此隐含着特定的历史动机与重建精神乌托邦的价值标向,具有难以读解的暧昧的文化象征意义。

(1)话语的欲望表达:先锋小说显著的特征就是它强烈的话语意识,"话语"(discourse)这一概念表示的显然不仅仅是指称某种语句单位,它比语言小比言语大的意义就在于,它隐含了特定的动机、视点和价值标向,因而具有特定的社会实践功能。因此,先锋小说的那些看上去仅仅具有文体学(或叙述学)的美学意义的语句单位,其实概括了很强的社会实践意义。

先锋小说的"话语意识"明显表示在越出常规语体界线的叙事特征上。在传统小说里,语词句子是用来描摹客观事件的自然行程的,语句的意义在于传达出现实实在世界的表象与内容;而在先锋小说里,语句不再依照客观逻辑,而仅仅依据"叙述"(讲述)本身的规则,而这个关于"讲述"的讲述则使文体的传统界线受到严重的损害。很显然,1987年先锋小说初出茅庐时,话语表达的欲望特别强烈,苏童的《一九三四年的逃亡》是典型的例子,那些描写性的情境与故事的自然进程并无密切的关联,但是,它们不断从故事的断层涌溢而出,它们远离1934年的逃亡,纯粹是讲述人的话语欲望的表达。当然,更为典型的例子有孙甘露的《访问梦境》(1986)、《我是少年酒坛子》(1987),登峰造极者当推《信使之涵》,人们难以肯定,孙甘露这些语言泛滥的文体,到底是散文、杂感、诗、寓言还是别的什么东西,然而,它们却是被当作小说来写。随后,在1988年,文坛上流行运用加西亚·马尔克斯在《百年孤独》里运用的那句语式:"许多年以前"、"许多年以后",成功的例子有叶兆言的《枣树的故事》,这句语式在叶兆言的叙事中充当了一个万能的叙事纲领,它不仅打破故事的自然进程,使故事随意跳出原有的封闭圆圈而任意确定新的起点;并且,它巧妙地预示了人物的命运,它把一切结果呈现在阅读的面前,而后再进入叙述的过程。在这里,强烈的讲述欲望通过"许多年以前"、"许多年以后"的语式得到充分实现。

先锋派的"话语意识"在文学写作的意义上,当然是因为无法与主流意识形态对话而只能回到话语讲述上来,但是面对文学史写作也摆脱了表达的焦虑感:其一,他们前面有整整一代的"知青群体",——他们的战斗经历是独一无二的,而且已经被夸大为一种不可替代的历史。而我们的先锋派有什么呢? 苍白的童年和匮乏的现实,他们必须在话语的欲望表达中来完成与自我、与社会的内在联系。其二,他们面前有马原。马原之所以陷入他自己设置的"叙事圈套",就在于马原并没有真正找到自己的话语。因此,新一代的写作者有必要重新确立世界视点、语法句式以及语言风格,因此,在话语的层面上,扣紧对"话语"的话语讲述,而不是重新认同传统的规范式,则激发了先锋们确认自我的话语表达方式。

话语的欲望表达在其社会化的实践意义上是对其现实匮乏的补充。不能与意识形态正常对话却又无法找到相对稳定的信念,在历史性地形成的现实的文化象征秩序中找不到自己的准确位置,——这个位置不是等待填补的空缺,而是一个"无",根本没有,这是先验性的排除(历史的、政治的和文化的制度化力量的排除),因此,唯一的方式就是瓦解、损毁这个象征秩序,当然,也只能用文化象征的方式来扰乱其编码的程序,于是话语的欲望则以无所顾忌的诗意祈祷方式来夺取一席之地。然而,其意义永远只具有文化的象征意义,因为"象牙之塔"已被现实性地排除在现实之外,它永远是一个"象征之塔",这正是"欲望生产"的意义所在,如果它真正现实地实现了其欲望,那么欲望也就完结了。而先锋派所欠缺的自省意识也正在于此。

(2) 叙事策略的运用:作为话语的欲望表达的一个具体环节,叙事策略的运用在表达对传统写作规范式的损毁的同时,当然也表达了对现实的寓言式书写。格非的"叙事空缺"出现在他的故事中的关键部位,故事的高潮被阉割了,而变成一个不解之谜。格非的这个"空缺"是对传统写实主义小说的"完整性"的最大戏弄。在格非那些非常贴近传统小说的作品中,如《迷舟》、《大年》、《青黄》,那种古典味十足的抒情性与对大自然的纯净描写混为一体,然而,那个"空缺"颠覆了传统故事的整合意义,从而引进解释的迷宫。当然,这个"空缺"是对博尔赫斯的挪用,但是,在博氏那里,"空缺"与玛雅文化的神秘观念相联系,而在格非的叙事中,"空缺"与故事呈现的生活史构成隐喻关系,——对不完整的生活的"不完整"的讲述。格非多次强调,他的叙事方法完全基于他对生活乃至对生存现实的感受,对生活的历史起源的缺乏,对生活现实的内在性的丧失的特殊认识。这一切无法通过对现实的直接描写,而是通过远离现实的形式实验来表达。

(3) 幻觉与暴力:远离现实,置身于现实之外,从"象牙之塔"里窥视到的现实如此不真实,因而"存在还是不存在?"对实在性的根本怀疑,导致先锋小说对幻觉的着迷。格非的《褐色鸟群》运用重复来消解存在的真实性,历史在回忆之中自动瓦解。时间、回忆、重复、棋、镜子等等,这一切把存在的现实搞得似是而非。如果说格非对存在的思考过于形而上的话,那么余华却是把存在推入幻觉与语言相互辨析的临界状态。《四月三日事件》、《一九八六年》、《世事如烟》、《劫数》、《此文献给少女杨柳》等等,都是对幻觉的极端个人化经验的描写。对于余华来说,"实在"根本不可靠,而"现实"根本就不存在。然而,这一切显然不是在观念上,在先验的理论意义上被判定的,而是在具体的写作中,通过语词对客体对象的怀疑性辨析、语词对语词进行的不确定的诠释来完成的。这个幻觉的世界是对"现实"、"实在"替代性的改写,象征性的消解,然而,这个"幻觉"的世界同样令人沮丧,余华并没有把它作为一个精神的栖息地,相反,这个幻觉世界却是充满了暴力,暴力随都可能把这个幻觉世界摧毁。暴力既是余华构造幻觉世界的一个原始素,同时也是幻觉世界内部不断增长的,无法抑制的自我否定力量。

(4)语言的迷津:尽管北村绝大多数的作品发表于1989年以后,北村是唯一坚持不懈探索形式主义策略的最极端的实验者。对于北村来说,小说多半是观念的产物,而叙述方法则是观念的具体化。北村的叙述完全打乱故事的线性进展,如《逃亡者说》、《归乡者说》、《陈守存冗长的一天》、《聒噪者说》等等,叙述总是陷入自相矛盾的、或似是而非的重复之中,类似梦游的结构则把故事引进无限错乱的迷津。在北村的写作中,"逃亡"与"虚假性"是他讲述的核心主题,正是因为生活世界陷入无可救药的虚假性,因而生存变成一次毫无指望的拙劣的逃亡。远离生存的现实,厌俗而又终究不能超越,北村的思考达到一定的深度,因此也显得特别晦涩。像他在《诗人慕容》里讲述的故事那样,在我们的时代连爱情都丧失了,它还拥有什么呢? 对于北村来说,他唯一的祈求就是神性的复归,生活之所以虚假,我们之所以要逃亡,其终极原因在于神性的丧失。当然,北村的"神性"过于玄虚且模糊,它不会是一种明确的信仰体系,只不过是一种朦胧的超越性的精神意向,在我们的时代,它仅仅是,也只能是一种自我救赎的期待而已。

(5)人物与历史的死亡:与其说先锋派意识到"大写的人"确定的想象关系已经破裂,不如说"大写的人"是其话语的欲望表达的牺牲品,在理论上也许可以划分存在与意识的逻辑顺序,而在文学的写作实践中,只有表达行为才构成对现实的认识。话语的欲望表达摧毁了以"人物"为中心的故事模式,在传统小说中,"人物"的观念决定了小说的形式、技巧和风格,并且在"人道主义"(或"人性论")的水平上确定小说的(也是整个文学的)价值观念。新时期文学关于"人"的想象关系显然决定了与之适应的艺术形式和美学价值;现在,先锋小说的形式主义策略把"人物"改变为故事中的一个角色——身份不明、性格特征不突出、经常分裂、变异的人物;或者改变为一个符号——人物是在隐喻的、象征的或寓言的水平上得到描写,人物不过是可供分析的语义学标志。在先锋小说中出现的人物,或者是一个忧心忡忡的怀疑论者(格非《褐色鸟群》);或者是在幻觉中任凭原始本能驱动的暴力之徒(余华《难逃劫数》);或者是想入非非的性格分裂者(孙甘露《信使之函》、《请女人猜谜》);或者是"逃亡者"、"劫持者"、"稻草人"或"一个纸鸢"(北村)等等。人物的角色化或符号化,与"历史"的解体是原则同格的。在叙事话语的运作中,故事的自然时间秩序被打乱,角色与事件被卷入一连串偶发的、错位的"故事"之中,"历史"不再依照铁的必然性,不再具有它先定的本质规律;历史或者被当作原材料来运用,或者仅仅是一些破败的往事。"历史"随同"大写的人"及其意识形态神话而颓然死去,仅仅是在"垂死"的或"死亡"的意义上,"历史"才可辨认,才具有它特定的涵义。

总而言之,尽管先锋派的形式实验带有浓重的"外来影响"的阴影(例如格非的"空缺"之于博尔赫斯、余华之于法国的"新小说"等等),但是,我同样坚持认为,这些形式实验在作为本土文学史变革项目的具体运用时,已经极大可能融合了他们对生存于其中的现实的感受。作为意识形态解体(多元化),和"价值失范"时代的产物,他们的行为并不仅仅是破坏性的,也不都是消极的。他们不过是别无选择,把形式策略当作与现实对话的唯一方式。形式主义策略不仅仅是其美学价值实现的手段,也是其目的,只有充分的与传统背离的形式主义策略,先锋派才能完成其过渡时期的社会实践。说到底,形式主义策略不过是完成"自我救赎"的美学承诺而已。

二、在历史的边缘：讲述与寓言

研究一下 1989 年的"先锋派"作品是很有意思的,事实上,发表于 1989 年的作品大部分写于 1988 年底或 1989 年初,这表明"先锋派"一直对自己温和的叛逆行径忧心忡忡,这当然是在潜意识深处。而在某些历史条件发生变更时,那种忐忑不安的心理就要兑现为实际行动。因此不难理解从"形式"到"历史"的变迁如此迅速而又轻易。

1989 年 3 月号《人民文学》推出一组"新潮小说",其中有格非的《风琴》、余华的《鲜血梅花》和苏童的《仪式的完成》。就人们对"先锋派"的期待来看,这些作品多少有些令人失望,他们渴望更富有挑战性和力度的作品划定文学历史的新纪元。然而,我们时代的"先锋派"却误入"历史歧途",《风琴》以其优美清纯的抒情风格和简洁明朗的叙事预示了先锋小说的实验性姿态的微妙改变。与其说这种压力出自对权威性刊物的认同,不如说是小说叙事本身的历史无意识的选择。

苏童的《仪式的完成》在苏童所有的作品中很难说是一篇特别出色的作品,不过,这篇小说的题目"仪式的完成"却具有某种象征意味。对于这样一次集体无意识的选择来说,随意起的小说篇名却恰如其分道出历史的蹊跷。在我看来,这篇小说寓言式地书写了先锋派自身的历史,也许苏童期待完成这种类似仪式的写作,这种写作先是被赋予了文化象征意义,随后象征被当作现实。这一切都不过是弄假成真,"先锋派"终究要充当可悲的殉难者,前途未卜而凶多吉少,何去何从?

值得注意的是,余华的《鲜血梅花》以另一种方式来完成一个类似的仪式。这篇看上去仿武侠的小说依然写得扑朔迷离,那种临界状态中的感觉与语言的辨析处理得舒畅明净如行云流水,可说是炉火纯青了。然而,这篇小说出现了一个奇怪的主题:"为父报仇",这个武侠小说的习惯主题被挪用到一代先锋派身上,却别有意味。先锋小说一直是以"遗忘父亲"为叙事的先决条件,"父亲"形象或者先验性空缺,或者是垂死的历史的象征(例如余华《世事如烟》中的"算命先生"和《难逃劫数》中的"老中医"的形象)。现在,"缺席的父亲"被记忆唤醒;"为父报仇"不过是"寻找父亲"主题的一个变种。这又是一次寓言式的书写。尽管余华恰当地写出了找不到父亲的历史命运,但是,他做了一次尝试,当然毫无结果,然而,它却象征性地预示了杀父仪式的终结。现在,对"父亲"(历史)的忧伤记忆及其无父的恐慌替代了那种叛乱的快感,讲述历史颓败的故事成为无父的儿子们又一次的祈祷。于是,1989 年历史再次缝合了一个圆圈,"先锋派"的形式实验日益锐减,取而代之的是讲述那些古旧的或并不古旧的历史(家族)故事。这些故事大都生动而细致,与标准的写实主义作品相去不远,其文化蕴涵与美学风格可以辨析出传统的价值规范。

苏童在 1987 年左右写过不少颇具先锋意味的小说,尤其是那些"现实感"很强的作品,例如《平静如水》、《井中男孩》等等,尽管这类作品在叙事方法方面并无特别创新的探索性,然而那种生存态度似乎很容易被看成远离现行的价值观念,其先锋性反倒显得突出。如果说1988年写的《罂粟之家》尚带有《一九三四年的逃亡》的余韵的话,那么1989年底发表的《妻妾成群》则可以看成一个完整的写实故事。舒缓沉静的风格洗劫了躁动不安的话语表达,那些不断溢出叙事边界的描写性组织完全销蚀于故事的韵味之中,人们不得不惊讶苏童的成熟老到。

这篇平实俊逸的小说看上去写了一个传统的主题,故事讲述一个年轻女性在封建制度下的不幸婚姻及其悲剧命运。

这篇小说显然与写实主义艺术成规相去不远:它有完整封闭的故事情节;有故事起源和发展的自然时间秩序;有完整具体的人物形象;有生动细致的细节描写等等常规方法,总之,它看上去已经不具有任何先锋性的方法实验痕迹。然而,它把讲述话语的年代完全缝合到话语讲述的年代之中,这种巧妙的缝合本身却表达了叙事话语隐含的历史动机。被阉割了现实的讲述者只好"逃逸"到历史领域,然而"历史"徒具完整的外形,其内在(故事讲述的"历史生活")"纯粹的"历史故事不过是无现实的自我历史的模仿而已,历史并非永久的归宿,它不过提供了一个远离现实而又不为意识形态主体中心完全"识别"(排斥)的话语空间。像《妻妾成群》这样的历史故事,与其说是封建制度的绝唱,不如说是纯粹历史的挽歌。

《敌人》是格非的第一部也是"先锋派"的第一部长篇小说,它虽然没有取得预期的成功,但却坚定了先锋派向历史领域逃逸的方向,并且再次证明颓败的家族故事乃是"集体讲述"自觉遵循的原则。与《妻妾成群》相比较,《敌人》的形而上意念更强,它的叙事方法和话语也还残留一些实验的痕迹,那种强制性地促使人物偏离规范逻辑的做法随处可见。尽管如此,与格非先前的所有小说比较起来,不能不说《敌人》的叙事方法被压制在实验水平之下,叙事更加关注故事情节,人物的角色心理以及附属于故事的抒情风格。格非惯用的那个"空缺"也不再起到重建故事的作用,更像是偶然无意遗漏的一些细节,它可以被补足而不至于使整个故事的解释结构破损。当然,结尾处赵龙被扼死无疑是一个"结构性的空缺",但在这里,这一"空缺"更主要的导向形而上的观念解释,而不是用以颠覆故事的那种悖论力量。

《敌人》讲述了江南小镇一个破败家族的故事。不管这个故事在逻辑上是否无懈可击,或者它表述的形而上意义过于玄虚。格非无疑令人震惊地揭示了"自我"的危险性,"自我"在生存语境中并不是绝对正确的上帝,它更有可能是一个生存经验的"误读者",自我的先在性心理结构成了生存中的真正困难。在这里,格非颠倒了萨特的那种关于"存在先于本质",关于人通过积极的存在活动将有效构造自我的自由本质的设想。《敌人》寓言式地表明,生存在其先于"本质"的这个空洞的容器中,"自我"有可能注入一连串虚假的错位的历史,"自我"并非存在的主体、主动者和最高上帝,相反,"自我"是存在的真正的天然的敌人。从纯粹理论的意义上来理解,格非的推断(或我的推论)可能过于武断,然而,就把格非的书写移植到历史语境中,或许可以读出这个近似寓言的故事的真实含义。与小说叙事的方法论萎缩相关的一个问题是叙述的第一人称丧失,实验小说一直是以第一人称"我"来打破故事的自然构成,促使故事随意中断、变异、多元化。"我"的侵入引发一种关于"自我"的价值论。当然,当代先锋小说在对"自我"的处理上,一开始就表现出与"现代主义"多少有些不同的特征,那就是这个"自我"是一个不断被压制、被嘲弄和被分离的角色。例如苏童在《一九三四年的逃亡》中那个著名的语式:"我不叫苏童",格非的《褐色鸟群》中那个不断陷入怀疑和自我否定的角色,"自我"总是在回忆/现在,幻想/实际中迷失。然而,不管如何,先锋小说一直是运用这个第一人称"我"的分离和强制性错位来构成叙述的内在动力，"自我"作为方法论活动的主动者而被重新构造，其反讽性否定意向难以摆脱再度确认的结果，或者说，在读解中总是有一个称之为"我"的主角在活动。在起着某种中介作用。现在，故事的复活约减了从事方法论活动的"自我"，当然，这个"约减"与原来的"再度确认"同样是方法论活动或萎缩的副产品。《妻妾成群》的那个"自我"隐蔽在圆熟纯净的叙事风格后面，格非的《敌人》却直接表达对"自我"的彻底怀疑和不信任。

"自我"已经连同方法论一起萎缩，向历史领域逃逸的先锋派其实已经意识到"自我"是生存的从而也是书写历史的双重障碍——"自我"在其现实性上妨碍了话语的历史实践；在美学准度上它在叙事的表层就解构了故事，而无法达到历史颓败情境的自然呈现。当然，向历史领域逃逸，讲述这个颓败的历史故事却又不得不依然是"我"发出的一个动作，远离现实而又损毁历史，一代先锋派在虚构自我历史的同时，陷入历史／现实不断移位的双重压力。"讲述"远离现实的故事却无法彻底摆脱那个像敌人一样的"自我"，因而颓败的历史情境令人震惊，在这里表达的并不仅仅是对"历史命运"的震惊，同时也是对讲述的这一个故事及其行为的恐惧。这个超越现实的历史是无法用"书写"来补充其完整性的，因为"补充"并没有提供一个替代现实的历史，恰恰相反，它却以"无意识"的历史叙述本身证明了现实（当然是"先锋派"生活于其中的现实）的空缺。因而历史颓败的情境实则隐含"历史／自我／现实"的三边关系，"先锋派"以怀疑或压制自我的退却姿态，企图在历史／现实之间找到话语自在增殖的空间，然而，其寓言式的书写并没有提示一个和谐的前景，相反，却导致三边关系再度错位。

三、救赎与皈依：复古的共同记忆

既然"先锋派"从来没有，也不可能向当代文明作出有力的挑战，那么，在制度化权威（文化体制与美学规约）的多重压力之下，"先锋派"寻求自我救赎的途径则是理所当然的。对于我们时代的"无神论者"来说，自我救赎如果不至于沦落为"洗手不干"，他们将向谁，向何处皈依呢？历史不仅经常弄假成真，也偶尔弄拙成巧，"先锋派"向历史领域的纵深处逃逸，也并没有偏离它追寻历史的初衷，只不过削减了形式主义策略的价值标向，看上去不过是有所收敛，然而，这一姿态的变化却意味着"动机力量"的根本改变。它不仅与来自现实的各种压力相调和，而且触摸到传统的根茎。"先锋派"初出茅庐时力图寻找自我表白的话语，他们回避现实对历史题材的偏好也只是在无意中达成的共同抉择。然而在历史的深处——在"复古的共同记忆"中，他们在无意识的水平上并未完成一次有意识的自我救赎。所谓"复古的共同记忆"，即是说在艺术史的转折时期，某种风格化标志呈现出那些隐瞒得很深的文化的和美学的记忆；它们植根于传统经验而具有反抗历史异化的动机力量；它以非常独特的个人记忆的方式，在集体无意识的水平上重新认同历史原初确立的价值标向。现代以来的艺术史一直有感于历史的死亡与传统的枯竭，总是在那些非常激进的行动之后突然沉入"复古的"记忆，某些现代主义者和后现代主义者的所作所为足以明证。

事实上，在向历史领域深处逃逸的路途中汇聚了多元的决定力量，外部的制度化压力不过起了催化的作用。"救赎与皈依"之能结成一个统一的整体，在于自我表白的话语一直隐含"历史记忆"的动机力量。那些话语碎片浮出文明的表象，当它们汇集并且形成推论实践的历史轴心时，某些历史变化将是不可避免的。在我看来，正是在先锋派作为梦幻的孤独个体唤起的那些损毁"历史／现实"连接纽带的表象——它们作为无历史的或超历史的符号，结果沟通了深邃的历史记忆。

　　没有人会怀疑拉美的魔幻现实主义，特别是马尔克斯的《百年孤独》给当代中国的"先锋文学"产生巨大的影响。1986年以后在马原、扎西达娃的作品中首先可以看到这种影响，之后苏童的《一九三四年的逃亡》(以及后来的《罂粟之家》)，格非的《迷舟》、叶兆言的《枣树的故事》等作品多少可以看到《百年孤独》的影响(格非可能同时深受博尔赫斯的影响)，显然，这种影响被"先锋派"的姿态掩盖了。尽管如此，其中的蛛丝马迹尚可辨认，特别是叶兆言的《枣树的故事》运用"许多年以前，许多年以后"这道语式，明显借自《百年孤独》，而且这道语式迅速风行于当时的各种小说中。

　　值得注意的是，作为向语言施虐的方法论实验，"先锋派"企图在话语的边界获取"梦幻的孤独感"，其满足的方式当然是感觉与话语的双重变奏。"先锋派"在"许多以前"、"许多年以后"的时间跨度里自由往来，确实想不到如此轻易地就谋杀了"现实"这个威严的"父亲"。当这道语式的方法论功能萎缩之后，被损毁(或被遗忘)的现实空缺为那些"无历史"的符号所填补，这道残存的历史碎片不再仅仅是作为叙事的原材料，而是被置放到叙事的中心位置，"无历史"的符号向着历史本体还原，作为历史记忆的切入点，这些符号或话语碎片构成一个长长的历史意指链，由此呈现"共同记忆"的历史图像。首先是一些古旧的人物从集体无意识的深处浮现出来，例如余华《世事如烟》中的"算命先生"、《难逃劫数》中的"老中医"，他们无疑是"许多年以前"的历史活化石。其后是那些古旧的往事，例如苏童的《妻妾成群》、叶兆言的《追月楼》、《状元境》、《十字铺》、《半边营》等等，尽管其年代未必久远，然而，就其散发的那种历史陈腐之气，却不得不被认为是来自历史记忆的深处，它是古旧过去的遗物，它属于一个过去的漫长的传统系列。

　　当然，如果在文学写作的范围内来考虑这一次的推论实践的话，那么，就有必要再次把"回忆"这个因素考虑进去。先锋小说的叙事方法经常依靠"回忆"为中介力量，作为远离现实的话语之流，"回忆"提示了一种独特的心理经验。对于苏童、格非这一辈年轻的写作者来说，不可能像"知青群体"(或"寻根群体")那样，自我的历史可以与现实重合构成连续的统一体。与之相反，年轻的写作者由于处于现实的尽头(匮乏、拒绝或被排斥)，其自我历史不是通过书写现实就可以完善的，它只存在于童话的或神话式的记忆中，因此，"回忆"是重建自我历史的唯一方式。然而，先锋小说的"回忆"总是陷入时间的迷宫，它与童话、传说、幻觉、神话、宿命论、末世学混淆在一起(特别是格非的"回忆"最具形而上的意念)，结果"回忆"使自我历史变得更加不真实，"回忆"提示的心理经验，有意混淆或重新划定实在/幻觉，真实/虚构，内心/外界，个人/社会之间的界线，因而，"回忆"是对自我的历史/现实的双重谋杀。不难理解，"回忆"在自我/现实的对立关系中必然要被推到形而上的极端，它是对自我处于"现实的尽头"的一次末世学体验，这显然需要足够的思想力度——当代文学因此要成为一次纯哲学的和异教徒式的写作。然而，当代年轻的写作者毫无疑问既不具备这样的勇气，也不拥有相应的思想准备。1988年，米兰·昆德拉的《生命中不能承受之轻》等作品在中国文坛风行，与其说这一次的阅读经验是领略期待已久的精神共鸣，不如说是承受一次难以名状的艺术压力。中国的作家向来有自知之明，在这条道上他们不可能再往前走一步。年轻的写作者唯有悬崖勒马，改弦易辙，把自我，现实相对立的"回忆"(对现实的自我回忆式的书写)改变为他者，历史相统一的"记忆"(对历史的"他者记忆式"的书写)。

　　因此，"回忆"不可能往自我的心理经验深处行进，而是抓住话语边界残留的那些古旧的历史肖像，向历史的纵深地带伸延，去寻找"他者"的历史记忆。"我"作为叙述人已经失踪，现在是作为"他者"的历史自在呈现，——以第三人称来叙述的沉静而幽深的历史故事。如《妻妾成群》、《敌人》。

于是先锋文学讲述的历史故事却表现出文化价值的蕴涵。先锋文学一度以"反文化"的姿态出现，并且以其折解象征或隐喻的语义学深度背离艺术成规——显然，这是对"寻根文学"的直接反动。而现在，虽然它拒绝明确的文化意识，然而，其叙事风格和历史主义的态度却不可避免产生它不得不接受的副产品——复古的共同记忆。

"复古的共同记忆"并不是来自年轻的写作者经常自我标榜的对"古典主义"的尊崇，他们的理论宣称与实际写作相去甚远，乃至悖反。虽然他们的写作中也时常透示出某种"古典价值"，例如格非在《敌人》中描写赵少忠对翠婶的感情态度，叶兆言的作品中经常显露的暧昧的文化态度。这些仅仅是漂浮在叙事表面的"文化素材"，它们远未达到"文化记忆"的深度。当然，在叙事中涌现的那些"文化代码"——它们经常是象征性的，其象征功能在完成本文的意指作用之后，起到文化原型的作用，由此可能触发那种"复古的"历史记忆。

"复古的共同记忆"更重要的在于叙事风格所表达的文化深度。《妻妾成群》的那种典雅精致，沉静疏淡的风格，那种"哀而不伤，怨而不怒"的态度，沟通了古典主义文化的传统记忆——由审美态度无意识触及到的文化记忆。《妻妾成群》同时在运用二套代码写作，其一是古典文化的代码，例如：纳妾，争宠（失宠），宴席，偷情，赏花，吹箫，唱戏，惩罚等等；其二是现代文化代码：例如：女学生，约会，性爱，幻想，恐惧，接吻，同性恋，疯癫等等，尽管叙述人用现代的叙事话语讲述这个故事，然而，古典性的故事要素与文化代码完全吞没消解了话语的现代性特征，话语讲述的年代透示出纯净的古典时代的风格，而讲述人的精神气质和美学趣味则重现了古代士大夫文人的文化风范。显然，这一切都是以"无意识"的方式流露的记忆，因而它才具有那种来自历史深处的绵延而至的蕴含——在历史的各个交界点上不断重现的"复古的共同记忆"。

这是一个无法摆脱也无法拒绝的记忆，它在历史的每一个虚弱时刻浮现于文明地表。"先锋小说"当其无力承受现实的压力时，它完全听任于文学话语自身的推论实践，在这种历史时刻，集体无意识可能是最终的决定力量。作为"梦幻的孤独个体"，年轻的写作者在语言的边界开始怀疑自我，以求拆除存在的乃至真理的最后障碍，这确实是一次难得的清醒。在历史的边界上，年轻的写作者讲述关于他者的历史故事时，"自我"不只是遭致怀疑和批判，而是被彻底遗忘，这就不得不留下一个同样可怕的副产品：那就是"寓言性"的丧失。因此，先锋小说本来可能在"话语讲述的年代"中隐含更为明确的历史理性的批判力量；然而，事实上，"讲述话语的年代"是以"遗忘"的方式缝合讲这个"话语讲述的年代"，并且其寓言功能也是在无意识水平上完成，历史／现实在多大程度上可以置换同样值得怀疑，其寓言式的书写仅仅是在对自我及其现实的"遗忘"意义上才能读出"讲述话语年代"的隐涵。这不仅仅是苏童的《妻妾成群》，格非的《敌人》存在这样的问题，我丝毫不怀疑年轻的写作者正在写作（即将发表）的那些作品也存在类似的倾向。

当然，从纯粹理论的意义来看，没有任何理由认为"寓言式"的写作的价值要高于美学风格的设计；然而，对于我们这个伟大而特殊的年代的写作，却不得不以"寓言"的方式切入它那幽长的精神隧道。我并不认为古典主义的美学风格就不能书写我们这个年代，恰恰相反，仿古典主义的美学风格完全可能达到"复古的共同记忆"的历史深度，而不仅仅是停留在美学的或文化的态度上面。正是在"寓言式"的刻意书写里，"复古的共同记忆"进入我们年代的深处，在历史最后岁月的纪念碑上写下震撼人心的墓志铭，在中国作为第三世界文化的"当代性"情境中，产生类似本雅明所说的"震惊"的美学效果。

四、结语：无望的救赎

总之，我们时代的先锋派确实意识到精神危机问题，他们的形式主义策略正是对危机作出的反应。他们没有掩盖艺术与现实之间存在的疏远，不回避生活中的分离状况，而是撕破那些虚假的纸鸢。当代中国的先锋派在这一意义上保持着自觉品格，尽管先锋派采用了隐晦曲折的笔法，但是可以看出，他们一直在给说不出名称的东西命名——正如马尔库塞所说的那样：让人类面对那些他们所背叛了的梦想与他们所忘却了的罪恶。对虚假性的揭示与对神性的精神乌托邦的祈求，使他们无法与"真实的生活"相融合。对于这个"不完整"的生活的不妥协的书写来说，当然要承担很大的文化上的和美学上的风险，从不完整的生活中引申出不完整的艺术方法，先锋派一度揭望了"真实生活"的空心结构。

然而，我们时代的先锋派并没有强化他们同所给予的现实之间的不可调和性，历史条件的变动促使他们在形式的苛求面前退缩了。尽管这也可以理解为"自我救赎"的另一种形式，或许是更深厚的形式。"美学承诺"确实要承担很人的风险，他很容易演变为另一种意识形态。然而，"非承诺"的美学风格，是否是又会变成认同被给予的现实，而回到"真实的生活"中去呢？重新确认传统的文化蕴含、美学风格又如何保持精神上的超越呢？看来只要期待完成"自我救赎"就要保持"最低限度的承诺"，——不是把"承诺"的意义压制在最低限度上，而是把"承诺"的姿态、方式和方法限定在最低限度上，并且始终确定在文化救赎的水准上。

也许"救赎"这种观念不过是当代文明强加给"先锋派"的文化象征意义，正如"先锋派"这顶荆冠也是它所强加的一样。许多年以前，本雅明就说过："只是因为没有希望，希望才给予我们。"我们怎么能得救呢？

原载《花城》1992 年第 2 期

导　读

《无望的救赎——论先锋派从形式向"历史"的转化》是一篇纵论 20 世纪 80 年代末先锋派"新历史小说"思潮的论文。20 世纪 80 年代中期，一批年轻作家如苏童、格非、余华、叶兆言、孙甘露、北村等，凭借独特的叙事形式和语言风格在文坛崛起，被称为先锋派。文章概括先锋派叙事形式的五个主要特点：话语的欲望表达；叙事策略的运用；幻觉与暴力；语言的迷津；人物与历史的死亡。认为先锋派的形式主义策略不仅是其美学价值实现的手段，也是它的目的，"说到底，不过是完成'自我救赎'的美学承诺而已"。20 世纪 80 年代末期先锋派的形式实验日益锐减，取而代之的是讲述古旧的历史(家族)故事。但是，它们的历史"不过提供了一个远离现实又不为意识形态主体中心完全'识别'(排斥)的话语空间"，与此相关的是，遁入历史的自我并非存在的主体和主动者，很可能是"存在的真正天然的敌人"。因而"历史颓败的情境实则隐含'历史/自我/现实'的三边关系，'先锋派'以怀疑或压制自我的退却姿态，企图在历史/现实之间找到话语自在增值的空间，但却导致了三边关系的再度错位"。而先锋派作家在讲述关于他者的历史故事时，不仅怀疑和批判自我，而且彻底遗忘了自我。虽然这是一次难得的清醒，但却导致了寓言性的丧失，丧失了历史理性的批判力量。

总之，文章认为，先锋派从"形式"向"历史"转化，是以形式主义策略应对精神危机，"以退却性的姿态完成'自我救赎'的深化进程"。

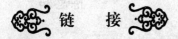 链　接

南帆：《再叙事：先锋小说的境地》，《文学评论》1993 年第 1 期。

洪治钢：《先锋精神的还原与重铸》，《小说评论》1996 年第 2 期。

碎片中的世界与碎片中的历史

——《逼近世纪末小说选(卷三,1995)》序

陈思和

先说一段比喻:

有一面大镜子,从古以来就耸立在天地间,在阳光下照映出宇宙万物的完美与和谐。时间长了,人们不知不觉地把镜子里的世界当做了真实的世界,仿佛天底下本来就该是这么个样子,有一天,也许是天外飞来不明物,也许它内部蓄了许多的热量,总之是镜子突然碎了。碎得很彻底,玻璃几成粉末,略有成形的碎片都乱撒一地。但它作为镜子的功能还在:成了粉末的,在阳光下依然闪闪发亮,那碎片,按了自己的奇形怪状,照映出各个破碎的世界。人们感到了陌生,疑惑地问:怎么,世界一下子变得那么零碎? 又过了许多时间,人们渐渐地习惯了。有时从各个不同的碎片来窥探世界,也觉得挺有意思,好像天底下的"世界"本来就该是零零碎碎的。后来,人们又发现,那些镜片中的世界虽然破碎,却变得亲切而实在,原来人们自己眼睛里看见的,并不是过去镜子里出现的完美和谐的世界,恰恰也是零零碎碎的。于是,人们开始收集起那些不规则的碎镜片,用它排列出各种各样关于世界的因素。

碎片中的世界

我读着这部"逼近世纪末"小说选的初选稿时,脑子里就出现了这个比喻。在连续编了两卷以后,1995 年的小说创作却显得很平淡,应验了我在上一卷小说选的序言里所预测的,文学的无名状态正在形成。那面大镜子的比喻,是指时代的"共名状",而无数的碎片和粉末,正是90 年代的文学本相。

正如碎片和粉末也是物质,也有发亮和照映的功能一样,时代的"无名"状态并不是一个虚无的世界,每个知识分子必须以个体的生命来直面人生,靠自己独特的体验和独特的心声,来加入这个"无名"之"名"状。理论界有关重新整合主流文化的企图都可能是徒劳的,从 90 年代成长起来的一代作家们,既没有 50 年代作家那样,亲自经历了政治的迫害和历史的玩弄,也不似 70 年代成长起来的知青作家,在上山下乡的时代里接受过生活的严峻考验,灾难的岁月不过是他们童年时代看过的一场印象模糊的电影;他们接受教育和获取信仰的时代,正是社会发生大变革时期,一切固若金汤的传统信念统统连根拔起,仿佛整个世界翻了一个身;他们走上社会的时候,社会已经像神话里的巫婆一样,刹那间变出无数欲望塞满了各个角落,足以让他们惊讶得目瞪口呆,他们本能地将主流文化视为陌路,既不认同也不关心,他们自觉地把自己定位在远离政治生活中心的"文化边缘"地带,表现着他们自私自恋的生活方式和心理欲望。

但是,在今天这样一个日新月异的社会大转型时期,再自恋的人,只要他是认真地生活,认真地感受,在他的自恋性的文字里同样会折射出灵魂深处爆发的强烈欲望和痛苦冲突。这种游离了时代的主流文化制约,发自个人心灵深处的感受,则往往是小说创作中最动人的因素。

譬如,我在邱华栋的作品里,看到一股有别于其他年轻作家的心理因素:对物质世界的强烈仇恨。他们一代知识分子,因为没有靠拢权力和财富的中心,大多数人还处于相对贫困的环境,这在许多年轻作家的笔下往往以自嘲的方式来一笑了之,这是司空见惯的。但邱华栋不一样,在他笔下流露出来的,是一股外省人进巴黎的拉斯蒂涅遗风。他所描写的城市流浪人,来自外省甚至农村,聚集在到处弥散着暴发户疯狂气息的大都市里,一无所有,却拼命想挤入这

个充满欲望的世界,但命运总是无情地把他们挡在财富的大门外,于是欲望转化为仇恨和绝望。他们站在高高的立交桥上,不但不为象征繁华的高楼林立感到骄傲,反而渴望用手指像推倒多米诺骨牌一样把眼前的楼厦全部推倒。我们可以说这种心理是反常的,不健全的,但又是很真实的,饱蘸了生命的血腥气,它把一切流浪在大城市底层为追逐财富而付出惨重代价的穷人们的焦虑和仇恨,集中为一个用"手指轻轻一弹"的心理动作艺术地表达出来。这一次入选的《环境戏剧人》,从艺术上说并不完美,至少在结构上相当俗套,女主人公龙天米在寻访者一次次寻访过程中逐渐展示出来的命运和面貌,并不能揭示一个城市流浪女性悲剧性的挣扎心理和丰富的个性性格,反让人感到有不少媚俗的地方。但我喜欢这部作品是出于两个理由:一是关于"环境戏剧"的大意象,包括情节中所穿插的几场环境戏剧的表演,以及小说本身所展示的"环境戏剧"式构思,都让人感到意境开阔,这就有别于新生代作家一般"格局不大"的毛病;二是描写物质财富时所表现的复杂心态,邱华栋描写现代化都市里疯狂涌现出来的各种繁华景象和刺激性的官能享受,但文字里并不流露出小家子气的炫耀,他的文字是冰冷的,总是有意无意地点出财富背后的冷酷、丑陋和孤独,这在小说女主人公的被寻访过程中一一展示出来,小说将多多少少都有点变态的男人形象构筑成一个现代大都市的文化意象,确实比女主人公本身的浅薄故事更加耐人寻味。而且,邱华栋没有虚伪地借用其他什么名义来发泄他对这个现代都市文化的嫉恨,他直言不讳地表达出个人攫取财富不得的仇恨立场,这种立场使他关于财富的描写充满了主动性。在中国的文学传统里,可能是与史传文学有天然联系的缘故,一般擅长于表现人的权力斗争,凡涉及到政治上的权术诡计、争权夺利、互相残杀、斗智斗勇,无论男女朝野,一定是有声有色的,而对于表现人的另外两大欲望,对物质财富的追求和性欲的渴望,却鲜有成功者,一谈物欲与性欲,中国作家总是难免"一下笔就肮脏"的心理障碍,即无法像菲茨杰拉德那样神采飞扬地写出人对财富的追求,也很难像劳伦斯那样把性爱写得那么具有生命力。其实,财富与权力一样,它在人类实际生活中含有腐化灵魂的根本特性,但是它又恰恰是人类生生不息进行追逐的目标。这是人类堕落的必然趋势,正因为它之不可避免,人类才需要宗教和人文理想等精神方面的追求,来抗争内在的堕落趋势。这种追逐、堕落,和自我抗争的过程本身,是可歌可泣,极其动人的。这在西方文学经典中,是一个带有永恒性的题材,而在中国,则属于刚刚起步的新景观。假如邱华栋不去沾染现代城市流浪汉中常有的媚俗心态和急功近利的趋炎附势,不为暂时的成功沾沾自喜,而是真正愿意将自己心灵沉于现代生活激流的深层中去,认真厮杀搏斗,并认真体验这个搏斗给心灵带来的刺激和颤动,我相信,邱华栋的创作会有更大的发展。

邱华栋虽然属于较年轻的一代作家,但还不是很典型地代表了那些沉溺于个人或一个封闭圈子里的琐事的创作,近年来江苏活跃着一批由写诗转入写小说的年轻人,他们的作品似乎更带有这种封闭性的倾向,比如韩东和朱文。与拉斯蒂涅式的外省乡巴佬的强烈态度相反,他们面对生于斯长于斯的城市所发生的神奇变化,完全采取了无动于衷的态度,只觉得这城市与他们的精神距离越来越远。他们从城市生活中游离出来,企图还原为一种非社会性的近于原始的生活状态。关于他们在创作上的实验,已经有不少评论家作出了阐释,我在这里只想探讨一个问题:他们自称是摆脱了"各种社会及文化的污染",抽空了文化传统的"重负",退回到"第一次书写"的状态,即用自己的生命来"直接面临"写作,我们假定这种"写作"是可能的,那么,他们的创作与今天的生活究竟是处在一种什么样的关系之中? 韩东在一首非常有名的诗里,用简洁明了的语言揭破了前人围绕大雁塔制造的各种神话,把它还原成一个普普通通的现代旅游点,一座让人吃力地爬上去,看看四周的风景,然后再走下来的空塔。这首诗之所以有代表性,因为在它之前,曾有人也写过登大雁塔的诗,而且在诗中极力铺张渲染有关塔的悠久历史文化传统,只有将这两首诗对照起来才有意思,并且更加突出了韩东对强加于当代人精神世界之上的传统的厌倦和嘲弄。人类本来是在历史文化积累中不断走向进步的,但是当文化传统的承受过重,压抑了人们对当下生活的具体体验,那还不如抽空它,让人们直接面对生活的本来状态,直接来表达他们的感情欲望。所以这首诗的成功,多半是出于一种技术性的对比效果,当韩东试图把这种认知生活的态度推到小说创作领域,并成为一种显示"代"的审美原则,它的难度就变得相当大,它的实验结果也不像有些评论家所阐释的那么乐观。有研究者认为韩东为代表的小说创作是一种"知识分子的写作",其特点表现为知识分子"从'书写他者'到'书写自我',从'代言人'式写作到'个人化'的写作,以重新确认知识分子的自我存在"。依我看,这一理论概括的意义,只是预期了这一类小说可能达到的实绩。因为知识分子的概念本身就是历史文化积累的产物,如果离开了对人类精神文化传统的自觉认同和继承,离开了与社会正义、良知等概念的精神联络,又何来"知识分子"的自我确认? 如果真以这个标准去衡量并读解这一类小说,那么,这正是它所缺乏的因素。我很赞同韩东他们关于写作的一些意图和追求,比如他在朱文小说集的序中说:"把握住自己最真切的痛感,最真实和最勇敢地面对是惟一的出路。……这和那些杜撰悲哀和绝望的作家是截然有别的。他们的写作不伤皮肉,名利双收,一面奢谈崇高之物,既虚无又血腥,一面却过着极端献媚和自得的庸俗生活。他们把写作看成了成功的一种方式,如果能从其他方面获得更多的成功和回报,放弃写作又有何不可呢?"又比如他们揭露以往的诗人往往"在权力社会中以人民的名义抒情"或者"以'人类'的名义抒情"。"两种抒情都相约排斥个人,它要求充当喉舌或者器官"。尽管这样一些精彩的议论都是用于对负面的否定,而对其自身创作所强调的"第一次书写"的基本精髓都没有进一步的展开和阐释,但我觉得,即使从其否定的对立面的内涵来对照,也不难理解韩东所说的"最真切的痛感"和"最勇敢地面对",正是一种当代知识分子个人的自我确认方法,而且这种自我确定绝对不可能在与社会环境相隔绝的"自我"或者"封闭圈子"里完成,他们对主流社会和世俗社会的自觉拒绝,也应该理解为某种自我精神拯救的企图,以世纪末式的自我放纵来表达知识分子失落了话语中心地位以后的自负和孤傲。但我无法证明的是,他们的创作是否成功地表达了这些企图。正是出于这种疑虑,当我们在编选前两卷的小说选时,几乎通读了韩东的所有作品,并对此反复讨论,最后仍然选入他的早期作品《掘地三尺》。这是我的主张,在韩东用童年视角表现一个荒诞年月的故事时,这种个人化的写作视角与环境之间所展开的关系,比较明确一些。在1995年的小说中,我读到了韩东的《障碍》,在我个人的感觉里,这部作品比《三人行》、《西安故事》更明确地表现了他所追求的知识分子自我确认的困境。小说描写的生活事件很平淡:主人公与一个朋友的女友发生了性爱关系,两人做爱过程非常自然、和谐和默契,他们热烈而且缠绵,似乎达到了创世纪以前的境界,可是关于对方是"朋友的女友"这一伦理观念始终若有若无地梗在他俩感情交流之中,成为一种难以摆脱的精神障碍,最终他们分手了,几年以后,那位朋友才告诉主人公,当时他已经抛弃了这个女友,才故意把她"输送"到主人公的身边……这个故事相当古典,除了韩东一贯叙事风格的绵实、老到、贴肉,而且引人入胜以外,小说文本也诱人生出许多联想。那位女友王玉,是一个与现代生活相对立的奇观,主人公从她的身体联想到南方、边疆、神奇的岩溶和众多的民族,联想到植物和大自然,与这样一位女性的肌肤之亲中获得怎样的心理感受是不言而喻的,王玉的淫荡就像大地的春光和雨水一样迷人,没有丝毫矫情和羞耻，倒是成为向世俗社会道德的一个挑战；可是作为知识分子的主人公恰恰不能从中领悟生命初元状态的"第一次"的快感，他无法摆脱世俗的顾忌：四周邻居的眼光，朋友间的伦理，社会的舆论……他只能是一个世俗文化环境的俗人，永远也无法"抽空"社会和文化造成的障碍。这部小说不但将韩东一代知识分子所感受到的文化困境淋漓地表达出来，而且它的意境也比《三人行》等小说阔大得多，在有关方方面面的环境描写中，读者不难领悟他们身处的主流社会对他们构成怎样的威胁。同样我也很喜欢朱文的《食指》，虽然写的只是"他们"封闭圈子的一群诗人的生活场景，但"食指"的意象沟通了更为深远的历史内容。历史上的食指，曾经在"于无声处"开创了一代诗风，成为朦胧诗的先驱者，他为此经受了时代的残酷考验，至今还在精神病院里受难；而当代的"食指"，再一次退出了这个文化艺术都已经被深深污染的世界，自觉地转向广袤沉默的民间大地，企图实践把诗歌交还给人民的主张。诗人所说的"人民"，明确不再是被权力者利用来玩弄手段的政治名词，而是与世俗生活紧密联系在一起的，实实在在生存在大地上的民间，诗人在知识分子的主流文化彻底崩溃的那一年飘然远去，隐没于民间世界，谁又能证明，"食指"已经死了或者发疯了呢？小说最后部分公布的"食指"遗书是很有意思的，那时他已经站在了民间世界的边缘，他站在分界线上，一边是来自民间世界的挡不住的诱惑，一边是对以往知识分子文化和生活方式的恋恋不舍，我们似乎更应该注意到那封信的时间，正是在那个时间，中国的文化发生了一次转机。朱文在小说里故意用混淆文本的手法，把"食指"的作品与"他们"一代诗人的作品互相混淆，暗示出"食指"的精神正散布在这一代新诗人的作品之中，在读上去似很不严肃的叙事风格中，寄予了严肃的思考。对这样一个诗人圈子，因为有了"食指"的精神传统穿插纵横其间，已经很难说是个封闭的圈子了，这里面似乎含混着一种新的信息，在这一批知识分子走向世纪末大门的过程里，可以隐隐地听到脚步重新踏在大地上的坚实有力的声音。

　　也许我是个主观性很强的批评家，我在阅读这些作品时，并没有真正还原和理解新生代作家的特点，反而冒着可能会歪曲原作的危险，来阐述我自己的理论主张。好在这些作品都客观地存在着，读者尽可以根据自己的口味去理解这一代作家的精神。我只是站在批评和选家的立场上，表示我的喜欢和不喜欢，我愿意把这些作品中一些隐约可见的创意性因素发扬出来，愿意看到这一代作家潜藏在自己内心深处的真正激情被进一步表现，而不愿意看到一些似是而非的理论去助长新生代创作中的平庸倾向。本来，作为"文革"后成长起来的年轻作家，想通过对前两代人生命中不能承受之重的使命感的嘲弄和消解，来认定自身的立场，这是可以理解的。但事物并不是必然依照"二元对立"的方向转化的。就说"游戏"吧，席勒将游戏比喻艺术创作，正是取了小孩子游戏时全神贯注的精神，来排除成人功利世界的污染，使艺术成为一种纯粹的审美活动，并不是一提倡游戏，就可以吃喝拉撒地胡来，把德国人的"游戏说"篡改成上海人的"白相相"和"淘糨糊"。就说"消解崇高"吧，说到底也不过是揭穿历史的权力话语强加在这个观念上的虚伪光环，并非要人一躲避崇高，就应该朝卑鄙顶礼膜拜，奉金钱为拜物教。如果这些基本的理论界定都不明白，一味地强调消解一切，强调游戏人生，强调后后后现代，其最终的结果是让平庸的市侩气麻痹这一代作家本该有的敏锐性和原创性，窒息他们真正的创作才华，同时也窒息了世纪末文学中最宝贵的战斗性。

　　在邱华栋和朱文所代表的两端之间，新生代作家们还奉献出许多不错的创作，展示出他们个人在这个时代大变动中的精神感受，如本卷所选的须兰、虹影两位女作家的作品，都与她们以往的创作风格有别，纵然碎片里反映出来的只能是破碎的世界，但由于镜片自身的光亮度，其照出来的世界内涵超出了碎片体形的局限,多少有种大的气象贯穿其间。同时,出于同样的理由,我也建议从初选名单中删去两位年轻作家的作品,尽管他们目前很被看好,但在我的审美趣味里,总觉得少了一点个性。在我看来,媚俗、平庸、无意义,有时也会成为一种时代的"主流文化"专制时代的另一面,就是市侩气的泛滥,这在俄国沙皇时代已经被高尔基强调过的。当有些年轻作家自认为反对了原先宏大叙事里的崇高理想,就能还原人的自由本相时,却没有意识到你所放纵的轻薄、凡俗、卑琐的自由本相里,也同样认同了一种并不完全属于你的世俗"主流文化",你仍然是一个代言人或传声筒,不过是将原先虚伪的观音娘娘手里的杨柳净瓶,换作了埋在地下的实实在在的大粪管。所以我在主编这套小说选本时,我深知我所面临的困难:一方面我明知 90 年代中国文学的变化趋向,人们开始拒绝任何抽象于世俗的"绝对观念",拒绝被权力者所操纵的主流文化,放逐原则,还原个性,也就是将镜子打碎成粉末的征象;但另一方面,人们既然还原人的个性,就应该更像一个正常人那么认知生活和实践生活,那么,人的理性依据从何而来? 人的感情生活在怎样的状况下能够有别于动物性? 个人与时代生活的关系又将怎样构成? 换个比喻说,碎片与粉末里映出个什么世界? 这些问题对一个真正的作家来说,是不必多作考虑的,一个优秀作家的灵魂的真诚表现里,自有大痛大爱,感人深切的力量,即使不借助时代大音,也能个人化地表现出来。这种作家创作过程中自然流露出来的因素,却正是评论家和文学史研究者应该特别关注的。所以,我希望我们这部将延续八年时间才能编完的小说选,能与生活同步地拣拾起各个碎片来,拼凑、排列、组合,构筑起一个无名时代的世纪之门。

碎片中的历史

好像不止一位朋友告诉我,1995 年长篇小说创作出现了颇为雄壮的景象。我在东京,能找到的中国文学期刊不多,但粗读几部,印象并不强烈,只是觉得这一年的长篇小说成果再次证明了知青一代作家在创作上的爆发力,一些比较优秀的作品里,很少是作家以往中短篇创作的重复和综合;也很少有意迎合主流文化或者社会时尚刻意编造的故事。作家都采取了以个人方式来理解世界的立场,参与到当下社会的精神构建。

一位朋友给我的信中,着重谈了"历史"对长篇小说的影响,这是很重要的提示。长篇小说的艺术容量决定了作家必须建立起较大规模的时间架构,一般来说,历史意识不是体现在故事材料和细节中,它是躲在时间架构的背后,赋予故事特定的意义。所以叙事与历史,在时间架构内形成了密不可分的对应关系。以李锐的两部小说为例:《旧址》是通过叙事展示历史,它叙述了一个家族从大革命时期到"文革"结束的全部历史过程,读者即使不了解历史,也可以通过叙事来了解它;《无风之树》相反,它通过历史赋予叙事特定的意义。它只写了矮人坪发生的一场风波,时间不过几天,但因为它发生在"文化大革命"中清理阶级队伍时期,这一特定意义的历史时间,赋予小说以特殊意义。读者可以通过对历史时间的回想,加深对小说叙事内容的理解。但对作家李锐来说,无论是创作《旧址》还是《无风之树》,历史必须预设在他的头脑里,以他对历史的认知态度决定如何叙事。这是作家的历史意识。又因为历史无法割断,即使作家在表现生活现状时,他的头脑里也必然会产生出"现状由何而来"的总体观念,这种观念若写进了小说,也同样是历史意识。

历史是已经消逝了的存在,了解历史真相,有两种途径:一种是借助统治者以最终胜利者的立场选择和编纂的历史材料,如历来的钦定正史,由此获得的关于历史的总体看法,我称它为"庙堂历史意识"。它除了站在统治者的利益上解释历史以外,还表现在强调庙堂权力对历史发展的决定作用。另一种是通过野史传说、民歌民谣、家族谱系、个人回忆录等形式保留下来的历史信息,民间处于统治者的强权控制下,常常将历史信息深藏在隐晦的文化形式里,以反复出现的隐喻、象征、暗示等,不断唤取人们的集体记忆,由此获得的历史看法,我称为"民间历史意识"。张炜在《柏慧》中反复写到有关徐芾东渡日本的民间歌谣的破译,仅是一例。作家站在庙堂与民间之间,用长篇小说的形式来表达自己的历史意识时,不能不在这两种立场上作出选择:是站在庙堂的立场上,根据主流的历史观念编写故事情节,还是站在民间的立场上,从大量生存在野地里的文化形态中,寻找历史的叙事点? 90 年代的长篇小说创作,多少体现了由前者向后者转移的变化。50 年代以来,历史学被纳入了阶级斗争的理论范畴,长篇小说所展示的历史,只能是主流意识形态的图解。80 年代以后,作家才开始突破禁锢,慢慢地朝民间立场转移。新的迹象先是出现在中篇小说领域,以莫言的《红高粱》为代表,形成了"新历史小说"的创作。长篇小说要到 90 年代以后才出现变化,张承志的《心灵史》、张炜的《九月寓言》,都是重修民间史的长篇典范之作。相比之下,1995 年的长篇创作在总体成就上并没有更大的突破,但有两部作品,——王安忆的《长恨歌》和余华的《许三观卖血记》,有意识地开拓了民间的新空间。

这两部小说从不同的视野展示了 40—80 年代中国城市的民间社会场景。"民间"不仅仅是叙事内容,而且还是一种叙事立场。在庙堂的历史意识观照下,以往作家们有意无意地认同一个思维模式,即重大的历史事件,尤其是政治事件,都直接影响了社会的发展进程,所以,重大历史事件成了历史的中心。而在这两部描写小人物命运的小说中,作家有意偏离和淡化重大历史事件的影响,在琐碎的日常生活中,展示民间生活的自在面貌。城市文化与农村文化不同,因为形成历史短暂,缺乏源远流长的文化传统作为其稳定的价值取向,而且在城市里,市民与政府的关系远比农村要直接得多,城市的主流文化往往是政府与市民共同参与建设的,所以民间的自在性也相对的小。但是因为市民的家族来自各种地区,是携带了自己家族的原始文化记忆进入城市,这种原始的文化记忆(包括家乡的风俗,生活爱好,以及区域文化造成的性格等等)汇入了城市文化潮流中,形成市民私人生活场景,这就是主流外的都市民间文化。两部小说展示的城市风貌有很大的差异,但都从破碎的民间文化信息中构筑 40—80 年代的城市历史,这就与以前描写城市的文学作品,呈现出不同的面貌。

《长恨歌》以 40 年代选举"上海小姐"为故事引子,这事件本身就包含了现代城市繁华与浅薄的双重文化特性,尽管它在形成之初也带有主流文化的色彩(如电影导演劝阻王琦瑶参加选举时所举的理由),但时过境迁,它成为王琦瑶们私人性的文化记忆,作为一种都市民间文化的品种保持了下来。50 年代的上海进入了革命时代,革命的权力像一把铁梳子篦头发似的,掘地三尺地扫荡和改造了旧都市文化。但王安忆的聪慧和锐敏,使她能够在几乎化为齑粉的民间文化信息中捡拾起种种记忆的碎片,写成了一部上海都市的"民间史"。虽然她没有拒绝重大历史事件对民间形成的影响,如"解放"、"文革"和"开放",但她以民间的目光来看待这种强制性的权力入侵,并千方百计地找出两者的反差。她这样描写上海的小市民在 50 年代初与政府之间的关系:

> "所有的上海市民都一样,共产党在他们眼中,是有着高不可攀的印象。像他们
> 这样亲受历史转变的人,不免会有前朝遗民的心情,自认是落后时代的人。他们又都
> 是生活在社会的芯子里的人,埋头于各自的柴米生计,对自己都谈不上什么看法,何

况是对国家,对政权,也难怪他们眼界小,这城市像一架大机器,按机械的原理结构和运转,只在它的细节,是有血有肉的质地,抓住它们人才有倚傍,不至于陷入抽象的虚空。所以上海的市民,都是把人生往小处做的。对于政治,都是边缘人。你再对他们说,共产党是人民的政府,他们也还是敬而远之,是自卑自谦,也是有些妄自尊大,觉得他们才是城市的真正主人。"

可以说整个长篇构思都在演绎这段议论,时代要求人民成为国家机器上的螺丝钉,拧在机器上并完全受制于机器,而王琦瑶们擅长于把"人生往小处做",即使身处螺丝钉的境地,也能够"螺蛳壳里做道场",做得有血有肉,有滋有味。因为是以个人记忆方式出现的私人生活场景,芥末之小的社会空间里,仍然创造出一个有声有色的民间世界。

余华的《许三观卖血记》描写的城市场景,并不具有现代都市的色彩,它是传统城镇文化的延续,由农村脱胎而来。许三观虽然是个靠出卖劳动力换取报酬的产业工人,但他的生活文化形态,基本上是由农村家族带来的个人记忆。小说一开篇就写许三观返乡看望爷爷,这是小说中惟一出现的许三观与农村家族相联系的场面,不但点出了这个城市贫民私人文化场景的特点,而且也揭示出,许三观一生卖血惨剧,正是从农民光靠出卖劳动力还不够,必须出卖生命之血的生存方式中继承而来。当然不是说,城市里没有靠卖血为生的例子,而且许三观也并不是只靠卖血为生,卖血只是像人生的一个旋律,伴随了许三观平凡而艰难的一生。我曾指出过余华的《活着》的叙事视角和叙事方式,是借用了民间叙事歌谣的传统,有意偏离知识分子为民请命式的"为人生"传统,独创性地发展起民间视角的现实主义文学。《活着》是从叙事者下乡采风引出的一首人生谱写的民间歌谣,《许三观卖血记》虽然没有出现叙事者的角色,但许三观的人生之歌,依然是重复而推进了民间的历史意识。许三观一生多次卖血,只有少数几次与重大的历史事件有关,更多的原因则是围绕了民间生计的"艰难"主题生发开去,结婚、养子、治病……一次次卖血,节奏愈来愈快,旋律也愈来愈激越。读到许三观为儿子治病而一路卖血时,让人想到民间流传的"孟姜女哭长城"的歌谣,包含了民间世界永恒的辛酸。小说所展开的"人生艰难"的主题与时代的重大历史事件之间,不再是那么直接的限制为"决定与反映"的机械关系,就像"孟姜女哭长城"的悲惨故事一样,秦王暴政已经抽象为一般的庙堂权威对民间构成的根本性威胁,这苦难和悲惨已成为民间自叹自怨的命运主题。这部小说所表现的民间私人场景饶有趣味,处处充溢着幽默与欢悦。民间的生命力并不表现在受赐于来自外界的"幸福"和拯救之中,恰恰是在日常生活中为抵抗、消解苦难和绝望而生的超凡的忍耐力和乐观主义。许三观过生日一段,用想象中的美味佳肴来满足饥渴的折磨,这是著名的民间说书艺术中的发噱段子,移用在许三观的私人场景,很恰切地表现出民间化解苦难的特点。

因为历史是已经消逝了的存在,庙堂和民间可以同时展开对它的记忆、梳理和描述,就仿佛是同一时间空间中并行着两个完全不同的话语世界,背后所支撑的,正是两种不同的历史意识。双方以各自的立场对历史现实的规律性作出解释,并将各自的解释推向普遍性。但这对峙着的双方于知识分子来说,都是局外的世界,知识分子站在两者之间,只是被动的进行选择;是按庙堂的历史意识修史讲史,还是按民间的历史意识进行创作。就像张承志毫不犹豫投向哲合忍耶的民间宗教来叙述历史一样,王安忆、余华的创作,也许是无意地遵循了城市民间的历史意识。如果从文学史上去找渊源,那么,像30年代的老舍和40年代的张爱玲的创作,多少可以看做是他们创作的前导。

那么,接下去的问题是,"五四"以来现代知识分子(作家)在创作实践中有没有建立起自己的历史意识，即经知识分子自身的立场以来书写历史，至少是否对此作出过努力？他们站在两种历史意识之间，有没有在被动选择的同时，还利用其立场来表达自己的历史意识？这是很值得我们在学术上作认真探讨的问题。所谓的历史意识，不是一个孤立的意识存在，它与整个社会意识是相联系的。在古代儒家的史学传统里，就存在着高于庙堂权力的历史意识，被文人传为美谈的"在齐太史简，在晋董狐笔"，正是这一史学传统中的典范。但由于在封建社会制度下，文人的价值本身就是通过庙堂来实现的，所以文人的历史意识根本上说，仍然是庙堂文化的派生。"五四"以来，知识分子建立了启蒙主义的立场，在史学领域也爆发了一系列的革命，如果从学术的意义上讲，远比文学革命要精彩，但是由于现代知识分子受到急功近利的现实政治思潮的挤压，长期滞留在价值取向虚妄的"广场"上吵吵闹闹，对自己的传统梳理、学术定位、民间岗位及其价值体系，均未很好地解决。他们的思想劳动不能不依附在新的庙堂文化形态中得以表现。因此，其不可能在局部的历史意识方面获得完整成果。胡适在引进西方新的史学观念来研究历史有过首创之功，但胡适的史学研究仍然是相当破碎的；王国维从甲骨文中考证出殷商时期的历史真实，这本是改观中华历史的伟大之举，但其学术成果在思想文化上并没有带来新的革命，远不能与欧洲的文艺复兴运动相比；郭沫若用马克思主义观念来研究古代社会，虽然新意迭出，但其成果只能为现代庙堂文化所利用。（这里所指的"现代庙堂文化所利用"，可参考他后期著作《李白与杜甫》及"文革"期间有关出土文物的考证文字。）著名的古史辩派大师顾颉刚的历史意识，也长期徘徊在庙堂文化与民间之间①，现代史学没有建立起一个强大的丰厚的知识分子传统，这是事实，所谓"独立之精神，自由之思想"的个人学术立场，也仅停留在理想境界，久向往之，却不能至。如果把这个背景移到文学创作，就不难理解为什么1917—1949年之间，中国长篇小说创作这么贫乏，而长篇历史小说则更为贫乏。

但是，现代知识分子历史意识的薄弱，不是说根本就不存在。知识分子在批判庙堂文化和民间文化的过程中，也曾零星地积蓄下有关历史的记忆和见解，更何况在中国现代文学深受影响的欧洲文学传统里，法国大革命以来形成的自由和民主观念和俄罗斯文学里丰厚的知识分子传统中，都深藏了知识分子对历史的独立立场。这对中国现代作家在创作上的影响，远较历史研究方面深刻。在现代长篇小说创作中，对知识分子的历史意识作过自觉追求的，至少有三位作家：巴金、李劼人和路翎。虽然在40年代以后，知识分子被戴上"小资产阶级"的帽子，其思想意识无法自由独立地展开，这三位作家在历史意识方面所建构的精神遗产也没有被人们充分地重视和理解；虽然50年代以后，强大的主流意识形态完全支配了历史学领域，作家在长篇创作中为了摆脱庙堂历史意识的桎梏，惟一的途径就是借助民间或者隐身民间，而无法独立地支撑起历史，但我仍然愿意看到，知识分子在借鉴和批判了庙堂和民间的历史意识过程中，对建构自己的历史意识作出的尝试性努力。

要探讨这个问题，1995年有两部长篇小说都值得我们重视。一部是张炜的《家族》，一部是李锐的《无风之树》。《家族》中张炜描绘的是知识分子自身的命运，这就不能不面对并无遗产的知识分子的历史意识。这一点上，《家族》又重新面临了李锐前几年创作《旧址》时面临的困境。这两位作家都是通过家族史的写作，击破庙堂历史所构筑的神话，但是在历史的叙事过

---

① 顾颉刚的史学意识长期徘徊在"庙堂"和"民间"之间。"庙堂"指的是30—40年代的国民党政权，顾颉刚曾用他的史学研究成果参与向蒋介石献鼎的活动。可参考《顾颉刚年谱》1943年条。"民间"指顾颉刚关于中国民间文化的整理和研究，这部分工作是相当有价值的，可参阅洪长泰《到民间去》一书，上海文艺出版社出版。

程中，又不得不借用了庙堂的历史意识的思路，他们无法像《九月寓言》、《许三观卖血记》那样，偏离和淡化重大历史事件的影响，展示出民间自在的历史发展方式。他们笔下的知识分子，没有形成自己的精神传统，没有对历史的独特叙事方式，因此，只能被束缚在庙堂文化制造的困境里历尽磨难。作家虽然满腔同情，却没有武器可以制止惨剧发生，一股悲愤欲绝的急促之气弥散在两部作品的文字之间，是可以理解的。如果对照《日瓦戈医生》，这里的差距就更加明显。《日瓦戈医生》也描写了知识分子革命的历史纠葛及其最终导致的悲剧，但那些从旧文化传统中脱胎而来的俄罗斯知识分子，始终带着饱满的历史意识去观察和参与历史的变动，他们对历史和现状的思考，拥有强烈的主动性。虽然如此，张炜的《家族》仍然体现出作家捡拾历史碎片，企图拼接传统的可贵精神，特别是它通过这个家族几代人的悲惨命运的重复，提出了对人类精神遗产的继承性问题，并揭示了这种继承遗产的规律，就是在不断自我牺牲和接受失败的命运里，慢慢延续下去的。（关于《家族》的这一思想，可参读我的《良知催逼下的声音》，收《犬耕集》，上海远东出版社出版）我不知道张炜这一观察能否经得起历史的检验，但这是一个很重要的发现，如果知识分子的历史意识还将被人们探索下去，那么，张炜这个思想会愈来愈受到注意。

李锐的《无风之树》则提供了另外一种思路。我之所以重视这部作品，是因为还没有一部长篇小说这样深刻地展示历史意识的对立：像《九月寓言》、《心灵史》都是浑然一体地表达了民间的历史意识；像《家族》、《旧址》，都是在一元的庙堂历史意识笼罩下面发出抗议之声，并没有构成与之对抗的历史意识。《无风之树》则清楚地对立着两种历史意识：庙堂的与民间的。小说里没有知识分子的角色，惟一有点文化的苦根儿，完全没有思想价值，不过是专制时代的一具行尸走肉，一个主流意识形态的传声器和执行者。所以，如果一定要找知识分子的声音。那声音就是李锐自己的声音，可是又被他有意地消去了：小说交替着第一人称（我）和第三人称（他）两种叙事形态，"我"承担了民间诸种角色：矮人坪的各色男人，被卖到矮人坪的"公妻"暖玉，行将崩溃的旧庙堂代表刘长胜，以及毛驴和傻子，也就是说，作者暂时消去了知识分子的独立话语和立场，隐身人似的隐在民间世界的形形色色之中，转化为各种不同的声音；而"他"的角色只有一个，就是代表着庙堂历史意识的苦根儿的话语。这两种叙事角色的对立，鲜明地突出了作者主观立场的认同与拒斥。在这部小说里，李锐第一次写出了庙堂以外的民间世界的完整性，以及它与庙堂势力的对立。小说一开始，矮人坪的拐叔就愤怒地说：

> "你恁大的个，苦根儿恁大的个，跟你们说话就得扬着脸，扬得我脖子都酸啦。你们这些人到矮人坪干啥来啦你们？你们不来，我们矮人坪的人不是自己活得好好的。你们不来，谁能知道天底下还有个矮人坪？我们不是照样活得平平安安的，不是照样活了多少辈子了？瘤拐就咋啦？人矮就咋啦？这天底下就是叫你们这些大个的人搅和得没有一块安生的地方了。自己不好好活，也不叫别人活。你们到底算人不算人啊你们？你们连圈里的牛都不如！"

矮人坪的"瘤拐"与上面派来的"大个"干部在生理上的对比也许暗示了民间与庙堂的关系，矮人坪自在着一个民间世界，瘤拐们有自己的生活方式、道德观念和文化习惯（包括婚丧风俗）。他们的藏污纳垢，在有知识有文化的人眼中是不能容忍的：如队里集体供养暖玉。这事件，在一般的社会道德标准看来是丑陋的（暖玉不但与矮人坪里光棍保持性的关系，也与有妻室的男人保持性的关系),但这种秘密供养"公妻"的制度却成了矮人坪民间社会的一个精神凝聚点,是矮人坪社会的"乌托邦"。拐叔的自杀除了出于对运动的恐惧,更主要是出于对这个"乌托邦"的维护。从矮人坪的民间社会关系看暖玉的处境与遭遇,它构成了对人性的严重损害与侮辱,但矮人坪男人在守护暖玉这种耻辱的秘密中恰恰又体现了对人性的尊重和爱护,因为与权力者苦根儿企图通过整暖玉的黑材料达到政治上谋权的卑鄙行径(尽管作家不断用"理想主义"来掩饰苦根儿的卑鄙动机,但客观上仍然揭示了这种在"文革"中极为普通的现象)相比较,矮人坪的民间道德还是体现出深厚的人性力量。由于矮人坪的民间社会处于极端贫困和软弱的境地,他们几乎没有任何能力抗拒来自外界的天灾人祸,但他们并不因此放弃生存的权利和自在的方式,他们在认命的前提下,维护着特殊的文化形态。尤其当拐叔为了保护暖玉而自杀以后,矮人坪的农民们在葬礼仪式中完整地显示了民间自在的道德力量和文化魅力。他们不顾苦根儿用"阶级斗争"理论来恫吓,一致同意将富农拐叔的遗体葬进他家族的土地,并且在一系列的葬礼过程中饱满地体现出原始的正义感。我认为这一组场面的描绘,是小说中最精彩的篇章。

然而,更值得注意的是,作家的叙事立场似乎出现了一种矛盾态度:从理性上说,作家鲜明地站在矮人坪民间世界一边。小说通过"树欲静而风不止"的主题,表达了对那些人为制造社会动乱、扰乱民间正常生活的政治运动的厌恶和批判;但是,如果细心注意到小说在叙事风格上的某些特点,会发现作家创作中无意地流露出对苦根儿的同情。小说的故事背景,是"文革"期间清理阶级队伍,某山村公社发生的一场政治权力转移的阴谋,苦根儿为了夺得公社领导权,打着"阶级斗争"的旗号来矮人坪搞逼供信,目的是整原公社主任刘长胜的黑材料,结果酿出了拐叔自杀的惨剧。如果发生在刘震云的小说中,从"草民"的立场看这又是一场狗咬狗引起的小民遭殃的故事,但在李锐的笔底下却是另一番景象,他把苦根儿塑造成观念形态的人物,苦根儿在矮人坪所干的蠢事(改造自然环境)和坏事(搞阶级斗争),都是错误理想所致,只是一种幼稚可笑的行为,而对这个人物身上应该具有的政治流氓特性完全忽略了。作家不断强调这个人物内心真诚的痛苦,是来自于矮人坪农民们的不理解,这仿佛又回到了传统文学作品中关于知识分子与民众相隔膜的老话题。其实苦根儿的下乡,并非一般知识分子到民间去,带着善良的启蒙观念去接近民众的,他本身是带了权力下乡,代表着某种政治阴谋和权力意志,权力是用不着民众来理解的,所以,苦根儿身上的矛盾是作家制造出来的。这只能说明,作家无意中对苦根儿的立场所流露的同情。相应的,作家对民间世界的态度中,也存在着矛盾。小说运用"拟民间"的语体,由第一人称"我"分担了矮人坪的各式角色,但熟悉李锐的读者不难读出,所有角色的叙事都保持着李锐作品一贯的干练、激越、简洁等语言特点,纵然是夹杂着民间的粗野鄙俗,也是经过精致艺术加工的文学语言,换句话说,李锐虽然把自己融入民间世界,借用了矮人坪各式人物的声音,但这些声音所表达出来的,仍然是作为一个知识分子的立场。作家通过暖玉的眼睛和口吻对矮人坪男人们充满鄙视的描述,通过暖玉最终离开矮人坪的选择,以及通过对曹天柱一家(傻女人和她的大狗二狗)和矮人坪世俗社会的描绘,都保持了知识者作为民间局外人的立场。这是李锐与张承志、张炜、王安忆等人的最大差别。

"五四"的文学传统中,李锐所持的立场并不是新开拓的,但经过几十年来社会发生的重大变化以后,能够坚持这样立场写作的知识分子,李锐可能是硕果仅存的少数作家之一。在苦根儿所代表的庙堂的历史意识(英雄创造历史论与阶级斗争推动社会进步论的混合)与矮人坪农民们所代表的民间的历史意识(在认命的前提下,寻找自在的生活方式)相对立的图景中,作家愿意像一把双刃利剑,一如既往地展开知识分子的理性批判。李锐是自觉选择了一条艰难的写作道路,我很尊重作家的这一选择,同时也真诚地希望:当代作家能够从巴金、路翎等前辈开创的道路上走下去,站到丰饶的民间大地上,继续去追求和构建现代知识分子的理想和历史意识。

1996 年 3 月 27 日于东京

早稻田大学

原载《逼近世纪末小说选》,上海文艺出版社 1995 年版

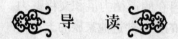 **导　读**

　　此文系作者主编《逼近世纪末小说选》(卷三)①的序言。该书选编了李锐等作家发表于 1995 年的 7 篇小说,还将王安忆等作家的 5 部小说列为"1995 年长篇小说推荐篇目"。文章对 20 世纪 90 年代中期具有代表性的创作思潮进行了深入剖析。

　　第一部分"破碎中的世界"论述了以邱华栋、韩东和朱文等为代表的"90 年代成长起来的一代作家"的创作。邱华栋的小说人物多为都市闯入者,他们"拼命想挤入这个充满欲望的世界,但命运总是无情地把他们挡在财富的大门外,于是欲望转化为仇恨和绝望";作品表达了都市闯入者对疯狂的物质世界既追逐又仇恨的复杂心态。而韩东和朱文则试图从城市生活中游离出来,以自觉拒绝主流社会和世俗社会的姿态,表达某种自我精神拯救的企图;"以世纪末的自我放纵来表达失落了话语中心地位以后的自负和孤傲"。他们的作品都是"无名"时代的精神碎片。

　　第二部分"破碎中的历史"论述了以知青一代作家为主体的 20 世纪 90 年代中期具有代表性的长篇小说。王安忆的《长恨歌》和余华的《许三观卖血记》,"有意识地开拓了民间的新空间",即描写小人物的命运,有意地偏离和淡化重大历史事件的影响,在琐碎的日常生活中展示民间生活的自在面貌。而张炜的《家族》则"在一元的庙堂历史意识笼罩下面发出抗议之声";李锐的《无风之树》则展现了庙堂与民间这两种对立的历史意识,并"突出了作者主观立场的认同与拒斥"。

　　文章运用作者所提出的"共名与无名"的概念解读 20 世纪 90 年代新生代作家的作品,又以"庙堂与民间"的观点,阐释知青一代作家的历史叙事。在充分肯定他们各自的文学史成就的同时,也指出了他们各自的局限,并表达了自己的文学理想。

链　接

　　谢有顺:《历史时代的终结:回到当代——论先锋小说的转型》,《当代作家评论》1994 年第 2 期。

　　敬文东:《追逼九十年代——关于九十年代小说写作的六个问号》,《小说评论》1998 年第 1 期。

---

　　① 《逼近世纪末小说选》:陈思和在 20 世纪 90 年代期间,以编年史的方式主编《逼近世纪末小说选》,对 90 年代小说进行了跟踪式研究。这套丛书共有 5 册,上海文艺出版社出版;除了第一卷涵括 3 年(1990—1993 年)外,其余 4 卷都是年度小说选(1994—1997 年)。

四　文学与语言问题

　　20 世纪 80 年代中期作家汪曾祺"语言本体论"的提出,实质上是"文革"后文学自身发展的一种必然趋向。文学是语言的艺术,作家用语言构筑文学世界,读者也通过语言去感知、体认和理解文学世界,因而理应通过语言去把握文学世界。但在相当长时期内,当代文艺理论却相当轻视文学语言。这种理论用哲学反映论关于本质与现象的观念与方法去论述文学世界,武断地将文学世界分割为内容与形式两个部分,而且在价值认定上是内容高于形式,而文学语言不过是形式方面的一个因子。因而,在这种理论主宰的文学研究与批评中,文学语言竟沦为无足轻重的文学手段。当代文学史表明,人文精神逐渐沦丧的时期,也是文学语言日渐贫瘠并充斥暴力的时期,所以"文革"后文学要摆脱政治附庸地位而蔚然独立,就必须颠覆陈旧的文艺理论,充分关注文学语言。

　　当然,文学语言研究能够被学界持久关注并且不断拓展,与"文革"后文学自觉地将自身纳入世界文学的趋向密切相关。从广义人文学科的文化语境看,20 世纪西方哲学史的"语言转向"①,为"文革"后文学的语言研究开启了广阔的思路。不过,饶有意味的是,对我国文学语言研究产生重大影响的当代西方哲学流派,并不是集中研究语词、语句或语言意义的英美分析哲学,而是侧重研究事物、事实或世界意义的欧洲大陆的现象学,尤其是海德格尔的存在主义与加达默尔的解释学。20 世纪 90 年代以后,后现代主义思潮涌入中国学界,德里达解构主义的文本意义的不确定性、福柯后结构主义的知识与权力关系,以及利奥塔后现代理论的宏大叙事等理论话语,被中国当代文学研究与批评广泛吸收,它们在破除语言"逻各斯中心主义"的同时,冲击着人们传统的语言观念。因此可以说,在中国学界关注文学语言的过程中,当代西方哲学的"语言转向"提供了充分的思想资源。

　　在既有的文学语言研究与批评成果中,我们选择以下五篇文章。按照法国文学批评家蒂博代在《六说文学批评》中关于批评家的分类,可以将它们分为"大师的批评"与"职业的批评"②。所谓"大师"是指那些获得公认的杰出作家,他们的批评往往与甘苦自知的文学创作相关,因而在美学和文学重大问题上所表达的见解,"有的振聋发聩,有的一针见血"。汪曾祺和郑敏关于中国文学的语言论述,基本可以归为"大师的批评"。他们的共同之处主要体现在两个方面:一是充分强调文学语言的重要性。汪曾祺从语言的思想性与文化性角度论述文学语言的本体性;郑敏则从哲学与心理学的角度强调语言与思维、语言与心理的密切关系。二是悉

---

　　① 当代西方哲学家认为,西方哲学的发展过程中发生过两次变革,一次是从古代向近代的转向,即认识论转向;一次是从近代向当代的转向,即语言转向。"第一次转向使哲学的基础从本体论和形而上学变为认识论,从研究超验的存在物转到研究认识的主体和主客体关系,而第二次转向把对主客体的关系研究变成了对主体间的交流和传达问题的研究,把对主体研究从心理学领域(如观念、思想)转移到了语言的领域(语句和意义)。"(徐友渔:《"哥白尼式"的革命——哲学中的语言转向》,上海三联书店 1994 年版,第 5—6 页)

　　② 需要说明的是,蒂博代在批评分类中,明显过于抬爱"大师的批评"而贬低"职业的批评"。而我们这里的分类没有价值等级的意思,只是根据他们各自的批评特色而进行的分类阐述。([法]蒂博代:《六说文学批评》,北京三联书店 2002 年版,第 110 页)

心分析汉语的审美功能。汪曾祺从语言的暗示性与流动性层面论述语言的审美特征,而郑敏则从汉语的特性分析汉语的审美功能与诗意价值。

"职业的批评"又称"学院批评"则以搜集资料和考证渊源为基础,有着丰富而确切的知识前提,并善于条理化和系统化。在这两位职业批评家笔下,文学语言的重要性是不言而喻的。郜元宝的论文追问了当代文学研究与批评忽视文学语言的原因。他详尽地考察近代以来汉字改革与白话文建设的过程,并从现代知识分子否定母语的态度中,发现他们激进的语言观念及其文化危机。另外,王一川的论文还就建构文学语言的分析模式,进行了尝试性的探索。他提出"汉语形象"的整体构想,分析了现代汉语形象的现代性成就与症候,并具体地阐释了现代汉语形象的八种审美形态。

总之,"文革"后的中国文学语言在文学研究与批评中的地位越来越重要,文学语言研究也日益成为学界关注的焦点。不过从既有的研究成果看,尽管人们做了大量的努力,也取得了令人瞩目的成就,在文学语言的重要性上业已达成共识;但是必须承认,我们对于文学语言的研究并没有取得突破性的进展,尚未形成学界普遍认同的文学语言研究的方法论。也许,语言本身就奥妙无穷,人们对文学语言的认识和探询永无止境。

中国文学的语言问题

——在耶鲁和哈佛的演讲

汪曾祺

语言的内容性
语言的文化性
语言的暗示性
语言的流动性

　　中国作家现在很重视语言。不少作家充分意识到语言的重要性。语言不只是一种形式，一种手段，应该提到内容的高度来认识。最初提到这个问题的是闻一多先生。他在很年轻的时候，写过一篇《庄子》，说他的文字（即语言）已经不只是一种形式、一种手段，本身即是目的（大意）。我认为这是说得很对的。语言不是外部的东西。它是和内容（思想）同时存在，不可剥离的。语言不能像橘子皮一样，可以剥下来，扔掉。世界上没有没有语言的思想，也没有没有思想的语言。往往有这样的说法：这篇小说写得不错，就是语言差一点。我认为这种说法是不能成立的。我们不能说这首曲子不错，就是旋律和节奏差一点；这张画画得不错，就是色彩和线条差一点。我们也不能说：这篇小说不错，就是语言差一点。语言是小说的本体，不是附加的，可有可无的。从这个意义上说，写小说就是写语言。小说使读者受到感染，小说的魅力之所在，首先是小说的语言。小说的语言是浸透了内容的，浸透了作者的思想的。我们有时看一篇小说，看了三行，就看不下去了，因为语言太粗糙。语言的粗糙就是内容的粗糙。

　　语言是一种文化现象。语言的后面是有文化的。胡适提出"白话文"，提出"八不主义"。他的"八不"都是消极的，不要这样，不要那样，没有积极的东西，"要"怎样。他忽略了一种东西：语言的艺术性。结果，他的"白话文"成了"大白话"。他的诗：

　　"两个黄蝴蝶，
　　双双飞上天……"

实在是一种没有文化的语言。相反的，鲁迅，虽然说过要上下四方寻找一种最黑最黑的咒语，来咒骂反对白话文的人，但是他在一本书的后记里写的"时大夜弥天、碧月澄照、饕蚊遥叹，余在广州"就很难说这是白话文。我们的语言都是继承了前人，在前人语言的基础上演变、脱化出来的。很难找到一种语言，是前人完全没有讲过的。那样就会成为一种很奇怪的，别人无法懂得的语言。古人说"无一字无来历"，是有道理的，语言是一种文化积淀。语言的文化积淀越是深厚，语言的含蕴就越丰富。比如毛泽东写给柳亚子的诗：

　　"三十一年还旧国，
　　落花时节又逢君。"

单看字面，"落花时节"就是落花的时节。但是读过一点旧诗的人，就会知道这是从杜甫的《江南逢李龟年》里来的：

　　"岐王宅里寻常见，
　　崔九堂前几度闻，

正是江南好风景，

　　落花时节又逢君。"

"落花时节"就含有久别重逢的意思。毛泽东在写这两句诗的时候未必想到杜甫的诗，但杜甫的诗他肯定是熟悉的。此情此景，杜诗的成句就会油然从笔下流出。我还是相信杜甫所说的"读书破万卷，下笔如有神"。多读一点古人的书，方不致"书到用时方恨少"。

这可以说是"书面文化"。另外一种文化是民间的，口头文化。有些作家没有受过完整的教育。战争年代，有些作家不能读到较多的书。有的作家是农民出身。但是他们非常熟悉口头文学。比如赵树理、李季。赵树理是一个农村才子，他能在庙会上一个人唱一台戏——唱、表演、用嘴奏"过门"，念"锣经"，一样不误。他的小说受民间戏曲和评书很大的影响（赵树理是非常可爱的人。他死于"文化大革命"。我十分怀念他）。李季的叙事诗《王贵与李香香》是用陕北"信天游"的形式写的。孙犁说他的语言受了他的母亲和妻子的影响。她们一定非常熟悉民间语言，而且是很熟悉民歌、民间故事的。中国的民歌是一个宝库，非常丰富，我曾经想过一个问题：中国民歌有没有哲理诗？——民歌一般都是抒情诗、情歌。我读过一首湖南民歌，是写插秧的：

"赤脚双双来插田，

　　低头看见水中天。

　　行行插得齐齐整，

　　退步原来是向前。"

这应该说是一首哲理诗。"退步原来是向前"可以用来说明中国目前的一些经济政策。从"人民公社"退到"包产到户"，这不是"向前"了吗？我在兰州遇到过一位青年诗人，他怀疑甘肃、宁夏的民歌"花儿"可能是诗人的创作流传到民间去的，那样善于用比喻、押韵押得那样精巧。有一回他去参加一个"花儿会"（当地有这样的习惯，大家聚集在一起唱几天"花儿"），和婆媳两人同船。这婆媳二人把他"唬背"了：她们一路上没有说一句散文——所有的对话都是押韵的。媳妇到一个娘娘庙去求子，她跪下来祷告，不是说：送子娘娘，您给我一个孩子，我给您重修庙宇，再塑金身……而是：

"今年来了，我是跟您要着哪，

　　明年来了，我是手里抱着哪，

　　咯咯嘎嘎地笑着哪！"

这是我听到过的祷告词里最美的一个。我编过几年《民间文学》，得益匪浅。我甚至觉得，不读民歌，是不能成为一个好作家的。

有一首著名的唐诗《新嫁娘》：

"洞房昨夜停红烛，

　　待晓窗前拜舅姑。

　　妆罢低声问夫婿，

　　画眉深浅入时无？"

这首诗并没有说这位新嫁娘长得好看不好看，但是宋朝人的诗话里已经指出：这一定是一个绝色的美女。这首诗制造了一种气氛，让你感觉到她的美。

另一首有名的唐诗：

> "君家在何处？
> 妾住在横塘。
> 停舟暂借问，
> 或恐是同乡。"

看起来平平常常，明白如话，但是短短二十个字里写出了很多东西。宋人说这首诗"墨光四射，无字处皆有字"。这说得实在是非常的好。

语言的美，不在语言本身，不在字面上所表现的意思，而在语言暗示出多少东西，传达了多大的信息，即让读者感觉、"想见"的情景有多广阔。古人所谓"言外之意"、"弦外之音"，是有道理的。

国内有一位评论家评论我的作品，说汪曾祺的语言很怪，拆开来每一句都是平平常常的话，放在一起，就有点味道。我想任何人的语言都是这样。每句话都是警句，那是会叫人受不了的。语言不是一句一句写出来，"加"在一起的。语言不能像盖房子一样，一块砖一块砖，垒起来。那样就会成为"堆砌"。语言的美不在一句一句的话，而在话与话之间的关系。包世臣论王羲之的字，说单看一个一个的字，并不怎么好看，但是字的各部分，字与字之间"如老翁携带幼孙，顾盼有情，痛痒相关"。中国人写字讲究"行气"。语言是处处相通，有内在的联系的。语言像树，枝干树叶，汁液流转，一枝摇，百枝摇；它是"活"的。

"文气"是中国文论特有的概念。从《文心雕龙》到"桐城派"一直都讲这个东西。我觉得讲得最好，最具体的是韩愈。他说：

> "气，水也；言，浮物也；水大而物之浮者大小毕浮。气之与言犹是也，气盛则言之短长与声之高下者皆宜。"

后来的人把他的理论概括成"气盛言宜"四个字。我觉得他提出了三个很重要的观点。他所谓"气盛"，照我的理解，即作者情绪饱满，思想充实。我认为他是第一个提出作者的精神状态和语言的关系的人。一个人精神好的时候往往会才华横溢，妙语如珠；倦疲的时候往往词不达意。他提出一个语言的标准：宜。即合适，准确。世界上有不少作家都说过"每一句话只有一个最好的说法"，比如福楼拜。他把"宜"更具体化为"言之短长"与"声之高下"。语言的奥秘，说穿了不过是长句子与短句子的搭配。一泻千里，戛然而止，画舫笙歌，骏马收缰，可长则长，能短则短，运用之妙，存乎一心。中国语言的一个特点是有"四声"。"声之高下"不但造成一种音乐美，而且直接影响到意义。不但写诗，就是写散文，写小说，也要注意语调。语调的构成，和"四声"是很有关系的。

中国人很爱用水来作文章的比喻。韩愈说过。苏东坡说"吾文如万斛源泉，不择地涌出"，"但行于所当行，止于所不可不止"。流动的水，是语言最好的形象。中国人说"行文"，是很好的说法。语言，是内在地运行着的。缺乏内在的运动，这样的语言就会没有生气，就会呆板。

中国当代作家意识到语言的重要性的，现在多起来了。中国的文学理论家正在开始建立中国的"文体学"、"文章学"。这是极好的事。这样会使中国的文学创作提高到一个更新的水平。

谢谢！

1987 年 11 月 19 日追记于爱荷华

原载《浙江文艺》1988 年第 1 期

导　读

　　在当代作家中,汪曾祺是"文革"后最早明确指出文学语言重要性的作家。文章以作家的体验出发,从四个方面论述了文学的语言问题。作者首先明确提出,语言不仅是文学的质料,而且是文学的"本体",不能把语言仅仅视为一种文学形式或者文学手段,而"应该提到内容的高度来认识"。其次,"语言是一种文化现象。语言的后面是有文化的"。语言的文化性主要源自两个方面,即负载着丰厚传统民族语言即"书面文化"和民间"口头文化"。第三,语言具有暗示性,语言的美就体现为其暗示性功能。最后,语言具有内在的流动性。语言构筑的文学世界富有鲜活的生命力,在这个生命世界,语言之间处处相通,具有内在的联系性。文章运用古代文论的"文气",尤其是韩愈的"气盛言宜"等概念来深入阐述语言的这种特性。值得注意的是,在中国古代哲学思想中,"气"是万物之源,具有本体论意义,由此作者充分肯定了语言在文学中的重要地位。

　　汪曾祺援引古今实例,论述语言的文学本体性。一方面从语言的思想性和文化性上说明语言的本体性,彻底破除把语言仅仅视为文学形式或文学手段的文艺观念,开启了"文革"后文学语言论的先河。另一方面从语言的暗示性和流动性上揭示了文学语言的审美特征。

链　接

谭学纯、唐跃:《新时期小说语言变异现象描述》,《小说评论》1988 年第 4 期。
李劼:《论中国当代新潮小说的语言结构》,《文学评论》1988 年第 5 期。

语言观念必须革新：
重新认识汉语的审美功能与诗意价值

郑　敏

　　20 世纪世界人文科学的一次最大的革新就是语言科学的突破：语言不再是单纯的载体，反之，语言是意识、思维、心灵、情感、人格的形成者。语言并非人的驯服工具，语言是人类认知世界与自己的框架，语言包括逻辑，而不受逻辑的局限。语言之根在于无意识之中，语言在形成"可见的语言"之前，是运动于无意识中的无数无形的踪迹（一种能）。语言并不听从于某个人的意志，语言是一个种族自诞生起自然的积累，其中有无数种族文化历史的踪迹（trace），它是这个种族的历史的地质层。只要语言不死，其记载的、沉淀的种族文化也不会死亡。

　　和上述的语言观念对照，我们今天普遍的语言观念是在怎样的一种层面上呢？基本上我们的语言观仍停留在语言是工具，语言是逻辑的结构，语言是可以驯服于人的指示的。总之人是主人，语言是仆人。语言是外在的，为了表达主人的意旨而存在的身外工具。这些是属于早已被抛弃了的语言工具论，它愚蠢地阻拦我们开拓文学、历史的阐释和创作、解读的广阔的天地；并且进一步扭曲我们对客观世界的认识，也错误地掩盖了语言文字的多层次，语言的潜文本，语言的既呈现又掩盖的实质；阻拦人们从认识上心服地承认百家、百花是无可动摇的多元认识论的现实，从而避免围绕着哪一家的解释真正掌握绝对真理，哪一朵花是花中之王的无谓的、进行了几千年的喋喋不休的争论。语言是不透明的，文本是多层的，世界是最大最多元的文本，宇宙是在不断地生成变化中，绝对真理只是一个永无法定格的人们的逻辑概念；凡此种种当代的认识，都与语言观的革新有关。我们今天应当不失时机地反思自己上述各问题的立场，只有了解了自己在这些问题的看法，才能在未来的世纪与世界真正进行平等的对话和交流。

一　语言文字是文化的地质层

　　世界上各民族的语言都是其本民族的文化地质层，在无声地记载着这个民族的物质与精神的历史，因此爱自己的民族就必须爱自己的母语。异族的入侵和征服，往往在军事占领之外，第一个要做的事就是摧毁被征服者的母语，代之以征服者语言。《最后的一课》[1] 的痛苦，与"九·一八"后东北人民必须学日语，都说明母语与民族存亡的息息相关。反之汉语的强大使得蒙满两个异族在政治上占领了中原和当时的国疆后，却终因自己族的母语所含蕴的文化层次比汉语低，而接纳汉语为国语。这也说明语言的威力及其与文化的不可分。中华五千多年的文化史所以至今仍依稀可识，其关键在于《说文》的作者能将未完全被秦始皇焚尽的、藏在壁中的古书与公元 100 年的古汉语相衔接，否则我们今天的文化史只能说有 1 900 多年的文字记载。《说文》这中华民族第一部词典对于保存我们民族文化史的功绩真是难以估计的。改变了语言工具论的陈旧观念后，我们的汉语教育从小学到研究院的教学内容都会有一次惊人的变革，在中小学的语言教育中就会有浓厚的活的民族文化感情，激励学生热爱自己民族的过去及其睿智在语言中的积淀。在大学与研究生的语言教育中就可以带动深入中华文化肌理的科研。今天的大学、研究院的汉语教学由于受语言工具论的阻碍，经常将文学与语言文字割裂开对待，文学专业者以为一旦掌握了汉语的读写技巧就可以忘了语言，直达文学的内容；研究古汉语者又只将语言作为一种工具来学习研究,与其所表达的文史哲内容不发生多少内在的联系,外语系甚至认为语言属于理科,与人文学科无关。这种语言观特别阻碍对于中华及世界民族文化的深刻认知和感受。这种割裂语言与文化的教育倾向与当今世界的语言教育的趋向背道而驰,深深地影响了对本民族人文学科的深入探讨,也影响对于西方人文学科著作及文献的理解。在语言观的变革中人类经受了一次思维方式的大转变,正是中外这种思维方式的矛盾造成今天我们与西方世界文化交流与对话的阻障。

二　汉语的文化涵蕴

汉语是象形表意的文字,其特性与西方拼音文字迥然有别。在记载民族文化上,汉文字能直接传达文化的感性与知性内容。在记载与传达事物方面两种文字可对比如下:

汉文字(视觉):形＋状态＋智→感性印象→对象

拼音文字(听觉):字母符号→抽象概念→对象

拼音文字的组成部分是全抽象的符号宁母。它们只能唤起接受者对于对象的抽象概念的记忆,而后联想到该事物的感性质地,所以通过拼音文字并不能直接达到对该物体的感性认识,而汉字的象形(形)、指事(状态)和会意(智)不需通过抽象概念可直接传达对象的感性和智性质地。显然,拼音文字在传达与接受知识方面不如汉文字。限于篇幅,下面只举几例说明:

男→田＋力→在田里干力气活的(感性)→男人

man→男人的概念(抽象)→男人

仁→两个人相亲(感性)→仁爱

kind→仁爱的概念(抽象)→相亲爱、慈爱、仁爱

有→手＋月→以手取月(感性)→占有

to have→占有的概念(抽象)→占有,拥有

从上面的例子看出汉字不是抽象的符号,而是一幅抽象画,它比现实简单,经过提炼,但仍保持现实对象的感性质地,与其所处的境况,及它与它物的关系。因此当汉字传递知识信息时,它所传达的并非一个抽象概念,如拼音文字那样,它所传达的是关于认知对象的感性、智性的全面信息。其优越性可想而知。

近代西方语言学家、哲学家对汉语的卓越性有深刻的认识的至少有三人。他们是索绪尔(F. Saussure)、范尼洛萨(E. Fenollosa)及德里达(J. Derrida)。索绪尔意识到他的语音学结构主义无法用于汉语这一表意文字。德里达指责索绪尔的结构主义语言学是以语音为中心,因为他无法摆脱西方形而上学的逻格斯中心主义,也即相信神的声音、神的话是一切中心的这一自柏拉图以来的西方哲学体系。德里达这样指出索绪尔语音中心结构主义的局限,并同时这样赞扬汉语的优越性:

它们(汉语、日语)在结构上主要是图像的,或代数的。因此我们可视为证明,说明有一种很有力的文化运动发展在逻格斯中心体系外。它们的书写并不曾减弱语音使之化为自己,而是将它吸收在一个系统之中。[2]

早于德里达写《书写学》一作半个多世纪,美国语言学家范尼洛萨在 1908 年就撰文《汉字作为诗歌的媒体》[3]专门进行汉语与拼音文字的比较,并且热情赞扬汉字的各种超过拼音文字的优

点。他概括汉字的优点如下：（1）汉字充满动感，不像西方文字被语法、词类规则框死；（2）汉字的结构保持其与生活真实间的暗喻关系；（3）汉字排除拼音文字的枯燥的无生命的逻辑性，而是充满感性的信息，接近生活，接近自然。范氏的论点是纲领性的对汉字特性的分析，值得我们给以补充和发挥。安子介先生在他的非常富有创造性的《劈文切字集》中就从汉字的结构中描绘出"一幅初民生涯图"，充分地说明了汉字是中华文化的地质层。

三　汉语的动感

汉语没有时态的规定，动词名词常兼用，因此更符合事物的自然状态，因为时间在自然状态是川流不息的。过去、现在、未来无非是人为的分割。至于"物"在自然中本也是不断发展变化的，因此物并非脱离运动的，因此名词中本就有运动，而动词不可能脱离运动之物而动。因此西方拼音语言严格区分动词与名词是违反自然状态的。范尼洛萨说：

> 东西实在是行动的终点，或相交点，是穿过多种行动的十字交界区，是快速摄影。在自然界不可能有纯动词、抽象的运动。眼睛看名词与动词是一体：物在运动中，运动在物中，因此汉语概念倾向于表达这种情况。[4]

抹去人为的时态分割，在物的静中见动，动的行为中见到静的物，这种透视的哲学视角使得范尼洛萨在汉语里触到潜在的东方哲学，走出西方以逻格斯的永恒存在驱动万物的形而上学。汉语字词充满动感，对于范尼洛萨来讲还含有更深层的哲学，这就是它不仅表达了可见的行动，还进而传达那冥冥天地之间不可见的运动。他说：

> 至此我们已展示了汉字及句子主要是大自然中行动和程序的活跃的速写。它们蕴藉着真正的诗。这些行动是可见的。但汉语如仅仅表达了可见的行动，它不过是狭窄的艺术和贫乏的语言。实则汉语还表达了那不可见的运动。最好的诗不但表现了自然的形象，并且还渗透出崇高的思想，精神的暗涵和隐在的多种关系。大多数的自然真理都是暗藏在视觉不可见的微观程序中……。汉文以力度和美涵盖了这一切。[5]

这里范氏进一步揭示隐存于汉文字的可见的动态之内的汉文化的哲学，形象中潜存的不可见而崇高的思想。以"有"字为例，"有"在古象形会意阶段是手＋月，即"㝷"。《说文》注道："不宜有也。"为什么"不宜有"呢？范氏解释有是伸手探月。笔者认为这自然说明占有的行动之艰难、强烈，同时也带有否定"强取"之意。与英语的"有"to have 相比，汉字"有"显然带有中国哲学的道德伦理观，从反对贪婪的观点否定占有欲，因此不宜有。所以汉字的结构不但表现了有形的动作，还通过有形的动作揭示不可见的精神哲思、文化。范氏指出自然真理往往不在表面，而暗含在不可见的微观程序中，或者浩瀚的宇宙宏观中，因此汉字充分地呈现了语言中文化的积累，哲思的潜存。表意的象形文字在这种积淀文化的能力上超过了拼音文字。

四　汉语的富感性魅力

前面我们说过西方拼音文字在传递信息方面是通过抽象的符号达到抽象的概念，再用这抽象的概念唤醒人对所指的事物的感性记忆。可以说拼音文字本身是远离自然与真实的生活，它是不及物的抽象字符。汉字则不然，它不是抽象的字符，反之其本身就直接记载了"所指"的感性质地，及这个所指的事物的处境，更甚而至于它与它物的复杂关系，这样依次构成汉字中象形、指事、会意三大类的字的结构。虽然纯象形的汉字不多，但指事与会意类字也都必包含象形的部分。范尼洛萨是这样评论汉字的感性素质的：

> 诗在其词藻的色彩上不同于散文。它不能仅只给哲学提供意义。它必须以直接的印象的魅力向感情申诉，这种魅力如电闪穿过智性只能摸索到的领域。诗歌不能只传达意思，而必须呈现所涉及之物。抽象意义没有多少鲜活性，而幻想的丰满可提供一切。中国诗要求我们放弃我们狭窄的语法范畴，而用一堆丰富的具体的动词研读那创造性的文本。[6]（着重点为笔者所加）

由此可见范尼洛萨为什么认可汉语是诗歌的媒体，这正是因为汉文字的丰富感性素质比拼音文字与语法的抽象素质、逻辑性更有利于对读者产生感性、感情的审美激荡。汉字的象形性拥有视觉艺术的造型美，直接诉诸读者的感官，而抽象的拼音符号却只能通过概念间接唤醒读者对生活经验的记忆，其直接冲击力要弱得多。汉文字实则是文字与视觉艺术的混合体，而艺术的威力主要是直接震动感官，汉字的这种结合文字与艺术的特点在书法中得到充分的体现。

让我们回忆一下打开一本拼音文字的文学书和一本汉语的文学书时的不同感受。在完全没有进入内容的阅读前，两本书给你的感觉是多么的不同。拼音符号写成的一页像一片冷漠没有表情机械化的抽象符号码成的一扇墙，没有传达给你任何感性刺激，而用汉字写成的一页却像一个画廊，在你对内容无所知的情况下，每一个汉字就像画廊壁上的一幅幅画，争先恐后地向你的感官申诉它的喜怒哀乐、美丑、幽默、宁静等各种感情。在你的思维开动它的逻辑运作之前，你的感官，想象就早已进入状态。以诗歌来论，更是如此，因为诗歌的辞藻更富感性魅力。以辛弃疾的《水龙吟》为例，在你读脚注和旨意之前，很可能你就会被某些词句紧紧地吸引住，譬如说像：

> 倚天万里须长剑；
> 潭空水冷，月明星淡；
> 峡束苍江对起，过危楼，欲飞还敛。

它们的艺术魅力在理性的分析解释之前就已经投射给读者。它们各自成一种完整的境界，代表一种精神力量，而每句中的字词又如同一个交响曲中的一个乐器，或一个群舞中的一个舞蹈者，各自展现着自己的个性美和力，融在整个的审美设计中；在书法家的笔下，每一个又都能成为极富表情，有个性的独奏或独舞者。所以读一篇中国的古典诗词，一个真正的欣赏家，我认为不必急于先了解这首诗词的宗旨，不妨如信步步入一个画廊中，流连于画幅之间，反复吟诵那些突然捕捉住你的词句，欣赏它们的形体、神态、意境、倾听它们各自的诉说。汉语的诗词由于其字的表意象形，在欣赏上比西方拼音文字所写的诗词要多一个感性的品味的层次，多一层与整体中字群的个别交谈。莎士比亚是伟大的诗人，但当读他的一首十四行诗时，读者会一口气读下去，而不会在途中停下来为某个字群的独立的魅力，或某个字所吸引；但在读中国古典诗词时，这种突然被某句、某词群的暗含所止步，反复吟哦思索，甚至暂时遗忘那首诗的宗旨是常会发生的。譬如遇到"江晚正愁予，山深闻鹧鸪"（辛弃疾《菩萨蛮》），又如"水随天去秋无际"、"落日楼头，断鸿声里，江南游子，把吴钩看了，栏干拍遍，无人会，登临意"（辛弃疾《水龙吟》），这种抑郁中的超越，并非低调的悲愁又非空洞的雄心大志，在情与景中混融着东方意境所特有的含蓄，读者遇到这类词句，会"悠然心会，妙处难与君说"（张孝祥《念奴娇》）。在这些词群前止步，反复吟诵，是读中国古典诗词自然的审美行为。只是匆匆而过按图索骥地去落实诗中的旨意的理性逻辑,就是一种粗糙的、偏见在先、抽象观念领路的非艺术的阅读,久而久之,读者就丧失了对古典诗词的意境的审美敏感。而中国古典诗词意境的含蓄深远是世界诗艺少有的尖端。无论是"悠然见南山",还是雨急云飞;是"淋离醉墨",还是杨柳岸晓风残月,都是具体中的超越与超越了的具体。它的值得回味、吟哦,正是因为它像范尼洛萨所说,是从可见之物达不可见之境。在匆忙的追求实利的工业化与后工业化的社会是很难保持这种精神追求与素养的。然而正是这种精神境界使得一切物质生产、财富追逐、人事纠纷得到正确的动力和些许超越庸俗的精神。正因为如此,范尼洛萨在 1908 年,德里达在 20 世纪的下半叶,才不约而同地在中国的汉文字中找到他们在西方的以思辨逻辑物质结构为中心的语言与文化中所欠缺的精神境界。当我们不断从西方语言(特别是语法逻辑)与物质文明中寻找自己所缺少的可见的技能时,应如何发展培养中华汉语文化中所原有的这种为西方文化所羡慕的精神实质,可能是 21 世纪我们文化建设的一个重要的课题。

五 汉语与诗

诗的特点:一是没有统一确定的解释;二是极富暗喻;再是拥有凝结感性具象与悟性的内涵意象。这三者构成古今中外诗的特性,即朦胧使得诗有言之不尽、以逻辑推理无法究竭的内蕴。暗喻使诗能打破时间的阻隔,空间的形状,使一切个体与自然的宏大相通。天地万物无论巨细都形成信息网络的一端,这就是天地境界在诗中的体现,暗喻的功能因此不可少。意象则是诗的流动中的凝聚,它是一首诗的重要支点,典型的例子是李商隐的《悼亡》诗中的"锦瑟"、"珠"、"玉"。它们远非比喻,因为它们不是"像"某物某情,而就是某物某情的化身。它们又不是固定的象征符号,如玫瑰象征爱情之类,它们是诗人投射以情感与悟性后的某物,因此,既有该物的具体特征又有诗人特别赋予的深意。这个意象因此成为一个独立的艺术构建部分,有它特殊的功能,它是诗的核心之一,是走进诗的一个关键。这种意象是诗歌走出描述文体的直言倾诉后的一种特殊的艺术构造。更有意思的是它大量出现在汉语古典诗词中,后被庞德介绍到西方现代主义诗中,形成所谓意象主义,其定义就是:意象是感性与智性在瞬间的突然结合。庞德这种诗论的灵感实则是来自范尼洛萨对汉语的阐释和极富深意的发挥。

诗无达诂就是现代所谓的朦胧。古典汉语的文章诗歌因没有标点符号,更使得它们拥有云彩与自然界山、水、雾、怪石所具有的艺术的不定性。笔者这种说法自然也是朦胧的,既有其真实性又不能执着地推而广之。现代对文本的阐释看法无论是结构主义的罗兰·巴特(Roland Barthes)还是解构主义的德里达都认为是多元的。古典汉语的无标点更具体地使文章诗词的解读成为无定解的。以下面两例来说,两种不同断句与标点的差异不应被认为存在正确错误的问题:

> "且夫天者气邪? 体也?"
> 或:"且夫天者气邪? 体也。"(《论衡·谈天篇》)
> "是故治世之音,安以乐其政和,乱世之音,怨以怒其政乖,亡国之音,哀以思
> 民困。"
> 或:"是故治世之音安,以乐其政和,乱世之音怨,以怒其政乖,亡国之音哀,以思
> 其民困。"

当然,如何看待上述标点符号的差异所反映的问题,不仅是对某些句子的解释,更重要的是对

语言的本质的认识有传统的与当代的语言观之分别。传统认为语言的解释只能有一种,因为它是人的表达工具,所以传统将语言看成透明的,其本身没有独立性的,因此上述二例必有正误之分。而当代的语言观则强调语言的半透明(海德格尔的半露半掩论)和其本身带有历史踪迹的独立性(德里达的踪迹论)。因此上述二例不必究其正误,可并存。西方文化传统强调逻辑思维,落实到语言上就是语法结构、词类与句法、标点的明确规定。假设语言是一颗多截面的钻石,语法的规则是想将其固定,镶嵌在一个角度上,使它失去意图之外的形态。这种对语言的嵌制实则只是人们的主观意志。当今天人们的语言观进入阐释的多层多元时代,读者对文本的掩盖部分及游离于其上的历史踪迹恢复了敏感,就不再追求阐释的权威性。中华汉语文化的哲学,无论老庄儒道都有对模糊真理的包容倾向,虽程度不等,但多少超越狭隘逻辑思维的束缚,因此不追求严格语法,使汉语简约而富弹性,有更开放的解读空间,信息量丰富多元;在文学作品里这种解构视角更显出优越性。因为作为一个诗人,在创作过程中,并不受逻辑思维的约束,感情的跳跃带来思路的跳跃,或反之;加上思绪的网状辐射的联想,自然形成文本的不透明、踪迹的飘浮游离。今天的读者更喜欢一颗能旋转的钻石在不同的角度和光线、不同的时空中发出不同的异彩,那种嵌死了的题解只能扼杀诗歌的灵魂。然而在告别语言工具论之前,我们的文学评论及教学中仍然流行着从主题、立意等方面建立对文本的权威阐释,或者争当真正理解作家原意的评论家。其实一个真正的诗人从来不会在创作中将自己的创作旅程像计算机程序那样输入自己的心灵,创作虽有一个起始的冲动,但却没有一个必须遵守的合同。作家的悟性不断闪现给他一些令他自己也吃惊并难以拒绝的风景。一个大师的高明之处在于他既陶醉于灵感的启迪却又不全然乐而忘返。在他的初始冲动中总是孕育着必须长大的种子,那里他会再找到自己的最终追求。如果一篇诗歌成了断线的风筝,失落于茫茫之中,那总是不成功的。这也就是在文学的创作与解读中动与静,无限与有限,具体与超越,初始与归宿的艺术平衡,大师们总让你感到他的语言文字的"完整"与"无限"的同时存在,完而不了,不了而非无边无涯。任何好的作品都有这样的共性,汉语由于汉文字的特殊形象结构和非语法性更有利于这种艺术的多与一的谐和。

范尼洛萨由于自己母语的非形象性与强语法性,及其所代表的理性道德中心的宇宙观和逻格斯神言中心的艺术观、哲学观,对汉语的模糊性所包容的时空之辽阔邈远,赞叹不已。他说:

> 你或会问道汉文如何能以绘画的书写建立起这样庞大的智性结构? 对于一般西方头脑,这种功业似不可能,因为他们认为思想是与逻辑范畴有关,而逻辑是蔑视直接想象的功能的。但是汉语以它的特殊材料穿透了可见,而达不可见的境地。[7]

范尼洛萨认为这种从可见到不可见是"暗喻"的功能。而"暗喻,这大自然的显现者是诗歌的本质"[8]因此汉语的浓厚的暗喻色彩使得汉语本身就富于诗的本质。这也是汉语这充满人类直接想象、感性视觉美及思维组织能力的文字较拼音文字的冷漠无感性视觉美更优越的原因。设想一个人从没有生长在汉语文化中,不知道"慈爱"这个词和"杀死"这个词的两种截然不同的感性视觉效果,而只知道 kind(慈爱)与 kill(杀死)之间只是两个字母符号之异,这种纯概念的知识较之前者所能给予人们的丰富感性认识要差得多么多! 汉字每个字都像一张充满感情向人们诉说着生活的脸,使你不得不止步听它倾诉,而拼音字则只是一张漠然无表情的机器人的脸,你必须去解码它发出的声音,才能得到概念性的知识。

暗喻，范尼洛萨认为，是"以物质的物象暗示非物质的复杂关系"[9]，"语言的全部细微的实质都建立在暗喻的潜层中"[10]。甚至抽象的词在字源学家的努力之下也显示出它们古老的根仍然埋在直接的行动中。可见字与生活、自然间的根深蒂固的生成关系，而汉字中这种关系始终得到保存。汉字揭示了大自然中物的状态，物与物之间的关系，民族的生存生活状态。凡此种种人与自然、人与人间的复杂关系在我们的汉字结构内都成为经过抽象的具体画，每个汉字都是一篇文，一首诗，一幅画。这说明为什么拼音文化没有书法艺术，唯独汉语能有至今为世界所热爱的书法艺术。一个字也能成一幅书法，几个字，几句诗都能写了挂在室内，因为汉字本身就是诗、书、画三者结合的时间—空间双重的艺术。范尼洛萨认为汉字之能暗示自然中诸多复杂关系远比表达一种真实的事物更重要。汉字的暗喻能力使它如"一粒橡树的果实，其中潜存着一棵橡树枝丫如何伸展的力量"[11]。暗喻使得人们的思想能不断地从大自然中吸取与自己同源、同情、相等的力量来充实自己，否则我们的思想就会饿死，语言就会枯竭，"就不可能有桥梁使我们能跨渡可见的世界的小真理达到不可见的大真理"[12]。范尼洛萨看到诗歌和语言相通的本质是通过暗喻使人们能恍悟具象世界背后的真理。诗歌与语言都不是以纯概念、纯抽象的认知为对象，它们必须保持丰满的感性，暗喻如同一种背景光源，给语言和诗歌以色彩和活力，促使它们更接近大自然，并且从具象的形体中透出像外之意，弦外之音。他认为莎士比亚的诗歌中充满这类例证。笔者可以有信心地说我们的不朽的古典诗词中也不乏这种例证。正是这种诗歌与语言的暗喻性，使得诗歌最早出现在语言中，诗歌成为最早的世界的语言艺术。"诗歌、语言及对神话的喜爱是同时成长的"[13]，在这种认识的前提下范尼洛萨为我们留下下面几段精彩的对于汉文字的赞美。汉语在显示它的字在形成时的胚胎发育过程时，比拼音文字要有优势。

> 它的字源总是可见的。它保留着创造时的冲动和过程。这种过程冲动仍然可见，而且在进行中。在几千年之后的今天，汉字的暗喻进展的痕迹仍在呈现，而且在很多情况下保留在字意中。因此一个字不像我们的拼音字那样愈用愈贫乏，反而愈久愈丰富，成为有意识的、有启发作用的字。它在民族的哲学、历史、传记、诗歌中的使用使得它获得一整个用意义组成的光环；这些意义的核心就是那个字符。记忆将这些意义凝聚起来并加以运用。中国生活的土壤似乎就是这些字、语言之根盘错节的地方。[14]
>
> 诗歌的语言总是波动着，一层又一层弦外之音，和与大自然的亲和。在汉语中这种暗喻的可见性使得这种诗语的质地提高到最强烈的程度。[15]
>
> 诗的思维通过暗示来工作，将最大量的意义压进一个句子，使它孕育，充电，自内发光。在汉语里，每个字都聚存着这种能量在其体内。[16]

恕我连引三段范尼洛萨的原话。对于一位西方语言学家能在世纪初就以如此先进的语言学阐释汉语作为语言文字的这些优点，实感钦佩。反复思考他的这些观点能使我们茅塞顿开，意识到自身长时期为语言工具论所障目塞听，对于自己母语的优越性，它的诗的本质，它的暗喻功能，视觉的造型美，它所暗含的中华民族的智慧、哲学、创造才华都熟视无睹，陷入一种审美麻木、心灵粗糙的无文化状态，致使这安子介先生所说的中华民族第五奇迹的民族瑰宝几乎被遗忘淹没在我们这个世纪。想到这里，作为一个知识分子深感惶憾痛苦。

21世纪中华文化必须经过一次遗产的再认识，重新评价，使它的精华能以现代的光辉再现在世界文化之廊中,在舍弃尘埃的同时,珠玉必须拾回。一个民族文化的灵魂就是语言,它并非没有感觉的工具,它需要我们以最大的审美敏感来爱护它。它的衰危、枯竭,意味着一个民族生命力的衰退,它的被粗暴对待、扭曲变形,是对一个民族心灵的直接挫伤。语言环境受污染和自然环境受污染同等危害一个民族的生存。郁郁葱葱令人身心畅朗。森林的过度砍伐,湖水的涸竭,气候小循环的受破坏,都影响生态;语言的词藻贫乏庸俗,声调刺耳,句型单调,或由于不能负担后工业社会的精神压力,变形扭曲,句子愈来愈长,信号愈来愈弱,信息消失在长长的扭曲的句子窄巷中,已成了常见的文风。或者被认为这是后现代风格所不可避免的;又有时作者以语言游戏为先锋派的特征,凡此种种都被认为是对旧式公式化了的文风的一种反抗。诚然人们、尤其是青年人,对老化了的教条的词藻句型反感,在追求新的更有生命力的语感,因此找到嬉皮士式的玩世不恭的语言,在短时期内它似乎有些新鲜感,也远比教条说教式的训话腔要犀利得多,但这种语感和文风能发挥其风趣和讥讽的人生场合较窄,毕竟还有更多复杂的思想感情有待表述。当前我们的白话文境况亟待改善,这里借用苏轼对他的时代的文风的一个表述:

　　　……用意过当,求深者或至于迂,务奇者怪僻而不可读,余风未殄,新弊复作。[17]

　　冲击余风却又带来新弊,正是当前白话文的处境。一些不好的译文在青年诗文作者中影响较大。求深而陷于迂,思路混乱,行文如夜行,选择曲线陈述,使两点之间的直线被认为不深刻而遭摈弃,舍犀利清澈而取节外生枝回绕迂阔,终于以建立与读者间的屏障而自得的所谓先锋诗中不乏"怪僻而不可读"。总之直白教条公式的"余风未殄,新弊复作"。

　　在进入新世纪前,要走出"余风"、"新弊",首先要对语言概念的深层意义有所领悟,走出语言工具论的庸俗观点。对语言所不可避免的多义及其所自动带入文本的文化历史踪迹要主动作为审美活动来开发探讨。每个民族有其语言的特性,拼音文字在创作中多开拓头韵、抑扬、节奏等音乐美,汉字的突出美是视觉造型所内含的思与形的美,在走出格律诗后其音乐美如何开拓是未来审美的新课题。我们既不能再回到格律诗的平仄模式,也不可能填词,但白话诗无论如何也应有其音乐美,才能成为成熟的有高艺术造诣的诗,这方面理论的空白是白话诗在形式上不能与古典诗相媲美的一个原因。由于对乐感的忽视,诗语粗糙已司空见惯。近年西方诗并不追求词藻,但在乐感上都有所发展,其诗行有时貌似散漫,但一旦依照摇滚节奏朗诵却立即产生有力的节奏感。中国白话诗近作诗行散文化,但并没有任何音乐节奏可以使之获得诗的完整感。没有很好的音乐耳朵,徒然将诗行割裂,或不自然地拼贴都只有使语言扭曲。古典词可唱,诗可吟,白话诗如何寻找自己的语言音乐性?目前在尾韵上有些试验,行的列式也有尝试,唯独语言的乐感却仍然拿不出任何说法。节奏的"顿",虽说在50年代展开过一些粗浅的讨论,也难说有什么审美理论。因此白话诗的语言音乐性必须成为今后诗学语言探讨的一个课题。至于汉语白话诗的视觉效果更是很少得到关注。一位书法家在被问道为什么不能以白话诗作为书法内容,答者面有难色,说白话诗的用字太简陋,缺少形态美,且"的"、"了"、"吗"出现频繁,无法给书法家机会展示汉字造型的美和智,诗行散漫,没有章法,也形成安排上的困难,因此书法家多以古典诗词为书写对象。这回答无异是对白话诗的警钟。需知自古中华书法与诗词是一种综合艺术的密不可分的两个组成部分。书法使诗词走出书本,悬之于壁,可以成为生活环境的一个重要部分,与人朝夕相对,产生不可估计的重复加深的审美效果。书法将汉语诗原有的文字造型美转化成为空间艺术,使其步入人们的生活。使诗获得画的空间,诗与书法相结合才真正发挥汉字写成的诗所特有的空间—时间艺术价值。失去书法的支持，诗歌只停留在书本里，不能如画、雕塑成为人们生活环境的一部分，它的威力是难以发挥的。在今天后工业社会里，人们的生活匆忙，所剩下的时间精力有限，而大量的娱乐媒体都在抢占这些宝贵的业余时间，视觉艺术、听觉艺术携手争取视听观众，诗歌如果只能通过阅读来接近群众，其受冷落是必然的。但如果新诗能与书法结合，悬挂于壁，它就有机会如画和雕塑主动走入群众的视野，古典诗词之所以能在群众中至今占有重要地位是与书法、碑文、字画、对联等视觉艺术分不开的。白话诗为了占领群众的业余空间也必须赢得书法家的爱好，符合书法绘画的艺术特点。笔者的想法是，新诗，至少有一部分，应当成为突出视觉美的诗歌，在诗行的排列，字词的选择都加强对视觉艺术审美的敏感，让新诗和古典诗一样走出书本，进入群众的生活空间，悬挂在他们的居室里，甚至成为装饰的艺术的一种。有些热心诗歌事业的人曾想制作诗歌电视，但由于诗朗诵无法拥有流行歌曲那么多的热爱者，在录像制作过程成本费太大，投资者不很踊跃，与流行歌曲电视竞争几乎不可能。但如果新诗与书法、画结合，如古典诗歌那样，就很有可能走入群众的日常生活，当然这仍需要看诗歌作者如何从发展诗的视觉及音乐节奏审美入手，使得新诗获得简练精美、深邃的形式和内容，使之适合与视觉艺术相结合。诗人首先要深入体会汉字的诗的本质、新诗与汉字汉语间的暗喻及形象内在联系，要对语言与文学的关系有新一层的领悟，对画、书法、雕刻应当有更深的审美素养。时下不少青年诗人对诗歌与视觉审美的关系很少关心，只愿为宣泄自己的情绪而写，即使想创新，也很少站在新的角度考虑诗歌兴衰的客观原因。生活在视听媒体大量垄断人们的业余时间的 20 世纪下半叶，中西语言的诗歌同样遇到极大的生存威胁。目前西方多以举行朗诵、诗歌节等方式使诗歌能够找到群众。由于西方拼音文字的特长为音乐性，即以听觉审美为主，所以它和古典或流行音乐、音乐伴奏结合效果很好。而汉语文字主要是以视觉审美为主，特别是走出古典平仄声韵模式之后的新诗，不易以朗诵来吸引群众，但如和书法艺术、绘画结合好就有可能与书画携手走入展览厅及百姓的客厅。如何让群众从新诗找到对中国的现当代诗歌的审美感觉是至关重要的。这是一个深刻的教育问题。首先要提高国民对自己的语言文字的审美意识，而不仅是把语言文字看成一个毫无美感的工具。正由于计算机的书写已开始威胁汉字的形象美，我们如何保护这中华文化的灵魂，更值得人们深思和重视。

1996 年 3 月 16 日

原载《文学评论》1996 年第 4 期

注　释

1.《最后的一课》是法国作家都德(A. Daudet, 1840—1897)所作。他在故事中描述普法战争中普鲁士士兵进入法国城市时一个小学校的最后一堂法语课。

2. J. 德里达:《书写学》，美国霍普金斯大学出版社 1976 年版，第 9 页。

3. E. 范尼洛萨:《汉字作为诗歌的媒体》，见 D. 阿伦(D. Allen)与托曼(W. Tallman)编:《美国新诗学》(*The Poetics of the New American Poetry*)，美国纽约 1979，第 13—15 页。

4. 同 3，第 17 页。

5、6、7、9、10、11、12. 同 3，第 25—26 页。

8、13. 同 3，第 27 页。

14. 同 3,第 28 页。
15. 同 3,第 29 页。
16. 同 3,第 31 页。
17. 苏轼:《上欧阳内翰书》,《宋金元文论选》,陶秋英编选,人民文学出版社 1984 年版,第 169 页。

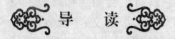　导　　读

作者站在 20 世纪西方语言观变革的高度,重新审视汉语丰厚的文化蕴含和审美功能。它以美国语言学家范尼洛萨 1908 年撰写的《汉字作为诗歌的媒体》为主要理论资源,在中西语言比较的基础上,充分论述了汉语的审美功能与诗意价值。

文章首先指出语言观念变革的重要性。作者在引言中指出,20 世纪西方语言观"走出了语言的逻格斯中心和唯理性主义"。"语言之根在于无意识之中。"这种新的语言观念,"对于语言与无意识关系,语言作为独立于人的符号系统等方面的理论有了新的拓展"。而我国的语言观,基本上仍停留在陈旧的语言工具论上。它阻碍了人们对于民族文化和世界文化的深刻认知和感受,特别"影响了对本民族人文学科的深入探讨"。

其次,文章通过汉字与西方拼音文字的特性比较,揭示汉语独特的文化意蕴。作者认为,拼音文字由完全抽象的符号字母组成,先是唤起接受者对于对象概念的记忆,而后联想到该事物的感性质地;而汉字的象形、指事和会意无须通过抽象概念就可直接传达对象的感性和智性质地。"在记载民族文化上,汉文字能直接传达文化的感性与知性内容",因此,在传达与接受知识方面,拼音文字不如汉文字。西方语言学家和哲学家索绪尔、德里达及范尼洛萨都曾充分意识到汉语的卓越性。

再次,文章论述了汉语审美功能的特性。一是汉语具有动感。"汉语没有时态的规定,动词名词兼用,因此更符合事物的自然状态",而且"汉语的结构不但表现有形的动作,还通过有形的动作提示不可见的精神哲学"。二是汉语富有感性魅力。汉字的三大结构方式是象形、指事和会意,依次构成直接记载所指的感性质地、指示所指事物的处境甚至与它物的复杂关系。汉语的这种形象性,拥有视觉艺术的造型美,它直接诉诸读者的感官,因而具有丰富的感性素质。

最后,文章论述汉语的诗意价值。文章认为,诗有三个特点,"一是没有统一确定的解释;二是极富暗喻;再是拥有凝结感性具象与悟性的内涵意象"。由于汉字的特殊形象结构和非语法性,因而汉语与西方拼音文字相比,更加天然地亲和诗歌艺术。

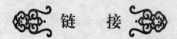　链　　接

申小龙:《汉文学语言形态论》,《上海文学》1988 年第 9 期。
郑敏:《结构——解构视角:语言·文化·评论》,清华大学出版社 1998 年。

汉语形象与文化现代性问题

王一川

我这里想谈谈 20 世纪(或现代)文学中的汉语形象与现代性问题。"汉语形象"这题目可能显得有些陌生和不合时宜,这年头连对付"现代性"这类紧要问题都还来不及,哪有心思或必要去谈它? 但我以为,在汉语文学领域,"现代性"这一所谓"紧要"问题其实可与汉语形象问题关涉起来考虑。你不涉及汉语文学则罢,你只要是谈论汉语文学中的"现代性",就不能不考虑汉语形象问题。汉语形象是中国现代性题中应有之义,甚至是其要义之一。

一、汉语形象及其修辞之美

汉语文学能凭借汉语为我们述说出"美"的世界,这一点众所周知。但并非人人明白这美与文学中的汉语形象系统本身密切相关。受"内容决定形式"或"思想指导语言"的传统观念影响,人们总是更多地看顾汉语所述说或"再现"的世界,却很少能真正地凝视再现这世界的汉语形象本身,如汉语的语音、文法、辞格和语体形象等。只要认真地凝视这种汉语形象,就能发现并享受其丰富而意味深长的美。例如,汉语语音形象在诗的美的世界中总是至关重要的因素。清代沈德潜说:"诗以声为用者也,其微妙在抑扬抗坠之间。读者静气按节,密咏恬吟,觉前人声中难写,响外别传之妙,一齐俱出。朱子云'讽咏以昌之,涵濡以体之',真得读诗趣味。"[1] 可知语音形象被视为诗的"美"的首要因素,只有把握了它或由它入手才能"真得读诗趣味"。轻视语音形象必然不能完整地理解文学及其汉语形象的美。

现代散文和小说家林语堂特别关注汉语的"单音节性"在文学中的特殊意义:"这种极端的单音节性造就了极为凝练的风格,在口语中很难模仿,因为那要冒不被理解的危险,但它却造就了中国文学的美。"他在这里把"单音节性"直接看作"中国文学的美"的基本构成要素,足见其对语音形象的重视程度。正是由于"单音节性"的存在,"于是我们有了每行七个音节的标准诗律,每一行即可包括英语白韵诗两行的内容,这种效果在英语或任何一种口语中都是绝难想象的。无论是在诗歌里还是在散文中,这种词语的凝练造就了一种特别的风格,其中每个字、每个音节都经过反复斟酌,体现了最微妙的语音价值,且意味无穷。如同那些一丝不苟的诗人,中国的散文作家对每一个音节也都谨慎小心。这种洗练风格的娴熟运用意味着词语选择上的炉火纯青。先是在文学传统上青睐文绉绉的词语,而后成为一种社会传统,最后变成中国人的心理习惯。"[2] 这里从"单音节性"入手揭示了"中国文学的美"的汉语形象上的特征,如尤其注重汉语语音的节奏和韵律美,"每个字、每个音节都经过反复斟酌",使其展现"最微妙的语音价值,且意味无穷"。汉语形象的意义还从文学而渗透进更为广泛而深刻的中国"社会传统"和"心理习惯"之中。这反映出他对于文学的汉语形象问题的修辞论视野。汉语特有的形象之美同中国文化的根本价值紧密联系起来。林语堂还就汉语的语音形象和词法形象在诗的艺术形象体系中的重要性作了具体阐明:"汉语与诗歌之间也有关联。诗歌需要清新、活跃、利落,汉语恰好清新、活跃、利落。诗歌需要运用暗示,而汉语里充满意在言外的缩略语。诗歌需用具体形象来表达意思,而汉语中表达形象的词则多得数不胜数。最后,汉语具有分明的四声,且缺乏末尾辅音,读起来声调铿锵,洪亮可唱,殊非那些缺乏四声的语言可比拟。……中国人要自己的耳朵训练有素,使之有节奏感,能够辨别平仄的交替。这种声调的节奏甚至可见于散文佳品之中,这一点也恰好可以用来解释中国散文的'可吟唱性'。"[3] 这里突出展示了汉语语音(节奏)形象的美质("节奏感"、"可吟唱性")。

近年去世的当代小说家汪曾祺毕生抱定一个宗旨:"写小说就是写语言",在汉语形象上作出了超出常人的努力。他坚决抛弃语言(形式)从属于内容(思想)的陈旧观念,认定语言(汉语)本身就是一种内容要素:"语言不只是一种形式,一种手段,应该提到内容的高度来认识。"汉语不仅是小说的内容要素,而且更是小说的"本体":"语言是小说的本体。……写小说就是写语言。小说使读者受到感染,小说的魅力之所在,首先是小说的语言。小说的语言是浸透了内容的,浸透了作者的思想的。"[4] 这种关于"语言(汉语)是小说的本体"的主张,在他自己的汉语写作中得到了扎实的实践,可以视为 80 年代文学界在语言方面的一次革命性转向:不是内容而是语言(形式)成了文学中最重要的东西。他的真正独到处在于把汉语语音形象的美作为小说写作的至高美学标准,"声音美是语言美的很重要的因素"[5]。而在语音形象中"节奏"是头等重要的。对此他用了两个比喻加以概括:一是语言像"树":"语言像树,枝干树叶,汁液流转,一枝摇,百枝摇;它是'活'的",这是抓住了汉语形象的内在活性;另一是语言像"流水":"中国人很爱用水来作文章的比喻。韩愈说过。苏东坡说'吾文如万斛源泉,不择地涌出','但行于所当行,止于所不可不止'。流动的水,是语言最好的形象。中国人说'行文',是很好的说法。语言,是内在地运行着的。缺乏内在的运动,这样的语言就会没有生气,就会呆板",这里同样突出汉语的内在运动特点,不过更直接点出其基本的"气"或"气韵"构成[6]。这里说汉语形象如"树"如"流水",都是在强调汉语形象的受内在气韵支配的"活"的或"流动"的特质,实际上等于要求小说语言本身贯穿着"流转有韵"的富有生气的"节奏"。"一篇小说,要有一个贯串全篇的节奏"[7]诗讲究"节奏"是众所周知的,但小说居然还要讲究"节奏"!这无疑正是他的独特之所在。他因此主张以"小说节奏"去取代"小说结构"概念:"中国过去讲'文气',很有道理。什么是'文气'? 我以为是内在的节奏。'血脉流通'、'气韵生动',说得都很好。"[8] 他自己的小说本文提供了语音形象的绝妙范例。他没有写过长篇,而主要写中篇和短篇小说,及那些介乎小小说、笔记小说或散文之间的人们难以确切断定体式的短章,其共同特点之一正是突破诗、小说和散文之间的文类限制而着重表现汉语的节奏之美。这些小说语言可以说正像"汁液流转"的"树"或"流动的水"那样,充满了行云流水般奇妙的"节奏"。

从这些论述可见,汉语文学的美并不仅仅在于被汉语所述说的东西,而且首先在于汉语的述说本身上,也就是说,汉语文学中的汉语组织不仅述说美,而且它本身就构成为美的"形象"。甚至可以这么说,正是这种汉语形象的美很大程度上支撑起或决定着整个汉语文学或"中国文学"的美。人们虽然常说"文学是语言的艺术",但这话长期以来很少当真过。如果真的把汉语作为汉语文学的"第一要素"对待,那就意味着违反源自"苏联模式"而在中国盛行已久的"内容决定形式"或"思想标准第一语言标准第二"信条。如要在汉语文学领域真正推行"文学是语言的艺术"命题,就必然需要作出如下推断:文学是汉语形象的艺术。想来这在 20 世纪末的今天应是毋庸置疑的了。

还应辨明的是,汉语文学中的汉语形象并不同于通常的汉字形象和汉字书法形象,而是一种修辞性形象。汉字形象是指作为方块形文字的汉字本身的间架结构形态,它的属于全民族的普遍性符号意义应由汉字学去研究。同时,当汉字的笔墨形体本身按专门的书法艺术或美学规范组织起来,形成具有书写者独特个性和特殊感染力的形式、节奏和气韵整体时,就成为艺术形象,这属于汉字书法学的探讨对象。与此不同,汉语形象主要地应是从汉语在文学中的具体修辞功能而言的。当然,单从文字学和语言学角度看,汉语的形式因素如方块形体、声调、语调、节奏和韵律等本身具有一定的形式美,如语言学家王力所说:"从多样中求整齐,从不同中求协调,让矛盾统一,形成了和谐的形式美。"[9] 但在文学中,这种语言形式美只有当其服务于具体修辞目的即表现人的生存体验并取得一定成功时,才有真正的审美价值。即是说,汉语形象是当汉语的四声、平仄、韵律、对仗、比喻和排比等表现功能被应用于文学的审美—艺术表现并获得成功时才体现出来的,即是汉语在审美—艺术表现上显示出的修辞性形象。所以,汉语形象的美不同于单纯的形式美,而是一种修辞美。启功认为在中国文学传统中"修辞"功能往往大于"语法":"在古代汉语中尤其是诗歌、骈文中,修辞与语法往往是不可分的。修辞的作用有时比语法的作用更大,甚至在某些句、段、篇中的语法即只是修辞。所以……语法……同时也包括了修辞。"[10] 美国"耶鲁"学派代表人物德·曼则从"解构"立场研究文学"语言的修辞性"(rhetoricity),强调修辞在文学中甚至哲学中具有基本地位[11]。这种关于文学中修辞统摄或决定语法的见解,可以帮助我们理解汉语形象的性质和特点。文学中的汉语形象说到底就是一种修辞性形象。修辞,在这里指调整和组织言语以便造成社会感染效果的方式及过程。作为一种修辞性形象,汉语的审美价值在于,它被精心调整和组织起来,以便成功地实现特定的表达意图,并最终在读者中造成强烈的社会感染效果。换言之,汉语形象的审美价值主要在于它在审美—艺术表现上的修辞性价值。所以,汉语形象主要地是指汉语的修辞性形象,它是文学中的汉语组织在语音、词法、句法、篇法、辞格和语体等方面呈现出来的富于表现力及独特个性的美的形态。

二、汉语形象与现代性身份认同

汉语形象的修辞之美具体体现在何处呢?人们似乎可以不假思索地从中国古典文学或古代汉语文学中信手拈来一些实例,它们足以充分展现汉语形象的美,如杜甫、李贺和李商隐的诗,李煜的词,及小说《红楼梦》等。这应是不刊之论。但如果讲 20 世纪中国文学或现代汉语文学也能体现汉语形象的美,就似是大有疑问了。无论是当今中国古典文学研究者,还是海外"汉学"人士,以及其他读者,都可能断然否定这种可能性,而认定唯有中国古典文学才有资格代表汉语的"形象"。美国汉学家孙康宜披露了这样一个事实:"数十年来美国汉学界一直流行着一种根深蒂固的偏见:那就是,古典文学高高在上,现代文学却一般不太受重视。因此,在大学里,中国现代文学常被推至边缘之边缘,而所需经费也往往得不到校方或有关机构的支持。一直到 90 年代,汉学界才开始积极地争取现代文学方面的'终身职位',然而其声势仍嫌微弱。有些人干脆就把现代中国文学看作是古代中国文学的'私生子'。"[12] 现代文学甚至连"正宗"身份也争取不到,遑论汉语形象之表征?究其原因,很大程度上正是与对其汉语形象创造上的成就持轻视或否定态度有关的。如果要证明或消除这种美学与文化上的"偏见",就需要平心静气地深入现代文学的特定文化语境与具体文本之中,看其究竟如何。

现代文学是在 1840 年鸦片战争以来中国复杂多变的文化现代性状况中艰难地诞生和发展起来的,正是这种文化现代性状况构成了现代文学的特定文化语境。"现代性"(modernity)一词历来在西方和中国都众说纷纭,难有定说,我这里主要采纳英国当代社会学家吉登斯(Anthony Giddens, 1938—)的界定:"现代性"是指 17 世纪以来"在后封建的欧洲所建立而在 20 世纪日益成为具有世界历史性影响的行为制度与模式",而"工业主义"、"资本主义"和"民族—国家"等是其显著维度[13]。这种界说自有其合理处,不过,在我看来,中国的现代性既属于整个世界性的现代性问题领域(在此意义上中国现代性并没有某些人所主张的那种可与其他国家分离的特异性或"特别国情"),又具有自身的特定表现形态或方式:中国是在自身悠久而辉煌的古典传统(包括自认的在世界上的中心地位)遭受内在衰落与外来西方他者冲击困境而急剧"断裂"的情形下,被迫参照西方现代性模式而开始"现代性工程"的。与美洲、非洲和亚洲那些"后发"现代化国家不同,它们未曾有过昔日的"中心"荣耀,而中国则不仅长期拥有它,而且更重要的是,还把它深深地置入自身的现代文化意识和无意识之中,以致面对西方这空前未遇的陌生而强大的"大他者"对自己的"中心"权威的无情抢夺时,决不甘心俯首称臣,而是急速地起而谋求再度"中心化"[14]。这种"中心化"情结规定了中国现代性工程的特定目标:按照来自西方的现代性指标去寻求"自强"之道,以便重建中国的世界上的中心地位。这样,中国的现代性就具有了自身的特定含义:师法西方现代性话语(如现代科学、技术、政体和法制等)而使中国获得现代性,以便重建固有"中心"权威。重建中国中心这一崇高的现代性目标,既带来一种动力,促使中国人不甘落后和贫弱而奋发自强,也造成强大压力:当这种目标因阻碍重重而迟迟不得实现时,就只好借助新文学的力量去推动这种实现(以"新小说"去"开启民智"或"改造国民性"),并在新文学中运用想象的方式去替代性地实现(虚构出形形色色的"新中国"乌托邦)。正是这种旨在现代文化启蒙或文化想象的"新文学"(新小说、新诗和话剧等),成为中国现代文学的最早雏形。而当这种"新文学"挣脱"古代汉语"的旧束缚而改由"现代汉语"来表述时,就有了真正意义上的"现代文学"。

不再用伟大而衰落的书写工具古代汉语,而是新造看来幼稚的现代汉语,能承担起表现现代中国人在世界上的新的生存体验这一使命,并继续保持或重新塑造汉语文学在世界上的"中心"形象吗?如果说,古典文学中的汉语形象曾经不容置疑地成为中国文化在世界上的中心地位的象征性形象,即成为其伟大而崇高的"文化身份"的当然表征,那么,现代文学中的汉语形象还能在现代世界格局及文化语境中再度成为上述象征性形象或"文化身份"表征吗?问题就提出来了。换言之,现代文学中的汉语形象的美学成就或价值如何,应是关系到中国文化对自身在现代世界上的价值、地位或角色的认同的,即关涉中国文化现代性的身份认同。当然,这并不是说现代作家或诗人的每一次汉语写作实践都径直关系到中国的现代性进程,都事关中国在现代世界上的文化身份这一大局,而不过是要表明,这种现代汉语写作实践直接或间接地、或多或少地在根底里与中国现代性工程及其文化身份具有复杂、微妙而重要的关联。正是在这一意义上,汉语形象与现代性问题关联起来。应当说,汉语形象既是文化现代性的一个方面,又是文化现代性得以显示的一种象征性"镜像"。

三、80 年代以来汉语形象描述

为了具体地说明现代文学中汉语形象的美学特点及其与现代性的关联,不妨先把目光凝定到 80 年代以来的文学写作之中,就其中较为典范的几种汉语形象形态的美学特点加以简略分析。为分析方便,这里暂且把几种典范性汉语形象形态称作白描式语言、旧体常语式语言、间离语言、立体语言、调侃式语言、口语式语言、自为语言和跨体式语言。

1. 白描式语言:典雅。我用"白描式语言"指那种力求以简练或素淡笔墨描摹事物本相直达"传神"境界的汉语形态,它并非单纯的语言"技法",而是文艺领域的依托着深厚的古典宇宙观和美学精神的基本表现方式——自无而有、虚中见实、以形写神、以少总多、气韵生动等原则正是其追求方向。这方面的代表有汪曾祺、贾平凹和何立伟的小说及散文语言。它们的突出的语言特点在于今中涵古。今中涵古,就是在现代汉语(今)的总体框架中涵摄入某些古代汉语(古)因素,从而使现代汉语不失汉语的古典式高雅风范。从这个意义上说,典雅可以作为白描式语言的审美形态的特点。"典",指审美形态包含的古典、经典或典范意味,代表作为现代汉语的古典、经典或典范的古代汉语;"雅",则指审美形态的品级:雅致、高雅或古雅。典雅,在这里就是指汉语形象的古典而雅致风范。汪曾祺对古典式节奏和韵律美的自觉追求,贾平凹对古代汉语词法、句法及线性叙述法的汲取,都使得他们的小说既"典"且"雅",呈现出鲜明而一贯的典雅风貌。可以看看其中的一二例子:"昙花真美呀! 雪白雪白的。白得像玉,像通草,像天上的云。花心淡黄,淡得像没有颜色,淡得真雅。她像一个睡醒的美人,正在舒展着她的肢体,一面吹出醉人的香气。啊呀,真香呀! 香死了!""绿光飞来飞去。它们飞舞着,一道一道碧绿的抛物线。绿光飞得很慢,好像在幽幽地哭泣。忽然又飞快了,聚在一起;又散开了,好像又笑了,笑得那样轻。绿光纵横交错,织成了一面疏网:忽然又飞向高处,落下来,像一道放慢了的喷泉。绿光在集会,在交谈。你们谈什么? ……"(汪曾祺:《昙花、鹤和鬼火》)这里,第一段用"像……"的比喻句式反复渲染出响亮而明快的音节效果,而"她像一个睡醒的美人……"的比喻,更传达出昙花的悠长而醉人气息。第二段交替地用了比喻("一道一道碧绿的抛物线"、"好像在幽幽地哭泣"、"像一道放慢了的喷泉")和拟人("好像在幽幽地哭泣"、"好像又笑了,笑得那样轻"、"绿光在集会,在交谈")等辞格,使绿色的轻盈而美妙姿态生动地呈现出来,短促句式也突出了一种轻快的节奏,从而使画面和声调完满而和谐地组合起来。阅读这些,读者显然可以体会出一种"雅致",似乎古代语言中蕴藏的那种"古典"感受又回来了。

而贾平凹在《商州初录》中的如下叙述,则尤其能显出典雅之"典"味来:"商州的泥水匠,最有名的是在贾家沟。贾家沟的泥水匠,最有名的是加力老汉。""商州的人材尖子出在山阳,山阳的人材尖子出在剧团,剧团的人材尖子,数来数去,只有小白菜了。"这样的古典式线性描写仿佛是一种"套语",能使人立即领略出某种典味来。"远近人以棣花人乐而赶来取乐,棣花人以远近人赶来乐而更乐,真可谓家乡山水乐于心,而落于锣鼓,鞭炮,酒肉也!"这种"乐而乐"句式及结尾的"也"字,显然直接地来源于对《醉翁亭记》结尾句式的模仿。

2. 旧体常语式语言:典俗。旧体诗人启功先生写有一种形式奇特的诗:格律是旧的,而语言却尽量采自当代日常生活语汇,如"真要命"、"活该"、"电风扇"、"气管炎"等。我把这种在旧体中运用的当代日常语言称作旧体常语式语言。与白描式语言相比,旧体常语式语言虽然具有相近的鲜明的"典"貌,却并不求"雅",而是相反求"俗",即是"典"而"俗",既求"典"又寻"俗"。不妨新造一个词来表述它:典俗。既是说语言内部似存在一对张力:一面显古典风貌,这由其旧体格律所决定,不能更改,如更改就不再是旧体诗;而另一面又呈现俗的特色,这则由其日常语言寻求和面向日常生活体验所规定,同样不能更改。一个要典,而另一个要俗,本来可能造成典与俗的紧张关系。但这种可能的紧张关系却被语言内部自身的灵活机制巧妙地化解掉了:诗人明智地不是以古代的俗、而是以今天的俗——充满活力的当代日常生活体验去试图激活古典,更新古典,这就把典与俗的对立通过古今融合化解掉了。典俗,就是汉语形象的既古典而又今俗风貌。可以看看他的《鹧鸪天八首》之八:"昨日墙边有站牌,今朝移向哪方栽。皱眉瞪眼搜寻遍,地北天南不易猜。开步走,别徘徊,至多下站两相挨。居然到了新车站,火箭航天又一回。"诗的格律是古典的,足够"典"了;但词语却是新的和日常的,如"站牌"、"下站"、"新车站"、"火箭"和"航天",也够"俗"的了;再有写的更是个人的日常体验而非高雅的精神追求,真是"俗不可雅"了。典而俗,就是这样统合在一起。

于是,典俗意味着古典而不害今俗,而是容纳今俗;今俗也不与古典相顶,而是激活古典。

古典与今俗形成互动和互生关系，它使人产生一种反讽、自嘲或幽默感受。"中学生，副教授。博不精，专不透。名虽扬，实不够。高不成，低不就。瘫趋左，派曾右。面微圆，皮欠厚。妻已亡，并无后。丧犹新，病照旧。六十六，非不寿。八宝山，渐相凑。计平生，谥曰陋。身与名，一齐臭。（自注：六读如溜，见《唐韵正》）"熟悉《自撰墓志铭》的读者，正可以从中体味出一种新奇而意味深长的典俗。让我不禁拍案叫绝的是"瘫趋左"与"派曾右"这组对句。"瘫趋左"描写身体左肢偏瘫状况，揭示外在躯体症状；而"派曾右"则述说内在隐形而又处处外露的政治身份，这似是显示诗人的内在政治症候。这是以左对右，外左内右，形左实右，可谓左右逢源，实是绝妙的工对。而"派曾右"一句尤其耐人寻味。"派"字凝练地再现 50 至 70 年代以"派"划线、以"派"论人的极端政治化生活场景。"右"字则简练地点出诗人自己的二十一年右派生涯。对诗人来说，这漫长二十一年苦难或七千六百六十五个受难日怎一个"右"字了得？该是一幕幕多么令人不堪回首却又禁不住时时回首的辛酸场面！但另一方面，这漫长二十一年又是一"右"字可以了结的！"右"字宣判了文化人的政治徒刑，也就等于放逐或禁锢了他作为人的全部活生生的生命！够了，人生一个"右"字足矣！这一字的"魔力"远胜于万语千言！这样的右派生涯本应激起悲痛而沉郁的回忆，但诗人用一个"曾"字简捷地宣告它成为过去，似四两拨千斤地把其化为一阵轻烟随风飘逝而去。一个"曾"字的运用简赅有力地活化出诗人与过去诀别的轻松洒脱姿态。与其沉溺于痛苦回忆，何妨站出来冷静自嘲？"瘫趋左"与"派曾右"一对由于旧体常语式语言的绝妙运用，创造出一种极富"传神"魅力的新型汉语形象，堪称当代旧体诗中具有经典价值的对句。

3. 间离语言：雅奇。间离语言指马原以来的先锋小说语言，其主要特点是借西造奇，即借助西方文学中的现代主义或后现代主义式语言而创造一种满足当代文人的传奇故事或氛围。这种语言体现的主要是当代文人"雅"与"奇"趣，故称雅奇。格非的《褐色鸟群》以如下三大段"我……"式排比句段落开头："……我蛰伏在一个被人称作'水边'的地域，写一部类似圣约翰预言的书。我想把它献给我从前的恋人。她在三十岁生日的烛光晚会上过于激动，患脑血栓，不幸逝世。从那以后，我就再也没有见过她。""……我坐在寓所的窗口，能够清晰地看见远处水地各种颜色的鹅卵石，以及白如积雪的茅穗上甲壳状或蛾状微生物爬行的姿势。但是我无法分辨季节的变化。我每天都能从寓所屋顶的黑瓦上发现一层白霜。""我的书写得很慢。因为我总担心那些褐色的鸟群有一天会不再出现。我想，这些鸟群的消失会把时间一同带走。我的忧虑和潜心谛听常常使我写作分心，甚至剥夺了我在静心写作时所能得到的快乐。"面对这样的文人化叙述，如果没有文人式"雅"趣，断断是读不进去的。半文化水平和通俗趣味，自然会对此退避三舍，又如何会见出并欣赏其语言之美呢！而同时，这种"雅致"又往往与当代"传奇"意味结合在一起。奇既是具有西洋后现代主义特点之"洋奇"，又是与古典文人传奇接通之"古奇"，还有与通常"现实主义"小说阅读感受不同的先锋小说之"新奇"，是洋奇、古奇与新奇之混合体。苏童《一九三四年的逃亡》写道："狗崽接过刀的时候触摸了刀上古怪而富有刺激的城市气息。他似乎从竹刀纤薄的锋刃上看见了陈宝年的面容，模模糊糊但力度感很强。竹刀很轻，通体发着淡绿的光泽，狗崽在太阳地里端详这神秘之物，把刀子往自己手心里刺了两下，他听见了血液被压迫的噼噗轻响，一种刺伤感使狗崽呜哇地喊了一声，随后他便对着竹刀笑了……农村少年狗崽愚拙的想象被竹光充分唤起沿着老屋的泥地汹涌澎湃。他想象着那座竹匠集居的城市，想象那里的房子大姑娘洋车杂货铺和父亲的店铺，嘴里不时吐出兴奋的呻吟。"一把祖传锥形竹刀居然可以呈现"城市气息"、父亲面容，激起对于遥远的城市生活场景的丰富想象。在小说中,竹刀是作为一个意义丰富而又含混的隐喻形象而存在的,它能诱使"我"去尽情"想象"自己家族的神奇故事,并让读者能借助它去充分地"想象"陈家的奇幻迷离故事。所以,间离语言创造了一种既雅致又奇异的汉语形象。

4. 立体语言:多语谐合。立体语言是这样一种语言形态:它综合或交替地运用多种语汇、修辞术和文体形态使其形成新奇组织,以便多方面地描写事物的错综复杂变化和联系及其深长余味,并造成一种言语狂欢效果。为着新的表达需要而大量移置或戏拟古今中外种种语言,形成多语谐和,是立体语言的一个重要特色。王蒙小说《蝴蝶》、《杂色》和《季节》系列等是其突出代表。多语指立体语言中汇集了多种多样的汉语形象,如自造词、高浓缩句、无标点句、比喻、排比、散文和诗等等;谐合,不同于一般的"和谐"或"统一",而是指谐谑地或戏谑地应和,即以具有喜剧、反讽或幽默意味的方式形成杂语喧哗,这是既冲突又和谐,冲突中的和谐,和谐中的冲突。多语谐合,就是指汉语形象所形成的多种语言谐谑地应和审美效果。在《铃的闪》里,我们读到如下大段"独白":"我成为真正的诗人了。我和诗一样地饱满四溢。我豁出去了,您。我写新的诗篇,我写当代,我写矿工和宇航员,黄帝大战蚩尤,自学成才考了状元,合资经营太极拳,白天鹅宫殿打败古巴女排,养育专业户获得皇家学位之后感到疏离。还写波音767提升为副部级领导,八卦公司代办自费留学护照,由于限制纺织品进口人们改服花粉美容素,清真李记白水羊头魔幻现实主义,嘉陵牌摩托发现新元素,番茄肉汤煮中篇小说免收外汇券……我写常林钻石被第三者插足非法剽窃。我写天气古怪生活热闹物资供应如天花乱坠。我忘记了电话存在。我写北京鸭在吊炉里 solo 梦幻罗曼斯。大三元的烤仔猪在赫尔辛基咏叹《我冰凉的小手》。社会主义现实主义与意识流无望的初恋没有领到房证悲伤地分手。万能博士论述人必须喝水所向披靡战胜论敌连任历届奥运会全运会裁判冠军。一个短途倒卖连脚尼龙丝裤个体户喝到姚文元的饺子汤。裁军协定规定把过期氢弹奖给独生子女。馒头能够致癌面包能够函授西班牙语打字。鸦片战争的主帅是霍东阁的相好。苏三起解时跳着迪斯科并在起解后就任服装模特儿。决堤后日本电视连续剧大明星罚扣一个月奖金。我号召生活!"仅一段独白就聚集了多种汉语形象:无标点高密度句式、密集词汇、比喻、排比、拟人化、电影"蒙太奇"、引用和戏拟等,还涉及"我"内心的形形色色话语,如神话与现实、政治与私人、主流与精英、精英与大众、当代与古代、商业与体育、养鸡与皇家学位、中国与西方、外交与计划生育、饮食与小说、物质与精神等等。这多种语言当其汇成一个总体时,却并未显得支离破碎,而是呈现出和谐,而和谐中又透出谐谑意味。

5. 调侃式语言:俗雅。调侃是以言语去嘲弄或讥笑对象的行为。王朔的小说由于大量运用调侃,因而是调侃式语言的当然代表。这种语言表现为既不典雅,也不典俗,而是俗雅。"俗"在这里是"使……俗"的意思。俗雅,就是使高雅变俗,化雅为俗,剥去高雅的虚假面具而使其露出俗相。在王朔小说中,我们读到过这样一些描写(不妨汇在一起):"青春的岁月像条河,流着流着就成浑汤了。""新娘子棒极了,嫩得就像刚抠出来的蛤蜊肉。""谁他妈也别想跟我这儿装大个的——我是流氓我怕谁呀!"这里分别把"青春"、"新娘子的美"等通常是高雅的事物加以俗化,使其变得通俗、粗俗或低俗,从而引发嘲笑效果。

6. 口语式语言:白韵。韩东、于坚和伊沙等诗人一向注意运用当代市民口语去表现个体日常生活体验,形成口语式语言。其审美形态可以说集中表现为白韵。"白韵"包含着一组对立:"白"就是日常"白话",表面看是无"韵"的"俗"语;"韵"则表明,看来无韵的日常白话,如果被巧妙地组织起来,也会呈现出奇妙的韵律效果。白韵,是指白而韵、由白生韵或以白造韵。

所以,白韵就是汉语形象的以日常白话创造奇妙韵味的审美效果。如韩东的《你见过大海》:"你见过大海/你想象过/大海/你想象过大海/然后见到它/就是这样/你见过了大海/并想象过它/可你不是/一个水手/就是这样/你想象过大海/你见过大海/也许你还喜欢大海/顶多是这样/你见过大海/你也想象过大海/你不情愿/让海水给淹死/就是这样/人人都这样"。这首诗在口语式语言的运用上具有典范性:在语音上通过"你"、"大海"、"见"、"想象"和"就是这样"等有限词语的反复运用,造成快捷的节奏和回环的韵律(押"ang"韵),表明有限的汉语词汇能够达到丰富的表达效果;在文法上选用人们日常生活中熟悉的口语词汇及语句(如"然后"、"顶多"、"就是这样"和"你不情愿"等),体现了与"朦胧诗"的书面化语言或精英独白针锋相对的新的来自日常生活的词法和句法特点;在辞格方面尤其突出反复辞格的运用——"你"、"大海"、"见"、"想象"和"就是这样"的反复运用,既造成和谐的韵律效果;在篇章上则篇幅短小,结构简洁而又含蕴丰富,表明以现代汉语写作的现代诗也几乎能像古代汉语那样,以凝练或简练而寄寓丰富的蕴涵。这种汉语形象表明,运用看来无韵的都市大白话,却能巧妙地组成一个富有节奏、韵律而又和谐的整体,达到丰富的表达效果——既有效地瓦解现代大海形象的正统权威及其背后的文化想象模式,又充分地体现了以白造韵的特征。

　　7. 自为语言:歌韵和散韵。"自为"是"为自己"或"关涉自己"之意。自为语言,从字面上讲是"为语言而语言"或"为语言自身的语言"之意,在这里主要指80年代后期以来文学中出现的那种直接地指向汉语本身而不是指向具体社会现实或强化汉语实验的语言形态,如诗人海子、任洪渊、欧阳江河,小说家孙甘露等的作品。海子的诗鲜明地呈现出"如歌"特点,从而使诗歌表现出了歌韵。"歌"指歌唱,如歌唱一样;"韵"指韵律。歌韵,就是诗中的汉语形象使人获得歌唱一样的韵律感。《九月》说:"目击众神死亡的草原上野花一片/远在远方的风比远方更远/我的琴声呜咽　泪水全无/我把这远方的远归还草原/一个叫木头一个叫马尾/我的琴声呜咽　泪水全无//远方只有在死亡中凝聚野花一片/明月如镜　高悬草原　映照千年岁月/我的琴声呜咽　泪水全无/只身打马过草原"。总体结构服从于歌唱,突出了歌唱的回环复沓要求。反复三次运用"我的琴声呜咽　泪水全无"句式,既是出于语气上的强调,更是出于歌唱上的回环和韵律要求。同时,其他词语也如此:"草原"在第1、4、8、9行反复出现;"野花"在第1和7行形成照应;"远"和"远方"则在第2、4、7行一再出现,而且还出现行内反复(如"远在远方的风比远方更远")。全诗借助歌唱式结构使现代汉语形成了强烈的韵律感。这是如歌的诗创造之韵,是在歌唱中重构之韵。这是海子对于现代诗坛作出的一个重要贡献之一。有了海子,人们有关现代诗不讲或缺乏韵律的苛责,应当可以终结了。他使现代汉语诗呈现了自身独特的韵律效果,而这是古代汉语诗所不可能有的。两者各有其审美特征。

　　孙甘露的语言在总体上是散乱的和缺少韵律的,但在局部或断片中却常常充满了韵律。从这点看,散韵是孙甘露的突出创造。"散",这里指分散、流散或散落,即总体分散为断片,或没有总体的分散的断片。散韵带有散而韵、散生韵或散造韵之意,就是指那种分散的或断片的韵律感。孙甘露在《我是少年酒坛子》中的叙述表明了这一点:"我的世界,也就是一眼水井,几处栏杆。一壶浊酒,几句昏话。"这个世界缺乏总体感。而"我"眼中的"诗人"又"总是在朗诵,谈话就如一首十分口语化的诗作片断。不断切入,走向不明,娓娓道来。谈话是片断的,是非吟诵的。总之,他是不真实的,而又是令人难忘的"。诗人的语言初看起来属于"片断",是"非吟诵"的即没有韵律的,但在片断中却时时流泻出隐秘的生活韵律,令人难忘。"我在酒中想象。一架钢琴在演奏旋律,乐队则像在远处应和。乐曲奏至一个短暂的休止,就跟刚好洗完一副牌,窗外的雨声一下子拥进屋内。徐缓奏起的弦乐仿佛湿漉漉的,而钢琴晶莹的走句就像是水滴。"这使我们得以在散乱和无韵的世界中欣赏到宝贵的片断诗意。

8. 跨体式语言:异体化韵。跨体式语言是跨越现成语体规范而使众多不同语体按新需要聚为一体的汉语形态。它既是对现成小说乃至文学语体、叙述规则和中外小说权威模式的破坏,更是对一种前所未有的新的独特语体的创造。刘恪在90年代的空前激进的先锋小说探险为此提供了突出范例。这种语言的鲜明特点是异体化韵。异体化韵,就是多种不同的语体相互间化合出流散的韵律。语体不同,但不同间有化合;韵律呈流散或片断状,但流散中有聚集。小说叙述体与散文和诗歌抒情体常常是随时切换的。叙述人讲故事时会使人不经意中转换到散文语句上去,而散文语句又进一步自然而然地滑向诗,产生小说、散文和诗三种语体相互化生效果。如《梦中情人》写"我"近两年中常有被追杀的梦境,摆出讲故事的架势,但却有如下一段:"我不知道这是什么地方。却依然盘腿于棠棣树前,合掌于腹线,空明内心一切陈迹,默默地把思绪寄存于蓝天白云之上,却不知道,我座位已悄悄向黑暗深处陷落,灵魂滴下那一片废止的荒原。"这段显然已变为散文,并逐渐诗化,到末句"灵魂滴下……"已是诗句了。接着是如下段落:"月光无法到达那片空地　唯有白色的羊群　或驼队　爬过山岗　空下一棵树的影子　如果从后面追赶　诗　或诗意　就散落在山那边　一片绿色的草地。"这就干脆转为语义丰富而含混的诗了。再接下来又回复为散文句式:"我在都市的躯体内写作,任凭文字在黑暗里流淌。没有想过从什么时候开始,也没有想过在什么时候结束,闭上眼睛世界与我分流。让世界燃烧最后一份热量,阳光穿过丛林,照着时间重复后的乡村,唯流水依旧迷人,拱桥支撑着生命,时间筛选人生所有的水滴,不要害怕我曾经储存过黑,只要今夜灵魂透明。"以散文形式排列的语句不仅仍携诗意,且本身就应看作诗。在这里,小说、散文和诗三者之间的传统界限轰然崩塌,散化为绵绵诗情,让人感到韵味无穷。

现代汉语形象的审美形态自然远不止这些,这里不过是举例性探讨。相信在不久的将来,随着研究的深入,人们定会有许多新奇发现和体味。

四、从现代汉语形象看现代性的成就与症候

以上通过对八种现代汉语形象的层次特点和审美形态的总结,有理由说,鉴于现代汉语形象在表现现代中国人的生存体验方面取得了令人瞩目的成就,因此它作为汉语的现代形式,已经初步形成了与古代汉语形象不同的独特美。古代汉语形象具有独特美,而现代汉语形象同样如此。汉语形象的古今两种美之间,当然存在着内在根本的继承关系,但同时,相互间的差异也是明显的。如果承认现代汉语形象的美的独特性,那就必然会引出如下认识:以现代汉语为"美的资源"的现代文学,也已经展现出自身独特的美,这是与古代文学的美不尽相同的新的美。今天的中国"现代文学"和"当代文学"研究应当联合起来,在"现代文学"旗帜下共同致力于现代汉语形象的研究。这种研究有可能帮助人们打消对于这两者的学科根基的长久怀疑:现代文学有自己的堪与古典文学媲美的独特成就,从而其研究有理由成为一门独立学科。

而同时,作为文化现代性的一个方面,现代汉语形象的美学成就也有可能使人对中国的文化现代性有种新的认识:如果说中国的文化古典性或古典性文化是伟大而衰落的,那么,中国的文化现代性或现代性文化则已初显幼稚而伟大的风貌。与数千年古典性传统相比,现代性进程不过短短百余年,这百余年就已达到如此成就,岂不令人欣喜?在古典性传统衰败的废墟上建立崭新的文化现代性,确是前无古人的艰巨而光荣事业。当然,不应当沾沾自喜,更须正

视现存的问题或症候。现代汉语形象以审美—汉语现象的方式披露出文化现代性的多方面信息,如内部种种冲突。其一,现代性与传统性的冲突。白描式语言和旧体常语式语言分别所作的今中涵古和以今活古尝试,实际上等于凸显了现代性内部固有的现代性与传统性的矛盾。在现代白话文成为主流以后,我们不可能轻易地与传统文言文告别,后者仍将以复杂的方式对现代白话文发生深远影响。这表明,现代生活方式并不能轻易地与古代生活传统相诀别,现代性与传统性之争将时时伴随着我们的现代生活。现代的并不就是简单地反传统的,而可能如吉登斯所说的那样是属于"后传统"的。汪曾祺对汉语"节奏"传统的追寻、启功先生对汉语独特性及其现代演变情形的分析,都表明了我们的现代文学和现代生活所具有的这种"后传统"性质。其二,中西关系。间离语言在借西造奇上的实践,表明现代汉语文学的发展与对西方现代文学的借鉴密不可分。要从事现代化,就不得不向西方开放和吸取,因而就必然要遭遇中西文化冲突。其三,官方化与个人化。立体语言显示出挣脱官方化语言桎梏而回归个人化语言的努力,这折射出中国社会民主化进程和对个性及私人空间的新认识,但官方化与个人化的矛盾必将长期存在下去。其四,雅俗关系。调侃式语言是以其以俗戏雅锋芒而尤其惹人注目的,这种经典雅俗关系的颠倒其实不只是文学领域的事,而不过是文化现象的文学变形而已——人们在日常生活中开始以戏谑的口吻去谈论过去的政治梦魇,出现了大量的社会调侃。其五,精英与平民。口语式语言的以口(语)正心(语)努力反映出一种现代性文化新趋势:旧的精英集团正在失势,而新的城市平民起来寻找自己的代言人。其六,表征性危机。自为语言把几乎所有文学问题都归结为汉语本体问题,这是出于对现代性"表征"(representative)体系的信任危机。作为用以表现人们生存体验的典范性符号模式,文学中的表征性危机正昭示着文化的表征性危机。其七,语体危机。跨体式语言尝试把多种不同的语体统合或拼贴到一个特定本文中,这是出于对文学语体的表现力的信任危机。而这种文学语体危机的根源需要到现代文化中去寻找:当现代性工程还没有为自身的表达需要找到和建立起普遍有效的语体模型时,跨体方式实出于表达上的无奈。可见,上述种种现代汉语形象与文化现代性存在着密切的多方面的联系。而从总体上讲,文学中的汉语形象恰是应文化现代性的需要而产生的,并且实际上成为现代性工程的不可缺少的一个维度——可以说是审美现代性与汉语现代性(两者都是文化现代性的重要方面)相交叉的坐标点。现代汉语形象所达到的美学高度,正是现代性文化所达到的高度的一个凝缩模式。

成就要记取,但症候更应重视。中国的现代性工程百年来经历种种磨难,如文化启蒙与民族国家救亡、政治集权和社会民主、社会一体化和个人自由、西化与传统等尖锐冲突。这些磨难必然要以复杂形式投射在文学的汉语形象世界中,表现为如下情形:汉语形象的重要性及其创造一再被忽视或干扰,从而人们真正专心致志于现代汉语形象的自由创造的时日并不多见。80年代以来汉语形象方面出现的奇语喧哗状况,不过是其中难得的"间隙"或"例外"而已。要是换到60年代,汪曾祺还能像80年代那样理直气壮地宣布"语言是小说的本体"和"写小说就是写语言"吗?汉语形象的创造离不开持续的发展和积累,而如果正常的创造过程一再被粗暴打断,那么它的创造性和美学成就势必要大打折扣了。从这种本属常态却被扭曲为"例外"的状况,不难发现现代文学存在着一个深刻症候:由于语言或汉语的作用受到轻视,所以汉语形象的创造从总体上看一直是其薄弱环节,从而未能取得应有的更丰富成果、未能达更高境界。当我们提出汉语形象问题并赞扬现代汉语形象之美时,切不可遗忘这个深刻教训。我们谈论这个问题与其说是要"表"其"功",不如说是要"记"其"过"。

其实,这一文学症候是根源于现代性工程的症候的,或者说,它不过是这种全面的文化症候在文学上的具体显示而已。对现代汉语形象缺乏足够的认识和充足的创造条件,从深层上讲正是审美现代性和汉语现代性发展不健全的结果。就审美现代性而言,对现代人生存体验的表达往往忽略个体自由和审美个性,或者甚至以牺牲它们为实现和巩固一体化统治的代价。这一后果不仅表现在文学中,而且全面地体现在各门艺术如绘画、音乐、电影和戏剧中。而就汉语现代性而言,在发展现代汉语时,往往片面追求以西方语言为标准的世界语言的普遍性或共同性,而否定古代汉语传统的积极意义、并一再推迟对汉语形象的独特性的认识和创造,这一点正从现代汉语形象的成果欠缺和未达高境的事实显露出来。可见,当着审美表现上忽略个体自由和审美个性、汉语表达上否定自身传统和独特性时,现代文学的汉语形象创造、乃至整个现代文学就必然会显露病态。而反过来,这种文学病态也会透视出整个文化现代性工程的更深顽疾。

在总结和张扬现代文学中的汉语形象成果时,有必要认清现代文学和现代性文化上存在的这些症候,以便更清醒和有力地梳理前人在现代汉语形象创造上的成果,发掘古代汉语传统的现代生命力,在新的文化现代性语境中创造和欣赏新的富于魅力的汉语形象。

原载《文艺研究》1999 年第 5 期

注　　释

1. 沈德潜:《说诗晬语》。见《清诗话》下册,上海古籍出版社 1978 年版,第 524 页。

2、3. 林语堂:《中国人》(1939),郝志东、沈益洪译,学林出版社 1994 年版,第 222—223、242 页。

4、5、6、7、8. 汪曾祺:《汪曾祺文集·文论卷》,江苏文艺出版社 1993 年版,第 1—2、5、6—7、28、33 页。

9. 王力:《中国古典文论中谈到的形式美》,《龙虫并雕斋文集》第 1 册,中华书局 1980 年版,第 460 页。

10. 启功:《汉语现象论丛》,香港商务印书馆 1991 年版,第 33 页。

11. 德·曼:《符号学与修辞》,中译据《解构之图》,李自修等译,中国社会科学出版社 1998 年版,第 50—68 页。

12. 孙康宜:《"古典"或"现代":美国汉学家如何看中国文学》,《读书》1996 年第 7 期,第 116 页。

13. 吉登斯:《现代性与自我认同》,赵旭东和方文译,三联书店 1998 年版,第 16 页。

14. 王一川:《与其"走向世界",何妨"走在世界"?——有关一种文化无意识的思考》,《世界文学》1998 年第 1 期。

导　　读

作者首先从语言修辞性的角度阐述汉语形象的含义,认为"文学中的汉语形象说到底就是一种修辞性形象",但这里的修辞不是指狭义的语言学中的文字词句修饰,而是广义的文学修辞,是指"调整和组织言语以便造成社会感染效果的方式及过程",具体地说,是指"文学中的汉语组织在语音、词法、句法、篇法、辞格和语体等方面呈现出来的富于表现力及独特个性的美的形态",因此,汉语形象的审美价值,主要在于它在审美—艺术表现上的修辞价值。其次,通过具体的小说、散文和诗歌文本分析,描述了 20 世纪 80 年代以来汉语文学之形象的美学特点,认为具有典范性的现代汉语形象至少有八种审美形态。最后分析现代汉语形象的现代性成就和症候。指出现代汉语形象作为汉语现代形态已初步形成了区别于古代汉语形象的独特美,在表现现代中国人的生存经验方面取得了令人瞩目的成就,但现代汉语也以审美的方式披露出文化现代性的多方面问题。需要说明的是,论文中的"语言"综合地包含言语方式、文体方式和修辞方式,有时就是审美形式、文体或修辞手段的同义词,这里的"语言形象"也主要限于文学领域,"是由文学作品的具体话语组织所呈现的富有作者个性特征和独特魅力的语言形态",因而也是语言学、文学和美学的"事实"(《中国形象诗学》,第35—36页,上海三联书店1998年版)。

链　接

童庆炳:《文学语言学》,《学习与探索》1999年第3期。
王一川:《汉语形象美学引论——20世纪80—90年代中国文学新潮语言阐释》,广东人民出版社1999年版。

母语的陷落

郜元宝

上篇　从比较到评判：不平等的"语言接触"

十九世纪末以迄于今，中国知识界连续发起了关于语言文字的多次大讨论，从清末维新派的汉语注音方案、裘廷梁倡议"崇白话而废文言"到民国初年关于读音统一和注音字母的争论，从《民报》主编章太炎和《新世纪》主编吴稚晖关于是否"废除汉文采用万国新语"的争论到"五四"文学革命，从白话《圣经》的出版、《尝试集》和《狂人日记》的发表到二十世纪二十年代中期激进的批评家激烈攻击"五四"白话文，从二十世纪三十年代初期的"文言复兴运动"到"大众语"和"新文字"的提倡以及"国语罗马字"和"拉丁化新文字"的竞争，从四十年代初"民族形式"的讨论到延安整风运动中关于文风的特别强调直至所谓"毛语"、"毛文体"的诞生与流行，从"赵树理方向"的确立到五十年代"新诗格律"的再一次争论，从中、小学语文课程的反复争夺战(改"国文课"为"国语课"、是否"读经"以及白话文范文的选择)到文学翻译的"顺与不顺"、"意译"、"直译"、"硬译"和学术上专门术语的翻译问题、新名词引进问题、欧化语法问题以及文学创作中作家个人的文体追求，这些从来不曾中断的围绕语言问题的激烈争论，并在此过程中产生的来自语言也归于语言的困惑与反思，几乎动员了大多数关心现代中国文化的知识分子。

这里所说的知识分子，有政治家或社会活动家，如章太炎、章士钊、孙中山、吴稚晖、陈独秀、瞿秋白、毛泽东、胡乔木等，也有奠定中国现代哲学基础的哲学家如蔡元培、张东荪、冯友兰、石谦等；有文学家和文学翻译家如鲁迅、周作人、废名、俞平伯、刘半农、徐志摩、闻一多、朱自清、许地山、冯至、陈梦家、何其芳、沈从文、巴金、穆旦、路翎、汪曾祺、王蒙、韩少功、李锐、贾平凹、莫言、孙甘露、阎连科等，也有批评家成仿吾、胡风、梁实秋、朱光潜、叶公超、李长之等；有文史学家王国维、陈寅恪、胡适、吴宓、梅光迪、钱穆、傅斯年、郭绍虞、陈子展、钱钟书等，也有科学家任鸿隽、胡先骕以及从胡愈之、陶行知到王懋祖等各个层次的教育家。他们往往兼跨多个领域，文化身份相当复杂。这份名单自然还可以开列得更加详细一些。不过仅仅以上所举已足以说明语言问题在现代中国具有多么重要的意义，以至于被它所吸引的不是某一个或某几个文化领域，而是现代中国知识分子全体。

语言文字问题之所以成为现代中国知识界一个绝大的争点，起因乃是中西方的"语言接触"。

明清两代，大量西方传教士来华宣教，开始了中西方真正的"语言接触"。先是天主教徒为了传教，一方面向中国介绍西方科技，另一方面则努力学习中国语言文字，以便更好地和中国士人沟通，因为"中国语文的研究，虽然不是当时的主题，偶有著作都不过为了他们同伴学习中国语文的方便，但就为了他们所作是为他们同伴的方便，常用罗马字母来注汉字的读音，就此引起了汉字可用字母注音的感想，逐渐演进，形成二百年后制造推行注音字母或拼音字母的潮流"[1]。最早从事这项工作的当推意大利人利玛窦和法国人金尼阁(Nicolas Trigault)。利玛窦于1605年出版《西字奇迹》，今已难睹全豹。金尼阁《西儒耳目资》作于1625年，成于1626年，自称沿袭利玛窦所创体制，即用利玛窦二十五字母"互相结合，上加五个字调记号，来拼切一切汉字的读音。于是汉字读音就显得极其简单，极其有条理，不但把向来被人认为繁杂的反切，开了一条所谓'不期反而反，不期切而切'的简易途径，并且立刻引起了中国好些音韵学家对于这种简易的拼音文字向往的热忱"[2]。方密之(以智)《通雅》成于1639年，书中再三称引《西儒耳目资》,如说"西域音多,中原多不用也,当合悉昙等子与大西《耳目资》通之","字之纷也,即缘通与借耳。若事属一字,字各一义,如远西音事乃合音,因音而成字,不重不共,不尤愈乎?"甚至提出"因事乃合音,因音而成字"(此即汉字拼音化主张的萌芽)。传教士的方法震动了中国音韵学家,直接启示他们在西方拼音文字帮助下寻求对汉字记音系统更完善的描写[3]。稍后刘献庭(继庄)的《新韵谱》即在这种刺激下撰成,钱玄同说刘氏已清楚认识到"必须用了音标,方能分析音素,方能表注任何地方之音",罗常培《刘继庄的音韵学》一文则认为该书重点就是"着眼于统一国语与调查方言"。钱玄同甚至认为,《新韵谱》成书之年(1692)实可作为"国语运动"的纪元[4]。

经过两百多年的沉寂,至十九世纪后半期,基督教徒继天主教士之后来华宣教,他们和汉语言文字变革有关的一项重要工作,便是大量翻译《圣经》。除文言文和"浅文理"译本之外,还有用罗马字拼音翻译各地土白的《圣经》,影响极大,不仅《圣经》本身得以流行,许多目不识丁的普通民众也因此学会了用罗马字来应付日常生活[5],这就有力地推动了清末一批民众教育家基于改良思想而发动的声势浩大的注音或拼音文字运动。闻风而动的先是福建人、早期制造切韵字母的文字改革家卢戆章,他于1892年出版的《一目了然初阶(中国切音新字厦腔)》是第一个由中国人自己创制的字母式汉语拼音方案。卢氏认为"中国字或者是当今普天之下之字之至难者",主张"切音字与汉字并列",与汉字有同等地位,这样既可以通过它学习汉字,将来也可代替汉字。

由于清政府和改良派的支持,发明汉语拼音方案的人士层出不穷。这些作俑者都生活在厦门、上海、香港、天津、杭州等通商口岸(卢戆章为福建同安人,住厦门;蔡锡勇为福建龙歙人,沈学为上海人,力捷三为福建永泰人,王炳耀为广东东莞人,居香港;吴稚晖为无锡人,王照为直隶宁河人,居天津;劳乃宣为浙江桐乡人,居杭州),他们要么是清廷出使外洋的大臣、干员,要么是和传教士日夕往来而深通西文的学者,要么是派往西洋的留学生,对西洋语言文字的了解倍于从前,这就有可能从中西比较的角度在整体上考察汉语的得失,比如在借鉴西方拼音文字探索汉语拼音方案的过程中,就普遍认为汉字不好——要求注音系统的帮助,本身就是不好的证明。1898年8月,卢戆章的同乡林络存以"字学繁重,请用切音以便学问"为由呈请都察院代奏切音字。林氏认为采用切音字以后,汉字可"留为典要,能者从之,不必以此责令举国之人从事讲求,以疲其财力"。《传音快字》(1896)的作者蔡锡勇,《盛世元音》的作者沈学,都对汉语言文字提出了严厉批评。

站在最新获得的西方语言立场反思中国语言文字,还不限于语言学专家。康有为《新学伪经考》1895年成书,其中就专门谈到语言文字问题。他认为"凡文字之先必繁,其变也必简,故篆繁而隶简,楷正繁而行草简,人事趋于巧变,此天理之自然也",但后来汉语汉字的进化恰恰违反了"由繁趋简"的规律,变革在所难免。康氏轻易不肯示人的《大同书》更谓"夫语言文字,出于人为耳,无体不可,但取简易,便于交通者足矣",繁复的汉语汉字显然不符合这个要求,必须厉行改革,"以删汰其繁而劣者,同定于一为要义"。不仅中国语言文字必须做这种改革,其他国家也不能例外,将来大同世界,"全地语言文字皆当同,不得有异言异文"。维新变法的另一健将谭嗣同在《仁学》(1896)中也主张"尽改象形字为谐声","各用土语,互译其意",就明确提出了改革汉字的主张。

1897年,黄遵宪《日本国志》出版,显示了当时中国知识分子对世界各国语言文字演变大势的了解。黄氏比照西洋语言文字,对本国语言文字提出了言文必须合一、行文必须"适用于今,通行于俗"的要求,直开"五四"先声。1898 年,裘廷梁在他创办的中国第一份通俗报纸《无锡白话报》上发表《论白话为维新之本》,更加明确地提出"崇白话而废文言"的口号。黄、裘二位所据知识背景乃至思维方式,与后来胡适之等人已非常接近。

也是 1898 年,商务印书馆出版了马建中的《文通》。该书不仅在学术上认可了此前的汉字改革者们在与西方语言对比下反观汉语的基本思路,而且也正式奠定了将中国语言纳入西方语言学范畴的认知框架,深刻影响了现代中国语言学的思维方式。胡适在二十一年之后做《国语的进化》和《国语文法的研究法》(1921 年合为《国语文法概论》收入《胡适文存》卷三),特别赞扬马氏懂"比较的研究法","马建忠得力之处全在他懂得西洋的古今文字,用西洋的文法作比较参考的材料"。尽管有许多语言学家批评马建忠过分依赖西洋文法来分析中国文法,但他们指责马氏方法论的同时,似乎并不警惕这种方法论所潜藏的显然不是马氏所独有的西文为优中文为劣的思想。

1904 年 4 月,严复《英文汉诂》出版,该书《卮言》反复申说一国的统治者仅仅掌握本国语言文字是不够的,必须学习别国语言文字,才能提高"民智"而有益于国家:"今日东西诸国之君与臣,无独知其国语者。有之,独中国耳。"他还批评了某些认为"国之将兴,必重国语而尊国文,其不兴者反是"的观点为"近似得半之说":"吾闻国兴而其文字语言因而尊重者有之,未闻徒尊重其语言与文而其国遂以之兴也——使西学而不可不治,西史而不可不读,则术之最简而径者,固莫若先通其语言文字,而为之始基。假道于迻译,借助于东文,其为辛苦难至正同,而所得乃至不足道。"表面上,严复只是阐明"迻译"仅仅是权宜之计,只是强调学习西文、直接阅读原著的重要性,但由他这位翻译大家、古文殿军说这番话,无异于从根本上动摇了汉语汉字的威严与自足:中西方"语言接触"一旦发生,中国人再也不能像汉唐翻译佛经那样,始终坚守母语本位的立场了。

在中西方第一次大规模的"语言接触"中,比较中西文字优劣,成为一时风气,徐珂《清稗类钞》就有一则作者不明的《中外文字之比较》[6]。青年王国维翻译耶方斯(Jevons W. S.)《辨学》,因耶氏认为辨学(逻辑学)乃研究"表思想之言语者",王国维为了以中国传统"名辩之学"与耶氏对话,就在翻译过程中有意识地进行中西语言文字的比较,而每每发生中国语言文字不足用的感慨。王氏后来作《论近年之学术界》及《论新学语之输入》[7],把这个问题上升到理论高度,指出"近年文学上有一最显著之现象,则新语之输入是已",而"近世之言语,至翻译西籍时而又苦其不足",乃是继"周、秦之言语,至翻译佛典之时代而苦其不足"的第二次语言大变动和思想大变动的征兆,但他希望这一次的翻译西书、输入新学语,成绩应该比翻译佛典对中国文化贡献更大。这确是王氏过人之见。

在西方学术界,中西语言比较随着最初的中国热很早就兴起了,但西方学者比较中西语言与文字,并不总是像黑格尔那样倾向于贬低汉语言文字,比如威廉·冯·洪堡特根据他对汉语言文字间接的接触,不仅不认为汉语言文字比起西方语言文字有什么特别的缺点,相反倒是有西方语言文字所不具备的许多优点[8]。比洪堡特更早肯定中国语言文字的有莱布尼茨[9],而比洪堡特稍晚的则有美国人欧内斯特·范诺罗萨(Ernest Fenollosa),其《论汉字作为诗歌媒介的特征》(1908)反复论述中国语言文字比西方语言文字优越。此说后来被《学衡》派所重,作为对他们自己的支援[10]。

但大多数中国学者显然是在另一种心境下进行中西语言比较的。对他们来说,在和西方语言接触之后,用比较的方法来研究汉语本身的问题,其意义一开始就不是单纯的学术研究,而在于中国的知识分子由此跳出了自古以来封闭自足的汉语世界,在汉语之外寻到一个充满威势与希望的新语言作为支点,从整体上打量业已成为对象物的母语。在这种打量中,母语的神圣权威就彻底打破了。

青年王力著《中国古文法》(1928)时即敏锐指出,在中国,所谓语言比较的方法,实际上超出了文法学家的范围,而演变成一种判断好坏的态度。胡适1920年12月作《国语文法的研究法》,特别强调"比较的方法"之重要,严厉斥责非议马建忠的陈承泽所谓"必以治国文之道治国文"的主张,因这主张反对包含着或者说必然要得出好坏之判断的语言之比较。"比较的方法",在胡适的话语结构中,本来就是"评判的态度"。胡适1919年12月作《新思潮的意义》一文,认为"评判的态度,简单说来,只是凡事要重新分别一个好与不好。"

"评判"既然已经是一种态度,分别好坏当然就是惟一目的。在当时普遍受挫的心理作用下,一有比较,即生优劣之论和批判之想,也很自然。到了晚清,"中国文字,才在外国文字底相形之下,被认为改革运动上的莫大障碍,改革中国文字本身的种种方案就不断地产生了"[11]。这是合乎历史真相的叙述。鲁迅在写于1934年的《关于新文字》中也以追记往事的口吻说:"比较,是最好的事情。当着没有知道拼音文字以前,就不会想到象形文字的困难。"

现在学者们往往注重十九世纪中西语言文字大规模接触对汉语言文字内部结构产生的影响,比如语法的欧化,字汇的激增,现代汉语拼音系统的建立等等,而很少触及在这种不平等的"语言接触"中,现代中国知识分子对母语的态度的根本转变。这是描写语言学不屑问津的,却是发生在主体思想意识内部的变化,它必然反过来影响描写语言学为自己规定的描写对象。

下篇　中国现代知识分子对母语的基本否定态度

正是在这股由比较中西语言文字之特征进而评判其优劣高下的思潮推动下,产生了对汉字和汉语极其猛烈的批判与否定。

1907年,以吴稚晖为中心的一班巴黎中国留学生创办了《新世纪》杂志,在鼓吹无政府主义、狂骂西太后的同时,更将剩余激情倾泻到汉语和汉字上面。他们恨煞了母语,认为正是它使四万万同胞陷入困顿,主张"改用万国新语(按:即"世界语")",即或不能立即推广,也可以考虑先用英语、法语或德语来代替汉语。吴稚晖后来放弃了这个设想,但影响极大,比如吴的论敌章太炎的学生钱玄同就完全接受了这个设想,还推波助澜,提出著名的语言革命的口号:"汉字不灭,中国必亡!"部分接受吴的设想的还有章太炎的另一个学生鲁迅。青年时代,鲁迅对"青年之所思惟,大都归罪恶于古之文物,甚或斥言文为野蛮"的风气多有针砭[12],但五四以后,他也经常附和这种否定母语的论调,直到二十世纪三十年代还多次声称汉字是中国文化乃至中国社会的一个毒瘤,必先割去,才能救中国。

"汉字不灭,中国必亡!"这句口号,有人认为是钱玄同发明的,也有人说最初出自赵元任之口,但我在许多现代作家著作中读到这句话,都一无例外地不加引号,他们当时并不计较今天的所谓"知识产权",都把这句话作为自己的话来使用,比如鲁迅在《病中答救亡情报访员》中劈头就说:"汉字不灭,中国必亡。因为汉字的艰深,使全中国大多数的人民,永远和前进的文化隔离,中国的人民,决不会聪明起来,理解自身所遭受的压榨,理解整个民族的危机。我是自身受汉字苦痛很深的一个人,因此我坚决主张以新文字来替代这种障碍大众进步的汉字。"这在当时已经成为共识,或者说是知识分子在语言上形成的一种意识形态。就连素称稳健的胡适也坚信汉字必须废除。留学美国之初,收到别人散发的"废除汉字,取用字母"的传单,胡适一度很反感,但很快就转变态度,完全相信拼音文字取代汉字的必然性[13]。在"文学革命"取得基本胜利之后,他还为汉字拼音化问题的搁浅而感到遗憾,但他相信随着白话取代文言,口头语言占据统治地位,汉字拼音化已经迈出了坚实的一步,"如果因为白话文学的奠定和古文学的权威的崩溃,音标文字在那不很辽远的将来能够替代了那方块的汉字做中国四万万人的教育工具和文学工具了,那才可以说是中国文学革命的最大的收获了"[14]。

但"汉字不灭,中国必亡!"这句口号具有某种含糊性,它只提到汉字,而与汉字紧密相连的汉语并未触及。事实上汉语也经常被包括在内,属于应"灭"之列。一方面,当时对汉字和汉语的界限并无截然划分,许多汉字改革的文章谈论的"汉字"、"汉文"就是"汉语"、"国语"的别名。汉字绝非孤立存在而和汉语不发生本质联系的字典里的字符,它本身就是几千年来汉语写作者记录、发挥汉语精神的惟一工具。人们对汉字的反感就源于他们对汉语本身的反感,改革汉字只是改革汉语的一个浅层次问题和先行手段,即用什么样的文字符号更好地记录不断变革中的汉语(从繁难的象形字到简笔字再到记录完全声音化也就是所谓和口语一致的大众语的拉丁新文字)。单纯的汉字改革并非问题的根本解决,根本解决问题,只能是连汉语也一并废除。

语言文字不加分别,甚至将文字置于语言问题的中心来审视,这是晚清学人从"言文分离"的角度批评母语的思潮所包含的对有关语言和文字之关系的一种重要认识,与后来成熟形态的所谓现代中国语言学割裂语言文字的做法,迥乎不同。当时人们异口同声地指责"言文分离"是汉语不可原谅的缺点,但这种指责恰恰包含着对"言文合一"的渴望。也就是说,在母语的批评者们看来,只有"言文合一",才能确保语言的本质不被损害。因此,在最初对母语的指责乃至否定的声浪中,不是口语(语言的声音部分)而是文字(语言的书写部分)被置于语言问题的中心点,这与后来将语言的本质仅仅理解为发声的口语而将文字从语言的整体概念中驱逐出去只作为记录语言的符号的观念,是有所区别的。笔者将在另一篇文章中详细讨论这个问题,这里只想指出,在清末一些知识分子看来,汉字的缺点不过是汉语的缺点的必然表现,他们向汉字发出挑战,并不认为汉语是无辜的,并不认为汉语本身很好,只是记录它的文字出了问题。比如当时许多人认为汉语是单音成词,容易混淆,也不利于表达感情,四声是不自然的规定,徒增学习的困难,还有方言众多,体系混乱,沟通为难。抑有进者,汉语既然几千年来都受到汉字和文言的宰制,那么汉字和文言的一切封建思想毒素早就注进了汉语,汉字改革的最终取向,必然是整个思想/语言彻底的洗心革面[15]。"汉字不灭,中国必亡!"的潜台词,实是"汉语不灭,中国必亡!"[16]

从康有为、吴稚晖到蔡元培、钱玄同、陈独秀、鲁迅、吴玉章、胡愈之,中国几代汉字改革者同时也是激烈主张必须对汉语进行革命的,区别只在于有些人认为改变汉语必须马上进行,此乃治本之策,有些人则认为治本之策毕竟遥远,不妨先治标,即从汉字改革开始。钱玄同在五四时期就是坚定的世界语鼓吹者,他完全同意当年和自己的老师章太炎形同水火的吴稚晖的意见,认为废灭汉字,只是"为异日径用万国新语之张本"。在《中国今后之文字问题》(1918)一文中他明确指出:"至于有人主张改汉字之形式——即所谓用罗马字之类——而不废汉语:以为形式既改,则旧日积污,不难涤除。殊不知改汉字为拼音,其事至为困难:中国语言文字极不一致,一也;语言之音,各处固万有不同,即文字之音,亦复分歧多端,二也。制造国语以统一言文,实行注音字母以统一字音,吾侪固积极主张;然以我个人之悬揣其至良之结果,不过能使白话文言不甚相远,彼此音读略略接近而已;若要如欧洲言文音读之统一,则恐难做到;即如日本之言文一致,字音画一,亦未能邃期——盖汉字改用拼音,不过形式上之变迁,而实质上则与'固有之旧汉文'还是半斤与八两、二五与一十的比例。""我再大胆宣言道:欲使中国不亡,欲使中国民族为二十世纪文明之民族,必以废孔学、灭道教为根本之解决,而废记载孔门学说及道教妖言之汉文,尤为根本解决之根本解决。至于废汉文之后,应代以何种文字,此固非一人所能论定;玄同之意,则以为当采用文法剪赅、发音整齐、语根精良之人为的文字 Esperanto。"二十年代,尽管钱氏已经确立"国语运动"为其合适的工作范围,但仍然念念不忘这个"根本解决之根本解决":"我近来废汉文汉语的心又起了,明知废汉文或有希望,而废汉语则不可能的,但我总想去做。"他指责周作人的论调太平和,而毫不掩饰自己的激烈:"记得当年吴老头儿反对汉语改用拼音,说这是'三汉七洋的怪物',他是主张根本不要汉语,采一种外国语作国语的,故有此论。他的话自然很有道理,而我却以为'三汉七洋'也很好,我的野心,是由此而'二汉八洋','一汉九洋','无汉全洋'。呜呼,吾盖欲由此怪物而引之使趋于全用外国语也。"[17]

当时确有人反对废除汉语,陈独秀就认为:"惟仅废中国文字乎?抑并废中国言语乎?此二者关系密切,而性质不同之问题也。"陈氏认为废汉字可以做到,废汉语则颇难实行,他主张"当此过渡时期,惟有先废汉文,且存汉语,而先改用罗马字母书之"。但陈氏对"并废中国言语"只是在具体进展上略有迟疑,承认"国语"的"不易废",并不认为"不应废"、"不能废"。对汉语最后必须废除,他没有丝毫怀疑:"鄙意以为今日'国家'、'民族'、'家族'、'婚姻'等观念,皆野蛮时代狭隘之偏见所遗留,根底甚深,既先生与仆亦未必能免俗,此国语之所以不易废也。倘是等观念,悉数捐除,国且无之,何有于国语?"[18]

二十世纪二三十年代之交,激进的知识分子甚至以为,中国的语言实际上已经发生了根本变化,早就超出了汉字所能控制的范围,成为一种新语言了;换言之,原来的中国语言随着汉字的衰亡而正在或者已经死亡:"中国的社会,从政治的、学术的、直到日常的生活,经过了帝国主义和资本主义的洗礼,已经发生了极大的变动。实际生活的需要,已经发展了新式的语言;一切新的关系、新的东西、新的概念、新的变化,已经这样厉害的影响了口头上的言语,天天创造着新的字眼、新的句法,使文言的汉字不能够再束缚她。而汉字已经成了僵尸。"[19]所谓"汉字已经成了僵尸",就是说汉字已失去了它原来所代表、所记录的汉语,成了没有内容的空壳。瞿秋白为此提出了一个重要证据:汉语已经由原来以单音节的"字眼"(word)为主演变为以双音节和多音节的"字眼"为主,打破了形、音、义皆为单个的汉字记录系统;在双音和多音的新汉语里,形、音、义皆为孤立的单个汉字"仅仅只有音节的作用,没有字眼的作用","都只是在一定的字眼里面,代表着一定的声音而已"。汉字的功能既然已经拼音化了,何不立即"完完全全废除汉字"?废除汉字,到这时候已经不是废除汉语的先行手段,而是旧的汉语业已死亡的必然结果。

现代中国语言文字的变革,表面上只是在中国固有的语言文字系统中来了一个局部调整,即固有的文言被同样是中国固有的白话所取代,"国语"的发音标准获得多数认同,普遍尊重方言土语,外来语(欧化语法和外借词)很自然地被容易接受——凡此种种似乎都只是中国语言文字内部的一场变革,但如果我们明白了这场表面上看来只是内部发生的变革在观念和实践方面的启迪与推动的力量之源,就当认识到在外来语言刺激下中国语言文字的改变是实质性的:所改变的不是中国语言文字的表面,而是中国知识分子对待母语的关系与态度。尽管汉字终于没有废弃,尽管文言还有局部的保留,尽管在这种文言白话杂交共存的语言中终于没有像韩国、日本那样频繁地径用西洋和外国文字,但外国语言的精神通过词汇、语法乃至说话的腔调,毕竟已经渗透到汉语中来了。这种渗透是以表面上看不见的形式发生的,但实际上,字汇、语法、声韵(白话文的腔调或瞿秋白所谓的"文腔")乃至基本语言观念即那决定人与语言的关系的若干基本的哲学领悟,已经被外来语言和外来文化深刻地"重写"了。

这是汉语言文字现代化的一个值得注意的特点。人们对汉字汉语的信念受到了根本颠覆。吴稚晖、钱玄同等人的狂言代表了现代中国知识分子普遍执著的语言观念。他们先宣布一部分汉语(文言)为"死语言",认为它早就是死人的、和现代活人无关、阻碍中国人前进、遮蔽中国人真实生活的应该上天入地寻找一种最黑暗的语言来诅咒的、可憎恶的"幽灵的语言",发誓与它不共戴天:不是叫我们为了汉字而牺牲自己,就是让汉字为了我们而灭亡。他们在亲手抛弃这个"死语言"的同时,坚苦卓绝地创造了为着现代民族国家意识形态服务的"白话文",但马上又百般不满于这种创造,虽然在和文言对抗时,把"白话文"吹得天花乱坠,临到自己与"白话文"面面相对了,又横竖不顺眼,进一步要求"第三次文学/语言的革命",创造出更新的中国语言和中国文字。然而他们很快就又发现,他们实际上只能在自己也不顺眼的不中不西不古不今非骡非马的杂交语言(白话文)的世界中运用这种语言,进行自己的创造,因此创造者们都有一种浮士德心理,从来不敢对自己正据以进行一切创造的工具、也是一切创造的目的(一切创造终将积淀于语言)的"现代汉语"赞一声:"你多美啊,请暂留驻!"在现代中国知识分子的语言意识中,"赞美"、"感激"、"信赖"和"归依"的情感荡然无存,只有一种不断革命的意志。

在这种语言观念笼罩下,章太炎们对自家语言文字的国粹心理始终被新一代知识分子所唾弃,更无论王国维们深爱其美而愿与之偕亡的决绝。新派知识分子有另一种决绝:希望汉字乃至汉语早日灭亡。在语言上,他们只瞩望于将来和别处的某种截然不同的"新语",而现在的语言都是暂时的、过渡性的,注定要被后起的新语所代替。他们在诅咒"现在的屠杀者"时,没有想到自己也成了同样的"现在的屠杀者"。鲁迅也不例外,他只有在受到不可挡者的攻击,感到自己的"现在"受到威胁了,才肯为既非"之乎者也"亦非"Yes""No"的"语体文"——"现在"的别无选择的语言——奋起辩解[20]。

不仅汉字和与之相联的汉语,在现代中国知识分子看来,是一个必须被否定、行将过时的文字和语言,而且,即使全民族花大力气制造推行用来取代汉字和汉语文化的"中国新文字"以及与之相联的"大众的科学的拉丁化的中国文化"[21],也注定要被超越。实际上,即使在最激进的汉字改革者看来,拉丁化中国新文字和汉字在作为交流工具的本质上仍是相同的,即都是暂时的,不具有永恒意义。二者的区别仅仅在于,汉字难学,导致中国一直不能消除大批文盲,五四以来新文化一直不能真正地启蒙大众,而拉丁化新文字则不仅一般民众易学易认,外国人也容易借此了解中国,只有在这一点上,它才显得优于汉字。胡愈之《有毒文谈》提醒人们注意,新文字只是对汉字声音的"翻译",只是在难易程度上完成了转换,如果承认汉语汉字的"毒素",势必会牵连到新文字,也就是说,汉字和新文字之间并没有有毒无毒之分。当时人们看重汉字拉丁化的只是易于学习这一点:"拉丁化的新文字,无论它有许多优点和缺点,目前我们采取的只在它的大众化,只在它消灭文盲上,认为它有绝对的有效意义。"既然文字价值的高低仅仅取决于百分之八十的文盲学习和使用的难易程度,那么汉字和拉丁化新文字相比,虽然应该让位,但在拉丁化新文字尚未全面运用而大多数知识分子已经掌握了汉字倒是新文字需要艰苦学习的情况下,允许汉字继续存在甚至容忍汉字和新文字并存,就是理所当然的了:"我们并不企图目前即刻用新文字代汉字,也不停止进一步对于汉字的改造。我们拥护文字革命,也不妄想一举完成。汉字虽然已经不合时宜,必须采用拼音文字,但汉字有悠久的历史,不是轻易可以废弃而必须使其逐渐演变,才能完成文字改革。目前我们所要做的便是利用新文字来教育文盲,使他们在最短时间内可以用新文字学习政治与科学,也还可以利用新文字去学习汉字。"当时在延安的外国人的观察也是这样:"实际上,对于拉丁化将驱逐象形字(汉字)的恐惧是不足道的。拉丁化将造成广大的有智识的新人民,但有时间和金钱去受较高教育的人们,仍能学习旧文字(汉字),正好像我们在西洋仍然产生拉丁文和希腊文的学者一样。实际上,给人民大众一种求学的工具,将大大地增加旧文学、旧文化的智识,因为给了他们读写的基本能力,这是进化为无论何种较高教育的初步。在同样的意义上,拉丁化将因为刺激教育的进展速度和增加内地各省各县的交通的缘故,增进了国语的传播,而决不会阻止它的。这无论怎样看总是一种积极的贡献。"²² 当一种人造的新文字尚未普及之前,人们确实很难论证它和一种理想中的新文化的关系,所以只好限于肯定它作为工具的优越性,而工具的优越性总是相对的,所以至少在提倡者所处的时代,新文字绝对恒久的价值也不存在。

对固有的语言失望了,对心目中可以取而代之的新文字新语言,也不能肯定它的恒久价值,这就加剧了一切都是暂时、一切都在过渡中的关于语言的整体想象。对语言(母语和可以想象到的新语言)一概抱这种并非休戚与共、只是暂时寄寓其中因而随时准备脱身离去的彷徨两可之心,实在可以说是中国现代知识分子典型的语言观念。

此言不是理想的言,此地不是理想的家,中国人应该追求符合人类最终理想的更好的语言的家。这种态度,对于依附语言进行创造的一切知识分子来说,无异于站在故乡的土地上一心想着飞往远方,揪住舌头而要唱出优美的歌。

以语言为安身立命之本的知识分子珍爱本族和本国语言,应该是天经地义的事,因为他们是民族国家当中最熟悉也最依靠语言的群体。世界各国知识分子推崇本族本国语言的言论举不胜举。屠格涅夫流寓法国,当一无所凭时,曾这样赞美"俄罗斯语言":

> 在疑惑不安的日子里,在痛苦地担心着祖国命运的日子里,只有你是我惟一的依靠和支持! 啊,伟大的、有力的、真实的、自由的俄罗斯语言啊! 要是没有你,那么谁能看见我们故乡目前的情形,而不悲痛绝望呢? 然而这样的语言不是产生在一个伟大的民族中间,这绝不能叫人相信。

屠格涅夫从他深爱着的俄罗斯语言中找到了自己和民族的光荣,他无限信赖的俄罗斯语言在他最穷困的时候坚定了他动摇的信心与渺茫的希望。伟大的语言拯救了渺小的他,渺小的他只有赞美伟大的语言,而不能凌驾于语言之上来呵责它,唾弃它,改造它。在屠格涅夫看来,爱一个国家的语言,乃是爱国心的自然流露,也是高级形态的爱国;如果对国家的语言没有热爱之心,也就谈不上爱国。

另一位俄国作家果戈理在其小说《死魂灵》中,用更生动的笔调表达了他对母语的爱惜以及对疏远、鄙弃母语的所谓上流社会的厌恶。在当时俄国的"上流社会",人们几乎"听不到合适的俄国话,他们用德国话、法国话、英国话和你应酬,多到令人情愿退避,连说话的样子也拼命的学来头,存本色:说法国话要用鼻音,或者发吼,说英国话呢,像一只鸟儿还不算到家,再得装出一副真像鸟儿的脸相,而且还要嗤笑那不会学着模样的人。他们所惟一避忌的,是一切俄国话。"从果戈理对上流社会绅士闺秀们矫揉造作的说话方式的滑稽模仿中,可以清楚地感到他是如何憎恶那些贵族阶级轻视母语的行为。

屠格涅夫的散文诗写于 1882 年,由作家巴金译出,刊于 1935 年 8 月 16 日由鲁迅创办的

《译文》杂志第二卷六期,《死魂灵》则由晚年鲁迅疾力译出。不知道当时的中国知识分子对这两个无限钦佩的俄国作家关于母语的殊途同归的态度作何感想。

现代中国知识分子的爱国心绝不亚于屠格涅夫与果戈理,但热爱祖国的中国知识分子并不像屠格涅夫和果戈理那样热爱本国的语言,倒是像果戈理笔下的上流社会腐朽堕落的绅士闺秀们那样竭力避忌母语。他们并不因为爱国,就认为这国家的语言也值得热爱;他们认为爱国和爱语言是两回事,可以爱国,却绝不可以爱这国家的语言。在他们看来,国是可爱的,而可爱的国家的语言则是可憎的,甚至正因为他们爱国,才更加清楚地意识到语言的可憎,因为这个可憎恨的语言阻碍了他们所热爱的祖国的发展,甚至威胁到他们所热爱的祖国的生存。

闻一多在郭沫若《女神》中就敏锐地发现了这种奇怪的价值冲突。闻一多指出,郭沫若"并不是不爱中国,而他确是不爱中国的文化——《女神》之作者爱中国,只因它是他的祖国,因为是他的祖国,便有那种不能引他敬爱的文化,他还是爱它。爱祖国是情绪的事,爱文化是理智的事。一般所提倡的爱国专有情绪的爱就够了,所以没有理智的爱并不足以诟病一个爱国之士。"也许情绪与理智的分别并不确切,但那两种爱的冲突与分离,确实造成郭沫若诗歌一种奇特现象:像郭沫若这样一个并不缺乏中国传统语言文化修养的诗人,在抒发其爱国之情的作品中恰恰缺乏一种渗透中国传统语言文化精神的"地方色彩",相反他非常喜欢用一种和所爱的国家疏离的令人感到陌生的杂凑的语言来抒写爱国的感情。这除了"诗中夹用可以不用的西洋文字",甚至依靠西洋文字来凑足"音节关系"这一刺目的现象之外,典故的运用也以西洋为主,"《女神》中所用的典故,西方的比中国的多多了",以至于好像"做个西洋人说中国话",或者让人误会其作品是"翻译的西文诗"。《女神》如此,风气所偃,其他的新诗人更有过之而无不及[23]。

这是中国知识分子和俄国以及现代西方知识分子之间在对待母语态度上的一个很大的区别。中国现代作家正是带着基本否定母语的态度而老大不情愿地姑且运用母语进行文学创作的,他们的文学创作受这种对待母语的基本态度制约之深,也就不难想见。

母语封闭的城堡陷落了,独尊的地位遭到褫夺。这是一个尚未完成的历史过程,它始于晚清,却不知道将终于何时,止于何处。

原载《书屋》2002 年第 4 期

注　释

1、2. 陈望道:《中国拼音文字的演进》,见倪海曙编:《中国语文的新生》,时代出版社 1949 年版。

3. 罗常培《耶稣会教士在音韵学上的贡献》对此有详细论述,该文载《国立中央研究院历史语言研究所研究集刊》第一部分。

4. 钱文载《国语周刊》第 32—34 期,转引自黎锦熙《国语运动史纲》,商务印书馆 1935 年版。

5. 顾长声:《传教士与近代中国》,上海人民出版社 1981 年 4 月第 1 版,第 448 页。另参见陈健夫著:《近代中华基督教发展史》,海天出版社 1989 年 7 月第 1 版。

6. 郑延国:《读〈中外文字之比较〉札记》,《书屋》2000 年第 7 期,第 15—16 页。

7. 王氏翻译《辨学》不审何年,据自撰《三十自序》知,始读该书在 1903 年春,早于 1905 年作《论近年之学术界》与《论新学语之输入》。

8. 洪堡特论汉语言文字,可参见《洪堡特语言哲学文集》之《论汉语的语法结构》及《论语法形式的通性以及汉语的特性(致阿尔贝·雷慕萨先生的信)》,姚小平译,湖南教育出版社 2001 年 8 月第 1 版。

9. 有关莱布尼茨与黑格尔对中国文字的见解,可参看雅克·德理达《论文字学》第一章《书本的终结与文字的开端》,汪堂家译,上海译文出版社 1999 年 12 月第 1 版。

10. 范诺罗萨著,郜元宝译:《论汉字作为诗歌媒介的特征》,载《漓江》1998 年终刊号。《学衡》第 56 期张荫麟的文言翻译直接改题为《芬诺罗萨论中国文字之优点》,并有简单的译者序。二十年代初期张荫麟关注芬诺罗萨时,留学美国的闻一多对芬氏也大加激赏。闻回国后丢弃新诗,"向内转",开始后半生的中国古典研究,并尤其重视中国语言文字特点的揭发,与此大有关系。

11. 黎锦熙:《国语运动史纲》。

12. 鲁迅:《文化偏至论》,《鲁迅全集》第 1 卷第 46 页,人民文学出版社 1981 年版。

13. 胡适之:《逼上梁山——文学革命的开始》,见《中国新文学大系》第 1 卷《建设理论集》,上海良友图书公司 1935 年版。

14. 胡适之:《中国新文学大系》第 1 卷《建设理论集》导言。

15. 胡愈之:《有毒文谈》,见倪海曙编《中国语文的新生》。

16. 中国现代知识分子语言反思的出发点无疑是汉字,但他们的反思绝不止于汉字。这就提出一个问题:汉字和汉语的关系究竟怎样? 中西方语言的差异是否仅仅是书写文字的差异? 在比较象形文字和拼音文字时,中西方的语言是否也一同被比较? 文字的比较和语言的比较是同一的还是差异的? 中国现代知识分子在语言和文字之间有时虽然有极其简单的划分,但有时又容忍二者之间的界线极其模糊——这些问题,值得深入探讨。

17. 钱玄同:1923 年 8 月 19 日致周作人信,《钱玄同文集》卷 6,第 64 页。

18. 1918 年 4 月 15 日《新青年》第 4 卷第 4 号。

19. 瞿秋白:《普通中国话的字眼的研究》,见《瞿秋白文集》(2),人民文学出版社 1953 年第 1 版。

20. 鲁迅:《当陶元庆君的绘画展览时》,见《而已集》。

21. 《陕甘宁边区新文字协会组织缘起》,见倪海曙编《中国语文的新生》。

22. Nym Wales:《续西行漫记——中国的文字变了》,见倪海曙编《中国语文的新生》。

23. 闻一多:《女神之地方色彩》,见《闻一多全集》(3)。

导　读

　　本文分上、下两篇。上篇"从比较到评判:不平等的'语言接触'",在系统地梳理中西语言接触的历史过程的基础上,反思中国现代知识分子对母语评价态度的变化;下篇"中国现代知识分子对母语的基本否定态度",检视并思考对汉字、汉语持否定态度的中国现代知识分子的"浮士德心理"及其文化问题。

　　白话文的创制不仅仅是中国语言文字内部的局部变革,而是一场汉语言文字的现代化运动;在中国语言文字的现代化中,汉语从词汇、语法和声韵到基本的语言观念,都被外来语言和外来文化深刻地重写。中西语言接触源于西方传教士来华宣教,清末的拼音文字运动与文字改革的主张,是在中西语言接触并且有意识比较的基础上进行的。"中国的知识分子由此跳出了自古以来封闭自足的汉语世界,在汉语之外寻到一个充满威势与希望的新语言作为支点,从整体上打量业已成为对象物的母语。"在这种不平等的语言接触与比较中,母语权威丧失,现代中国知识分子对母语的态度发生了根本的转变,他们变本加厉地批判与否定汉字、汉语,吴稚晖、钱玄同等人废除汉字的主张是现代知识分子对母语决绝态度的极端代表。由于对汉字、汉语完全失去信念,因而对母语改革有一种不断革命的意志,总认为现在的语言是暂时的、过渡性的,注定要被后起的新语、新字所替代,"中国现代作家正是带着基本否定母语的态度而老大不情愿地姑且运用母语进行文学创作的,他们的文学创作受到这种对待母语的基本态度制约之深,也就不难想见"。

　　郜元宝的文学批评,对文学语言有着持久关注。这篇文章不仅历时地梳理与审视晚清以来,中国现代知识分子对母语批评与否定的思想脉络,而且提出了发人深省的问题:中国现代作家对待母语的基本否定态度,如何制约着他们的文学创作? 现代知识分子何时能够终结在母语荒原上彷徨的状态?

链　接

叶维廉:《语言的策略与历史的关联——五四到现代文学前夕》,王晓明主编《二十世纪中国文学史论》(第1卷),东方出版中心1997年。

郜元宝:《在语言的地图上》,文汇出版社1999年。

五　文学与文化

　　20 世纪 90 年代文化研究在中国学术界的兴起,其根本原因是社会文化现实的实践要求,是学术界对社会现实文化嬗变的回应。一方面,大众文化迅速扩张。大众文化通过市场经济的推动,形成日臻完备的生产能力和流通渠道,并以现代化的技术手段加速更新换代的周期,成为无法忽视的社会文化潮流,而包括纯文学在内的精英文化则有被边缘化倾向。另一方面,全球化背景下电子媒介的兴起,对传统纸质媒介构成强劲的挑战。影像文化、网络文化和消费文化等深刻地改变和影响着我们日常生活方式和价值观念,同时也引发文学艺术自身的变革。

　　尽管文化研究具有跨学科特质,但全球范围内的文化研究从兴起到发展,文学知识分子起了至关重要的影响作用,这表明文化研究与文学研究存在着密切关系。从当代文学形态讲,大众社会关注的文学样式,是电视连续剧、网络文学、电影文学等,而不再是传统的纸质小说、诗歌和散文,纸质媒介文学样式的主流地位,受到电子媒介文学样式的严峻挑战。从当代文化形态讲,广告、流行歌曲、时装等新型的艺术门类,渗透着文学艺术元素,成为一种泛审美活动。因此,文学研究视野的文化扩展,也是当代文学和艺术形态变革的必然现象。

　　中国学界回应大众文化的过程是发人深省的。尽管大众文化在 20 世纪 80 年代中期就悄然兴起并迅速扩张,但并没有引起学界的充分关注,即使是论及大众文化,也限定在传统的“通俗文艺”的框架中。直至 20 世纪 90 年代初,学界才真正意识到大众文化的冲击,不过我们从《上海文论》发起的关于大众文化的最初讨论中可以发现,面对咄咄逼人的大众文化,学界在承认大众文化强势的同时,也依然保持居高临下的姿态。本单元所选毛时安的《大众文艺:世俗的文本与解读》一文,就与大多数学者一样,表现出刚刚面对大众文化时的震惊体验和最初判断。接下来的大众文化批判,主要援引法兰克福学派的文化批判理论资源,着重批判大众文化的负面性,贬低大众文化的商业机制和否定大众文化的欲望叙事,这种大众文化批判与当时学界的人文精神讨论遥相呼应,在一定程度上体现出精英文化对大众文化的精神排斥。

　　从 20 世纪 90 年代中期开始,部分学者据于本土文化语境,开始对大众文化有了重新认识。有学者从本土大众文化中发现某些消解正统意识形态的正面性功能,意识到法兰克福学派的大众文化批判理论与中国现实文化语境的某种错位。在这种文化语境下,英国的文化研究及法国的文化符号学成为学界关注的理论资源,尤其是伯明翰学派的文化研究,隐含着颠覆高雅文化与大众文化等级秩序的思路。这里所选的陶东风的《文化研究:西方话语与中国语境》,梳理了文化研究的基本概念和特征,指出文化研究中语境化问题的重要性,并对学界机械运用法兰克福学派的文化批判话语的倾向进行了批评性反思。尽管因为复杂的因素,中国学界在大众文化的认识上依然没有取得共识,但可以明确的是,它与文学知识分子的文化同一性的丧失密切相关。

　　在既有的当代中国文化研究成果中,除准确译介和深刻辨析西方的文化理论资源的著述外,值得重视的无疑是富有力度的个案研究。一方面每种西方文化研究范式都源自具体的文化语境和社会实践,它们能否适应、在多大程度上契合当代中国的文化实践,需要具体的本土个案文化研究来验证;另一方面,在辨析和整合西方文化理论资源的基础上,建构具有中国特色的文化研究理论和研究方法,同样需要蕴含本土文化特殊性的个案研究成果。本单元选编了张新颖的《中国当代文化反抗的流变:从北岛到崔健到王朔》和严锋的《变形的意义:对〈大话西游〉热的跨艺术解读》两文,前文从三者的比较分析中,触及"文革"后青年反抗文化的思想文化的流变;后者从一种文学经典由文字到影像再至网络文学的变形过程中,发掘其美学、文化和政治的多重意义。这两个关于本土文化的个案研究,都是富有创造意义的生动的个案文化批评。

大众文艺： 世俗的文本与解读

——关于当代大众文艺研究的一些想法

毛时安

小引：概念的释义

概念的释义常常是件费力而不讨好的事。当我们用概念来界定概念的时候，反而经常使概念所指的明确对象，因语词的堆砌而显得形象模糊闪烁模棱两可起来。因而，当我们对概念释义的时候，不妨采取一种更为痛快的方式，即直指对象。本文所要讨论的"大众文艺"，从对象而言，主要是指近年在大陆出现的，通过印刷、光电等现代大众传播媒介手段所大量复制，供大众阅读、消闲、欣赏需求的各种文艺制品的总和，如畅销书、通俗小说，通俗性的电视连续剧、放映点和民间流传的录像带、流行歌曲，以及由此构成的文艺和文化现象。在国内外也有称之为消闲文艺、通俗文艺、流行艺术的。概念有所不同，外延也略有变化，但基本对象是一个。

与此对举的概念，最明确的却是我们不习惯的"小众文艺"。由于使用语境的差异和研究重心的倾斜之别，我们在习惯上为区别于传统称为新潮文艺，从艺术成熟度称为实验文艺，从写作目的称为探索文艺，从创作态度称为严肃文艺，从艺术形态称为纯文艺，从作者与读者构成称为精英文艺。和大众文艺的概念一样，其基本对象也是大同而小异的。在择用术语时，我们将尽量保持概念使用的同一连贯，倘因行文或语境而有所选择时，其讨论对象仍将是明确不变的。

一、有意味的对比：背景与意义

1. 严肃文艺与大众文艺的对比

1985 年以降，文艺批评界无论赞同与反对，关注的中心是新潮小说，并且旁及其他实验性探索性的文艺样式。在赞同者为小说《小鲍庄》、《爸爸爸》、《冈底斯的诱惑》、《红高粱》、《金牧场》，为电影《一个与八个》、《黄土地》、《大阅兵》、《猎场札撒》，为话剧《中国梦》、《魔方》，为电视剧《新闻记者启示录》等一大批探索性作品新异奇诡的文本构成、独创性的叙述方式、风格化的语言表现和富于弹性和阐释的不确定性意义所吸引，全身地沉溺于这些作品的文本解读，极为欣喜地把这些视为新时期文学主流，未来小说(文艺)发展的前趋与基本走向的时候，在反对者面对五花八门的新潮困惑不解的时候，几乎很少有人注意到，中国的当代文艺，正随着改革开放的不断深化推进，悄悄地发生着一场文艺分类学意义上的巨大裂变：长期寄寓于严肃文艺母体的大众文艺，终于剪断了它与母体连接的脐带。

这是新时期文艺继十一届三中全会后的现实主义与伪现实主义的裂变，1985 年新潮文艺与传统意义上的写实主义裂变后，经历的又一次巨大的，也许其意义和影响将更为深远更为广阔的裂变。这个裂变导致了第一层面严肃文艺与大众文艺的有意味的对比。

一方面是大众文艺星云爆炸般地奇迹般地膨胀。从邓丽君清丽柔软的《小城故事》磁带、琼瑶的言情小说，电视连续剧《霍元甲》开始、岑凯伦、三毛、席慕容等的言情作品，金庸、梁羽生、古龙等的武侠系列，相继登场，其印数经过大大缩小后，仍然动辄数以十万计。少男少妇们动辄如痴如醉沉浸忘情于谭咏麟、齐秦、张国荣、赵传、童安格的流行歌曲之中。而《昨夜星辰》、《情义知我心》、《人在旅途》，则每到电视台播放时，虽不至于万民空巷，却也使繁忙的街头显出一时的寂寥冷落来。与此同时，大陆内部各种大众文艺性阅读期刊相继问世，充斥于车站码头。一支职业性的大众文艺作者队伍也开始形成。如此出人意料的迅速发展，也许可以称之为一个当代文化的神话。尤其是大众电视作品和流行音乐，以其数量巨大的复制和能产，正在潜移默化地通过感官的直接接受，深刻地塑造着整整一代人的生活方式和价值观念，并在将来用这样的方式和观念去介入社会去判断当代社会发生的一切。换言之，他们的灵魂和人格的塑造过程更多地是由大众文艺而不是由严肃文艺完成的。他们可以不知道世界第一大提琴马友友，但是却很少有人不知道天皇巨星谭咏麟。

另一方面，纯文学很快从1985年的极值状态衰落下来，读者群日渐萎缩，不仅像《伤痕》、《班主任》等万众争读洛阳纸贵的轰动效应已不复再现，以至许多从事纯文学创作的作家时常在追忆往昔的好时光，留恋昨日的光荣与梦想，而且许多以正宗自居的严肃文学刊物都印数一跌再跌，有的甚至跌到千余册，难以为继的地步。一些著名作家的小说集征订数只有千儿百把本，连三千的起印数都无法达到。探索影片《晚钟》的拷贝只在全国发行了一部！以至得了柏林银熊奖后，观众欲一睹风采却连拷贝都找不到。纯文艺的如此衰落，如果仅从人类文化发展的价值判断去看，也许不能算是正常的。但是，上述对比无疑提醒我们，以纯文学为中心的文学秩序和文学圣殿，正随着大众文艺的扩张而消解，同样纯文学中心论的神圣事实也成为昨日的神话。

2. 大众文艺质与量的对比

然而，在大众文艺量的空前繁荣的同时，我们不能不看到的一个浅显的事实是，大众文艺的质，即其内在艺术质量并没有与数量呈同步增长的趋势。构成大陆大众文艺的主体是从港台地区、东南亚和欧美各国引进的。大陆从武侠警匪惊险系列来看显然还没有堪与金庸、梁羽生、古龙相匹敌的作家，也拿不出在言情上能和琼瑶相抗衡的作家，作为大众文艺重要构成部分的录像带，虽价廉但质次，编剧拙劣，制作粗糙，投放市场连成本也无法收回。大众文艺刊物，虽然有《啄木鸟》、《连载小说》、《今古传奇》等不少把大众文艺当作事业来追求的，但更多的却是以封面和标题来招徕读者，有的名为"法制文学"，实质是非法制，反法制，把个别案件稍加整理，不仅无文学性可言，甚至连文句都写不通顺。当然，其间整个发展并不平衡，其中通俗歌曲是比较突出的一个领域，在这个领域已经拥有像郭峰、徐沛东、谷建芬这样一批才华四溢的职业职曲家，还涌现了崔健、刘欢、腾格尔、毛阿敏、韦唯等一大批富于艺术表现力演唱技巧极其风格化拥有大批歌迷的歌星。但总的来说，大众文艺的发展呈现艺术质量与作品数量的剪刀差。

3. 大众文艺研究的紧迫性

大众文艺巨大的覆盖性，它在现代大众文化生活中的无可替代的重要地位，以及大众文艺作为社会和公众的一种阅读行为，一种群体无意识，它所包含的信息，它所传达的大众的潜在要求和欲望，它必将引起那些有社会良心和科学使命感的学者的关注，并将之摄入自己的研究视野。在学术研究中无视或漠视这样一个巨大的存在不是历史唯物主义的态度。在国外，大众文艺作为当代社会一种最重要的文化现象，已经引起严肃的学术关注。比如美国最流行的权威性的美国文学作品集《美国文学传统》在其前5版中，根本没有选载斯陀夫人《汤姆叔叔的小屋》的任何章节，1985年第6版开始选载这部通俗作品，现在已选了《小屋》的4个整章。库珀的通俗作品"皮袜子"系列小说的节选也由原先的6页半慷慨地增加到42页。在东邻日本的一些批评家则下意识地忽略精英文化与大众文化的界限不计，而将大众文学作家纯文学代表作家相提并论，导致了日本当代文学批评的新走向。由此可见，认为大众文学会降低学术研究档次和品格的顾虑是多余的。对于学术研究来说,有必要面对文学格局的新变化适当地调整自己的学术研究构成。

其次针对当前大众文艺量大质次的矛盾,特别是一度出现过的色情、暴力的泛滥,大众文艺研究的一个重心是如何认真提高大众文艺的审美品位。有些文学研究工作者认为大众文艺毫无审美性可言,不必费力提高大众文艺的审美品位。这种说法倘若是针对当前大众文艺创作现状而言,无疑有其合理性,倘若作为大众文艺创作规律则具有一定的片面性。我认为,这种片面性主要来自我们自身的文学观念的褊狭性。我们的文学观念,主要是根植于纯文学主体的文学史、文学理论的熏陶教育,并且又在日后漫长的文学阅读和批评实践中确立完善起来的。这种文学观念决定了我们判断文学作品的价值准则。正是这样的文学价值系统的规范,使得即使文学史中记载了敦煌变文,民间曲子,我们也很少去留心它,研究它,遑论当代的大众文艺。事实上,大众文艺和纯文艺是既有同一性又有差异性而以差异性为主的不同的文艺系统。在纯文艺中视为末流的娱乐性、消费性、故事和悬念,在大众文艺中都是最基本的要素;相反,语言和文本的实验性,这些对纯文艺至关重要的东西,在大众文艺中却又显得无足轻重起来。正因为如此,对于大多数文学批评和研究工作者来说,大众文艺的研究将并不是件轻易的事。这里不仅有一个高层次文化对低层次文化,小众文化对大众文化的认同,还要实现包括范畴更新重建和操作过程转换的过程。对象的变更决定方式的变更,方式的变更其内在机制是文学观念的变化。

大众文艺有自在自律的运行机制和审美规律。大众文艺基本审美品位的相对低下,从根本上来说,和我们对大众文艺审美规律缺乏深刻认识理解有关。

现代意义上的大众文艺是和商品经济的发达密切联系的。大众文艺是以商品形式的外包装投入大众阅读市场的。从大陆的大众文艺发展来看,其基本走向是从三四十年代到建国为一段落,其间出现了以张恨水为代表的言情作家,和以还珠楼主领衔的武侠作家。十七年(包括文革)从严格意义上说大众文艺基本处于潜在状态。直到改革开放,才出现了大众文艺的再度兴盛。而这一马蹄形发展曲线正好和商品经济的发展相吻合。三十年代到建国,中国经济主要是半殖民地的畸形商品经济,而十七年至"文革",从经济结构来说也基本是计划经济占绝对性地位,直到十一届三中全会改革开放后,才有计划经济与市场调节的结合,和商品经济的日益发达。和港台地区、发达国家相比,大陆现代大众文艺经过一度沉寂后,受制于商品经济的发育,启动相对滞后,就形成了大陆大众文艺艺术性审美性相对较低的局面。而且在无形中形成了大众文艺创作无须艺术功力的错误观念。以至有相当一批在纯文学领域缺乏竞争力的作者转向大众文艺领域,或者一些在纯文学领域一展才华的作者偶尔下海"玩"大众文艺的现象。但是,如果看一看金庸在中国古典文化上的深湛功力,看一看古龙对现代小说技巧广泛吸收的功夫,我们就不难看出,真正的大众文艺对作家的艺术修养的要求并不在纯文学之下。

大陆的当代大众文艺从艺术品位来看,基本处于大众文艺的初级阶段,迫切有待于提高。而这一提高过程有待于作家和理论学术研究工作者的共同介入。正是在这点上,90 年代的大众文艺有异于现代文学史上历次关于大众文艺的讨论。由于历史和时代的需要,以往的大众文艺讨论,更多地着眼于艺术功能,着眼于艺术服务于政治的工具性,着眼于文学如何在大众化过程中的化大众;而 80 年代的大众文艺研究,更着重于大众文艺艺术本体和艺术规律的研究,着重于大众文艺多学科的综合研究,并且通过这种较高学术层面的研究,提高大众文艺的艺术品位,从而推进社会主义大众文艺的繁荣,产生出一批思想内容健康积极向上具有相当艺术水准的大众文艺作品,更好地为大众服务,满足大众的阅读和审美需求。

二、大众文艺的一般规律及其认识

1. 母题的类型化与再生性

正如许多研究者指出,大众文艺和严肃文艺不同,后者是一种极端独创性个性化风格化的艺术,前者是一种"技术化的无个性的"类型化艺术。这种类型化首先来源于大众文艺母题的类型化。从我国大众文艺的基本母题来看,主要是表现正义、力量和刚性的"侠"和表现情爱、缠绵和柔性的"情"。鲁迅先生在《中国小说史略·清之侠义小说及公案》中多次提到《三侠五义》、《七侠五义》,认为这些作品"旨在揄扬勇侠,赞美粗豪","意在叙勇侠之士,游行于村市,安良除暴,为国立功","独于写草野豪杰,每令莽夫分外生色"。也就是说,武侠小说以及其派生的惊险小说、侦探小说实际上是人类,尤其是男性的英雄情结的一种感性显现,一种艺术外化。普通的大众读者的英雄情结和心理期待在这类作品的紧张阅读张力场得到了满足和释放。而言情小说则更多地满足了女性读者的感情期待。

大众的这种世俗性类型化的基本阅读需求是非常顽强的,犹如神话中不死的九头鸟一样,表现出自己阅读者的主体性来。比如在十七年中,许多读者实际上是把《铁道游击队》、《敌后武工队》、《烈火金刚》、《小城春秋》、《林海雪原》、《红岩》当作准武侠小说准惊险小说来读的。这些作品的主人公杨子荣、肖飞、史更新身上也确实表现出"侠"的忠于友情,武艺高超,涉险不惧的基本素质。

一般来说,阅读的心理紧张度大小是和母题内容的新鲜程度有关的。内容越新鲜信息量越大刺激性越强,阅读的心理紧张度也越大。为什么读者却对类型化的母题阅读乐此不疲,世代如一呢? 根本原因在于类型化的母题原型具有不断再生,因而趋于无穷变化的可能性。形成母题原型再生的基本要素有:

读者审美趣味和读者群的变化。读者的审美趣味是有阶段性的,有性别差异的。针对这种阶段性,大众文艺母题不断作周期性的轮换,如大众趣味集中于伤感型的,言情母题以伤感的方式进行表现;大众趣味集中于武打侠义时,如《少林寺》出,一时间银幕上刀光剑影,高手如林;大众趣味被《克莱默夫妇》燃起后,伦理小说伦理影片占据大众文艺市场的中心。这种母题周期性更换,使母题的每一次重新出现具有了新鲜感。其次是读者群的变化。现代大众文艺中的武侠小说读者,已经不满足人物的单纯侠义行为,"侠"的母题开始和"情"的母题综合,金庸也好,古龙也好,都是侠中有情,侠为情驱,几乎是无侠不情,有情方有侠,既满足了读者对侠的英雄期待也满足了对情的感情期待。

艺术样式的特殊性。大众文艺中各种艺术样式也常常会使母题原型发生多种变形。以言情作品而言,小说和电视连视剧,因为其阅读欣赏的周期相对较长,读者需要作品以大团圆的结局来实现心理"完形"。而流行歌曲的言情,却更多地表现为爱而不得的离别阻隔思恋之苦,"不完形"的母题才更具感情的震慑力。

包装的可变性。大众文艺母题的原型化始终是和包装的可变性联系在一起的。《钱商》、《航空港》、《大饭店》、《汽车城》出自同一畅销书作家之手,基本母题是发达国家人际感情伦理冲突,但母题的外包装不断变化,就使母题的故事层面人物关系发生了一些微妙的变化,从而使母题具有了某种新鲜感。又如《战争风云》,粗一看四大卷,颇像一部史诗,但其基本母题却仍然是大众文艺的人际感情纠葛,不同的是作者则巧妙地穿插了二次大战的史料,使这一基本母题换上"史诗"的新包装。

意识形态对于大众文艺母题的改造。如前所说,大众文艺积淀着许多人类心理深层需求的一般性,但它同时又必然会表现出意识形态的特殊性。意识形态对于大众文艺的模式创造母题变化具有相当强的制约作用。所以阿都尔诺反对在资本主义条件下使用大众文化的概念而宁愿采用更为含蓄的"文化工业"这个术语。他认为,使用大众文艺的概念,表明你赞同这样的解释,即"这是一个类似一种从大众本身、从流行艺术的当前形式自发地产生出来的文化问题"。文化工业正是与大众文化作了严格的区别。社会主义和资本主义两种不同大众文化的根本区别就在于是在否真正"从大众本身出发"。作为精神文明的一部分,我们的大众文艺在母题表现上更侧重于积极、健康、向上、明朗的情调,通过大众文艺给观众更多美的享受,通过审美而娱乐。这是对大众读者观众在审美上逐步提高的积极适应,而不是阿都尔诺批评的那种让观众"欣赏力退化"的消极适应的大众文艺。后者是通过迁就的方式来实现大众文艺的商品性的。前者却同时把大众文艺视作商品/精神、灵/肉、感情/理性的对立统一体。意识形态对大众文艺的制约是无可讳言的。关键是要找到意识形态特殊性和大众文艺一般规律之间的结合形态。前面说过十七年至文革,大众文艺由于经济形态的制约前提,基本上是潜在的而不是严格意义上的。但是大众的基本阅读需求和作家创作的不能不满足这种需求,必然会出现某种准大众文艺。如前所述的《红旗谱》、《烈火金刚》、《敌后武工队》、《小城春秋》等,都是既表现当时意识形态的理想主义英雄主义又保留变形了的武侠母题的。朱老忠的古道热肠,肖飞如鼓上蚤般地身手矫捷,以及杨子荣的土匪黑话,滨海小城的黑社会描写,都恰到好处地将母题原型的一般性与意识形态的特殊性有机整合起来。满足了社会主义文艺"为人民服务"的基本要求。

正是从精神产品的特殊性出发,我们认为情与侠的母题都有两极延伸的可能,一极引向色情,一极引向暴力,即性行为和凶杀场面。这种两极延伸,是大众文艺的魔道。也属于对读者低层次阅读需求的消极适应。

2. 故事模式的共创性及共创性中的创造与选择

故事在大众文艺中具有举足轻重的作用,母题的意义是在故事过程中展开实现的。故事是大众文艺最基本的感性层面。所以,对于大众文艺来说,首先要会讲一个好听的故事。这个好听包括生动、曲折。但是大众文艺中的故事和纯文艺中的故事不同。后者的文本是独创性的,充分个性化的,作者更多关注讲故事的方式,几乎每一个文本都是独一无二的;前者的故事文本却是共创性的,作者的构思重心在故事的结构方式,或者说故事本身。这里的共创性,既包含大众文艺复制过程中的社会共同创造性,但更重要的是大众文艺同一作者不同文本的共创性,即多种故事共用着同一个故事模式的共创性。所以大众文艺的特殊天才和创造性,主要表现为在多种文本共创性的初期创造最富于活力最充满智慧最具独特魅力的故事模式。几乎每一个有影响大众文艺作家都有自己独创的故事模式。比如琼瑶的故事模式的基本要素是,三厅(歌舞厅、咖啡厅、客厅)空间中,男女主人公意外邂逅,纠结起同代人或几代人的多角感情危机,有时点缀以一些现代心理病症,最后有情人终成眷属。克里斯蒂的故事发展流程,是极小的空间如游艇、火车、密室内,某人被凶杀,大侦探波洛出现,用排他法,层层推理,最后水落石出,真相大白,凶手总是那最先被排除在外,认为最不可能作案的那个人。而金庸武侠小说则正如有人总结的是东南西北的宏阔时空背景下的少年主人公历经磨难,终成一代武学宗师。一个通俗文学作家一旦寻找和创造出一个独特的故事模式,那么他的全部写作才能就找到了一个腾挪的空间。

当然优秀的通俗文学作品永远不会停留在讲好听故事的层面。它常常还具有更深层的人性内容，可供阐释学的深入研究，如希区柯克的那些优秀电影作品。但是优秀的通俗文艺作品必然拥有一个好听的故事，也是没有疑义的。

三、大众文艺的多学科综合研究

大众文艺首先是一个文艺现象，同时又是社会现象、文化现象，而不是单纯的文艺现象。大众文艺的这一基本现象性，决定了大众文艺以马克思主义为中心的多学科综合研究的可能性。事实上这种多学科的综合研究不仅是可能的，而且是必要的，唯有多学科的综合研究，才能发掘出大众文化这一研究对象的内在意义。

我们可以从马克思主义商品生产和流通的基本原理，揭示大众文艺的生成运行机制，可以从马克思主义关于上层建筑、经济基础和意识形态相互关系的学说研究大众文艺的功能与价值；可以从"神话—原型"的方法出发，求索大众文艺原型母题的演变发展；可以运用心理学方法研究大众对于大众文艺阅读欣赏的心理过程，使创作更能适应读者阅读心理变化曲线；可以运用结构主义的方式，解析经典性大众文艺作品的故事结构要素，寻求故事构成的一般原则和模式；可以从社会学角度，探讨大众文艺母题的周期性变化，从中归纳出大众在阅读兴趣转换过程中的集体无意识所隐喻所代表的大众愿望；可以从雅俗文化的相互影响研究小众、大众，俗文学雅文学的彼此渗透转化；可以对发达国家地区的大众文艺和大陆大众文艺作平行或影响比较研究，作广泛的批判性的借鉴；也可以从文化层面，通过对大众文艺风格的嬗变，内容的更替，看到整个历史文化的基本走向。比如，我们可以从邓丽君气声唱法的一度风靡大陆，看到大众对于"文革文化"无情化倾向的无声抗议，而粗粝高亢的"西北风"摇滚又是一种对情感过于柔弱的文化的反拨，而且其巨大艺术魅力在很大程度是扎根于数千年黄土文化的深厚博大的底蕴。美国左翼自由派学者莫里斯·迪克斯坦的名著《伊甸园之门》正是通过对鲍勃·迪伦、甲壳虫和滚石乐团的创作演唱，深刻揭示了美国60年代文化对抗形式的内在变化。可见对于大众文艺这一通俗性的学术对象进行严肃的学术研究，可以成为严肃的职业性学术研究的一项新的贡献，并通过这一研究提高大众文艺的艺术品位。

对于我们相当多的文艺研究者来说，当代大众文艺是一门充满空白有待开发的迷人的学术领域。这将是一个能容纳各种研究方法学术流派纵横驰骋百家争鸣的新的极为广阔的思维空间。这篇短文仅是急就章，以抛砖引玉之谈，祈求各种方家的高论和指正。

1990.12.10 深夜

原载《上海文论》1991年第1期

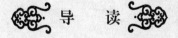 导　读

　　20世纪80年代中期后，大众文化自发地悄然兴起，短短几年便奇迹般地迅速扩张，而纯文学读者数量急剧萎缩。学界对大众文学所释放的巨大社会能量显然始料不及，直到20世纪90年代初期才如梦初醒。1991年《上海文论》开设"当代视野中的大众文艺"专栏，引发了学界对大众文化的持续关注和深入研究。毛时安此文就是最早以学术态度探讨大众文化现象的论文之一。

　　论文客观描述了以武侠言情小说、流行歌曲、电视剧为主要形式的大众文化,在中国大陆创造"当代文化的神话"的事实,充分意识到大众文化的社会价值功能,认为它"深刻地塑造着整整一代人的生活方式和价值观念,并在将来用这样的方式和观念介入社会去判断当代社会发生的一切"。同时指出本土大众文化属发展的初级阶段,产品在质量上较海外引进的为次,发展态势隐含着明显的负面因素,显示出大众文化研究和批评的紧迫性。然后,作者从大众文学的叙事模式切入,分析大众文化产品类型化和复制性特点。最后指出大众文化不仅是一种文艺现象,同时也是一种社会现象和文化现象,主张采用多学科综合研究的方式进行研究。毛文较为典型地体现出文学批评界面对大众文化表现出的最初震惊感受和初始判断,是学术界对方兴未艾的中国大众文化的最初思考和批判的见证。

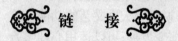 链　　接

金元浦:《定义大众文化》,《中国社会科学》2000 年第 6 期。
范伯群、孔庆东:《通俗文学十五讲》,北京大学出版社 2003 年。

中国当代文化反抗的流变

——从北岛到崔健到王朔

张新颖

一

从 20 世纪 70 年代中后期到 90 年代的今天,近二十年当代中国文化的变迁亦显亦隐,巨大而又繁复。人们明显感受到它的内涵和影响,却又无暇无力彻底条分缕析、追根探源,往往只是在惊奇、震荡、迷惑和错愕中,来不及作出更充分、更有力的反应,就被一潮又一潮的时代洪流挟裹着向前奔去,奔向意义可能愈发暧昧的世纪末和新世纪。

时间之流无法人为地斩断,但我们站在今天回头望,不妨就把我们所站之处暂时定为一个大的文化时期的终点。按照通常的叫法,这一文化时期被称做"新时期",也有人把它命名为"后'文化大革命'时期"。对这一文化时期细分,可以划为几个文化阶段,每一阶段都有自己的文化代言人。文化代言人的出现和确立,有赖于他的文化行为和时代精神的契合。在这里用"时代精神"一词,必须加以强调性说明:它不是冠冕堂皇的官样文章,不是意识形态的虚构和硬性规定,它甚至还不是席卷社会的潮流——它正好是这一切的对立面。真正的时代精神具有生成性,最初往往是隐而不显的,所以文化代言人的角色最初是一个类似于"先觉者"的形象,他把时代精神"发现"和"发挥"出来,继而在一定的社会范围内被接受并引起矛盾和冲突。由此,我们可以确立文化代言人所代"文化"之性质:这种文化伴随新生的时代精神而生,对于先它而在的社会来说,它是陌生的、异质的,它向已定的社会文化形态、结构、意识挑战,以便争取自己的合法存在和权利。那么,我们在这里所说的文化代言人,换成一个更清楚的说法,即是文化反抗的代言人。

具体说来,70 年代中后期到 80 年代初,取得文化代言人资格的,非那些最优秀的朦胧诗人莫属,在本文中我选北岛为例;80 年代末到 90 年代初,风行中国的流行文化表述则当推王朔的小说。对比一下,其间的差别可能会给人以出乎意料的感觉——

一、(1) "在没有英雄的年代里/我只想做一个人"

(2) "千万别把我当人"

二、(1) "卑鄙是卑鄙者的通行证,/高尚是高尚者的墓志铭。"

(2) "玩的就是心跳"

从为了重新确立人类的基本价值而不惜牺牲一切的庄严宣告,到价值中心被有意识地消除之后的游戏与颓废,这一文化变迁过程的中间跨度是非常巨大的,但其间的发展仍有迹可寻,而且,仍能非常自然地找出横跨这一中间地带的文化代言人:摇滚歌手崔健。

从北岛到崔健到王朔,接受的范围从小到大,接受者的层次却从高到低,从先觉者、文化精英到具有反叛意识的青年学生再到社会大众,基本上都有各自的对应项;从诗歌到摇滚乐到小说,其形式越来越趋向通俗,其精神内涵呈现日益"向下"的变化。当三种具有内在关系又分明不同的文化表述在不同时期出现时,它们所遭遇的阻力由大到小,对社会的日常形态和一般意识所形成的挑战也由强到弱。大致说来如此,但具体的情形则要复杂得多。

二

奥斯维辛之后,再有诗,就是野蛮的。骇人听闻的并不是 T. W. 阿多诺的断言,甚至也不是那种刚刚经历的巨大创痛,而是"诗"对于创痛和灾难的视而不见、拒不承认和掩盖、化解。非常奇妙的是,"文化大革命"的结束,并没有同时铲除作用于全民集体无意识的这种"诗情",反而强化了它,使它愈加弥漫,愈加具有笼罩力。所谓"噩梦醒来是早晨"之类的普遍想法即是明证。时至 20 世纪 90 年代,对于"文化大革命"的心灵禁忌也许越来越少,但仍然很难保证从野蛮的"诗情"对无意识的"催眠"中普遍清醒过来,仍然很难保证逃脱了意识形态那只神秘的手。① 事实上确实有些变化令人啼笑皆非,而且不免要染上些绝望情绪:人们终于敢说那些灾难和创痛,但灾难和创痛无形中却变了质——它不再是人类的耻辱,而是个人的荣耀。"诗情"所散发的幸福意识不仅让人以为从此天下太平,而且掏去了以往创痛中的痛感,把灾难变成勋章别在迷醉和昏睡者的胸前。

回顾当年关于朦胧诗的争论应该是非常有意义的。这场争论从一开始到最后结束,都不是一场文学观念之争,局限于文学这个狭隘的概念中,永远也看不清争论的实质。当时指斥朦胧诗不是诗的人无意中点到了要害:朦胧诗人中最优秀的分子所写的确实不是那种"催眠"的诗,它拒绝同声合唱,拒绝借许诺未来以达到遗忘过去的目的的幸福意识,它要穿透普遍"诗情"的笼罩,发出不和谐甚至是刺耳的声音。从主流意识形态的立场上看,它当然是"非诗"。意味深长的是,当时朦胧诗的支持者和反对者中都有相当一部分人有意识地在文学范围内争论是非,单就"看不懂"的普遍论调来讲,一是暴露出文学基本感受能力的退化;另一方面,未尝不是一种巧妙的托词:不是看不懂所写的是什么,而是经过"文化大革命"摧残和"文化大革命"后幸福意识的作用,彻底丧失了历史感和现实感,丧失了正视真实生存情境的能力。

从朦胧诗本身来看,晦涩的情况也确实存在。但同样需要强调的是,晦涩仍然不是一个在审美范畴内可以解释的问题,本质上它是一种受压抑、受排斥的话语不得不采取的表达策略,顺从主流意识形态的话语表达是不需要而且也不可能晦涩的,晦涩本身即包含了对主流意识形态的反抗。

在新时期伊始,一切向前看的主流导向下,北岛决绝地发表了一首首"向后看"的诗,诗成为抗拒个人或民族自发或被迫失忆的"法门",成为自觉地承担历史和现实的阴暗重量的心灵形式。

> 我,站在这里
> 代替另一个被杀害的人
> 为了每当太阳升起
> 让沉重的影子像道路
> 穿过整个国土
>
> ——《结局或开始》

作为历史的见证者和受难者,当一种新的现实开始的时候,"我"都要出场,都要在场,不仅是为了提醒,更是为了使现实真实起来。这几行诗,可以概括北岛几乎全部作品的内涵,可以揭示北岛的写作和写作时代之间的一种紧张关系,正是与现实和历史之间的紧张关系,使北岛

---

① 巴金在最近的一篇短文中,对自"文化大革命"结束至今一直在用的以"文化大革命"为"梦"的隐喻性说法提出严厉的质疑。这是一位年近九十的老人在病中写下的,题为《没有神》,载《新民晚报》1993 年 7 月 15 日"文学角"专刊。全文如下:

我明明记得我曾经由人变兽,有人告诉我这不过是十年一梦。还会再做梦吗?为什么不会呢?我的心还在发痛,它还在出血。但是我不要再做梦了。我不会忘记自己是一个人,也下定决心不再变为兽,无论谁拿着鞭子在我背上鞭打,我也不再进入梦乡。当然我也不再相信梦话!

的诗获得一种既尖锐又厚重的文化冲力和审美效果。

"文化大革命"结束以后，文学上"向后看"的视线引发出几乎是全民参与的轰动效应，一时间，先"伤痕"、继"反思"，皆蔚为大观。但是，即使如此，北岛"向后看"的诗仍然是特立独行的，有一种核心质的东西使之和一般同类的文学作品相区别，傲然自成于潮流之外。这种核心质的东西即是关于时代连续一体的思想，它否认历史与现实是分裂的，所谓的分裂不过是意识形态的假象，而一般"向后看"的文学就接受了这种假象作为自己意识的基础，"向后看"成为一种现实所需要的姿态，历史成为新生现实的反衬，文学成为幸存者的文学——一句话，幸存者存活于新生的现实里，展示苦难，鞭挞历史。但是北岛拒绝承认自己是幸存者，拒绝承认全部现实的新生性，历史和现实之间不是一种对照关系，它们并非各自孤立，而能够互相通达。正因为历史通向现实，所以为了保持现实感，必须回眸历史；也因为看取历史的行为能够获得真实的现实意义，所以才能够与现实之间形成紧张、矛盾和冲突的关系，而不是把本身即具有重大意义的文化行为降格为只有在为现实服务的大前提下才被允许，才去实行。

> 而我们追随的是
> 思想的流弹中
> 那逃窜着的自由的兽皮
>
> 昔日阵亡者的头颅
> 如残月升起
> 越过沙沙作响的灌木丛
> 以预言家的口吻说
> 你们并非幸存者
> 你们永无归宿
>
> 新的思想呼啸而过
> 击中时代的背影
> 一滴苍蝇的血让我震惊
>
> ——《白日梦》

北岛出生于1949年，1970年开始写诗，起初只是在一个很小的圈子里传看；1978年底他和几位朋友创办文学刊物《今天》，共出九期。1986年5月新世纪出版社出版《北岛诗选》，同年12月作家出版社出版《五人诗选》，汇集了朦胧诗最具代表性的诗人北岛、江河、舒婷、杨炼、顾城的重要作品。两本诗选的出版，表示北岛所获得的社会认可基本上达到了它所能达到的最高刻度。自此以后，国内再也没见过北岛重要的作品集出版。事实上，到1986年，文化和文学的形势都发生了巨大的变化，视线的转移就在自然而然中发生了。

这一年的5月9日，以纪念"国际和平年"为宗旨的中国百名歌星演唱会在北京工人体育馆举行，名不见经传的崔健跑到舞台上发出了"一无所有"的呐喊，像喊出了一个时代的感受，触动了时代最敏感的一根神经。

三

我还没来得及详细讨论北岛，就匆匆滑到了崔健。我设想，把叙述放在两人的"关系"中进行,可能会更容易说明他们自身,揭示一些问题。

崔健出生在 1961 年,比北岛可以说差了几乎一代,他开始产生影响时北岛的地位早已确立,但文化反抗的共通性却消融了一般情况下后来者有意无意的对立倾向,而且强化了一种自然的继承关系,使当代文化反抗的发展呈现出顺理成章的精神脉络。

一般来说,流行音乐免不掉媚俗的品格,它要投大众所好,大众才会使它流行。它迁就大众的思想惰性和审美习惯,又在保证被广泛接受的前提下,不断地小打小闹,花样翻新。它几乎从不提出重大的历史、现实和个人的问题,即使偶尔有这样的问题,它也会用一种格式化的方式轻易地把它们解决或者化解掉,使问题获得廉价的答案或者变成一种无意义、不必要的提问从而使之退场。从某种意义上说,流行音乐是现代社会所需要的一种精美的包装形式,要揭示生命与存在的本真样态和情景,揭示隐而不显的时代精神,就必须经过一个艰难的还原过程,穿透层层包装。如果流行音乐试图还原和揭示真实,那它就具有了反对它自身的性质。正像任何一种领域和过程都会出现叛逆者一样,流行音乐的叛逆歌手也并非绝无仅有。从这种特殊的文化形式本身的情况来讲,流行歌手之所以能够成为某一阶段的文化代言人,具有尖锐的批判向度,预示新的文化意识的产生和推广,重要原因在于它的创作主体和接受主体是青年一代,他们作为一个社会的后来者,在被主流文化形态驯化的过程中,从受压抑、受排斥的现实感受中产生出反抗的情绪、思想和行为是非常正常的事。

摇滚乐从它诞生之初,就具有两方面的叛逆意义:其一是对流行音乐本身的反叛,其二是广泛的社会文化抗议。因此,当崔健第一次以摇滚的形式表达自己的时候,一代青年人,特别是年轻的知识者和受教育者,似乎一下子发现了恰切表达自我的形式,同时发现了自我表达的替代者。

崔健基本上继承了朦胧诗的精英式文化心态,在思想的深度、感受性和批判的向度上,二者常有极其相似的地方,特别是北岛和崔健,甚至表达时所用的意象,都可能产生异曲同工的效果。比如关于自由,北岛说,"自由不过是/猎人与猎物之间的距离"(《同谋》);崔健来得更直接,"自由不过不是监狱","你我不过不是奴隶"(《这儿的空间》),如此而已。

使崔健和北岛容易沟通的基点,是他们都持有一种否定的态度,但北岛与他所否定的东西常处在势不两立的决绝情景中,"告诉你吧,世界/我——不——相——信!"(《回答》)崔健的否定通常没有如此的冷峻、剑拔弩张,面对同样被冠以"世界"之称的外物,他流露出些许的迷惘:"不是我不明白,这世界变化快","过去我幻想的未来可不是现在","我曾经认为简单的事情现在全不明白/我突然感到眼前的世界并非我所在"。《不是我不明白》是崔健的第一首摇滚作品,从这里开始的《新长征路上的摇滚》,一直是激情与困惑俱在,反叛与自省同生。

在北岛那里,自我是一个明确的概念,它在与它所否定的东西的对立中确立了文化立场和坚定的形象,它可以用一个类的概念来替换,比如,"在没有英雄的年代里/我只想做一个人"(《宣告》),"我"和"人"是同一的。而在崔健那里,自我则是一个等待明确又不可能明确的概念,它是一个正在展开的动态过程,无法定论。反叛确立了北岛的自我,崔健用它展开了自我。《新长征路上的摇滚》就显示了这样一个文化过程:

> 听说过　没见过　两万五千里
> 有的说　没的做　怎知不容易
> 埋着头　向前走　寻找我自己
> 走过来　走过去　没有根据地

这里出现了一种奇特的"含混",不仅社会的历史和个体的现实交结纠缠在一起,而且个体表达的方式似乎都在重复历史。其实,重复是假象,历史一开始就被表面温婉实则坚定地拒绝了——"听说过　没见过",我所做的只是我自己的事。而"走过来　走过去"寻找自我的"根据地"的形象,内含了深重的迷茫和焦灼。崔健特殊的魅力或许在于,迷茫和焦灼的结合产生出来的不是低调的怨艾,却是愤怒的呐喊。

北岛和崔健的差别根源于他们各自所面对的社会文化背景,进一步说,即是:社会文化压抑了什么,文化反抗才会要求什么,而且,一时一地文化反抗的要求首先总是指向最迫切的内容。北岛是站在一片文化废墟之上的,在最基本的价值规范被践踏、被摧毁之后,他所要求的,就只能是最基本的内容,合理的社会和人生必须先要有一个前提。这样的文化反抗的悲剧性,正如北岛自己所表达的那样,"这普普通通的愿望/如今成了做人的全部代价"。到80年代中后期,社会文化的重心已有所变化,崔健追求的,已不是作为一个类的概念的人的价值的恢复和确立,而变成为个体自我价值的寻找和选择。这一变化同时表明,北岛和崔健的不同,是文化反抗的过程和次序决定的,这个过程和次序无法逆转,不能颠倒,有了北岛那样的文化反抗,才会有崔健这样的文化反抗,二者之间隐含了非常紧密的联系。

崔健从1983年开始写歌,1985年录制了第一盒音带《梦中的倾诉》,1986年又录制了一盒《新潮》,但崔健不愿意承认他接触和创作摇滚之前的作品。他所认可的是真正产生了广泛深刻影响的作品,第一盒专辑是《新长征路上的摇滚》,收录了从1986年至1987年之间创作的九首歌,1989年才由中国旅游声像公司出版,这是中国第一盒摇滚乐音带。1991年,崔健第二盒摇滚专辑《解决》由中国北光声像艺术公司出版发行。

在"新长征"时期,几乎所有的歌都展示了个体的"我""走"在"路"上或正要"上路"的情景,一个背叛者的自我寻找和自由追求过程艰难而又漫长,"一无所有"否定和拒绝了历史、现实以及其他的一切,"我闭上眼没有过去/我睁开眼只有我自己"(《出走》),自我在一己之外失去了丝毫的依靠和凭借,但既然上路,就没有回头的道理,"我要从南走到北/我还要从白走到黑/我要人们都看到我/但不知道我是谁/要爱上我你就别怕后悔/总有一天我要远走高飞/我不想留在一个地方/也不愿有人跟随"(《假行僧》)。踽踽独行的困难还在于,自我的内部常处于矛盾和纷争之中,不像北岛那样,所有的对立只存在于自我和外部世界之间,这里有一种撕裂的痛感正基于内心的复杂性,比如《从头再来》这首歌,"我不愿离开　我不愿存在/我不愿活得过分实实在在"和"我想要离开　我想要存在/我想要活得过分实实在在",以及"我难以离开　我难以存在/我难以活得过分实实在在",不同的思想和感受反复交替,互相撞击,个体心灵必须以非凡的能力来承受。

《解决》专辑显示出崔健引人注目的变化。如果说在"新长征"时期,精英式的文化心态使崔健必须注意感受性所包含的思想深度,保持一种自省和自律的精神,那么,《解决》则充分敞开了个体自我的感受性,去掉了精英式心态必然内含的拘谨,淋漓尽致,纵放悲歌,像《解决》,像《这儿的空间》,像《投机分子》,在最基本的意义上,都是力量和欲望以直接、痛快、放肆的方式在绝望中宣泄。就这一点而论,颇接近王朔最早引起文坛不安的那些小说。

但从骨子里,崔健仍然保持了他自己的精神内核和表达方式,一以贯之,力避浅俗,更趋深广。《解决》专辑里的《一块红布》,即从个人的感受,上升为一代人的精神履历,一首历史的悲歌:

　　那天是你用一块红布

蒙住我双眼也蒙住了天
你问我看见了什么
我说我看到了幸福

这个感觉真让我舒服
它让我忘掉我没地儿住
你问我还要去何方
我说我要上你的路

看不见你也看不见路
我的手也被你攥住
你问我在想什么
我说我要你做主

我感觉你不是铁
却像铁一样强和烈
我感觉你身上有血
因为你的手是热乎乎

我感觉这不是荒野
却看不见这土地已经干裂
我感觉我要喝点水
可你用吻将我的嘴堵住

我不能走我也不能哭
因为我的身体已经干枯
我要永远这样陪伴着你
因为我最知道你的痛苦

北岛在《履历》一诗中，曾写到同样的被愚弄的经验：

我弓起了脊背
自以为找到表达真理的
唯一方式，如同
烘烤着的鱼梦见海洋
万岁！我只他妈喊了一声
胡子就长出来
纠缠着，像无数个世纪

　　崔健没有北岛这样冷峻，其间有这样一个差别：北岛写当时的经验，却加进了醒悟后的意识，以后来的清醒的眼光审视过去，显得愤怒而又有理性；崔健更注意直接袒露当时的经验，那是一种毫无理性可言的经验,是一种被"幸福"的虚假许诺迷醉了的经验,它真切地再现了在红色海洋的历史氛围中,人的自我意识彻底泯灭的悲剧情景。崔健这首歌的独特之处在于,它表达出了历史和人之间的难言的角色关系:明明是一出大悲剧,却在喜气洋洋的气氛和对未来的美好憧憬中上演。整首歌隐喻性地道出了一个难以接受的事实,即,人以被动和服从的态度,以和历史婚媾的方式,而成为荒唐和苦难历史的同谋。

说到同谋,想起北岛有一首诗题目就叫《同谋》。两个人从不同的角度达成基本一致的认识,从这里我们也许隐约可以理解,为什么两个人对这一块上演悲剧的土地都有一种复杂情怀,而决不因为被欺骗、受压抑就弃之不顾,或者只抱一种单纯、浅薄的仇恨。崔健唱"我要永远这样陪伴着你／因为我最知道你的痛苦"时,该是一种包含了多少辛酸无悔的心情呢?

四

王朔曾经这样谈到过崔健:"我非常喜欢崔健的歌,我第一次听《一块红布》都快哭了。写得透! 当时我感觉我们千言万语都不如他这三言两语的词儿。它写出了我们与环境之间难以割舍的、血肉相连的关系,可是现在又有了矛盾。这种矛盾的复杂的情感。那种环境毕竟给了你很多东西。所以看苏联这种情况,我特矛盾。我们青年时代的理想和激情都和那种环境息息相关,它一直伴随着你的生命。"王朔是 1958 年生人,与崔健年龄相当,他对崔健的认同根源于历史对于一代人命运和情感的共同塑造。对于当下的社会现实,他们在感受、认识和行为等方面出现交叉点和重叠的部分,有着历史的根据和情理。王朔还特别评价崔健,"我看他是我们国家最伟大的行吟诗人。他的反映当代的东西是最准的,比大而无当的、泛泛的文化的那种,我更能理解。"

文化反抗者一定不是社会生活中随波逐流之辈,但却必能敏感到社会生活的变化,抓住文化潮流和时代风尚的病症,一语击中,不待后发。《一无所有》可作如是观,崔健后来的作品《快让我在雪地上撒点儿野》亦复如是:

> 给我点儿刺激　大夫老爷
> 给我点儿爱情　我的护士姐姐
> 快让我哭要么快让我笑
> 快让我在雪地上撒点儿野
>
> Yi Ye——Yi Ye——
> 因为我的病就是没有感觉

当代人在熙熙攘攘声色犬马中追逐奔波、放情纵欲,根子上源于一种文化通病:"我的病就是没有感觉。"

可以试着提出一个问题:称自己更能理解崔健的王朔,是否也会以之为病呢?

王朔是在 1985—1986 年之间开始引人注目的,1988 年走红运,几部小说被改编成电影,一时该年有"王朔年"之称。从此王朔愈发不可收,小说与影视俱热,热遍中国。

从文化反抗的意义上来比较、衡量,王朔在 1985—1988 年间的作品显然更有价值,其中主要包括中篇小说《一半是海水一半是火焰》、《橡皮人》、《顽主》和长篇小说《玩的就是心跳》等。当王朔初闯文坛,引起骚动不安乃至于愤怒和指斥的时候,批评界的有识之士却给以极高的评价,认为这些作品改变着文学的传统规范,是"当代文学中的颓废文化心理"的表现,并对这种颓废文化的意义予以辩证的论述:"它的反社会反规范反偶像精神不是体现在积极的反叛上,而是一种消极的自我享乐主义。在这种文化心理里,国家、民族、信仰、道德等在传统文化中被视为神圣的东西无不贬值,根本不占任何地方,唯一有意义的就是及时行乐,不需要明天也没有明天。'颓废文化心理'绝对是反社会反规范的,但它没有任何高尚的内容和悲剧的精神,只是用极其庸俗的方式去吞噬、消耗,甚而腐化社会机能,促使社会的传统规范在嘻嘻哈哈的闹剧中瓦解消失。因而,它是消极的反社会的文化现象——研究王朔笔下出现的颓废文化现象,我想应该认识这种消极的革命因素。"

照崔健的说法,文化颓废主义是一种无感觉的病,从正面去看这种病的意义,即是吞噬、消耗、腐化社会机体。精英批评的洞见和摇滚歌手的感受在这里是暗合的。但是王朔本人基本上没有这种精英式的清醒意识,可能恰恰相反,他正是以平民化粗鄙化来亵渎任何高于一般层次的事物的,不管它是实体的阶层,还是思想意识,不管是政治上的,还是文化上的。这就决定了他和崔健之间的差异。即使他们有的时候看上去特别相像,但这种差异仍然存在。比如《解决》专辑里的《投机分子》,很容易看成是王朔小说的摇滚化,或者倒过来说,王朔小说是《投机分子》的文学化。这首歌赤裸裸地唱道:

　　　　朋友请你过来帮帮忙　　不过不要你有太多知识
　　　　因为这儿的工作只需要　　感觉和胆量
　　　　朋友给你一个机会　　试一试第一次办事
　　　　就像你十八岁的时候　　给你一个姑娘

这里需要特别强调的是,在社会禁忌严重、道德僵化陈腐的时代,人的力量和欲望的直接、自由的表达,往往与颓废主义的行为表现被混为一团。这二者的区别正是崔健与王朔的区别。

现在必须来正面回答从一开始到这里的所有的叙述都一直关涉的问题了:文化反抗是靠什么来支持的? 换句话问,即是,文化反抗者承担了什么?

北岛把自己看成是人类的一员,他以个体的自我来承担属于全部人的一切,特别是人的苦难:"如果海洋注定要决堤,/就让所有的苦水都注入我心中。/如果陆地注定要上升,/就让人类重新选择生存的峰顶。"(《回答》)到了崔健,个体自我的存在不强调人类的属性,而突出其独立自由的意义,承担变成了自己对自己的事,同时指涉当下的社会现实,沉重仍然是必然的,自我的矛盾和困惑、焦灼和愤怒,一切难以承担的东西都必须承担。那么王朔呢? 他拒绝承担一切,拒绝超越性的关怀,他的个人主义也是虚假的,因为他缺乏自我审视的意识,回避个体内部的分裂性,他的文化反抗的形式就是他是时代的一种病,而这种病有可能产生反社会的意义。王朔不承担重量,因为这会很"累",而怕累正是一种时尚。他曾比较崔健和艾敬的歌,说听了艾敬"一首所谓后现代的民歌"《我的一九九七》,"再听崔健的,咣咣咣,你会觉得有点夸张。哪儿有那么多有意义的痛苦?"和艾敬的笑嘻嘻的具体的小苦恼相比,"你会觉得那种大的泛泛的痛苦很累,她这小问题反而很真实。"

一无承担的文化反抗能持续多久? 文化反抗实质上正是靠所承担的文化重量来支持的,拒绝重量,等于拒绝自我创生的根源。进入 90 年代,最初颇让一批人恼怒的王朔不但让大众习惯了,而且热得发烫红得发紫。本来,文化反抗的社会化适应过程是个规律,一种后起的与主体文化相对立的文化意识逐渐为社会大众所适应和接受,进而取代主体文化的位置,形成新的中心。然而王朔的情况显然不是如此。他的"病"似乎好得很快,"病"好了就主动地从文化反抗的边缘位置上逃走,颇为自得地向中心地带挤靠,以媚俗代替了反叛,屈从和投好于商业潮流、主体文化、大众媒介、市民意识,其间虽然还保留了具有王朔式特征的反讽、调侃、弦外之音、插科打诨,但是其性质发生了根本的变化,成了为博得广泛赞赏而布置的精致的小摆设。王朔的"成功"正是从逃走开始的,他失掉了最先为他叫好的几个稀稀拉拉的具有自觉文化意识的敏感者,却赢得了整个民众的欢呼。

　　文化反抗在王朔身上的夭折,提醒我们注意消极的反社会行为进步意义的限度。文化反抗的实质存在于对立双方的紧张关系中,这决定了被反抗者对反抗者的"牵制",文化反抗必须在这种不自由的关系中进行。但是,反抗者只是采取一切对立的态度和行为方式,而不能另外创生新的东西,那么也只能是被反抗者的"牺牲品",因为消极反抗的方式其实是对被反抗者"牵制"的认同和无能为力,只不过是以完全走向其对立面的形式来表现这种认同和无能为力的。文化反抗必须不甘于被"牵制",必须具有自我创生的意识、能力和文化实践,在不自由的关系中争取自由,确立新的超越性的文化价值,实现文化反抗的意义。文化反抗不止于为反抗而反抗,它在开辟一条无限展开的道路,从那上面不断地有新的意识、思想和精神通向现在和将来的现实。

<h2 style="text-align:center">五</h2>

　　本文自始至终避免使用一个已经在中国被部分接受的西方术语——"反主流文化"或"反文化",而取"文化反抗"这样一个质朴的说法,当然是因为中国特殊的历史和现实赋予了这一个大的文化时期的此种文化现象以不同于西方的内涵和形式。北岛是从废墟和苦难之上站起来呼唤和捍卫人的基本价值与尊严的英雄,起点和性质俱迥异于西方的"反文化"。当然也不必否认中国当代的文化反抗过程中有西方文化(不仅是西方的"反文化")的影响,而且确有与西方"反文化"相沟通的地方,但它毕竟是"后'文化大革命'时期"的文化自觉意识的产物。不论是北岛、崔健,还是摇身一变而为所谓的后现代社会的明星王朔,他们都是在新中国的政治、经济和文化环境中成长起来的,用崔健一首新歌里的叫法,就是"红旗下的蛋"。这样一种基本的身份和由这种身份带来的自我意识,决定了他们文化行为的独特性。随着世纪末的来临,中国社会的世界性因素越来越强大,后现代的特征越来越明显,特殊的身份意识也就越来越模糊,特殊的历史也将成为遥远得有些虚幻的背景,"后'文化大革命'"之类的术语将失去现实的指涉意义,文化反抗之路也就出现了新的困难,也会有新的方式和内容吧。

　　也许真如有人所说,这一个大的文化时期终结了。

1993 年 7 月底上海沙地

原载《文艺争鸣》1995 年第 3 期

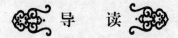

　　文章通过对北岛、崔健、王朔的创作与时代之关系的比较分析,阐述"文革"后十几年间文化反抗的流变历程。认为这个流变过程在总体上体现出这样的特征:即接受范围由小到大,接受者层次

从高到低;文化形式上从诗歌到摇滚乐再到小说,越来越趋于通俗,其精神内涵的指数日益向下;对社会与主流话语的挑战也由强到弱,其遭遇的阻力也由大到小。文章认为,从文化反抗的承担来讲,北岛把自己看成是人类的一员,以个体的自我来承担属于人的一切,特别是人的苦难。崔健的个体自我突出独立自由的意义,"承担变成了自己对自己的事,同时指涉当下的社会现实,沉重仍然是必然的"。而王朔"拒绝承担一切,拒绝超越性的关怀,他的个人主义也是虚假的,因为他缺乏自我审视的意识,回避个体内部的分裂性",他的反抗形式有可能产生反社会的意义。因此,真正意义的文化反抗在王朔身上夭折,也许,这正标志着一个文化时期的终结。论文通过对"文革"后借助不同样式从事文化实践的三位代表性人物的文化精神的对比分析,生动地呈现出中国当代文化反抗的思想轨迹:从北岛式的恢复与确立人类的基本价值,到崔健式的探寻个体的自我价值,再到王朔式的消解人类和个体的价值中心。应该说,这三个文化反抗的精神切片,深刻映现出"文革"后十几年间当代精神文化的蜕变。

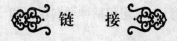 链　接

王干:《北岛——孤独的岛,真诚的岛》,《当代作家评论》1988 年第 4 期。
郜元宝:《匮乏时代的精神凭吊者——六十年代出生作家群印象》,《文学评论》1995 年第 3 期。
陈思和:《黑色的颓废——读王朔小说札记》,《当代作家评论》1989 年第 5 期。

文化研究：　西方话语与中国语境

陶东风

一、文化研究：在学科之间游走

本文所说的"文化研究"（cultural studies）不能顾名思义地简单理解为对于文化的研究（the study of culture）；与一般所说的（更宽泛意义上的）文化探索或文化研究（cultural research）也不完全相同。作为专门术语的"文化研究"具有更限定的含义，它特指产生于本世纪50年代英国的研究领域，其先驱人物是霍加特（R. Hoggart）与威廉姆斯（R. Williams）。霍加特在1964年创办了英国伯明翰文化研究中心并任首任主任。这是第一个正式成立的"文化研究"机构。此后，"文化研究"在全球范围得到迅猛发展，走过了差不多半个世纪的历史，成绩斐然，甚至被认为已经进入西方社会科学与人文科学的中心[1]。

然而，即使在今天，文化研究的学科性质、研究对象与研究方法都仍然是变化不定的。从研究对象上看，据格罗斯伯格（L. Grossberg）等人编选的论文集《文化研究》（*Cultural Studies*，1992）"导言"的归纳，文化研究的旨趣涉及：文化研究自身的历史、性别问题、民族性与民族认同问题、殖民主义与后殖民主义、种族问题、大众文化问题、身份政治学、美学政治学、文化机构、文化政策、学科政治学、话语与文本性、重读历史、后现代时期的全球文化等[2]。该"导言"在列举文化研究的上述旨趣之后立即声明："但是文化研究只能部分地通过此类研究旨趣的范围加以识别，因为没有任何图表排列能够硬性地限定文化研究未来的主题。"[3]"导言"还指出：传统的界定一门学科的方式，常常是通过厘定其研究对象与研究范型；但是这两者都不适用于文化研究。澳大利亚墨尔本大学教授杜灵（S. During）在他编选的《文化研究读本》（*The Cultural Studies Reader*，1993）的"导言"中则说："文化研究是正在不断流行起来的研究领域，但是它不是与其他学科相似的学院式学科，它既不拥有明确界定的方法论，也没有清楚划定的研究领域。"[4]有的学者甚至认为，文化研究不仅是跨学科的，而且有意识地打破科学界线。学科归属上的"无家可归"状态在文化研究的早期就已经定下基调。霍加特在创建伯明翰中心时就强调：文化研究没有固定的学科基础。这一点使得文化研究老是在各种学科之间游荡，而自己则不能、且拒绝成为一门学科。正如澳大利亚昆诗兰大学文化研究者特纳（G. Turner）指出的："文化研究的动力部分地来自对于学科的挑战，正因为这样，它总是不愿意成为学科之一。"[5]与传统的正规学科不同，文化研究并不拥有、也不寻求建构一种界线明确的知识或学科领域，它是在与不同的机构化学术话语（尤其是文学的、社会学的、历史学的话语，以及语言学、符号学、人类学以及心理分析学的话语）的持续碰撞中，也是在机构化话语的边缘、交叉处开花结果。有人认为，就迄今为止的历史看，与文化研究关系比较紧密的几种理论话语是：马克思主义、精神分析、女权主义、人种论、后结构主义与后现代主义。这样，在何为"文化研究"上给出一个基本定义并达成共识是不可能的，因为"文化研究需要保持的正是对于出乎意料与想象、不请自来的可能性的开放性。"[6]对于文化研究的以上特点，著名文化理论家霍尔（S. Hall）曾经指出：

> 在福科的意义上说，文化研究是一种话语的形构（discursive formation），它并没有什么单一的起源，虽然当它最初以文化研究命名时，我们中的一些人持有某种立场。在我看来，文化研究从中产生的许多工作已经存在于别人的工作中……文化研

究拥有多种话语,以及诸多不同的历史,它是由多种形构组成的系统;它包含了许多
不同类型的工作,它永远是一个由变化不定的形构组成的系统。它有许多轨迹,许多
人都曾经并正在通过不同的轨迹进入文化研究;它是由一系列不同的方法与理论立
场建构的,所有这些立场都处于论争中。[7]

二、文化研究的特征

文化研究的学科模糊性(或跨学科性)并不意味着它没有自己的价值取向与方法论特征。
固然,文化研究作为一个研究工程是开放的,它拒绝成为任何意义上的元话语或宏大话语,也
不固定于任何一种研究视角。它是一个永远向自己尚不了解、尚不能命名的领域开放的工程。
任何视角在文化研究中都没有对于批判性质疑的豁免权;但这并不等同于简单的"多元并存",
也不意味着无论什么都可以冠以"文化研究"的名号。

首先,文化研究固然没有固定的、与众不同的方法,但这恰好意味着它对于方法的选择是
实践性、策略性的,更是自我反思与语境取向的。用霍尔的话说,文化研究的使命"是使人们理
解正在发生什么,提供思维方法、生存策略与反抗资源。"[8] 文化研究的理论与方法选择所依赖
的是它所提出的问题,而问题则依赖于它们的背景。可以说,问题取向与问题意识本身就可以
视作文化研究的方法论特征之一,由此决定了它的实践性与开放性,它反对于任何文本的任
何封闭型阅读以及对于某种方法的固执。它只能根据自己的需要在特定时期将特定的方法综
合进自己的研究,但是这项重要的工作却不能事先确定,因为它不能事先保证在一定的背景中
什么样的问题才是重要的。"任何方法都没有什么特权,但同时,也不能排除任何方法。"[9] 文本
分析、语义学、解构、人种论、会谈记录、心理分析、综合研究等等,只要运用适当都可以提供重
要的理论洞识与知识发现。

其次,文化研究的第二个特点是它一直集中关注文化与其他社会活动领域之间的联系,而
不是把文化视作一个孤立自足的整体。霍加特在文化研究的先期经典著作《识字能力的用途》
(*The Uses of Literacy*, 1957)中即指出:一种生活方式不能摆脱由许多别的生活实
践——工作、性别定向、家庭生活等——所建构的更大的网络系统[10]。威廉姆斯的《文化与社
会》(*Culture and Society*, 1958)一书同样批判了把文化从社会中分离出来、或把高级文化
(high culture)从作为整体生活方式的文化(culture as a whole way of life)中分离出来的分析
取向。他指出,把文化只理解为一批知识与想象的作品是不够的,"从本质上说,文化也是整个
生活方式"[11],"文化研究承担着研究一个社会的艺术、信仰、机构以及交流实践这样一个整体
领域的使命。"[12] 威廉姆斯还认为,文化应同时包括物质的与象征的领域,而且不应把其中一个
置于另一个之上,赋予特权;而是探究两者之间的关系。可以说,不管是英国传统的文化研究,
还是其他传统的文化研究,都要辨明、阐释文化与社会之间的复杂关系。60 年代以后,文化
研究进入了有意识的建构时期,当时的知识领域与政治领域发生的剧变(这种剧变可以在结构
主义、马克思主义、女权主义等中找到国际性的迅速蔓延)使得文化研究更加强调文化与其他
社会领域、尤其是政治的不可分离性。作为对于当时的社会与政治剧变的回应,文化研究的目
的是要阐明:文化(作为知觉与意识的社会性生产与再生产)应当如何在与经济(生产)与政治
(社会关系)的关联中得到阐释与说明。由于福科、葛兰西、阿尔都塞等人的思想影响,文化研
究更加自觉地关注文化与权力、文化与意识形态霸权等的关系,并把它运用到各个经验研究领
域。这就是说,文化研究不是把现存的社会分化以及由此产生的各个群体之间的等级秩序看

成是必然的或天经地义的。在它看来，正是文化使得社会分化与等级秩序变得合理化与自然化。因而也可以说，文化研究中的"文化"通常是指这样的一个领域，在这个领域中，阶级、性别、种族以及其他的不平等被合法化与自然化了，其方式则是模糊这些不平等与经济、政治的不平等之间的联系；当然，反过来说，文化也是弱势群体用以抵制其受支配地位的场所。总之，文化是争夺、确立与反抗霸权的领域。

这样，文化研究的视角显然不同于传统的"文化批评"（caltural criticism）与文学批评（literary criticism）的视角。对于传统文化批评与文学批评而言，文化是艺术与审美的自主领域，它超越了功利关系与社会利益并具有超时空永恒价值。文化研究所要解构的正是这种"自主性"的神话。它不是通过参照文本的内在的或永恒的价值，而是通过参照社会关系的总体地图，来解释文化的差异与实践，正如杜灵指出的："对于文化研究而言，'文化'不被认为是具有跨时空永恒价值的'高级文化'的缩写"，"在这一点上，它不仅不同于（表面上）客观的社会科学，而且不同于较古老的文化批评特别是文学批评的形式，后者认为政治问题与文化鉴赏只有外在的相关。"[13]文化研究关心的不是（某种文化产品）多么好或者为什么好，而是（某种文化实践）为了谁的利益、站在谁的立场上。所以，"有教养的"与"没有教养的"人或实践之间的差异这一从传统文化批评的精英传统中继承下来的区分，在文化研究中被用阶级或其他社会权力关系的术语加以解释。在它看来，这种"区分"本身以及与之相联系的评价与"排除"系统本身，不过是意识形态的表征，其目的不过是掩盖其在再生产阶级与其他不平等社会关系中的作用。正是它成为文化研究的反思与批判对象。

这样，文化研究就发展出了一种尝试重新发现与评价被忽视的边缘群体的文化实践的机制，由此决定了文化研究的第三个基本特征，即它是一种高度参与的分析方式。它认为社会是不平等地建立的，不同的个体并不是生来就享有同样的教育、财富、健康等资源，同时，文化研究的伦理取向与价值立场坚决地站在最少拥有此类资源的、被压迫的边缘群体一边。"文化研究为被剥夺者辩护，代表被压迫的、沉默的、被支配的个体与群体的声音，为在统治性话语中没有声音的人们以及在统治性政治与经济等级中没有地位的人们说话。"[14]正是这一点，使得文化研究自觉地反对以客观性相标榜的社会科学或社会科学中的实证主义，它从来不标榜价值中立，相反，它的"斗争精神"常常给人留下深刻的印象。"文化研究不仅以描述、解释当代文化与社会实践为目的，而且也以改变、转化现存权力结构为目的。"[15]这种描述与介入的双重承诺使得文化研究持有干预主义的信仰。文化研究所描述的文化领域，即是注定需要干预的地方（也可以说是反抗的场所）。在文化研究的初期，这种立场表现为对于工人阶级文化的历史与形式的关注，而后来的大众文化研究、女性主义研究、后殖民主义研究等等，虽然超越了机械的阶级分析，但其从边缘颠覆中心的立场与策略则依然如故[16]。可以说，对于文化与权力之间关系的关注以及对于支配性权势集团及其文化（意识形态）的批判，是文化研究的灵魂与精髓。英国著名文化研究专家汤尼·本尼特（T. Bennet）曾给文化研究下了一个不是定义的"定义"："一个适用于大批大相径庭的理论与政治立场的术语。"但他紧接着指出："无论在其他方面多么歧义，文化研究仍然有一个共同点，即从文化实践与权力之间错综复杂的关系的视角来探索文化实践。"[17]霍尔也强调："文化研究是一项严肃的事务或工程，而这一点深刻地铭刻在有时被称为文化研究的'政治学'维度的东西上。"[18]由此不难理解，文化研究对于那些表明弱势集团用以对抗统治意识形态的权威的文化话语与文化实践给予了特别的关注与热情，尤其是与中心处于对抗状态的青年亚文化（如秃头青年、小流氓、嬉皮士、赶潮流者的文化）被当作"通过仪式进行对抗"的例子加以研究。目前的文化研究正处在关注女权主义(女权主义理论与政治学的进展开始挑战对于男性亚文化活动的单一关注)以及多元文化主义的阶段。

如果把上述特征综合起来,则贯穿文化研究的整个历史的,一直是其实践性品格、政治学旨趣、批判性取向以及开放性特点(实践性、政治性、批判性与开放性)。在文化研究看来,知识的生产永远是:要么体现了掌权者的利益,要么体现了挑战掌权者的那些人的利益。强烈的参与精神、实践精神与批判精神使得从事文化研究的知识分子必然属于葛兰西所说的"有机的知识分子"(organic inte llectuals)。葛兰西所界定的有机知识分子的特征是:有机的知识分子必须同时在两条战线上作战,一方面他必须站在知识分子的理论工作的前沿,他必须比传统的知识分子懂得更多。假设你正在与霸权周旋,那么你必须比"他们"(掌握霸权的人)更聪明,更了解霸权的实质与运作机制。这是知识方面的要求;另一方面,有机的知识分子不能推卸传播知识、把知识运用于反抗实践的使命,必须把自己获得的知识通过知识分子的功能而传达给不属于知识分子阶层的人。除非同时在这两条战线作战,否则你就只能获得知识上的成果而不能对政治工程产生影响,也就是说,不能成为有机知识分子。换句话说,有机的知识分子必须把知识与理论当作一个政治实践加以发展。在这个意义上,有机知识分子的使命不仅是了解世界,而更在于改变世界。在霍尔看来,葛兰西本人就是这种有机知识分子的榜样。

三、文化研究的语境化问题

文化研究是一种高度语境化的实践活动。语境化意味着:文化研究的话语与实践本身必须被持续地历史化与地方化。前者是就时间维度上说的,文化研究要求密切关注政治与权力关系在新的历史时期的新变化,对于自己的价值取向与方法选择都持有自我反思与自我批判、自我超越的精神,从而保持批判话语与反抗策略的历史开放性;后者则着眼于空间维度。当一种文化研究的理论被从一个国家或地区的社会文化环境,移置到另一个国家或地区的社会文化环境中时,它必须在新的文化空间正重新语境化。也就是说,它的研究方法、理论范型、价值取向,尤其是批判对象,必须根据新的社会文化语境而作出调整。因为在不同的国家中,社会权力(包括政治、经济、文化)的结构关系是不同的,其社会成员所体验到支配性压迫也是不同的。根据文化研究的实践性与自我反思性的特征,它必须首先在真实而具体的社会空间中体验文化与权力的关系,准确定位支配性的压迫与话语霸权,并进而形成自己的批判对象与方法。彻底的语境化是文化研究的内在要求。语境化是对于"批评实践的社会条件的关注"(莫里斯语),也是对于"理论的文化特殊性"(特纳语)的关注。文化研究的分析方法与价值取向应当是历史地、语境地不同的,只有这样一种研究才有希望对当代政治运动中变化着的复杂权力关系作出有力回应。否则,文化研究就会变得机械僵化。

对于非西方国家的知识分子而言,在跨文化地使用来自西方的文化研究话语时,尤其要警醒这一点。否则,文化研究中的理论移植就可能带有极大的误导性。曼尼(L. Mani)曾经警告说,当后结构主义对于霸权的读解被应用于一个尚未达到霸权(hegemony)而只达到统治(dominance)水平的殖民地国家时,就可能是误导的[19]。这不是说非西方国家不能援用西方国家的文化研究已经取得的理论成果与概念、方法,而只是说不能抽象简单地搬用。也就是说,应当在非西方国家自己的本土历史与社会环境中把西方的理论再语境化,防止它成为一种普遍主义话语。

在这方面,特纳的《为我所用:英国文化研究、澳大利亚文化研究与澳大利亚电影》(*It*

works for Me: British Cultural Studies, *Australian Cultural Studies and Australian Films*)一文对我们具有启示意义。此文讨论的是英国文化研究的文化特殊性(the cultural specificity of British cultural studies)，以及它在其他的政治或民族语境中的适用性问题。特纳指出，英国的文化研究正在机构化，它正面临成为一种教学法事务而不是一种批判性或政治性事务的危险。英国的文化研究曾经致力于抵制与反抗普遍主义，为此，它不承认自己是一个新的学科，更反对自己成为人文与社会科学中的新的正宗或普遍话语；"而现在，却的确存在一种经由英国文化研究的输出与发展而造成的普遍化的动势。"[20]他还援引了鲁思文(K. Ruthven)关于威廉姆斯的《关键词》(*Keywords*, 1976)的一篇论文的观点。鲁文批评了《关键词》一书隐含的普遍主义，指出：对于这些所谓"关键词"的辨析行为本身就是"阐释过程的产物"，而这个阐释过程则是"为一种意识形态立场服务的。"更重要的是，这种意识形态立场本身就是历史与文化地特殊的。对于这种特殊性，威廉姆斯本人可能不会否定；但是此书的广泛传播以及威廉姆斯的威望与影响，使得他的工作被赋予了普遍主义的含义。特纳通过大量的分析表明，《关键词》一书的"正宗化"在澳大利亚文化研究中产生的结果之一是：它已成为对于澳大利亚的文化差异性(相对于英国及其他西方国家)的遮蔽与压抑；如欲解除这种遮蔽与压抑，就必须把英国的文化理论在澳大利亚的文化特殊性中重新语境化。比如，通过比较性的、对于澳大利亚自己的文化"关键词"的辨析才能重新发现这种差异性。特纳提请我们要特别关注文化理论——特别是逐渐被人们当作"正宗"加以接受的、占支配地位的文化理论——与生产它们的特定历史条件的关系，因为"占支配地位的理论与实践比它自己承认的要更加受制于特定的文化"[21]，而一种理论与方法如果脱离它产生的历史特殊性就会普遍化、自然化，从而阻挠新的发现与突破。在特纳看来，人们对于理论的实践价值的认识往往是比较清楚的，他们热衷于把一种新理论运用到实际的分析中；不那么清楚的则是理论与理论得以从中发展出来的研究对象之间的关系；而文化研究的历史表明，大多数产生重要理论成果的那些研究，恰恰在于抓住了研究对象的特殊性，并在此基础上建构、发现新的理论话语，或拓展、修正原有的理论话语。比如著名文化理论家莫利(D. Morley)的贡献是对于全国范围的观众(nationwild audiences)的研究，而不是对于编码/解码过程的检验[22]。

　　从语境化的角度看，英国的文化研究视点当然是地方性的(虽然它是文化研究的发源地)；然而这种英国式视点常常不被意识地扩展与普遍化。比如，在传媒的研究中，特纳发现许多人自觉不自觉地认为，英国电视的文本的与结构的特征既适用于英国也适用于世界各地，它们是标准式的；而世界其他地方的电视只是提供了这个标准的"变体"。在70年代许多关于新闻与时事的研究中，对于英国传媒的指义实践的研究被等同于对于一般的传媒指义实践的研究。更有甚者，英国的传媒研究把其他的传媒系统综合到它的变体中，而后者的历史的、政治的、社会的特殊性则被忽视[23]。

　　特纳把这种倾向称作"盎格鲁中心主义"(Anglocentrism)。英国的文化研究只说"大众文化"而不说"英国的"大众文化，只说"电视技术"而不说"英国的"电视。英国的文化研究从英国与欧洲的中心自以为是地向世界各地发表演说与"指示"，而"边缘"地区的视点是很少被考虑的。特纳深刻指出："对于文化之间而不是文化内部的差异的不敏感性，或许正是当代文化研究实践中流传最为广泛的疾病。"[24]其结果常常是悖论式的：一种批判性的激进理论被搬用到不同的语境中时很可能丧失其批判性与边缘性，甚至变成中心化的保守话语。比如，在谈到英、美两国的大众文化研究时，特纳说：

对于观众的重新发现,对于观众所使用的反抗策略的重新发现,在大众文化的定义中求助于此类策略,——这在英国的文化研究内部一直都是重要的、正确的发展。但是当它们进口到美国,就进入到了另一个语境中,在这个语境中,大众的观念在支配性的文化界定中占据一个非常不同的位置。这种理论进口似乎已经加剧了由对于观众的新的解释导致的文化乐观主义的扩张——说到底,这是一种关于资本主义及其对于反抗的宽容的乐观主义。[25]

熟悉英、美两国文化传统的人自然知道,英国是一个精英主义传统比较深远、高级文化与大众文化的划分比较严格的国家,其大众文化研究在 70 年代之前带有精英主义倾向,具体表现在对于大众观众(popular audiences)的积极性、能动性的低估。70 年代以后以费斯克(J. Fiske)等人为代表的英国文化理论家试图扭转这个传统,倡导大众观众在文化的接受与理解过程中的主动性,建构一种积极乐观的大众文化理论[26]。但是,这种新的研究取向在美国却产生了不同的效应,因为美国文化本来缺少精英主义传统;相反,大众文化的在整个文化中的比重很大,乐观的大众主义盛行不衰。在这样的语境中,费斯克等人的理论"出口"就失去了其在英国的激进性与批判性。

由于特纳本人是澳大利亚的学者,所以他特别关心的还是英国文化研究在澳大利亚产生的影响。他直言:他"担心这种影响的最终结果可能是把我们的注意力转离我们的生存处境,站在所谓'全球'角度说话,从而把不同语境之间的差异性降低至最小。"[27]澳大利亚虽然是发达世界中的一员,但在发达世界它又处于边缘,"虽然人们都不想继续处于边缘,但是一头扎向中心常常带来湮没差异、否定矛盾、掩盖对立的不利后果。然而,这也是整个文化研究的问题。毕竟,对于我所描述的普遍化过程,文化研究应该加以揭露而不是加以再生产。"[28]

在文章的结尾,特纳重申:"我的目的是强调,有必要承认即使是理论也有某些历史的定位与特定的语境,在这种语境中理论为特定的目的服务。如果我们不加反思地接受英国文化研究模式的支配地位,那么它就是具有内在危险性的。但是至今为止我们没能质疑这种支配的本质与结果。……文化研究可以从边缘得益颇多,它应当尽其所能去研究边缘文化的特定状况要求修正来自别处的解释的途径。文化研究的这种扩展至少可以阻止新的普遍主义的发展。"[29]

四、文化研究与中国语境

源自西方的文化研究理论主要在 80 年代末至 90 年代被陆续介绍到中国,同时也被不同程度地运用于当代中国文化研究,成为 90 年代文化批判的主要话语资源之一(尤其是在大众文化研究与后殖民主义批评中)。但是应当说,西方的文化研究理论与方法在进入中国以后,由于对不同的语境缺乏应有的反思与警醒,致使西方理论在中国本土产生了极大的错位与变形,甚至违背了西方文化研究的精髓与灵魂[30]。

在大众文化研究领域,随着 90 年代中国大众文化的发展,大众文化批判以及与之相关的道德批判也已成为文化研究中最引人注目的部分。但是,相当多的此类批评存在两个明显的问题。一是没有把中国的大众文化放置在整个社会关系中来分析。批判大众文化的人在理论预设上仍然把文化视作一个超越、独立、具有永恒价值的自主领域,并以此为标准把大众文化逐出文化领域或斥之为"反文化"。许多人机械套用法兰克福学派的大众文化批判理论以及美国文化理论家杰姆逊的观点,批判中国大众文化的商业主义倾向与平面化、机械复制、感官刺激等文本特征,而没有能够结合中国社会与文化结构的历史性转型,把大众文化的出现与特征放置在这个整体性转型(尤其是文化的世俗化)的过程中来把握。结果是中国的大众文化批判带有明显的知识分子个人情绪色彩以及精英主义的价值取向。这种倾向的产生一方面源于把文化视为超越的自主领域的思维取向,另一方面则因为对于中国社会结构的整体变迁这个大众文化得以产生的具体语境缺少总体把握。结果我们发现,对于中国大众文化的文本特点及文化价值的分析范式与评判标准基本上与法兰克福学派的批判理论没有多少差异。事实上,西方的大众文化批判理论,包括法兰克福学派理论,都是产生于自身的特定社会文化语境之中,随着历史的发展,它自身尚且需要不断地重新语境化。如果说在英、美这两个文化传统与社会制度比较相近的国家,大众文化研究的"出口"尚且需要谨慎对待(如特纳分析所示),那么在中国与西方这样社会文化差异悬殊的国家之间,大众文化理论的移植就必须更加慎之又慎[31]。

　　而在关于社会道德问题的讨论中(常常以"道德滑坡"以及为什么"滑坡"的话题形式出现),大量此类批判文字常常把社会道德问题片面地视作个人,尤其是知识分子的个体人格问题,把社会的所谓"道德滑坡"片面地归结为个体人格或所谓"境界"的滑坡。因而不难理解,批判者为道德问题开出的药方也必然是提升个体的道德人格与精神境界,这种理想化了的道德人格经常被拔高到不切实际的高度。这一文化批判的取向实际上恰好没有得到西方文化研究的方法论精髓,即文化,包括道德,就其作为一种社会现象而言,与其说是取决于个体道德人格,不如说是取决于社会环境,尤其是制度环境。在个人修养的层面上,无论怎么强调个人道德人格的重要性都不过分;但是,一旦在社会层面上谈道德与文化,忽视文化与其他社会活动、社会环境的联系无疑与西方文化研究南辕北辙。

　　在后殖民批评与第三世界批评领域,忽视第一世界国家与第三世界国家(或发达国家与发展中国家)的历史与文化错位,机械"进口"、搬用西方文化理论的话语乃至话题的现象同样十分普遍。不少批评者不是把西方文化研究的反思精神、批判精神继承过来,用以批判本土语境中的支配性压迫力量,而是简单地把西方文化研究的批判对象当作自己的批判对象。也就是说,这种批判假定非西方国家的知识分子所面对是与西方国家完全相同的社会文化关系,他们所要解构的是完全相同的文化霸权。它所犯的正是在文化理论的跨语境移置过程中的简单化错误。如上所述,西方文化研究的活力与创造性完全在于它的实践品格与语境取向,在于它始终根据特定的社会文化条件与历史发展阶段形构自己的批判对象、批判话语与分析范式,从而它不承认存在什么固定不变的批判对象、批判话语与分析范式。任何理论范式、分析视角与价值取向的选择都取决于特定的语境。在不同的历史语境中必然存在不同的社会关系、文化关系与权力结构。在一个特定的社会文化语境中处于强势地位的支配性力量,在另一个社会文化语境中则完全可能是弱势的被支配力量;反之亦然。由此可见,在西方第一世界业已位居主流的支配性话语,在非西方第三世界可能正是被压制的边缘性话语;同样,在自由民主国家中早已成为过去的原始压迫形式,在专制国家却仍然可能是现实的统治方式。这样,如果我们不是根据文化研究的语境化要求形成本土的问题,必然使得在一个语境中极具批判性、颠覆性的激进边缘话语,在另一个语境中却蜕变为支配性、压迫性主流话语的同谋,它所起到的正是扼杀边缘话语与弱势群体的帮凶作用。不管这种同谋与帮凶的本质是如何巧妙地掩盖在激进的外表之下(在中国90年代的文化批判中,不难发现此类由激进姿态装扮成的同谋者)。职是之故,我以为,西方文化研究的实践品格、语境取向、批判参与精神以及边缘立场(即始终为弱势群体伸张正义),相对于它的具体批判对象与价值取向而言,更具跨文化的有效性与适用性。重要的是运用这种实践品格与批判参与精神来批判中国本土的支配性压迫力量。

值得指出的是,在积极地为简单搬用西方文化批判话语与话题辩护的各种声音中,最主要的一种即是所谓"全球化"。在某些人看来,在全球化时代,文化的国家与民族差异正在消失,西方国家与非西方国家、发达国家与发展中国家之间的社会文化正在迅速趋同,"地球村"正伴随信息时代而到来。他们更认为,全球化的过程就是西方化的过程,这种西方化过程早在上世纪末本世纪初即已出现,而今天则愈演愈烈。西方化导致中国的自我"他者"化(即西方化),源自西方的现代性话语或启蒙话语以及它所携带的一整套价值体系不但在西方,而且在中国都已经成为必须解构的霸权与神话,于是乎中国目前的文化批判的首要任务就是解构这种"现代性"霸权,反思中国文化的被殖民化的过程。其中一个未曾点明的潜台词是:全球化以及更早地在中国发生的西方化,已经使得中国与西方国家(如美国)之间变得没有或几乎没有差别,在西方已经成为霸权的现代性在中国也已经"称王称霸";西方知识分子所体验与遭遇的支配性压迫即是中国知识分子体验与遭遇的支配性压迫。后殖民主义与第三世界批评于是乎大兴。

经验告诉我们,无论多么强调全球化时代资本的跨国运作、文化的跨国渗透,或信息高速公路的神奇魔力,中国依然是中国,中国依然不会变成美国或其他西方发达国家,中国是带着自己的传统(从古代中国的旧传统到当代中国的新传统)进入所谓"全球化"过程的;同时,经验更告诉我们,中国与西方的差异是如此巨大,以至于在西方已经是霸权的东西在中国还处于艰难的边缘处境。这里,我们有必要指出,判断一种话语在某种社会文化系统中是否已经处于支配地位的标准,不应当只看文化活动的表层,而应当深入到文化体制以及更大的权力系统,尤其是政治权力系统(文化场域始终无法脱离权力场域的牵制与支配)。离开政治权力系统来谈文化霸权只能是瞎子摸象。瞎子摸象的寓言告诉我们,瞎子们并不是一点也没有触及象的身体部位,而是错把局部(或鼻子、或尾巴、或耳朵)当成整体,于是贻笑大方。在中国,源于西方的现代性是否已经成为霸权的最好的判定标准是,它是否已经在文化与政治的体制中扎根(即充分地体制化),甚至成为压制其他文化的力量。中国很大,各地的发展水平相差悬殊,谁也不能说自己完全了解中国,谁也不能垄断关于中国的阐释权。但是作为生活在中国的知识分子,我坚信:中国文化批判的对象绝不可能与西方人完全相同,因为他们各自所面对的社会关系与文化结构是相当不同的,这种不同不会因为所谓"全球化"而消失。从而,本文的结论合乎逻辑地是:中国的文化研究绝不能机械地"进口"西方文化理论话语,尤其是话题。

原载《文艺研究》1998 年第 3 期

注　释

1. 本文讨论的均为此一特定意义上的"文化研究",但在行文中不再用引号表示。

2、3、6、8、12. 参见格罗斯伯格(L. Grossberg)等编《文化研究》(*Culrural Studies*, Routledge, 1992)"导言"。

4、13. 参见杜灵(S. During)编《文化研究读本》(*The Cultural Studies Reader*, London, New York, 1993)"导言"。

5. 参见格罗斯伯格等编《文化研究》,第 640 页。

7、18. 霍尔：《文化研究及其理论遗产》(*Cultural Studies and It's Theoretical Legacies*)，参见格罗斯伯格等编《文化研究》，第 278 页。

9. 参见格罗斯伯格等编《文化研究》，第 3 页。

10. 参见霍加特(R. Hoggart)《识字能力的用途》(*The Uses Of Literacy*, Harmondsworth: Penguin, 1957)。

11. 参见威廉姆斯《文化与社会》，中译本，北京大学出版社 1991 年，第 403 页。威廉姆斯以此论证：资产阶级文化与无产阶级文化的区别，是两种生活方式的区别；而所谓"生活方式"是整体性的，一方面，它不限于居室、服饰等物质层面，另一方面，当然也不限于知识或想象的产品的层面。前者表明，无产阶级拥有较好的物质生活以后并不意味着它的消失；后者表明，无产阶级虽然没有自己创造的知识与想象性产品，但它创造了机构。用威廉姆斯的话说：无产阶级创造的文化是"集体的民主机构"。

14、15. 斯拉里(J. D. Slary)与惠特(L. A. Whitt)：《伦理学与文化研究》(*Ethics and Cultural Studies*)，参见格罗斯伯格等编《文化研究》，第 573 页。

16. 关于文化研究的伦理取向的变化，可以参见的斯拉里与惠特的论文《伦理学与文化研究》，载格罗斯伯格等编《文化研究》。此文对于文化研究在 40 多年的历史中经历的几次伦理学转向作了概括。文章指出，总体而言，文化研究工程建立在对于晚期资本主义社会及其支配性文化与社会机构的道德与政治批判的基础上，尤其是揭露与批判资本主义社会对于有内在道德价值的人的工具主义还原。这是文化研究伦理信念的核心。如文章说的："贯穿文化研究历史的规范假设是：1. 人类——无论是作为种类还是个体——是具有内在价值的，并享有道德的身份，这种身份必须得到尊重；2. 压迫性的社会与政治形构由于与上述的伦理规范相悖而受到批判。"在这个总的原则之下，文化研究经历了几次伦理学的转向。第一个阶段是在文化研究的早期，汤普森、霍加特、威廉姆斯等人受到马克思主义人道主义学说的影响，关注并为工人阶级个体以及由这些个体组成的群体的内在道德价值辩护，批判资本主义的生产模式把这些个体视作工具而不是目的(即异化理论)。由于个体成为伦理学关注的核心(即使是"工人阶级"这个整体概念也只是个体的机械聚合)，所以被认为是"原子主义"。第二个阶段，对于亚文化、性别与种族的伦理关注替代了对于工人阶级的伦理关注。随着文化研究对于文化群体的分析的进一步深入细致，"阶级"、"工人阶级"等概念显得大而无当，不足以解释各种个体或群体的文化身份与社会关系的复杂性，何况在工人阶级的内部也存在支配与被支配关系(性别上、代际上等)。比如青年亚文化不仅表现了对于统治阶级的反抗，而且表现了对于自己的父母——工人阶级本身——的反抗。而女权主义者如麦克罗比(A. McRobbie)则更进一步，批评亚文化研究中对于女性的忽视甚至再生产对于女性的压迫，指出性别与性别排除系统实际上是跨越阶级与亚文化的，在工人阶级以及它的亚文化中同样存在性别歧视与对女性的工具主义还原。霍尔对于种族问题所持的立场与此相似。第三个阶段主要表现为文化研究在结构主义影响下放弃原子主义的视角，把结构作为道德分析的单位。这种转向又被称作是从文化主义向结构主义的转化。结构主义认为，人只能通过文化的范畴——这种文化范畴是无意识的结构——来分类，而这些范畴不是来自个体经验，相反经验是结构与范畴的结果，是文化范畴言说主体而不是主体言说文化范畴。在阿尔都塞的"理论的反人道主义"论中，对于统治性结构的批判必须被当作道德批判的首要论据，主体是统治性的结构——意识形态生产出来的，因而必须在道德上对于意识形态与意识形态国家机器进行评价，结构——主体得以从中生产出来的总体性社会条件——是十分复杂的，不是原子式个体的集合。第四个阶段，在后现代主义与后结构主义的冲击下，文化研究的伦理信念受到严重的干扰，因为后现代主义不但否定总体性概念，而且否定主体、目的、乌托邦、人的本质等，这样，也就失去了作出道德判断的基础，甚至没有借以判定何为结构何为权力的标准，不存在什么划分人类与非人类的内在价值，伦理学的目的不过是生产差异。这实际上宣告任何伦理学都是不可能的；第五个阶段是走向生态文化与生态伦理。这也是斯拉里与惠特的立场。这种伦理立场既是对于前三种人类中心主义的伦理信念的超越，也是对于后现代主义的虚无主义的超越。其核心是把总体性的概念扩展到人类以外的整个生态系统。

17. 参见格罗斯伯格等编《文化研究》,第 4 页,第 3 页。

19. 参见格罗斯伯格等编《文化研究》,第 8 页。

20、21. 特纳:《为我所用：英国文化研究,澳大利亚文化研究与澳大利亚电影》(*It works for me：British Cultural Studies,Australian Cultural Studies and Australian Films*),参见格罗斯伯格等编《文化研究》,第 640 页、第 641 页。

22. 莫利的研究成果参见其《"全国范围"的观众：结构与解码》(*The 'Nationwild' Audiences: Structure and Decoding*,1980)。对于解码与编码过程的研究可以参见霍尔的著名论文《编码,解码》(*Encoding, Decoding*),载杜灵编《文化研究读本》。

23、24、25、27、28、29. 参见格罗斯伯格等编《文化研究》,第 641 页、第 642 页、第 649 页、第 649 页、第 649 页、第 650 页。

26. 费斯克的研究可以参见他的《电视文化》(*Television Culture*,London,1987)、《理解大众文化》(*Understanding Popular Culture*,London,1989)等书。

30. 当然,并不是所有的文化批评都是如此,比如徐贲的《走向后现代与后殖民》一书(中国社会科学出版社 1996 年),尤其是其中的第四、第五章,对于西方文化理论与中国本土环境的关系,特别是第三世界批评家的文化身份与政治立场的特殊性作了相当精辟的分析。同时,随着时间的推移与研究的深入,其他批评家在介绍与评价后殖民理论时也已越来越多地意识到中国语境的特殊性。可以参见《文艺研究》1997 年第 3 期王宁与邵建的文章。

31. 关于法兰克福学派理论与中国大众文化的错位以及它在中国的适用性问题,可以参见拙作《批判理论与中国大众文化》,《公共论丛》第 3 辑,北京三联书店 1997 年版。

导　读

　　20 世纪 90 年代以来,随着中国社会市场经济的转型,文化场景急剧变换,同时西方文化研究理论被陆续介绍到中国。于是以西方文化理论为主要话语资源,批判性地分析变化中的当代中国的社会文化现象,成为学界的一个热点。本文针对这种现状,提出了关于西方话语与中国文化语境的警醒。文章首先指出文化研究具有跨学科的特点,"文化研究"概念取自伯明翰学派,在研究对象上有其自身的规定;在研究范型上,它不寻求建构一种界线明确的知识或学科领域,而是在与不同的机构化学术话语的持续碰撞中,也即在机构化话语的边缘、交叉处开花结果。然后探讨了"文化研究"价值取向与方法论的三个特征。最后,落实到中国语境下的文化研究。文章认为,由于本土文化研究在援引西方文化研究资源过程中,对不同的文化语境缺乏反思,致使西方理论在中国本土产生了极大的错位与变形。具体表现为：一是运用西方文化研究道德化地批判中国大众文化;二是"在后殖民批判与第三世界领域",忽视第一世界国家与第三世界间历史文化的差异。

　　本文梳理了西方伯明翰学派文化研究的基本概念和特征,论述了文化研究中的语境化问题的重要性,并且对 20 世纪 90 年代中国学界机械地运用西方文化批判话语的倾向,进行了深刻的分析与批评。它标示着中国学界的大众文化批评,从单纯地援引法兰克福文化批判的理论资源,向注重伯明翰学派文化研究思想资源的位移。当然,学界对大众文化的不同看法,也表现出当代知识分子内部的思想分化。

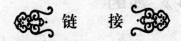 链　接

周宪：《文化研究：学科抑或策略》，《文艺研究》2002 年第 2 期。

罗钢、孟登迎：《文化研究与反学科的知识实践》，《文艺研究》2002 年第 2 期。

变形的意义：对《大话西游》热的
跨艺术解读

严　锋

　　周星驰的偶像电影《大话西游》(《月光宝盒》与《仙履奇缘》在中国大陆的通称)在青年文化圈中的走红，构成了世纪末中国的一道文化奇观。对此论者多有分析，"大话热"被看成是一场"粉红色的革命"，代表了小资文化的兴起，以及对现行的文化权力和秩序的挑战。[1]从另一方面来看，《大话西游》大红大紫之日，也正是现代技术催生的各种新媒体粉墨登场之时。在"大话热"与世纪性的艺术媒介的大转换之间，存在着值得我们认真考察的关联吗？

　　《大话西游》是对中国古典小说《西游记》的大胆拆解和重构，加入浪漫爱情、无厘头幽默、时空旅行、对香港电影的戏拟等现代/后现代元素。该片1994年在香港上映时票房不佳。1995年进入内地影院，上座率也相当惨淡，在北京地区只有20万元的票房收入。[2]对《大话西游》的惊人热情要滞后几年才出现，在此过程中，艺术与娱乐的承载媒介起到了巨大的推动作用，并呈现出鲜明的中国特色。首先是盗版VCD的出现，推动了《大话西游》的传播。VCD廉价，便携，易租借，可无限重播，对青年学生而言堪称天赐良媒(介)。而随后互联网的勃兴则进一步把《大话西游》推到了神话的地位，周星驰也因之而成为新一代的喜剧之王。年轻的网民们在各种场合大量引用《大话西游》中的台词，作为自己的口头禅和相互交往中的联系纽带，使之成为"进入新世纪的通行证"。[3]网络中亦出现了众多对《大话西游》的仿作，其中最著名的有今何在的网络小说《悟空传》，而《悟空传》又被《八戒日记》、《沙僧日记》等网络作品再度模仿。这里面有着无尽的复制和变形的链条。

　　在互联网一统天下的年代，文化产品的网络兼容性在很大程度上决定其成功与否。《大话西游》的网络亲和性何在？一个简单的回答是它们都具有模仿、拼贴和可重复性。《大话西游》是对经典的戏拟，是对一个重生和变形的故事的变形。其中，从文字到影像的转换有着特殊的意义。

　　"好书难成好电影"。[4]文学经典电影化的困难堪称有目共睹。中国大陆投入巨资将"四大名著"改编成影视作品，招致众多的非议。这条关于经典文学的改编失败定律甚至也适用于某些极为热门的通俗文学，比如金庸的武侠小说。困难很大程度上来自于读者长期以来阅读经典小说时在头脑中形成的人物形象，与屏幕上视觉形象的严重不符。现在，《大话西游》则采用了完全不同的一套改编策略。它不是努力试图缩小文字与影像的鸿沟，而是利用和进一步凸现这些鸿沟，以此来造成特殊的效果。

　　在影片的开端，至尊宝(孙悟空)是一个斗鸡眼的匪帮首领，被观音贬入凡尘，肮脏、落魄、怪异、可笑，这个形象中混合了日本武士、卡通漫画和周星驰其他电影中的造型，与传统的孙悟空看似毫无共通之处。此一形象让老一辈观众很难接受，却对新生代的青少年产生不可抵抗的吸引力。这种口味上的差距源自于新旧两代对"真实"、"原作"等概念的重大认知差异。但如果我们进一步探讨原小说中"真实"的孙悟空的"真正"的形象的话，就会马上发现一个很有意思的逻辑：《西游记》的成书本身经历了一个漫长的演变过程，主人公的形象也是融合了中外多种神话传说，几经糅合而来，到最后成为孙悟空这个人物，其间已经不知道经历了多少次的变形。再说，猴子(孙悟空)的天性难道不就是任性无常、灵活善变吗？这里的机制会让人想起周蕾对翻译的解构性的阐释："翻译主要是一个叠加的过程。这个过程向人们展示，所谓的'原作'，也是一个被叠加出来的东西。"[5]这样说来，如果要从"恶搞"、"歪曲"、"窜改"这样的角度来指责《大话西游》的话，恐怕是无效的。

当我们说屏幕上的影像既是对原作文字的背叛，又是对文字的进一步揭示时，我们也就引入了不同媒介之间的差异与联系问题。在这一领域，德国批评家莱辛（Cotthold Ephraim Lessing）所提出的命题至今仍具有启示性的意义。莱辛问了一个艺术史上极为经典的问题：为什么希腊雕塑拉奥孔（Laokoon）不像维吉尔（Virgil）同题材的诗中那样张嘴尖叫？对此他的回答是直截了当的："当嘴巴大张时——姑且不论这会猛烈而令人不快地扭曲面容的其他部分——在绘画中会形成一个黑点，在雕塑中会形成一个空洞，产生最令人厌恶的效果。"[6]由此他从媒介的角度圈定了诗与画的界线。莱辛认为，艺术家应该遵循美的法则，充分考虑艺术媒介（在雕塑拉奥孔的例子中是石头）的限制，不要随意跨越这些界线。绘画和雕塑是空间艺术，长于表现空间中物体的配置；而诗歌是时间艺术，更长于表现时间中事件的延续。

莱辛的诗画之分在以后的世纪里不断引起争议。中国学者钱钟书先生也曾对此提出过深具中国特色的回应。钱先生认为艺术家可以跨越边界，从其他艺术形式中借取手段。例如，莱辛提出"富于包孕的时刻"这一概念，指事件将到而未到顶点之际的一种状态，是绘画中常用的一种手段，而《水浒》这样的中国古典小说也能找到类似的表现手法。但是对钱先生而言，这种界线的跨越是暂时和单向的。确切地说，应该是从绘画到文学，从空间到时间，而不是相反。在这样的跨越之中，钱先生并非想摧毁莱辛描绘的界线，而是要努力证明文学（时间）相比较绘画（空间）而言，具有更大的重要性和灵活性。在他们对时间优于空间的共同执迷上，钱先生可以说是比莱辛还要莱辛；"莱辛承认诗歌和绘画各有独到，而诗歌的表现面比绘画的'愈加广阔'。假如上面提出的两点有些道理，那末诗歌的表现面比莱辛所想的还要广阔一些。当然，也许并非诗歌广阔，而是我自己褊狭，偏袒、偏向着它。"[7]

钱先生从中西艺术史中挖出许多例子，来说明许多场景在绘画中难以达到，而在诗歌中轻而易举。他引证狄德罗（Diderot）说，诗歌可以描写一个人被丘比特射中，而在绘画中则只能画成丘比特张弓欲射，否则那人会看上去真的像身体受伤，因为丘比特的箭只是一个比喻。在此我们可以看到时间艺术／空间艺术的分界，看到传统的物质／精神，身体／灵魂，看得见的／看不见的之类的二元对立的关系和等级秩序。随着艺术新媒介的到来，旧的艺术疆界不断被打破，在一个越来越视觉化的文化中，如"张大的嘴巴"这样的艺术禁忌早已屡见不鲜。对《大话西游》的崇拜者而言，一个经典的意象诞生于备受推崇的"心脏场景"。至尊宝的意中人紫霞为了弄明白他的真心，一头扎进至尊宝的胸腔，对一颗包围着软组织、纤维和血管的巨大的心脏进行实地考察。对这一场景，相信莱辛和钱钟书先生一定会厌恶地闭上他们的眼睛，掉头而去。精神和象征意义上的心脏，从前是神圣而不可具象化的，离我们的视觉越远越好，如今却在新的电影特技的帮助下，活色生香地向我们夸示着视觉与物质性的胜利。

在现代主义小说中，也不乏类似的"心脏场景"，代表着对真相的重大揭示。例如在约瑟夫·海勒（Joseph Heller）的《第二十二条军规》中，主人公尤瑟林试图去救治在空战中负伤的战友斯诺登，结果却发现斯诺登的内脏都流了出来，其景令尤瑟林震撼并遭受重大精神创伤，他由此认识到与全书主题密切相联的一个关键性的秘密："人是物质，这就是斯诺登的秘密。把他扔出窗外，他就会掉下去。朝他放把火，他就会燃烧。把他埋了，他就会烂掉，像其他种类一样……精神已灭，人是垃圾。"[8]对人体内脏栩栩如生的精细描写也是1980年代中国先锋派小说家热衷的做法。[9]值得注意的是,类似的场景,从先锋文学阴暗可怕的"人之死"的后人文主义题旨,到大众影像文化的欢乐嬉戏,其中经历了怎样的转型和"翻译",而新媒介的兴起,显然在这样的变迁中起了非常关键的作用。与现实尖锐对立的存在主义式的荒谬转换成了无厘头的调侃和释放,就如至尊宝所说的那样:"我吐啊吐就习惯了。"

我们也许可以把莱辛和钱钟书先生叫回来,让他们再看一眼《大话西游》中的那颗巨大的心脏,它其实看上去并不那么真实,而更像一只大椰子,还会自己说话。卡通式的造型和滑稽的声音减少了它的生理特征,也使它不那么令人烦恼了:

> 紫霞:哇!你的心怎么像椰子一样?
> 心:小姐,不可否认我长得很丑,可是我很温柔,而且永远不会说谎。
> 紫霞:那你老实告诉我,他跟他娘子是不是很恩爱?

值得注意的是心的回答故意被悬置了,好似造就了一个莱辛意义上的"富于包孕的时刻"。在后面一个类似的场景中,白骨精(孙悟空的老情人)也钻进至尊宝的肚子里问同样一个问题,而回答同样被悬置了,我们要到更后面才知道白骨精在心上面发现了一滴眼泪,从而得知心的真正归属。在被蜘蛛精杀掉以前,至尊宝恳求她用最快的速度把自己的胸膛剖开,这样他能在死之前看一看自己的心上面到底是不是有一滴眼泪。当然剖胸开膛的过程还是为观众省略了,也许他们还没有为如此彻底的可视性做好心理准备,所以他们也就最终还是没有能看到那滴被反复谈论的眼泪。在此我们可以看见对拉奥孔法则的挑战和服从同时并举,看到对界线的跨越,以及这种跨越的限度。

电影是现代艺术媒介通过鲜活逼真的视觉化达到直接身临现场效果的代表。这是一种对媒介(media)的非媒介性或曰直接性(immediality)日渐增长的渴望,源自于因真实感的丧失而带来的对"真实"的进一步迷恋。《大话西游》中的"心脏场景"可以视为现代人以一种图像的或"直接的"方式对真相的追求。图像接管了语言原先的领域,把语言挤压到边缘。《大话西游》中的对话也呈现出类似于视觉的"直接性"。紫霞对至尊宝吐露真情的一段话堪称新世纪的经典告白,被无数青年大量引用和模仿:

> (紫霞)让我们立刻开始这段感情吧。

这个恳求中表露的直接和坦率,就如那个"心脏场景"一般,强烈地抓住了年轻一代的心。与这种直接性相对立的,是唐僧的无休无止的废话和饶舌。正是他的喋喋不休令孙悟空难以忍受,以致要杀掉他。人们很容易就会把唐僧视为传统的或权威的声音的象征,语言是其压制的手段。同样,也很容易把至尊宝和紫霞看作在视觉文化中成长起来的年轻的一代,他们不想再多听废话,而要直接进入彼此的心扉。

作为一部电影,《大话西游》走红之日,正是中国文学在文化市场式微之时。其他艺术媒介,尤其是视觉艺术,正是挤压文学走向边缘化的因素之一。但是《大话西游》却又带来了新一轮的文字生产的热潮,而这又是借助于互联网这一新媒介来实现的。是网络,把《大话西游》热推向了顶峰。另一方面,《大话西游》又为中国互联网上的话语方式定下了一些基调,"大话体"是其特征之一。犹如古人将《诗经》作为社会交往的工具,大陆年轻的网民也把《大话西游》作为彼此沟通的纽带,使之成为新时代的文化辞典和时尚圣经。在充斥网络的"大话体"写作中,今何在的《悟空传》以其清晰而优美的语体独树一帜,也更接近传统意义上的小说,但是它的"大话"特质依然鲜明。小说以悟空与唐僧的对话开头:

"悟空，我饿了，找些吃的来。"唐僧往石头上大模大样一坐，说道。

"我正忙着，你不会自己去找？……又不是没有腿。"孙悟空拄着棒子说。

"你忙？忙什么？"

"你不觉得这晚霞很美吗？"孙悟空说，眼睛还望着天边，"我只有看看这个，才能每天坚持向西走下去啊。"

"你可以一边看一边找啊，只要不撞到大树上就行。"

"我看晚霞的时候不做任何事！"[10]

诸如此类毫无方向感的无厘头对话充斥全书。如同《大话西游》和《大话西游》影响下的网络话语实践一样，它们是非线性和非对话性的。它们以语言学的聚合(paradigmatic)方式，而不是组合(syntagmatic)的方式生长。不仅语言如此，《悟空传》的结构也呈现出非线性的碎片样态，这一点对一部在写作过程中充满即兴性的网络小说来说也是并不奇怪的。[11]正如《大话西游》一样，《悟空传》大玩时空倒转的游戏。孙悟空不断地回到过去，目睹他的前身与命运搏斗。在故事的某个阶段他分裂成两个化身，一个过去的他，一个现在的他，二者为真实的身份彼此相斗。这种过去与现在在同一空间共存的手法令人想起约瑟夫·弗兰克关于小说的空间化的概念。在其深具影响的《现代文学的空间形式》一文中，弗兰克认为现代小说不断朝向一种"空间形式"发展，倾向于"瓦解语言的内在连续性，挫败读者习以为常的对次序的期待，迫使他们以空间配置、而不是时间上的展开的方式，来感受诗歌的要素。"[12]当然弗兰克的洞见可以视为莱辛对媒介的古典分界在现代的变奏，而在一个全面可视化的世纪，分界的重心却转向了空间性。历史与因果律的铁的链条已被打破，取而代之的是破碎的、被公众快乐的窥视目光所穿透的私人空间。《大话西游》的开头和结尾都出现了公众围观主人公冒险、遭罪、亲吻的象征性场景，应非偶然。至尊宝对菩提抱怨那些隐形而又无所不在的咸湿目光总是围绕着他。在电影中出现的这种集体性的偷窥，恰恰是被电影这种新的媒介所催生，在今天又被互联网的出现推到了一个新的高度。在这一点上，《大话西游》预示了一个新的偷窥世纪的到来，这种更大规模的偷窥活动在 BBS、博客(BLOG)和各种讨论版上，以其即时性和互动性达到了一个新的高度和灵活性。

空间性的转向也是权力向读者/观看者的转移，而空间化的结构为他们提供了自由创造的主体性空间。在《大话西游》的所有台词中，人们最津津乐道也引用最多的是至尊宝的爱情告白："曾经有一份真诚的爱情放在我面前，我没有珍惜，等我失去的时候我才后悔莫及，人世间最痛苦的事莫过于此。"这句台词本身就是对王家卫的《重庆森林》中的经典句子的戏拟，在网上它又被戏拟于各种场合，甚至形成了一种万能的表达遗憾的套语："曾经有一××放在我面前，我没有××，等我失去的时候我才后悔莫及……"这类似于一种填词游戏，而读者变成了某种程度上的作者和玩家。

在《悟空传》中，有一段玉皇大帝与太白金星的搞笑对话。玉帝问他天蓬元帅勾结妖魔，该当何罪。太白金星以一种"大话"的方式回答了他："这勾结妖魔，可轻可重，可处以升官，大赦，流放，极刑。"[13]我们可以从另一个文化历史的角度来审视这种语言游戏。在 1980 年代中后期的中国现代主义的文学热潮中，作家王蒙发表了一个名为《来劲》的短篇小说。小说通篇是令读者作无穷选择的文字游戏：

您可以将我们的小说的主人公叫做向明，或者项铭、响鸣、香茗、乡名、湘冥祥命

或者向明向铭向鸣向茗向名向冥向命……以此类推。三天以前,也就是五天以前一
年以前两个月以后,他也就是她它得了颈椎病也就是脊椎病、龋齿病、拉痢疾、白癜
风、乳腺癌也就是身体健康益寿延年什么病也没有。十一月四十二号也就是十四月
十一二号突发旋转性晕眩,然后照了片子做了 B 超脑电流图脑血流图确诊。然后挂
不上号找不着熟人也就没看病也就不晕了也就打球了游泳了喝酒了做报告了看电视
连续剧了也就根本没有什么颈椎病干脆说就是没有颈椎了。亲友们同事们对立面们
都说都什么也没说你这么年轻你这么大岁数你这么结实你这么衰弱哪能会有哪能没
有病去! 说得他她它哈哈大笑呜呜大哭哼哼嗯嗯默不做声。[14]

这篇故事被视为对中国改革开放含混不清而令人困惑的现实和话语的一个寓言,现在我们也
可以把它看作《大话西游》和大话风格的前驱和接受的土壤。《来劲》在它发表的时候,以其极
端的文学试验受到了批评,但是它预告了一个读者占主导性的时代的来临。敏锐的作者已经
感受到了危机和困难,他们再也不能一手遮天地维护其主导性和权威性,因而开始把更多的选
择交给读者。

上面提到的《大话西游》的结尾场景,也可被视为这种读者/观众主导的交互性的一个象
征。城墙下面的旁观者象征了读者/观众的期待和权力,在孙悟空的推动下,至尊宝和紫霞的
转世化身屈从于这种权力,终于相互拥吻。在电影和小说中我们都可以看到读者/观众日渐增
长的要发出自己的声音并控制局势的欲望,于是我们就立刻面临着一个至关重大的问题:像
电影和文学这样的传统艺术形式是否还能提供足够的空间,来容纳对交互性的日渐增长的渴
望? 这种渴望似乎在更新的媒介,例如交互性电视、多媒体艺术、电脑游戏中更容易得到释放
和实现。对此问题的回答难以单一化,但是越来越多超越边界的跨媒介实践已经在改变我们
的文化外观,而《大话西游》和《悟空传》,随着它们在网络中的播撒,提供了一个典型的范例,向
我们展示这股交互的、读者主导的、集体的、合作的新世纪写作实践的巨大威力。

由此我们开始触及变形的多重历史文化意义的核心。孙悟空,这个可以随心变化和穿越
时空的怪物,这个伟大的前人类(pre-human)、超人类(super-human)和后人类(post-human)
的混合体,正是新生代中国青年最新的(同时又是古老而陈旧的)化身,这些青年们在新的媒介
(例如互联网)中找到了他们的自由意志的想象性的实现方式。在《悟空传》中唐僧大声呼叫:
"我要这天,再遮不住我眼,要这地,再埋不了我心,要这众生,都明白我意,要那诸佛,都烟消云
散!"[15]有趣的是,在这宣言式的呐喊中,我们可以看到 1980 年代中国启蒙运动的一丝残迹,甚
至还可以看到改革前毛泽东时代反叛的革命的孙悟空形象的点滴踪影。但是在社会主义文学
中,革命的孙悟空与反革命的白骨精势同水火的对抗已经融化为甜蜜、悲伤而又滑稽的后现代
罗曼司,见证了一部关于变形的古典中国小说,在现代中国从反人道主义,到人道主义,再到后
人道主义的变形。这是一种双重的变形:历史与政治意义上的改革(reform),和媒介意义上
的改形(re-form),两者交相作用,互为前提。

《大话西游》和《悟空传》还可以被视为从 1980 年代开始的以王蒙和王朔为代表的文化世
俗主义潮流的后继者,并呈现出更大的狂欢化倾向,对历史和自我认同也表现出更加灵活的姿
态。当中国青年在超越时空的网络中畅游的时候,他们像挑战权威的孙悟空那样,感觉到前所
未有的解放感和自由的快乐。网络给他们提供了多样的身份、发泄的空间和无限的可能,也提
供了对现实的逃避手段。在此政治与新媒介的共谋之上,还有全球化在不遗余力地催生"一种
把时间的空间化作为原景的商业文化,它承诺一切都唾手可得,所有欲望的对象都如在眼

前。"[16]把这些因素都加起来，我们就看到一幅后新时期的保守主义、文化虚无主义与无所不在的商业主义共生的图景，而所有这一切都由新媒介的空间化力量连接起来。

从 20 世纪 90 年代以来，人们开始谈论在新媒介的攻击下的文学的式微。令人惊奇的是，文学在新媒介的帮助下又回来了，虽然已经被新媒介改变得不成样子了。与文学一起回归的是被大肆模仿和戏拟的过去的鬼魂和精灵。《大话西游》和《悟空传》引领着新一波的网络幻想文学，可以被视为古老神话在新的媒介中的复活，而这个新的媒介本身就是我们这个时代最大的神话。前现代与后现代共存于一个跨越一切界线的非历史的空间。现在我们只剩下一个问题有待回答：美猴王头上的金箍今天在哪里？ 他能跳得出如来佛的手掌心吗？

原载《中国比较文学》2006 年第 4 期

注　释

1. 见朱大可《大话命与小资复兴》，《二十一世纪》2001 年 12 月，第 111 页。
2. 张立宪等编：《大话西游宝典》，北京现代出版社 2000 年版，第 91 页。
3. 张闳：《大话文化的游击战术》，《二十一世纪》2001 年 12 月，第 120 页。
4. Kamilla Elliott, *Rethinking the Novel/Film Debate*, Cambridge：Cambridge University Press, 2003, p. 12.
5. Rey Chow, *Primitive Passions*, New York, Columbia University Press, 1995, p. 185.
6. Gotthold Ephraim Lessing, *Laokoon*, A. Hamann, ed. Oxford：Clarendon, 1901, p. 21.
7. 钱钟书：《七缀集》，上海古籍出版社 1994 年版，第 78 页。
8. Joseph Heller, *Catch - 22*, London：Jonathan Cape, 1962, pp. 429 - 430.
9. 例如，余华的《现实一种》，莫言的《红高粱》，杨争光的《黑风景》等。
10. 今何在：《悟空传》，光明日报出版社 2001 年版。
11. 今何在：《我的西游记》，《北京青年报》2001 年 11 月 19 日。
12. Joseph Frank, "Spatial Form in Modern Literature", Michael McKeon ed., *Theory of the Novel: A Historical Approach*, Baltimore, John Hopkins University Press, 2000, p. 788.
13. 今何在：《悟空传》，光明日报出版社 2001 年版，第 112 页。
14. 王蒙：《来劲》，《小说选刊》1987 年第 4 期，第 46 页。
15. 今何在：《悟空传》，光明日报出版社 2001 年版，第 55 页。
16. Patrick O'Donnell, *Latent Destinies: Cultural Paranoia and Contemporary U. S. Narrative*, Durham：Duke University Press, 2000, p. 8.

导　读

周星驰的喜剧电影在 20 世纪 90 年代大陆流行，他主演的《大话西游》"在青年文化圈中的走红，构成世纪末中国的一道文化奇观"。本文从跨艺术的角度解读《大话西游》，探讨"艺术媒介的转换在《大话西游》的接受中的美学、文化和政治意义"。文章首先分析了《大话西游》从经典小说的文字文本到电影影像的转换，认为这种转换超越了传统美学法则关于媒介转换的界限，从而颠覆了寓于传统美学法则中的有关二元对立关系和等级秩序等传统文化观念。然后分析网络"大话体"仿作对于电影的拟仿，指出两者间存在着"无尽的复制和变形的链条"，而网络中的"大话体"展示了"交互的、读者主导的、集体的、合作的新世纪写作实践的巨大威力"。最后阐述了孙悟空变形的"多重历史文化意义的核心",认为变形的孙悟空是前人类、超人类和后人类的混合体,《大话西游》和网络仿作是文化世俗主义潮流的后继者,它们提供了一幅"后新时期的保守主义、文化虚无主义、与无所不在的商业主义共生的图景"。

　　论文辨析了《西游记》从文学经典到影像戏仿再到网络复制这一文化现象,深刻地透视出后现代文化语境中的当代中国文化的复杂形态,及其青年文化的精神特质,揭示出商业与技术制造的自由文化场域,既透露出狂欢的愉悦,也流露出精神虚无的实质。

链　接

黄鸣奋:《互文性:网络时代对后结构主义的追思》,金元浦主编《文化研究:理论与实践》,河南大学出版社 2004 年。

宋炳辉:《网络:你往何处去?》,山东友谊出版社 2002 年出版。

下　篇

文　体　批　评

一　小　说　论

　　小说在当代文学进程中始终是成就和影响最大的文体。除因"文革"期间整个中国大陆文学都受到极大的摧残外,在之前的"十七年",特别是改革开放后的三十年间,小说创作和批评都取得了重大成就。新中国成立前后的政治动荡和历史变动在文学中的投射,使叙事文学蓬勃发展。因此,当代文学一开始就延续了自20世纪40年代后期开始的小说创作传统,特别是长篇和短篇小说创作获得了丰硕的成果,中篇小说也取得了重大进展。不过,由于当时的文学承载了过于直接和沉重的政治功能,因而使创作批评和文学理论大多集中在题材选择、人物塑造、作家立场等方面,小说的文体批评和理论探讨在整体上则相对滞后。这在关于长篇小说文体批评中表现得较为明显。20世纪50年代末60年代初本来是长篇小说丰收期,《青春之歌》、《林海雪原》、"三红一创"等长篇小说深受读者欢迎并产生重大影响,但文学批评则大多集中在作品题材、人物塑造、作家政治立场等问题上,只有关于史诗性的讨论才与长篇小说作为大型叙述作品的文体特性相关。

　　相对而言,只有在关于短篇小说的批评和讨论中,有着比较突出的文体自觉。而关于长篇小说的某些文体特点,只有在与短篇小说的比较中才被进一步论及。篇幅短小,创作和发表周期快,能迅速、敏捷地反映社会现实为特征的短篇小说,在当代文学发展中多次成为思想艺术的尖兵,赵树理、孙犁和沙汀等20世纪40年代开始创作的作家和王汶石、王愿坚、茹志鹃等20世纪50年代新秀,作为五、六十年代最好的短篇作家,创作了大量优秀作品。同时,对短篇小说的文体批评和理论探讨也有着持续关注。茅盾、侯金镜、巴人、魏金枝等批评家对此都倾注了很大的精力,孙犁、艾芜、蹇先艾、骆宾基、周立波、欧阳山、李準、杜鹏程等作家也都参与其中。在20世纪50年代末至60年代初的几年中,《人民日报》、《文艺报》、《人民文学》、《上海文学》等报刊都相继组织发表过相关的专论、座谈和讨论。其中,《文艺报》在1957年组织的短篇小说笔谈,直接针对这一文体的特质和结构形态展开,茅盾①、魏金枝②、侯金镜等相应提出了"片段说"、"大小组结说"和"横断面"说,虽说没有达成统一的意见,但在以小见大、部分暗示全体,以反映生活本质等方面,他们的意见是共同的。同时,他们都倾向于以契诃夫、莫泊桑、高尔基等19世纪以来西方现实主义小说家的经验为外来资源,希望扭转自20世纪40年代以来短篇小说片面强调通俗化、故事性的民族特点。之后,在1959—1961年间围绕茹志鹃的短篇小说《百合花》③的争论中,茅盾、侯金镜等捍卫了短篇小说艺术特性,对小说理论作出可贵的贡献。1962年在大连召开的"关于农村题材短篇小说创作座谈会"④围绕题材问题展开讨论,但同样涉及短篇小说创作的其他问题,有利于进一步克服小说形态的单一化、单纯注重素材的简单堆砌、设置越来越尖锐的戏剧冲突等倾向,从而使"十七年"短篇小说创作普遍重视艺术构

---

　　①　茅盾:《短篇小说琐谈》,《文艺报》1957年第5期。
　　②　魏金枝:《漫谈短篇小说中的若干问题》,收《文艺随谈》,新文艺出版社1957年版。
　　③　《百合花》,原载《延河》1958年第3期。1961年8月,北京、上海先后举行茹志鹃创作的题材、风格问题讨论会。
　　④　邵荃麟:《在大连"农村题材短篇小说创作座谈会"上的讲话》,《邵荃麟评论选集》,人民文学出版社1981年版。

思和剪裁。

随着伤痕和反思文学兴起，短篇和中篇小说在"文革"后即出现创作热潮。20 世纪 50 年代走上文坛、"文革"后又重新复出的中年一代和新一代知青作家同时成为这一小说热潮的主力。在短篇小说空前剧增的同时，反思曲折的历史和呈现复杂的现实都要求扩大小说的叙述容量，而急切的写作愿望又难以使作家有从容沉潜的心态，于是中篇小说热潮出现，不仅数量翻番增长，也使应运而生的《中篇小说选刊》①成为读者中影响最大的文学期刊之一。在文学精神的表现上，现实主义的复归成为这一阶段小说创作和批评的主流，它在本土和外来文学资源上都接续了自"五四"以来包括"十七年"文学的反映和干预现实的传统，使小说创作和批评逐渐摆脱政治工具论的束缚。陈骏涛、何西来、阎钢、潘旭澜等批评家是这一时期最为活跃的。但小说批评话语仍有明显的局限，未能真正摆脱政治化的主题式批评、主观化的感受式批评和伦理化的道德式批评。

不过与此同时，具有现代主义倾向的最初尝试也已经在两代作家中同时展开，使这一时期的小说创作呈现出生动丰富的面貌。王蒙、宗璞等是同代作家中最早尝试现代小说叙事方式和表现手段的作家，他们对于意识流手段的运用大大拓展了小说叙事的可能性。王蒙宽容的艺术态度和对这种探索的思考②也在创作和批评中产生了较大的影响。这种探索也与外来理论资源的引入有关。1981 年有两本关于小说创作方法的书同时进入人们的视野：一是高行健的《现代小说技巧初探》；另一本是英国小说家福斯特《小说面面观》③。特别是高行健的那本集中介绍西方现代小说技巧不足八万字的小册子，在创作与批评界同时引起热烈的反响。王蒙、李子云、刘心武、冯骥才和李陀等作家，以通信方式及时对此给予热情的肯定，李陀的《论"各式各样"的小说》正是在这种背景下，对这些创作实践的评价和肯定。而莫言、余华、残雪、马原、洪峰、叶兆言等新一代作家也纷纷开始了新的尝试，这就是后来被称为先锋小说的探索实践。

1985 年对中国文学特别是中国小说而言，是一个特殊的年份，在此前后，无论是小说创作的实践探索还是批评研究，都出现了重大的转折。这一年，先锋小说创作及其批评已经形成一个高潮，同时寻根文学④创作也开始出现。之前，美国新批评派的代表人物韦勒克、沃伦的《文学理论》中译本由三联书店出版，随后，利昂·塞米利安的《现代小说美学》、韦恩·布思的《小说修辞学》和约翰·盖里肖的《小说写作技巧二十讲》⑤等相继翻译出版，在作家、批评家和读者中广为流传；刘再复发表的《文学研究思维空间的拓展》、《论人物性格的二重组合原理》、《论文学的主体性》等系列论文⑥，以及林兴宅、鲁枢元等文艺理论家把自然科学的系统论、信息论、控制论及模糊数学等方法引入文学批评和研究，引发文艺理论方法的热烈讨论，使 1985 年成为文艺"方法论"年；同时吴功正、高尔纯、张德林等国内理论家也出版了《小说美学》（江苏文艺出版社，1985）、《短篇小说结构理论与技巧》（西北大学出版社，1985）、《现代小说美学》（湖南

---

①　1981 年《中篇小说选刊》福建人民/海峡文艺出版社主办。至 1982 年中篇小说年发表量达到 600 多部，相当于十七年创作的总和。

②　王蒙：《漫话小说创作》，上海文艺出版社 1983 年版。

③　福斯特：《小说面面观》，花城出版社 1981 年版。

④　1984 年底由《上海文学》组织青年作家和批评家召开的杭州会议，又引发了关于寻根文学的讨论。

⑤　利昂·塞米利安：《现代小说美学》，陕西人民出版社 1987 年版。韦恩·布思：《小说修辞学》，广西人民出版社 1987 年版，北京大学出版社 1987 年版。约翰·盖里肖：《小说写作技巧二十讲》，十月文艺出版社 1987 年版。

⑥　刘再复：《论人物性格的二重组合原理》，《文学评论》1985 年第 2 期；《文学研究思维空间的拓展》，《读书》1985 年第 2、3 期；《论文学的主体性》，《文学评论》1985 年第 6 期，1986 年第 1 期。

文艺出版社,1987)等著作。多样化的小说创作实践、丰富的外来文学和跨学科理论,为这一时期的小说批评和理论研究提供了丰富的资源。程德培、吴亮、陈思和、王晓明、蔡翔、黄子平、南帆、殷国明、陈晓明等一大批 20 世纪 50 年代出生的青年批评家,正是在此前后登上批评舞台的。

在中国当代文学的发展历程中,20 世纪 80 年代是中国小说文体意识空前自觉,创作实践与理论探索转变最大,读者关注度最高,影响也最大的时期。这一时期的小说批评,尽管因为西方小说观念的大量引入,也存在着某些理论借鉴的生硬套用、形式批评的技术主义倾向以及批评语言的晦涩等问题,但小说文体的独立地位开始正式确立,小说批评在结构形式、叙述方式和语言等方面得以真正的展开和深入,也即小说的文体结构被作为有意味的形式、叙事学作为理论前提、语言作为艺术符号开始被引入并消化在小说批评和理论探讨中。正因如此,这里所选的 5 篇批评文章,全部集中在这个时期。

从 20 世纪 90 年代起,中国的内外环境都发生了变化。随着中国经济和社会的转型,文学与政治的关系相对疏离;消费文化发展成型,文学的边缘化日渐显露;同时,全球化程度日渐加剧,致使作家对西方的想象、对现代化变革的态度以及本土文化传统的态度发生改变。作家知识分子日渐分化,各种文化和价值立场公开呈现,1992—1995 年关于“人文精神”的论争就是一个标志。文学本身的分化也日益明显,写作越来越显现出个人化倾向,当代文学基本形成了主流、先锋和通俗三分天下的格局,小说也同样如此。与“文革”后的前 20 年相比,长篇小说热是 20 世纪 90 年代及新世纪小说的一个显著特点,不仅创作数量大增,并受到读者、媒体和批评界的普遍关注。长篇创作既是一个作家走向成熟的标志,同时也与 20 世纪 90 年代后文学市场化环境下长篇小说的“文体经济性”有关。王蒙、王安忆、贾平凹、张炜、韩少功、张承志、余华、刘震云、苏童、格非等知名作家,都有不止一部长篇问世,20 世纪六、七十年代出生的更年轻的作家也纷纷加入长篇创作的队伍。另一个特点是以小说思潮淡化为实质的旗号林立,新写实、新现实主义、新状态、新体验、新都市、新新闻等等创作派别,从一开始就与市场策划和媒体批评的参与密不可分,而在文学批评趋于分化的同时,学院批评的力量获得空前的壮大,小说文体的分析与探讨也日渐走向深入和多元格局。

论"各式各样的小说"

李　陀

"有一种小说学，小说有一定的写法，一定要具备某几种东西，一定要写得像巴尔扎克或契诃夫的作品那样。我不相信这一套，有各式各样的作者，有各式各样的小说！"——萧红

萧红如果能够活到今天，看一看这几年小说的发展，她一定会感到满意的。这位有着一个"不安定"的灵魂，无论在生活上还是艺术上都不为任何成规所拘的女作家，当年在小说艺术的探索中一定是相当寂寞的。不然她不会说出"我不相信这一套"的激言。所幸的是，她的呼唤并不是空谷回音。今天，小说(特别是中短篇小说)不仅"雪消门外千山绿"，出现了我国小说史上空前未有的繁荣景象，而且由于艺术上创新和探索之风越来越盛，小说还在质上处于迅速革新之中。这标志之一，就是出现了"各式各样的作者"和"各式各样的小说"。

这篇文章的目的，就是想对今天小说中的"各式各样"这一现象做一些述评，并借此说明小说固然"有一定的写法"，但写法却不必定于一，不一定非要"写得像巴尔扎克或契诃夫的作品那样"。

一

究竟有没有萧红所说的"小说学"这种东西？我以为是有的，或者说实际上是有的。什么是小说？应该怎样写小说？世界上自从有小说以来，人们就不断讨论这类问题。这些讨论，以及由此生发出来的数不胜数的文章和专著，大概都可以划入"小说学"的范围。当然，这种对"小说学"的研究似乎也一直未能完全脱离对一般文学的研究而独立，从而自立门户，自成体系。但是我以为这种独立是很必要的。

"五四"以来，特别是解放以来，我国有关小说研究的文章可以说是汗牛充栋。这些研究取得了程度不一的种种成绩。在这种种成绩之上建设我们中国的"小说学"，甚而建立"小说学"的中国学派，都应该是可能的和可行的。但是，对照几十年来的小说发展，特别是近几年来的小说发展，我觉得过去的研究有一个很大的缺点，就是对"小说学"本身也应该变化、发展注意不够。什么是小说？应该怎样写小说？像这样的问题，每个时代都有每个时代的回答。而且就是在同一时代里，也往往有不同的回答。然而，多年来我们虽然在有关小说写作的许多问题上进行过热烈的、甚至是激烈的争论，但是在小说的"写法"上，大体上要"像巴尔扎克或契诃夫"那样去写，却往往争论不大，认为那是理所当然的。当然，这也不是说有人要求写小说要一板一眼地对巴尔扎克和契诃夫进行机械的模仿，世界上大概也没有这么笨的作家。问题是我们习惯于"小说有一定的写法，一定要具备某几种东西"。而这"一定的写法"实在同巴尔扎克和契诃夫大同小异。自然这小异也很不容易，这也是小说的发展。但是，就世界范围来说，小说自本世纪初开始还经历了另一种发展。这发展的结果之一(说之一是因为还有其他结果，其中有些还是恶果)，就是现代小说在"写法"上已和巴尔扎克、契诃夫小同而大异。这就不能不使"小说学"的面目发生很大的变化，不能不使人对什么是小说、应该怎样写小说这类问题有新的思索和认识。

北京一位作家高行健，最近出了一本小册子《现代小说技巧初探》。老作家叶君健还为这本小册子写了一篇很好的序。对这本小册子中的观点，还是对它的序言的观点，我们都不必完

全同意,那是可以讨论的。但小册子及其序言却表明中国新老两代作家都对当代"小说学"的变化及发展十分注意。我希望这是一个不错的开端。我们应该有更多的人从事这方面的研究。何况这种研究有一个极好的条件,那就是我们的许多作家,在近几年的创作中对小说的"写法"下了很大功夫,做了种种有趣的、取得了很大成绩的实验。放目我国的小说之林,我们仿佛在一个具有相当规模的、忙碌而紧张的文学实验室中巡回。这实验室中的种种出品,无论成与废,都应该是研究我国当代"小说学"的极好材料。

二

长期以来,人们习惯地认为小说是一种叙事艺术,而且是各种叙事艺术中最长于叙事的艺术。另外,人们对所谓"叙事"的理解,又离不开故事和情节,即使是那些着重写人物的所谓"性格小说"也是如此。人们对小说形成这种观念不是偶然的,这是在小说的漫长发展中逐渐形成的,特别是以巴尔扎克为代表的十九世纪那些伟大的小说家们所写的小说,因为对后世影响巨大,便不知不觉成为人们创作小说的典范。这种小说大致都具有这样一些特点:叙述离奇曲折或至少引人入胜的完整故事,塑造具有独特性格和时代内容的典型人物,对社会环境作客观的、包罗万象的描写,对一个时代或一个社会进行记录、概括、分析、研究,表现具有历史认识或道德伦理价值的重大主题——而作家做这一切的时候,显得无所不知,无所不能,洞察社会生活中各种秘密,预先知道人物的命运,精心安排故事的结局……这种小说写作模式(也就是小说"写法")对后人写小说应该说起了很积极的作用。许多年来我国绝大多数作家写小说也大体上都是走的这个路子。当然也有作家另辟蹊径,例如萧红,她的中篇小说《呼兰河传》就全然突破了这种模式。不过就小说写作的总体状况来说,当时的萧红还只能算是个例外。

今天则完全不同。不是个别作家,而是一大批有着公认的才华、受到广大读者喜爱的作家一起来突破这种传统小说的模式。这就不能不引起我们特别的注意。

这要从一九七八年刘心武的《班主任》发表说起。这篇小说当时引起了广大读者和评论界的空前热烈的反响。人们都热烈地称赞这篇小说,不仅高度评价它的振聋发聩的思想内容,而且对其艺术上的特色也做了种种分析。但是,众多的评论者却忽视了一个"细节"——这篇小说故事性不强。后来刘心武又陆续发表了一些小说,除个别者(例如《如意》)外,差不多也都有故事性不强这个共同点。人们读这些小说的时候,受启发、受感动,但是若想把它们像讲故事那样生动地转述给别人,企图让听者也感动起来,就很困难。

如果这种现象仅限于刘心武一个人的作品,那也许不值得我们特别重视。然而,继《班主任》之后,许多中青年作家的小说也都有这个特点,例如张洁和王蒙。这两个深受广大读者欢迎和喜爱的、也是我国当代文学中很有代表性的作家,他们的小说往往故事性也很差。拿张洁来说,除《有一个青年》等一二篇之外,她的许多十分出色的小说,例如《爱,是不能忘记的》、《忏悔》、《未了录》,等等,或者故事性不强,或者根本没有故事。王蒙也是如此。而且,他似乎比张洁更加忽视小说的故事性。他有些作品,例如中篇小说《布礼》、《蝴蝶》、《相见时难》,本来都可以讲出一个比较完整的、也不难引人入胜的故事。但是王蒙好像有意把这些故事打碎,让它们变做一个个片断,然后再用他自己特有的结构方法连缀起来。读者看这些小说的时候会朦胧地感到这些故事的存在,但要使它们清晰起来,或者恢复它们的原貌,却会十分困难。至于王蒙的另外一些短篇和中篇小说,例如《春之声》、《海的梦》、《杂色》等,则几乎完全没有故事。北京地区的另外许多作家,例如谌容、林斤澜、宗璞、苏叔阳等,近几年中虽然写过一些比较有故事性的小说,但他们的许多受到欢迎、受到好评的小说,常常并不是靠动人而完整的故事来吸引读者。他们和刘心武、王蒙、张洁一样,时时写出一些故事性很差、甚至没有什么故事情节的小说。

为什么会出现这样的文学现象? 是这些作家都天生地不善于讲故事,因此他们都不约而同地在小说写作中扬长避短吗? 还是他们在小说艺术上共同做着某些探索? 这种现象的出现是偶然的、不合理的、不必要的? 是猎奇、是模仿、是节外生枝吗? 还是对小说的发展带有一定的必然性? 我以为这种文学现象的出现绝不是作家们一时的心血来潮,更不是由于缺乏讲故事或写故事的才能,这是一种探索。不过这不是我们通常在小说创作中所习见的那些探讨,诸如怎样确定主题、塑造典型、安排情节、剪裁素材、形成风格,等等。而是探索小说艺术的根本问题: 什么是小说? 应该怎样写小说?

三

张洁的《爱,是不能忘记的》是一篇非常有影响的小说。一个细心的、对故事有特别癖好的读者如果把这篇小说反复读上两三遍,他可以从中找到一个故事梗概: 一个名叫钟雨的女作家爱上了一个老干部,那人也爱她。但是由于那个老干部已经有了家庭,所以两个人只能在心中互相呼唤。后来男主人公在文化大革命中被迫害而死,女作家却仍然镂骨铭心地爱着他,最后女作家也悒悒死去。但是,这个读者不难发现这个故事有两个大缺点,一是平淡无奇,类似这样的故事在许多小说中都可以看到;二是这故事残缺不全,很不完整。我们不知道男女主人公是何时何地相识的,他们之间的爱情是怎么发生的,他们之间到底都发生了些什么事;我们甚至也不知道这两位主人公在什么地方工作,他们住在哪里,他们个人经历如何,他们有什么样的生活习惯——这一切在传统小说中必不可少的详情细节,几乎我们全都一无所知。

虽然如此,《爱,是不能忘记的》并不缺少尖锐的主题和艺术的魅力。只不过它是沿着另一个途径实现这一切的。这途径就是对人物内心生活的细致描绘和表现。当然,传统小说写法中并不是没有对人物内心活动的刻划。在很多传统小说的经典作品中,心理描写和心理分析都是很重要的表现手段。但是,在这些小说中,这种心理分析和心理描写都是在故事情节的发展中进行的。作家在使用它们的时候,是把它们当作小说表现手段和技巧之一来看待的。在作品中,它们和其他小说要素(情节、细节、环境描写、对话等等)相比,并不占更特殊的地位。然而,在《爱,是不能忘记的》这篇小说里,作家把对人物内心生活的表现上升为首位的、主导的东西,小说的其他艺术要素,都降为从属的东西。因此,小说表现和描绘的一切,都带有叙述者兼主人公之一的“我”的主观感情色彩;小说中出现的种种画面、回忆、议论都不再是传统小说写法中的客观描写和叙述,而是“我”的内心生活的一部分。这里需要指出的是,传统小说中也常有以第一人称“我”来贯穿首尾的,但这个“我”,或者是小说中的人物之一,或者仅是故事的叙述者,这二者都不影响小说的客观描写和叙述的性质。《爱,是不能忘记的》中的“我”则与此完全不同。这个“我”的内心感受和意识活动似乎是一个屏幕,小说中各种叙述、描写,无论是珊珊自己的内心独白,无论是母女间那有些隔膜、又彼此心领神会的对话,无论是钟雨和老干部在汽车旁那意外而短暂的相会,无论是对那条隐秘的柏油小路的向往和思念,这一切都是“我”的意识屏幕上的映象。

这种强调表现人的内心生活,把读者的视线集中到人物的意识屏幕上,并透过意识屏幕反映客观现实的写作方法,很值得我们注意。这不仅是因为它给小说的写法带来一系列的革新和变化,而且更重要的是,就在《爱,是不能忘记的》发表后不久,出现了一大批这样写作的小说。许多作者都不约而同地离开走熟了的旧路,热情地到这片较为陌生的土地上耕耘,做了种种探索和实验。其中最引人注目就是王蒙。他自《夜的眼》之后的绝大部分中篇和短篇小说,都是着重表现人的复杂多变、不停流动的内心活动,只不过他很少像张洁那样用第一人称。他由于借鉴了"意识流"手法,并把这种借鉴和其他多种艺术因素相融合,从而形成了他独具一格的小说写法。这写法使得在他的人物的意识屏幕上闪现和流动的形象——无论这形象是属于人物心理的还是反映社会现实的——都格外多彩多姿。

　　这种强调通过表现人的内心生活的反映客观现实的写作方法,是当代世界小说发展中的一个值得注意的趋势。当然这种趋势在不同的国家、不同的地域和民族、特别是不同的社会制度下,其具体表现往往有很大不同。例如在某些西方现代派作家那里,这种对人的精神和心理世界的探索,带有强烈的非理性主义的倾向。他们认为客观的外部现实是荒诞的,没有意义的,无真实可言的,而只有人的心理世界才谈得上真实,才值得去表现。因此,他们拼命去开掘人的下意识、潜意识的领域,甚至钻进"艺术即做梦"这样的牛角尖。我国的作家们则与此完全不同。从他们的创作实践来看,他们所以去着重表现人的复杂微妙的内心活动,还是为了透过意识屏幕更好地去表现现实的社会生活。

　　但不管小说这种趋势(不妨把它叫做现代小说的内向性)的表现是多么复杂多样,它毕竟使人们对小说的认识普遍地发生了重大的变化。无论作家,无论读者,已经逐渐对那种只把人的社会生活当作表现对象的小说感到不满足。这种小说不能不把故事、情节这类要素过于夸大,从而在某种意义上把小说与故事等同起来。许多作者尝试着把人的精神世界特别是心理世界当作自己的表现对象,使小说向表现人的内心这个领域发展,这大大打开了人们的眼界。人们认识到小说以审美方式把握世界的时候,可以取另一个角度。小说可以以一种更复杂的方法表现复杂的现实世界,无论这是一种主观内心生活的现实,还是一种客观社会生活的现实。这种小说把人的意识和潜意识,人的内心活动和外部活动,人的精神生活和社会生活,人的过去经验和现实经验,都放在相互矛盾又相互联系的关系中去表现,从而在对人和世界的理解和表现上显示出复杂的层次。这些尝试和试验使得小说的立意和结构都变得相当复杂,给人一种立体化、交响化的印象。当然这也使得习惯于传统小说单线条、单层次那种艺术表现的读者,欣赏上可能不熟悉、不习惯,产生一定困难。但是,当人们逐渐适应了之后,也会对什么是小说、应该怎样写小说这类问题有新的认识,并形成新的鉴赏趣味。

四

　　小说对内心现实的开拓使得小说的叙述方式变得十分多样和复杂。例如叙述角度的技巧,就在现代小说的写法中占有十分重要的位置。

　　传统小说,无论是以故事和情节为主的小说,还是通过故事情节的发展着重刻划人物性格的小说,其叙述角度往往都是一种,就是作者站在全知全能的角度。因此,小说的传统写法中也就不太注意叙述角度的技巧问题。但是从具有上述趋势的小说写法来看,叙述角度的选取和叙述角度的变化是创造小说艺术形象的十分重要的手段。

　　今年《丑小鸭》第四期发表了一位青年作家石涛的小说《离开绿地》。这篇小说写得很美,也很感人。这可以说是一篇典型的不讲故事的小说。这里甚至连《爱,是不能忘记的》那种残缺不全、若有若无的故事都没有。小说只写了两个在旅途上偶然相识的男女大学生不到两天中的旅游经历。在这么短的时间里都发生了些什么呢？可以说什么也没有发生。他们只是一起爬山、吃饭、坐汽车、找住宿的地方、在小溪边洗脸等等。如果用传统小说的写法来写，这大约是难于成篇的。但是由于作者聪明地采取女大学生的感受角度来叙述这一切，并且在驾驭这个叙述角度时十分娴熟（只有一两处偏离，是十分可惜的），因而小说中叙述的一切都蒙上一层充满青春气息的诗意的光辉。为什么叙述角度有这样的魔力呢？那是因为作者通过这样的叙述角度，就能随着叙述的发展一次又一次去捕捉女主人公那种种微妙而复杂的内心感受。这种感受常常迷离恍惚，转瞬即逝，有如变幻着的云霞，有如树梢的微风，有如一连串的半音，有如朦胧浮现的诗句。小说正是依靠对这种敏感、细致的内心感受的捕捉，表现了一对现代青年对纯洁美好的爱情的向往和追求，以及追求中的疑虑和畏惧。像这样复杂微妙的情绪和心理，读者要去理解和认识本来是相当困难的。但是作者的叙述角度解决了这个困难。因为这种叙述把作者、形象、读者这三者之间的距离缩短到最低限度。因此，有心的读者读到这一切时，不仅会如同主人公那样去感受，而且会联想得更多，体会到小说形象的"言外之意"，会对今天的年轻一代有更多的了解，更多的关切。

《离开绿地》的例子说明，对有些小说来说，选择一个合适的叙述角度，并使它贯穿于全篇是多么重要，这简直成了小说成败的关键。但并非对所有的小说都如此。有的小说的叙述角度的技巧恰恰表现在叙述角度的变换和转移上。并由此获得了特殊的艺术效果。这可以举中篇小说《人到中年》为例。

表面看来，这篇小说的写法似乎与传统小说没什么不同。它虽然没有什么特别曲折引人的故事或情节，但毕竟还是有一定的情节。并且，它也是老老实实在情节的推移发展中刻划人物。它也没搞什么时空的颠倒，或是所谓放射线式的结构。这篇小说似乎很普通，就像它的主人公陆文婷那样平平淡淡，普普通通。但是，我们读起这篇小说来，仍然会感到它和我们习见的小说有什么不一样的地方。它的字里行间散发着一种现代小说的气息。这个秘密何在？主要是作家巧妙地选取了特定的叙述角度，并且不断转换叙述角度的写法。在这篇小说中，第一、第三、第五、第七和第八、第十和十一、第十三和十四、第十七各节，都是选取的主人公陆文婷的感受角度来叙述的。读这些章节时，我们不知不觉地走进陆文婷的主观感受世界，和她一起去看、去听、去感觉、去联想，去思考，也和她一起去忧虑与快乐。第四和第六节分别是选取内科主任孙远民和医院院长赵天辉的叙述角度，而第十二、第十六、第二十各节又基本上是从陆文婷的丈夫傅家杰的视角来叙述。读这些章节时，读者又会不知不觉地离开陆文婷，站在这些和她整年整月生活在一起的亲人和熟人的立场去观察她、了解她。只有小说的第二、第九、第十五、第十八和十九、第二十一和二十二各节，采取的是作家客观叙述的角度（即全知的角度）。这种叙述角度的相当有节奏的转移和变换，使《人到中年》的叙述有一种很美的韵律。它不仅在审美上给人以很强的美感，而且更重要的是，它成为塑造陆文婷这个艺术形象的十分重要的艺术手段。不过，十分可惜的是，作家在选取固定的叙述角度时，在个别章节中这种叙述有时"跑调"，使得一节中的叙述角度不统一。例如第十节，这一节本来是从陆文婷的感受角度叙述的，但叙述中突然出现了"秋夜，静静的。陆文婷倚在爱人的胸前睡着了……"这样一段，这又变成作家的客观叙述。这种"跑调"其他章节里也有，是令人惋惜的。另外，从其他人的视角叙述时，往往主观感情色彩不强，也不如从陆文婷的感受角度叙述时那么强烈感人。

叙述角度的变换转移还有更复杂一些的尝试，这就是高行健的中篇小说《有只鸽子叫红唇儿》。在这个中篇小说里,特定的叙述角度可分六类:第一是小说的几个主人公各自的叙述角度,如"公鸡的话"、"快快的话"、"正凡的话"、"燕萍的话";第二是叙述者的角度(也就是作家的角度),称为"叙述者的话";第三是主人公和主人公,以及叙述者和主人公之间的对话,如"公鸡和快快的对话"、"叙述者和公鸡的对话"以及"叙述者和主人公们的谈话"等;第四是主人公们各自的内心独白,如"小妹心里的话"、"燕萍内心的话",一些主人公的梦境也可算入此类;第五和第六类的叙述角度很奇特,一是"快快、公鸡、正凡、小妹共同的回忆",一是"主人(即快快)和他的心的对话"。这六类特定的叙述角度彼此穿插交错,小说就在这种穿插交错中发展。但是这样复杂的叙述角度的变换,并没有使人感到生涩或紊乱。相反,倒产生了类似交响音乐的艺术效果。仿佛小说中有几个旋律,它们此起彼伏,时合时聚,既变化丰富,又统一和谐。特别是在"叙述者和主人公们的谈话"以及"快快、公鸡、正凡、小妹共同的回忆"这两节中,各个叙述角度都汇聚在一起,很像多声部的合唱,在审美上给人以独特的美感。《有只鸽子叫红唇儿》中这种复杂多变的叙述角度,形成这篇小说的骨架(我们不妨把它叫做小说的一种叙述结构),这是很有意思的。高行健这个中篇比起其他一些着重表现人的内心生活的小说,似乎主观感受色彩并不浓,生活场景和细节的描写也很具体和清晰,应该说故事性和情节性相当强。但这篇小说仍然主要不是依靠故事和情节来组织成篇的,而是靠这篇小说独有的独特的叙述结构。正是这种叙述结构决定它在总体上并不是传统小说那种客观的描写。正相反,这篇小说从总体上看,充满了主观的感情色彩。这说明现代的这种小说的内向性特征,在具体表现上也是很复杂的,各种各样的。

也许有人会问:作家为什么要找这样的麻烦,尝试这样复杂的叙述结构呢?我想这应该从《有只鸽子叫红唇儿》的艺术效果中去找答案。这篇小说描写了几个青年人在十年动乱中间的痛苦、寻找、彷徨、思索和成熟。这是一段充满曲折、复杂的发展的路。无论是这些年轻人的实际经历,还是他们思想和感情的变化都是如此。怎样把这种复杂性溶入到艺术形象中去呢?高行健走了一条新路,其结果是在一个篇幅不大的、才几万字的中篇小说中,读者看到了这些青年主人公成长的曲折和复杂,而且从它的形式上有一种直观的把握,这种新鲜的审美的经验是很令人愉快的。

以上这些介绍和评述,当然不能概括作家们在小说的叙述角度技巧上所做的各种尝试。但仅这些也可以看出我国当代小说在写法上正在发生多么大的变化,而且方兴未艾。

五

从《组织部来了个年轻人》到《海的梦》、《蝴蝶》、《杂色》,王蒙的小说写法发生了惊人的变化。这样大幅度的变化在我国当代作家中是罕见的,多半也是仅有的。一些评论者认为王蒙的小说写法之所以有这么大变异,主要是因为借鉴、吸收了西方现代小说中的"意识流"技巧,这种看法恐怕不够全面。确实,王蒙的创作是吸收了"意识流"的某些技巧因素,但这并非变化的主要原因。我认为变化主要是他努力追求表现手段的多元化、多样化的结果,具体地说,是他"扩大组成小说的要素"的结果。王蒙在一篇文章中说:"小说是一种叙事文学,一般说,要有人和故事。因而,小说主要表现方法是叙事。但是,我觉得,我们可以把组成小说的这些因素加以扩大。""我觉得小说中有诗、有散文,有这个、有那个并非坏事。""我的态度叫'党同喜异','党同好异',在艺术手法上兼收并蓄,从'异'中吸取营养。"王蒙这种主张使他形成了一种独特的小说写法。在这种写法中,多种多样的、有的甚至是完全相互排斥的艺术因素以多元状态共存,并逐渐融合成一种色彩斑斓而又调子统一的文体。试以王蒙的中篇小说《杂色》为例来说明。

与传统的小说相比,《杂色》大约是王蒙作品中不同于传统色彩最浓的一个作品。它不仅没有什么故事,甚至连故事的因素都没有。小说只写了一个叫曹千里的下放干部,骑着一匹灰杂色的老马到边疆某处的一个夏季牧场去。去干什么? 不很清楚,"无非是统计一个什么数字之类"。不仅如此,小说也并不着意刻划人物。虽然作家在这里也写了一个人物,但对他的个性和性格并没有下力量去表现。这与王蒙另外几个中篇小说,例如《蝴蝶》、《如歌的行板》、《相见时难》等十分不同。这些作品虽然也都属于创新之作,但还都注意塑造典型人物,注意刻划人物性格。《杂色》中展现的,却完全是主人公曹千里一路上的感觉、印象、联想、思绪。它们有时是一连串带有主观感情色彩的图画,如河流、村落、壮丽的草原、草原上的暴风雨;有时是一连串内心独白式的思想活动,其中汇聚着反省和自嘲自讽,辛辣的玩笑和讽刺,恢宏的议论和看去不着边际、实际含有深意的东拉西扯;有时又是一连串在情景交融中产生的飘忽不定、难以名状的思绪,这思绪的复杂内涵又只能靠读者去感受、体会……这一切构成了小说所创造的独特的艺术形象。只不过这艺术形象的主体不是人物的行为和性格,而是人物的感情活动和意识活动。通过这个独特的艺术形象表达了对处于动乱中的祖国的命运的忧虑和关切,对"四人帮"的倒行逆施的嘲笑和批判,对普通的人民群众的处境的真挚的同情,对一个光明的明天的坚定信心,等等。

要想创造出《杂色》这样独特的艺术形象,按照通常小说的写法是相当困难的。因而王蒙在创造这种独特的小说艺术形象使所用的方法也很独特。那就是把各式各样的艺术因素熔铸在一起,形成一种独特的小说叙述语言,一种独特的文体。首先自然要提一提对"意识流"技巧的借鉴。《杂色》中毫无疑问是有"意识流"技巧的因素的。但应该指出的是,这只能说是王蒙式的意识流描写。因为王蒙从未像西方"意识流"派的作家那样,企图用文字语言去真实地摹写人的各个层次的意识的流动。他对"意识流"技巧的借鉴,只不过是为了获得可以在自由流动和转换中描写人的思想感情的一种方便的描写方法而已。在《杂色》中尤如此。在这里,这种借鉴成了一种叙述语言的骨架,王蒙又使这骨架最后变为血肉之躯。那么这些血肉又是些什么呢? 首先是幽默。读着《杂色》,你会屡屡哑然失笑,为小说中到处流动的幽默所动。这种幽默有时是自我检讨式自嘲自讽,有时是对生活中的丑恶的猛烈的一击,有时又是相当深邃的忧虑。但不管这幽默如何多种多样,它们都有一个乐观的、自信的基调。王蒙自己曾说:"幽默应该是一种生活的智慧,对生活的洞察。幽默感就是智力的优越感。他一眼就能看透生活里那些畸形的东西,那些表面上堂堂皇皇,但实际上有问题的东西。""幽默中仍然有是非之感,包含着对于真善美的肯定和对于假、恶、丑的嘲笑。"细细品味《杂色》中的种种幽默,确实如此。不过王蒙这种幽默又时时转化为无情的嘲弄和讽刺,这使得《杂色》的叙述语言中有一种杂文的成分。我相信王蒙是非常有意识地从鲁迅先生的杂文中吸取营养的。《杂色》中的许多段落都有如投枪匕首。因此,当我们阅读这篇小说的时候,一边虽然忍俊不止,一边却又有步入剑戟之林之感。另外,值得一提的是,王蒙还在他的幽默、讽刺中掺进了某种相声的因素。这不仅表现于他在语言的运用上吸收了相声中那种"京味"很足的、有些夸张的口语语言,也表现于他喜欢开玩笑、抖包袱、逗趣儿。这使他的幽默和讽刺多了一点滑稽的色彩,有了民族风格。让人不胜惊讶的是,王蒙还把这种有着杂文和相声影响的幽默、讽刺和滑稽,与散文诗、议论文的成分相结合。不只如此,王蒙还运用了荒诞的手法。例如那匹老马,有感情,会说话。这本来是生活中不可能有的事情,但王蒙居然让马说话,让风说话,让天上飞的鹰说话,让流水说话,而读者也没感到什么不自然。最后,王蒙还在《杂色》中运用另一个十分重要的艺术手法,那就是象征。《杂色》中充满了象征,而最主要的是那匹杂色的老马。由于象征具有不确定性,要用几句话准确地概括出这个象征的全部内涵是很困难的。但应该注意的是,这匹老马所象征的不一定是什么十分具体的事物,例如祖国、人民,等等。它象征的更可能是一种比较抽象的东西,例如作家(及读者)对祖国命运的思考和关切。如果这样去理解老马的形象,那我们读《杂色》的时候,就会产生远远大于形象本身的思索和联想。

值得注意的是,追求表现手段多元化、多样化,努力熔铸多种艺术因素于一炉的作家,绝不只王蒙一人。北京作家中作这种努力的不在少数,其中之一是陈建功。

陈建功的短篇小说一开始就是两种路子。一种是《流水弯弯》、《迷乱的星空》、《飘逝的花头巾》等,一种是《京西有个骚达子》、《盖棺》、《辘轳把胡同九号》等。这是题材、风格都迥然不同的两类作品。仅这一现象也可以看出作家在作什么样的追求。在这两类作品中,每篇小说都程度不同地显示出作者努力"扩大组成小说的要素"的努力。不过在后一类小说中这种努力尤为鲜明、成功。

如果我们把《京西有个骚达子》、《盖棺》、《辘轳把胡同九号》放在一起比较对照,就可以发现它们在总体构思以及小说写法上有很多共同之处。它们是作家同一美学追求的产物,只不过一篇比一篇更加成熟。例如这三篇小说都吸收了所谓"悲喜剧"的手法。就是小说在整体上是写悲剧,或者有一种悲剧的因素,而在局部上却是喜剧,充满了可笑的情节或细节。这一点在《京西有个骚达子》中只是刚露端倪,而在《盖棺》和《辘轳把胡同九号》中就非常鲜明。这两篇作品成功地塑造了魏石头和韩德来这两个具有各自独特性格的典型人物。但是陈建功在塑造这两个人物时用的手法却与传统小说手法不一样。他在这两个风貌各异的人身上都看到了某些可笑的东西。他们在生活中常常被人嘲弄,陷入窘境。他们性格中都有某种东西和他们所处的环境、时代不相容,这种不相容在具体事件中是滑稽的,可笑的,而就他们的命运和前途来说,又是可悲的。无论对魏石头的极为固执的诚实、淳朴,还是对韩德来身上那打上深深"左"的烙印的自我表现狂,读者笑完之后都会马上级起眉头来沉思。他们会发现那笑原来是相当苦涩的。需要指出的是,陈建功在暴露或同情地表现自己的人物的可笑之处时,也和王蒙一样,在自己的叙述和描写中溶进了幽默、讽刺的因素,漫画式和相声式的夸张、滑稽因素,以及荒诞的因素(例如韩德来"捣腾"电影票的情节,在生活中是不可能的)。而这一切,又和"京味小说"的风格,以及很朴素的写实手法溶合在一起,形成具有鲜明的陈建功风格的文体和叙述语言。这种融合是和谐的,如果我们不仔细辨认和分析,那很难看出它们各自的来源。

六

雷同是文学的瘟疫。就北京的作家们而言,他们对创作"各式各样的小说"的努力,我们还可以举出更多的实例。

比如宗璞,她写的小说数量不是很多,但是往往有十分大胆的探索。且不说她写的《红豆》、《弦上的梦》、《鲁鲁》等名篇,仅以《我是谁?》和《蜗居》而言,其表现手法都是很有新意的。这两篇都是反映文化大革命的小说。但它们与众多的同样题材的小说有一个很大的不同,即在小说写法上没有采取写实的手法,而是运用了对现实生活加以变形、歪曲的荒诞表现手法。一提起这种表现方法来,可能有人立刻想起西方现代派文学。但是,这种小说写法绝不是洋人拥有的专利。我国古代短篇小说的经典著作《聊斋志异》中,这种表现手法比比皆是。诸如《陆判》、《凤阳士人》、《青凤》等,不正是对现实有意地进行变形、扭曲,使之得到一种非现实的怪诞表现,才获得特定的艺术效果和深刻的思想含义吗? 为什么这种手法不能用来为我们表现今天服务呢? 也许有人对《我是谁?》中人变了虫,《蜗居》中描写的鬼境感到别扭。但那是由于鉴赏心理不习惯造成的。而这是可以改变的。我想问题的关键还在运用这种表现手法,是否有助于较深刻地反映现实,只要有帮助,就可以采用。特别是反映十年动乱,这手法更值得一试。因为那十年中各种荒诞不经的现象太多了,为这种尝试提供了生活根据。除了宗璞外,还有一个作家也在这方面做了些试验,这就是苏叔阳。他所写的《汽车号码的过失》、《泰山进香记》、《失踪的伯乐》、《死前》、《改行》等等短篇,也都程度不同地采用了对现实进行夸张、变形的手法。但他和宗璞又全然不同。他在运用变形手法对生活中种种荒诞现象进行揭示,并力图剖析造成这荒诞现象的更深刻的原因的时候,不像宗璞那样严峻,而是充满了幽默。这幽默和王蒙、陈建功略有不同,似乎更滑稽,但又和他们一样乐观、健康,给人以一种智慧感。

七

这篇评述即将写完了。它的缺点是异常明显的。首先就是不全面。比如,论述偏重于北京一部分作家的一部分作品,其原因不是别的,只是因为我比较熟悉他们,并不意味其他地区作家未作探索,或探索甚少。但这就容易产生以偏概全的弊病。

又比如肯定对传统小说的突破时,也来不及阐述运用传统手法进行创作的作家们所取得的巨大进展和成就。我在前面多次提到不注意讲故事或情节性不强的小说,并认为这是小说的一种进步和发展。但这绝不是说凡是故事性或情节性比较强的小说就不好,就比较低级。如果这样看,不仅从方法上有绝对化和片面性之弊,而且也不符合文学发展的实际。且不说小说的古典时期出现了雨果、巴尔扎克、狄更斯、托尔斯泰、杰克·伦敦、马克·吐温这样会写故事,并且善于在故事的发展中塑造典型人物的伟大的小说家。就是在今天,在小说中乐于讲故事并且善于讲故事的作家也大有人在。例如1978年获得诺贝尔文学奖金的美国作家辛格就公开宣称:"我喜欢讲故事。"别人也称他为"故事大师"。北京作家中,丛维熙、刘绍棠也都是讲故事的能手。这两个作家的艺术气质是如此不同,他们的作品在取材、立意、风格等等方面都相差甚远,但他们创作的几个情节生动、人物鲜明的中篇小说,如《大墙下的红玉兰》、《远去的白帆》、《蒲柳人家》、《花街》,都无疑是我国当代小说创作中的代表作。由此可见,传统小说写法在今后小说创作中仍将发挥巨大作用。上述种种,这篇评述都没有论及或无力论及,这都是十分遗憾的。但我想起一位美国诗人菊叶斯·其尔默的这样两句诗:

> "我想,永不会看到一首诗,
> 　可爱得如同一株树。"

这两句诗给我一点自慰。因为,我想大概永远也不会有一篇评论文章,能和活生生的、枝叶繁茂的文学大树相比,更不用说我这篇挂一漏万的小文了。

1982.6.23.

原载《十月》1982年第6期

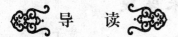 导　读

　　20 世纪 80 年代初,中国小说界出现了一大批探索性新作,它们从不同角度突破了以巴尔扎克和契诃夫为代表的经典现实主义的叙述典范,这种典范具有引人入胜的完整故事,塑造具有独特性格和时代内容的典型人物,作者总是以全知视角对社会环境做客观而包罗万象的记录、概括、分析和研究,同时表现具有历史认识或道德伦理价值的重大主题,等等。李陀以一个小说家和文学编辑的眼光,在《论"各式各样的小说"》这篇述评式的文章里,以萧红这一现代文学史上的"异端"作家作为立论起点,同时涉及当代世界小说的发展趋势,这就把对当代小说的批评视野在时空上扩大到了"五四"新文学传统和世界文学广阔背景中,由此展开的作家作品的具体论述,就富于启发意义。文章接着对刘心武、张洁、王蒙、宗璞、谌容、苏叔阳、陈建功等"文革"后作家的小说创作进行具体分析,指出这些探索表现出淡化故事情节、注重人物的内心生活和意识流动的表现、注意小说叙述角度的选择和变化的表现等共同特征,这一切都表明当代小说观念正发生着重大的变化,他们不满足于把人的社会生活直接作为小说表现的对象,而是以一种复杂的方式表现复杂的现实世界,它包容了主观内心和客观现实、人的意识和潜意识、内部活动与外部活动、精神生活与社会生活、过去的经验和现实经验,"使小说的立意和结构复杂化,给人一种立体化、交响化的印象"。李陀把这种强调通过表现人的内心生活来反映客观现实的写作方法,看作当代世界小说发展的一个趋势,并把当代中国小说探索看作这种趋势在中国的具体展开,同时又敏锐地指出他们与西方现代派文学非理性主义倾向的基本分野。最后,通过对王蒙中篇小说《杂色》的分析,指出这种探索正表现出多元和综合的趋势,认为王蒙小说写法的惊人变化,并非在于单纯借鉴西方意识流等手法,而是努力追求表现手段的多元化,扩大小说组成要素,追求多种多样的,甚至是完全排斥的艺术因素与多元状态的共存,并逐渐融合成一种色彩斑斓而又协调统一的复杂叙述。

 链　接

张德林:《"变形"艺术规律探索——小说艺术谈》,《文学评论》1985 年第 3 期。
程德培:《受指与能指的双重角色——关于小说的叙述者》,《文艺研究》1986 年第 5 期。

论中国当代短篇小说的艺术发展

黄子平

　　文变染乎世情,兴废系乎时序。——刘彦和《文心雕龙·时序》

一

　　短篇小说在中国当代文学史中的艺术发展,一直是评论界至为关注的问题之一。你翻开《茅盾文艺评论集》上下两册,竟有一多半的篇目是论及当代短篇小说的;或讲解名篇,或分析新作,涉及几十位作家,近二百篇作品。当代最有见地的文艺评论家如侯金镜、巴人、魏金枝等,都曾以极大的热忱和心血,浇灌了当代短篇小说这块园地。几家权威性报刊(《人民日报》、《文艺报》、《人民文学》等)不止一次地为短篇小说的创作和繁荣,或发表专论、或组织座谈、或发起讨论,程度不一地推动、影响了短篇小说的艺术发展。可以说,它是当代较为"得宠"的艺术形式之一。

　　实际上,对社会现实敏感的艺术体裁,对自身的发展衍变也敏感。短篇小说在中国现、当代文学史上多次成为思想——艺术突破的尖兵。它在现实敏感性方面堪与新诗匹敌,在现实生活中却取得比新诗较大的成就。艺术体裁的发展有其相对的独立性,但社会生活的变化总要经由种种中介而曲折地投射在这种发展之中。我不想从大家已经谈论很多的角度去考察当代短篇小说的发展。我想"从内部"来把握社会生活的变化在艺术形式中的折射,也就是说,我将从"结构—功能"方面来理解这一发展。艺术形式是特殊内容的特殊形式。就短篇小说而言,它最能体现一时代人对现实内容的"截取方式",对这一方式的结构分析,有助于了解一时代人审美态度的某些基本变化。

　　短篇小说周围住着不少"左邻右舍"。在当代文学史上,各种艺术体裁之间(短篇小说、新诗、戏剧、长篇小说、中篇小说等)——对本文来说,也就是各种艺术结构之间——存在着微妙的消长起伏过程。五六十年代,当代中国最好的短篇小说作家(如王汶石、王愿坚、茹志鹃)的集子,也远不及《青春之歌》、《林海雪原》、《红日》等长篇小说受欢迎。七十年代末,以《班主任》为发端的短篇小说热潮风靡全国。八十年代以来,中篇小说的崛起成为最热门的话题。根据卢卡契的研究,一般说来,短篇小说是长篇小说等宏大形式的尖兵和后卫,它们之间的消长起伏,标志着作家对社会变动的整体性认识的成熟程度。[1] 作为尖兵,它表现新的生活方式的预兆、萌芽、序幕;作为后卫,它表现业已逝去的历史时期中最具光彩的碎片、插曲、尾声。体裁之间的这种历史关系的变化,也显示了社会审美意识某些深刻的发展。

　　正如文艺学上其他"发展中概念"一样,对短篇小说一直无法作出准确的定义。从篇幅上加以限制只是抓住了表面特征,多少字以下算作短篇呢? 不好商量。在当代中国的文学发展中,关于短篇小说的基本定义,也是众说纷纭的。茅盾沿用"五四"以来的说法:"短篇小说取材于生活的片段,而这一片段不但提出了一个普遍性的问题,并且使读者由此一片段联想到其他的生活问题,引起了反复的深思。"[2] 侯金镜同意这种说法,但他把侧重点落在人物性格上:"短篇的特点就是剪裁和描写性格的横断面(而且是从主人公丰富的性格中选取一两点)和与此相应的生活的横断面。"[3] 魏金枝却认为"横截面"的提法失之含糊,因为长篇小说也只能于无限时空中取有限的一部分:"我们只能说,现实生活中的关系是非常复杂的,而且往往束缠在一起,……往往自成为一个纽结。而这个纽结,也就是一个单位或个体,对作者来说,取用那个大的纽结就是一部长篇,取用那个小的纽结,就成为一个短篇,这里并没有什么横断面和整株树干等等的分别存在。"⁴ 可是大小纽结的区别何在,他并未谈得分明。孙犁则除了强调篇幅应尽量短小之外,对别的定义一概存疑:"关于短篇小说,曾有很多定义,什么生活的横断面呀,采取最精彩的一瞬间呀,掐头去尾呀,故事性强呀,只可参考,不可全信。因为有的短篇小说,写纵断面也很好。中国流传下来的短篇小说,大都有头有尾。契诃夫的很多小说,故事性并不强,但都是好的短篇小说。"他断言:"短篇小说是文学作品里的一种形式,它的基本规律和其他文学形式完全相同。"⁵

我想,发展着的"历史概念"只能放回到历史过程中去加以考察。无论中外,"短篇小说"(带连字符号的 short-story)都是由"短篇故事"(不带连字符号的 short story)发展而来的。后者历史悠久,可以上溯到各民族最初的传说以及后来的民间故事,《一千零一夜》、薄伽丘、乔叟、传奇、评话等。前者在欧美只有一百五十年的历史,以霍桑、爱伦·坡、果戈里的作品(十九世纪四十年代)为滥觞,在中国则始于鲁迅的《怀旧》(1911 年)。这二者的亲缘血族关系是如此密切,以至我们经常不加区分地把它们一律称作"短篇小说",由此带来了好些麻烦。这种广义的理解之所以存在,是因为在创作实践中,"短篇故事"并不因为派生出了"短篇小说"而自行退出历史舞台,相反,它那顽强的生命力简直令人吃惊。实际上,广义的短篇小说中存在着两条基本发展线索:一条是"短篇故事",往往有头有尾,情节性强,讲究"无巧不成书"和人物性格的鲜明突出、人物遭遇的曲折动人,有稳定明晰的时间和空间观念,像一位根基深厚,精神矍铄,膝下听者成群的老奶奶,她跟比肩而长的中、长篇小说是老姐妹,和对门的戏剧、戏曲是老亲家;一条是现代意义上的"短篇小说",写横断面,掐头去尾,重视抒情,弱化情节,讲究色彩、情调、意境、韵律和时空交错、角度变换,像一位新鲜活泼、任性无常的小女孩,她爱到隔壁的抒情诗和散文那里去串门儿。这两条线索之间并不存在如某些论者所想象的"你死我活"的激烈关系,而是在互相扭结、渗透、分化、衍进的复杂过程中,相反相成地不断丰富着自身的艺术表现力。仅仅从中国当代文学史的范围来看,这两条线索的交错变动也显示出一幅极为生动的文学图景。

二

在跨入新中国门槛的前夕,神州大地上经历着史诗般的变革。历史运动的这种剑与火的史诗性质,投射到文学领域里,是叙事性文学的蓬勃发展,无论在解放区和国统区,四十年代后期,多幕戏剧和大部头长篇小说空前发达。解放区大批涌现的叙事性长诗取得了后来很难企及的成就。⁶ 相形之下,曾在五四时代第一个十年里成绩斐然的短篇小说,势头有些减弱。虽然如此,当新中国诞生、各路文艺大军会师北京的时候,我们在短篇小说领域里仍然能看到三位作家的名字:赵树理、孙犁、沙汀。也许可以说,他们分别代表着短篇小说的各项主要艺术功能——叙事性、抒情性和讽喻性,在那新旧交替的大时代中发挥着作用。社会生活在新时代的进一步发展,很快就在这些功能中确定出与之相适应的侧重点,作家的名字在我们的视野中也就因这焦点的逐渐调整而或显或隐、时显时隐、由显而隐。这种明暗关系只有被看作不仅是时代对某种作家风格而是对某种审美方式的拣选时,对我们来说才具有根本的意义。

茅盾曾经这样由衷地谈到沙汀的短篇创作:"我的若干短篇,都带点压缩的中篇的性质。沙汀的作品在那时才是货真价实的短篇,我是很佩服的。"⁷ 四十年代是沙汀创作的丰收期,单拿短篇来说,就有《播种者》、《堪察加小景》、《呼嚎》、《医生》等四个集子。以名篇《在其香居茶馆里》为代表作的这些短篇,以入木三分的喜剧性锋芒来埋葬即将逝去的旧时代,延续了鲁迅《肥皂》、《高老夫子》等开拓的现代讽刺短篇的优秀传统。新时代开始的时候,有人用"客观主义"的帽子来指责这种既含蓄又犀利的风格。沙汀也站在新的高度痛苦地审视自己过去的作品,他感到满意的很少。[8]他决心向新的艺术风格"过渡"——《过渡》是沙汀自编的解放后第一个短篇集子,这个书名当然是意味深长的。早在 1950 年 7 月,同样以讽刺短篇知名的张天翼,就在他的《选集自序》里半是辩白半是歉疚地检视了自己从前在创作方面受到的"主客观制约"。他深深地意识到这个集子意味着一个历史性的收束:"过去的算是略为做一个交代。以后——从头学起。"[9]短篇小说曾经以其结构的凝练集中,以一当十地,如匕首投枪给黑暗事物以致命一击。当着光明的时代终于战胜了黑暗的时代,作家们自觉不自觉地意识到:这一艺术功能似乎理当"退役"了。除了五十年代中期曾一露锋芒,它的全面恢复是在七十年代末。

与沙汀笔下的阴郁、沉重正好相反,孙犁带给新中国三个清新明快的短篇集子:《芦花荡》、《荷花淀》和《嘱咐》。在神圣的残酷的战争中,他着意过滤了个人经历中的噩梦,奉献给我们阳光和春风中欢乐的歌。[10]他的短篇把严峻的时代搏斗推到舞台深处作为背景,却在亮处勾勒出一群年轻妇女活泼可爱、美丽坚贞的身影。这种"从侧面"抒情性地截取现实生活的结构方式,取得正面展开冲突所无法产生的艺术效果:于平淡中见浓烈,于轻柔处见刚强,于儿女风情中见时代风云。从解放区伴随着胜利的脚步走来的孙犁,似乎不存在有如沙汀、张天翼似的艺术转轨的痛苦。然而,清新如《荷花淀》所遭到的粗暴批评,今天读来令人倍感震惊。[11]当孙犁转向《风云初记》和《铁木前传》的创作时,短篇结构上的所长,一定程度上转化为中、长篇里的所短。抒情短篇的延续,似乎不在那很快夭折的"荷花淀派",而在茹志鹃(《百合花》)、林斤澜(《新生》)和引边疆风情入时代画幅的少数民族作家如玛拉沁夫(《花的草原》)乃至杨朔的散文中。可是,这种"在时代大海洋里撷取一朵浪花"的结构方式,也每每为人所诟病。这类指责相当典型地表现在关于茹志鹃小说的讨论之中。正是在这一讨论中,对短篇小说艺术特性的捍卫和阐发,构成了茅盾、侯金镜等人对当代短篇小说理论难能可贵的贡献。

五十年代初,新的时代动摇着旧的文学观念。新的建设步伐催促着作家们"写中心"、"赶任务",无暇锻造新的艺术武器。新生活表层的每一个片段都吸引了、激动了他们年青的或变得年青了的心。生活本身的新鲜感就足以取代艺术的新鲜感,简单的赞叹就足以表达单纯的喜悦。讽喻在阳光下消失,抒情成了多余,结构也在生活的冲击下显得不必要了。五十年代初的短篇小说是无数未经加工的素材的堆砌。茅盾当时抱怨道:"作品中的故事比人物写得好","在故事方面,有机的结构还比较少见。"[12]在这种情况下,赵树理的短篇创作闪射了独树一帜的光彩。"赵树理方向"带给当代文学的历史冲击力,至今发生着深远的影响。赵树理与农民的经济生活、传统心理、风俗文化保持着血肉联系,他的坚定的现实主义精神,使他能够把对社会问题的敏感性与叙事文学的艺术性高度结合起来。问题的典型性使故事的"小"足以暗示出社会整体性内容的"大"(赵树理对农村政策的钻研体验比谁都认真深入);人物性格、语言和生活场景的鲜明、生动、真切,使故事线即使偶或被繁缛的细节描写所拖累,也还总是明快、简捷、动人;赵树理人格中特有的真挚和诙谐,更给他的短篇带来朴素的诗意和朴素的讽喻性(短篇小说在别处消隐了的艺术特性在这里得到意想之外的补偿)。这一切成就,并不是赵树理的追随者们(如"山药蛋派")都达到了的。很少有人能够像他这样,把一个情节简单、冲突并不尖锐、朴素得有如泥土的故事讲得那么好(似乎只有李准在某些方面差可与之比肩)。但是,以

"赵树理方向"为旗帜、以农村生活的社会变动为题材的作家作品群,毕竟是五、六十年代短篇小说最有分量的一页。这些短篇作为尖兵和前卫,与《创业史》、《山乡巨变》等长篇小说构成了如鲁迅所说的"巨细高低,相依为命"的历史关系。

可是,赵树理在幸运的道路上也未能走出多远。当他所看到、体验到的"问题"与理论权威所确定的不相一致的时候,当他最熟悉、描绘得最为栩栩如生、最能体现"问题"症结的那批人物被"高、大、全"排挤的时候,他那用"内在的、亲切的故事线"来结构短篇的方法便被"表面激烈的戏剧线"所取代,他那朴素的写实风格也被亢奋的、"革命浪漫主义"的气派所排斥了。个别地描写塌方、事故、搏斗或重病不入院、几天几夜不眠不歇已不足以反映的那个年代的"斗争哲学"和"扩大化"的政治激情,在某些短篇小说中便加以集中化的强调。[13]惊心动魄的戏剧化情节还不足以表现这种革命激情,作家们便动用在理论上遭忌,在实践中却非常管用的象征手法:或是一件道具,或是一个景物,寄寓着抽象的"时代精神",或用来贯串情节,或用来升华主题。[14]作家们在"下面"所见到的现实内容与来自"上面"的抽象解释之间存在着矛盾。在短篇小说领域里,他们为了克服这一矛盾,作出了比其他领域更艰苦的努力。因其篇幅的短小轻便,"抽象激情"要求它更快更及时地为之作出形象化的说明;还是因其篇幅的短小,它在完成这一要求时不得不"使出浑身解数",遇到巨大的困难。

在这种情势下,值得钦敬的仍然是赵树理。你读《套不住的手》(1960年),读《实干家潘永福》(1961年),你发现连他一向擅长的那条生动明快的故事线也消隐了,用老老实实的结构、平平实实的语言,写踏踏实实的人物、扎扎实实的事情,令人在当时那一片火炽的浮嚣中有如啜饮井水一般清爽。1962年在大连召开的农村题材短篇小说创作座谈会上,邵荃麟说:"这个会上,对赵树理同志谈得很多,有人认为前两年对他评价低了,这次要给以翻案。为什么称赞老赵?因为他写了长期性、艰苦性。现在看来,他是看得更深刻些。这是现实主义的胜利。"[15]就短篇小说的艺术发展而言,这是朴实的叙事性对表面化的戏剧性的胜利。能以如此平凡实在的"小",用简单的连缀和汇报材料式的布局,见出作家本人深切体验到的"大",不能不说是赵树理对人民、对生活、对艺术的那份忠诚所致。

短篇小说在表现新的生活方式的萌芽这条道路上迈着曲折艰辛的步履。在较宽泛的农村题材领域中尚且如此,更不用说《组织部新来的青年人》这一类敏感性题材了。与此相比较,在表现逝去的历史时期中闪光的片断这条道路上,短篇小说取得相当可观的成就。一方面,革命战争本身的传奇色彩就足以支撑那些严峻、激烈、雄浑、悲壮的情节线(如峻青《黎明的河边》、《地下交通战》);另一方面,史诗时代的那些最为光彩夺目的瞬间,能够在霎时凝成的一幅油画或一座浮雕中展示历史进程的整体性内容(如王愿坚《七根火柴》、《三人行》)。历史内容在时间上的阶段完整性,不仅对长篇小说等宏大形式而且对短篇小说的创作有利。在一个完整的历史背景上更容易发现、确定精彩的"亮点",选择"典型的瞬间"。但是我们也应看到,倘说逝去时代的精彩碎片应是极为众多,因而短篇小说对它们的"拾取方式"也应是同样众多的话,五、六十年代里这一艺术形式的"后卫功能"也是被极大地狭窄化了。且不说汪曾祺的《受戒》、《大淖记事》一类的小说在那时是无法想象的,[16]就是在革命战争题材里,缅怀往事所带来的极为丰富多彩的抒情性也常常被抽象化,因而显得单一。像"刑场上的婚礼"这样一个极适合于短篇来描写的精彩瞬间,未能进入当时短篇作者的视野是不奇怪的(到了七十年代末,人们又用歌剧一类的宏大形式冲淡、削弱了这个"瞬间"所凝集的艺术打击力量。)

十年浩劫里,"没有小说"。到了七十年代初,短篇小说的写法越来越像一出生硬的独幕剧,或是多幕剧中"高潮"或接近"高潮"的那一幕。大段激烈而又沉闷的对话演绎着有关"路线斗争"的思想交锋,人物穿着高底靴做着夸张的动作,情节按着既定方针急剧地奔向高潮,细节则是可以到处挪用的标准化零件。多年来困扰我们的那些似是而非的文学条令,给短篇小说艺术形式带来直接的危害:千篇一律,枯燥无味。对于这种本应是最为多姿多彩的艺术体裁来说,不能不是一个莫大的悲哀。

三

在中国当代短篇小说的艺术发展史上,刘心武的《班主任》(1977 年)有其无可代替的重要性。无论刘心武后来有哪些新的探索,这篇小说的历史贡献,不仅在于思想内容上迥异于当时那些改反"走资派"为反"四人帮"却帮味犹存的小说,而且在于把焦心如焚的忧国忧民的思索引入短篇小说,从而促使"假、大、空"和"三突出"的戏剧化模式开始解体。在寄给刘心武的众多来信中,有一些读者对小说的高潮和结尾都表示了不满。不是"人物之间的激烈交锋和爆发性的强动作",而是张老师在小公园里沉思,这种"几乎全然静态的无声场面"也可以是高潮么?不写宋宝琦的悔悟,不写谢惠敏的觉醒,这样的结尾不是太不过瘾了么?[17]这里极为有趣地显示了多年形成的审美习惯与短篇小说在新时期的艺术突破之间最初的冲突。故事线是平常的、不起眼的,隐伏在画面的背后;问题是惊心动魄的,思考是独特的、充满了激情的,被凸现在画面的亮处——茅盾所说的那种"货真价实的短篇"开始复苏了。

在另一条发展线索上的突破,是由饱经忧患的作家们带给短篇小说无数充满了悲欢离合的故事。个人命运的真实性冲破了僵硬模式的虚假性。个人命运与祖国命运、民族命运的息息相关,是使这些曲折的、甚至有几分离奇的故事足以"以小见大"的关键。但是这些主要以恩怨相投的伦理圈子来结构故事线的短篇小说也暴露了自身的弱点,即对历史所作的"道德化的思考",多多少少用个人品质的卑劣来解释历史的灾难,过多地运用误会和巧合来突出"善有善报、恶有恶报"的因果关系等等。那些用"难道生活是这样的吗"来指责"伤痕文学"的批评家,未必意识到他们的指责在这样一点上有其合理性:想在一个短小的、特异的故事里,充分真实地表现出那个深邃动荡的时代的整体性内容,是越来越困难了。即使是现实生活的一个"横断面",也可能超出了短篇小说所能包容的范围。随着社会变革的进展和对历史的反思,时代的哲学内容和心理内容日趋复杂、多变、丰富,它与相对凝练短小的艺术形式之间存在越来越尖锐的矛盾。这就产生了我在一篇文章中曾经谈到的"短篇小说领域内颇具规模的'风格搏斗'"。[18]

这种"风格搏斗"仍然是在两条基本线索上进行。在"短篇故事"这条线上,人们用更加复杂的多样的人物关系,更为曲折动人的情节发展,更为广阔的社会场景,来展开人的命运、遭遇、纠葛。于是"撑大了"短篇小说的固有尺度,由此产生了"中篇小说的崛起"和"系列短篇的诞生。"前者已超出本文的范围,在此只需指出的一点是,中篇小说是作家对社会历史的审美思考与现阶段的社会审美水平相结合的最佳形式。"系列短篇"则如同一道串连许多小湖泊的河流,把各个相对独立的短篇故事,在时间、空间上用似断实联的方式,多侧面地加似展开。高晓声的"陈奂生系列"便是这样一个成功的创造。作家对自己的主人公爱之甚切,紧密注视他在社会变动中的步伐,一篇写之而不足,继之以再,续之以三。漏斗户主陈奂生由乡村而城市,由城市而乡村,从缺吃少穿到无意中住了五元钱一夜的招待所,由种田转业搞采购到回去包产种田,人物性格随着社会面的扩大而逐渐立体化,松散的情节似断实连地展开了一幅使人物在其中行走的长卷风俗画。吴若增的"蔡庄系列"则是由一个偏僻小村风土人情的众多侧面来构成短篇的系列化。就像鲁迅挖掘他的"鲁镇"和"未庄",吴若增多方面地挖掘蔡庄这一小块地方的道德文化心理体系,揭示构成这种体系的历史土壤和使之受到冲击的社会潮流。王安忆的"雯雯系列"虽都是由一个同名的女孩子为主人公,但其结构不是由明晰的人物命运线和固定的地点场合来组成系列化,而是用雯雯对外部世界的领悟和认识来展开一种"情绪系列",因其结构更为松散,各个短篇之间形成的对比、补充、映照诸种关系就更为丰富而立体化了。因此,这一"系列短篇"其实应归属于另一条线索,即抒情性较强的"短篇小说"线索。

这后一条线索的迅猛发展并取得很大成就,是中国当代文学史上从未有过的。短篇小说的抒情化、散文化、诗化,成为一个值得重视的创作倾向。把这种倾向看作是背离了民族传统(这一点后面有专节论及),看作是"形式主义"的试验,恐怕都是粗率的、皮相的。明晰的、单一的故事线被冲破,代之以复杂的、交错的抒情线,最根本的是由于作家们对社会现实的审美感受的结构发生了变化。饱经忧患的人们对用连贯有序的故事线和恩怨相报的伦理圈子能否表现现实生活的真实表示怀疑。这一点何士光讲得最好:"我也不打算编一个波澜起伏的故事,因为和芸芸众生日复一日的刻板的生活相比,那样的故事毕竟过于五光十色。从某种意义上说,能有一个五光十色的故事的人差不多是幸运的,更多的人却无此荣幸。在日常生活中每时每刻地大量发生着的,不过是些东零西碎的事情,但就是在这些既不是叱咤风云的,又不是缠绵悱恻的日常生活中,正浸透着大多数人们的真实痛苦和欢乐,其严峻揪心的程度,都绝不在英雄血、美人泪之下。"[19]汪曾祺讲得简单一些:"我也不喜欢太像小说的小说,即故事性很强的小说。故事性太强了,我觉得就不大真实。"[20]生活中的"故事"如果不是作为生活的"散文"的一部分来认识,就可能因其过于"光滑"、"完整"、"奇特"、"激烈"而显得不真实,把生活中更深沉的东西表面化、更广阔的东西狭窄化。

出于这种对生活对艺术的理解,人们用"抒情性的东西"来挤破固有的故事结构,在那情节松动的地方,诗意、哲理、讽刺、幽默、政论、风俗、时尚……一齐涌了进来。在茹志鹃、张洁、张承志、韩少功等抒情好手笔下,一大批短篇佳作令人回肠荡气,写出了"比诗还要像诗的诗。"这种内部的心理结构使短篇小说取得了对生活的更大的创造能动性,"不是按照生活自己的结构,而是按照生活在人们心灵中的投影,经过人的心灵的反复的消化,反复的咀嚼,经过记忆、沉淀、怀念、遗忘又重新回忆,经过这么一套心理过程之后的生活。"[21]为了容纳"故国八千里,风云三十年"这样巨大的时空容量,王蒙采用了复线条结构,放射线结构,以及无数的跳跃、切入、自由联想、"满天开花",时空变换,叙述角度变换,形成"无边无际的海洋的一瞥"。短篇小说仍然是一个断片、一个场景,却从这个断片、场景里拉出去无数的线索,出去又回来,或者就把这个断片、场景写足、写透,构成了一种"纵横挥洒,尽情铺染,刻画入微,长而不冗,长得'过瘾',长得有分量的'长短篇'"。邓刚的《迷人的海》,正是这种就其内部结构的单纯性上说的长得有分量的"长短篇"。

当人们普遍"放宽"短篇小说的尺度以包容日益复杂多变的当代现实时,另一个方向上的努力也是不可忽视的。"小小说"或"超短篇"正以其短而有力、短而充实的威力为自己在当代文坛争一席之地。林斤澜近年来极少写中篇或"长短篇",而是多方面地尝试用数千字的篇幅来概括大容量的社会现实生活。有时是几个镜头的拼接,有时是一个场面的特写,有时也绘声绘色地讲故事,有时却着意在抒情和意境上下功夫。篇幅越是短小,却越是要加重它的分量,便不得不借助夸张了性格的人物,特异的甚至荒诞的境遇,多重暗示的细节,白描和写意的手法,以及令人击节叹赏的文字,结构内部常显拥挤,有时甚至浓缩成一个寓言,一个象征。可以看出,在这个方向上,林斤澜进行着难度更大,"成功的保险系数"更小的探索。[22]

当我们划出了两条基本的发展线索,大多数人在这之间作着综合的努力的情形也就显而易见了。张贤亮在谈到《灵与肉》的创作时说:"现在的小说,一般是故事线加气氛。在《灵与肉》之前我基本上也是采用这种方法。但是,一篇时间跨度长,情节不曲折的小说再用旧的方法就会显得呆板单调。新的技巧,不外乎是意识流和拼贴画。我个人觉得意识流还不太适合我国大多数读者的胃口,而拼贴画的跳荡太大,一般读惯了情节连续的故事的读者也难以接受。于是我试用了一种不同于我个人过去使用的技巧——中国式的意识流加中国式的拼贴画。也就是说,意识流要流成情节,拼贴画的画幅之间又要有故事的联系。这样,就成了目前读者见到的东西。"[23]这里不想评论张贤亮对小说新技巧的归纳是否周全准确,我只想指出一点,即这种"流成情节"的"意识流"和用故事线来联系的"拼贴画",或许最能代表现阶段短篇小说艺术发展的一般倾向了。

四

我们从"结构—功能"的角度粗略地勾勒出当代中国短篇小说艺术发展的轮廓,发现它与新诗的发展呈现某种平行的关系。在光明与黑暗搏斗的四十年代,短篇小说的叙事性、抒情性、讽喻性成就,跟《王贵与李香香》、《马凡陀山歌》一道跨进新中国的门槛。当新诗在新时代的生活表面滞留,短篇小说也未能超越素材的简单堆砌。随后,新诗随着高亢的政治激情走向铺排的"颂歌时代",短篇小说则设置越来越尖锐的冲突而走向戏剧化。七十年代末,"伤痕小说"与接二连三的诗歌朗诵会一道,爆破在阻拦思想解放的那些禁区。近年来,人们同时抱怨新诗的不景气和短篇小说的退潮,实际上两者在艺术上都正在取得更为多姿多彩的进展……

这种平行关系,是由于短篇小说在表现社会现实内容方面有着与新诗相似的"截取方式"。它们都要求选取典型的、简练的画面(或意象),以一当十地,用渗透激情的有机结构加以连缀和"化合",创造出"言有尽而意无穷"的境界,借一斑略知全豹,以一目尽传精神,去暗示出社会现实的整体性内容。认清这一点对我们了解短篇小说的艺术走向显然是很重要的。正如诗的"衰落"其实是诗在其他艺术形式中更深入的渗透,因而是诗的"无痛苦死亡"即诗的新生一样,短篇小说把讲故事的职能越来越多地转让给中篇,它自己便可以在更宽广的艺术天地里飞翔了。

把握住短篇小说的这种基本特点,我们便可以进一步讨论两个问题。这两个问题在短篇小说三十多年的艺术发展道路上,是不断重复又纠缠不清的话题。

一个是所谓"短篇不短"的抱怨。这个话题真是历史悠久,茅盾在1957年的《杂谈短篇小说》一文中说过:"短篇小说不短的问题,由来已久。十多年前就发生这个问题了……"其实,"长篇不短","中篇不短","新诗不短"乃至"社论不短"的批评,又何尝不是不绝于耳呢?只因为短篇小说不幸姓"短",这一批评对它来说就特别刺耳。实际上,"短篇不短"的原因相当复杂,它所掩盖的实质性问题其实是:如何坚持短篇小说的艺术特点?五十年代,魏金枝着重分析了作者在粗暴批评的威胁下产生的画蛇添足的"惟恐心理":"惟恐没有群众观念,那就添上一些群众;惟恐没有写到领导,那就添上支书;惟恐不够贫农的标准,那就写一写土改时的斗争;惟恐交代不清,那就添上履历。"[24]六十年代,茅盾建议加强剪裁:回叙太多,陪衬人物太多,环境描写和细节描写太多。[25]七十年代,孙犁抨击了"三突出"、"三陪衬"、"三对头"的创造公式和"三结合"的创作方式造成短篇小说"没法儿短"。[26]到了今年,陆文夫半开玩笑地提到了"论斤称"的稿费制度,然后直截了当地捅到了问题的核心:"目前我们不要在长短上做文章,倒是要强调一下短篇小说的特点,提请读者和作者注意,不能像要求中篇小说那样要求短篇。短篇小说就是那么一榔头,能砸出火花来便可以,不能把许多东西都写得清清楚楚的。短篇小说是写出来的少,没有写出来的要比写出来的多几十倍,所谓小中见大,那个大不是可以看见的,而是可以想见的。"[27]如果说,"言之有物"是纠正所有艺术品种乃至社论"不短"的良方,那么,对短篇小说来说,这个"物"是属于"没有写出来的"那部分的。

要求"把许多东西都写得清清楚楚",正如上文所述,短篇小说的这一职能已越来越多地转让给中篇了。正是在这一点上,"短篇不短"的问题与我们所要讨论的第二个问题即"民族形式"问题相联结。

魏金枝在分析了短篇小说的臃肿现象之后,写道:"有种说法,总以为文章的有头有尾,乃是我们的传统,根据这种说法,似乎我们的各种文艺作品,都应该把它拖得很长,交代得越明白越好。我以为这种说法,不但庸俗,而且也并不正确。"[28]他甚至举出被人称作"断烂朝报"的《左传》和戏曲中的折子戏这类短篇小说以外的例子,来说明"无头无尾"的作品也能让读者领会,使大众喜爱。

茅盾也认为,诸如"章回体是我们的民族形式的长篇小说,笔记体是我们的民族形式的短篇小说",或者"故事有首有尾,顺序展开,是民族形式,而不按顺序,拦腰开头,则是外来的形式"之类的看法,很难成立。茅盾觉得应从小说的结构和人物形象的塑造两方面去寻找小说的民族形式。很可惜,他只讲了中国长篇小说的结构特点("可分可合,疏密相间,似断实联"),没有讲中国短篇小说的结构特点,但他极为精辟地指出了由古到今小说结构发展的一般规律:"由简到繁,由平面到立体,由平行到交错"。至于人物形象塑造的民族特点,他认为,"可用下面一句话来概括,粗线条的勾勒和工笔的细描相结合。"[29]

侯金镜则从创作实践的方面来考虑这个问题。他注意到在"民族化群众化"方面"短篇遇到的困难更多些"——"长篇小说可以很注意情节故事,让它有头有尾、线索分明,在叙述描写上为了传统的阅读习惯,可以铺张繁缛些。短篇小说这样做就很困难,第一是篇幅不能长,只能在精练简括中求明快,造起伏,啰嗦冗长的短篇命定了不能与中长篇争一长短;第二,今天的生活比古代要复杂得多,发展变化要快得多,用传统的短篇小说的方法来表达今天的社会生活就很不够用,一定要借用外来的样式和方法,而这借用又不能一下子全盘为读者对象所接受。赵树理同志的短篇是以传统方法为基础又吸收和融化了'五四'以来的某些新手法,但能做到他那样是极不容易的。"[30]

仔细考察一下便可以发现,关于"民族形式"的争论,实际上就是"短篇故事"与"短篇小说"两条基本线索"内部的张力"在理论上的反映。正如到了十九世纪各民族历史的共同发展形成了"世界历史",各民族文学的共同发展也形成了"世界文学",因而就一个民族的文学的内部来看,文学发展上较早的阶段往往比稍后的阶段具有更多的民族特点。这也容易造成一种误解,把处在世界文学总体中的本民族文学的一切创新,都看作是"舶来"之物。你读《一千零一夜》,读薄伽丘的《十日谈》,乔叟的《坎特伯雷故事集》,了解到"有头有尾地讲故事"实在并非我们的"国粹"。以鲁迅的《呐喊》、《彷徨》为开端的现代短篇小说,也依然是属于我们本民族的文学传统的新开拓。应该说,我们的"短篇故事"和"短篇小说"都各具民族特色。既然如此,为什么还要用"民族形式"之争的旗帜,来掩盖两种不同的结构方法之争呢?我想进一步指出的是,尽管由"短篇故事"发展出"短篇小说",是世界文学中某种带共同性的演变,但是,各民族文学在实现这一演变的过程中,却由于各自的社会历史环境和文化传统等复杂因素,带上了各民族鲜明的个性特点。也许只有在这种艺术发展的动态描述中,辩证地把握上述共性与个性的关系,才能历史地、具体地说清"短篇小说的民族特点"这样一类命题。

中国现代意义上的"短篇小说"起始于并成熟于鲁迅先生之手。[31]早在五四运动的八年前,1911年冬,辛亥革命过去不到两个月,鲁迅以"周逴"为笔名,用文言文创作了他的第一个短篇小说《怀旧》。捷克学者普实克精辟地论证了这篇小说作为"纯研究对象",是中国现代文学的先声。恰恰是在情节结构上(有意弱化故事性,采用抒情的"回忆录形式"等等),显示了现代文学与传统文学的"深刻的决裂"。普实克认为,这篇小说"整个气氛表明鲁迅的作品与欧洲文学中的最新倾向颇有共同之处。"他把这种共同的最新倾向称之为"抒情作品对史诗作品的渗透,是传统史诗形式的破裂"。他在这篇论文中提示了在鲁迅所作的这种革新中,中国古代散文和古典诗词所起的作用。[32]普实克指出:鲁迅在舍弃了中国传统的叙事文学形式的同时,却运用中国传统的抒情方法组织了他的创作。中国传统诗的那种主观的、印象主义的、非特殊的抒情性质,连同它的缺乏故事线和结构布局。离开了僵死的传统形式、被鲁迅自由地运用来表达社会现实的革命的观念。[33]

这里不想深入探讨普实克提出的命题,我只想指出:在中国的"短篇故事"向"短篇小说"飞跃的过程中,古典诗词和古代散文构成的"抒情诗传统"起了极重要的作用,由于这种变革借助了这一历史悠久、生命力极强的传统,短篇小说的现代化所遇到的阻力显然比新诗要小得多了。在当代的短篇小说作家当中,自觉地意识到这种深刻的历史关系的,有汪曾祺、宗璞等人。汪曾祺说:"有人说我的小说跟散文很难区别,是的。我年轻时曾想打破小说、散文和诗的界限。……所谓散文,即不是直接写人物的部分。不直接写人物的性格、心理、活动。有时只是一点气氛。但我以为气氛即人物。一篇小说要在字里行间都浸透了人物。作品的风格,就是人物性格。我的小说的另一个特点是:散。这倒是有意为之。我不喜欢布局严谨的小说,主张信马由缰,为文无法。苏轼说:'大略如行云流水,初无定质;但常行于所当行,常止于所不可不止。文理自然,恣态横生'(《答谢民师书》);又说:'吾文如万斛泉源,不择地而出,在平地滔滔汩汩,虽一日千里无难。及其与山石曲折,随物赋形而不可知也'(《文说》)。虽不能至,心向往之。"[34]用《我是谁?》《蜗居》等小说追求"超现实"的神似的宗璞,则在另一个方向上与中国古典抒情传统不期而遇:"这两年我常想到中国画,我们的画是不大讲究现实比例的,但它能创造一种意境,传达一种精神,这就是艺术的使命了。这方面的想法我以后在作品中还会表现出来。近来听得有人讲解德彪西的音乐,也说和中国画有相似之处,我国画论中有许多卓见,实可适用于各姐妹艺术。"[35]正是在这些当代作家的短篇作品中,延续了和发展了鲁迅使短篇小说诗化、散文化、抒情化、现代化的美学道路,使我们今天在谈论"短篇小说的民族特点"时能够意识到,这里有着比"有头有尾"和"白描"要丰富得多、宽广得多的内容。

是时候了,是撇开那些困扰我们多年的表面问题的时候了。深入地、细致地考察每一种艺术结构"由简到繁,由平面到立体,由平行到交错"的生动的历史过程,从而更"贴近艺术"地了解社会审美意识在我们民族走向现代化、民主化过程中逐渐深化和复杂化的基本趋势,是一件非常有意义的、异常艰苦的工作。短篇小说因其"截取方式"的独特性,成为我们这类考察首当其冲的研究对象。只要稍稍涉足这个领域,你会惊叹,人类为了"艺术地掌握世界",即使在每一块最狭小的阵地上，也在进行着何等英勇的、充满了挫折和成功的战斗！

1984.7.7.晨于勺园

原载《文学评论》1984 年第 5 期

注　释

1.《卢卡契文学论文集》，第二卷，中国社会科学出版社 1981 年版，第 554 页。

2. 茅盾：《杂谈短篇小说》，《文艺报》1957 年第 5 期。

3. 侯金镜：《短篇小说琐谈》，《侯金镜文艺评论选集》，人民文学出版社 1979 年版。

4、28. 魏金枝：《漫谈短篇小说中的若干问题》，见《编余丛谈》，作家出版社 1963 年版。

5、26. 孙犁：《关于短篇小说》，《人民文学》1977 年第 8 期。

6. 参看谢冕《历史的沉思》："以人民翻身解放为历史背景的叙事性长诗大批涌现，证实了闻一多的期望和预言：闻一多要求把诗做得'不像诗'，而像小说戏剧，'至少让它多像点小说戏剧，少像点诗'。"（《共和国的星光》，春风文艺出版社 1983 年版，第 76 页）

7、25. 茅盾：《短篇创作三题》，《人民文学》1963 年第 10 期。

8. 见《沙汀短篇小说集·后记》，写于 1953 年 5 月，人民文学出版社 1953 年版。

9. 见《张天翼论创作》，上海文艺出版社 1982 年版，第 62 页。

10. 孙犁：《关于〈山地回忆〉的回忆》："自己的生平，本来没有什么值得郑重回忆的事迹。但在'四人帮'当路的那些年月，常常苦于一种梦境：或与敌人遭遇，或与恶人相值。或在山路上奔跑，在地道中委蛇。或沾溷厕，或陷泥泞。有时漂于无边苦海，有时坠于万丈深渊。呼叫醒来，长舒一口气想道：我走过的路上，竟有这么多的险恶，直到晚年，还残存在印象意识之中吗？是，有的。"《名作欣赏》1984 年第 2 期。

11. 见《孙犁文论集》，《关于〈荷花淀〉的通信》，人民文学出版社 1983 年版。

12. 茅盾：《文艺创作问题》，1950 年 1 月，《茅盾文艺评论集》（上），文化艺术出版社 1981 年版。

13. 如茅盾夸奖过的《民兵营长》（张勤），在短短五千字的篇幅里，接二连三地写了主人公十四岁砸烂四老爷仓库分浮财，十五岁与放火的地主搏斗，转高级社时力擒企图害死社里的牲口的富农儿子，最后以防洪抢险保护鱼池子达到小说的高潮。

14. 如《山鹰》（峻青）不仅以盲人夜过鬼愁崖、拔掉燃烧的导火线等惊险情节令读者透不过气来，结尾处则用早霞中"扑展着钢一般的翅膀"的山鹰作为象征，升华主题。

15.《邵荃麟评论集》，人民文学出版社 1981 年版。

16. 汪曾祺：《关于〈受戒〉》："试想一想：不用说十年浩劫，就是'十七年'，我会写出这样一篇东西么？写出了，会有什么地方发表么？发表了，会有人没有顾虑地表示他喜欢这篇作品么？都不可能。那么，我就觉得，我们的文艺的情况真是好了，人们的思想比前一阵解放得多了。百花齐放，蔚然成风，使人感到温暖。"

17. 刘心武：《植根在生活的沃土中》，见《走向成功之路》，中国文联出版公司 1986 年版，第 3 页。

18、22. 参看黄子平《沉思的老树的精灵——林斤澜近年小说初探》，《文学评论》1983 年第 2 期。

19. 何士光：《感受·理解·表达》，《山花》1981 年第 1 期。

20、34.《汪曾祺短篇小说选·自序》，北京出版社 1982 年版。

21. 王蒙：《在探索的道路上》，《首都师范大学学报》（社科版）1980 年第 4 期。

23. 张贤亮：《心灵和肉体的变化》，见《写小说的辩证法》，上海文艺出版社 1983 年版，第 54 页。

24. 魏金枝：《谈短篇小说中的痞块》，见《编余丛谈》，作家出版社 1963 年版。

27. 陆文夫：《短篇小议》，《文艺报》1984 年第 5 期。

29. 茅盾：《漫谈文学的民族形式》，1959年1月，《茅盾文艺评论集》（下），文化艺术出版社1981年版。

30. 侯金镜：《读新人新作八篇》，1963年6月，《侯金镜文艺评论选集》，人民文学出版社1979年版。

31. 参看严家炎《鲁迅小说的历史地位》，《求实集》，北京大学出版社1983年版。

32. 普实克：《鲁迅的〈怀旧〉——中国现代文学的先声》，《国外鲁迅研究论集》，乐黛云编，北京大学出版社1981年版。

33. 普实克：《中国文学史》，《白居易诗的一些边注》，布拉格，1970，第80—81页。

35. 宗璞：《给克强、振刚同志的信》，《钟山》1982年第3期。

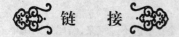

导　读

　　作者在中西古今小说艺术演变的背景下，从"结构—功能"角度探讨当代短篇小说这一较为"得宠"的艺术形式的发展轨迹。艺术形式具有相对独立性，但社会生活的变化总是曲曲折折地投射于形式的发展之中。文章把短篇小说作为历史概念，放入历史过程中考察，在中外文学关系中区分现代短篇小说（short-story）和传统的短篇故事（short story），以及两者之间互相扭结、渗透、分化和演进的复杂的张力关系。作者紧密结合中国当代短篇小说创作的实际，通过对作为最能体现一个时代人们对现实的"截取方式"的叙述艺术的结构分析，揭示当代审美方式的变化，并借此概括短篇小说这一艺术样式的特点。在此基础上，对围绕短篇小说创作而展开的关于"短篇不短"和"民族形式"两个问题，进行独到而清晰的论述，认为两者都是短篇小说艺术形式特点问题在不同历史场景中的具体展开。尽管由"短篇故事"发展出"短篇小说"是世界文学中某种带有共同性的演变轨迹，但民族文学在这一演变的过程中，因各自社会历史环境和文化传统的复杂因素，带有各民族鲜明的特点。而深入细致地考察短篇小说艺术结构"由简到繁，由平面到立体，由平行到交错"的生动历史进程，更"贴近艺术"地了解社会审美意识在民族现代化、民主化过程中逐渐深化和复杂化的基本趋势，既是文章作者的论述目标，也以其精彩的论述，启示了一个开阔的论述空间。

链　接

黄子平：《小说观念突破前行的轨迹》，《读书》1986年第3期。

李洁非：《小说文体意识的前觉醒期(1979—1982)》，《当代作家评论》1995年第1期。

现代小说艺术形态和语象的流变 （节选）

殷国明

二、从具象走向表象的小说世界

显然,具象化的小说语象体现了这样一种小说艺术意识,就是强调把内容稳定在一个思维层以上,保持和客观生活相一致的叙述方法,艺术家的自我意识必须依存于具体的故事情节之中,在很大程度上,这个思维层次就是保持一个纯客观的故事叙述者的态度,小说的语象是一个用自然尺度所理解的完满的世界。

很难断定这个完满的世界什么时候开始遭到了怀疑,近代以来在艺术上令人目眩的变化,也波及到了小说的语象结构,使之开始了一种微妙的变化,一种新的因素开始从中生长和发展起来,逐渐改变着小说最基本的艺术形态的构成。或许由于生活的巨大变化,人们重新意识到了自己感官与客观世界之间的差异性,在特定条件下的稳定的世界被打破了,事物的瞬息万变使人们感觉到一个更丰富多彩的世界。当印象主义、象征主义画面出现在艺术之中的时候,古老的投影式的具象世界已经开始瓦解了,主观因素开始悄悄潜入了语象结构之中。起初,它就像一个神奇的魔术师,使各种原始的生活形态变幻出不同的样式,显示出了丰富多样的风貌。由于这种新的美学因素的介入,多年一贯的太阳,开始染上了多样的色彩,有时是红的,有时则是黑的、绿的、蓝的,艺术中的事物和人物也开始以各种新的感性姿态出现了。这种语象已不再是那种确定的具象化的艺术形态了,而成为一种主观和客观相结合的表象的艺术形态,作为构成小说的一种新的审美形态,表象和投影式的具象形象是不同的,它是一种交融性的产物,来自于主观意识和客观生活两个方面,因此它不仅具有诉诸人们以感性形象的直接性,而且具有传达作者的人物主观情绪的直接性,具有双重含义。

应该说,表象进入小说,并没有像绘画那样直接,而是小心翼翼的,开始似乎还是依靠着人物自身性格掩护,得以自我表现的,我们在陀斯妥耶夫斯基的小说中,就可以看到这个幽灵的影子,它紧紧追随着人物的行动,和具体人物形影相随,成为小说内容中不可分割的一部分。在《罪与罚》中,由于主人公拉思科里涅柯夫患了热病,在他思绪中的一切意象开始变得飘忽不定了,失去了它们原有的确定性,构成了另一个扑朔迷离的语象世界。在这个世界中,充满了幻象和幻觉,夹杂着一些潜意识和无意识的心理冲动。正由于如此,在这种语象中,客观事物原来的面貌开始变形了,凸显出了主观意识的特殊品格。人们所理解的生活是属于主人公所意识到的那个独特的世界,它已经是被一种主观意念所浸透过的、所体验和选择过的,因此在这种生活中更重要的是显示了人物的内在心理。显然,在陀斯妥耶夫斯基的小说中,所表现的主要是一个人物的表象世界,它还没有从人物的主观感受中完全走出来。

这种语象的流变同样也表现在中国的小说中,如果我们打开鲁迅的《狂人日记》,飞动着的扑朔迷离的艺术画面形态,会自然地提醒我们注意这样一个明显的美学事实:鲁迅小说正在改变和结束着一种表现生活的投影式的单纯具象的世界,取而代之的是充满感觉、印象等主观色彩的表象的艺术天地。出现在小说屏幕上的语象形态不再像旧小说一样,只是表现出客观真实的内向性格,而是声情并茂,用熔铸了主观情感的画面去感染读者,征服读者。它在给读者带来一个客观的生活世界的同时,更重要的是带给读者一个真实的思想感情的世界。显然,鲁迅《狂人日记》的创作,受到过安特莱夫等意象主义小说的深刻影响。正是由于小说中的自我具有在投影式的具象世界中所没有的能动作用,使得鲁迅能够在具体描写中把外在世界和心灵世界联结起来,统一成一个整体,由此形成了一种新的艺术具体存在。在这种情况下,主观意象常常就是在具体的客观情景中人物心灵的标记。例如在《高老夫子》中,鲁迅就从主人公的表象生活中巧妙地再现了人物的心态。高老夫子特有的敏感、恍惚、慌乱融解在视觉形象之中,形成了特殊的语象:

> 他不禁向台下一看,情形和原先已经很不同;半屋子都是眼睛,还有许多小巧的等边三角形,三角形中都生着两个鼻孔,这些连成一气,宛然是流动而深邃的海,闪烁着汪洋地正冲着他的眼光。但当他瞥见时,却又骤然一闪,变成了半屋子蓬蓬松松的头发。

就在这些模糊的变幻的表象中,闪烁着人物心灵秘密的"眼睛",这样的"眼睛"当然在鲁迅的小说中是很多的,它并不仅仅局限于人的视觉表象,也延展到人的听觉、触觉和语言感觉中。《孤独者》中魏连殳那使人不寒而栗的长嚎,《阿Q正传》中阿Q摸尼姑脸后的感觉,《肥皂》中四铭语无伦次的说话,都突出了人物的心理状态,看上去是外在的写实笔法,其实主要写的是融合了人物心灵意识的结果。这种充满印象和感觉的描写是和作者对生活的现实理解紧紧联结在一起的,成为从人物的外在世界进入内在世界的通幽小径。例如在小说《白光》中,白光实际上就是一种表现人物的心灵意识的表象,它浸透了人物全部欲念的追求,以及在这种追求中的病态意识。这里,表象实际上提供了表现这个心灵的外在象征物。表象显现出的特别的美学功能就在于,它可以让人们仅仅能够感到确实存在,但还不能把用一种客观事实具体表达出来的东西转换成一种艺术存在。

表象的艺术形态,体现了把观照的对象从自然形态中解脱出来的物我交融的美学过程。在小说的语象流变中,"意识流"其实就是语象完全表象化的一种形式,它强化了艺术中的心灵化倾向,创造了一种连续的人物心灵活动的银幕,瞬息万变的意识活动被直接显示出来了。值得注意的是,在表象的小说世界里,现实的客观事物的位置被缩小了,往往仅仅成为人物意识世界的一个触发物。被认为是"意识流"的主要代表的英国小说家弗吉妮亚·伍尔夫的创作,就鲜明地表现了这一点。在她第一篇意识流作品《墙上的斑点》中,语象的现实支点只是墙上一个无关紧要的斑点,由此蔓延出了人物种种心理幻象。这些幻象是从人物的意识中不断衍生出来的,包括已经贮存了很久的一些感觉和印象,由于某种相互吸引的力量引导,也从沉睡的状态中惊醒,浮游到了意识的表层,通过语言的描绘,重新还原为一种新的感性图像。

显然,这种语象不再为一般的客观事实所左右,也难以纳入一般理性的规范化的领域。首先是既定的时间的界定已经无法继续维持了,因为一个既定的现在的心灵,是由无数"过去"的心灵所组成的,而且同时在向未来的时空延伸,所以,意识中的表象世界不仅仅是建立在现实的感官基础上的,而且是同人物心灵历史纠缠在一起的,尤其是同某些独特的情感记忆和经验连在一起的。因此,小说创作打破时空的界线,与其说是受到了柏格森"心理时间论"的启发,不如说是表象活动自我延伸的必然结果,由于打破了现在、过去和未来的限定,表象的艺术形态就表现出了相叠的艺术画面,不仅主观意识和客观事物相互渗透,而且过去和现在,历史和未来也互相影响,互相交叉和互相转换。海明威的《乞力马扎罗的雪》就是这样,作者所写的"现在"只是主人公临死前几小时的活动,但借助于主人公不同情景中的意识流,反映了他一生的经历和遭遇,构成了一种过去与现在犬牙交错的语象。在表象的飞动转换中,人物感情的尺度被强调,取代了一种令人信服的符合客观真实的逻辑推理关系,它改变或者破坏了某种客观性的自然真实,表现出了主观性的心理真实。

在小说语象逐渐趋向心理化的过程中,语象自身的结构也变化了,它开始从单象类型变为多象的类型,由一种集中型转向一种扩散性。如果我们选择一个较好角度来说明这个问题的话,不同角度的内心独白就体现了这种变化,在小说中,面对同一个中介现象,不同角度(人物)的内心独白把它转换成多种心灵幻象,显示出它多姿多态的面貌,形成了多种表象的综合。而就小说家的思维来说,他是通过现实中的某一个"点",放射出很多心理的触角,在一个广阔的空间里建立起自己的艺术之"网"的。就此来说,表象的语象形态似乎并不注重于完整地表达一个故事,表现一个人物,但是它能通过某一个人、某一件事表现一个独特的生活面和思维空间。因此,它又具有"形散而神不散"的特点。形形色色、大大小小的心理视象,并不是规则地散布在艺术屏幕上,关键是一种无形的感情的纽带把它们连在了一起,由此而组成神秘的人物心灵之网,把读者挟裹其间——这正是一些优秀的意识流小说的魅力所在。这种情景,我们在读戴厚英的《人啊! 人》中,是能够充分感觉到的。

这种心灵化的力量不仅冲击了语象的内涵,而且也波及到了其外壳——语言。有的情况下,也许是小说家极力靠近人的心灵状态,因此能够充分感觉到语言与心灵之间的间隔作用,所以极力减少在表达过程中人为的努力和雕琢,使语言开始脱离原来的规范化,成为一种原始心态的表达。意象混乱、颠三倒四、语无伦次、不合语法,在描写心理活动的小说中是很多的,有的作家使用不同的文体来描写不同的心理意识,创造不同的表象世界。意识流小说大师詹姆斯·乔伊斯在《尤利西斯》中,每章都用了不同的文体。第八章用模仿肠胃蠕动节奏的文体来写人物在就餐时的心理意识,最后一章则用只分段落、不加标点的文体来写人物睡意蒙眬之中的心态独白。这后一种写法在很多作家的小说中都能够时常碰到。这种奇特的语象形式,不能仅仅理解为一种语言上的标新立异,其中隐含着一种创作过程的心理冲突。当小说家愈是深刻地表达出意识深处的表象时,常规的理性的语言就愈感到无能为力——而在这时,语言在语象中也是更加体现出自己决定的美学意义的时候,语言的符号意义超越自身成为心理符号。

小说从具象世界向表象世界的转换,是把客观生活现象铸造在作家主观意识中重新定型的过程,在一定程度上反映了艺术家对于旧的艺术形态的新的美学改造,使它们进一步超越生活的原始状态的束缚,成为更高级的艺术载体,承担更密集的内容负荷。毫无疑问,由于主客观相互融解的程度不同,层次不同,方向不同,表象形态是多种多样的。在语象的不同艺术断层上,具有不同层次的内容。从某种角度来说,表象的语象形态既能够体现作家主体的思想情感,又能够体现对客观生活的发现,前者是作为作者的表象世界,体现着小说把握世界的一种特殊的艺术方式;后者是属于人物的表象世界,是小说所把握和再现的特殊的形象内涵,两者的自然汇合和相叠,形成物我融为一体的艺术形态。就其语象的内涵来说,表象不再是单纯性的了,而是实现了"象中有象"。语象的运动是人的对象化过程,也是对象的人化过程,外在的客观生活的主观化和内在的主观意识的客观化同时构成了语象形态的双向美学结构。

这种物我统一的表象形态,在中国当代小说中也显示出了迷人的风采,这最明显地表现在王蒙的小说中,《夜的眼》《蝴蝶》《杂色》等,王蒙不仅成功地借助于表象表现了人物的心态,而且还给小说带来了一种特殊的诗意。这尤其表现在王蒙写的另外两篇小说《海的梦》和《听海》之中,在《海的梦》,客观情景和活动由于浸透了人物主观情感的酵素,变得更美,更富有魅力了,它们像被蒙上了一层神秘的轻纱,显得更加迷远,更为动人,而人物的思绪情致正是通过这种缥缈的幻象而表现得淋漓尽致。

从这里我们似乎可以看到,表象在表现人的情态意识方面具有明显的功能效果,这正好弥补了传统小说中单纯具象世界表现人物心灵之不足。但是,这并不构成小说艺术的全部意义。当艺术家意识到,他所把握的不仅仅是单个的事和人,而是整体生活的一个参照物时,仅仅局限于小说人物的表象世界之中,常常失去了对整个社会的把握,尤其是失去了作为人的一个非常重要的部分——这就是对于生活的一种超越自我的理性观照。也许正由于如此,在小说艺术中,在表象进入小说世界的同时,就孕育着一种超越表象的艺术努力,希望达到一个把握整体生活的理性化的高度,在有限的语象形态中,包容更多的无限的生活内容。于是,在小说语象的流变中、在表象的艺术世界中开始萌生出一种新的语象形态——抽象化的语象形态。

三、向抽象化小说世界的演化

在小说艺术中,所谓抽象,关键在于抽之有象,是一种超越具体事物和人物限定的,更带有整体生活意义的美学表达。从这点来说,抽象应该被看作是表象向更广阔的生活空间自我延展的结果,从而进入了一种大象无形(具体的人物面貌的界定),大方无隅(具体时空的局限)的境界,这是由于物我统一的表象形态,已经改变了小说世界的内容容量的基本条件,它作为表现生活和表现自我的统一体,提供了在具体的生活叙述中表现整体生活的可能性。这时,任何一个具体对象,只要是作者充分感觉和理解的,都可能成为作家内在思想感情的象征,体现出无限的意蕴。

诚然,在语象流变中,找出表象向抽象的"质变点"是很难的,这是由于抽象之象的产生,是和表象纠缠在一起的。如果说表象的艺术形态,成功地显示了人物最细微最深奥的心理活动,由此构成了人物的"心电图"的微观世界,那么,当这种微观描叙走向极端,开始涉及到人们最基本的原始心理活动,把生活分解成细小的心理元素加以表现时,任何具体的界定已无法存在,整个生活就会归结为一种心灵的隐喻,转化为一种抽象的、宏观性的小说语象。这时候,语象所具有的延展性,就不仅突破了一般外在的具体面貌的局限,例如具体的时空,具体的环境和人物活动,而且不再仅仅是某一个心灵的自白或者表露,而成为一种普遍引起共鸣的社会心态或者生活现象。

在弗朗茨·卡夫卡的作品中,我们就能够感受到这一点,在他写的《城堡》中,人们会感觉到一个可以意会却无法透彻理解的语象世界,除非我们把它看作是一种对生活的一种隐喻。作者描绘了一个可望而不可得的世界,如同主人公 K 无法进入这个城堡一样,读者也不可能真正进入这个艺术的城堡。因为这个"城堡"的具体存在本身就是一个被怀疑的、幻化的对象,语象的内容重心并不在于城堡的具体存在,而在于它在人物行动中所产生的神秘力量。由于城堡并非是被静态地描叙出来的,而且在人物活动氛围中动态地暗示出来的,因此,城堡具有已知的可信的一方面,同时具有不可知的神秘的一方面,它不属于人们可以把握的某一个具体的城堡,而是整个社会的一个象征物,从心理角度来说,构成这种概括化的语象形式不同于一般表象,是浮现在意识表层的(包括感觉印象的结果)生活内容,而是生活长期内化,积淀在心灵深处的某种意识的外化形式。由此看来,抽象化是一种意识的深层化的结果,它是无数感觉、印象重叠积累,逐渐积淀下来的生成物,属于经过无数生活的具体情景的过滤,渗透出某种被浓缩的心理经验。应该说,抽象之象是一种感性经验的结晶体,往往闪烁着理性的光辉。

这种理性色彩是浸透在语象之中的,语象的内涵具有多重意义,常常在同一个事实或者同一句话中,包含有譬喻和奥秘的意蕴,甚或表现一种哲学意念。当这种普遍的理性意识扩张到具体的对象中去的时候,往往首先引起具体对象的变异和变形,突破一般具体描写的品格,造成对一般个性氛围的分解和超越力量。意象所显示的首先是一种稳定的、根深蒂固的心理形象或者记忆。

这种情景我们在鲁迅的《狂人日记》中已经可以看到了,"吃人"这个意念决非是一种表面意识的外射,而是作者对生活认识的一种理性结晶,是各种生活经验经过长期沉淀的结果,属于一种整体生活的感受。为了能够通过感性形态不断凸显出这种理性意识,鲁迅借助了一个狂人形象的病理心态。狂人的心态实际上一直被纠缠在一个不可更改的突出的意念中:"人们要吃我",使得他所看到的一切都摆脱了其具体的实在的意义,不断加强着他的这种意念,并且不断外射到生活现象之中。因此,在这种语象中,语言的外在含义和心理含义就处于一种绝妙的互相分离,又互相展开的关系之中,狂人说的每一句话都是实实在在的疯话,同时其中又包含着一种理性的发现。从语象的表层结构来看,一切都是荒诞的,非理性的,但从深层结构来说,是一种整体生活的隐喻,是高度理性化的抽象表达。使我们感兴趣的是,在现代小说中,一种最沉重的生活负荷的承担者常常是一些狂人、精神病患者,或者是一些神经不太正常的癔病和歇斯底里病患者。这些畸形的、非正常的角色曾一时不约而同地受到一些小说家的青睐。除了鲁迅之外,在一些著名的、被公认为是具有自己深刻的哲学思考的小说家那里尤其是这样,例如在卡夫卡、萨特、加缪、福克纳的小说中,我们时常可以看到一些精神失常者的踪影,他们不可思议的思想和行动,往往隐含着一个深奥的哲学命题,或者是一种人生的理念。

抽象化的语象形态往往是通过超现实或非现实的方式显示自己的,小说家只能通过再造而不是再现的途径来获得。因此,梦境、呓语、神话和寓言等形式成为很多现代小说家爱好的东西,因为它们有可能提供超越具体现实生活的条件。只要读过美国作家乔治·奥韦尔的《动物庄园》或者马尔克斯的《巨翅老人》就会感觉到,抽象化的语象形态对生活只是一种譬喻或隐喻,而不是模仿和再现的产物,其美学意蕴不在故事本身,而是存在于故事的背后——通过感性形象和整体性生活的内在牵联表现出来的,读者被牵引着从对象世界转换到另外一种新的境界,在感性体验到某种陌生感和新奇感的同时,通过理性领略现实生活的某种意义。显然,这一类小说作品的思想内涵是通过整个语象形态表现出来的,如果用某种分解的方法进行释义,将会一无所获。

抽象化的语象形态也是小说内容"虚化"极致的产物,在这里读者所能领悟到的永远只能是现实生活体验的比喻,而不是它的实在。从某种意义上说,抽象就是最大限度地虚化了事物的外部描写,用一种"无物象"的表达形式来创造。显然,这个世界如果能够完美实现,只能是一个由纯粹艺术形式和技巧组成的世界,它的意义只存在于叙述的语调、语气和遣词造句之间,用语象存在的形态本身来显示自己。读这样的小说读者最容易纠缠在揣摩"它写的到底是什么"的怪圈之中,而忽视对作品语象形态的感受。例如美国女作家苏珊·桑塔格(1933—)的小说《没有向导的游览》,以第一人称方式(其中也夹带着第二人称的口吻)叙述了一次观赏美丽的名胜古迹的旅行。这部小说没有什么故事,散落的只是主人公的印象、感觉和稀奇古怪的想法,如果你去细细追究每句话的所指和含义,肯定是一件吃力不讨好的事情,但是只要你细细读下去,就会在这种中断、跳跃、自言自语、自问自答的叙述方式中感受到乐趣,它引导我们走向这纷乱思绪的背后,直观到一种独特的心灵存在状态。

显然,在这里抽象的艺术目标和自我支配力量联在一起,甚至可以说,抽象只是一种作家自我的表象,在抽象化的语象中,小说家在描述事实或人物时,也就是在描述自己,描述自己的思想意识。小说家其实不可能再有任何高居于自己时代之上的感觉,正如萨特所表达的,"……只是当他的处境具有普遍性的时候,他就表达所有人类的希望和愤怒并且因此而完全表达他自己"。也就是说,在小说中,自我并不再是一个形而上的存在,作家也并不把自己表现为某一种个性心理的动物或者社会生活的单元,而成为承担整个生活,包含人类和自己处境无法分割的艺术承担者。如果就写实的角度来说,表象是一种主观心境和客观情景的特殊组合,把生活在主观和客观、内在描写和外在表现两方面还原为一个有机整体,那么抽象在更高的层次上,把艺术中的主体和本体在语象的内涵中统一起来了,它同时又是更高层次的"这一个"具体存在,内涵的扩大使它的外延不再模糊不清、无边无涯,而只能是作家某一个独特心灵的观照。抽象化的语象形态,作为表现生活和表现自我的统一体,无疑提供了在具体生活的描述中表现整体生活的现实性。这样,任何一个具体对象,只要是作者充分理解和感觉的,都可能成为作家内在思想意识的象征,体现出无限的意蕴。

在语象的流变中,我们似乎重新回到了寓言氛围之中。抽象化的小说世界在某种意义上,无疑为人们提供了一个又一个现代生活的寓言。当然,所不同的在于,人们所面临的并不是古老的寓言形式,通常都依靠一点戏剧性的冲突,或者某种类型化的故事来证明、引发某个生活哲理,而首先是一个被内化了的、具体的心神状态的表达。而这种寓言的形态也不再是规则的,有秩序的,表达一种已知的真理,而常常是无规则的,显示出一种对未知世界的探索。

我以为这种抽象的小说语象形态具有心理寓言的性质,它在人物、情节、故事方面被弱化了,而在心理上被强化了,抽象的命题并不显示在充实的故事情节背后,而是在作家对生活特殊的感知中被表现的,是一种只有起点,没有终点的心理旅程,被表达的对象从某种具体的情景的类型中转移到无法定性的形而上的宇宙之中。在这个宇宙之中,一切现实的和事实的情节似乎又十分具体,但把它们集拢而来的都不属于一种实在的事实因素。海勒的《第二十二条军规》中就是如此,事实的发生只是在暗示着一种力量的存在,但这种力量又是无以追寻的,它无处不在,无时不在,又不可捉摸,是一种神秘的存在,由此构成了语象变换的定势。这种定势造成了一种无形的心理氛围,使人们在事实的演变中一再体验到它、感觉到它。在这里,假如过程本身就是生命存在的真实意义的话,那么,语象中包孕着更多的各种元素的冲突,物象的元素不仅受到心理元素的统制,而且不断地表现为心理因素的叛逆。个人的和社会的、静止的和动态的、具体的和抽象的,彼此分离在一个很长的历史间隔中,彼此虎视眈眈,在证实自己,又在互相证实,如果它们不能完整地拥有对方的话,那么在事实上也不能完整地表现自己。

因此,抽象的语象形态一开始就表现了一种艺术的分裂,物象和心理元素的彼此的互不称心。只好通过一种变异的中介把它们联系起来,在对立中表现统一。鲁迅的《狂人日记》就是通过变异的中介"狂人"来实现自己的艺术理想的,因为在鲁迅那里,高度抽象化的意识是一个写实的对象所承担不了的,但由于鲁迅还无法完全摆脱写实的规范,所以只能在写实的对象中来选择。正是在这种情况下,一切正常的人被排除了,狂人成为他别无选择中的理想中介。我们不得不承认,狂人的呓语和作者的理性认识是存在着漫长的距离的。这种艺术事实促使小说语象不断从某种既定的具体性艺术中走出来,在多种物象的基础上构筑自己。抽象的意象形态同样也需要从变异的物象中,从非正常的狂人的情景中走出来,回到正常的具体生活的情景中来。

于是,在小说语象的美学意义走向对生活的高度抽象化的表达时,在语象的构成中我们开始看到了对历史的回归,不仅从心理走向现实,而且回归于传说和寓言,走向了神话。当然,这种所谓回归,决不是在语象的表面结构意义上的,而是语象的内在意义的,即在更高的美学层次上,对过去历史的艺术手法的重新选择和肯定,铸造成一种新的超越任何一种单一类型的语象形态。这显然将是艺术上融会贯通的结果,它以一种更丰满的形态,跨越艺术类型所造成的隔阂,给人们以前所未有的丰富多彩的审美享受。

四、语象类型的自然重叠和新的美学境界

其实,就在我们叙述不同类型的语象的不同时,也无法摆脱它们之间不可分割的血肉联系,在一种语象类型转化为另一种语象类型时,并不是突兀的,同过去毫无历史联系,而是处于连带关系中的,以原来的语象类型为基础的。而且,就在具象、表象和抽象之间,也往往并不是绝对分离的,在不同的情况下,它们会互相替代,互相转换的。就此来说,具象一旦延伸到主观世界之中,就构成了表象的类型;而从主体认识意义上来说,表象不过是具象的一种形式,在不同的美学目标引导下,不同类型的语象会在不同的交叉点上会合。

因此,小说家往往会很自然地跨越语象类型的界线,这不仅在于语象类型之间是互相联系的,此语象的完善往往要依靠彼语象类型某元素的扩张得以实现;更重要的在于,小说艺术的目的并不在于某种语象的稳定性,更不限定于语象的性质,尽管艺术目的的不同会很自然地影响到小说语象的构成,小说作为一种文学体裁,无疑在表现生活,首先在表现人方面具有更广阔的天地,语言文字的屏障,使它的直观效果受到了阻碍,却给予它更广阔的思维想象的空间。在这个空间里,生命的充实就在于活跃在其中各种元素之间的互相补充和引展,在于它们之间的冲突和统一。因此,这本身就该是一个差异缤纷的天地,人的完整的艺术世界就是在这种差异中确定的。小说家永远不会回避这个世界的丰富形态,而是力图把它们综合地表现出来。显然,为了把握这个丰富的世界,小说家不能拘于一格,需要不断超越生活和超越自己。

从艺术的整体意义上来说,语象的类型化往往只是一种艺术思维形式的外化形式,不同的语象类型是小说家在思维扩展中把握不同层次的艺术对象的形象图志。它们因凝结着不同的生活元素(包括心理元素)而显示出不同的风采,所以虽然小说语象的更新,往往首先表现为一种艺术思维空间的扩张,一种艺术的进步,但是它只是表明了艺术向未知世界又前进了一步,扩大了自己的疆域,并不能代替过去的一切,包括艺术类型本身。从文学发展的观念来说,小说语象类型的发展是从单元向多元的有机构成发展,其纷纭而起的各种语象,并不是一个压倒一个,取得至高无上的艺术统治权,而是一个加强一个,一个突出一个,互相比美,各显其长,在小说艺术不断变幻之中,如果说正是语象类型的相互对比,层出不穷,才显示出了不同类型的语象在艺术发展中各自的历史的局限性,那么,也正是这种相互对比,才愈显示出了自己独特的美学价值。

其实,任何一种语象形态,在发展过程中并不能自己来证实自己,最终必须由一种新的形态来证明自己。这种证明的现实性一旦实现(即从自己母体中增生出一种新的形态),就会形成一种新的存在,在与其他类型的关系中,确定自己的美学意义。从具象到抽象的语象形态,它们在各自的发展中都具有自己的局限性。一般来说,语象之所以能够形成自己的类型,必然是把语象中某一个元素显著发展的结果,而且,往往是把一种默默无闻,以往并不引人注目的

元素重新肯定和发扬光大。因此,类型化的语象仅仅是确定自己美学地位的途径和手段,并不构成美学目标的完满实现,当它愈是显示出自己极端的自主性的时候,也就愈会表现出类型的局限性。例如当把具象的追求发展到自然主义真实的时候,人物心理真实就无以存在了,人和物之间形成了难以逾越的鸿沟,当把抽象无限延展之后,小说世界就会失去现实生活的支撑,就会迷失在无可捉摸的混沌天地之中,象之不存,何"抽"之有?一种完美的语象形态应该是熔铸了各种语象类型精华的,达到一种有象无类,浑然天成的境界。

这种小说语象的理想境界也许正在小说创作中得到证实。现代小说中一些出类拔萃之作,几乎都向人们显示了一种大象无类的丰满形态。最突出的表现是在本世纪六十年代拉美"文学爆炸"的小说创作中,语象形态已经超越了一般的类型化,显示出多元化的整体性的美学特征。马尔克斯的《百年孤独》就是如此,其中具象、表象、抽象是交融在一起的,人们从具象的描写中能够领会到抽象的含义,从变幻的表象之中能够更真实地确定具象的多样性。马尔克斯的短篇小说《巨翅老人》,给我们提供了一个更神奇的语象标本,一个拟想中的神话(上帝的使者来到人间)在写实的氛围中变得真实可信,栩栩如生,构成了一个抽象化的现实生活的寓言。表象排除了变异,被写实稳定了下来,形成鲜明的图像,具象在神秘的、无迹可寻的抽象世界里得到了升华,形成了对整个生活的意味深长的譬喻。在这种语象中,人们在领略一个真实的故事,却深信它只能是来自作者心灵的臆想中的一个幻影,同时又不约而同地进入一个更宽广的世界,理解其中隐藏的整个生活的奥秘。这种丰满的语象世界的形成不是偶然的,因为作者并没有局限于某种语象类型,没有拘于某一种艺术创作方法,而是在自己美学理想的引导下,大胆采用各种表现手法,熔为一炉,把各种语象巧妙地结合了起来,构筑成了一种互相补充、互相引申的多层次的语象结构。

这是一种多层次的语象重叠的艺术现象。在小说语象的流变中,这也许是小说艺术达到一个新的美学境界的必要条件。因为从审美本质上来说,这种综合的语象形态是建立在人们现在已巩固的审美经验基础上的,是个别审美经验的整体化、完满化,也是在整体审美经验的基础上的新的创造。在急剧变化的现代社会中,小说艺术面临着危机,不仅是愈来愈需要加强对整体生活的观照,而且,也许更重要的,是愈来愈需要一种具体艺术形态的支撑,它必须是更为鲜明的、可感的、充满生命活力的一种存在,由此来强化被日益发展强大的直观艺术所削弱了的内在感知机能,要达到这一点,单一类型的语象形态是难以承担这个重任的。它所形成的单一的习惯的心理模式排斥了多样化的生活存在,并且成为人们心灵感受之间沟通的人为的隔离层。语象的重叠和交融正是在艺术中消除着这种隔离层,各种不同的语象在丰富多彩的生活世界中,在整体全貌和具体事物之间,在个别审美经验和整个艺术要求之间,构筑了很多彼此交通的艺术桥梁,使人们在阅读小说中得到的更多,从个别自然步入整体,从已知自觉进入未知世界,从过去预想未来。

从具象到抽象,我们似乎一直沿着历史的河道在向前走,实际并非如此,站在一个新的艺术高地上,我们就会意识到,所谓语象的流变更新,从来未曾离开过传统的河道。从另一个角度来说,我们一直在向后走,语象的更新不过是把人类艺术本性中潜藏很深的欲望逐一挖掘出来,使之成为人类艺术意识表层的东西,并得以对象化。因为这些艺术本性中的深层欲望,在人类艺术的初期,被各种情景抑制着,无法得以完全的艺术实现,所以艺术创造的各种元素只好委曲求全地借用于某一简单的模式,或者说被挤压在一个很小的思维空间里——当然,这一切只有在今天才被人们意识到的。

　　无疑,现代小说语象形态的这种流变,是和现代艺术更新的大趋势联在一起的。当印象主义、象征主义出现在各种艺术创作中的时候,小说中古老的投影式的语象世界已经开始瓦解了。把客观生活现象铸造在作家的主观意识中加以重新定型,在一定程度上反映了小说家对于小说语象形态新的美学改造,使它们从某种原始的自然状态中进一步解脱出来。我在这里之所以说"进一步"解脱出来,是相对于传统小说语象形态状况而言的,并不是说过去的语象形态就是一种纯粹的自然形态。语象的流变也体现了人在精神王国进一步驾驭和征服自然生活的美学力量,它是艺术家不断升级的美学理想的永久性和表达的创造性相统一的成果。人是按照美的规律创造艺术的,同时又是美的规律不断的发现者和创造者。

　　在此,我很想把小说语象的流变看作是观察现代小说艺术变革潮流的一个小小的美学窗口。作为语象形态的变化,这里显然聚集着小说艺术发展的各种成果,现实主义和浪漫主义在新的美学思想基础上再一次融合起来,并且重新开掘了神话、传说和寓言等历史遗产,使它们重现光辉,在语象流变中所涌起的浪花映照着小说艺术领域内新的探索、新的合成和新的气象。无疑,在具象和抽象这一广阔地带中,由于主观和客观生活所撞击、所融合、所相互承担的程度和内容不同,决定了其语象形态具有不同的美学特征——而这种特征,人们往往习惯用某一种创作方法表达出来,形成一个形而上的小说概念。显然,对于现代小说中这种语象的流变,进行绝对的单一的创作方法的定性分析,并且用各种方法进行简单的分门别类,是不太适宜的,因为在这里我们能够找到各种创作方法的痕迹;如果把小说语象形态的美学光泽看作是创作方法的眼睛的话,那么会陷入一种纷繁的星空之中,写实主义、印象主义、象征主义、表现主义、意识流、神秘主义,都通过各种形态向我们闪烁着蛊惑的眼睛,使我们目眩;如果我们被某一特征所吸引,并把它推而广之,用到对整个小说艺术世界的评价中去的话,很多相悖的因素又会蜂拥而上,使我们处于一种尴尬的地位。因此在小说艺术领域里,应该学会接受一种多样化的艺术事实,并从中获得艺术的乐趣。

原载《当代创作艺术》1985年试刊号

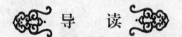

导　读

　　原文包括导言有5个部分,这里节选第二、三、四部分。作者从形态美学出发,一反传统小说批评中把语言(文字符号)与形象分离开来,或者以现实主义、浪漫主义、现代主义等文艺思潮或创作方法、概念来描述小说历史的方式,而是结合小说艺术特点,提出了综合两个艺术因素的语象概念,认为语象是一个具有多层次内涵、包孕着小说家主体及其所意识到的客观生活一切因素的完整的美学世界。进而从小说的具象、表象、抽象三种语象形态,结合语言形象和创作主体阐释小说的发展历史,认为小说艺术从传统到现代的演变基本体现为小说语象在美学意义上从具象到表象再到抽象的更替,同时在语象的内在意义上则体现为对历史的回归,最后指出这三种语象形态的自然重叠将是当代小说多元发展的趋势。文章从一个新的理论视角,在创作主体与语言形象相结合的角度,对小说艺术的演进进行独到的阐释,对中国当代小说批评和理论具有建设性作用,体现了作者基于当代小说批评实践基础上的理论建构努力。

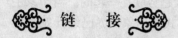

　链　接

格非:《长篇小说的文体和结构》,《当代作家评论》1996 年第 3 期。

王一川:《我看 90 年代长篇小说文体新趋势》,《当代作家评论》2001 年第 5 期。

二 诗 歌 论

诗歌进入新中国之后,随着政治意识形态的变化而发生了重大变迁,"九叶诗派"①诗人因对西方现代主义的学习和探索而遭受有意的遗忘和批判,"七月派"②诗人则因政治运动而遭禁锢,相继失去了创作权利,即便是艾青等 20 世纪 30、40 年代成长起来的老诗人也陷入普遍的艺术困境。政治意识形态的强力干预,新诗出现了形式上的封闭和技艺上的褊狭与倒退,除一部分坚持现代性倾向的诗人转入地下外,主流诗人大都拘囿于概念化和口号化的藩篱;新中国最初十七年的诗歌创作除了叙事诗一度有较多的尝试外,与时代主流话语合拍的政治抒情诗成为最盛行的创作活动。相应地,对诗歌理论的探索和批评,也受到极大的限制:西方现代主义已经受到明确的否定。在 20 世纪 50 年代末掀起的新诗道路讨论中,毛泽东提出了新诗的两条出路③,即民歌和古典诗歌,但事实上因为文白语体的差异,特别是政治意识形态的压力,诗人和理论家对此大都语焉不详,于是只留下民歌体式作为新诗发展的可靠借鉴对象。这样,20 世纪 50 年代末至 60 年代初,伴随着新民歌运动的关于新诗发展道路的讨论,成为十七年诗坛一次影响最大的诗歌创作和理论探索。至"文革"爆发,主流诗界几乎逐尽政治意识形态传声筒之外的所有诗人和诗歌,更谈不上有价值的诗评诗论。而当代中国大陆真正具有革命性的诗潮,则是自 60 年代萌芽(贵州的黄翔、哑默,北京的食指等)、70 年代酝酿(北京的地下文艺沙龙和"白洋淀诗群")、70 年代末 80 年代初(以《今天》创刊为标志)浮出地平线的。基于这一原因,也由于篇幅的限制,本单元选取的诗论,主要集中在 20 世纪后 30 年的范围内。

当上述新诗潮开始挣脱潜在状态进入公开领域时,就进入"文革"后诗歌的第一个阶段,即"朦胧诗"和新现实主义并存共生的时期(1978—1985)。由于社会政治文化变革的渐进性,相对激进的"朦胧诗"的政治合法性就一度成为问题。关于诗歌变革的方向问题、关于诗歌的审美性质与写作立场问题、关于诗歌的艺术形式等诸多问题,都发生了激烈的争论,"朦胧诗"在理论上一度遭到激烈的评判。1979 年《星星》创刊号发表的公刘《新的课题》,是最早见诸报端的关于新诗潮的争论。1980 年 2 月起,《福建文学》开辟专栏,围绕舒婷等青年诗人的作品展开讨论。同年 4 月,广西举行全国当代诗歌讨论会,讨论青年诗歌。随即,诗歌评论家谢冕在《光明日报》发表了《在新的崛起面前》(5 月 7 日),以极大的热情肯定了这一迥异于主流诗歌形态的艺术新苗,并吁请给它们以宽松的生长空间,成为 20 世纪诗歌理论的经典文本,负载了

---

① "九叶诗派",又称中国新诗派,是抗战后期和解放战争时期的一个具有现代主义倾向的诗歌流派。主要成员有曹辛之(杭约赫)、辛笛(王馨迪)、陈敬容、郑敏、唐祈、唐湜、杜运燮、穆旦(查良铮)和袁可嘉等九人。主要刊物有《诗创造》、《中国新诗》。它们强调反映现实与挖掘内心的统一,诗作视野开阔,具有强烈的时代感、历史感和现实精神。在艺术上,他们自觉追求现实主义与现代派的结合,注重在诗歌里营造新颖奇特的意象和境界。他们承接了中国新诗现代主义的传统,为新诗的发展作出了贡献。他们于 1981 年出版了《九叶集》,因此被称为九叶诗人。
② "七月派",抗日战争爆发后,胡风先后主编《七月》、《希望》杂志和《七月诗丛》、《七月文丛》等丛书,青年作家艾青、田间、邹荻帆、阿垅、路翎、贾植芳等在他的指导和帮助下崛起于文坛,并形成了著名的文学流派"七月派","七月派""是中国现代文学史上历时甚长、富有探索精神、而又具有沉重的悲剧命运的进步文学流派"。
③ 《建国以来毛泽东文稿》第 7 册,中央文献出版社 1993 年版,第 124 页。

沉重的历史内涵。1980 年 8 月《诗刊》发表章明《令人气闷的"朦胧"》，"朦胧"这一带有批评和戏谑性的说法，就是"朦胧诗"这一名称的由来。同年 9 月 20—27 日，《诗刊》社在北京定福庄召开"诗歌理论座谈会"，就新诗发展道路、诗歌现代化、怎样看待青年诗人的探索等问题展开交锋。会后，与会的孙绍振发表《新的美学原则在崛起》一文，把谢冕所称的一代新人的崛起表述为新的美学原则的崛起，认为新旧美学原则的分歧实质上是人的价值标准的分歧。而更年轻的徐敬亚发表的长篇论文《崛起的诗群》则以青年诗人的锐气，对现代诗潮给予热情的礼赞。

相对而言，艾青及"七月派"、"九叶诗派"等"文革"后"复出"的老一代诗人和公刘、流沙河、白桦、邵燕祥等 1949 年后成长起来又在 1957 年被打成"右派"的一大批诗人，还有雷抒雁、骆耕野、叶文福、张学梦等一批新崛起的政治抒情诗人所共同构成的"新现实主义"写作占据了比较有利的位置，"归来的歌"、反思和改革、现实主义批判等主题，共同构成这一时期壮观的诗歌阵容，引起广泛的社会反响。另外有影响的还有：追随朦胧诗成长于校园的诗人；1985 年前后出现的以杨牧、周涛、章德益等为代表的"西部诗"，等等。

1986 年，由徐敬亚策划，安徽《诗歌报》和深圳《深圳青年报》联合推出了"现代诗歌群体大展"，共有六十多个诗歌群体或流派参展，以韩东、于坚为代表的"第三代"①诗歌便从地下浮现出来。他们还包括李亚伟的"莽汉主义"、万夏的"莽汉主义"、周伦佑的"非非主义"、杨黎的"非非主义"、翟永明、伊蕾和唐亚平的"女性诗歌"、欧阳江河和廖亦武的"新传统主义"、石光华、宋渠、宋炜的"整体主义"、丁当和吕德安的"他们诗群"、孟浪和王寅的"海上诗群"，等等。他们以叛逆者和逃亡者的姿态挑战朦胧诗人，反对后期朦胧诗在审美态度上的唯美主义和"文化乌托邦"的贵族倾向，追求诗歌的平民化、日常化和世俗化，从而打破朦胧诗所建立的比较优美和谐、注重形式的审美风尚，实现艺术的多元化。当然，"第三代"内部也存在着分歧对立，包含了复杂的理论背景，明目繁多的各种主张也有种种偏颇，关于它的理论论争一直没有终止，但他们的出现，似乎预示着一个诗歌"平民主义"时代的到来。

20 世纪 80 年代末的社会震荡和文化转折，使当代诗歌出现了一个变革之后的自省、消化、调整和整合时期，也是一个相对沉寂和"无主流"的时期。一方面，诗歌在价值追求和美学观念上出现了重新整合和"向内转"之迹象，诗歌创作进入个体写作时代；同时，市场经济的发育和大众文化的膨胀，使诗歌不再居于被关注的中心位置，因而通过大众媒体给人的印象是一种接近消亡的状态。但事实上 20 世纪 90 年代的诗歌在平稳和沉静中发展着：首先是广泛的民间化动向，诗歌不可遏止地走向了社会和文化的边缘，成为民间性的精神存在。其次，艺术上趋于成熟，诗歌的形式、语感、文体等因素比 20 世纪 80 年代有很大的进步，出现了一大批获得广泛认可的富有个性的成熟诗人；第三，从世纪末开始出现了诗坛内部的分化：1998 年以后呈现互相依存又有冲突的两个流向，即以欧阳江河、西川、王家新、臧棣、骆一禾、陈东东、唐晓渡和西渡等为代表的"知识分子写作"和以韩东、于坚、侯马、徐江、谢有顺、朱文等为代表的"民间写作"，这是由当代社会新的复杂语境造成的，目前这一分化还在延伸继续。于坚、韩东和王家新的文章，则分别代表了所谓"民间写作"与"知识分子写作"的主要写作立场和艺术追求。双方的争论尽管带有某些意气因素，但都不同程度地显示出对朦胧诗以来的新诗发展和现状的积极反思和探索。他们之间的分歧，在 1999 年"盘峰诗会"再一次爆发，由此引发

---

① 他们称"文革"前红色写作为第一代，朦胧诗为第二代，而他们自己是第三代。

关于当代诗歌的文化价值与审美趣味的大讨论。与之前有所不同的是，这次讨论不仅涉及诗人文化立场与角色的认同、诗歌写作与媒体出版、诗歌经典化及其修正等问题，而且因为 20 世纪 70 年代出生的一批更年轻的诗人参与其间，推动了新世纪诗歌多元化局面的形成。

在新的崛起面前

谢　冕

新诗面临着挑战，这是不可否认的事实。人们由鄙弃帮腔帮调的伪善的诗，进而不满足于内容平庸形式呆板的诗。诗集的印数在猛跌，诗人在苦闷。与此同时，一些老诗人试图作出从内容到形式的新的突破，一批新诗人在崛起，他们不拘一格，大胆吸收西方现代诗歌的某些表现方式，写出了一些"古怪"的诗篇。越来越多的"背离"诗歌传统的迹象的出现，迫使我们作出切乎实际的判断和抉择。我们不必为此不安，我们应当学会适应这一状况，并把它引向促进新诗健康发展的路上去。

当前这一状况，使我们想到"五四"时期的新诗运动。当年，它的先驱者们清醒地认识到旧体诗词僵化的形式已不适应新生活的发展，他们发愤而起，终于打倒了旧诗。他们的革命精神足为我们的楷模。但他们的运动带有明显的片面性，这就是，在当时他们并没有认识到，历史是不能割断的。尽管旧诗已经失去了它的时代，但它对中国诗歌的潜在影响将继续下去，一概打倒是不对的。事实已经证明：旧体诗词也是不能消灭的。

但就五四新诗运动的主要潮流而言，他们的革命对象是旧诗，他们的武器是白话，而诗体的模式主要是西洋诗。他们以引进外来形式为武器，批判地吸收了外国诗歌的长处，而铸造出和传统的旧诗完全不同的新体诗。他们具有蔑视"传统"而勇于创新的精神。我们的前辈诗人们，他们生活在一种无拘无束的自由开放的艺术空气中，前进和创新就是一切。他们要在诗的领域中扔去"旧的皮囊"而创造"新鲜的太阳"。

正是由于这种开创性的工作，在"五四"的最初十年里，出现了新诗历史上最初一次（似乎也是仅有的一次）多流派多风格的大繁荣。尽管我们可以从当年的几个主要诗人（例如郭沫若、冰心、闻一多、徐志摩、戴望舒）的作品中感受到中国古代诗歌传统的影响，但是，他们主要的、更直接的借鉴是外国诗。郭沫若不仅从泰戈尔、从海涅、从歌德、更从惠特曼那里得到诗的滋润，他自己承认惠特曼不仅给了他火山爆发式的情感的激发，而且也启示了他喷火的方式。郭沫若从惠特曼那里得到的，恐怕远较从屈原、李白那里得到的为多。坚决扬弃那些僵死凝固的诗歌形式，向世界打开大门吸收一切有用的东西以帮助新诗的成长，这是五四新诗革命的成功经验。可惜的是，当年的那种气氛，在以后长达半个世纪的时间里，没有再出现过。

我们的新诗，60年来不是走着越来越宽广的道路，而是走着越来越窄狭的道路。30年代有过关于大众化的讨论，40年代有过关于民族化的讨论，50年代有过关于向新民歌学习的讨论。三次大讨论都不是鼓励诗歌走向宽阔的世界，而是在"左"的思想倾向的支配下，力图驱赶新诗离开这个世界。尽管这些讨论曾经产生过局部的好的影响，例如30年代国防诗歌给新诗带来了为现实服务的战斗传统，40年代的讨论带来了新诗中国作风、中国气派的新气象等，但就总的方面来说，新诗在走向狭窄。有趣的是，三次大的讨论不约而同地都忽略了新诗学习外国诗的问题。这当然不是偶然的，这是受我们对于新诗发展道路的片面主张支配的。片面强调民族化群众化的结果，带来了文化借鉴上的排外倾向。

当我们强调民族化和群众化的时候，我们总是理所当然地把它们与维护传统的纯洁性联系在一起。凡是不同于此的主张，一概斥之为背离传统。我们以为是传统的东西，往往是凝固的、不变的、僵死的，同时又是与外界隔裂而自足自立的。其实，传统不是散发霉气的古董，传统在活泼泼地发展着。

我国诗歌传统源流很久：诗经、楚辞、汉魏六朝乐府、唐诗、宋词、元曲……几乎每一个时代都有自己的诗的骄傲。正是由于不断的吸收和不断的演变，我们才有了这样一个丰富而壮丽的诗传统。同时，一个民族诗歌传统的形成，并不单靠本民族素有的材料，同时要广泛吸收外民族的营养，并使之融入自己的传统中去。

要是我们把诗的传统看作河流，它的源头，也许只是一湾浅水。在它经过的地方，有无数的支流汇入，这支流，包括着外来诗歌的影响。郭沫若无疑是中国诗歌之河的一个支流，但郭沫若却是融入了中国古典诗歌、特别是外国诗歌的优秀素质而成为支流的。艾青所受的教育和影响恐怕更是"洋"化的，但艾青却属于中国诗歌伟大传统的一部分。

在刚刚告别的那个诗的暗夜里，我们的诗也和世界隔绝了。我们不了解世界诗歌状况。在重获解放的今天，人们理所当然地要求新诗恢复它与世界诗歌的联系，以求获得更多的营养发展自己。因此有一大批诗人（其中更多的是青年人），开始在更广泛的道路上探索——特别是寻求诗适应社会主义现代化生活的适当方式。他们是新的探索者。这情况之所以让人兴奋，因为在某些方面它的气氛与"五四"当年的气氛酷似。它带来了万象纷呈的新气象，也带来了令人瞠目的"怪"现象。的确，有的诗写得很朦胧，有的诗有过多哀愁（不仅是淡淡的），有的诗有不无偏颇的激愤，有的诗则让人不懂。总之，对于习惯了新诗"传统"模样的人，当前这些虽然为数不算太多的诗，是"古怪的"。

于是，对于这些"古怪"的诗，有些评论者则沉不住气，便要急着出来加以"引导"。有的则惶惶不安，以为诗歌出了乱子。这些人也许是好心的。但我却主张听听、看看、想想，不要急于"采取行动"。我们有太多的粗暴干涉的教训（而每次的粗暴干涉都有着堂而皇之的口实），我们又有太多的把不同风格、不同流派、不同创作方法的诗歌视为异端、判为毒草而把它们斩尽杀绝的教训。而那样做的结果，则是中国诗歌自"五四"以来没有再现过"五四"那种自由的、充满创造精神的繁荣。我们一时不习惯的东西，未必就是坏东西；我们读得不很懂的诗，未必就是坏诗。我也是不赞成诗不让人懂的，但我主张应当允许有一部分诗让人读不太懂。世界是多样的，艺术世界更是复杂的。即使是不好的艺术，也应当允许探索，何况"古怪"并不一定就不好。对于具有数千年历史的旧诗，新诗就是"古怪"的；对于黄遵宪，胡适就是"古怪"的；对于郭沫若，李季就是"古怪"的。当年郭沫若的《天狗》、《晨安》、《凤凰涅槃》的出现，对于神韵妙悟的主张者们，不啻是青面獠牙的妖物，但对如今的读者，它却是可以理解的平和之物了。

接受挑战吧，也许它被一些"怪"东西扰乱了平静，但一潭死水并不是发展，有风，有浪，有骚动，才是运动的正常规律。当前的诗歌形式是非常合理的。鉴于历史的教训，适当容忍和宽宏，我以为是有利于新诗的发展的。

原载《诗探索》1980 年第 1 期

导　读

20 世纪 70 年代末 80 年代初，一场从 60 年代中期就开始酝酿的新诗变革运动，以民间刊物《今天》的创刊（1978）为标志，使包括北岛、顾城、芒克、舒婷等青年诗人的诗作开始公开出版，进入广大读者的视野。他们善于通过琐碎和新鲜的系列意象，含蓄地表达对社会阴暗面的不满与鄙弃，开拓了现代意象诗的新天地，和以往诗歌单纯描摹"现实"与图解政策的传统模式具有明显的反差，从而打破了诗坛的平静，引起了读者和批评界的一系列质疑和否定之声。谢冕则以一个资深诗评家的身份率先发表了《在新的崛起面前》一文，并同时在《光明日报》1980 年 5 月 7 日和《诗探索》1980年第 1 期刊出。文章并没有用过多的篇幅详细分析新诗作品的具体艺术特点，而是以开阔的历史眼光，从回顾与反思历史入手，通过对"五四"新诗运动破旧创新、开放外来资源，从而引发中国现代诗歌运动初期十年繁荣的总结，同时与之后 60 年新诗道路的不断窄化进行对照，指出传统是一种活的存在，艺术和文化资源上的凝固与排外，必然会导致新诗创造力的萎缩。作者明确地将"朦胧诗"看作"五四"新诗潮的当代重现，认为尽管这些诗在情感与形式上一时难以令人接受和理解，但读者和批评家应该接受新的挑战，应该学会宽容和适应，而不是急于否定和封杀。文章更多地从历史教训的反思中确定对朦胧诗的保护、肯定甚至辩解的态度，而不是或者还来不及从学理角度给予具体论述，体现了理论家的敏锐和勇气，对"文革"后诗歌的发展发挥了重大的作用。

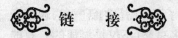 链　接

孙绍振：《新的美学原则在崛起》，《诗刊》1981 年第 3 期。
徐敬亚：《崛起的诗群——评我国诗歌的现代倾向》，《当代文艺思潮》1983 年第 1 期。
王尧：《"三个崛起"前后——新时期文学口述史之二》，《文艺争鸣》2009 年第 6 期。

诗歌之舌的硬与软： 关于当代诗歌的
两类语言向度

于　坚

作为一个出生在南方,并且在那儿长大成人,一直讲着故乡方言的人,如果在一群操标准的普通话的人们中间,我学着亚马多·内沃尔的警语套一句,普通话把我的舌头变硬了,那么我肯定不是在开玩笑。当我操普通话交谈的时候,我确实明白我已经成了一个毫无幽默感、自卑、紧张、口齿不清而又硬要一本正经的角色。我并不想贬低普通话对汉语的贡献,我更没有把普通话与英语在拉丁语系中的地位相提并论的意思。但经验告诉我,在我的日常口语即方言中,我的语言天赋会得到更有效的发挥。我可以肯定,有这种经验的不只是我一个人。尤其在南方,普通话可能有效地进入了书面语,但它从未彻底地进入过口语,方言总是能有效地消解普通话,这甚至成了人们的一种日常的语言游戏。我或许可以说的是,普通话把汉语的某一部分变硬了,而汉语的柔软的一面却通过口语得以保持。这是同一个舌头的两类状态,硬与软,紧张与松弛,窄与宽……我当然举的是我较为熟悉的诗歌方面的例子。

如果把当代诗歌在 50 年代以后出现的各种美学倾向或那些可疑的显然借用自意识形态范畴的种种“主义”用括号括起来,仅仅考察它的语言轨迹,我以为可以清晰地发现它在语言上的两个清晰的向度:普通话写作的向度和受到方言影响的口语写作的向度。

一、硬

20 世纪作为中国社会再次获得统一的一个重要象征,是普通话在 50 年代的推广。推广普通话的目的是为了统一规范汉语,“适应政治统一、经济发展和文化繁荣”。在普通话出现之前,汉语较为流通的方言是北方方言,即所谓官话。从宋元以来,官话已经创造了汉语的无数经典杰作,“五四”以来的白话文运动,更出现了现代意义上的一大批用官话写作的现代经典作家。他们的作品使一向只用在通俗文学中的白话取得了文学中的经典地位。白话文运动有着一种自发的性质,它并不特别地张扬或贬抑汉语的某一部分。因此,白话文的经典著作,既有像沈从文、张爱玲、徐志摩这样用南方软语写作的作家,也有像鲁迅、郭沫若这样语感较为洪亮、硬朗的作家,也有像老舍式的旗人油话,李劼人式的川味辣话。

50 年代,白话在经过某些取舍规范后,它的某些部分进一步被国家规定为正式的通用语言,称为普通话。当普通话被确立之后,旧时代的官话降为方言,它们是普通话的基础,而不是普通话本身。普通话的三要素中的一个重要因素,是普通话以语法方面典范的现代白话文著作为规范。而“典范的现代白话文”其实有着特定所指,它并非指的就是“在白话文汉语杰作”这一意义上的所有用旧“官话”写作的作家的杰作,在被列为高等院校通用教材的《现代汉语》中很明白地指出,所谓典范的白话文,指的主要是毛泽东的著作、鲁迅的著作和经过反复修改的文件。白话文运动的自发状态自此画上了句号。汉语的现代化运动被纳入特定的轨道。毛著、鲁迅文集、社论、文件当然属于现代白话文的典范,但由于作者的文化身份、政治地位、写作习惯的限制,他们反映的只是典范的一类风格。例如在毛著和鲁迅的语式中,判断句、祈使句是经常被使用的,语感也较为洪亮、庄重和不容置疑。但同样是典范作家的沈从文、周作人、徐志摩等一些作家的语式就完全不同。试想如果普通话是以“最是那一低头的温柔,像一朵水莲花不胜凉风的娇羞……"这样的语体去推广,现代汉语会是一种什么面目?但实际上这些作家完全被排斥在白话文的典范之外。普通话虽说以北方官话为基础,但它推广的只是部分的官话。也就是有利于意识形态的全面统一的官话。这一点在文革时期更显而易见,据胡裕树先生主编的《现代汉语》说:"四人帮……要求净化词典的收词范围,规定只准收所谓'正面词'、'积极词'、'政治词'、'法家词',不准收所谓'反面词'、'消极词'、'生活词'、'儒家词'。"胡先生这里所说的其实只是极端时期的情况,但一脉相承的事实是,普通话从推广之日起,由于时代风气的影响,就有着"净化"汉语的目的。在这种局面下,汉语现代化的进程在五六十年代走的是一条狭隘的道路;它更丰富的表现力,一度从书面语萎缩,却在口语的未经净化的部分,官话中幸存下来。

由于时代的制约,如果从社会语言学的角度看,普通话并不仅仅是一个中性的有利于各种思想、信息、价值和社会各阶层进行交流的基本工具。对于传统汉语,它采取的是所谓取其精华、去其糟粕的取舍原则,它向着了一种广场式的、升华的更适于形而上思维、规范思想而不是丰富它的表现力的方向发展,使汉语成为更利于集中、鼓舞、号召大众,塑造新人和时代英雄、升华事物的"社会方言"。它主要是一种革命话语,属于汉语中直接依附于政治生活的部分。它摒弃了旧官话方言中的肉感和形而下的具体、私语、卑俗、淫词秽语、边缘化、不规范的土话,精炼了能指的范围,在所指上进行革命与深化。它堂而皇之地进入课文、广播、社论、话剧、朗诵诗和抒情诗,成为汉语的公开话本的法定的语言形式和书面语。它因而得以在1966年成为革命与时代的日常语言(运动语言)、唯一的书面语。它创造的一个奇迹是摧毁了由各种汉语地方方言建构的中国传统的内心世界,有效地进行了所谓"灵魂深处的革命"。不仅仅是大众用普通话所写的成千上万份检查、交代通过了革命;包括某些旧时代的语言巨匠最终都服从了普通话的话语权利,自觉地对个人话语加以改造(如老舍、曹禺),自觉地开始用普通话写作。实际上,表面以意识形态的转变为标志的思想改造,根本上说,乃是一种话语方式的革命性转换,如果我们将中国二三十年代的诗人的作品与五六十年代诗人的作品中使用的汉语做一番比较,我们会发现语言的转变是极其明显的。

> 说是总有那么一天/你的身体成了我极熟的地方,/那转弯抹角,那小阜平岗,/一草一木我全知道清清楚楚,/虽在黑暗里我也不至于迷途。/如今这一天居然来了。
>
> （沈从文:《颂》）
>
> 晚空的云/自金黄转自深紫;/似欲再转/不提防黑夜吞起。
>
> （朱湘:《快乐》）
>
> 跳跃着喊!/舞动着两个手臂喊!/……/把这个古老的城市喊得变成年轻!/把旧社会留给我们身上的创伤和污秽/喊得干干净净!
>
> （何其芳:《我们最伟大的节日》）
>
> 战斗的途程啊,绵延不绝!/我们又踏破千顷荒沙万里雪。//回头看:山高、水急、冰川裂,/请问:谁敢迈步从头越?
>
> （郭小川:《秋歌》）

像沈从文、朱湘一类软绵绵的语调,50年代在公开话语中就已经渐渐绝迹了。汉语逐渐向一种较为坚硬高昂的语调方向激烈滚动。像后两个例子中这样的诗歌语调则越来越成为时代的最强音。这一趋势,就是在同一作家的文本中,演变也是相当清晰的。

比较前湖畔派诗人汪静之的两首诗：

> 我冒犯了人们的指摘，/一步一回头地瞟我意中人，/我是怎样地欣慰而胆寒呵。

> （《过伊家门外》(1922)）

> 不要用/高尚的血/去增添/夜总会上/淫荡的红颜/……/要用血的光芒/消灭掉/法西斯的魔影……

> （《血液银行》(1956)）

在 30 年代被称为中国最优秀的抒情诗人冯至的两首诗：

> 我的寂寞是一条蛇，/冰冷地没有言语——/姑娘，你万一梦到它时，/千万啊，莫要悚惧！……

> （《蛇》(1922)）

> 黄河像一个巨人，/在这里困囚了千万年……/摸不到广大的地，/看不见辽远的天。/……它把光明的动力，通过没有尽头的输电线，远远地送入大戈壁，/高高地送上祁连山。

> （《刘家峡之歌》(1957)）

在普通话的正统话语权力地位获得巩固之后，它早期的单一性开始丰富起来，一方面它越过革命进入了大众的日常生活，它开始形成有特定语式的书面语并部分进入了日常口语，它成功地在"面向未来,面向现代化"这一意义上向大众灌输了我们应当摧毁旧世界（不仅是意识形态的,也是自然界的、物质的、文化和传统的,"站起来的人民要改造一切！旧世界、大自然、全宇宙……"），建设一个新世界的意识,以及乌托邦理想。同时它作为六、七十年代唯一的公开的合法的书面文本对文学的影响也越来越深入和广泛。它甚至已经不仅仅作为意识形态的工具,而是作为文学或诗歌的一种现代样式影响着当代文学,其影响在今天都可以说是方兴未艾。在 60 年代,一整代普通话作家已经成长起来。在诗歌方面,它甚至出现了较为成熟的扮演时代代言人的抒情诗人。中国新诗在 50 年代以后可以视为朝抒时代之情的方向发展的普通话诗歌,或者艺术地为推广普通话作为正统权力话语的地位而写的诗歌。普通话写作在今天的写作活动中,已经不仅仅是某种意识形态的附庸,它甚至越过诗歌的围墙,影响了更广泛的文学样式,升华事物,几乎成为一种现代性的写作中的特定思维方式。这种思维方式由早期的歌功颂德式的诗人们开创（他们完成的是普通话的明喻），在 70 年代后期以来的现代派诗歌中得到了继承和丰富（他们补充的是普通话的隐喻方面）。它至少呈献出这些方面的特点：

对诗言志和诗无邪的继承。把诗歌看成升华世界的工具、载体。毛泽东是普通话写作的范文作者,在"文革"中他甚至成了唯一的范文作者。他在 60 年代再次肯定了"诗言志"。在这一中国传统中,诗被看成是某种升华、认识、净化世界之"志"（精神、情感、世界或时代的某种不可见的本质、真理）的工具。"诗人在社会上有没有价值,就决定于他是否和公众的倾向相一致,是否与公众一起又引导公众前进。这里,就向诗人们提出一个十分现实的严重问题：诗人是否能在最先进的人们当中去吸收自己的营养,使最先进的思想感情成为自己的精神力量,再以这种精神力量去感动千千万万的人们……诗必须以人民群众中的最先进的思想感情去影响千百万人的思想感情,所谓'时代的号角'也好,'时代的鼓手'也好……人类灵魂的工程师也好,根本的意思就在这里"（艾青《诗论》）。"大诗人首先要具备的条件是灵魂,一个永远醒着的灵魂。……形式本身只应是道路……伟大灵魂本身的前进就创造了最好的形式"（顾城：《诗是什么》)。"重要的诗人,必须在作为人的意义上,经由对自己生存的独立思考,达成与'世界一切崇高事物'(叶芝语)本质性的精神联系"(杨炼:《什么是诗》)。诗"是帮助人类认识和体验真理的出自灵感的谎言"(欧阳江河:《诗是什么》)。"在写作一首诗的过程中,诗化的首先是精神本身……"(骆一禾:《世界的血》序言)。"我写长诗总是迫不得已,出于某种巨大的元素对我的召唤……这些元素和伟大材料的东西会涨破我的诗歌外壳"(海子:《土地(诗学:一份提纲)》)。"诗的专长在抒情言志,它必须有激情有思想……诗中蕴含着什么样思想,决定着诗的格调的高低"。

诗歌抒情主体由某个抽象的、广场式的集体的"我们"代替。试比较贺敬之《雷锋之歌》、北岛《红帆船》"如果大地早已冰封 就让我们面对着暖流 走向海"、海子《亚洲铜》"亚洲铜,亚洲铜看见了吗? 那两只的白鸽子 它是屈原遗落在沙滩上的白鞋子 让我们——我们和河流一起,穿上它吧。"从雷锋之歌的"我们"到海子的"我们",所指可能有所不同,也不一定出现"我们"这个词,但抒情主体都是某种模糊的具有某种统一的集体意志的力量。"无个体,只有集体抱在一起,——那是已经死去但在幻象中化为永恒的集体"(海子:《土地·诗学:一份提纲》)。

抒情喻体脱离常识的升华,朝所指方向膨胀、非理性扩张。虚构、幻觉、依靠想象力是这类诗歌的普遍的特定的抒情方式。"诗常常借助感情的激发……使人们的精神向上发展。"(艾青:《诗论》)"一些民族诗人的失败,他们没有将自己和民族的材料和诗歌上升到整个人类的形象"(海子:《土地·诗学》)。可以比较诗歌中流行的太阳、广场、大海、麦地、远方这些意象。贺敬之《雷锋之歌》、海子《土地》、骆一禾《世界的血》、欧阳江河《悬棺》、廖亦武《死城》等等。"为什么我如此地思念着北京,那儿升起了辐射光与热力的恒星……"(闻捷:《我思念北京》)。太阳这一意象,在五六十年代它喻指的是"阶级的大脑、核心"(闻捷)。在70年代末的朦胧诗中,它喻指的是"文革"导致的权力意志。"以太阳的名义,黑暗在公开地掠夺"(北岛:《结局或开始》)。在海子和其他现代派诗人那里,太阳则喻指某个巨大的精神幻象,他要用"祭司的集体黑暗力量创作来爆炸太阳"(海子:《土地》),"歌手的身影掠过大地 他们的心将和太阳的光影叠在一起 他们将和太阳一起 公开二十世纪所有的秘密"(贝岭:《太阳歌手》)。喻指可以看出由于时代的变迁而发生的变化,但不同时代的诗人运用喻体的升华、脱离常识是完全一致的。

英雄人格的自我戏剧化塑造,问苍茫大地谁主沉浮式的、从某种形而上的高度拯救众生的抒情。试比较:

> 我们古代的/哲人们,/你们之中/是谁呀? /——"见歧路,/泣之而返"/——竟会痛哭失声/……/俱往矣!
>
> (贺敬之:《雷锋之歌》)

> 埋葬弱者灵魂的坟墓/决不是我的归宿
>
> (食指:《归宿》)

> 告诉你吧,/世界/我—不—相—信! /纵使你脚下有一千名挑战者/那就把我算作第一千零一名。
>
> (北岛:《回答》)

> 是谁剥夺了我们的大地和玉米/何方有一位拯救大地的人? /我是一个在沙漠里的指路人,/我在天堂里指引着大家……
>
> (海子:《土地》)

我最终的葬身之地是书卷。/那儿，你们的生命/就像多余的词句被轻轻删去。/……/没有我的歌，你们不会有嘴唇……

（欧阳江河：《公开的独白》）

诗歌时空的"高大"化、辽阔化（五洲四海）。语言高度抽象概括化。非具体的、大词癖。以"天下者我们的天下"整体把握世界。海子的大诗……取材的空间分布在东至太平洋以敦煌为中心，西至两河流域以金字塔为中心，北至大草原，南至印度次大陆以神话线索"鲲（南）鹏（北）之变"贯穿的广阔地域……比较贺敬之《桂林山水歌》："黄河的浪塞外的风……海南天北一望收……"北岛《回答》："新的转机和闪闪星斗，正在缀满没有遮挡的天空，那是五千年的象形文字，那是未来人们凝视的眼睛"。海子：《土地》"这时正当月光普照大地。我们领着尼罗河、巴比伦或黄河　的孩子　在河流两岸　在群蜂飞翔的岛屿或平原　洗了手。"闻捷："我为什么如此思念着北京？那里挺立着我们时代真理的士兵！他以魁梧的身躯阻挡了混浊的逆流，指点出各种鲨鱼兴风作浪的本性；拉丁美洲的斗士高举炽热的火炬，亚洲的兄弟驱散了弥漫在眼的乌云，非洲的奴隶抚摸着皮鞭烙下的伤疤，欧罗巴兄弟扛着战斗的红旗……"再如北岛的："生活　网"。海子《西藏》："回到我们的山上去。荒凉高原上众神的火光。"在普通话诗歌中一般看不见诗人与时空现场、更看不见与私人生活、具体时空的关系。例如，普通话诗歌无论在五六十年代还是在 80 年代，无论官方的诗人或是非官方的诗人，得到承认的或民间的诗人都会发现他们与意识形态的联系。我们看到，主要的诗人无不集中在北京，但如出一辙的是，诗人们的作品几乎与这个城市毫不相干，北京并没有被诗人们视为一个"忧郁的巴黎"。我们在许多住在北京或成长于北京的许多诗人的作品中几乎找不到一首与北京仅仅作为一个居住地而不是任何象征的诗歌，在贺敬之或北岛、海子的诗歌中都找不到，我们看到的仅仅是诗人们与生活的抽象的脱离时空的联系。贺敬之、北岛是没有故乡籍贯的置身于抽象时代中的诗人，海子、骆一禾更是国籍不明的，连时间也非常模糊的，所谓"世界的"诗人。

远方或生活在别处，对某个乌托邦式的某种"更"的所在的向往。试比较郭小川《望星空》："我爱人间，我在人间生长，但比起你来，人间还远不辉煌。"食指《相信未来》："朋友，坚定地相信未来吧，……相信未来，热爱生命。"北岛《红帆船》："如果大地早已冰封就让我们面对着暖流　走向海　如果礁石是我们未来的形象　就让我们面对着海"。海子《诗歌皇帝》："当众人齐集河畔高声歌唱生活　我定会孤独返回空无一人的山峦"。杨炼的《诺日朗》、海子的《麦地》写的都是某个更具有"神性"的远处。"你生活在这个时代，却呼吸着另外的空气"（王家新诗句）。

由于具体生活时空的模糊、形而上化，导致许多诗人的诗歌意象、象征体系和抒情结构的以时代为变数的雷同和相似性。60 年代的诗人是一种声音。80 年代的诗人是一种声音，可能词汇不同，对世界的看法也有变化，但抒情体系的基本结构是一致的。有人指出，追求"语言乌托邦"的诗人在追求语速、幻觉意象、"自白"方式等方面与追求精神乌托邦的诗人表现出高度的相似性，因为两类诗人对于精神和灵魂都抱有共同的旨趣。

欧化的、译文的影响、向书面语靠拢。在音节上更适于朗诵。早期的作品明显受到翻译过来的苏俄诗歌的影响。在七八十年代，则受到晚期苏联和欧美译文的影响。尤其是普通话高度发达的首都诗人，写作在 80 年代并没有转向口语，汲取语言活力的方向是由书面语到书面语继而转向翻译语体。这一点，在 80 年代至 90 年代的现代诗中更明显。诗人西川这些表白其实代表着现代派诗歌中许多诗人的看法，"时至今日，我一直认为，口语是今天唯一的写作语言，人们已经不大可能应用传统的文学语言写作崭新的诗歌。不过，这里有一个对口语进行甄别的问题：一种是市井语言，它接近于方言和帮会语言；一种是书面口语，它与文明和事物的普遍性有关。我当时自发地选择了后者。从1986年下半年开始，我对用市井口语描写平民生活产生了深深的厌倦……"

普通话诗歌在70年代出现的朦胧诗，一度被视为开始了70年代以来的诗歌美学的现代革命，但在我看来，这场美学革命所暗接的却是古代贵族文学的写作传统。普通话上溯到官话到白话的文学史，依钱穆先生的看法，是古代贵族文学转到平民文学之一徵。我以为，这一转也有着从抽象表现的大词雅词转向具体写实的俗词实词的趋势。唐以前以及从诗歌之流中发展出来的中国文学传统，如钱穆先生所说，是"不爱在人生的现实具体方面，过分刻画，过分追求，因此中国文学大统，一向以'小品文的抒情诗'为主，史诗就不发达，散文地位就不如诗，小说地位就不如散文，戏曲的地位又不如小说。落在具体上，愈陷入现实境界，便愈离了中国文学的标准。"也可以说，非抒情的、具体的、客观的、再现的写作是与传统的写作趋向不合的。"这两千年中，贵族文学尽管得势，平民的文学也在那里不声不响地继续发展着"。（胡适：《五十年来之中国文学》）在唐以后，汉语中的世俗化趋向才在话本、诗、词的某些部分和小说里热闹起来，到"五四"以后，又由新诗的某些部分和小说直接继承，对汉语的贵族文学传统进一步改造，平民的、人生的文学开始获得了经典文学的地位。但普通话诗歌，其趋向形而上脱离具体时空的语式，暗接的乃是中国文学中贵族化的"小品抒情诗"传统，并把这一传统意识形态化了。但这种暗接并非由于文学的自然发展，它既有来自对传统惯性的迎合，也有极端时代强化意识形态的需要。而恰恰汉语在贵族文学这一路上，早已发展出一套更适于思想统一控制、建立集体意志的形而上思维的语式。朦胧诗的代表性诗人北岛对他的诗歌美学有如下解释："隐喻、象征、通感、改变视角和透视关系，打破时空秩序等手法为我们提供了新的前景。我试图把电影的蒙太奇手法引入自己的诗中，造成意象的撞击迅速转换，激发人们的想象力来填补大幅度跳跃留下的空白。"熟悉中国古典诗歌历史的人一眼就会看出，这倒不是什么新的前景，而是中国小品抒情诗中司空见惯的语式。用今天叫做卡通、蒙太奇式的拼接手法，省略词语的特定逻辑关系，脱离具体的语境，视通千里，思接万载，依靠读者的集体文化修养积淀，将词语之间省略的空白填补起来，造成所指的"言有尽而意无穷"，这正是中国古典诗歌的美学窍门。它同时也是中国意识形态话语的发言窍门。普通话在50年代的发端，其实并非空穴来风，它既然要否定"五四"以来的大部分现代文学的经典地位，它必然要借助某种与这个新文学传统背道而驰的语式。其实人们马上就会发现，在50年代以后，文学在普通话的轨道上，并不是在写实的小说上发展，而是在朗诵诗上发展，在"文革"末期，已经达到了全民皆诗的地步，歌功颂德的诗人也几乎恢复了他们在传统上的地位。所以，后来的并非歌功颂德的诗人们，虽然以非主流的"先锋派"面目出现，其语式依然逃不脱根本性的影响，是不足为奇的。简单地从诗人们表现了什么，或展示了什么旗号去判断，而忽略他们如何说话，往往难免把依附着传统的幽灵误认做是新的美学革命。

普通话诗歌可以说方兴未艾，它经历了不同的时代，已形成一种独特的抒情模式。传统的（如贺敬之、郭小川）、现代派的（如北岛、海子）、大众的（如汪国真），都已齐备。在90年代，一些诗人提出的"知识分子写作"，使它在书面语和形而上的传统反向上更适应某种现代性。"知识分子写作有其具体的历史与文化语境，……是基于他们自身的'理想主义信念'。不过理想主义更多地表现为一种寻求乌托邦的勇气；……"作为毛泽东为汉语留下的一笔遗产，它是现代汉语中最接近神学、乌托邦和意识形态的部分，它对汉语中世俗化的倾向确实有着制约的作用，对于一个健康的语言系统来说，作为一个舌头的较为强硬的一面，它是非常必要的。事实上，正是普通话的写作，使50年代至80年代初期的诗歌没有付诸阙如，它已经被公认丰富了中国新诗的历史，加快了汉语的现代化。而且从目前的事实来看，它也更便于国际接轨，它的超越具体时空的抒情体系，特别宜于被某种抽象的世界性的诗歌本质所接纳。人们有理由期待它在将来，继续为20世纪主流文化的那个一贯功能——弘扬民族精神或"国民灵魂的重塑"作出贡献。

二、软

当普通话在汉语中巩固着它的正统地位之际，旧时代的官话方言却在口语中保持着对书面语的沉默。只是到80年代，它才在诗歌中开始复苏。80年代以来的当代诗歌，在外省尤其是在南方，诗歌写作的一个重要核心是口语化。当那种主要是为一个极端时代的意识形态的统一的普通话使汉语的舌头日益变硬之际，汉语在私下通过方言口语坚持着与常识和事物本身的联系。口语化的写作，是对"五四"以后开辟的现代白话文学的"推倒雕琢的、阿谀的贵族文学；建设平易的抒情的国民文学。推倒陈腐的、铺张的古典文学，建设新鲜的立诚的写实文学。推倒迂晦的、晦涩的山林文学；建设明了的、通俗的社会文学"这一方面的某种承继。

与主要集中于北京的普通话写作不同的情况是，在中国的外省，普通话在诗人们的潜意识中，乃是令他们舌头变硬的非生活化的官方话语。代表着意识形态、国家形象、课文中的正统尺度。外省的诗人可能通过书面受到普通话诗歌的影响，但在外省，支配着私人的、世俗的日常生活的口语同时也不同程度地消解和削弱了这种影响。在外省，人们实际上通常使用两套话语交流，普通话往往表达的是公开话语，而日常口语则以方言的形式表达着民间（私人房间）话语。人们在家里和非正式场合从来不说普通话，人们往往只是在会议、宣传活动或对着电视台的采访机时才讲普通话。在私底下，普通话甚至被视为人与人交流中的某种障碍，例如两性关系的交流，不可能想象两个四川盆地长大的恋人絮语可以用普通话来絮絮叨叨。在方言支配着的重视小家庭生活的南方，在日常生活中人们往往感觉到普通话的"正式""生硬"和装腔作势。在南方，一个用普通话发言的人，也就是一个脱离了世俗生活的人，一个公共的人。为什么80年代诗歌中所谓的"口语写作"最先兴起在南方，因为在南方，像胡适肯定过的"吴语文学的传统"之类的东西依然在发挥着作用。但50年代以来，这个传统在可见的文本中是处于断裂和空白的状态。作为诗歌的一类发言方式，普通话写作，仅仅是汉语之舌的一个方面，汉语的更丰富的可能性，例如它作为诗歌的非抒情方面、非隐喻方面、坚持从常识和经验的角度、非意识形态和形而上的而是生命的、存在的角度方面以及从芸芸众生之一员的立场与世界对话的方面，实际上在外省的窃窃私语中蕴藉着，在80年代以前，它属于汉语中沉默的大多数。

但80年代从诗歌中开始的口语写作的重要意义其实并没有被认识到，人们仅仅将它看成某种先锋性的、非诗化的语言游戏，而忽视了它更深刻的东西，对汉语日益变硬的舌头的另一部分（也许是更辽阔和更具有文学品质的部分）的恢复。口语写作实际上复苏的是以普通话为中心的当代汉语的与传统相联结的世俗方向，它软化了由于过于强调意识形态和形而上思维而变得坚硬好斗和越来越不适于表现日常人生的现时性、当下性、庸常、柔软、具体、琐屑的现代汉语，恢复了汉语与事物和常识的关系。口语写作丰富了汉语的质感，使它重新具有幽默、轻松、人间化和能指事物的成分。也复苏了与宋词、明清小说中那种以表现饮食男女的常规生活为乐事的肉感语的联系。口语诗歌的写作一开始就不具有中心，因为它是以在普通话的地位确立之后,被降为方言的旧时代各省的官话方言和其他方言为写作母语的。口语写作的血脉来自方言,它动摇的却是普通话的独白。它的多声部使中国当代被某些大词弄得模糊不清的诗歌地图重新清晰起来,出现了位于具体中国时空中的个人、故乡、大地、城市、家、生活方式和内心历程。

当代诗歌中的口语写作经过近十年的努力,它已经形成这样一些与普通话诗歌不同的方面。

对诗的常识性理解。

"诗本身便是崇高的……。获得诗的崇高是本身怎样纯粹写作的问题。而不是写什么或不写什么。在卑微的事物中建立诗的崇高似乎更难。……诗歌不是工具……它始终只是一项朴素的真正的工作。"(韩东)"诗仅仅是语言的在那儿。……我不知道如果离开了语言,我们如何看到所谓灵魂或精神向度……真正的诗是从世界全部喻体的退出——'到语言来的路上去',回到隐喻之前"(于坚)。"一个诗人如果能够给一个词注入新的感性,他才是伟大的。……诗歌的发生自有其内在运动规律,它甚至是生态意义上的,诗人只是它借以发生和延续下去的必要途径,诗人因此才有存在的理由。反过来说,诗人的存在意味着诗歌永远作为语言的艺术革命的必要性。"(吕德安)"诗是对已有词语的改写和已发现事物的再发现"(翟永明)。"诗人不可能言说一切,他在自己生存的特定空间里写作,所传达的只是局部的知识"(杨克)。以上摘引的论点在中国当代文学理论的教科书中并没有可以对应的例子,但它们并非什么新发现或"先锋的",这类对"诗"的常识性看法,实际可以在更多的经典诗人和世界诗歌史上获得支持。一个近在手边的例子:"诗是一种特殊的运用语言的方式,也是语言的原始形式"。

具体的,在场的。写作的自传化,私人化趋向。诗歌开始具有细节、碎片、局部。对个人生命的存在、生命环境的基于平常心的关注。例如:

> 星期天的南京如同一块光润的皮肤/绽开一条伤口//这是朋友们艰难度日的城市,我/看到城市痉挛、广场蠕动。古老的/城市从清晨到傍晚不停地呕吐/分泌液、沙子、胃口/和我的几个朋友……
>
> (朱文:《让我们袭击城市》)
>
> 三点钟进来时　个个还衣冠楚楚　站有站像　坐有坐像　他舅舅/特别注意不揉皱裤子上的线条　胖姨妈　最担心果汁　滴在旗袍上/他叔叔　要戴着有色眼镜　看各色人物　他父亲　在一群蝴蝶中　正襟危坐/……
>
> (于坚:《礼拜日的昆明翠湖公园》)
>
> 沃角,是一个渔村的名字/它的地形就像渔夫的脚板/扇子似地浸在水里/当海上吹来一件缀满星云的黑衣衫/沃角,这个小小的夜降落了……
>
> (吕德安:《沃角的夜和女人》)
>
> 深色的家具寂而无声/倚在墙角像被音乐洗过/有几句歌词还挂在屋顶/不知我何时归来/携一只发着桔味的软椅/坐进你的屋中
>
> (陆忆敏:《室内的一九八八》)

吕德安的长诗《曼凯托》,说的就是一个地方,而非某个精神幻象的喻所。

翟永明的私人内心自传《死亡的图案》等等。

诗不仅仅是抒情或载道的工具，也可以是纯粹的语言的游戏活动。

例如杨黎：《高处》：

　　　A／或是 B／A／总之很轻／很微弱／也很短／但很重要……／只有 A／或是 B／我听见了／感觉到了／A／或是，B

诗歌修辞方式中回到常识的努力。对已经被虚幻的升华变成空洞的公共性隐喻的解构。对语言价值的复 O。中性的。A＝A。

例如韩东：《你见过大海》

　　　你见过大海／你不情愿给海水淹死／就是这样／人人都是这样

比较：

　　　绳索或鲜艳的鳞　将我遮盖／我的海洋升起着这些花朵／抛向太阳的我们的尸体的花朵

　　　　　　　　　　　　　　　　　　　　　　　　　　　（海子：《土地》）

　　　这千道浪呵，／都是惩罚来犯海盗的绞索；／这万里海疆呵，／都是攻不破的钢铁城。

　　　　　　　　　　　　　　　　　　　　　　　　　　（纪鹏：《蓝色的海疆》）

转喻的。这一特征甚至在南方引发了诗人转向小说的现象。

日常语言、口语、母语的运用，犹如谈话的非书面语。导致诗歌只能中性的阅读，韵律的非朗诵性。

读者可以试朗诵以下较硬的几节，注意它们的书面语和朗诵性：

　　　高原如猛虎，焚烧于激流暴跳的万物的海滨／哦，只有光，落日浑圆地向你们泛滥，大地悬挂在空中

　　　　　　　　　　　　　　　　　　　　　　　　　　（杨炼：《诺日朗》）

　　　焚烧万物的黑暗河岸　悬在空中／太阳！／／焚烧万物的岩石　歌唱彩色的岩石狂叫／岩石　悬在天空

　　　　　　　　　　　　　　　　　　　　　　　　　　（海子：《土地》）

　　　深不可见的渊薮悬于绝顶，时间有太多的荣耀。足以使鹰之权威占有死亡的高度。人伏罪于地，朝鹰之啄泼肉之铁，谣传压顶，阴影之征服向南方，高不可问之天意向猝然一片击倒。

　　　　　　　　　　　　　　　　　　　　　　　　　　（欧阳江河：《悬棺》）

在以下的例子中，读者可以看出它们鲜明的口语性，由于语感偏软，实际上是在公认的朗诵模式中它们不可朗诵的，或者说只可以念：

　　　有了一块砖头，从对面飞来／将玻璃砸成四块，其中／一块留在窗框上，另外三块／摔到地面，再次／摔成许多小块

　　　　　　　　　　　　　　　　　　　　　　　　　　（朱文：《机械》）

　　　一切安排就绪／我可以坐下来观赏／或在房间里／踱来踱去／这是我的家／从此便有了这样的感觉……

　　　　　　　　　　　　　　　　　　　　　　　　　　（韩东：《一切安排就绪》）

他们全是本地人/是泥瓦匠中的泥瓦匠/同样的动作　同样的谨慎/当他们踩过屋顶，……

（吕德安：《泥瓦匠印象》）

穿过门厅徊廊/我在你对面提裙/坐下/轻声告诉你/猫在后院

（陆忆敏：《风雨欲来》）

世俗化的、现世的、小市民的、小家庭、琐事、肉感、庸常。在外省，这些词不像在普通话中那样具有价值上的贬义，他们在南方经典作家们的写作中一直是天经地义的。它们也不是诗人们故意为之的倾向。而是中性的，或者说是方言的一种性质。当然，它们与外省主要是中国南方的非意识形态化的更富于人性的日常生活有密切的关系。在这些诗歌中，一个活生生的，有着自己的与古老传统相联系的中国社会的日常人生和心灵世界被呈现出来，它们不是号角或旗帜，而仅仅是"在斯万家那边"在"盖尔芒特家那边"……（普鲁斯特）。

由于在外省，各个诗人虽然具有某些相似的特点，但具体到不同的方言对诗人的影响，他们呈现的特点在不同点上更多。相对于普通话诗歌，鲜明的个人语言风格是外省的一个重要特点。

口语化诗歌写作作为汉语诗歌中的一种边缘性的写作，由于它的写作时空的具体性，它要被主要还仅仅是通过普通话来了解中国的中国以外世界的读者接受，还有待时日。但不容忽视的是，它对中国当代文学已经产生了显而易见的广泛而深刻的影响，这种影响甚至波及到诗歌以外的文学样式。

当然，硬与软的分道扬镳在台湾和香港却是例外，今年《读书》第七期有文章介绍香港50年代以来的语言教育，它走的倒一直是软的道路，朱自清这些人的软语一直是被当成范文的。其结果是，在港台形成了与大陆不同的诗歌语调。大陆的普通话诗人一贯对港台的诗歌不怎么看得上眼，也许就是受流行的坚硬、阳刚的说话风气影响吧。

如果我说普通话把我的舌头变硬了，那么我的意思是说，讲汉语某一方言的人，也可以用舌头的另一部分说话，例如不卷舌，甚至也可以由此写作生活和历史另一部分。

1996年11月—1997年3月，1997年7月再改

原载《诗探索》1998年第1期

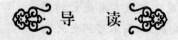 **导　　读**

　　作者以普通话与方言的对立关系为切入点，把20世纪50年代以来汉语诗歌发展的线索在语言特征上归结为语言轨迹的两种向度：普通话写作和受到方言影响的口语写作。他将这一历史追溯到20世纪初，认为"五四"白话运动虽以北方官话为基础，但运动本身仍是自发多元的。普通话的推行，则将鲁迅等白话作家和社论文体等原属白话经典的某一类变成全部，而20世纪50年代之后的政治净化，摧毁了由各种汉语方言所建构的中国传统的内心世界，也使汉语表现力日益萎缩，在诗歌中则体现为"诗歌之舌的硬化"。作者还进一步把"朦胧诗"写作以及"知识分子写作"看作这一"硬化"传统的延续，认为朦胧诗暗接的正是"五四"新文化所反对的古代贵族文学写作传统，它"与古典诗歌的美学对接，正是其话语的意识形态性质的表现"。同时作者认为，这种"净化"之下汉

语表现力在书面语中的萎缩，却在口语的未净化部分幸存下来，进而提倡"口语写作"，认为口语方言写作可以恢复汉语的多元性，软化因过于强调意识形态和形而上思维而变得坚硬好斗的现代汉语，恢复汉语与事物和常识的关系。

　　作为"他们诗群"和"民间写作"的代表性论点，本文体现了作者对诗歌语言传统和现状的有益反思，但他把某种倾向加以扩大，同时又把对这种倾向的纠正和弥补作为汉语诗歌未来发展的正宗，从而排斥汉语诗歌在日常生活之外的其他表现力，这是其偏颇之处，也与诗歌写作在精神立场、语言表达和形式技艺上的多元化和可能性探索相悖。

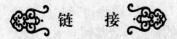 链　接

郑敏：《世纪末的回顾：汉语语言变革与中国新诗创作》，《文学评论》1993 年第 3 期。
杨克主编：《1998 中国新诗年鉴》，花城出版社 1999 年版。
于坚：《诗人及其命运》，《大家》1999 年第 4 期。

从一场濛濛细雨开始

王家新

　　本文集定名为《中国诗歌：90年代备忘录》，主要目的是在20世纪即将过去的日子里，从理论上对中国大陆90年代现代诗歌、对一代诗人10年来的写作历程进行回顾，对人们正在关心的一些诗学问题进行分析、认识和回答。因此，所选文章大都集中在"90年代诗歌"这一论题和目前一场正在展开的诗歌论争上。无须讳言，除了其理论文献价值和纪念意义外，这部文集还有着它的现实针对性。

　　那么，相对于80年代（从早期"今天派"到"第三代诗歌运动"，或从"朦胧诗"到"后朦胧诗"），90年代诗歌能否说是"另一意义的命名"（程光炜）？本文集的许多作者都倾向于这么认为，虽然他们同样意识到历史的那种相互缠绕、纠结性质。90年代之所以呈现出显著的不同于以往的诗歌景观和诗学特征，那是有着诸多深刻历史原因的：一是一批从80年代走过来的诗人们自身的成熟（不可否认，80年代末他们所经受的一切对这种成熟起到了重要推进作用），一是90年代社会和文化语境所发生的巨大变化以及诗歌写作对这种挑战所做出的回应，等等。无视这些历史变化以及90年代创作本身的实绩，反而诡称"89后的写作和49后的写作有何不同"（于坚），这至少是对历史本身的亵渎。

　　的确，"90年代诗歌"不是少数几个诗人和批评家的"幻觉"。"90年代诗歌"体现了一代诗人的共同努力与诗歌发展本身所经历的一场深刻变化。这里，"一代诗人"并不意指年限或经历的接近，相反，它指的是在这一切上很不相同的诗人（例如朦胧诗人与后朦胧诗人），进入90年代后经由自我修正而在艺术认知和写作实践上所形成的一种自觉或不自觉的呼应。正是这种相互呼应，使他们渐渐出现在同一个诗歌时代的地平线上，或同一个历史的话语场中。例如和90年代诗歌经常相联系的"知识分子写作"、"个人写作"、"叙事"、"反讽"等，它们并非流派性宣言，也绝不仅是限于某个小圈子里的"知识气候"，它们实际上相当普遍地体现了一个时代对写作的认知和艺术要求。因此，它们不仅体现在目下被强行归属于"知识分子写作"的诗人们那里，而且在众多其他诗人那里以及在一些被划入所谓"民间写作"的诗人那里，也或隐或显地呈现出这种时代性的风尚或征候。这说明了什么呢？这说明中国现代诗歌——在80年代人们更多地称它为"新诗潮"、"先锋诗歌"或"实验诗歌"等，进入90年代后有了一次看似不事声张、实则具有深刻意义的转变，即由在80年代普遍存在的对抗式意识形态写作，集体反叛或炒作的流派写作，非历史化的带有模仿性质的"纯诗"写作等等，到一种独立、沉潜的具有知识分子精神和文化责任感的个人化写作的转变（需要指出的是，这种写作中的个人性质、知识分子精神和对艺术本身的关注，在以前并不是没有，但却被那个时代掩盖了）。的确，这场经由80年代而在90年代实现的转变，或者说这种艺术认知、写作立场和态度的普遍确立，体现了一代诗人的成熟，并且，它在实际上也把历尽曲折的中国现代新诗推进到一个新的、更具建设性的阶段。

　　因此，当某些人自去年起出于个人目的而对"知识分子写作"进行攻击以来，许多诗人和批评家在忍无可忍的情势下，起而为它和90年代诗歌一辩。我相信他们这样做并非为了某个流派或一己的利益，而是为了卫护他们对写作的历史性认知，为了某种对中国诗歌和文学来说至关重要的写作精神和品格。我想，这是目前这场论争中最严肃的意义所在。至于这场论争是否带有一种权利相争的色彩，我的回答也是肯定的——这场由某几个人策划并挑起的"论争"，在一种权力欲望和挑衅心理的支配下，从一开始就超出了正常的文学论争范围。但是，被迫应答的一方，却并非为了"争权夺利"（相反，如果出于现实功利考虑，他们最好洁身自好，并落下一个"大度"的美名）。他们可以承受对他们个人的攻讦，（那些可笑的诋毁，能够"骂倒"他们吗？）但他们却不能一再忍受谎言和暴力，不能忍受那些对于诗歌和严肃写作本身的恣意践踏。因此，我在这里完全可以这样说，是中国诗歌的良知通过他们发出了自己的声音。

诗歌是一种古老的技艺，"我们神圣的职业，存在了数千年"（阿赫玛托娃）。一个独立的、有远大目光和创造力的诗人完全有理由超越现实纷争，完全有理由拒绝将自己归属于任何一方。但，这只是问题的一面，另一面是：谁都不可能不与历史发生纠葛就能超越历史，诗人也没有这个特权。而在古今中外一切伟大诗人那里我们感到的是：诗歌不仅体现了人类古老的审美想象力和创造力，它更是历史本身锻造出来的一种良知。如西渡所说，正是这种良知在对任何克隆企图说不，正是这种良知使诗歌超出一般审美游戏而成为人类精神存在的一种尺度，换言之，正是这种良知使诗歌在历史中获得了它的尊严。而在一个良知缺席的时代，我们还能拥有什么？难道我们还需要再付出半个世纪的代价才能看清这一点？

因此，说到底，像"知识分子写作"、"个人写作"这类命题，和中国现代诗歌在其历史境遇中不断接近、锻造自己艺术良知的努力深刻相关；它们不是对身份的标榜，和炮制流派或"自我神话"的行为也判然有别；它们在根本上属于一些中国诗人在其环境中深入认识自身命运和写作性质的一部分。在这样一种历史处境中，中国诗歌最需要的是什么？果真只是对世界"柔软温和"的"抚摸"，或对各式"鲜活场景"的津津乐道吗？本文集许多作者对此说不——这倒不是因为他们和生活处于一种对立关系，而是因为古往今来那些伟大的诗歌在目睹他们。一种创伤累累的诗歌良知，可以被暴力践踏，可以被一个消费时代遗忘，可以被当今的"文坛豪杰"们开涮，但它依然在目睹我们。也正是在90年代初，在纪念帕斯捷尔纳克诞辰100周年的讲话中，一位俄国诗人这样说道："20世纪选择了帕斯捷尔纳克，用以解决诗人与帝国、权力与精神独立这永恒的俄罗斯矛盾。"而在我们这里，情形虽然有所不同，而且肯定更为复杂，但存不存在类似的历史要求呢？如果回答是肯定的，那么诸如知识分子的精神或立场就会是一个诗人们不可能避开的问题。谁都渴望做一个纯粹诗人及个人在历史中的自由，但这是在20世纪的中国，到底有没有一种"纯艺术"存在呢？（或，它本身是否也就是一种意识形态呢？）

而90年代诗歌之所以值得肯定，就在于它在沉痛的反省中，呼应并在一定程度上承担了这样的历史要求，并把一种独立的、知识分子的、个人的写作立场内化为它的基本品格。本文集许多篇章涉及到10年前开始的那场艺术转变，而这场在历史震撼和复杂诗学意识相互作用下的转变，除了如欧阳江河说的旨在"结束群众写作和政治写作这两个神话"外，我想还有一个"纯诗"或"纯艺术"的神话。这种"纯诗"写作（它的另一分支似是在80年代中后期泛滥成灾的"文化诗"），如按张枣的描述，显示了一种"迟到的"（相对于西方）对于"现代性"和诗歌自律的追求，它在80年代非政治非意识形态化的文学潮流中自有意义，对于诗人们语言意识的觉醒和技艺修炼也是一次必要的洗礼。但问题在于这种对"语言本体"、"不及物"或"纯写者姿态"的盲目崇拜恰好是建立在一种"二元对立"逻辑上的，因此它会致使许多人的写作成为一种"为永恒而操练"却与自身的真实生存相脱节的行为，并且，它会如此经不起历史的震荡。那么，90年代诗学的意义，就在于它自觉消解了这种"二元对立"模式；它在根本上并不放弃使文学独立、诗歌自律的要求，但它却有效地在文学与话语、写作与语境、伦理与审美、历史关怀与个人自由之间重建了一种相互摩擦的互文张力关系，使90年代诗歌写作开始成为一种既能承担我们的现实命运而又向诗歌的所有精神与技艺尺度及可能性敞开的艺术。

这些，正是 90 年代诗人们要从根本上去解决的问题。早在像谢冕先生这样的受人尊敬的学者呼吁诗人们关注历史、现实而不要沉溺于"个人抚摸"之前，他们已在与时代生活的遭遇中发现"那个自大的概念已经死去/而我们有这么多活生生的要说"（肖开愚《国庆节》），并且在他们的写作中出现了"历史声音与个人声音的深度交迭"（程光炜评论《词语》语）。只不过这种富于时代感和个人承担意识的写作，已和艾青式的民族史诗叙事不同，和北岛早期社会公正代言人式的写作也有了区别，如同臧棣所说，这种书写把"历史个人化"了：它不再指向一种虚妄的宏大叙事，而是把一个时代的沉痛化为深刻的个人经历，把对历史的醒悟化为混合着自我追问、反讽和见证的叙述。例如孙文波的《散步》，在一种看似散漫的非社会题材甚至非主题化的个人经验叙述中，却处处透出他与这个时代的争执和一个中国知识分子沉痛而无奈的现实感；而欧阳江河自《傍晚穿过广场》以来，则不断完善和发展了一种"既把自己与时代剥离，又委婉地与其拥抱"（陈晓明语）的诗歌修辞学。正是以这些各不相同的个人叙事方式和修辞策略，这一代诗人的写作开始有效地介入到他们的真实境遇中。所以，问题只在于那种对 90 年代"个人写作"望文生义式的理解，或那种依然是从老式"反映论"出发对诗歌所做出的要求。至于某些人一再攻击"知识分子写作"只是"知识和技术"而毫无"生命痛感"，更不值一驳。只要打开一部 90 年代诗歌编年史就会发现，早在有人尚在搬弄胡塞尔"现象学还原"那一套去"梦想"一只老虎或"命名"一只乌鸦之前，这些被攻击的诗人们已在他们"存在的现场"了。他们的"知识和技术"，不仅有效地确立了一个时代动荡而复杂的现实感，拓展了中国诗歌的经验广度和层面，而且还深刻地折射出一代人的精神史。这里，我愿引述牛汉在一个诗会上的一段发言："王家新、西川等人以他们的诗证明并非狭窄的'学院派'、'为艺术而艺术'，而是与民族、母体有着较深刻的血肉关联的，他们正成熟起来，正在走向大气"（《诗探索》1994 第 1 辑。附带说明，我本人并没有参加此会）。我这样引述，倒不因为这位受一代青年诗人敬重的老诗人提到了我，而是深感惊讶：他几年前的这番话，好像就是针对今天的某种论调而发的似的！

同样，正如许多人已指出的：早在有人指责"知识分子写作"诗人"与西方接轨"，甚至诋毁他们为"买办诗人"之前，这些诗人就在一种剧烈而深刻的文化焦虑中自觉反省、调整与"西方"的关系。比如陈东东在经历欧洲超现实主义艺术洗礼后，转向一种令人耳目一新的"本地的抽象"，肖开愚也已从对奥哈拉的欢呼中沉潜下来，写出了像《向杜甫致敬》这样的力作；再比如翟永明，"把普拉斯还给美国"（钟鸣语）后，转向在本土文化经验和个人家族史中重构叙事；我本人则从《伦敦随笔》开始，不断以"回头看"的方式对在"西方"影响下长大的一代人的文化矛盾和危机进行了沉痛的反讽性揭示；而欧阳江河的《那么，威尼斯呢》，看上去写的是西方经历，实际上伴随诗人的，却始终是一场"等你到了威尼斯才开始下"的"成都的雨"！因此，我们完全有理由认为这些诗人的写作是一种置身于一个更大文化语境而又始终关于中国、关于我们自身现实和命运的写作，也是一种在"西方"与"本土"、"传统"与"现代"的两难境遇中显示出深刻历史意识和中国知识分子的文化责任感的写作。某些人一再抓住一些文本表面出现的"西方资源"大做文章（其手法恶劣已到了变态程度），那是有意要抹杀这种写作的实质和意义。众所周知，中国现代新诗是在"西方"刺激和影响下才开始自己"迟到的"历程的，这种历史不仅预设了我们在今天的文化困境，而且这种历史进程还远远没有完成。事到如今，我们能否完全把"西方"从我们的语言（现代汉语）、写作甚至文化血液中排除出去，或完全"回归"到那个"有水井处皆咏柳永词"的其乐融融的"文化中国"中去呢？有人不是一面宣称"我为什么不歌唱玫瑰"，做出一付本土姿态，一面一不留神又让"亚当、夏娃"出现在了他的云南山坡上了吗？还有那首《0档案》，不是在西方"后现代"理论和诗歌的影响下才写出来的吗？受到别人的影响，"改写"别人的文本，却又要以"可怕的原创力"来"吓唬盲目的读者"，并把同时代其他诗人们的写作贬为"读者写作"，这不是太可笑了吗？这究竟是一种自信还是心虚？而那些"知识分子写作"诗人，并不忌讳把那些"接轨"的地方——暴露出来，这并不仅仅因为他们诚实，更因为他们自信，那就是通过一种艰巨、自觉而又富于创造性的劳作，重建一种与西方的对话和互文关系。他们在90年代的重要贡献之一，就是把中国诗歌与西方的关系由80年代的影响与被影响关系变成了这种自觉、成熟的对话和互文关系。有人恶意指责诗人张曙光写到与叶芝、奥顿、布罗茨基等的对话，"俨然一副与这些大师是忘年交的姿态"，那么，与这些光辉的灵魂成为精神上的"忘年交"有什么不好？这种对话不是造就了像冯至、穆旦这样的在中国现代文学史上可怜得屈指可数的少数几个优秀诗人吗？中国诗人们当然需要有一种本土自觉，但他们依然需要以世界性的伟大诗人为参照，来伸张自身的精神尺度与艺术尺度。他们不会因为无端攻讦而收缩他们的互文性写作空间，也不会因为种种丑化而瓦解"在它的传统中通过艰苦努力建构起来的现代性视野"（臧棣），更不会在一种集体煽情的文化原教旨主义的狂热中丧失他们独立的知识分子文化立场。因为他们知道唯有这样，才能真正地恢复"汉语诗歌的尊严"——如鲁迅在大半个世纪前所做的那样！

　　从以上澄清和辨析来看，90年代诗歌需要更深入地去认识。在尚未认识前它已被泼上了一头污水，这大概就是诗歌在我们这个时代的命运吧。从多种意义上，某些人挑起的这场"论争"都是灾难性的。首先，它把诗歌由一个精神领地变成了一个权力场，它以一种"权力话语"之争代替了正常的艺术探讨，这不仅严重毒害了诗坛空气，而且也在公众面前败坏了诗歌和诗人的形象；再加上一些媒体不负责任的炒作，使诗歌在20世纪末与其说再次受到关注不如说成为一个被开涮的对象。其次，他们有意识编织了一套所谓"民间写作"与"知识分子写作"相对立的理论叙事，把实际上无限多样化的"个人写作"局面再次强行简化为两派之争，这不仅导致了对90年代诗歌写作本身的歪曲和遮蔽，而且也会给诗歌批评和研究带来有害影响。更值得警惕的是，它会把某些批评变为一种党同伐异的行为。比如近期有一篇评某诗人的文章，某诗人当然可以研究，但评论者的前提却是建立在丑化和否定90年代绝大部分诗歌上的，什么当"知识分子写作"使"当代诗坛陷入窒息境地"时，某诗人怎么样；什么"当晦涩成了大部分诗歌的通病"、"越来越多的诗人远离生活"时，某诗人又怎么样；什么"当整个诗坛都热衷于麦地啊，王子啊，神明呵"，某诗人又怎么怎么样。那么，这是在评论一位诗人呢，还是在描绘一位"救世主"？"文革"期间对某作家的"评论"也不过如此吧。这样的"批评"居然又出现在今天，实在让人惊异。因此，作为一个诗歌的爱者，我个人的希望至少是：一、消除这次"论争"带来的不良影响，回到一种独立的、负责任的、专业化的批评上来，或者说回到一种首先面对诗歌和文本而不被一些理论或派别之争所干扰的阅读和研究上来。90年代诗歌首先是一个文本的实事，它决不像有人别有用心地宣称的那样只有"说法"而没有文本。即使那些"说法"也都不是抽象的理论预设，而是和诗人们具体的写作实践和复杂诗学意识有一种血肉的关联。因此，如果不面对文本和写作本身而仅仅被一些"说法"所纠缠，反而会失去认识90年代诗歌的可能性。至于那种热衷于打派仗的"野路子"批评更不足取。它们以其胡搅蛮缠的风格，不仅使严肃的诗歌批评变成了一种胡闹，也在诱使读者的注意力离开诗歌本身。可以说他们什么都敢说都敢做，但就是不敢面对诗歌文本（除了断章取义），因为这些文本使他们一面对就感到"头晕",对他们的弱智构成了挑战,更因为这些文本本身就是对他们的论调的反驳。因此,面对尚未得到深入认识的 90 年代诗歌和这场"论争",我完全赞同唐晓渡所说,首先不是一个定性、总结或"表态"的问题,而是"重新做一个读者"或不断去做一个读者的问题。只有这样,90 年代诗歌的意义、魅力、多样性与丰富性、实质与"真相"(这是这次论争中使用最多的一个词,愈是要掩盖真相的人愈是要抢着使用它)才会呈现出来;也只有经由这样的阅读,备受伤害的诗歌才能在一片喧嚣中建立起它那无言的力量。其二,坚持对"个人写作"的认知,自觉维护诗歌的多样性和多元化局面。一个较为普遍的看法是,90 年代是一个个人化的写作时代。它看上去没有"轰动效应",没有"贡献"出什么流派,没有制造出类似于 80 年代的那种"集体兴奋",但它对诗歌的贡献正在于它在整体上消解了那种"先锋"意识(实则往往是仿先锋)和文化激进主义姿态,消解了那种集体的、同一的言说方式,而把写作建立在一种更为独立、沉潜的"个人"的基石上。而这对诗歌的建设具有一种实质性意义。然而曾几何时,不仅"民间写作"被煞有介事地炮制出来,而且为了把一批诗人作为"臭老九"打入另册,"知识分子写作"作为一个写作流派或"阵营"也被发明了出来。世纪末的诗坛居然再次被"两条路线斗争"的历史阴魂所攫住。某人在一篇文章中这样断言:"'知识分子写作'这个群体最终必然彻底分化",并且发誓似的说:"我在灵魂里看到了这一天的到来"(他在"灵魂里"还能看到别的什么?),这真是天真可笑得可以。不仅"知识分子写作"作为一个流派或群体从不存在(存在的只是那些在艺术上十分独立,在写作上各不相同的具有知识分子精神和严肃写作态度的诗人),"民间写作"作为一个流派在 90 年代什么时候存在过?于坚、韩东果真是"民间写作"吗?或者欧阳江河与西川是一回事吗?朱朱、王小妮又属于一种什么"派"?因此,一种严肃的、负责任的批评应该消解这种"两派论"(与此相联系的,还有那种人为制造出来的"南与北"、"软与硬"、方言与普通话、神话与反神话的对立,等等),使人们在这次"论争"中的注意力重新回到对文本、个体、不同艺术个性和写作实践的关注上来,使写作重新回到"个人"上来。前不久读到西川的《解读巴别塔》,在其末节他写到一个噩梦:城里的人们已"武装起来","有线电爱好者"与"无线电爱好者"正"准备开战"!而做梦人被一片混乱裹挟不知所措。读到这里,我不知是该笑呢,还是沉痛。我只是希望这种典型的 20 世纪梦魇不要再来困扰人们!

　　是呵,世纪将逝。在这时间的临界点,每个人都在遥望,或回顾。岁月匆匆走过,但它也带来了足够多的东西,供我们在这样的时刻反思。作为 80、90 年代中国现代诗歌的参与者和见证人,我不知是有幸"赶上了"这样一个时代呢,还是在一个错误时间来到一个错误的地点。不过,虽然沉痛、遗憾和某种荒谬感一再充溢心头,我仍心怀感激。我知道历史就这样"造就"了我们。我也知道了无论我们怎样标举个人的自由,历史的谱系学仍会把我们归结到某一代人上去。那么说到底,我忠实于自己的时代。我也希望我们编辑的这部文集对人们理解这一代人的写作史和精神史有所裨益。写到这里,我的思绪回到 80 年代(这也证实了孙文波讲的"从某种意义上讲,80 年代是一个更令人怀念的年代",证实了为 90 年代诗歌一辩并不意味着对 80 年代的抹杀)。正是在 12 年前的夏天,一批后来成为《倾向》主要诗人的朋友在山海关的"青春诗会"上相聚,(我记得那时有人随口吟出了"把玉米地一直种到大海边"!但奇怪的是我已弄不清这声音出自谁口,陈东东?欧阳江河?或西川?)也正是在这稍后一年,我读到西川《从一场濛濛细雨开始》、《长期以来》等诗。我在内心里有了一种更为确切的喜悦。我感到在汉语诗歌中正出现一种提升性力量。我意识到只有这样的诗才能冲破现实修辞的层面,而达到一种对诗歌的精神性和想象力的敞开。当然,一切尚需要磨砺;但,和早期朦胧诗及鱼龙混杂的第三代诗相比,这样的诗注定会伸张我们生命的尺度,注定会给中国诗歌带来一种它所需要的精神和艺术的语言。

　　一代诗人尚需要磨砺,而 90 年代带给他们的,却是一些完全超乎想象之外的考验。这种始于 80 年代后期的对于诗歌的精神性和纯粹品质的追求,在此后一再受到巨大挑战甚或嘲弄。西川那句被人多次引用的话是:"当历史强行进入我的视野,我不得不就近观看,我的象征主义的、古典主义的文化立场面临着修正",而这种自我修正(而非对他人的修正),在耿占春那里被表述为"一场诗学和社会学的内心争吵"。正是在这种深刻的反省和对我们真实生存的正视和深入中,从一代人的诗歌中又引出了一种历史维度和命运维度,一个渐渐有别于 80 年代的诗歌时代在我们面前展开,用西川的诗来表述就是:"从一场濛濛细雨开始/树木的躯干中有了一种岩石的味道"。现在,有人攻击"知识分子写作"诗人"借历史的强行侵入"(请注意他们对西川原话别有用心的改动)而"大行其道",从而成为 90 年代的"主流诗人",甚或"新贵"。那么,我要问的是:当历史"强行侵入"的时候,他们又到哪里去了呢? 当严峻的时代要求诗歌对这一切有所承担的时候,他们自己又在干些什么呢? 历史的"强行进入"可以有多种形式,在 80 年代末,它采取的是强力震撼的悲剧形式,而在 90 年代中期它采用了一种喜剧、广告剧乃至荒诞剧的形式。那么,面对这一切,那些正备受攻击的诗人可以说对得起在这些历史时刻目睹他们的诗歌良知。他们承受住了历史的悲剧震荡和喜剧性变化带来的不同考验——以他们的内在勇气、品质和努力而非什么外在助力。叶芝后期有诗云:"既然我的梯子移开了/我必须躺在所有梯子开始的地方。"那么,我想这就是历史的所谓"造就":它移开了诗人们在 80 年代所借助的梯子,而让他们跌回到自己的真实境遇中,并从那里重新开始。的确,历史就以这种方式造就了他们,而他们也创造了历史——创造了中国诗歌的 90 年代,和他们的同时代人一起! 在 80 年代末 90 年代初巨大的压力和荒凉中,他们的写作参与了对中国现代诗歌良知和品格的锻造,而在此后文化语境的全面变化和严肃文学的危机中,他们在"确立与反对自己之间"(欧阳江河)又获得了一个新的开始:富有洁癖的诗歌开始向现实敞开。然而,这与那种赶浪潮式的所谓"后现代"写作不同,这依然是一种坚持知识分子的叙事态度和文化整合性的写作(比如那些被一些人视为法宝的"后现代"因素,在陈东东、西川、臧棣、孙文波、西渡、唐丹鸿、桑克、韩博、姜涛、胡续冬等人的诗中都有,但他们却把它变成了一知半解的后现代批评阐释不了的东西);重要的是,在他们对当下语境的卷入中,或与一个更复杂的文化时代的遭遇中,依然保持了诗歌对现实的纠正和转化力量,保持了诗歌本身的精神准则、艺术难度和包容性力量。正是他们的这种努力使人们感到:一个具有整合性的诗歌时代就要到了,或已经到了。

　　我想,这大概也是一种"真相"吧,或是一些人目前正试图要掩盖或搅混的历史。某些人在今天以向"主流话语"挑战的姿态出现,其目的正在于要抹杀或改写一代人的这种写作史。那么,90 年代诗歌是否果真已被某种"话语霸权"或"腐朽秩序"所"窒息"了呢? 这不过是一些人的口实。"知识分子写作"作为一种"转型时代的思与诗"(陈旭光、谭五昌),的确在其写作实践中建立起了自身的某种艺术秩序和尺度,也促成了一个时代对于诗歌的认知和某种"知识气候",但是,这和那种意识形态化的"主流话语"完全是两码事。在我们的这种写作环境中,它永远不会上升为权力或异化为某种"普遍性话语",它只能是一种对"无限的少数人"讲话的那种话语。有人精心编织了一种"知识分子写作""压制""民间写作"的"真相",但它的根据何在呢? 这一切真是荒唐得可以。即使硬要说"知识分子写作"是一种 90 年代诗歌的"主流话语",那也只能说明了:一种独立的、不诉诸"先锋"姿态或商业炒作或集团性力量的知识分子的个人写作正得到越来越多的诗人的认同,正不可逆转地成为中国现代诗歌的普遍写作倾向。现在,有人提出"民间写作"或"另类写作"对此进行"挑战",这当然可以;然而,相对于国家权力话语,"知识分子写作"不是一种"民间写作"又是什么?而"另类写作"如不具备一种独立的知识分子的个人立场,它又有一种什么意义?因此,"论争"的喧嚣和氛围过去之后,一切仍会归结到这种独立的、知识分子的、个人的写作上来。这是一代诗人几经曲折所达到的对写作的历史性认知,不会改变。因此我想,"朦胧诗"(早期意义上的)在历史中只能有一次,"第三代诗歌运动"在历史中恐怕也只能有一次,而"民间写作"在今天的提出说到底和写作本身无关,它只是某些人的权力相争策略,也只能把水一时搅浑而已;但是,一种独立的知识分子的个人写作,却会在中国现代诗歌的进程中构成一种如耿占春所说的"永不终结的现时"——它不仅创造了诗歌的现在,也将会把诗歌的未来包含在它的自我发展中;或者说,它本身已构成了一种向着未来敞开的写作传统。因此,应当感谢这场论争,更应感谢我们在 20 世纪所经历的一切,在这回首并眺望的时刻,它让我再一次坚定了这种信念。

1999 年 9 月

原载《诗探索》1999 年第 4 期

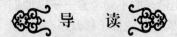 导　读

　　《从一场濛濛细雨开始》是作者为唐晓渡主编的《中国诗歌:90 年代备忘录》一书所作的序文。文章概括了 20 世纪 90 年代诗歌相对于 80 年代所发生的从普遍的"对抗式意识形态写作、集体反叛或炒作的流派写作、非历史化的带有模仿性质的'纯诗'写作,到一种独立、沉潜的具有知识分子精神和文化责任感的个人化写作"的重大转变,指出这种转变是一代诗人成熟的体现,它把中国现代新诗推进到一个更具建设性的新阶段。而 90 年代诗学的意义,就是在坚持诗歌自律要求的同时,又在文学与话语、写作与语境、伦理与审美、历史关怀与个人自由之间有效地重建了一种相互摩擦的互文张力关系,使诗歌写作成为一种既能承担现实命运,又向诗歌的所有精神与技艺可能性敞开的艺术。这种写作的实质在于把"历史个人化",即不再指向一种虚妄的宏大叙事,而是把时代的沉痛化为深刻的个人经历,把对历史的醒悟化为混合着自我追问、反讽和见证的叙述;同时,知识分子诗人群在一种剧烈而深刻的文化焦虑中自觉反省和调整与"西方"的关系,他们通过艰巨、自觉而又富于创造性的劳作,把中国诗歌与西方的关系由 80 年代的"影响与被影响"变成一种自觉、成熟的对话和互文关系。作为"知识分子写作"的代表,王家新主张诗歌批评应首先面对诗歌文本,回到独立的专业化批评上来,坚持对个人写作的认知,自觉维护诗歌的多元化局面。

链　接

欧阳江河:《89 后国内诗歌写作——本土气质、中年特征与知识分子身份》,《花城》1994 年第 5 期。
程光炜:《90 年代诗歌:另一意义的命名》,《山花》1997 年第 3 期。
王家新:《知识分子写作或曰"献给无限的少数人"》,《大家》1999 年第 4 期。

三　散　文　论

从文体角度看,中国现代散文的百年历史大致经历三次创作高峰,一是自"五四"新文学运动至 20 世纪 30 年代,习惯上归于"现代文学"时期;另外两次是 20 世纪 60 年代前后和 90 年代至今,习惯上属于"当代文学"时期。

新中国的散文创作是从延续 20 世纪 40 年代通讯和报告文学的方式开始的,只不过在反映中国革命历程外,增加了保卫和建设新中国的内容,巴金和魏巍等朝鲜战地通讯、建设通讯和报告、歌颂新人的通讯特写等歌颂体散文是这时期的主流。自 20 世纪 50 年代后期开始,以杨朔、刘白羽、秦牧、峻青、袁鹰等为代表的诗化散文成为当时散文写作的主流。20 世纪 60 年代的抒情散文固然在思想内容上存在某些虚假成分,表现手法和风格上也有单一化倾向,但还是出现了一批优秀的散文作品。他们对散文诗意的追求、意境的营造和语言的锤炼,是对通讯报告式散文在艺术上的直露粗糙倾向的反拨,也是对现代美文传统的一种继承。同时,围绕散文创作的艺术原则和方法的讨论也形成一个热点。1961 年《人民日报》开辟了"笔谈散文"专栏,在长达半年的时间里,老舍、李健吾、师陀、柯灵、秦牧、刘白羽、吴伯箫、菡子、吴调公、肖云儒等作家和批评家,围绕散文的诗意、意境、结构、范畴等问题展开讨论。特别是肖云儒提出的"形散而神不散"(《人民日报》1961 年 5 月 12 日)的散文创作原则,成为对主流散文创作的典型概括,以杨朔为代表的抒情散文便成为这个时代的散文经典。歌颂时代现实和普通劳动者朴实和奉献的坚韧乐观的精神风貌成为它们的共同主题,公共化象征的运用、意境的倾力营造、文字的刻意锤炼和"文眼"的精心设计则是它们的典范模式。其结果是,散文创作主体的个性被时代整体所替代,片面强调歌颂和意境营造,导致诗意的虚幻和情感的造作,文章的结构和风格也趋于单一和雷同。这种模式演变为一种规范,成为当代散文发展的一种长期束缚。

直到 20 世纪 80 年代,随着创作实践中大量揭露伤痕和反思历史之作的涌现,从理论上对"形散而神不散"模式的质疑和反思也终于出现。散文评论家林非率先在《散文创作的昨日和明日》(《文学评论》1987 年第 3 期)一文中对这一模式包含的机械反映论和狭隘功利论提出批评,并在审美价值论基础上提出散文的"真情实感"论。傅德岷《窒息散文创作的僵化模式——"形散而神不散"异议》(《河北学刊》,1988 年第 2 期)、喻大翔《历史与现实:形散而神不散》(《河北学刊》1988 年第 1 期)等论文也分别从创作思维方式、作家主体意识等角度给以积极回应。

自 20 世纪 90 年代初开始,社会、经济和文化的全面转型,先后出现了三股散文思潮。首先,由于快餐式文化消费时尚的兴起,报纸副刊、杂志等现代传媒的推波助澜,周作人、林语堂、梁实秋等 20 世纪 30 年代作家作品以及台港闲适散文的大量刊行,致使通俗闲适类散文的流行。

其次,是文化散文的兴盛。它以 1992 年的两个事件为标志,一是学者余秋雨的散文集《文化苦旅》的问世和畅销。余秋雨的写作在散文中引入智性因素,使诗的激情和文化的智性交融,上承鲁迅的杂文,下启南帆式的冷峻文风,成为当代散文从主情到主智的过渡。二是作家贾平凹创办《美文》月刊,倡导"大散文"。主张散文构架、思路、风格和内在精神的大境界、大气象、大格局和大气魄,在以真情和"生活实感"、"史感"和"美感"拓宽原有的"真情实感论"的同时,强调题材面的扩大,主张"不能把散文理解为那些咏物抒情式的,要大而化之",并提倡和推崇从事各种文化艺术乃至科技专业人士的散文写作,希望以此拓展散文的题材内容和写作方式。这种观点遭到刘锡庆等学者的批评,由此引发所谓"大散文"与"艺术散文"的争论,两者的分歧主要集中在散文的范畴、特质、艺术手段上。后者批评"大散文"是一种复古的散文观,认为散文只能是自我表现内心情感的文体(刘锡庆《当代散文创作发展中的几个问题》,《北京师大学报》2001 年第 1 期),主张散文应该净化(刘锡庆《当代散文:更新观念,净化文体》,《散文百家》1993 年第 11 期),应走"艺术散文"的路子。而这种主张又被贾平凹等"大散文"倡导者称为散文的"清理门户"。傅德岷(《散文,走向开放与多元》,《散文百家》1994 年第 4 期)也赞同"大散文"的"具有开放性和多元性的特点",认为散文非限于表现型一类,此外还有反映型和思辨型两种。到 20 世纪末,"大散文"与"艺术散文"之争又演化为"跨文体写作"与"反对取消文体"之争。

第三股思潮是被称为"新生代散文"、"新潮散文"、"先锋散文"或"现代主义散文"的新艺术散文,代表作家包括斯好、叶梦、赵玫、韩小蕙、曹明华等。这类散文的共同特点是:以反叛的姿态向传统散文创作和理论提出挑战。在内容上,注重表现个体对现实世界的认同和对抗、怀疑和矛盾的复杂心态,并对传统散文话语进行反讽和解构。文体上则采用情绪或意象为主的结构方式,或者生活片断的拼贴方式。叙述上多种手法并用,改变了作者与叙述者合一的第一人称全知全能的叙述视点,同时吸收小说、戏剧等其他文体的表现手法。在语言表达上,充满隐喻、暗示和反讽,富于感觉和体验的张力,并大量采用扭曲、变形和夸张的词语组合。刘烨园既是这种写作的实践者,也是重要的理论倡导者。

20 世纪 90 年代散文创作和批评的繁荣,也进一步推进了现当代散文史的整体研究和散文理论的探索。自 20 世纪 80 年代林非出版第一部《中国现代散文史稿》之后,20 世纪 90 年代又有俞元桂、范培松等学者的多部中国现代散文史著问世。在散文的理论探索方面,除贾平凹、王安忆、刘烨园等作家以及前面提及的林非、刘锡庆等学者外,楼肇明(《繁华遮蔽下的贫困》,《山西教育》,1999)、喻大翔(《用生命拥抱文化》,人民文学出版社,2002)、方遒(《散文学综论》,安徽教育出版社,2004)、陈剑晖(《中国现当代散文的诗学建构》,江西高校出版社,2004)等批评家都发表了大量文章,出版了理论专著,对散文的审美特点、文体特征等一系列理论问题做出开放性的探讨,文学批评家孙绍振更是从历史与逻辑的统一立场建构中国现代散文理论,并对应于不同时期、不同作家的散文创作和观念对情趣、谐趣和智趣的不同追求,勾勒出 20 世纪中国散文发展从审美到审丑,再到审智的内在演变历程,从而在理论上把杂文、哲理小品等文体以及抒情之外的幽默、反讽、谐谑等作为合理内涵,全部纳入散文艺术之中,为当代散文艺术的多元发展和开放探索提供了富于启示性的论述。

情 感 的 生 命

——我看散文

王安忆

　　我说的是我们通常意义上的散文，那种最明显区别于小说和诗的东西。它好像没什么特征，我们往往只能用"不是什么"来说明它是什么。我想，这大概是因为，它其实是文学创造中最接近于天然的缘故。它完全不通过虚构的形式。我以为小说和诗都是虚构的产物，前者是情节的虚构，后者是语言的虚构。而散文在情节和语言上都是真实的。它在情节和语言上都无文章可做，凭的倒都是实力。

　　先说它的文字。它使用的是通常形式的文字。在白话文的今天，我们可以说它是日常说话的形式。而在文言文为书面语的时代，我们虽不能够说是"说话的形式"，但也可肯定是日常使用的形式，比如说书信吧。它不是诗、词、曲、令那样在一个特别规定的环境中，可说是再造的语言，也就是虚构的意思。即便是现代诗，韵脚格律全卸下了，可依然摆脱不了那个特别规定的环境，诗的环境，在此，你可用不同于平常的声调说话。好比先锋戏剧，把舞台做到了观众席里，它也还是塑造出来的人生，连混淆都谈不上的。散文的语言却没有这样的规定的环境，它没有特权。因此，它也就没了可以借助的条件，它只能好了还要好。现在，有一种说法，把散文称作美文，是十分恰当的。诗词的格律韵脚，都是可以工求的东西。它们就像是语言的一个抓手或者拐杖，是可扶助文字的进展，它们使语言的美化有了操作性。比如马致远的著名散曲《天净沙·秋思》："枯藤老树昏鸦。小桥流水人家。古道西风瘦马。夕阳西下。断肠人在天涯。"首先"天净沙"的曲牌已规定了格局的限制，在限制里进行觅词寻句，虽然放不开手脚，毕竟有方位可寻，比较有目标。然后，列出一系列的实词，因有格律打节拍，使这种语言的方式成为可能的，甚至上口。说是平白如话，其实谁也不这样说话，只是指那实词都是常用的词，而且是简直的景物。我们在此处的赞叹来自于那简明又排列整齐的实词，这些实词真的很妙，不仅描写了风景，还刻画了心情。我们的赞叹还来自于那文字的节律，是如歌的，尤其是"夕阳西下。断肠人在天涯"这一句，突然地打破了节奏，又迅速地恢复了节奏，有着音乐中调性游移的效果。而散文的文字却用不上这些赞叹的，它没有这些出路。再说现代的诗句。"黑夜给了我黑色的眼睛，我却用它寻找光明。"这也是名句。诗已经摆脱外形的特征，它的诗的性质转移到意境方面，它其实更脱离现实，更具有虚构性。语言的表面虽是口语，但内涵却绝不是"人话"。黑夜和黑眼睛的关系，然后黑眼睛又和光明的关系，全是钻了语言的空子，其中偷藏了一个"暗"的意思，做了一则文字游戏。散文也是没有这种自由的。

　　散文在语言上没有虚构的权利，它必须实话实说。看起来它是没有限制的，然而，所有的限制其实都是形式，一旦失去限制，也就失去了形式。失去了形式，就失去了手段。别以为这是自由，这更是无所依从，无处抓挠。你找不到借力的杠杆，只能做加法。你处在一个漫无边际的境地，举目望去，没有一点标记可作方向的参照。这就是散文的语言处境，说是自由其实一无自由。它只能脚踏实地，循规蹈矩，沿着日常语言的逻辑，不要想出一点花头。

　　这是散文的语言情况，是自然的生态，情节也是这样，它也具有先天的状态。它肯定不是虚构的，这一点无可非议。要说，这也是它的自由，却又是不幸。它不必担当起故事的重任：既要想象，又要对真实负责，确是一桩自圆其说的苦差。散文则不必，它是有什么说什么的。它是你的真实所感与真实所想，你只有一个表达的责任。那么，我们真实所感和真实所想的质量,便直接决定了散文的质量。这里没有什么回旋的地方。似乎,没什么可帮得上忙的,语言自己也是孤独无援的境地。这两者就只得相濡以沫了。散文,真可称得上是情感的试金石,情感的虚实多寡,都瞒不过散文。它在情节上没有技术可言,同语言的境遇一样,它有就是有,没就是没。它确实没有什么格局,花草鱼虫,亭台楼阁,均可自成一体,但你不可瞎说,必须据实,否则便成了童话。新时期曾经有一度,主张小说向散文学习,意思是冲破小说的限定,追求情节的散漫,人物的模糊,故事的淡化,散文的不拘形骸这时候作了小说革命的出路。这是不是小说的好出路且不说,但这个主张不论怎么评价,总之有一点是没有错,那就是它看对了散文。散文确是任何事情都拿来作题目的,它不像小说那样求全,而是碎枝末节都可以。这种情形是可为小说开源节流的,尤其是当小说依然保持有虚构的权利的时候,它的题材一下子增加了许多。可是散文还是不能虚构,在这不能虚构的前提之下,再怎么宽容,它的资源都是有限的。它不是操作性强的东西,有些非制作的意味,你很难想象它能源源不断地生产出产品。它是真正的天意。它的情节是原生状的,扎根在你的心灵里,它们长的如何,取决于心灵的土壤有多丰厚,养料有多丰厚。要说小说概念里的"人物",散文也是有的,却只有一个,就是你,也是无从虚构的。非虚构这一点,许是散文最应当坚守的,尤其在小说向散文学习以致日益取消情节的今天,虚构和非虚构怕是区别它们的最明显标记。

就这样,散文的现实很矛盾,它好像是怎么都可以,其实却受到根本的钳制。这钳制使它失去了创造的武器,有些赤手空拳的意思,所以凭的倒是素质性的能力。这有些像体育运动中的田径,训练和竞赛的全是身体最基本的机制和能量。还有些像绘画里的素描,练的是基本功。散文的空间貌似广阔,其实却是狭小的,狭小到你不是这、不是那地说上一大串,最后所剩无几的那一点点地方,才是散文的天地,是有些夹缝中求生存的。

中国是散文大国,中国的散文是美文的传统。散文家们一旦从诗词格律中解放出来,真有着"天高任鸟飞,海阔凭鱼跃"之感。文字和意境都是上乘,这两样东西都是中国文人的擅长,最会琢磨的。中国的文字本身就是藏有机关的,多义词同义词很多,语法又很含混,边界模糊,从中是可玩出一些花招。中国的文字其实是剥夺了大多数人享用的权利,专为极少数人服务的,是文字的奴隶制社会。这文字的贵族阶层炼丹似地炼着每一个字,将其锤炼得精美无比,充满深奥的默契,有着高级的趣味。灯谜,酒令,对联,门槛,全是文字的玩意儿。你看《红楼梦》大观园里那群少男少女们,整天不亦乐乎的,就是在玩文字的游戏。意境也是玩味的一种,在意义含混的文字后头,心理的画面也是含混的,都是墨在纸上洇染开去的东西。说不清道不明却你知我知天知地知的东西。这都是难以命名的画面,有些云里雾里。什么都是一片,而不是一锤定音的一点,说出就收不回的。这总是不说"恨",却说"怨",也不说"爱",只说"悦"。"恨"和"爱"都太明确了,是结论,而不成其为意境。就像著名的"推敲"之说,"僧推月下门"的"推"是比较果决,推开算数,到此为止。而"僧敲月下门"却有了动静,这一记"敲",把夜都敲深了。意境就是指的这个。一种暗示你想象的情景,说它是"画面"未免太写实了一些,所以要用情景。这也是供贵族们消遣的,把最仔细的情和景来做文章,那都是细得不能再细,烟雾般一扬起就找不见的。《红楼梦》里林黛玉和史湘云的联诗"寒塘渡鹤影,冷月葬诗魂",前者还有据可查,可以再现其画面,后句呢? 我们除了去凭空想象,还能做什么? 这就是意境。就是这两项充分的准备,合成了美文的传统。

要说中国古代的散文,凭的全是文字功夫,几乎一律白描,真正的大盗不动干戈。写山,写水,写景,写物,全是平直道来,一无诗词的机巧。如著名的《阿房宫赋》:"六王毕,四海一。蜀山兀,阿房出。覆压三百余里,隔离天日。骊山北构而西折,直走咸阳。二川溶溶。流入宫墙。五步一楼,十步一阁。廊腰缦回,簷牙高啄。各抱地势,钩心斗角。盘盘焉,囷囷焉,蜂房水涡,矗不知其几千万落。"就像大白话似的,而阿房宫则赫然眼前。没有一个冷字,还大都是动词和名词,极少形容词,多是以状语形容。经过写意的磨炼之后的文字,一旦用于写实,可说是字字有意,是有藏而不露的底蕴的。读古代的散文,就是受用这些文字的。它流传下来的,多是一些名句,这些名句都有着用字的精致和气氛的生动,俗话叫作"传神"。比如:"落霞与孤鹜齐飞,秋水共长天一色。渔舟唱晚,响穷彭蠡之滨。雁阵惊寒,声断衡阳之浦。"美不美? 不只是字面,还在字后的意境。这意境可说是托附于文字,因其文字的内涵外延的容量幅度,而扩充着意境的。俗话所说的"只可意会,不可言传",其实只有中国文言文才具有这样的功能。中国的文言文,本身就是一种艺术的形式,即便是脱去了格律韵脚的形式,最外面还是有一个形式,就是文言文。它虽也是使用性的语言,却是少数人的特权阶层的使用语言,它依然是极其形式化的。因此,当我们不再使用文言文作书面语的今天,中国的强大的散文传统,其实就不再起作用了。我们失去了古代散文的武器还有目标,白话文是什么都可直说的,不直说还不行。它是一种构造性的文字,倘若说文言文的字是画面,白话文便是勾勒画面的笔触。于是,说什么便成为首要的事情,我们说什么呢?

　　做文明古国的今人其实是很不幸的,科学民主隔离了我们与传统的关系。我们特别像那种名门望户的没落子孙,担了个虚名,其实两手空空,并且身无长技。我们还像缴不起遗产税的继承人,只能眼巴巴看着大宗财富收进了人类文明博物馆。在白话文的时代,散文实际上是无可奈何地衰退了,它变成了一种小品式的文体,抒情或者谈闲。如鲁迅先生那样的战斗的檄文,则叫作杂文。它的功能变得很简单,把想说的话文雅活泼地说出来,便罢了。像朱自清的散文《背影》许是寄于最严肃的情感的一类了。直到不久前我们才得以读到的张爱玲及苏青的散文,也多是些随感杂议。张爱玲的散文比较认真一些,甚至开始涉及人生的内容,然而其思想和情感,都还只是她小说的边角料,是零碎样的东西。苏青的要差一些,有一些简直是卖嘴皮子,倒是很像今天的铺天盖地的散文,专为报纸副刊而写的。这时期的散文,我以为并没有给我们提供什么有益的养料。所以,我宁可认为散文是一种现代的文体,我们其实是白手起家,必须勤于学习。

　　让我们来接近一下一位与张爱玲们同时期的作家,他的名字叫加谬,他写作有许多散文,是他创作的重要部分。我们只能通过译文来阅读,所以很难谈得上对文字的看法,我们无从了解他的文字方式,这自然是一个大损失。但是,我们毕竟可以了解他的思想,而加谬又正是一个沉浸于思想的作家,他是创造思想的作家。他的散文给我的最强烈也最意外的印象就是,那里有着一些相当重要的事情。这事情重要到与人的存在有关,它是一些对人生大问题的苦思冥想。由于它的非虚构特质,它进入这大问题都是以直接锲入的形式,没有情节的媒介,也没有诗的语境作媒介,它只能如实道来,它只有一个叙述的武器。你看,他的武器有多么尖锐,竟可以剖析坚硬的思想。在加谬的《反与正》里有一题为"灵魂之死"的章节,叙述他来到陌生的城市布拉格。这地方与他的家乡远隔千里,语言不通,由于没钱,他只得在廉价庸俗的旅店里膳宿,出入于这城市的暗淡的角落,他完全被封闭了,而他的思想却异常地活跃着,使那孤独隔绝之感变得分外敏锐。这绝望的痛楚被他一笔一笔地写着,那焦虑真实地传达给你,你可以体会到客居他乡的压抑。思想在此心情的压迫下，变得顽强起来，像嫩芽顶开板结的泥土，钻出头来。文中所说："人面对自身：我怀疑他是幸福的……然而，旅行正是由此照亮了他，在他与诸物之间产生了很深的失调。世界的音乐比较容易地进入这颗不那么坚实的心中。"这是一个艰难的过程，更大的艰难还在于要将这潜伏很深的精神变化从心理上剥离成文字表达。这是经过理念高度总结之后的感性果实，我惊讶他将那样抽象的东西表达得情意绵绵，他真是一个对思想有感情的人。当他离开布拉格时，就已完成了绝望的洗礼，他进入了意大利，一切依然是陌生的，甚至更加孤独，然而他开始接受"世界的音乐"。他说："我需要一种伟大。在我深深的绝望和世上最美景致之一的隐秘冷淡的对抗中，我找到了这种伟大。"这种难以描述的精神处境，却被他一丝不苟，不留空白地描述了。我也被翻译者感动了，至少他将此转述得合情合理。

　　加谬的散文就是负起了这样的重任。它一旦负起，便无法逃避，因为没有虚构的空间。这是一种直面现实和直面文字的文体，其间没有回旋的余地。因此，它其实对思想和表达都是一个巨大的挑战。也因此，思想和表达在它跟前都会不由自主地退缩和软弱。它长期以来对于我们都是一种弱小的文体，承载一些花鸟鱼虫的事物，感时伤怀的情调，并将这种风气传染给了小说。

　　但是，我们不可抹杀散文的功劳。正是由于它的不拘形骸，它是最早脱出意识形态的窠臼，现出自由自在的性格，给文学展示了新的出路。我们很难忘记新时期之初的张洁的散文，《拾麦穗》。它只是写一个卖灶糖的老头和一个馋嘴小丫头的关系，这种关系我们无法命名，不知该往哪一类情感里归宿。它带给了我们多么大的喜悦啊！我们发现：文章竟是可以这样写的。我们发现：原来是有着许多不可命名的东西，这些不可命名的东西为我们打开一个新天地。还有那著名的散文化小说，汪曾祺的《受戒》，它也提供了不可命名的东西。由于散文的主流文学之侧的处境，倒使它身无负荷，行动起来格外方便。在那个漫长的意识形态化的文学环境里，风花雪月的出场几乎是带有革命性的意义。这是散文的特权。在一片教条声中，只有这才靠近人性的自然，是人道主义的景象。我敢说，在我们的文学世界里那不多的一点唯美的空气，是散文带来的，它多少瓦解了一些文学的社会功用性，给予它稍稍长远和抽象的理想。但我不敢说这唯美的空气质量究竟如何，纯粹度究竟如何，它的本质又是什么。在以后的日子里，它将显现出其不如人意的后果。

　　大约也正是少受意识形态规范的缘故，当文学不可避免受到经济规律制约的时候，散文首当其冲被市场所接纳，并且势头经久不衰。散文的市场主要体现在报纸副刊及生活类杂志这两大项。这使我想起民国初年的鸳鸯蝴蝶派小说的兴盛景象。据文史专家郑逸梅先生统计，当时杂志有一百一十四种。大报副刊四种，小报四十五种。连载小说铺天盖地。这很有些类似今天的散文情形，到处是那种一两千字的小小的园地，种植着一些浅近而抒情的文字。区别是这时候的人已经不再被虚构的故事迷惑，他们不爱传奇，爱的是情调。他们爱一些对人生的喟叹，越有新意越好，这可充实他们的精神和词汇库。这些对人生的诠释和见解，像作料一样，使人们能够更好地享用人生，把人生当作一道美餐。那里有着一些伤感，回味却也是甜美的。它们，将生活温和化了，使人性也温和化了。有时它们也打打嘴仗，却无伤大雅，痛都不痛的。这样的散文几乎充塞了杂志和报纸的空白与夹缝，少一点不觉得，多了就发现它们非常像一些广告词，而人生则成了商品，当然，是精品店的。

今天的读者是要比鸳鸯蝴蝶派的读者品味要高雅得多,对社会生活的参与感也强得多,所以就不甘于做传奇的旁观,而要亲手制造传奇,这也说明他们对文化更具有民主意识,也善于思考。但他们的消费量却是同样巨大,他们把文字当作消费对象的需求也是同样的性质。于是,市场就这样形成了。

由这市场你可以想象生产量的巨大,它消耗着原材料——文字。我不知道有没有过这样的时代,文字遭到如此不节制的挥霍。一个生词被急速地用熟,用滥,变成陈词老调。一个照理说很费解的句子被使用得浅而又浅,变成了口头禅。句式也在被挥霍,一夜间可传遍所有的嘴皮上,好像已经有百年的历史。最文雅的字变成最粗俗的字,最精辟的字变成最常用的字。这可说是一场文字的资产阶级民主革命,专为了推翻文字的不平等制度。很有些汹涌澎湃的势头。一些以往难得才说说的词流行开了,比如"人生","生命","爱心","情结"。有一些很别致的量词也通用开了,比如"生活"或"人生",用"份"这个量词,"一份生活"或"一份人生"。情感用"段"来作量:"一段情"。用具体的量词来形状概念相当空泛的名词,应当说是一种创新,也不排斥起初的时候是有些微妙的内涵的,可现在人人都在用,其中的内涵就在这大挥大洒中消散了。文字最经不起的恐怕就是浅释的磨蚀,浅释所造成的约定俗成的后果,最终是断送文字的性命。它使它成为另一个,原来那个死了。就好像躯壳死了,灵魂在空中游荡,再去寻找新的躯壳。倘若文字能够显形,我们就可看见连篇累牍的文字其实都是蝉蜕一样的文字的壳。再比如"缘"这个字,也是被使用得不知所衷。"禅"也是,是散文的好题目,为任何不求甚解托了一个底,也为任何浅释设制了一个遥远的背景。几乎是万金油一样的,还是掩护,在此之下,什么通和不通的,都蒙混过关了。这种深奥的文字,在浅释的同时又被当作权威利用,大树底下好乘凉的,命运是更悲惨的,是作傀儡的意思。

这是一种情形,还有一种则是,字本来是常用的字,我用你也用,意义很简单的,但因其曾经有过独创的用法,便焕发了新的光彩。这光彩被攫取普照天下,也不管它能量如何。比如一个"错"字,陆游的《钗头凤》中,那一连三个"错,错,错",真是有石破天惊之感,在这"错"字平淡的履历上增添了辉煌的一笔。现在,这也是经常出入散文的篇章了。一个普通的字忽然变得莫测高深,看起来似乎是开发文字的资源,但那只是在最初的阶段,紧接着事情就变了,变成了同一个后果,就是消解内涵。倒不是用浅释的手法,而是将独特性大力推广,以致取缔了独特性。所以,几乎在开发的同时,就是扼杀的命运。这是一个创造远远跟不上使用的时代,报纸副刊和文化杂志就像一张饥馑的大口,吞噬着不计其数的文字,转眼间无影无踪。于是,我们只能以复制来代替创造。这就是工业化时代,人变成机器的原因。

张爱玲的描述方式也在被推广,这是有些难度的。大约在近代的白话散文中,张爱玲的文字是最精致最聪明的。她把白话文当成一种工具性的文字。就好像是把文言文打散成碎砖烂瓦,重新来建造起意境的空间。这有一种走西方化道路,抵达中国化目标的,洋为中用的意思。由于这意境的虚幻微妙不可言传,而白话文的明白确凿,这其间的传达终是有一处是断了的,要留给你的想象。问题是,断归断,可是茬口还须对茬口,差得多远不要紧,可必是对得上的。就像是雪中断桥,看上去断了,实质上是连着的。张爱玲将其经营得很好。她特别善于用实的来写虚的。比如她形容巴赫的音乐:"那里面的世界是笨重的,却又得心应手;小木屋里,墙上的挂钟嘀嗒摇摆;从木碗里喝牛奶;女人牵着裙子请安;……"后面几句带有比喻的意思,重要的是第一句:"笨重"和"得心应手",这是可以解释的,巴赫的曲子却不好解释。再比如她描绘颜色:"夏天房里下着帘子,龙须草席上堆着一叠旧睡衣,折得很齐整,翠蓝夏布衫,青绸裤,那翠蓝与青在一起有一种森森细细的美,并不一定使人发生什么联想,只是在房间的薄暗里挖空了一块,悄没声地留出这块地方来给喜悦。"张爱玲的描写,看上去有一种指东道西,事实上却紧紧契合。这个方式也在悄悄地普及,说它"悄悄",是因为毕竟有些不容易,须慢慢来。要说这普及倒是好事情,因是带有方法的意义,是掌握文字的原动力,启发它的功能,可指望有更多的创造。然而,学习张爱玲的人们只学来了她的指东道西。这给我们泛滥的文字带来一股莫名其妙的空气,它使缺乏诗意的白话文连"明白"这一个优点也失去了。因此,这个普及的结果更糟糕,它破坏了文字最根本的功能:将一件事情说清楚。

这种文字的挥霍浪费,消耗了我们原本就有限的文字储存以及不断的积累,许多好字失去了意义,变成通俗的概念,许多好意义则无字可表达。由于小说和诗歌的生产及不上散文,其挥霍的程度便也及不上散文。散文在挥霍文字的同时,其实也在挥霍文字所赖于表达的情感。在煽情和滥情的空气底下,其实是情感的日益枯竭。

现在,有哪一种情感,是散文所未涉足的? 哪一种情感,能逃过散文这张网呢? 它是那么灵巧敏捷的一种东西,任何缝隙角落都可跻身进去攫取一点。它要的也不多,只那么一点,微屑一样的。它又不是要做一餐盛宴,不过是一道甜品。可由于数量的大,它的这些不起眼的攫取,也是能成气候的。它以蚕蚀的方式,将一些大体积的情感状态分解成支离破碎,散作一地。就好像蚂蚁吞食大象,还是分享的意思。是平均主义,却影响了积累。许多苦心经营的情感,在一夜之间,化整为零,变成无数的小情绪。长歌分为小调子。这世界上的感情真是太多了,报头报尾,刊头刊尾,都在向你抒发,每一点无心的物件,都成了有意。现在,你伸出手去,就能接住一点情感的馈赠,轻轻的,暖着你的手心,不给你增添一点负担的。一些危及身心的情感,此时全化解为小伤小痛,正够与那些小乐子作平衡的。因为大欢乐的情感也在分崩离析。

说实在,我很为张爱玲惋惜,她其实是具备很好的条件,可以塑造重大的情感状态。她能够领会深刻的人生哀痛,在文字上,可说是找到了原动力,有可能去创造文字的宫殿。可是,她的创痛不知在哪一个节骨眼上得到了有效的缓解,使她解脱出来,站在一边,成了一个人生戏剧的鉴赏者,口气轻松了许多。还是看她那篇《谈音乐》,谈到西乐时,她说:"我最怕的是凡哑林,水一般地流着,将人生紧紧把握贴恋着的一切东西都流了去了。胡琴就好得多,虽然也苍凉,到临了总像着北方人的'话又说回来了',远兜远转,依然回到人间。"其实,张爱玲是站在虚无的深渊边上,稍一转眸,便可看见那无底的黑洞,可她不敢看,她得回过头去。她有足够的情感能力去抵达深刻,可她却没有勇敢承受这能力所获得的结果,这结果太沉重,她是很知道这分量的。于是她便自己攫住自己,束缚在一些生活的可爱的细节上,拼命去吸吮它的实在之处,以免自己再滑到虚无的边缘。她对生活细节的喜欢几乎到了贪婪的程度:"牛奶烧煳了,火柴烧黑了,那焦香我闻见了就觉得饿。油漆的气味,因为簇崭新,所以是积极奋发的,仿佛在新房子里过新年,清冷,干净,兴旺。火腿咸肉花生油搁得日子久,变了味,有一种'油哈'气,那个我也喜欢,使油更油得厉害,烂熟,丰盈,如同古时候的'米烂陈仓'。"

如今有不少作者被张爱玲吸引,学习她描写琐细事物的耐心和兴趣,表示着对人生和生活的喜悦心情,可这喜悦是简单的喜悦,说不出多少根据的喜悦,所以就变得有些家庭妇女式,婆婆妈妈的。而张爱玲的喜悦,则是有着一个大虚无的世界观作着无底之底,这喜悦是有着挣扎和痛楚作缘由的。可惜的是张爱玲只是轻描淡写。我们凭借她流露出的某种信息,揣测出张爱玲的痛楚,可她没有为我们留下这痛楚的切实的形态。而本来是有这个机会和可能的,因为有散文这文体存在。要说也是聪敏反被聪敏误,张爱玲的聪敏就在于她可及时地打捞自己,不使自己沉沦下去,于是感情的强烈与自满便遭到中介和打破,最终没有实现这感情悲剧的存在。

张爱玲原本是最有可能示范我们情感的重量和体积,可她没有,相反,还事与愿违地传播了琐碎的空气。

我觉得,现在我们开始说到点子上了。那就是为什么我们能够有效地瓦解情感,这也是一种能力,其实是出于一种化险为夷的本能。我们都不想把自己弄得太绝,到好就收则罢。古代的李后主,失去大好河山,沦为阶下囚,他的情感方才壮阔起来:"问君能有几多愁?恰似一江春水向东流!"而再怎么大江东去,也只是个"愁"字。细究这"愁"的内容,则是"春花秋月何时了?往事知多少。"虽然"故国不堪回首月明中",却还是感时伤怀的情绪。李白喝醉了酒咏叹黄河:"君不见黄河之水天上来,奔流到海不复回。"一声"君不见"就如拔地而起一曲高歌,豪放到了近乎狂态,其骄傲的姿态确实凛然:"五花马,千金裘,呼儿将出换美酒,与尔同销万古愁。"到底却还只是一个"愁"字,虽然一扫缠绵悱恻之风,"愁"得比较硬朗,明快,然而也改变不了情感的格局。曹操可说是最无小布尔乔亚情调的一个,他的诗干得多,没那么多情绪的汤水。水落石出之后,却越发显得简单化了:"东临碣石,以观沧海。水何澹澹,山岛竦峙。"说是"吞吐宇宙气象",却是需要横加联系,纵深想象的。这也就是意境的意思了。

中国古代诗词,讲的是"深哀浅貌,短语长情",是微妙的趣味。这种审美的要求,是需用隐和略的,实证和推理的过程,便在隐和略中消遁了。感情的形成进展,走向终极,都是要有实证和推理的过程。事情出发的时候也许并不知道结果,可你必须试一试,你一旦去试了,或就能有意外的收成。可是隐和略的方式,提前就下了结论,取消了尝试的机会。事情开始是怎么样,结尾就是怎么样。一开始是愁,结果也是愁。这也就是意境的局限了,它将事情规定在一个画面上,这画面再是边缘模糊,意义多重,景深遥远,也改变不了一时一地的实质。我从根本上怀疑有没有"深哀浅貌,短语长情"的可能。所谓"空灵"的境界,其中这"空",是最易让后人钻空子的,也让后人扑空。它给继承带来了许多问题。

中国诗词的意境追求,使我们陷入趣味的迷宫。这确是很令人着迷的,由于趣味中所含有的高级心智和机巧,使我们认同了这种审美理想,专注于其中。也正是趣味的缘故,它使那些尖锐的不可调和的痛苦,还有崇高壮美的欢乐,全都温和化,委婉化,并且享受化了。它其实是有害处的,它就像蛀虫,蛀空了感情的肌体,使它坍塌下来。从此,我们就以为,所谓情感,就是那些填砖缝的小东西,而不知道,它也是有着自己的体积。

在这里,我碰到了一个难题,简单说,就是鸡生蛋还是蛋生鸡的难题。是因为化险为夷的本能寻找到趣味化的审美观念,还是因为趣味的观念而培养了化险为夷的本能。这一说或许就要说远了,现实的中国哲学和写意的中国文字都要承担一些责任的。这其实是一个形式和内容结合非常完美的事情,是悠久文明的成熟果实。中国人讲"气大伤身","牢骚太盛防肠断",都是为了消化痛苦的。将痛苦弱减到身心可以消受的程度,这莫过于"愁"这个字了。什么不是愁?什么都是愁,花谢柳败,日东月西,燕去燕来,你能说不是愁,至于那底下的东西,就自己去想吧!

比较起来,西方人却是要将痛苦滚雪球般滚起来,用张爱玲批判的说法:"……譬如像妒忌这样的原始的感情,在歌剧里也就是最简单的妒忌,一方面却用最复杂最文明的音乐把它放大一千倍来奢侈地表现着,因为不调和,更显得吃力。"她说的都对,她真是一个看得懂西方人的中国人,她也终于看到了它的伟大——"歌者的金嗓子在高压的音乐下从容上升,各种各样的乐器一个个惴惴慑服了;人在人生的风浪里突然站直了身子,原来他是很高很高的,眼色与歌声便在星群里也放光。"张爱玲也许是看到了而没有说,那就是这情感走向伟大其实是有着操作的过程的。

再来看加谬的"灵魂之死",他写的就是中国诗词里多有的"孤旅"。孤旅总是能够引发情绪和思索的。怀想与瞻望,常常是发生在这个节骨眼。天地之渺茫,人生之无奈,也多是显现在这时节。而加谬是如何将这孤旅愁烦的雾那推至出结果的呢? 他在孤旅中体验到的陌生、隔绝,茫然,寂寞,空虚,暗淡,等等的情绪,只是事情的发始,他要一步步,一步步地推究下去。这些情绪他全要说出个所以然来,要给这抽象的体验赋予一个可感的外形。这种努力有些天真,有些笨,还有些蛮。带着些小孩子盘根问底的意思——"他为什么哭?""他痛。""他为什么痛?""他病了!""他为什么病?"我们说,一切尽在不言中,讲"此时无声胜有声""于无声处——",他却偏偏要将这不言和无声,明明白白地讲出来。似乎是少些回味,而多些科学精神,于艺术不符,可是这是在开始的阶段,走下去,将来,谁知道呢?

要将那难以言传的虚无付诸语言,几乎是要带着些挣扎,拼命似的。这还不像实验室里的工作,为使某些无形的原素显形,于是便加一些添加剂,或别种会激出反应的元素,就好像小说和诗,以虚构的方式实现空幻的感情。散文却是无依无靠的,只凭着自己,单枪匹马地向前走。尤其是加谬那样的散文,他连隐喻,替代这些手法都没有,他是完全直接地,没有一点回避的企图。他勇敢,认真,老实地描写这孤旅,尽力将说不出来的都说出来:"教堂、宫殿和博物馆,我设法在这一切艺术作品中减轻焦虑。惯用的方法是在忧郁中消除我的反抗,但这是徒劳的。一到街上,我就成了外来人。然而有一次,在城市边缘的一座巴罗克式隐修院里:甜蜜的时光,缓慢的钟声,成群的鸽子从古老的塔楼上飞出,同样有某种类似香草气和虚无香气的东西使我身上产生一种满含泪水的沉默,这沉默几乎使我得到解放。"

而这只是一整个苦闷孤旅中的一个回合,是推进这苦闷的一步,还有许多步,才能把这苦闷推到极处。推到极处,而人还不死,还活着,会有什么样的事情呢? 这真是有着初生牛犊不怕虎的,是不留退路的思维方式,一无圆滑之气,也没有世故之念。这种直向绝望奔去的方式,倒是真正的艺术的方式。加谬太不肯放过自己了,他自己逼迫着自己的体验和思维,要它们前进——我还记得,在伏尔塔瓦河边,我突然停下。这种从我心底发出的气味或抒情曲调使我惊讶,我轻声对自己说:"这意味着什么? 这意味着什么? 但无疑,我尚未到达边缘。"

"边缘"这个词用得很好,它可以取代"极处",它比"极处"更生动,也更科学,它表示了一种局部性,有些"山外有山,天外有天"的意思。当他终于来到边缘,会看见什么样的景象? 是不是有一个新世界在眼前拉开帷幕。加谬他们就是这样从自己的体验出发,怀着茫然的决心,向边缘前进。他们走得越远,他们的体验就越拉开宽广的幅度,几乎有可能去覆盖更多数人的体验。当然,这是乐观的说法。事实上,你读了他的一些散文,你会发现,个人的体验于他并不仅是财富,要给予他享受的,而是像灾难一样,它一旦降临,便意味着要开始一场艰辛的精神跋涉,前途叵测。

一切不再是甜美和温馨,而是变得尖锐和痛苦。这就是感情的锐度,也就是边缘的情景。

其实,感情也是有原则的,它和劳动的原则不谋而合。付出的汗水越多,来年的收成越好。感情所历经的痛苦越大,所抵达的欢乐也越高尚和纯粹。这就是我们对那边缘所付出并且期待的。史铁生的《我和地坛》,以其对生之痛苦不穷的追究,咬着牙地深入体验,所得出的那个欢乐的结局,虽只是不多的几笔,可也能为我们提供一个参照。最终他这样写道:"但是太阳,他每时每刻都是夕阳也都是旭日。当他熄灭着走下山去收尽苍凉残照之际,正是他在另一面燃烧着爬上山巅布散烈烈朝晖之时。那一天,我也将沉静着走下山去,扶着我的拐杖。有一天,在某一处山洼里,势必会跑上来一个欢蹦的孩子,抱着他的玩具。

当然,那不是我。

但是,那不是我吗?

宇宙以其不息的欲望将一个歌舞炼为永恒。这欲望有怎样一个人间的姓名,大可忽略不计。"

有时候,对着氤氲般充满空气的轻薄的情感,那些小哭泣和小乐子,我想,我们放弃了多少大欢乐啊! 这大欢乐是一架云梯,引我们攀上天国的境界,它使我们可以真正勇敢地直面我们的有限,它用它的无限,托住了我们的命定的坠落,划定了消失。它是用来解答一些生与死的绝望的大问题,是真正的生和死,而不是我们口头上常说的那些无稽之谈。就像加谬在"灵魂之死"里最终的话:"在阿尔及利亚郊区,有一处小小的,装有黑铁门的墓地,一直走到底,就可发现山谷与海湾。面对这块与大海一起呻吟的祭献地,人们能够久久地沉湎于梦想。但是,当人们走上回头路,就会在一座被人遗忘的墓上发现一块'深切哀悼'的墓碑。"

当我们的心理没有能力承受这天地间的大悲欢的时候,我们就只能面对一些小哀乐。一些真正来自我们内心的体验,来不及成长,便夭折了。别看现在满世界的情感盛开,其实是流失的状态,今天没有明天。因为流失,我们便到角角落落去搜寻,找到什么是什么。于是,情感的质量越发下降,一些只能算作是废料的东西,也充作了情感的库存。我们再不加油努力,我们的情感就将面临贫瘠。我们的情感的幼苗林再经不起这样的大加砍伐,然后拿去作盆景了。由于工具和手艺的粗糙,这盆景也日益粗制滥造,越来越不成样子。这就是我们的恶劣的情感生态环境。

多少年来,我们一直在讨论我们没有好的长篇小说,我们将它归结为没有史诗的传统,思维方式的片断性,结构观念不突破,写作功力的不到家,还有写作的不耐心,等等。而我现在却怀疑,那只是因为我们的感情本身就是小体积的。我们的感情总是那种一触即发状态的,光也不是强光。像我们感情的那样细碎,有一些小结构的体裁,就足够对付了。好在,小说有虚构作武器,情节尽可以往大处做,情节本身有自己的发展逻辑,丰富的社会经验也可作帮助。而到了散文这里,便水落石出了。

散文使感情呈现出裸露的状态,尤其是我们使用的是这么一种平铺直叙的语言的时候,一切掩饰都除去了。所以我说它是感情的试金石。真是感谢有散文这样的好文体,它使感情有机会表现它鲜活的状态,它还让感情有可能表现它独立的状态。它对我们写实性的文字提出挑战,让它去描写一个虚无抽象的状态。这是一件多么难的难事,今天怎么会被我们弄得如此轻率而轻易? 也许是,到了应该检讨的时候。

让我们还是不要轻易去写散文,这不是一种可以经常写,源源不断写的东西。因为散文是直接书写与我们生命有关的感情,生命有多么有限,感情也就有多么有限。要多了,必定是掺了水的。它才是"血肉筑起的长城",不用一砖一瓦的。感情在这里,显现了它的肌肤纹理,纤毫毕露的,当然,我指的是那些好散文。在这些好散文里,感情一律流露出思索的表情。它们的体积,是以深究的思索建筑的。是滚雪球的那个推动力。思想的肌理也在此时清晰地显现出来,你可看得清来龙去脉。然而,这理性决不会破坏情感的生和活。因为,它也是原生的,也是鲜活的。就像树叶子上,那种有序的经络,叶子的大小和形状,其实是由经络规定的。这是一样的道理。也是张炜在《融入野地》里告诉我们的:"我蹲在一棵壮硕的玉米下,长久地看它大刀一样的叶片,上面的银色丝络;"——这就是读好散文的情景。

我要来着重讲述一下《融入野地》,我以为它其实并不像人们通常所以为的那样,是在讲述对乡土的亲情,它是在描写情感的原生状态。本来我在这一段落里,将要仔细地叙述情感的形态,可是有了《融入野地》在前,我就不必多说了,说也不会说得更好。张炜所命名"野地"的那个东西,是什么呢?它是一个真正与我们肌肤相亲的世界,是我们的情感源于生长的地方。怪也怪张炜在文章开始便以排斥"城市"的说法,非此即彼地导致了乡村的概念,他说:"城市是一片被肆意修饰过的野地,我最终将告别它。"我意识到"城市"在此地只是一种代指,代指那隔在我们与"野地"之间的所有地带。它虽是一个形象的词,但却有产生误导的影响。其实这是与城市和乡土都无关的一个概念,它指的是那个最感性的世界,就像文章开头的第二句:"我想寻找一个原来,一个真实。"

现在,我们与那个感性世界隔远了,不知该怪我们还是怪世界,城市便成了替罪羊。张炜在这里是以追根溯源的方式讲述感情的形态,他着重的是它的生机,健康而蓬勃而新鲜。那就像他歌颂过的玉米,从泥土里生长出来。他写了许多寻根的句子,可你切莫以为他在寻根,他要做的事比寻根困难得多,也要紧得多,他在寻找那个与我们的情感休戚相关的世界,我们的情感,全是从此有了反应,形成触动。就好像一只手在黑暗中,失去视力的帮助,去触摸那个给予凉热痛痒的光和力的源。

一方面是追根溯源的寻索,另一方面又是拒绝和自我放逐。语言的触角被摒弃了,一切现成的了解的概念也被摒弃了,以往的沟通都成了隔绝,一切从头开始。事情终究有些茫然,可是连孤独的概念也被否定了。又回到了混沌的世界,人像婴儿,初生世上。不过,那混沌是堆废墟,人也是怀有偏见。拨开迷雾的努力一点也不可松懈,偷不得一点懒。总之,是要为情感找到生命,让它可以从种子长成参天大树。张炜是将情感当成一个活物来讲述的,所以他就格外重视它的生机,我们可以听见它的脉动,这是在它肌肤纹理之下更真实的存在。

最后,我想引用刘烨园的《夜在当代讲述什么?》的当头一句:"激情,不过是分散了。"我很愿意相信这个,它可使我们持有耐心和乐观。我们等着激情凝聚起来,结成一些大歌舞,可在天地间展开的。它不仅与散文有关,与文学有关,与艺术有关,它实在是与我们的生存有关。我以为在这起首一句之后,还隐藏着一句:"理想,不过是分散了。"当这人世间无数的零碎的欲望终于合成一个的时候,也是理想到来的日子。理想是须有精神空间生存的,这空间,是要有情感的锐力开拓与突破第一块石壁,为理性开道。情感到哪里去汲取力量?大约就是到张炜说的那个"野地"。话说远了,还是从近的做起,那就是,让我们铺开洁白的稿纸。

1995 年 5 月 8 日,上海

原载《小说界》1995 年第 4 期

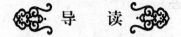 **导 读**

　　王安忆的《情感的生命——我看散文》体现了作为一个小说家的散文观。她认为：散文"是文学创作中最接近天然的"一种文体。文章以这一特性出发点，分别从文字、语言、形式以及情节等因素入手，列举诗词、戏剧、小说所具有的特长来比较与反观散文的与众不同：其一，散文是以"日常说话的形式"写成的；其二，它无法像诗词一样钻"语言的空子"，做"文字游戏"，因而"在语言上没有虚构的权利，它必须实话实说"。其三，它表面上不拘形式，毫无限制，可以任意发挥，实际上"失去了形式，就失去了手段"，因此反而"无所依从，无从抓挠"。其四，散文在情节上不能像小说一样虚构，必须"有什么说什么的"。它是你的真实所感与真实所想，你只有一个表达的责任"。因此，作者认为，"散文，真可称得上是情感的试金石，情感的虚实多寡，都瞒不过散文"。它并无多少技巧可言，也确实没有什么大格局，宏大叙事更是与之无缘，它靠的就是作者的真性情，"是真正的天意。它的情节是原生状的，扎根在你的心灵里，它们长得如何，取决于心灵的土壤有多丰厚，养料有多丰厚"，"散文的空间貌似广阔，其实却是狭小的"，而真正"散文的天地，是有些夹缝中求生存的"。

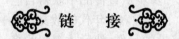 **链 接**

刘烨园：《新艺术散文札记》，《鸭绿江》1993 年第 7 期。
李运抟：《中国当代散文 50 年文化思考》，《暨南大学学报》2000 年第 5 期。

对当今散文的一些看法

——在北京大学的演讲

贾平凹

我讲九个问题。

一、关于改变思维,建立新的散文观

其实,建立新的散文观,并不仅仅是散文,而是整个的文学观念。为什么我首先讲这个问题,如果初学写作者觉得这是无所谓的了,但你真正地从事了写作,文学观则起到决定性的作用。我主办着一份散文杂志,叫《美文》,在 1999 年的一年里,专门在封二封三开辟了一年的专栏,刊登一些作家对散文的认识,也就是想了解大部分作家的散文观。从专栏的情况看,有一部分人写得相当好,也有更多的人仍糊里糊涂。我是指导着两个硕士研究生,在入校的头一个学期,我反复强调的也就是扭转旧的思维,先建立自己的文学观,起码要有建立自己文学观的意识,提供的书目中,除了国外的大量书籍外,向他们推荐读两个人的随笔,一个是马原,一个是谢有顺,这两个人的见解是新鲜的,但又不是很偏激。回顾现当代文学,可以看出中国文学是怎样在政治的影响下成为宣传品的,而新时期文学以来又如何一步步从宣传品中获得自己属性的过程。对现在的散文产生重大影响的五四时期散文,和 20 世纪五六十年代的散文。从新时期散文发展的状况看,先是政治概念性的写作,再是批判回忆性的写作,然后才慢慢的多元起来。但可以用这样的一句话说,散文在新时期文学中是相对保守的传统的领域,它发动的革命在整个文学界是最弱也是最晚的。中国的文学艺术,接受外来思潮而引发变革最早的应是美术界,然后是音乐,是诗歌是小说,然后才轮到散文。散文几乎是到了上个世纪 90 年代以后才有了起色。随着整个文坛的水平的提升,散文界必然有一批人起来要革命,具体表现为开展了多种多样的争论。比如:散文是不是小说的附庸;散文是一切文学形式里最基本的东西,还是独立的;是专门的散文家能写好散文还是从事别的艺术门类的专家将散文写得更好;它应该是纪实性的还是虚构性的;它是大而化之的还是需要清理门户,纯粹为所谓的艺术抒情型;是将它更加书斋化还是还原到生活中去。等等。正是这些争论,散文开始了自身的解放,许多杂志应运而生,几乎所有的报纸副刊都成了散文专版,进而也就有了咱们北大的这个论坛。

但是,我仍在固执地认为,散文目前虽很热,取得了很大成就,但它革命的实质并不大,从主管文艺的领导,到出版界、作家、读者旧有的对散文的认识并未得到彻底改变,许多旧观念的东西在新形势下以另一种面目出现,如政治概念性的散文少了,哲理概念性的散文却多了,假大空的作品少了,写现实的却没有现实主义的精神,纯艺术抒情性的作品又泛滥成一堆小感觉,所谓的诗意改成了一种做作。我觉得,散文界必须要有现代意识,它应该向诗歌界、小说界学习。比如小说界对史诗的看法,对典型环境中的典型人物的看法,对现实主义的看法,对中学为体西学为用的看法,对诗意的看法,对意味形式的看法,等等等等。散文当然和小说是有区别的,但小说界的许多经验应当汲取。所以,我认为在目前的状况下,一个最简便的办法是让别的文学艺术门类的人进入散文写作,我在《美文》的一个约稿的重要措施就是少约专门从事散文的人来写散文,而是尽一切力量向别的行当里的人让他们为我们写稿。

现在有一个很流行的词叫与时俱进,如果套用这个词,散文质量提升的空间还非常大,一方面要继承传统的东西,一方面要改变传统的思维,改革它的坐标应该是全球性的,而不仅是和明清散文比，和 20 世纪 30 年代 40 年代比，更不能和 60 年代 70 年代比。

散文界有这样一种现象，我们常常都知道某某是著名的散文家，但我们却不知道他到底写了些什么作品。小说界，一部小说或许就使我们记住了这个作家，但一篇散文或一本散文集让我们记住的作家是非常非常的少。

我始终在强调散文的现代意识，什么是现代意识？现代意识如果用一句话讲可以说是人类意识，也就是说我们要关怀的是大部分人类都在想什么，都在干什么？散文绝不应该是无足轻重的，它的任务也绝不是明确什么，它同别的文学艺术一样，是在展示多种可能，它不在乎你写到了多少，而在于你在读者心灵中唤醒了多少。作家的职业是与社会有摩擦的，因为它有前瞻性，它的任务不是去顶礼膜拜什么，不是歌颂什么，而是去追求去怀疑，它可能批判，但这种批判是建立在对世界对人生意义怀疑的立场上，而不是明确着什么为单纯的功利去批判，所以，作家与社会的关系永远是紧张的，这种紧张越强烈越能出现好作品，不能以为这种紧张是持不同意见，而作家若这样以为又去这样做，那不是优秀的作家。

二、关于向西方学什么？

这个问题要涉及的方面很多，但我从散文的角度上只说一个问题。

如果纵观中国的散文史，它的兴衰沉浮有一个规律，就是一旦失去时代社会的实感，缺乏真情，它就衰落了。一旦衰落，必然就有人要站出来，以自己的创作和理论改变时风，这便是散文大家的产生。散文大家都是开一代风气的人物。历史上的散文八大家莫不是如此。但是，我要说的是，现在散文要变革，如果它的变革和历史上的变革一样的话，仅仅是去浮华求真情，那还不够。小说界的情况可以拿来借鉴，如果现在的小说是纯政治化的，那肯定不行。读者不买账，甚至连发表也难发表了。而现在能发表的，肯定能受到社会欢迎的小说就是写人生，写命运。这类小说很普遍，到处都能读到这类小说。但是，小说写到这一层面，严格讲它还不是最高层面，还应该写到性灵的层面，即写到人的自身、人性、生命和灵魂。在这一点上，散文界是做得不够的。我们谈到的作品更多的，也觉得目前较优秀的散文，差不多都是写到对历史对人生命运的反思。这无可厚非，这可能与中国散文传统审美标准有关，如一直推崇屈原、司马迁、杜甫。这一类作家和作品构成主流文学。但现在这一类作品想象力不够，不如古人写得恣意和瑰丽。与主流文学伴随而行的另一种可以称之为闲适文学，它阐述人生的感悟，抒发胸臆，如苏轼、陶渊明，以及明清大量的散文作家。但这一路数的作品，到了现在，所抒发的感情就显得琐碎。文学是不以先后论大小的，绝不是后来的文学就比先前的文学成绩大，反而多是越来越退化，两种路数的创作都走向衰微。而外国呢，当然也有这两种形态，但主要特点是人家在分析人性，他们的哲学决定了他们科技、医学、饮食等等多方面的思维和方法，故其对于人性中的丑恶，如贪婪、狠毒、嫉妒、啬吝、猥琐、卑怯等等无不进行批判，由此产生许多杰作。所以，现在提出向西方学习，是为了扩大我们的思路，使我们作品的格局不至于越来越小。我这样讲并不是说我们传统的东西不好，或者我们的哲学不好，关键是对于我们的哲学有多少人又能把握它的根本精神呢？这个时代是琐碎的时代，而我们古老的哲学最讲究的是整体，是浑然，是混沌，但我们现在把什么都越分越细呀！中国有个故事，是说混沌的，说混沌是没有五官的，有人要为它凿七窍，七窍是凿成了，混沌也就死了。所以说，与其我们的散文越写越单薄，越类型化，不妨研究借鉴西方的一些东西。

说到这儿，我要说明的一点是，作家与现实要有距离，要有坐标系寻到自己的方位。任何文学艺术靠迎合是无法生存。但正是为了这一点，从另一个角度讲，文学是摆脱不了政治的，不是要摆脱，反而需要政治。这种政治不是狭隘的政治，而是广义的政治。这如同我们都讲究营养，要多吃水果、蔬菜，但必须得保证主食。我说这种话的意思是，我们要明白我们是怎样的一个民族？中华民族是苦难的民族，又加上儒家文化的影响，造就了强烈的政治情结。所以，关注国家民族，忧患意识是中国任何作家无法摆脱的，这也是中国作家的特色。如何在这一背景下，这一基调下按文学规律进行创作，应该以此标尺衡量每一个作家和每一件作品。而新的文学是什么，我以为应是有民族的背景，换一句话说就是政治背景，但它已不是政治性的。如果只是纯粹的历史感，社会感，人生感成为中国人所强调的所谓"深刻"，那可能将限制新的文学的地步。我的话不知说明白了没有。

三、关于寻找什么样的一种语感

在强调向西方文学学习中，我喜欢用一个词。就是境界。向他们的思想内容看齐，向他们的价值观看齐，这样的话，我不说，我说的是境界，境界是对作品而言的。这一点，必须得借鉴和学习，但对于形式，我主张得有民族性的。一切形式都是为内容服务的，中国 20 世纪 80 年代小说界有了"意味的形式"，这是文学新思维改变的开始。当时的目的是为了冲击当代文学注重政治、注重题材、注重故事的那一套写法的。从那时起，使中国的作家明白，原来小说还可以这样写?! 的确也写出了许多出色的作家。但是，再有意味的形式是替代不了内容的，或者说不能完全替代内容。这个时代由不注意设计和包装变成了太注重设计和包装，日久人会厌烦的。机器面到底不如手工面。既要明白要有"有意味的形式"，形式又要具有民族性，这是我的主张。换一句话说，要写中国的文章。我在我 40 岁时写过一篇东西，其中反对过一个提法，即"越是民族的越是世界的"，我的观点是：民族的东西若缺乏世界性，它永远走不向世界。我举了例子，我们坐飞机，飞到云层之上是一片阳光，而阳光之下的云层却是这儿下冰雹那儿下雨，多个民族的文化犹如这些不同的云层，都可以穿过云层到达阳光层面。我们民族的这块云在下雨，美国民族的那块云在下冰雹，我们可以穿过我们的云到阳光层面，不必从美国的那块云穿过去到达阳光层面。云是多个民族文化不同而形成的。古今中外的任何宗教、哲学，艺术在最高层面是相同和一致的。我们学习西方，最主要的是要达到阳光层面，而穿不过云层一切都是白搭。

四、关于继承民族传统的问题

这样的话许多人都在讲，尤其是我们的领导。但是，我们到底要继承民族的什么东西？现在，我们能看到都是在继承一些明清的东西。而明清是中华民族最衰败的时期，汉唐以前才是民族最强盛期，但汉唐的东西我们提得很少，表现出来的更少。现在我们普遍将民族最强盛期的那种精神丢失了。我常常想这样一个问题，比如北方和南方的文学，北方厚重，产生过《史记》，但北方人的东西又常常呆板，升腾不起来。南方的文学充满灵性，南方却也产生了《红楼梦》，又在明清期。关键在能不能做大。国人对上海人总认为小气，但上海这个城市却充满了大气。什么是大气，怎么样能把事情做大，就是认真做好小事才能大气起来。我在大学读书的时候，曾经特别喜欢废名的作品，几乎读过他所有的书，后来偶尔读到了沈从文，我又不满了废名而喜欢上了沈从文，虽然沈从文是学习废名的，但我觉得废名作品气是内敛的，沈从文作品的气是向外喷发的。我是不满意当今的书法界，觉得缺乏一种雄浑强悍之气，而大量的散淡慵懒,修闲之气充满书坛。我也想,这是不是时代所致? 当一个时代强盛,充满了霸气,它会影响到社会各个方面,如我们现在看汉代的石雕陶罐,是那么质朴、浑厚、大气,那都是当时的一般的作品,他们在那个时代随便雕个石头,捏个瓦罐都带着他们的气质,而清朝就只有产生那些鼻烟壶呀,蛐蛐罐,景泰蓝呀什么的。所谓的时代精神,不是当时能看出来的,过后才能评价。人吃饱了饭所透出来的神气和饿着肚子所透出来的神气那是不一样的。

五、关于大散文和清理门户

"大散文"这个概念是我们《美文》杂志提出来的。我们在杂志上明目张胆地写着大散文月刊。这三个字一提出,当然引起了争论,有人就说: 什么是大散文? 哪一篇散文算是大散文? 我在创刊词中曾明确说了我们的观点。提出这个观点它是有背景的,1992 年我们办了这份杂志时,散文界是沉寂的,充斥在文坛上的散文一部分是老人们的回忆文章,一部分是那些很琐碎很甜腻很矫揉造作的文章,我们的想法是一方面要鼓呼散文的内涵要有时代性,要有生活实感,境界要大,另一方面鼓呼拓开散文题材的路子。口号的提出主要得看他的提出的原因和内核,而不在口号本身的严密性。这如同当时为什么杂志叫《美文》,是实在寻不到一个更好的名字,又要让人一看就知道是散文杂志。任何名字都意义不大,而在于它的实质。你就是叫大平,你依然不能当国家主席,邓小平叫小平,他却改变了中国。我们杂志坚持我们的宗旨,所以十多年来,我们拒绝那些政治概念性的作品,拒绝那些小感觉小感情的作品,而尽量约一些从事别的艺术门类的人的文章,大量的发了小说家、诗人、学者所写的散文,而且将一些有内容又写得好的信件、日记、序跋、导演阐述、碑文、诊断书、鉴定书、演讲稿等等,甚至笔记、留言也发表。没有发表过散文诗和议论缺斤短两一类的杂文。在争论中,有一种观点,叫"清理门户",这是针对我们大而化之的散文观的。提出"清理门户"观点的是一位学者,也是研究散文的专家,是我所敬重的人,也是我的朋友,他的观点是要坚持散文的艺术抒情性。我们不是不要散文的艺术抒情性,我们担心的是当前散文路子越走越窄,散文写作境界越来越小,如果仍在坚持散文的艺术抒情性,可能导致散文更加沦为浮华而柔靡的地步。要改变当时的散文状况,必须矫枉过正。现在看来,我们的"大散文"观念得到社会普遍认同和肯定,国内许多杂志也都开办了"大散文专栏",而《美文》也产生了较为满意的影响。

六、关于"有意思的散文"

"大散文"讲究的是散文的境界和题材的拓宽,它并不是提倡散文要写大题材,要大篇幅。我们强调题材的拓宽,就是什么都可以进入散文写作,当然少不了那些闲适的小品。闲适性的文章在某种程度上来讲,似乎是散文这种文学形式所独有的,历史上就产生过相当多的优秀作品,尤其在明清和 20 世纪 30 年代。但这类文章一定得有真情,又一定得有趣味。我们经常说某篇文章"有意思",这"意思"无法说出,它是一种感觉,混杂了多种觉,比如嗅觉、触觉、听觉、视觉。由觉而悟,使我们或者得到一种启示或者得到愉悦。这一类散文,它多是多义性的,主题的模糊,读者可以从多个角度能进入的。这类散文,最讲究的是真情和趣味。没有真情,它就彻底失败了,而真情才能产生真正的诗意。这是我谈一个文学艺术作品秘结的问题。这是我在阅读别人作品和自己写作中的一个体会。任何作品都有他产生作品的秘结。有的是在回忆,有的是在追思,有的是在怀念。比如,我们读李商隐的诗,"春蚕到死丝方尽,蜡炬成灰泪始干",我们都觉得好,我们之所以觉得好是它勾起了我们曾经也有过的感情,但这些诗李商隐绝对是有所指的,他有他的秘密,只是这秘密谁也不知道。历史上许多伟大文学艺术作品被人揭开了秘结,而更多的则永远没人知道。这就说明,文学艺术作品绝对要有真情,有真情才产生诗意。现在有些散文似乎蛮有诗意,但那不是真正的诗意。如有些诗一样,有些诗每一句似乎都有诗意,但通篇读完后,味似嚼蜡,它是先有一两个好句子然后衍变成诗的,而有些诗每一句都平白如话,但整体却留给了我们东西,这才真正称作诗。我是害怕那些表面诗意的浮华的散文。现在人写东西,多是为写东西而写东西,为发表而发表,这是我们现在作品多而好作品少的一个原因。试想想,你有多少诗意,有多少情要发?我以前读"古文观止",对上边的抒情散文如痴如醉,然后我专门将其中的一些作者的文集寻来阅读,结果我发现那些作者一生并没有写过多少抒情散文,也就是那三五篇,而他几十万的文集中大量的诗词、论文、序跋、或者关于天文地理方面的文章。我才明白,他们并不是纯写抒情散文的,也不是纯写我们现在认为的那种散文的,他们在做别的学问的过程中偶尔为之,倒写成了传世的散文之作。现在的情况也是这样,一些并不专门以写散文为职业的人写出的散文特别好,我读到杨振宁的散文,他写得好。季羡林先生散文写得好,就说余秋雨先生,他也不是写散文为职业的。说到趣味,散文要写得有趣味,当然有形式方面的,语言方面的,节奏方面的许多原因,但还有一点,这些人会说闲话。我称之为闲话,是他们在写作时常常把一件事说得清楚之后又说些对主题可有可无的话,但是,这些话恰恰增加了文章的趣味。天才的作家都是这样,有灵性才情的作家都是这样。如果用心去读沈从文、张爱玲、林语堂他们的散文,你就能发现到处都是。

七、关于事实和看法

我们已经厌烦那种政治概念性的散文,现在这类作品很少了。但现在哲理概念性的散文又很多。政治概念性和哲理概念性在思维上是一致的。有许多散文单薄和类型化,都牵涉到一个问题,即对事实的看法,也就是说事实和看法的关系。到底是事实重要,还是看法重要?应该说,两方都重要。事实是要求我们写出生活实感,写出生活的原生态,这一点不管是小说还是散文最重要也是最基本的,那些政治概念性和哲理概念性的作品就是缺少这些具体的事实,所以才不感人。但有了事实,你没有看法,或不透露看法,那事实则没有意义,是有肉无骨,撑不起来。但是,有一种说法,事实是永远不过时的,看法则随着时间发生问题。这种现象确实存在,比如"文革"前一些农村题材的作品,人物写得都丰满,故事也很好,但作品的看法都是以阶级分析法来处理的,现在读起来觉得好笑。这就要求,你的看法是什么样的看法,你得站在关注人,关注生命的角度上提出你的看法,看法就不会过时。好的散文,必须是事实和看法都有,又融合得好。

八、散文的杂文化

在阅读上世纪三四十年代一些散文大家的作品,和阅读一些翻译过来的外国的散文,我有这样一个感觉,即那些大散文家在写到一定程度后,他们的散文都呈现出一种杂文化的现象。当然,我指的杂文并不是现在在我们所流行的那种杂文,现在的杂文多是从古书里寻一些典故,或从现实生活中寻一些材料,然后说出自己的某种观点,我指的是那种似乎没有开头结尾没有起承转合没有了风景没有了表面诗意没有了一切做文章的技巧的那一种写法,他们似乎一会儿天一会儿地,一会儿东一会儿西。这种散文看似胡乱说来,但骨子里尽有道数。我觉得这才算好散文。我可以举我一个例子,我写过很多散文,有的读者来信,说他喜欢我早期的散文,但我自己却喜欢我后来的散文，我这里举我的例子并不是说我的散文就好，绝不是这个意思。我是说为什么有人认为我早期散文好，而我自己又为什么觉得后来的好，我想了想，早期的散文是清新、优美，但那时注重文章的作法，而那些作法又是我通过学习别人的作法而形成的，里边可能有很漂亮的景物描写，但内涵是缺乏的，其中的一些看法也都是别人已经有过的看法，这是我后来不满意的。后来的散文，我的看法都是我在人生中的一些觉悟，所以我看重这些。我们常说智慧，智慧不是聪明，智慧是你人生阅历多了，能从生活里的一些小事上觉悟出一些道理来。这些体会虽小，慢慢积累，你就能透彻人生，贯通世事。而将这些觉悟大量地写到作品中去，作品的质感就有了，必然就深刻，一旦得意就可以忘形，不管它什么技巧不技巧了。这就像小和尚才每日敲木鱼做功课，大和尚则是修出来的。也就是巴金说的，最大的技巧就是没技巧。也就是为什么"老僧说家常话"。

九、关于书斋和激情

新时期的散文从 20 世纪 90 年代热起来以后，应该说这十多年是比较繁荣的。发展到眼下，散文界正缺少着什么？最主要的我觉得是激情。因为缺乏了激情，读者在作品中不能感受时代和生活的气息，不满意了虚构的写法，因此才有了"行动散文"的提法。作家在社会中成了一种职业，写作可能是一些人生命的另一种状态，但也有一些人将写作作为生存的一种形式。既然便是视文学为神圣的作家。也严重存在着一种书斋化，就是长期坐在房间里，慢慢失去了写作的激情。我常常产生一种恐惧，怀疑今生到世上是来干什么的，长期的书斋生活，到底是写作第一还是活人第一？如果总觉得自己是写作人，哪里还有什么可写呢，但作为写作人又怎能不去写作呢？这是很可怕的。这样下去，江郎怎能不才尽呢？我想，像我这样的情况，许多作家都面临着。这恐怕也正是我们的散文写不好的原因吧。要保持生命的活力，以激情来写作，使作品的真气淋淋，得对生活充满热情，得首先过平常人的日子，得不断提醒自己的是那一句老话：深入生活。这样，我们的感觉才能敏锐，作品才能有浑然之气，鲜活之气，清正之气。

2002 年 5 月 24 日

原载《美文》2002 年 7 期上半月

导　读

作为一个在小说与散文创作中均取得瞩目成就的作家，贾平凹对散文有其独到的见解，1992 年创刊《美文》杂志时，就大力提倡"大散文"的写作，引起文坛广泛的反响，十年之后，他仍然坚持自己的主张，但不像批评家那样对自己的观念有系统的表述。《对当今散文的一些看法》是 2002 年 5 月 24 日作者在北京大学的讲演，是贾平凹对其散文观的一次比较完整的表述。他涉及的九个问题既没有严格的概念定义，也并无严密的逻辑推演，而是以一个富有写作经验者的身份，娓娓道来，点到为止，其中涉及对中国当代散文传统和现状的判断，以及对西方散文创作经验的态度，但核心问题还是围绕当代散文创作的开拓与变革展开。对于散文观念的革新，他提出散文不是明确什么，而在于展示多少可能性，在读者内心唤醒多少东西；认为"大散文"的提倡意在呼吁散文写作的时代精神、生活实感和阔大的境界，就是要开拓题材路子，并提倡从事其他艺术门类者的大而化之的散文；

认为散文创作应该打破狭隘的抒情性,更应摒弃概念性的或琐屑矫揉之作,提倡具有开阔的世界和人类视野,接续中华民族强盛时期的历史文化气象,既有现实担当又富于真情与趣味的散文写作是中国当代散文的生存和发展之道。

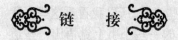 链 接

贾平凹:《〈美文〉发刊词》,《美文》1992 年第 1 期。
刘锡庆:《当代散文创作发展中的几个问题》,《北京师范大学报》2001 年第 1 期。

散文： 从审美、审丑（亚审丑）到审智

——兼谈当代散文理论建构中历史的和逻辑的统一（节选）

孙绍振

二

这些年学术界非常强调"学术规范"，诚然，为反对游言无根，是十分必要的，但，什么是学术规范的精神呢？粗浅的理解就是无一字无来历，引文要有原生的出处。如果这也算是规范的话，就太低级了。引述文献，是为了发挥自己的独创见解。但是，借助权威的、文献的装饰的套话、"陈言"，甚至是"蠢言"、学术假货，却在学术规范的幌子下泛滥成灾。

风行一时的理论，带着感觉、经验的繁杂性，严格说来，缺乏理论所必须具备的抽象力度和严密的内涵。其次，概念不成系列，大抵是孤立的、零碎的、缺乏衍生的观念的依托，充其量只是口号或者宣言而已。理论要成为理论，应该具备自洽的概念范畴体系，衍生概念处于自洽的逻辑的起点和终点之中。文化散文成立的前提是对应非文化散文，内涵是什么？纯散文，如果是艺术散文，那么"艺术"的内涵，是什么？大散文，大在哪里？新散文，和旧的有什么不同？系列概念的内涵，本该相互补充，相互支持才有理论的生命，互相干扰、交叉，互相游离的概念，与理论无缘。

当然，流行的散文观点，多多少少，还依托某些现成的常识性的经验，例如，抒情散文，叙事散文，还有说理散文，诸如此类。但，细究起来，这些常识性观念，与其说是支持，不如说是对学术逻辑的消解。抒情、叙事、说理，在逻辑上属于划分，而划分的起码要求是：第一，标准要一贯；第二，划分不得剩余和越出，亦不得交叉。抒情、叙事、说理，三者表面上并列，但，这是从贫乏的抽象的意义上来说的，在实际作品中，抒情、叙事、说理，三者经常是交错的。在叙事中抒情，比比皆是；借叙事说理，早在先秦散文寓言中取得了很高成就；至于在抒情中说理，情理交融，都是常识。理论可以批判常识，但不能违反常识。

所有这一切，都在说明，流行的散文理论，从思想方法来说，连起码的逻辑规律的关注都是不足的。许多颇有影响的散文理论，号称理论，却连起码的经验都不能全面涵盖。在这方面，散文理论界影响最大的"真情实感论"，可以说是代表。连中国大百科全书散文条，都采用了这个说法。当然，这种理论历史价值不可忽略，把这定位为散文理论冲破了机械反映论走向审美价值论的一座桥梁是不为过的。对于这一点，我在《评陈剑晖〈中国当代散文的诗学建构〉》中已经给予充分的肯定，此处不赘[1]。

这种理论的思维水准，在一个时期可以代表中国散文论界，因而，其思维方法，就很值得严格审视。其中的著名论述是："散文创作是一种表达内心体验和抒发内心情感的文学样式。""它主要是以内心深处迸发出来的真情实感打动读者。"不难看出，事实上把散文的特殊性定性在"真情实感"，也就是抒情性上。当然，也看到了抒情性的狭隘："狭义散文以抒情性为侧重融合形象的叙事与精辟的议论。"[2]他很有分寸感地用了一个"侧重"，带出了"议论"，不过议论当然是为抒情服务的。这种"真情实感论"在相当一个时期中，拥有相当的权威，至今仍然得到学界并不敏感的人士的广泛认同。

但，这样的理论是极其粗陋的。首先，楼肇明早就指出了，真情实感，并不是散文的特点，而是一切文学共同的性质。其次，真情实感的强调，并非永恒现象，而是一种历史现象，最初出现在五四时期，是对"瞒和骗"的文学传统的反拨，后来，是在新时期，是对"假、大、空"政治图解

的颠覆。把这种理念,从具体的历史语境中抽象出来,作为散文的永恒的性质,实质上是以抒情为半径为散文画地为牢。首先,中国散文史、西方散文史上,并不全以抒情为务,不以抒情见长的散文杰作,比比皆是。不管是蒙田还是培根,不管是博尔赫斯的《沙之书》,还是罗兰·巴特的《艾菲尔铁塔》,甚至是苏东坡的《赤壁赋》,诸葛亮的《出师表》,都不仅仅是以情动人的,其中的理性、智性,恰恰是文章的纲领和生命。

这样的散文理论之所以独步一时,最根本的原因在于,话语霸权遮蔽了思维方法上的漏洞。第一个疏漏,把一种历史条件下的散文观念,当做永恒不变的规律。在追求某种超越历史的、放之四海而皆准的宏观理论时,对于否定超越历史的、统一的、普遍的文学性、散文性的西方文论,并未进行过任何批判,这就使得理论处于后防空虚的危机之中。第二个疏漏,比之第一个漏洞更加严重,那就是,从未将超越历史的理论做系统的历史检验,对于理论遮蔽历史的危险,毫无觉察。理论,本来应该是,对于研究对象的现状和历史的抽象,由于直接抽象有极大的难度,理论才不得不借助前人的思想资源,在批判历史的思想资料上突破。离开这一切,仅仅凭借有限的感性,任何理论都不能不是先天不足。

这并不是说,在西方相对主义盛行的今天,就应该放弃对于文学的、散文的普遍规律的追求。事实上,对西方文论是应该分析的,西方前卫理论以绝对的相对主义为特点:一切都是相对的,世界上没有绝对的东西,但是,相对主义却是绝对的。本来,相对主义作为一种思想方法,和一切思想方法一样,应该有绝对的一面,也应该有相对的一面。绝对的相对主义,一旦使之"自我关涉",也就是用来检验相对主义自身:就不能不陷入尴尬的境地:从理论上来说,它应该是包含在相对之中的,但,它却又宣称自身是绝对的。这是一切批判性理论的不可避免的悖论。

正是因为这样,应该找到一种与绝对的相对主义对话的方法,这就是逻辑的方法。逻辑的方法和历史的方法在马克思和恩格斯那里,是相对而又互补的。逻辑方法,正是把历史的偶然性和繁复性(包括历时的和共时的特殊性)加以纯粹化,这正是社会科学研究所要求的纯粹的抽象。正像在《资本论》中,马克思并没有研究资本主义历史发展的种种事变,没有论述资本主义的海盗、贩卖奴隶、侵略、腐败、暴力、革命、复辟等等,而是,提出了一个高度抽象的逻辑范畴:商品。简单的商品生产,正是资本主义的逻辑的起点,也是资本主义的历史的起点。这个范畴,不是静止的,而是有着内部矛盾的,运动的。其中使用价值、交换价值、等价交换、劳动力、不等价、剩余价值、生产过剩、经济危机,等等系列范畴,都是在商品范畴的内部矛盾和转化与衍生的。这一切不但是逻辑的演化,而且是历史的转化,自由资本主义走向反面。故商品既是逻辑的起点,又是历史的起点,既是历史的终点,又是逻辑的终点。这说明,逻辑和历史的方法,不是绝对矛盾的,相反,是可以达到逻辑的和历史的统一的。

问题在于,流行的真情实感论,既没有逻辑的系统性,又没有历史的衍生性。它之所以成为一种没有衍生功能的范畴,就是因为,它是一种抽象混沌,没有内部矛盾和转化。而实际上,情和感,并不是统一的,而是在矛盾中转化消长的。情的特点是,动,所以叫做"动情","动心";但是,情是一种"黑暗的感觉",情之动,是看不见,摸不着的,它要借助感觉,才能传达,所以叫做"感动"。感有一个特点,就是,它是在情感冲击下发生"变异"的[3]。情人眼里出西施,月是故乡明,贾宝玉第一眼看到林黛玉,说:这个姑娘见过的。王维在散文中感到深巷寒犬,"吠声如豹",余秋雨觉得,三峡潮水声中有两主题,一个是对大自然的朝觐,一个是对山河主宰权的争逐,那日日夜夜奔流的江涛,就是这两主题在日夜不停地争辩。这种在真情冲击下变异了的感觉,明显不是"实感",而是"虚感"。通过这种"虚感"传达出来的感情是真情还是假情呢? 任何一个研究,对这样的矛盾实际视而不见,还能成为理论吗?

看不到内在矛盾,也就看不到运动发展、变化,从而,对情与感的历史的消长视而不见。在散文历史的最初的阶段,散文实用理性占着绝对的优势,情在散文中,是被排斥的,周诰殷盘,全是政治布告、首长讲话,充满教训,甚至是恐吓。至少到了魏晋以后,抒情才从实用理性中独立出来。真要从理论上,把个性化的感情当做散文的生命,还要等上一千多年。晚明小品中提出独抒性灵,五四散文继承了这个传统,鲁迅甚至认为,散文取得了比小说和诗歌更高的成就。散文的抒情主潮,其深层的矛盾,其实不仅在于感,而且在于理。主情的极端就是用变异的感觉来抑制理性,走向极端,就是情感的泛滥,变成了滥情、矫情、煽情。故到了二十世纪中叶,西方产生了抑制抒情的潮流,在诗歌中,干脆就提出"放逐抒情"。sentimentlism,五四以降,一直翻译为感伤主义,近来就变成了滥情主义。在我国,先锋诗人和小说家中,跳过情感,直接从感觉向审智方面深化,追求冷峻的智性成为主流。而散文却停留在真情实感的抒情中。就在这个时候,余秋雨出现了,他把诗的激情和文化的智性,水乳交融地结合在一起,散文的新阶段,也就是从主情到主智的历史过渡。一批年轻的甚至并不年轻的散文作家成了他的追随者。可是就在这个时候,余秋雨却引发了空前的争论。除开某些人事因素以外,主要还在于,余秋雨的散文,是从审美情感到审智散文之间的一座"断桥"[4]。从真情实感,也就是审美情感论来看,他的文章有过多的文化智性,而从先锋的、审智的眼光来看,又有太多的感情渲染,被视为滥情。

"真情实感"论,如果真要成为一种严密的学科理论基础,起码要把情与感之间的虚和实,情与理之间的消和长,做逻辑的、同时又是历史的展开。但真情实感论的代表人物缺乏这种学科建设的自觉,故真情实感论难以成为学科逻辑的起点。如果真情实感论的缺失,仅仅限于此,那还只是缺乏上升为学科理论的前景,可惜的是,它最大的缺失在于,它号称散文理论,却并未接触散文本身的特殊矛盾。就算马马虎虎以真情实感为逻辑起点吧,那么摆在面前的首要任务是,揭示散文的真情实感与诗歌、小说的不同。

而按照逻辑与历史统一的学术规范,这种不同,不应该是脱离了情与感,情与理,虚与实,真与假的现存范畴,而是从这些范畴中衍生出来的。同样的"真情实感",在诗歌里和散文里有什么重大的区别? 其实,这并不神秘,只要抓住情与感,彻底分析就不难显出端倪。真情实感,事实上就是内情与外感的结合,不管是内情还是外感,都得是有特点的,一般化的、普遍性、老一套的情感,是缺乏审美价值的。情感作为文学形象胚胎结构,只是艺术形象的一种可能性,要真正成为艺术的形象,内情和外感的特点还有待于形式规范。在诗歌中,内情具有特殊性,不成问题,但其外感是不是同样要特殊呢? 无数诗歌经典文本显示,在诗歌中的外物的感受却可以是普遍的,没有具体时间、地点条件的规定的。舒婷笔下的橡树,艾青笔下的乞丐,雪莱笔下的西风,普希金笔下的大海,里尔克笔下的豹,都是概括的,并不交代是早晨的还是晚上的,是城市的还是农村的。这是一种普遍的类的概括。外感越是概括,诗歌的想象的空间越是广阔,情感越是自由。如果,盲目追求具体特殊,要追问,艾青笔下的乞丐,究竟是男是女,究竟是老是少,越是具体特殊,越是缺乏诗意。越是缺乏诗意,也就越是向散文转化。这也就是说,散文的艺术奥秘在于,同样是特殊的情感,它的外感,越是特殊越好[5]。从这里,我们可以看到杨朔把"每一篇散文都当做诗来写",之所以造成模式化,概念化,当时的历史条件只是外部原因,混淆了文学形式的审美规范,则是其内在原因。这种区别,本来应该是常识性的,但是,竟弄得连高考试卷上都出错，说明问题严重到什么程度。林肯总统被刺，惠特曼写过《船长啊，我的船长》，只写一艘航船到达口岸，船长突然倒下的场景。这个场景，没有具体的时间，没有地点，连船长倒在什么人身上，都没有交代。然而只有这样才有诗的想象的单纯集中，也才有在单纯集中中展开丰富想象的难度，这才是诗。但惠特曼，在同样题材的散文中，写林肯被刺，就明确写出了具体的时间：一八六五年四月十四日晚间；地点：在华盛顿的一家剧院；当时的气氛是，观众都沉浸在欢乐之中，凶手突然出现在舞台上，观众来不及反应，沉默。凶手向后台逃走。群众情绪震惊、愤激、疯狂，几乎要把一个无辜的人打死。这一切都说明，诗的真情实感，和散文的真情实感，遵循着的形式规范是多么地不同。

不是矛盾的普遍性，而是矛盾的特殊性，才是学科研究的对象。

传统散文理论之所以陷入困境，原因在于，机械反映论和线性表现论，狭隘功利论和内容决定形式论。新一辈的散文理论家中，喻大翔的《用生命拥抱文化》和陈剑晖的《中国当代散文的诗学建构》以西方当代的文化哲学和生命哲学为基础，为中国当代散文理论带来了新的突破和前景。可以说是在更高的学术视野上，居高临下地对独特话语，对真情实感论进行了犀利的批判。陈剑晖先引用了楼肇明的论述：真情实感，是一切文学创作的基础，不独为散文所专美。即使真情实感，也有艺术与非艺术之别，流氓斗殴，泼妇骂街，不能说没有真情。学术的难点无疑在散文形式的特殊性上。陈剑晖看得很清楚，"真情实感"论不过是一种印象，而不是严密的学理，孤立地研究散文是不得要领的，作为一种艺术形式的特殊性只有在和小说诗歌的系统比较中才能看得清楚[6]。陈剑晖的价值，与其说在见解方面，不如说在文学形式的比较方面。这是因为，他虽然提出了某些见解，但是，作为一种理论，不免单薄。原因在于，他所用的方法，主要是演绎法，而他所依据的理论，主要是西方的生命哲学。虽然这是一种精深的学理，把当代散文理论研究带到新的制高点，但是，这种学理毕竟只是文化哲学；就其本身来说，正如反映论一样，并不包含散文的特殊规律。而用演绎的方法，把生命哲学直接推演到散文中去，提出散文的特殊性乃"生命的本真"，显然，还是不能到达散文的特殊矛盾。这不是生命哲学的局限，而是演绎法的局限。生命本真作为大前提，必须是周延性的：

> 大前提：一切文化(文学)都是生命的表现，
>
> 小前提：散文是一种文化(文学)现象，
>
> 结论：散文是生命的表现

这个推理完全符合小逻辑的三段论的规范。但，这里却隐含着形式逻辑的内在的悖论。演绎的目的是为了从已知的大前提引申出未知结论(散文是生命表现)，表面上是从已知演绎出未知来；但是，这个本来尚未知的结论早就隐藏在已知的大前提中了。当我们说，一切文化文学都是生命的表现的时候，是不是已经把散文包含在内了呢？如果不包含在内，那么，就不能说，一切的文化文学现象都是生命的表现。不能说一切，只能是这样：

> 大前提：一切文化(文学，除了散文以外)都是生命的表现，
>
> 小前提：散文是文化(文学)现象，
>
> 结论：无法推出

大前提不周延，就不能推出结论，因而在大前提和小前提之中，有一个共同的中间"项"这个中间项，如果不是周延的，毫无例外的，在逻辑上叫做"中项不周"，是不能进行三段论的演绎推理的。只有大前提是周延的，也就是毫无例外的，也就是：

大前提：一切文化文学现象（包括散文）都是生命的表现
小前提：散文是文化文学现象
结论：散文是生命的表现

这就产生了一个悖论：为了证明散文是文化（文学）现象，必须先肯定散文是文化（文学）现象。这在逻辑上，就犯了同语反复的错误。正是因为这样，早在恩格斯时代就说了，演绎法的最大局限，就是结论早已包含在大前提中了。因而，演绎法只能从已知到已知，并不能从已知到未知。所以说，演绎法是不能产生新知识的。这是人类思维的局限，正如人类的语言符号有局限性一样，人类思维的逻辑，也是有局限的。在这一点上不清醒，就可能导致迷信。不管用西方的还是中国的权威的、普遍的哲学文化理论作为大前提，都不可能把文学性、散文性、诗性演绎出来。还因为普遍的大前提里，没有小前提里的特殊性。演绎法的特点，恰恰是不能无中生有。但，以为演绎法是完美的思维方法，这是迷信。当然，人类并未因此而束手无策，和演绎法相对，和它互补的，就是归纳法。归纳法不是从推论开始，而是，从具体的、特殊的感性上升为普遍的抽象。当古希腊式的以权威的、经典的观念为大前提，进行演绎，遇到了危机时，文艺复兴时代的大师，以培根为代表，致力于观察和实验，像蜜蜂一样收集经验事实。这就产生了以经验的归纳为主的时代潮流，为近代科学文学的发展开拓了新的历史阶段。当然归纳法，也有局限，那就是作为理论，基本的要求是普遍，但，不管是个人的，还是时代的，经验毕竟是有限的，经验的狭隘性和理论的普适性，是一对永恒的矛盾。但是，作为演绎法的一种互补形式，归纳法有显而易见的优越性，那就是，不是从概念定义出发，而是从事实出发，不但有相对可靠性，而且可以在实证的基础上，提供超越于普遍理念的特殊知识。人们不能从水果（普遍）演绎出苹果（特殊）的味道，但却可能从苹果（特殊）归纳出水果（普遍）的性质来。正是因为这样，要真正建构可靠的、严密的散文理论，不能单纯依赖演绎法，有必要从经验的归纳去寻求其特殊奥秘。在这方面，其实陈剑晖已经有所进展了，例如他提出散文和诗歌相比，是比较日常的，而诗歌是比较形而上的，可惜的是，这种吉光片羽的论述没有得到充分的论证和阐释。如果陈剑晖在方法上更加自觉，用归纳法，也就是文本解读，直接从文本进行第一手的归纳，他应该是可以发挥得更为深邃的。

四

事实上不管是拘守于僵化的"真情实感"，还是从西方生命哲学文化哲学中去演绎，都超不出普遍大前提已知的属性。还不如回到散文浩如烟海的文本中来，一旦发现现成理论所不能解决的问题，就死抓住不放，对之进行直接归纳，上升为理论。真情实感论，把散文归结为"美文"，顾名思义，美文就应该是美化的、诗化的，既美化环境，又美化主体精神的。这种普遍得到认同的理论，遇到并不追求美化和诗化的文章，就捉襟见肘了。例如，对于三峡风光，我们已经见到过许多美化、诗化的经典诗文了。但，楼肇明先生从三峡的自然景观中看到了什么呢？

> 不成规划的球形、椭圆形、圆锥形、圆柱形，你挤我压，交叠黏合，隆起上升，沉落倾斜，那经过生命和死亡的大轮回、大劫难的一堆堆岩石的云团、岩石的羊群和牛群，被排闼而来的长江水挤开，在两边站立……岩石被送上旋风的绞刑架，从地质年代的墓坑里被挖到阳光下，让苍天去冷漠地阅读……[7]

如果真情实感论的美文，是放之四海而皆准的统一规律，那么，我们能把这样的散文列入美文之列吗？这里，三峡不是壮丽的河山，而是很丑陋，而作者的真情，是什么呢？冷漠——整个苍天对这一切无动于衷，他自己也无动于衷。这里有什么真情实感呢？真情实感论，所描述的情感是什么样的呢？

> 古今中外，多少优秀的散文，都充分地流露和倾泻着自己的情感，有的像炽热耀眼的阳光，有的像奔腾呼啸的大海，有的像壮怀激烈的咏叹，有的像伤疤欲绝的悲歌，有的又像欢天喜地的赞颂。当然也有与此很不相同的情形，那就是异常含蓄地蕴藉地表达自己的感情，从表面看来似乎并不强劲猛烈，但在欲说还休的抑扬顿挫之中，可以让读者感受到这股情感潜流的曲折回旋，因而产生更多的回味，值得更充分地咀嚼。[8]

真情实感论者笔下所描述的感情，实质上，就是两种，一、是强烈的、浪漫的激情，二、是婉约柔和的温情。抒发这两种感情的，无疑都属于诗化、美化的散文之列。但是，我们却碰到楼肇明式的冷漠，他既没有热情，也没有温情，整个儿，他就以无情为务。这时候，如果我们迷信演绎法，只能是成全它，说，这也是一种真情实感（"佯情"、"隐情"？）但，这显然强词夺理，因为这里没有美文的诗化和美化。这样的思路，显然会进入死胡同。这条路走不通，就只能走相反的道路，就是从有限的经验材料，从有限的文本进行直接归纳，这明明不是美文，不是美化，不是诗化，那么是不是可以大胆地假设——"丑化"。李斯特威尔在《近代美学史述评》中这样说道："广义的美的对立面，或者反面，不是丑，而是审美上的冷漠，那种太单调、太平常、太陈腐或者太令人厌恶的东西。"是不是可以把这种散文，列为和审美散文相对的，在情感价值上相反的散文，是不是可以把它叫做"审丑"的散文。这种"审丑"，不但是逻辑的划分，而且是历史的发展。抒情、美化、诗化，长期成为流行的潮流，成了普及的套路，达到可以批量生产的程度，抒情就滥了，为文而造情，变成矫情，虚情假意了。抒情变成俗套，也就引起了厌倦，就走向反面，干脆不动感情。不动感情也可以写成别具一格的散文。台湾有一个散文家叫林彧，他的一篇散文《成人童话》，创造出了一个荒谬而无情的境界：

> ——我的甲期爱情到期了吗？
> ——你的爱情签账卡来了吧？
> ——爱情可以零存整付。
> ——幸福可以分期付款！
> ——真理换季三折跳楼大拍卖！[9]

把爱情变成一种交易，变成银行的账户，变成单据，变成程序性的金钱来往。真理也不是什么精神追求的高尚境界，而是商店里的生意经。真理怎么能换季呢？跟衣服一样，这个真理不流行了，要换一个新的真理，那还能称为真理吗？这就是一种冷漠。幸福不是一种情感的共享和体验，而是非常商业化的，完全没有了情感的价值，有的是一种交换的实用价值。这是对浪漫爱情温情的一种反讽，否定，不抒情，反抒情，没有感情就不能说是美文，而是美文的反面。

我们直接把这种散文归纳为"审丑"散文。

审丑，不一定是对象丑，而情感非常冷，接近零度。冷漠是最根本意义上的丑。

爱情、友情、亲情、热情、滥情的反面不是仇恨，是冷漠，因为仇恨还不失为感情，而且是强烈的感情，哪怕是丑的，在美学领域，"丑"不"丑"无所谓，只有无情才是"丑"，外物的"丑"所激起来的，如果还是强烈的、浪漫的感觉，那还算是审美。审丑和对象的关系并不太大，不管对象是美是丑,只要有强烈、丰富、独特的感情,就仍然是审美的。因为英语的 aesthetics,美学,讲的本来就是和理性相对的情感和感觉学。表现强烈的感情,婉约的感情,叫做审美,那么表现冷漠,无情呢? 应该叫做审丑。

从总体上说,严格意义上的审丑散文,在中国散文领域,作为一个流派,或作为一种思潮,还没有成熟起来,没有一个完整的作家群体。有的则是不成熟的探索,如得到某些评论家赞赏的刘春的散文:

> 农村的厕所其实就是公用的化粪池,人类猪牛粪便都混在一块儿,不结块,反而显得挺稀的,这归功于蛆虫。粪便经过发酵,稀释,浇到园子里,即使不怎么长了的菜林也晃着脑袋蹿一蹿。沼气发出致命的气味,只有最强壮的苍蝇才可以呆得住,它们图的是随时享受"美味"。踏板彻底地朽掉了,黑漆漆的,如炭烤。野地里的茅房偶尔会有死婴浸泡在屎中,他们无分男女,五官精细,体积小得出奇,比妈妈从城里给我买的第一只布娃娃还要小,骨殖如一副筷子,脸上和四肢挂着抑扬过的痕迹。我低头看他们,感到童年的无力和头晕。有一只死婴都瘦成了皮包骨,可是他依然保留着人的样貌。我记得他正好挂在树枝上,就好像一脚踏在生命的子午线上,那树显然是人们有意为之的,位置那么恰好。[10]

这里描绘的景象,显然很丑陋,很肮脏,很悲惨。在诗化美化的"真情实感"论的散文家笔下,这种可能引起生理的嫌恶的现象,肯定是要回避的,但,作家却津津有味地详加展示,目的就是要刺激读者产生恶心的情绪。作者的笔墨给人一种炫耀之感,炫耀什么呢,在丑面前无动于衷,丑之极致,不觉其丑,转化为无情之丑,转化为艺术的"丑"。这就是审丑散文家所追求的。

当然,这种审丑散文还是比较幼稚的,不成熟的,因为审丑虽然无情,但,在丑的深层,还有理念。林彧的"爱情是零存整付",其中有深邃的讽喻。刘春突破审美的、真情实感的勇气引起了一些评论家的欢呼(如祝勇),刘春的不成熟,浮浅,精神性欠缺,也引起了另一些散文专家的愤慨,斥之为"恶劣的个性"[11]。

审丑,是艺术发展的普遍思潮,中国散文的审丑,相对于小说、戏剧而言,相对于绘画、雕塑而言,是有点落后了。最早的象征派诗歌,代表性诗人如李金发的审丑创作几乎和郭沫若同步开始。连浪漫主义的闻一多,都不乏审丑的作品,如《死水》。奇怪的是,在诗歌、小说,突飞猛进地更新流派的时候,散文却一直沿着抒情审美的轨道滑行近八十年。审丑的散文,到目前为止,还不能说已经成了气候。

但是,毕竟也有大量与审丑相接近的散文,那就是幽默散文。它不追求诗意、美化,它把表现对象写得很煞风景,甚至令人恶心,有某种不怕丑的倾向;你说他审丑吧,它又并不冷漠,它有感情,不过不是诗意的感情,而是一种调侃的感情。所以,不能笼统叫"审丑",只是接近于审丑,叫它"亚审丑",可能比较合适。

鲁迅的《阿长与山海经》写一个保姆,晚上睡觉,她本该照顾孩子,反而占领全床,摆上一个"大"字。鲁迅的母亲给了她暗示,以后更加糟糕,不但摆上"大"字,而且把手放在鲁迅的脖子上。她还会讲非常恐怖、荒唐的、迷信的故事:说像她这样的妇女要被掳去,敌人来进攻的时候,长毛就让她们脱下裤子,站在城墙上,外面的大炮就炸了。这是非常荒谬的,按理说,鲁迅批评一下她迷信、胡说,是可以的,但那就太正经了。鲁迅并不正面揭露,而是采取一种将错就错、将谬就谬的说法,说她有"伟大的神力"。幽默感就从这里产生了。幽默恰恰是在这些不美的、有点丑怪的事情中。显而易见的荒谬和十分庄重的词语之间产生一种叔本华所说的:不和谐、不统一(incongruity),用我的话来说,就是"逻辑错位"[12]。长妈妈愈是显出丑相,鲁迅愈是平心静气,愈是显示出宽广的胸襟,悲天悯人的精神境界。

幽默致力于"丑"化,"丑"加上引号,不完全是丑,是表面的丑而不是丑,因为长妈妈并不怀自私的、卑劣的目的,不是有意恐吓小孩子,自己是非常虔诚地相信这一切。她很愚昧,但心地善良。鲁迅的内心状态并不是冷漠的,也不是无动于衷的,而是表面上沉静,内心感情丰富的:一方面"哀其不幸",另一方面"怒其不争"。从结构层次上分析,表层是愚昧的、丑的,深层的情感是深厚的、美的,这就是幽默在美学上的"以丑为美",这就是我们所说的"亚审丑"。

张洁在一篇散文中这样写:在一条清洁的街道,看到一个孩子,随便吐甘蔗皮。就告诉孩子,不可以这样的。孩子看了好久,吐了一口甘蔗皮来回答。张洁后来发现所有的大人都买了一根甘蔗,两尺来长的,一边咬一边走,以致城市的街道都是软软的。再看,这个城市没有果皮箱,环保部门也没有尽到责任。这种正面批评,不是幽默的,而是抒情的。用幽默风格来写怎么写呢? 梁实秋的散文:"烈日下,行道上,口燥舌干,忽见路边有卖甘蔗者,急忙买得两根,才咬了一口,渐入佳境,随走随嚼,旁若无人,随嚼随吐,人生贵适意,兼可为'你丢我拣'者,制造工作机会,潇洒自如,不亦快哉。"[13]完全是破坏环境卫生,却心安理得,还要说出两条堂堂正正的理由:一是人生贵适意,上升到世界观的高度;二是为清洁工人创造就业机会。这完全是逻辑颠倒,正话反说,因而好笑。表面上是贬低自己,实质上是批评一种普遍存在的恶习。不以居高临下的姿态批评世人,却把这些毛病写成是自己的,这是荒谬的,又显而易见是艺术假定。读者不会真的以为这是梁实秋缺乏公德心,在会心一笑时,与梁实秋的心灵猝然遇合了。李敖善于以玩世的姿态写愤世之情:

> 得天下之蠢材而骂之,不亦快哉!

> 仇家不分生死,不辨大小,不论首从,从国民党的老蒋到民进党的小政客、小瘪三,都聚而歼之,不亦快哉!

> 在浴盆里泡热水,不用手指而用脚趾开水龙头,不亦快哉!

> 逗小狗玩,它咬你一口,你按住它,也咬它一口,不亦快哉!

> 看淫书入迷,看债主入土,看丑八怪入选,看通缉犯入境,不亦快哉![14]

李敖故意把自己写得很不堪(看淫书)、很顽劣(以快速和慢速放影碟)、很无聊(和小狗咬来咬去)、很散漫(用脚趾开水龙头),但就是在这种无聊和顽皮中,显示了他在政治上和学术上的原则性和坚定性,并为自己极其貌视世俗的姿态而自豪。他的幽默好就好在亦庄亦谐,以极庄反衬极谐。

贾平凹在散文《说话》里,说自己说不好普通话,这没什么了不起,普通话嘛就是普通人说的话,毛主席都说不好普通话,那我也不说了,好像有点阿Q。这种心态,在中国是常见的。他又说说不好普通话,就不去见领导、见女人。好像见领导就是为了去讨好领导,让领导留下好印象一样;和女人在一起,有什么不纯的动机。这些本来都是隐私,但作者公然袒露。这明显是虚构,不是写实,显而易见是借自己来讽喻世人、世风。他说普通话说不好,但他会用家乡话骂人,骂得非常棒,很开心。表面看来,这是有点丑,有点恶劣,但从深层来说,他非常天真,非常淳朴。对幽默而言,丑化是表层的,深层隐藏着感情的美化,自己很坦然,无所谓,不拘小节,表现宽广的心胸，并不是用虚荣心来掩盖自己的本性；同时，所写的缺点并不是个人的，往往是人类普遍的弱点。以丑为美就美在这里。

五

中国现当代散文艺术积累最为丰厚的是抒情和幽默，作家进入散文的艺术天地最为方便的入门就是抒情和幽默。但不管抒情的审美还是幽默的"亚审丑"，在逻辑上，都存在着无可否认的局限。钱锺书把某些文学评论家讽刺为后宫的太监，只有机会，而无能力，是很片面偏激的；王小波对中国传统的消极平均意识的批评，以诸葛亮砍椰子树作类比，从严格理性的角度来看，也还失之粗浅，从逻辑上来说，类比推理是不能论证任何命题的。这就促使一些把思想、文化深度看得特别重要的散文作家，在抒情和幽默的逻辑之外寻求反抒情、反幽默的天地。

从美学上说，把情感和感觉的研究归结为"审美"是不够严谨的。比较深刻的文学作品，不光是情感和感觉的，还是有着自己独特的理念的。不论是屈原还是陶渊明，不论是古希腊悲剧还是安徒生的童话，都渗透着作家生命的甚至是政治的理念。大作家都是思想家，应该把与情感联系在一起的理念结合起来。智慧理性的追求，在二十世纪五十年代以后西方现代派文学中形成潮流，加缪甚至宣称，他的小说就是他的哲学的图解。对这种倾向，我在《西方文论的独白和中西议论的对话》中，把它叫做"审智"[15]。

把情感归结于审美价值，来源于康德。但是，上世纪八十年代以来，人们片面理解了康德，把审美仅仅归结于情感，过分强调他情感价值的美独立于实用理性的善和真，而忽略了康德同时也强调三者的互相渗透，特别是美向理性的善的提升这一点，是康德审美价值观念的一个重要支点[16]。康德的"美"和理念，实际上是一种"美的理想"，存在于心灵中，比之现实中的具体事物，它具有一种"范型"的意味，"圆满"的意蕴，催促祈向的主体向着最高目标不断逼近，又令祈向着的主体"时时处于不进则退的自我警策之中"[17]，美的超越性，超越感官，使美向善的理念提升。康德虽然把美与善当做不同的价值观念，但他强调在更高的层次上，美与善可以达到统一，甚至最后归结到"美是道德的象征"[18]。从这个意义上讲，康德的审美价值论兼具"审善"和"审智"的双重取向。自然会产生一种"零缺陷的，最具审美效果的极致状态下的事物"，有一种"祈向至善之美"的"最高范本"。而这种范本，在康德看来，"只是一个观念"，"观念本来就意味着一个理性概念，而理想本来就意味着符合观念的个体的表象"[19]。

从这个意义上讲，康德的审美价值论在表面上是强调感性的审美，但，其深层，兼具"审善"和"审智"的双重取向。但，这一点，被我们长期忽略了。对于大量的智性文章往往以审美的"真情实感"论去演绎，其结果是窒息了审智流派，散文理论长期处于跛足的落伍状态。其实只要不拘于演绎，用经验材料来归纳，既不抒情又不幽默的散文大量存在，除了直接抽象为审智散文以外，别无出路。

二十世纪八、九十年代，在中国，学者散文成了气候，产生一种以智取胜的倾向。这是历史的必然，也是逻辑的自然。抒情太滥，幽默太油，走向极端，走向反面，必然要逼出反审美，反抒情，反幽默的审智散文来。余秋雨之所以重要，就是因为他成了这个历史关键的过渡桥梁，他在抒情散文中水乳交融地渗入了文化人格的思考，达到了情智交融的境界，但，他并没有完成从审美向审智美学的过渡，他只是突破了审美抒情，并没有到达完全审智的彼岸。具有鲜明的智性倾向的散文，周国平的作品可以作为代表之一。他在《自我二重奏·有与无》中这样写道：

　　庄周梦蝶,醒来自问:"不知周之梦为蝴蝶与,蝴蝶之梦为周与?"这一问成为千古迷惑。问题在于,你如何知道你现在不是在做梦? ……这是个哲学命题,现实世界是不是虚幻的? 就像我在这里教了几十年的书,是不是另外一个人做了几十年的梦,"我的存在不是一个自明的事实,而是需要加以证明的,于是有笛卡儿的命题:'我思故我在'。"……但我听见佛教教导说:"诸法无我,一切众生都只是随缘而起的幻相。"……从佛教的角度来讲,周国平也是一种虚幻,当他在为他的存在苦苦思索的时候,电话铃响了,电话里叫着他的名字,他不假思索地应道:"是我。"

　　从抽象的意义上来讲,我的存在与否,是个大问题;但,从感性世界来说,我的一声回答就把这个问题解决了。周国平的自我二重奏、我的苦恼,从哲学上来说,是很深刻的智者的散文。但读周国平的散文,有时觉得它不像散文,也不像审智的散文。这有两个原因:首先,审智散文,虽然排斥抒情,但,并不排斥感性,感性太薄弱,就显得很抽象,与艺术无缘。在这里,感觉是感性的关键。现代派诗歌也排斥感情,但紧紧抓住了感觉,从感觉直接通往理念。而周国平几乎完全忽略了感觉。因而,从理性到理性,是纯粹的哲学思考,而不是完全审智的散文。其次,智性形成观念直截了当,尽情直遂,缺乏审视心灵变幻的层次,不足以把读者带到观念和话语的形成和衍生的过程中去。只有在过程中,智性方由于"审",而延长了,"视"的感觉也强化了,向审美作某种程度的接近,也就有了可能。关键在于,把智性观念、话语形成、产生、变异、转化、倒错乃至颠覆的过程,在读者的想象中展示出来。一般作家没有意识到这一点,也缺乏这样的才力,因而造成了有智而不审的现象。这就失去了从抽象到具象,从智性到感性,从审智到审美渗透的机遇。李庆西引宋周密《齐东野语》曰:

　　　　一道人于山间结庵修炼。一日,坐秘室入静。道人叮嘱童子:"我去后十日即归返,千万别动我屋子。"数日后,忽有叩门者,童子告知师父出门未还。其人诈称:"我知道,你师父已死数日,早被阎王请去,不会回来了。尸身不日即腐臭,你当及早处理。童子愚憨,不辨其诈,见师父果真毫无气息,便将其投入炉火中焚化。旋即,道人游魂归来,已无肉身寄附。其魂环绕道庵呼号:"我在何处?"喊声凄厉,月余不绝,村邻为之不安。一老僧游经此地,闻空中泣喊,大声诘道:"你说寻'我',你却是谁?"一问之下,其声乃绝。[20]

　　这是个悖论,既然"我"没有了,那么谁来问"我在哪里"。这就提出了一个相当深奥的问题:"我是不是我?"那么真我究竟在哪儿? 李庆西引用的文章显然比周国平的文章更富有感性,更具有审视的过程性。他把"我"这个抽象的观念,与老和尚的尸体联系在一起,这就有了感性(当然,没有抒情),把思索过程用故事的形式展开,智性的观念就有了一个从容审视的过程,也就有了审智散文的特点。而周国平的文章,除了最后电话来了,他不由自主地答"是我"以外,其余都是抽象的演绎,哲学家式的阐释。智性散文不同于纯粹的智性抽象。它必须有感性,就是讲思想活动,也要有感觉、感受的过程,要有智性被审视的过程。它往往要从纷纭的感觉世界作原生性的命名,衍生出多层次的纷纭的内涵,作感觉的颠覆,在逻辑上作无理而有理的转化,激活读者为习惯所钝化了的感受和思绪;在几近遗忘了的感觉的深层,揭示出人类文化历史的和精神流程。

　　在中国当代最早集中出现的审智散文,是南帆的《文明七巧板》[21]。它既不幽默也不抒情,既不审美也不"审丑",他所追求的是智性和感知的深化,还有话语内涵的"颠覆"。

在他最好的散文中，他层层演化、派生出的观念，超越了现成理性话语的无形的钳制，对智性话语的内涵加以重构，使得智性话语带上审美感性逻辑；在此基础上，他创造了一种"南帆式"的话语，在审智向审美的转化中，使本来熟悉到丧失感觉的词语发出陌生的光彩。光是描述"枪"这样一个普通的器械，他就让许多被用得像磨光了的铜币一样的词语焕发出新异的感觉："拉动枪栓的咔哒声如同一个漂亮的句号"，"一支枪的扳机在食指轻轻勾动之中击发，一个取缔生命的简洁形式宣告完成"，"躯体与机器（指枪）的较量分出了胜负，这是工业时代的真理"，"枪就是如今的神话"。他还非常严肃地将枪和男性的生殖器相类比："两者都隐藏着强烈的侵略性、进攻性；射击的快感与射精的快感十分类似"，"男性的性器官制造了生命……枪的唯一目的是毁灭生命……是对于男性器官的嘲弄"[22]。他的关键词语基本上是普通的书面语，如句号、取缔、真理、神话、快感、嘲弄等，他并没有像余光中那样广博地采用从古代书面雅言到日常口语，乃至现代诗歌和复杂修辞话语，但这些普普通通的词语不但获得了新异的感觉，而且有新异的智性深度。

他在论述了躯体是自我的载体和个人私有的界限以后，接着说，传统文化总是贬低肉体而抬高灵魂。在审智话语的逻辑自然演绎中，他做着翻案文章：肉体比灵魂是更加个人化的。肉体只能个人独享，不能忍受他人的目光的和手指的触摸；而精神可以敞开在文字中，坦然承受异己的目光的入侵。从这个意义上说，"躯体比精神更为神圣"。只有爱人的躯体才互相分享，互相进入肉体。他得出结论说，"爱情确属无私之举"。"私有"、"神圣"、"无私"，原本的智性意义大部分被颠覆、解构的同时，新的智性就带着新的感性渗透进来了，这是一种智性和感性的解构和建构的同步过程。

这还只是他的话语成为一种智性话语结构的表面层次。更为深刻的层次是：在感性和智性的重新建构中，他完成了从审智到审美的接近。他在重新建构话语的时候，常常摆脱智性的全面和严密，引申出任性的话语。例如，从纯粹智性来说，爱人、情人，允许对方共享肉体，这是无私的、神圣的，这种说法并不是客观的、全面的，而是相当片面的，甚至可以说是"不智"的。不言而喻，肉体的共享，还有绝对自私和不神圣的一面，这一切被南帆略而不计了（也就是颠覆了），由于颠覆的隐蔽性，读者和他达成了一种临时的默契。这种默契就是以"不智"为特点，这种"不智"意味着一种"南帆式"的潜藏的审美感性，也就是审美的理趣。他接着说：一旦爱情受到挫折，躯体就毫不犹豫地恢复私有观念，"他们不在乎对方触碰自己的书籍、手提包或者服装"，而在争吵时尖叫起来："不要碰我！"如果没有感情，却仍然开放躯体，就是娼妓行为。其实，没有感情仍然开放肉体，有着许许多多的可能性，例如，许多没有爱情的家庭，性生活并没有停止，没有爱情的偷情乃至美国式的性开放，相当普遍地存在。但南帆的"不要碰我"和"娼妓"的话语阐释，具有智性的启示性和感性的召唤性，读者与其和他斤斤计较，不如欣赏他难得的任性。从审智到审美感知也就完成了其转化的任务。

学者散文、智性散文、审智散文—审智/审美散文，这是一个多层次转化的过程，在中国当代学者散文中，这样的转化才刚刚开始。就是在世界散文史上，一系列的理论问题（如由罗兰·巴特提出的"文体突围"）也还有待研究。

人的精神主体实在太丰富了，太复杂了，任何文学形式，都无法穷尽人的精神主体。任何一种文学形式都是中介。文学之所以有不同形式或者中介，就是因为它们在不同的层面表现人，综合起来，才庶几接近人的本真。语言作为一种符号，就决定了很难全面表现人的自我，正是因为这样，才让拉康伤透了脑筋。人的自我是多层次、多侧面的，文学形式，又是多样化的，二者相互作用,就使人分化为多种艺术的形态,每一种形态,都是人的一个层次,一个侧面,同时又是一种假定,一种虚拟,一种想象。散文的多种流派加起来,也只能表现其于万一。如果这一点没有错,那么真情实感式的散文,充其量不过是散文森林中之一叶,把这一叶,当成森林,其遮蔽何其深也。

原载《当代作家评论》2008 年第 1 期

注　释

1. 孙绍振:《评陈剑晖〈中国当代散文的诗学建构〉》,《文学评论》2006 年第 6 期。

2. 林非:《关于当前散文研究的理论建设问题》,《散文论》,华中师范大学出版社 1992 年版,第 5 页。

3. 参阅孙绍振:《论变异》,第四章《知觉在情感冲击下变异》,花城出版社 1987 年版,第 71—98 页。

4. 孙绍振:《余秋雨:从审美到审智的"断桥"》,《当代作家评论》2000 年第 6 期,《当代智性散文的局限和南帆的突破》,《当代作家评论》2000 年第 3 期。

5. 参阅孙绍振:《文学创作论》,第五章《生活特征的普遍化和类型化》,海峡文艺出版社 2005 年版,第 236—242 页。

6. 孙绍振:《评陈剑晖〈中国当代散文的诗学建构〉》,《文学评论》2006 年第 6 期。

7. 楼肇明:《三峡石》,《第十三位使徒》,中国对外翻译公司出版社 1995 年版,第 213 页。

8. 林非:《关于当前散文研究的理论建设问题》,《散文论》,华中师范大学出版社 1992 年版,第 5 页。

9. 郑明娳:《现代散文现象论》,台湾大安出版社 1992 年版,第 63—64 页。

10、11. 陈剑晖:《新散文往哪里革命》,《文艺争鸣》2005 年第 5 期。

12. 孙绍振:《论幽默逻辑的二重错位律》,《文学评论》1996 年第 4 期;《论幽默逻辑》,《文艺理论研究》1998 年第 5 期,《新华文摘》1999 年第 1 期转载。

13. 梁实秋:《不亦快哉》,《梁实秋散文》第二集,第 263 页,中国广播电视出版社 1989 年版。

14. 李敖:《李敖幽默散文赏析》,漓江出版社 1993 年版。

15. 孙绍振:《从西方文论的独白到中西文论的对话》,《文学评论》2001 年第 1 期。

16、18. 陈峰蓉在《祈向至善之美》(《东南学术》第 3 期,第 147 页)这样说,由于经验世界的不完美,人们心目中,自然会产生一种"零缺陷的,最具审美效果的极致状态下的事物",有一种"祈向至善之美"的"最高范本"。而这种范本,在康德看来,"只是一个观念","观念本来就意味着一个理性概念,而理想本来就意味着符合观念的个体的表象"(康德《判断力批判》(上卷),宗白华译,商务印书馆 1995 年版,第 70 页)。

17. 黄克剑:《心蕴—— 一种对西方哲学的读解》,中国青年出版社 1999 年版,第 111—112 页。

19. 康德:《判断力批判》(上卷),宗白华译,商务印书馆 1995 年版,第 70 页。

20. 参阅孙绍振《文学性演讲录》,广西师大出版社 2006 年版,第 379 页。

21. 南帆:《文明七巧板》,见第一篇,上海文艺出版社 1994 年版。

22. 南帆:《叩访感觉·枪》,东方出版社 1999 年版,第 291 页。

导　读

　　《散文:从审美、审丑(亚审丑)到审智——兼谈当代散文理论建构中历史的和逻辑的统一》,全文共 5 个部分,这里节选其 2、4、5 三节。文章从对"文革"后散文研究方法论的反思入手,主张应该以历史与逻辑相统一的方法建构真正的散文理论,他力图从当代散文的具体文本特点和类别特征的分析出发,在与小说、诗歌等文体的对照比较中,以归纳方法而非演绎方法研究散文的美学特征,以此考察当代散文的历史演变,在批评方法上有着理论家的鲜明特色。在此理论前提下,作者对从 20 世纪 80 年代起由某些散文批评家所概括并被广泛接受的"真情实感论"提出了明确的质疑和批评,由此对当代散文的发展做出独到的阐释,并结合余秋雨、贾平凹等具体作家作品,勾勒出当代散文从审美到审丑(亚审丑),再到审智的演变过程,并进一步强调这种演变,揭示历史的演变,也是逻辑的展开过程。

链　接

王兆胜:《新时期中国散文的发展及其命运》,《山东文学》2000 年第 1、2 期。
陈剑晖:《论当代散文思潮的发展与演变》,《广东社会科学》2005 年第 1 期。
孙绍振:《世纪视野中的当代散文》,《当代作家评论》2009 年第 1 期。

四　戏　剧　论

　　由于长期深受苏联社会主义现实主义戏剧模式以及解放区延安文艺传统的影响,新中国成立后的戏剧创作和表、导演体系在片面尊奉斯坦尼斯拉夫斯基戏剧观的同时,排斥其他表演手段和戏剧观念,从而普遍造成剧情、人物模式的公式化、概念化倾向,对此,许多艺术家、批评家提出了不同意见。黄佐临的《漫谈"戏剧观"》(1962)正是在这样的背景下产生的。在文章中,黄佐临谈到了梅兰芳、斯坦尼斯拉夫斯基、布莱希特三种不同的戏剧观,认为戏剧表演并非一定要囿于纯写实一家,而应开阔视野,尝试多种戏剧表演手段,这一主张旨在突破僵化的戏剧思维与创作模式。但在当时的政治意识形态背景下,这一独特、大胆的观点并未引起多少反响。相反,那种僵化的戏剧模式愈演愈烈,并在"文革"时期的"样板戏"中达到顶峰,直至"文革"后才有所改变。

　　20世纪80年代是中国当代戏剧发展的重要时期。从恢复真实、深刻的"现实主义"创作原则,到对现代主义戏剧手法的吸收、借鉴,都可以见出这一时期理论探索与实践的双重努力。就理论方面而言,1981—1986年关于戏剧观的长达5年的讨论值得特别关注。在这场讨论中,许多学者对戏剧界普遍存在的公式化、概念化倾向提出批评,并试图在戏剧观念、艺术表现形式等方面进行探索,如陈恭敏的《工具论还是反映论——关于文艺和政治的关系》、谭霈生的《还戏剧以自身的品格》等都体现出可贵的理论勇气,而黄佐临的旧文《漫谈"戏剧观"》也被重提,其在"文革"后所倡导的"写意戏剧观"也被热烈讨论。应该说,这场讨论是对"文革"以来戏剧创作、批评状况的全面反思,尽管在反思的深度与力度上仍有一定局限性,但对于冲破狭隘的戏剧观念、开拓理论视野以及实践新的戏剧方式无疑起到了重要作用。同时,这一时期也不断涌现出大量优秀剧目,其中既有坚持传统现实主义方法的剧作,也有采用新的艺术表现形式的作品,呈现出繁荣的局面,体现着戏剧创作、舞台艺术的新发展。

　　20世纪80年代另一引人注目的现象是新的戏剧样式——先锋戏剧的诞生。这一时期的先锋戏剧又称为"小剧场"戏剧,强烈的实验特征使其对新中国成立以来的传统戏剧模式构成激烈挑战。代表作有高行健的《车站》、《绝对信号》等,无论是剧本创作还是创意迭出的舞台表演形式都显现出与以往不同的探索力度。就前者而言,先锋戏剧的出现呼应、深化着"文革"后文艺思潮中关于历史反思、价值重建的思考,体现出编导者热切的现实参与意识。尽管这一建设性的取向与西方先锋戏剧的反主流精神有着某种差异,但在"文革"后的时代背景下,却以其引人深思的魅力收获了巨大的社会反响。更为引人注目的还是这一戏剧形式对传统表演、导演体系特别是斯坦尼斯拉夫斯基体系的冲击,如与观众的互动交流,对"第四堵墙"①的破除,对时空的自由处理,都可见出在吸收西方先锋戏剧及中国传统戏曲手法基础上的大胆创新,而这一探索到了20世纪90年代则更为深入,林兆华、孟京辉为代表的两代导演都是先锋戏剧的

---

　　①　"第四堵墙":这是自然主义戏剧表演方法的核心理论,主张演员在舞台上进行表演时,演员应在自己与观众之间树立一堵并不存在的墙,以便真实自然地表现现实生活,这一堵并不存在的墙被称为"第四堵墙"。

积极探索者。而伴随着先锋戏剧的不断出现,对先锋戏剧的研究也越来越深入,对其文化内涵和舞台表演艺术的分析也取得了一定成果。

　　20世纪90年代后,戏剧整体处境堪忧,除却自身存在的思想缺席与精神萎缩外,同时也面临着来自商业文化、大众娱乐方式转变的严峻挑战,这使得戏剧的生存举步维艰,因而有论者产生当代戏剧是否走向终结的忧虑。尽管这一时期,先锋戏剧出现分化,但某些依旧保持了自觉先锋意识的剧作,无论在探索的力度还是表现形式方面都更为激烈;而在另一些与商业文化或主流戏剧结合的剧作中,先锋意识则有所减弱。但就整体而言,戏剧观念的不断发展和戏剧手段、表演形式的日渐丰富,优秀剧目的不断出现,以及在一些大、中城市里热衷于实验戏剧的观众人数的增加,无疑都为陷入低谷的当代戏剧的发展提供了多种可能性。

漫谈"戏剧观"

黄佐临

我不会写戏,也从来没想过要写戏,参加这个座谈会本来只是以"观察员"身份出席的。会开了一个星期,发现所谈的问题都是和自己的工作有着密切的关系,就开始不那么客观了。

我该谈些什么呢? 本来想谈谈,在一个导演的心目中,怎样才算是一个最理想的剧本,题目是: 对剧本的十大要求:

(一) 主题明确。

(二) 人物鲜明。

(三) 矛盾冲突尖锐。

(四) 结构严谨。

(五) 戏剧性强烈。

(六) 语言生动(既生活,又提炼,并含有动作性)。

(七) 潜台词丰富(不是一就说一,二就说二,而是充满想象余地,令人寻味)。

(八) 艺术构思完整、独特。

(九) 哲理性深高(不仅指一般的思想性,而是指时代的世界观、人生观,透过作家的心灵,挖到一定的深度)。

(十) 戏剧观广阔。

实际上,这十大要求在座谈会上大部分已经得到了应有的重视,或许对最后两个问题——哲理性和戏剧观,注意得还不大够。关于哲理性,我认为这是我们戏剧创作中最缺乏的一面。像莎士比亚的《哈姆雷特》、歌德的《浮士德》、易卜生的《贝儿·昆特》之类哲理性那么深高的作品,在我们自己的剧本里,还找不出适当的例子;像《伊索》、《中锋在黎明前死去》的现代例子也是少见,尽管我们的优秀作品在其他八九个要求上是令人满意的。不过这问题不仅是戏剧上的问题,它牵涉到我们整个文艺创作上的问题,所以我不准备谈,也没条件谈,但很希望有人去谈。有朝一日,这个问题得以解决,我们真正伟大的作品,无愧于我们伟大时代的作品才能涌现。

这里,我只想谈谈戏剧观问题。我们都知道,艺术工作者就是运用艺术手段将一定的世界观去影响生活,改变生活;而戏剧工作者就是运用戏剧手段将一定的世界观和一定的艺术观来达到这个目的。世界观、艺术观,在每个历史时期,每个阶级社会里,都有一定的局限性;但戏剧手段却是多种多样的。人类的戏剧史是一部冗长的、不断的寻求戏剧手段、戏剧真理的经验总结。好的经验必被保留、坏的经验必被淘汰。二千五百年话剧史中曾经出现过无数的戏剧手段,那就是说,每个历史时期都有人在舞台实践中寻求那个尽可能完美的形式去表现他的政治内容。古希腊有古希腊表现命运论的戏剧手段,当人们的意志和命运发生冲突时,戏剧家只得发明像"降神机"之类的舞台设备,使神灵从天而降,来解决当时没有其他方法解决的矛盾。有天使、魔鬼出现的中世纪宗教剧需要另外一套戏剧手段。莎士比亚必须借用一个拥有七个演区轮流使用的所谓"舞台空间多型运用法",才能淋漓尽致地倾泻出文艺复兴时代人文主义充沛的思想感情。但 17 世纪巴罗克(Baroquc)君主专制、绝对主义只能依赖华而不实的罗可可(Rococo)的形式来宣传它的反动思想和贵族趣味。18 世纪后期浪漫主义戏剧(歌德之外,后继无人)只沉醉于个人灵魂的伟大,严重地脱离实际生活,堕落为公式主义、形式主义。如此等等,各个时代有各个不同的戏剧手段。另外,还有些极端片面的戏剧表现手法,如只要演员不要剧作家的意大利即兴喜剧;只要舞台设计不要演员的戈登·克雷戏剧学说("为了拯救戏剧,须先让男女演员染上瘟疫,死尽丧绝;有他们存在,艺术是不可能的!");只要编剧不要任何其他,如俄罗斯剧作家苏洛戈夫在1908年要求只用一个朗读者坐在舞台一隅,朗读他的剧本,不须任何综合艺术,猜想大概是避免编导纠纷吧!这些都是些比较偏激的流派,不能算什么戏剧理论,或许更确切地说,只可以算是派而不流的做法和想法。不过派而不流也好,流而不派也好,久而久之,好的,被肯定的经验积累得越来越丰富,成为珍贵遗产,传流后代。这份遗产,当它系统化了,变成体系了,就形成戏剧观。

　　为了便于讨论,我想围绕三个绝然不同的戏剧观来谈一谈,那就是:斯坦尼斯拉夫斯基戏剧观,梅兰芳戏剧观和布莱希特戏剧观——目的是想找出他们的共同点和根本差别,探索一下三者之间的相互影响,相互借鉴,推陈出新的作用,以便打开我们目前话剧创作只认定一种戏剧观的狭隘局面。

　　梅、斯、布都是现实主义大师,但三位艺人所运用的戏剧手段却各有巧妙不同。关于梅和斯,大家都很熟悉,不必多谈。对布莱希特,接触可能少一些,须要多费些篇幅。扼要地说,布莱希特戏剧理论的最基本特征是一种主张使演员和角色之间、观众和演员之间、观众和角色之间保持一定距离的戏剧学派。换言之,他不要演员和角色合而为一,也不要观众和演员合而为一,更不要观众和角色合而为一;演员、角色、观众的相互关系要保持一定的距离。布莱希特曾这样写道:"要演员完全变成他所表演的人物,这是一秒钟也不容许的事。"这和斯坦尼斯拉夫斯基"进入角色"的理论却迥然不同了。斯氏的学生萨多夫斯基不是说过,演员和角色之间要"连一根针也放不下"吗?保持距离的目的是要防止将剧场和舞台神秘化,成为一个变魔术的场所,起"如醉如痴,催眠作用的活动阵地";防止演员用倾盆大雨的感情来刺激观众的感情,使观众以着了迷的状态进入剧中人物和规定情景。布莱希特之所以要防止这些,他之所以要运用一切艺术手段来破除迷醉幻觉,就是他生怕演员和观众都过于感情用事,从而失去理智,不能以一个冷静清醒的头脑去领会剧作家艺术家所要说的话,不能抱着一个批判的态度去感受剧本的思想性、哲理性,去探索事物的本质。换言之,如果演员或观众过于沉醉在剧情、人物感情之中,他们就不能够理智地以冷静、科学的头脑,去认识生活、认识现实,改造生活、改造现实。

　　有的人认为布莱希特反对演员运用情感,只主张用干巴巴枯燥无味的理智去向观众说教。应该指出,实际上并非如此。他所反对的是以情感来迷人心窍,而他主张以理智去开人心窍。布莱希特的朋友著名评论家班特雷(E. Bentley)说得好:布莱希特是以心去想,以脑子去感觉。布莱希特自己也曾这样写道:"用几句术语去阐述一下什么是史诗剧是不可能的,最根本的也许是史诗剧不激动观众的感情,而激动他的理智。"他又说:"在感情和理智的缔交过程中,就产生了真正的感情,这就是我们所需要的。"按我个人体会,他的意思就是指:理智、思想激动到一定强度则变成感情。艺术的感染力应该就在这个地方。表演艺术家不要受情感所支配,而要支配情感。这就是布莱希特所努力追求的:既要理性分析,又要感应的戏剧辩证法。

　　布莱希特的戏剧观是针对第一次世界大战后西欧资产阶级腐朽话剧而形成的。当时的话剧和当时所有文艺一样,都是颓废的、逃避现实的。"电影艺术和电影工业都同一步调,同一服务目的:企图使这个动物的五个感官起搔痒的快感。"(美国电影史专家T·兰姆赛)"导演一定要向催眠术家学习,将观众的意识、理智镇定下来,不给他任何机会去思考:方法就是:处处都无思想障碍,一切动作都应安排得那么自然,顺畅,绝对不要使观众有意识地发问或挑战。"(美国著名导演 A·霍伯金)这些话都证明资产阶级反动艺术观、戏剧观的特点:玩弄观众的感情,从下意识去征服他们,麻醉他们,使他们五体投地地拜倒于感情之下。布莱希特的戏剧观是和这些针锋相对的。颓废派戏剧观,主张"把观众卷入事件中去,消耗他的精力,衰退他的行动意志",布氏却主张"把观众变成观察家,唤醒他的毅力,主动性";颓废派"要求演员触动观众的感情",布氏"要求观众拿出主张,打定主意。"总之,当时资产阶级流行的反动的戏剧观企图麻痹人们的思想,削弱人们的斗志;而布莱希特的戏剧观却要求观众开动脑筋,激动理智,认识现实,改变现实。

　　那么说,布莱希特和资产阶级唯心唯美艺术肯定是对立的,但他和斯坦尼斯拉夫斯基是否对立呢? 可以说,又对立又一致——在艺术观上大体是一致的,但在戏剧观上却是对立的。布和斯有许多相同之处,比如说,二者都是现实主义者,坚决反对自然主义。斯氏常常被人误认为自然主义者,但事实上他并不是。斯氏在《我的艺术生活》中这样写道:"特写记者,为了博取哄笑,肯定地说我们培养蚊虫、苍蝇、蟋蟀和其他昆虫……说我们强迫受过训练(斯氏体系训练)的蟋蟀鸣叫,好在舞台上创造忠实于生活的气氛。"可见斯氏虽则主张将生活搬上舞台,但绝不是不经过加工,原封不动地搬上去。斯和布另一相同之处就是他们对形体动作的看法。布莱希特说:"演员必须为他的角色的感情找到一个外部的……动作,以便尽可能地随时展露内心的状态。有感情就必须流露出来,必须得到发泄,这样才能赋与形状和意义。"斯氏说:"人的形象——这就是他的行动的形象。在舞台上需要行动。行动,能动性——这就是表演艺术的基础。""看不见的必须成为看得见的。""我们这一派演员不仅要比其他各派的演员更多地注意产生体验过程的内部器官,而且要比他们更多地注意正确表达情感……的外部器官。"在这一问题上,不但斯、布两人观点相同。而我们戏曲的看法也是和他们一脉相承的,川剧艺术大师张德成老先生的一句名言——"情动于中而形于外"——就很概括地说明这点。

　　梅、斯、布三者的区别究竟何在? 简单扼要地说,他们最根本的区别是:斯坦尼斯拉夫斯基相信第四堵墙,布莱希特要推翻这第四堵墙,而对于梅兰芳,这堵墙根本不存在,用不着推翻;因为我国戏曲传统从来就是程式化的,不主张在观众面前造成生活幻觉。在戏剧圈内,"第四堵墙"是个相当流行的术语,但我敢说,很少人追求它的来历或充分地领会到它在戏剧理论中的含义和在舞台实践中的深远作用和影响。这个术语在世界话剧史上首次提出于1887年3月30日,距今恰恰是七十五年。那天巴黎上演一台小戏,其中有根据左拉短篇改编的《雅克·达摩》(Jacques Damour)。这台戏演出于一个坐落在偏僻小巷、仅容三百四十三人的小俱乐部里,但没想到它却成为戏剧史上划时代的事件。巴黎文艺界大部分权威人士、戏剧家、小说家、评论家、包括左拉本人,都阖第光临,从此发出了彻底改革话剧的号角,掀起一个运动,从根本上影响整个欧洲剧坛。在这之前,即十九世纪七十和八十年代里,西欧话剧的情况很糟糕,舞台上尽是些虚假、空洞、造作、陈旧,只有形式,没有内容,只讲情节,缺乏生活的作品;也即是左拉所说,"昨日戏剧腐朽的废墟"。有一位著名的评论家梅里美(P. Merimee)曾经将这时期的法国戏剧概括地、形象地归纳为如下的公式:

　　　　兵——兵——兵,三声响。幕启:微笑——挫折——哭鼻子——搏斗:男主角断送了生命,女主角也呜呼哀哉。完。

　　为了突破这个陈腐公式,左拉和同代其他艺术家不约而同地大声疾呼,要"救救话剧"。怎样救呢？他们的口号是："用科学来救！"左拉宣称："时代的实验和科学精神将进入戏剧的领域。"但科学和艺术，在当时看来，完全是两桩事情，一个枯燥、冷酷，一个热情奔放，二者各不相融，风马牛不相及。英国诗人雪莱很惋惜地说："去解剖一件艺术品就等于将一朵鲜花扔进坩埚里化验一样的徒劳无功。"但为什么要以科学救戏剧呢？那是因为科学是当时思想界、知识界的动力，任何一个部门没有科学的、准确的考验，都不能成立。此外，法国资产阶级大革命、巴黎公社前后的广大群众对戏剧中所表现的帝王将相、个人灵魂等等大抵都不感兴趣，他们迫切要求一些反映自己现实斗争的戏、日常生活的戏。于是戏剧家们，在"要改变生活，必须先认识生活"的前提下，将生活搬上舞台、机械地、原封不动地搬上舞台。这就是所谓"科学"，其实只是自然科学，不是社会科学。自然主义戏剧就是由此产生的。这派戏剧的主力是安图昂，法国"自由剧场"的创办人。另外一个剧作家让·柔琏是他的宣传大员，他在同日宣称："演员必须表演得好像在自己家里生活一样，不要去理会他在观众中所激起的感情；他们鼓掌也好，反感也好，都不要管；舞台前面必须有一面第四堵墙，这堵墙对观众来说是不透明的"。这就是斯坦尼斯拉夫斯基所谓的"当众孤独"的原理。自从安图昂等人砌起了这堵墙，将观众隔绝以来，话剧面貌为之一变，出现了许多优秀作品，由自然主义发展到批判的现实主义，将资产阶级社会中的一切卑鄙、愚蠢、伪善、不可告人的肮脏勾当在舞台上暴露无遗，其中最出色的剧作家有易卜生、萧伯纳、霍普曼、奥斯托洛夫斯基、契诃夫等 19 世纪大师。中国话剧即是这一派戏剧全盛时期开始流传过来的。五六十年以来，我们的话剧运动作用很大，成绩也很卓著。这都不在话下。已出版的《中国话剧运动五十年史料集》第一、二辑，就是极有力的说明。

在这里，我想唤起同志们注意的是另外一个问题，那就是说，这个企图在舞台上造成生活幻觉的"第四堵墙"的表现方法，仅仅是话剧许多表现方法中之一种；在二千五百年话剧发展史中，它仅占了七十五年，而且即使在这七十五年内，戏剧工作者也并不是完全采用这个方法。但我国从事话剧的人，包括观众在内，似乎只认定这是话剧的唯一创作方法。这样就受尽束缚，被舞台框框所限制，严重地限制了我们的创造力。为了解脱这些束缚、限制，布莱希特主张破除第四堵墙，破除生活幻觉。破除之后，拿什么代替呢？布莱希特的法宝即是：间离效果。"间离效果"或"离情作用"，事实上即是"破除生活幻觉"的技巧，反对演员、角色、观众合而为一的技巧。布氏对斯氏体系有一段评语很能说明问题："蜕变（即演员、角色合而为一，进入角色的意思）是一种最麻烦的玩意。斯坦尼斯拉夫斯基为它出了许多点子，甚至创造了整套体系，以便创造性的情绪在每场演出时产生，但演员不可能持久地进入角色；他很快便枯竭了，然后他便开始模仿人物的外在的一些特征、举止或音调，于是在观众面前所引起的效果便削弱到一种可怜的地步。"布莱希特接着又说："这些困难，在一个中国戏曲演员身上是不会有的，因为首先他否认这种蜕变的概念，而自始至终只限于'引证'他所扮演的角色，可是他'引证'得多么艺术啊！除了一两个喜剧演员之外，西方有哪个演员比得上梅兰芳，穿着日常西装，在一间挤满了专家和评论家的普通客厅里，不用化装，不用灯光，当众示范表演而能如此引人入胜？"

这段话是布莱希特二十五六年前写的。1935 年梅先生第一次到苏联访问演出。布莱希特那时受希特勒迫害，正好在莫斯科避政治难。他看见了梅兰芳的表演艺术，不由分说，当然深深着了迷，于 1936 年写了一篇《论中国戏曲与间离效果》的文章，狂赞梅兰芳和我国戏曲艺术，兴奋地指出他多年来所蒙眬追求而尚未达到的，在梅兰芳却已经发展到极高度的艺术境界。可以说，梅先生的精湛表演深深影响了布莱希特戏剧观的形成，至少它起了画龙点睛的作用。他最欣赏的是梅先生的《打渔杀家》。在他的文章里，作了细致的描绘，对梅的身段，特别是对桨的运用,尤为惊叹不已。

在这里,我联想起另外一件事,1935年前后,莫斯科同时上演了斯坦尼斯拉夫斯基导演的《奥赛罗》。从斯氏《奥赛罗》导演计划里,我们还记得他对威尼斯小船是怎样处理的:船下如何装小轮子,小轮子上必须妥善地装上一层厚橡皮,使船能平稳地滑动……如何向歌剧《飞行的荷兰人》中两艘大船借鉴,用十二个人推动船身,又用风扇吹动麻布口袋,激起浪花……又如何对细节作了指示:船夫所用的橹是锡做的,空心的,在橹的空心里灌上水——摇橹时里面的水便会动荡,发出典型威尼斯的冲击的水声。《奥赛罗》小船的处理就是企图在舞台上造成"生活幻觉"的戏剧观,而《打渔杀家》却采用了"破除生活幻觉"的戏剧观。面临这两个截然不同的戏剧观,布莱希特当然有所选择。《打渔杀家》中的桨,还是《奥赛罗》中的橹,哪一个更艺术一些,就不难断定了。

应该指出,这样提法并没有贬低斯氏体系的意思。斯氏对梅先生的表演也是敬佩的,认为中国戏曲艺术是:"有规则的自由行动"。同时,梅先生的表演也并非完全是外部技巧,他对内在创作活动的重视是人所共知的,没有必要在此赘言。我听说有这样一段故事:京剧某著名女演员曾拜梅兰芳为师,学会了一出《洛神》,演出后大家颇为赞赏,一致承认学得很像,梅先生的一举一动,一腔一调,没有一样不模仿得惟妙惟肖。某一位评论家指出,只有一个地方没有学到家,那就是:她的洛神还差点"仙气"。听到这意见,我们这位刻苦钻研的女演员着了急,到处寻师访友,请教人家这"仙气"该如何取得。有一天,有一位高明的行家对她的苦闷一语道破:"梅先生演的是'洛神',您演的是梅先生!"于是,这位女演员恍然大悟。由此可知,内在的创作,而不是外部的标志,才是梅兰芳表演艺术的精神实质。

以上所谈的主要是说明梅、斯、布三位大师既一致又对立的辩证关系,事实上,即是艺术观上的一致,戏剧观上的对立。我们可以从一个相反的角度来思考这个问题。有些戏曲改革工作者,因为对戏剧观问题注意不够,常常将话剧的戏剧观强加于戏曲的戏剧观上,造成不协调的结果。关于这个问题,阿甲同志有段话很精彩:

> 这些人(指戏改工作者)有意无意地采取自然主义的方法或话剧的方法来评论戏曲表演艺术的真实或不真实,依据这个尺度去衡量传统的表演手法,一经遇到他们所不能解释的东西,不怪自己不懂,反认为这都是脱离生活的东西,也就认为应该打破,应该取消的东西;他们往往支解割裂地向艺人们提出每个舞蹈动作(如云手、卧鱼、鹞子翻身、踢腿、蹉步等),要求按照生活的真实还出它的娘家来,不然就证明这些程式都是形式主义的东西。老艺人经不起三盘两问,只好低头认错,从此对后辈再也不教技巧了,怕犯误人子弟的错误。演员在舞台上也不敢放开演戏了,一向装龙像龙,装虎像虎的演员,现在在台上手足无措,茫然若失,因为怕犯形式主义的错误。

> 打背躬,不敢正视观众。过程拖得过长。举动、节奏含糊,身段老是缩手缩脚。

> 据了解,这是在舞台上力求生活真实,拼命酝酿内心活动,努力打破程式的结果。

阿甲同志这段话反映了话剧狭隘的戏剧观不但束缚了我们自己,而且还束缚了我们某些戏曲工作者。有些领导同志不爱看话剧,因为它太像生活。戏剧家应该深入生活,但那不等于说,他该把生活原封不动地、依样画葫芦地搬上舞台。毛泽东同志要求艺术"应该比普通的实际生活更高,更强烈,更有集中性,更典型,更理想,因此就更带普遍性"。毛泽东同志这个要求和他所提出的其他要求一样,是有群众基础的。我们话剧队下乡演出不是时常遇到这样一种情况么：幕已经开了，但老百姓还呆在外面乘凉、抽烟或聊天；请他们进去，他们说："不忙，还没开锣呐，人家还在台上闲扯淡呐！"

归纳起来说，二千五百年话剧曾经出现无数的戏剧手段，但概括地看，可以说共有两种戏剧观：造成生活幻觉的戏剧观和破除生活幻觉的戏剧观；或者说，写实的戏剧观和写意的戏剧观；还有就是，写实写意混合的戏剧观。纯写实的戏剧观只有七十五年历史，而产生这戏剧观的自然主义戏剧可以说早已完成了它的历史的任务，寿终正寝，但我们中国话剧创作好像还受这个戏剧观的残余所约束，认为这是话剧唯一的表现方法。突破一下我们狭隘戏剧观，从我们祖国"江山如此多娇"的澎湃气势出发，放胆尝试多种多样的戏剧手段，创造民族的演剧体系，该是繁荣话剧创作的一个重要课题。

以上所谈的可能更多地涉及到话剧演出上的问题。戏剧观问题应用到编剧上该是怎样的呢？剧本、剧本，一剧之本。如果一个剧本是以写实戏剧观写的，我们就很难以写意的戏剧观去演出，否则就不免要发生编导纠纷。但我国传统戏曲编剧法和我国戏曲演出的戏剧手段一样，是多么巧妙啊！举一个浅显例子来说，一段"自报家门"常常比整一幕话剧交待得还要简明有力；一个"背躬"可以暴露出多少的内心活动！放着这些还有许多许多其他的优越手段，我们的剧作家不去取用、借鉴，而偏偏甘愿受写实戏剧观所限制，这实在是不可理解的事。

恰恰相反，布莱希特写戏时却常常采用我们戏曲的编剧技巧。比如，在他的许多编剧技巧中有一条叫"引文"技巧，即是让演员引证角色的话的技巧，像评弹艺人那样，忽而进入角色，忽而跳出角色，以艺人身份发表一些评语、感想，忽进忽出，若即若离，大大有助于剧情的进展，人物内心的刻画，作者主观意图的阐述，等等。布莱希特这种做法已经在他的戏剧论文集"街景"中提到理论高度，成为"史诗剧"的重要特点之一。该论文的大意是：一个街头场面可以作为史诗剧的基本模特儿。以一件在街头随时可能发生的任何事故为例，比如说，出了交通事故，汽车撞伤了人，一个见证人正在告诉周围的群众事情的经过。群众中可能没有亲眼看见事故发生，即使看见了，也是从不同角度看见的。主要的是这个叙述事故的见证人应该将当事人（司机和受伤人）的行为传达给群众，让群众自己断定谁对谁错。当然这里面也要有见证人自己的主观观点和立场。若是这事故发生在柏林，司机是美国人，由西柏林驾驶过来，受伤人是个东柏林的工人，而见证人又是个民主德国的公民……那么事情就复杂了，戏剧性就强烈了。但见证人的叙述，他的史诗，仅是重复或再现所发生的事故，他并没有试图说他即是司机或受伤人，或任何当事人；他也没有假装他所表演的即是事件本身，而明明白白、坦坦率率地告诉群众他所作所为的目的只是为了将事情的经过搞清楚，好达到一个公正的裁判。见证人并不专门传达感情，主要地他要讲明情况，摆事实，说道理，追究责任，目的是得到社会干预。可以说，布莱希特的编剧原则是：先由动作出发，然后塑造人物性格，不是先有人物性格再找动作，体现性格。

布莱希特另外有一个独特的编剧技巧，即他命名为"日常生活历史化"的技巧。他说："历史事件只发生一次，一去不复返。某一特定时代有某一特定特征，当代的事物也有当代的特征。特定历史条件下就产生特定的时代特征和人物特征。"这种说法，实质上即是恩格斯所说的"典型环境中的典型性格"的意思。"主要的人物事实上代表了一定的阶级和倾向，因而也代表了当时一定的思想。他们的行动的动机不是从琐碎的个人欲望里，而是从那把他们浮在上面的历史潮流里汲取来的。"（恩格斯给拉萨尔的信）布莱希特所反映的现代生活斗争的剧本，如他的《第三帝国下的恐惧和痛苦》，就是从"浮在上面的历史潮流里汲取来的"。他认为，由于历史的发展,我们对上一辈的行为有一定的距离,因有距离,我们便可以抱客观态度,冷静地去对待它。戏剧工作者(编、导、演员)对今天的事件和行为,也应保持距离,正像历史家对过去事件和行为存在有距离一样。"后之视今,犹今之视昔。"戏剧该是斗争生活在历史发展过程中,接连不断的形象性总结,通过总结,吸取经验,提高认识,使人类历史又前进一步。"日常生活历史化"的含义即是:让不断前进、不断变化的生活,用艺术手段,暂时作一瞬间的停顿,好让我们回过头来,冷静地思考……人们成天滚在庸庸碌碌的日常生活里,剧场该是个很好的场所,将我们含糊不清的思想,整理一下,清醒头脑。另一个德国戏剧家赫布尔曾说:"戏剧是生活中唯一的可能的停顿。"也即是布莱希特所说的:"上一时代的事件是下一时代批判的对象。"

如此看来,我们如果把现代戏也按历史剧一样的写,一样的演,那么观众就会觉得:他今天的处境和行为原来也是一种并非寻常的处境和行为,而是一个特殊的、在一定规定环境中所发生的现象,批判即由此开始。一般地说,当前和周围的事物、人物在我们眼中是很自然的,因而我们对这些事件和人物已习以为常,可能还熟视无睹。布莱希特主张用艺术手段将这些熟视无睹的人和事突出出来。他指出:在科学方面,人们已经细致地建立起一套对习以为常的,从不提出疑问的事物进行追究的技巧。在艺术方面,我们没有理由不采用这种非常有用的态度。"日常生活历史化"技巧是个值得我们研究的技巧。如果我们把它和毛泽东《在延安文艺座谈会上的讲话》中一段话联系起来推敲,就更会得益不浅:

> 革命的文艺,应当根据实际生活创造出各种各样的人物来,帮助群众推动历史的前进。例如一方面是人们受饿、受冻、受压迫,一方面是人剥削人,人压迫人,这个事实到处存在着,人们也看得很平淡;文艺就把这种日常的现象集中起来,把其中的矛盾和斗争典型化,造成文学作品或艺术作品,就能使人民群众惊醒起来,感奋起来,推动人民群众走向团结和斗争,实行改造自己的环境。

今天我在这里对布莱希特可能谈得多了一些,但必须声明我并非布氏的信徒;并且我对这位戏剧家,虽则不至于"一无所知",但确实知道得太少。我无非是希望借重他来说明一下不同的戏剧观对我们解决创作形式的多种多样这个问题上有所帮助。戏剧观的改变不是容易的,习惯势力很难推翻。我们必须把眼光放远些,放广阔些,遵循毛泽东同志给我们所指出的文艺发展道路,勇于突破我们的狭窄观点,勇于发明创造,这样我们的话剧才能丰富多彩,活跃,繁荣。

附　注:

关于"戏剧观"一词,辞典中没有的,外文戏剧学中也找不到,是我本人杜撰的,有人认为应改作"舞台观"更确切些,事实不然,因为它不仅指舞台演出手法,而是指对整个戏剧艺术的看法,包括编剧法在内。这样武断的杜撰是否对? 欢迎读者指正。

原载《人民日报》1962 年 4 月 25 日

　导　读　

《漫谈"戏剧观"》是黄佐临于 1962 年在广州"全国话剧、歌剧、儿童剧创作座谈会"上的发言。后来被收入《我与写意戏剧观》。这篇文章旨在针对 1949 年后中国戏剧界独尊斯坦尼斯拉夫斯基

体系的状况,力图破除这一狭隘的观念,提倡多元化戏剧观,建立具有民族特色且富于开放与包容性的戏剧表演体系。在这篇文章中,黄佐临对以斯坦尼斯拉夫斯基、梅兰芳、布莱希特为代表的三种戏剧观进行了深入的分析与比较,认为三者之间存在着"既一致又对立"的辩证关系,并对布莱希特戏剧观进行了重点阐释。作者认为,布莱希特戏剧观试图推倒斯坦尼斯拉夫斯基的"第四堵墙"理论,并以"间离效果"代替之,是为了使观众能够以批判性的态度去感受剧本的哲理性,反对"以情感来迷人心窍",而"主张以理智去开人心窍"。在作者看来,斯坦尼斯拉夫斯基、梅兰芳、布莱希特都是现实主义大师,其艺术观是一致的,但存在着戏剧观的不同,"他们最根本的区别是:斯坦尼斯拉夫斯基相信第四堵墙,布莱希特要推翻这第四堵墙,而对于梅兰芳,这第四堵墙根本不存在,用不着推翻"。作者同时也指出布莱希特试图"破除生活幻觉"的努力与梅兰芳表演体系的艺术效果之间有相似之处,认为斯氏的"第四堵墙"只是众多戏剧表现方法的一种,而纯写实的戏剧观也只有七十五年的历史,戏剧创作绝不应受其束缚,而应该尝试多种表演手段。不仅在演出时如此,在编剧中也应力求不拘一格,如我国传统戏曲剧本中的"自报家门"、布莱希特编剧中的"引文"技巧、"日常生活历史化"的技巧等,对于丰富戏剧创作都有着重要作用。

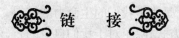 **链 接**

陈恭敏:《戏剧观念问题》,《剧本》1981 年第 5 期。
胡星亮:《论当代话剧与民族戏曲传统》,《中国社会科学》2001 年第 1 期。

实验戏剧和我们的选择

孟京辉

1987 年 9 月,北京。尤金·尤奈斯库的名剧《犀牛》在海淀剧场演出。

1990 年 11 月,北京。威廉·莎士比亚的《哈姆莱特》在北京电影学院小剧场演出。

1991 年 6 月,北京。萨缪尔·贝克特的《等待戈多》在中央戏剧学院四楼小礼堂演出。

之所以提到上面的三场演出,不仅是因为创造演出的艺术家用富有创意的想象、坚挺的意志和可以触摸到的热情重写了现代戏剧的新概念,同时他们又以艺术的姿态阐明了实验的真正意义,更重要的是这些人以自己的真实的行动使北京的实验戏剧走向一个又一个高潮。应该为能有机会观看这些演出的观众感到庆幸,因为演出场地小,容纳观众不多,演出场数也少;应该为这些导演、舞台工作者和演员的努力成果感到欣慰,因为场场演出之后都是鼓掌、喝彩和激动人心的谢幕。

在北京,实验戏剧从一开始就必须谨慎地对待自己的每一个步骤。为了不使创作中途夭折,在剧本选择、演员合作和场地安排各方面都要考虑许多因素。这些戏剧探险者坚持以戏剧作为自己的生活方式,并愿意为之彻底献身。《犀牛》的导演牟森在他以后导演的奥尼尔的《大神布朗》说明书上这样写道:"我们选择戏剧作为自己的生活方式,是为了我们的生命力能够得到最完美、最彻底的满足和宣泄。我们选择戏剧作为自己的生活方式,除了对于我们自身的意义以外,我们希望通过我们的演出给我们的每一位观众带来审美的提高和情感的升华,我们自身也在不断升华、净化,像宗教一样。"

《犀牛》作为实验戏剧,尽管非常引人注目,充满自信和富于才气,演出还是显得有些粗糙。首演是在星期天的上午进行的,舞台上是用梯子、绳子和软布搞成的布景,报纸、后台用的起落架、废弃的灭火器、衣服夹子、苍蝇拍都成了舞台道具。演员的脸被用墨水画上各种箭头或者十字架或者问号等等,用来消除作为个人的特征,加强概念的象征性。剧的主人公贝兰吉的孤独和勇气在戏的结尾处得到了最好的体现。贝兰吉听着舞台上犀牛的嗥叫,看着镜子中的自己,旧照片飞舞,布景晃动,当优美而残酷的音乐响起,贝兰吉被埋葬于众犀牛脱下的衣服之中,他的挣扎呐喊也被埋葬了,这时响起了钟声。

之后,牟森领导的蛙实验剧团又演出了瑞士著名音乐剧《士兵的故事》和尤金·奥尼尔的《大神布朗》。《士兵的故事》讲的是关于宿命和幸福的故事。以扑克牌为主体形象,舞台上使用许多大块软布。大王表现富丽堂皇的宫殿,心情和悦舒畅,红桃皇后表现如醉如痴的温柔的爱情,如梦抒情似水,黑桃 A 表现魔鬼的狡诈和命运的险恶,惆怅隐约其中。《大神布朗》被处理成肃穆严整的仪式状态。尽管面具的处理没有非常深刻地反映人物变换自身灵魂的恐惧和无奈,也许舞台节奏的平缓、调度的朴素和间离效果没有互相更好地糅合在一起,可观众还是从铺满舞台的蓝光中,从玛格丽特缓慢吟咏的独白中,从回荡在剧场的悲剧氛围中感受到了升华这一非常动人的时刻。

如果说蛙实验剧团的勇敢已经被北京的戏剧同仁所承认的话,——它曾经大叫大嚷表明自己的先锋意识和前卫精神,也曾经忍受苦痛渴望一种持久的状态和活力——那么林兆华组织的演剧研究工作室就显得异常沉稳和聪慧。选择《哈姆莱特》作为实验的突破口显然是林兆华的本意。他说得好:"我们今天面对哈姆莱特,不是面对为了正义复仇的王子,也不是面对人文主义的英雄,我们面对的是我们自己。能够面对自己,这是现代人所能具有的最积极、最勇敢、最豪迈的姿态。除此以外，我们没有别的了。"演剧研究工作室没有把哈姆莱特悬挂在空中，也没有把他处理成琐碎敏感、慷慨激昂的现实主义的动物，而是把这位王子变成一个目光闪闪、忍受着荒诞处境折磨的面色苍白的神经质，一个城市孤儿，一个迷恋幻想和母亲、相信命运、异常清醒的诗人。

演出的观众席只能容纳二百人，舞台上使用一块巨大的灰色幕布做背景。透过幕布，剧场后墙上的几盏灯隐约闪着黄白色的光亮。整场演出没有音乐，在黑白灰的调子下进行(国王、母后、哈姆莱特似乎明确地暗示了黑白灰的变换，灯光的单调、怪异造成不祥的预感)。演员吞吐台词如同呼吸空气一样，他们沉稳、坚定、眼睛能灼伤对方的心灵，呼吸急促能让人感到他们血液的跃动。在演到最著名的"生存还是毁灭"时，舞台上出现了三个哈姆莱特(演员哈姆莱特、演员国王、演员雷欧提斯)。国王被处理成面无表情，语气坚定的哲人，他是勇敢的，因为他选择了罪恶。演出中完全删去了哈姆莱特犹豫不决对待祷告中的国王的情境，而突出了在明亮的灯光下王子和母后所经历的共同的折磨。在那颇有恋母情结的十几分钟里，哈姆莱特像婴儿吮吸母乳一样吮吸母亲的痛苦、迷狂、热烈和失望。舞台上空吊下来几只停转的电扇，决斗开始了。演员疯狂地奔跑、匍匐、凶狠地嚎叫，愤怒地对视，穿行于电扇之间，击打电扇，使之危险地转动。当哈姆莱特说出"毒药你发挥作用吧"的时候，演员突然不动，从舞台上方落下滴滴答答的水滴，砸在地板上，灰布上。这很突然，所有观众都屏住呼吸，只能听见滴血的声音。残酷的黑白效果凝固在水滴声中。

演出的思辨色彩很浓，源于艺术家对教育功能的把握和感知，抒情的梦幻始终被书写在演员的心底，通过他们恍惚的语态显现出来，通过他们触电般的舞台交流释放出来。

《哈姆莱特》的成功意义不仅在于它使北京的实验戏剧成为经过深思熟虑的设计和不断求新的创造的产物，还在于这次演出隐藏了人类最深刻的狂妄、悲哀、光荣和耻辱，是最富于情感的最慑人魂灵的作品。

演剧研究工作室在刚刚完成的迪伦马特的《罗慕路斯大帝》中充分发挥了戏剧作为游戏的特点。上上下下的提线木偶，来来往往舞台上的角色，进进出出的表演技巧，前前后后剧中人、演员、木偶的分离和一致，使演出富于情趣、充满随意。再加上故意增添的角色与木偶的呼应和对立，我们看到的是散文的诗化，历史的畸形和文学叙述的辉煌。演出的结尾没有什么惊人的绝妙之处，罗慕路斯说完最后几句话慢慢走动时灯光也熄灭了(顺便提一下，饰演罗慕路斯大帝的演员在舞台上换了三次，意图模糊。舞台上有许多功能性的钢架，似乎提线木偶同舞台真人关系的限定以及演出者过分冷静的旁观并没有达到文学想象所提供的可能性效果)。

1991年中下旬的任何一个晚上，只要你走进北京中央戏剧学院，都会观看到一场不同寻常的演出。在那里，每天都像是过节一样。十几个戏剧狂热分子组成的创作集体用自信、狂想、冒犯、激情，用耐心、苦干、理性、献身使他们自己和观众在一种戏剧气氛中得到陶醉，受到震动。不难想象，这些演出没有豪华的布景，没有完好的音响条件，其中有三个戏是在地下室演出的。上演剧目有尤奈斯库的《秃头歌女》、哈罗德·品特的《风景》、未来主义戏剧《黄与黑》和自创的独幕剧《飞毛腿或无处藏身》等。在此演出季之后，又演出了《沉默》和阿根廷作家曼努艾尔·普伊格的《蜘蛛女之吻》。

为了避免陈词滥调和筋疲力尽，为了追求瞬间的快感和感觉上的残酷，演出者经常不断地以袭击观众的心灵和侮辱观众的欣赏习惯为手段和目的，尽管这要付出很大的代价。《秃头歌女》中的消防队长头戴防毒面具，从窗户上跳下来便大唱歌剧片断。剧中每个人都被处理成亢奋而热爱异性,有些过分的轻狂。这产生了一种怪诞的透视效果,演出在沉默和笑声中达到了高潮。当说到"那秃头歌女"时,椅子翻倒,五个演员站起一动不动,灯光刺眼的明亮,这真正的"停顿"持续两分半钟,对观众的欣赏习惯和耐心彻底进行挑战,最后演出在瓦格纳的乐曲中结束,舞台上到处是被撕碎的书页和纸片。

《飞毛腿或无处藏身》是迄今为止唯一在小范围内正式演出过的自创的实验剧目,故事讲一个酷爱短跑的中学生逃学离家后在下等旅馆里碰到一个自称是皮带推销员的人的经历。演出在地下室的屋角进行,直接用自然灯光和火柴照明。值得一提的是导演要求演员表演时贴紧生活本身,采用一种过分夸张的平静态度,这就产生了一种被抑制了的情感深藏在无动于衷的冷漠之中的特殊感觉。舞台调度自然琐碎以至于处处都充满了设计意味。演出令人不安、烦躁,是因为它触到你身体某个被遗忘的真实部位。

《风景》的演出在半明半暗的灯光下进行,导演相信两个演员能够用最令人信服的语言魅力和静态的冲击力征服观众。演员面色苍白对着观众泄露他们内心的秘密,到结尾时窗外的树枝被灯光照亮,使剧场空间一下扩展到了北京户外寒冷冬天的街道上。演出始终处在一种紧缩的气氛中,直到结束观众才能摆脱一直缠绕着的东奔西撞的记忆。

《等待戈多》无疑是中央戏剧学院创作集体共同合作最成功的演出。这出著名的两幕剧被处理得别具一格。视觉上的可看性,爆发力和刺激的节奏方式,怪诞的超现实色彩和诗化的技巧是这次演出最明显的特点。演出在一间到处被粉刷成白色的大屋子里进行,两边是高大的窗户。一架黑色的钢琴和一辆白色自行车孤独地立在远处,贝克特著名的树被倒挂在能转动的吊扇下面,更远处有一块布,画着波提切利的名画《春》的局部。这一切显得很遥远,梦境般的怪异,像被废弃的记忆,像超现实主义的绘画。灯光很明亮,变化不大。两个演员很恰当地理解了导演的意志,表演细腻、机敏,动作强烈,节奏紧张,热闹非凡。许多调度显得夸张而精彩有趣,台词被赋予了另一层意思。一种恐惧的温柔,一种暧昧的锋利。整个舞台形象不同以往的任何演出,是因为创作集体发现了剧本中的另一种舞台行动。无论是弗拉基米尔和爱斯特拉冈用领带蒙住眼睛、自行车内圈到处滚动,还是兴奋得手舞足蹈、吹口琴或者弗拉基米尔当场用黑雨伞把大屋子窗户上的玻璃击碎,都是一种新的舞台认识方式,一种超现实的自我实现手段,一种不顾一切的狂想。这些也的确是演出最吸引人的部分。戏的结尾,弗拉基米尔和爱斯特拉冈喃喃自语,一片黑暗中蛋糕上的烛火在闪烁,台前倒着一具尸体。这时候,大屋子外面像白昼一样亮了起来。

《等待戈多》点明了人类所处的最无可奈何也是最真实的状态。同样,这次演出也体现了创作者个人和集体最真切的渴望和最内心的躁动。正如我在《等待戈多》演出者的话中所说的那样:"我们曾经一千次地希望是戏剧选择了我们而不是我们选择了戏剧,这对我们是至关重要的。……我们将确立自己用另一种眼光注视世界,从永不丧失的执着的热爱中,从星星眨眼之间深浓的诗情中,从喷发着情欲的灿烂的阳光中,找到能够奔跑、跳跃以至自由飞翔的凭借,使我们身上新鲜的东西从陈陈相因的桎梏和毫无才气的恶习中解放出来,使我们心灵里高贵的东西在自由的空气中畅快地呼吸。"

就像我们不能放弃对初恋的回忆那样,我们不能放弃戏剧;就像我们专心去营造我们内心的美梦一样,我们始终都迷恋戏剧。但这只是一种精神。谁不能在危难到来之前再坚持一步呢?每个人都有这个勇气。坚持是一种习惯,我们为这种行为自豪。许多东西都是可以改变的,而我们却不能改变初衷。

在这种情况下,蛙实验剧团、演剧研究工作室和中央戏剧学院创作集体的实验性戏剧活动就尤其显得可贵了。不容置疑,我们想做的就一定设法达到,我们真的会动感情,我们会像拥抱自己的情人那样去拥抱理想,我们会像等待春天那样等待生命的复苏。因为大家都知道,实验本身就是一个标准。

对实验戏剧如此强调,还不仅是因为意志力和审美上的需要。当今世界上严肃戏剧的探索无论从哪一个角度来讲都处于实验阶段。也就是说,从剧本到演出,从导演到演员都没有能够得出明确的结论和答案。这也许正是实验戏剧的魅力所在。而中国戏剧的实践无论从娱乐功能还是从教育功能上都需要赶上世界戏剧发展的潮流。

戏剧可能也应该有自己新的探索方向。我们呼唤新形式,这并不意味着旧有的成功经验不值得重新对待。同时,我们呼唤自己的剧作家,这也不能表明导演戏剧的可能性和重要作用已经被我们穷尽了。而我们呼唤新思想,这更不是显示传统的主题和永恒的事实在我们这一代手中将成为褪色的记忆。所以我觉得,对于实验探索的选择,就是对我们自身命运的选择。当我们想起斯坦尼斯拉夫斯基、梅耶荷德、布莱希特、彼得·布鲁克或者格洛托夫斯基等人的戏剧实验时,我们由此产生的敬佩之情就不再是狭隘的片刻狂热了,同样,我们由此产生的决心就能使自己勇敢地面对自我,面对现实。戏剧一直以自己的生命力在向前突奔,实验戏剧的现实性、象征性和表现性的种种状态也一直被一代代戏剧探求者所认识,被丰富了的戏剧表现的可能性始终伴随着我们的实验行为。对于我们这些人来说,我们的动机和结果简单而质朴得使我们自己都不禁为之惊讶:我们要悲壮地对待自己的残酷,要残酷地歌颂自己的悲壮!

在现在这个时代,在世纪末的等待中,什么是艺术最重要的主题?有许多问题悬而未决,有许多答案模糊不清,有许多观念似是而非,有许多结果不尽人意。事实上,我们还在鼓励自己,我们正在缩短梦寐以求和现实之间的距离,我们会觉得希望在闪烁。如果说实验是一条可以辨认的途径,那么一切选择都没有意义,我们走下去就行了。坚持不断地扫荡自己,审视自己,超越自己,才能站在一个新的高度对待未来的日子。我强迫自己相信未来那美好的日子,这是因为别无选择。

所以,我始终确信,最后的日子还没有到来,我们依然可以等待。

我们已经开始和继续等待。

原载《戏剧文学》1996 年第 6 期

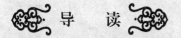 **导　读**

先锋戏剧最早起始于 20 世纪 80 年代初,1982 年林兆华执导《绝对信号》是其发端,之后,经过 90 年代的艰苦探索,到世纪末孟京辉执导的《一个无政府主义者的意外死亡》(1998)、《恋爱的犀牛》(1999)和张广天执导的《切·格瓦拉》(2000)相继问世,实验戏剧终于引起广泛关注,同时也宣告了先锋性小剧场实验剧的“终结”。在 20 多年的先锋戏剧运动中,林兆华、牟森和孟京辉是三个杰出代表。林兆华开风气之先,牟森是最具国际影响的先锋导演,为先锋戏剧观念的成型和形式创建作出了巨大贡献;孟京辉则是先锋戏剧广为传播的积极推进者,也形成了年轻人喜闻乐见的孟氏戏剧风格。他的《实验戏剧和我们的选择》一文发表时,正值实验戏剧处于低迷困境之际,文章回顾了实

验戏剧的发展过程,并阐释了表、导演实验所包含的探索精神,这就是为了避免审美疲劳和"追求瞬间的快感和感觉上的残酷,演出者经常不断地以袭击观众的心灵和侮辱观众的欣赏习惯为手段和目的",而不惜付出很大的代价,"动机和结果简单而质朴得使我们自己都不禁为之惊讶,我们要悲壮地对待自己的残酷,要残酷地歌颂自己的悲壮",因此,探索本身正是实验戏剧的魅力所在。

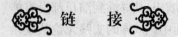 链　接

甄西:《新时期的话剧探索与探索话剧》,《文学评论》1991 年第 2 期。
林兆华:《戏剧的生命力》,《文艺研究》2001 年第 3 期。
汤逸佩:《八十年代中国话剧形式创新的美学前提》,《华东师范大学学报》1998 年第 3 期。

五　电　影　论

中国当代电影发展是从 1949 年开始的。新中国成立后形成了高度集中的电影制作、发行体制,同时提出"为工农兵服务,为政治服务"的口号。这一时期的影片大多以歌颂光明与胜利为主,充满爱国主义与革命英雄主义色彩,但同时也出现概念化、公式化倾向,内容、情节模式单一,人物形象也显得平面化,缺乏深厚的内涵。在"双百方针"推行期间,许多评论家即针对这一现象,从电影的主题、制作等方面提出了许多意见和建议,如 1956 年 11 月在上海《文汇报》开始的关于电影创作的讨论,以及钟惦棐发表于这一时期的《电影的锣鼓》等,对于电影艺术的探索、创作都产生了一定促进作用。但随后而来的批判运动使得富于生气的电影创作、批评重又陷入停顿,这种状况一直延续到"文革"结束。

"文革"后,当代电影进入新的发展阶段,这一时期的电影无论从内容上还是形式上,都有了很大程度的创新。其中较有代表性的导演是谢晋。他执导的《天云山传奇》、《牧马人》、《芙蓉镇》等作品,吸取多种艺术表现手法,同时运用独特的叙事策略传达对历史的理解、思考,体现出对历史理性主义的认同、对社会主流意识形态的呼应,成熟的导演艺术和积极的社会参与意识使得谢晋电影引起广泛的社会反响。然而,20 世纪 80 年代末,这一电影模式却受到了来自部分学院派精英主义者的质疑,并在上海的《文汇报》上展开了广泛而深入的讨论。"谢晋模式"在很长一段时间内成为一个有争议的话题。选文《论谢晋的"政治/伦理情节剧"模式——兼论谢晋 90 年代以来的电影》即对"谢晋模式"进行了深入的解读。

此外,在 20 世纪 80 年代电影发展中,另一个引人注目的现象是"第五代"导演的崛起。这是一群以北京电影学院 78 级学生为主体的导演群体,包括张艺谋、陈凯歌、田壮壮等人。其中,陈凯歌的《黄土地》、张艺谋的《红高粱》等集中代表了这一群体的艺术追求。对民族文化、历史走向的深沉思考,既呼应着当时的"文化寻根"热,也体现出"文革"后精英知识分子清醒的现代意识。而极具视觉冲击性的电影语言,则使得这些作品富有强烈的艺术表现力。"第五代"电影以其恢弘的历史视野与高调的文化诉求,为当代电影的发展开拓了新的审美空间,并为中国电影进入国际市场开辟了道路,在今天的电影业界依然占据重要地位。本单元所选张颐武的文章即从"第五代"电影与当代中国文化转型之间的关联角度对其进行解读,为我们重审"第五代"电影提供了一种视角。

20 世纪 80 年代不仅是电影艺术追求的转型期,同时也是电影生产体制的转型期。1949 年后形成了一整套与计划经济体制相适应的电影生产体制,从指标发放、资金投入到最后的内容审查、发行管理都被严格控制、统一规划。应该说,精英化取向的"第五代"电影早期的顺利制作、上映与这一体制的支撑也不无关系。然而,随着市场需求的不断扩大,20 世纪 90 年代后电影逐渐产业化,一大批适应大众消费市场需求的电影类型纷纷出现,而可观的票房收入又为这些电影的不断产出提供了经济支持。但对于在主旋律电影与商业化电影之外从事艺术探索的电影人而言,由于失去了来自官方的支持,不得不在尚未完全转型的旧有计划体制与大众消费市场需求的夹缝中求生存,这使得他们的处境至为艰难。与"第五代"相比,这些被命名为

"第六代"的电影导演,在艺术追求及美学风格上都显得较为芜杂,其丰富的艺术想象、探索与现有电影体制之间的冲突也更为显著。这促使他们从一开始便自觉地将"外向化"作为寻求突破的途径,而其在国际上的屡获殊荣与国内的冷清回应也恰成鲜明对照,成为当代中国电影实践中一道极为独特的风景。本单元所选戴锦华的《雾中风景:初读"第六代"》即较为全面地描述了"第六代"电影所涉及的几种艺术实践,并将其置于20世纪90年代后的文化语境中,不仅揭示出"第六代"作为新"突围者"的文化意义,同时也指出了他们所面临的困境。

伴随着中国当代电影的发展过程,电影批评、研究也不断取得新的成果。钟惦棐的《电影文学断想》(1979)、《中国电影艺术必须解决的一个新课题:电影美学》(1981)等文章较早显示出作为批评家的理论自觉。其后,随着电影创作的不断发展,电影批评、研究在突破传统电影批评范式的同时,大量引进西方批评话语,运用多种理论资源对本土电影实践进行分析、描述、总结。新锐的理论锋芒与深沉的思考,使得20世纪80年代的电影批评蔚为大观。进入20世纪90年代后,民间批评话语的兴起与传播媒介的多样化,使得电影批评出现了"众声喧哗"的状态,不断趋向多元化。

本单元所选的四篇文章主要来自电影批评家,分别针对当代电影发展不同时期的状况,或提出疑问及建议,或进行总结和反思,体现出理论界对当代电影发展的不断关注与深入思考。从《电影的锣鼓》中对电影与观众关系的强调,到20世纪90年代"第六代"的"小众"艺术实践,中国当代电影似乎经历着某种悖论式的发展,然而其中所隐含的对电影艺术本身的不断探索以及试图突破外在体制压力、争取创作自由的冲动却是一以贯之的,其间,集体记忆与个性话语的交叉缠绕,更让这一过程充满了激情与内在张力,而20世纪80年代中期以后直至今天,当代电影与西方文化语境越来越密切的互动以及在这种互动中形成的日趋多元的姿态,则让我们有理由对它的未来充满期待。

论谢晋的"政治/伦理情节剧"模式

——兼论谢晋九十年代以来的电影

尹 鸿

一

出生于世纪之初的谢晋,受教育于世代书香家庭,后来在上海受到当时左翼文化和好莱坞文化的浸染,50 年代在红色革命风暴的燃情岁月中投身电影——这一切都成为了谢晋电影后来常常浮现出来的精神谱系:儒家伦理文化与社会主义革命文化、传统知识分子的浩然正气与应对现实苦难的浪漫情怀、中国传统的通俗传奇经验与好莱坞电影的叙事技巧都在他的电影中得到了重新组合,形成了一种他表述自我、表述中国、表述人和人生的基本立场、视角、结构和审美形态,也就是所谓的"谢晋模式"。

谢晋模式的形成是历史性的,其变异也是历史性的。谢晋从事电影导演职业始于 40 年代末,从这时开始直到新时期初期执导《青春》、《啊!摇篮》,是谢晋创作的形成阶段。与整个乐观明亮的时代氛围相一致,这一阶段谢晋影片的人物形象热情单纯,叙事风格轻快流畅,视听造型鲜明而具有某种浪漫主义情调。谢晋电影从一开始就具有与主流政治意识形态机制同构的主流性、伦理价值取向上的正统性和审美趣味上的大众性,谢晋善于讲述戏剧化的线型故事、善于将政治典范塑造为道德楷模、善于将"革命"与"善"相互指代、善于用道德情感的宣泄来制造煽情高潮的特点在这一时期都已经基本形成。

从 1979 年到 1989 年,是谢晋电影和电影模式的第二个阶段,也是谢晋电影的"成熟"时期。在"拨乱反正"、"改革开放"的社会背景下,以"思想解放"运动为文化动力,以中国文化大革命的"灾难"性历史为资源,谢晋电影开始从一开始的"乐而不淫"的"颂"诗变为一种"哀而不伤"的"悲歌",其对"国"与"家"关系疏离化状态的描述,对政治专制/恶与小人物/善的冲突关系的设计,对社会男性阉割与家庭女性抚慰的意识形态表述,对历史和现实境遇的精巧的蒙太奇缝合,应该说都强化了谢晋电影的历史意识和人道意识,也强化了谢晋电影与中国传统知识分子文化的内在联系,标志着谢晋电影的高峰。

纵观谢晋这两个时期的电影创作,显然,谢晋电影与主流政治意识形态一直保持着高度的同步性。他的影片几乎都与当时的"时代性"中心话题,甚至中心题材息息相关。他的电影不仅"喜欢通过大的历史或政治背景来表现人物"[1],而且更喜欢用戏剧化的方式来解决个体与历史整体之间的悲剧性疏离,完成对生活图景的意识形态塑造。无论是第一时期关于在社会主义新制度中个人如何通过权威的引导从漂移状态(想象界)进入"革命大家庭"(象征界)的话语主题,或是第二时期关于在象征秩序的镜像破裂以后被"革命大家庭"所误解和排斥的个人如何在女性的引导下从政治空间(象征界)回到家庭空间(想象界)的话语转型,甚至谢晋最新一部影片《鸦片战争》试图用"落后就要挨打"来完成改良中国的政治寓言,可以说,谢晋电影一直是一种意识形态文献:近半个世纪以来,他始终在通过电影的影像,为处在急剧动荡之中的中国观众寻找/构造一个填平个人与社会、想象界和象征界之间的裂缝和鸿沟的电影世界,从而为在这段风云变幻的历史进程中遭遇过无数激情和苦难的人们提供庇护和抚慰。正如一位西方学者指出,谢晋使用的"电影情节剧符码"并不"质疑"主流符码,而是支持主流意识形态的[2]。从这个意义上说,谢晋电影的确是一种"为时而作"的"建设性"的政治文化主流写作。

但是,仅仅认为谢晋电影模式是一种主旋律电影,并没有真正认识到谢晋电影对于中国电影的意义。事实上 1949 年以后，主旋律电影一直是中国电影的中心，然而，绝大多数主旋律电影都如过眼烟云，远远没有像谢晋电影那样被人们所关注、所留恋，甚至被当做经典。谢晋电影的主流意识形态表述具有一种独特的叙事魅力、一种独特的电影魅力。而我认为，这种魅力在很大程度上就来自于谢晋模式——即所谓的"政治/伦理情节剧"模式。

严格地说，在新时期以前，谢晋电影尽管已经以其煽情的故事、流畅的叙事、精巧的镜头语言显示了他的艺术才华，但是他当时的电影作品仍然是当时整个大叙事的一个组成部分，他的成就并没有超过参加这一大合唱的前辈和同辈们，如崔嵬、郑君里、谢铁骊等，但是，到了新时期，谢晋电影的主流意识形态表述却以其鲜明的个性使他独立于他人之上，几乎无人能够与他所产生的影响和取得的荣誉相比。而谢晋之所以能够获得这样的地位，是与谢晋模式独特的修辞策略联系在一起的。

中国血雨腥风的历史就像在中国上千年的历史写作中那样，在谢晋电影中常常被简化为善与恶的冲突史，不仅如此，谢晋还采用了一种家庭/言情情节剧的方式，使道德的苦难在家庭的天堂中得到化解。应该说，谢晋电影完成的是双重的置换：不仅将政治置换为了道德，也将悲剧置换为了正剧。正是从这个意义上说，谢晋电影所提供的并不是真正的悲歌——悲歌向来都是一种边缘的、怀疑的、挑战的甚至破坏的、革命的美学，而谢晋电影体现的却是主流的、缝合的、抚慰的美学。

在谈到谢晋电影时，美国学者尼克·布朗将这些影片称之为"政治情节剧"，[3] 这一概念的意义在于它能启发我们去发现谢晋电影如何将政治主题置换为道德主题、将历史悲剧置换为叙事正剧的秘密。谢晋电影并不是一般意义上的情节剧，而是像中国历史上许多通俗叙事文本一样，将个人的生死存亡、将家庭的悲欢离合、将"好人"与"坏人"的冲突放到了历史的政治背景中，一方面将几十年的政治风雨变成了缠绵悱恻的言情故事，另一方面又使个人的命运遭遇变成了时代风雨的一种症候，"政治情节剧"将公共空间与私人空间叠合在一起，然后又通过情节剧的缝合模式来完成悲剧向正剧的置换。

谢晋电影大多采用了顺叙的方式来完成"平衡——失去平衡——非平衡——恢复平衡——平衡"的缝合结构。这一缝合结构是由两个基本段落构成的，先是一个悲剧性的段落，然后是一个正剧性的段落。在他电影创作的第一个时期，是"英雄(指代革命)救美人(指代人民)"，新时期以后则是"美人救英雄"，正如一位研究者所指出，第一次是"革命拯救了人民"，第二次则是"人民拯救了革命"。[4] 前一阶段，男性是革命权威的象征，女性成为被拯救和命名的对象，最后面临危机的女性(从叙事的平衡向非平衡)在革命的男性引导下都度过困境(从叙事的非平衡恢复为平衡)，从而使观影者获得了一种社会学意义上的恋父体验。而《啊！摇篮》则是谢晋前后两个时期创作的一个转折点。在后来的影片中，女性从被拯救者转化为了拯救者，而先前那些男性英雄相反则在女性的爱抚下得到拯救。在这些影片中，女性的"母性"功能被强化，成为了"地母"式的形象，接纳、包容并帮助处在危机中的人们繁衍生息。女人给了那些被剥夺了英雄桂冠的"英雄们"以生命、家庭甚至后代，使他们"胜利"地回到了主流社会之中，从而用恋母的抚慰感替代了前一时期恋父的英雄感。前期的恋父原型将人物从私人空间引向了公共空间，并使个体在公共空间(革命大家庭)中获得位置，而新时期的恋母原型则将人物从公共空间引回到私人空间，使个体在私人空间(社会小家庭)中得到补偿。因而，这些影片最后政治矛盾和历史悲剧的解决往往都与影片的主体叙述没有关系，在言情故事的框架中，政治和政治的历史被策略性地缺省了，无论是罗群的平反或是秦书田的出狱，都是叙事以外的力量所安排的。政治的确仅仅是一种背景,而对政治的省略则不仅使这些影片完成了"家"的缝合,也悄悄地完成了"国"的缝合。

从这个意义上说,谢晋电影采用的的确是一种传达着"乐感文化"的情节剧模式,这种乐感就来自于缝合,来自于谢晋所采用的"家"的乌托邦策略,这一策略不仅使"好人"获得了一个女人、一个家,甚至一个后代,同时也使"坏人"失去或者不能得到一个家或者一个"温暖"的家。显然,"家"成为了谢晋道德赏罚的法宝,也成为了情节剧"善有善报、恶有恶报"的先验结局的最后审判。因此,"家"在谢晋电影中不仅是叙事的乌托邦,也是一个政治的乌托邦,历史的乌托邦。在早期作品中,"革命"被当做了"家",而在新时期以后,"家"更是落难英雄们的诺亚方舟。谢晋电影善于用道德来对抗个人与社会的疏离,然后又用家的温情来解决个人与社会的疏离,用"归家"的幸福向人们允诺,"正直、忠诚虽然可能会使一个人丧失政治权利,但他却可以用获得爱来得到补偿。"[5]

正是由于谢晋采用了情节剧的修辞策略,所以谢晋的"主流认同"并不是一种简单的政治说教,谢晋电影很少像这一时期许多中国电影那样将"路线斗争"、"阶级斗争"当做故事的中心冲突,而是在政治背景下讲述了一个一个的道德故事,用道德上的高尚和卑鄙、开阔与狭隘、奉献与自私、勇敢与怯懦代替了政治上的"是非",于是,一方面悲剧被理解为一种误会,一种邪恶的道德力量的偶然得势,另一方面悲剧还被改写为正剧,善恶终将得到公正的赏罚。谢晋电影巧妙地用道德的肯定和否定来完成了对政治的肯定与否定。

情节剧的"情节"作为一种构造,意味着对事件的因果化和对阐释的封闭化,谢晋电影在美学形态上也采用了通俗情节剧的叙述方式:在形象塑造上,谢晋电影的人物大多是伦理化的人格类型。谢晋电影很少表现人物内在心理冲突和心理空间,也很少表现人的心理分裂和心理变异,他的人物大多是定型化的,善与恶、软弱与坚强等等,都被指派在叙事中担负特定的正面、反面和助手角色。在结构方式上,谢晋电影基本都采用起承转合的戏剧性结构,故事都有完整的"开端(好人受难)——发展(道德坚守)——高潮(价值肯定)——解决(善恶有报)"的叙事组合。在叙事形态上,谢晋电影大多是线型的顺叙式结构,视点固定、时空单纯、情节集中、目的性明确,外在现象似乎是山重水复而内在逻辑则始终是柳暗花明。在美学效果上,谢晋电影追求煽情性。谢晋电影的高潮点、情节点和西方戏剧形态很不一样,常常并不在于矛盾冲突的最高点或者戏剧动作的最强点,而是在感情动荡和冲击的最高点,如同中国传统艺术一样,谢晋电影的高潮点就是影片的煽情点,谢晋常常通过对感伤性和悲剧性环境的营造,在逆境中用浓墨重彩地渲染来唤起观影者的同情、共鸣和涕泪沾巾,它们大多不以一个令人心旷神怡的华彩辉煌的胜利乐段而是以一个让人柔肠寸断的如泣如诉的煽情场面形成影片高潮。在电影语言上,谢晋电影强调画面、声音、蒙太奇信息传达的指向性、透明性和饱满性,一般不重视形式本身的"意味",也排斥任何"陌生化"的形式主义追求,甚至尽量避免视听信息的模糊和多义。所以,他的影片大都以中、近景镜头为主,使用正反拍的好莱坞句法,基本采用顺叙性的线型蒙太奇剪辑,既保证了故事的流畅性也使视听信息具有一种中心性。在声画造型上,谢晋电影则吸收了中国传统艺术的"比兴"手法,善于制造"情语"与"景语"交融的"意境"。但是在制造意境时,谢晋并不强调意象的新奇和突兀,而是善于利用历史性的和共同性的意象经验,来唤起观众对以往审美经验的回忆,如他影片中反复出现的用冬雪来渲染苦难,春色来象征希望,雷雨来烘托激情,狮子来隐喻中国等。

如果我们在不可避免地舍弃了谢晋电影中丰富的"症候性"的例外、空白、悖论和偶然性以后，"简单"地将谢晋电影抽象为一种模式的话，那么基本可以用"政治——伦理情节剧"来指代他的电影创作中相对稳定、相对共性化的意识形态、故事、语言等方面的修辞特点，应该说，谢晋电影被人们所热爱、所赞许、所高度评价和被人们所不满、所批评的原因大多与这一模式有着密切的联系。

<h2 style="text-align:center">二</h2>

1986 年 7 月，上海《文汇报》刊载了一篇题为《谢晋电影模式的缺隐》的短文，文章提出，"从文化的观点对谢晋电影加以考察，就会发现它是中国文化变革中一个严重的不和谐音、一次从'五四'精神的轰轰烈烈的大步后撤"[6]。尽管在后来的谢晋电影讨论中，有许多人真诚地为谢晋辩护，然而这篇文章还是拉开了批评谢晋电影模式的序幕——"传统性"、"主流性"和"经典性"，使谢晋电影被符号为一种"模式"受到了狙击。应该说，这些批评并不仅仅来自于某些个别者，而是携带着当时整个社会改革创新、开放、借鉴的社会文化要求而出现的。这场讨论，在一定意义上使谢晋陷入了"两面夹击"的处境中。80 年代中期以后，国家意识形态的主流从反思转向了重建，从"拨乱反正"走向了"四个坚持"，一些人开始忽视谢晋电影中的道德抚慰作用而过分地夸大谢晋电影中那些灾难性的与"革命时代"相关的历史背景，因此，无论是《芙蓉镇》或是《高山下的花环》当时都受到了质疑。80 年代末期，谢晋模式面对着来自两个不同方面、同时也是来自两种不同动机的批评。谢晋本人不可能对这样一种携带着"时代气息"的批评无动于衷，这在客观上促使谢晋对自己的创作历程进行反省和对自己的创作模式作出修正。

谢晋虽然不是一个前卫的、先锋的艺术家，但却始终是一个敏感的、保持着与时代同步的艺术家。无论是开放的文化环境、还是变动的历史进程，甚至革新中的电影美学都已经促使着谢晋在世界观和电影观念上的变化，在《天云山传奇》中，他已经开始"有条件"地用宋薇的"第一人称"视点替换过去他常常使用的第三人称全知性视点，用倒叙来使他习惯的顺叙方式获得艺术张力。在《芙蓉镇》中他甚至借鉴了精神分析观念和意识流等现代主义技巧，加入了胡玉音的"闪回"、谷燕山的"幻觉"等表现手法，特别是用秦书田的拒绝回到图书馆表达了他同《牧马人》中的许灵均很不相同的传统知识分子的边缘化意识。应该说这些都是谢晋本人试图继续保持与时代发展同步、试图超越自己创作模式所作出的努力。

这种努力，在外部环境的暗示下，同时也在整个政治文化背景的变迁背景下，在 80 年代后期得到了强化。而这一强化的最初成果就是《最后的贵族》。在这部影片中，谢晋不再满足于把道德恶人设计成直接的悲剧根源，不再满足于将悲剧的承受者仅仅看作是那些道德完人，影片中那四个漂泊异国的女性已经很难被划分为"好人"和"坏人"，它以一个女性在急剧变化时代中的落魄和无奈、遗失和毁灭，讲述的不再是一个黑暗政治背景下的道德坚守的故事，也不是一个摆脱苦难获得拯救的大团圆乌托邦。

《最后的贵族》标志了谢晋电影创作进入了第三个阶段。谢晋这一时期的影片与他以前的创作相比，在题材、风格、样式和形态上似乎都更加分化和多样，不像过去那样统一和稳定，这一方面表明了谢晋那种"自我超越"的愿望，另一方面也显示了一种茫然失措的文化状态。所以，我们有时可以明显地看到，这时期的一些影片有时仍然还保持着谢晋电影的一些"一贯"的个人铭记，如对女性形象"母性"功能的强调、叙事修辞上的"恋母原型"、"家"的乌托邦想象；谢晋"煽情性"的故事习惯在这些影片中也仍然还保持着；同时，偶然、巧合、误会、陡转等情节剧技巧在谢晋的电影叙事中也同样起着重要的作用……。

但是,我们也能明显地发现,在《鸦片战争》以前,谢晋这一时期的电影在许多方面确实发生了有意识的变化。这种变化首先就是与政治意识形态的核心话题相对疏离了。《最后的贵族》改编自台湾作家白先勇在完全不同的意识形态背景下创作的小说,而且是谢晋第一部脱离中国的政治现实和政治历史,将影像空间和故事空间扩展到国外的影片。在其他一些影片中,政治"背景"也被淡化,人物的政治"面貌"和人物的政治命运在故事中的功能性作用受到了抑制,人物的命运和人物生存的环境更加具有人性的"普遍性",政治/道德主题置换为人性主题,其故事的意义也从"政治/伦理"空间拓展到"人性"空间,即便在以"文化大革命"为背景的《老人与狗》中,政治/恶的力量都被排除在叙事构架以外了。其次,善与恶的二元对立格局弱化了,故事的戏剧性和冲突性减弱,而更注意展示人物的心理空间和情感空间,特别是《最后的贵族》具有一种浓烈的抒情性。第三,不仅有单视点的线型叙事而且也采用多视点的复合性叙事,如《最后的贵族》、《鸦片战争》等。第四,除了继续讲述一些大团圆故事以外,在《最后的贵族》、《老人与狗》以及后来的《鸦片战争》中,悲剧性强化了,主要人物最后都以死亡和失败揭开了谢晋过去常常留恋的温情面纱。

然而,尽管有了种种变异,谢晋这一时期的创作并没有再次将他送进加冕典礼,第五代民俗电影的国际化策略霸占了中国电影的话语中心,而一批将主旋律与商业化操作嫁接在一起的"红色"消费品则走进了中国电影的市场中心。这一时期的谢晋电影,放弃了他自己原来的政治性、大众性、情节性的优势,同时他又没有或者"投身"于宣传国家意识形态的主旋律,或者拍摄悲欢离合的各种通俗故事、或者创造各种获得跨国认同的影像和场景奇观,因而,这一时期的谢晋电影的确没有能够产生像前两个时期那样真正重要的影响,他的电影中心位置似乎被替代了。

直到1997年,一方面是"香港回归"使谢晋再次找到了与主流政治的结合点,另一方面则是近年来电影市场化操作和国际化操作积累的经验使谢晋发现了新的电影生产模式,所以,谢晋不惜代价、不惜风险,拍摄了《鸦片战争》。尽管在这部影片中,他启用了一些与第五代创作阵营有着密切联系的艺术家参与影片的主创,借鉴和总结了近年来中国电影创作和他本人电影创作的艺术经验,但是他还是在很大程度上再次回到了自己的创作模式中,并且使《鸦片战争》成为了他这一时期的扛鼎之作。在《鸦片战争》中,谢晋再次共享了与主流政治意识形态的一致:通过鸦片战争的失败和林则徐的悲剧性命运以及琦善的喜剧性结局阐明"落后就会挨打"的历史哲学,从而为中国正在进行的改革开放和市场化方向作出历史的注脚;同时,也通过对林则徐、关天培以及众多中国官兵、军民的抗战,来为"精神文明建设"的爱国主义核心交相呼应;甚至,还通过影片最后黑底白字的字幕:"中国政府将于1997年7月1日对香港恢复行使主权",为当代重大历史事件立下一块丰碑。

当然,谢晋通过《鸦片战争》不仅回到了主流意识形态之中,而且也回到了他驾轻就熟的情节剧创作模式之中。他机智地将"鸦片战争"这一恢宏的史传性事件变成了一个恢宏的戏剧性故事,上至中国的皇帝、英国的女王,中至林则徐、琦善这样的重臣和英国议会议员、外交官,下到歌妓蓉儿、江湖流浪者、奸商何敬容以及英国鸦片商人,都被天衣无缝地编织进了这个历史的"故事"之中。谢晋还充分地将正史进行了"稗史化"加工,像林则徐与皇帝的朝廷斗智,林则徐利用一本行贿账对部下的欲擒故纵,林则徐与琦善的最后告别,以及秀色美艳的蓉儿、滑稽呆傻的何知事、还有那个神秘莫测的皇帝四品侍卫,都使得历史成为了一个传奇,一个其实早就被安排好的叙事游戏。加上谢晋还吸收了近年来电影的奇观经验,以巨大的经济代价,使用了域外场景和外国演员,营造了虎门销烟和众多的战争场面,使《鸦片战争》具备了一切可能的市场元素。

谢晋,作为本世纪以来中国电影历史上不可多得的电影大师,其优势和局限都在《鸦片战争》中得到了再一次的验证。

三

谢晋在中国电影史上的意义也许并不在于他创造了一种传统,而在于他继承和发扬了一种传统,一种将伦理喻示、家道主义、戏剧传奇混合在一起所形成的“政治伦理情节剧”的电影传统。柯灵曾经指出,“郑正秋逝世表示了电影史的一章,而蔡楚生的崛起象征另一章开头。”[7]两人划分出了中国的第一代导演和第二代导演,而谢晋在某种意义上可以看作是这一传统链条上中国的第三代承传人。在这一传统中,从 20 年代郑正秋拍摄的“教化社会”的“家庭伦理片”《孤儿救主记》,到 30 年代蔡楚生的《渔光曲》、袁牧之的《马路天使》,再到 40 年代汤晓丹的《天堂春梦》、蔡楚生的《一江春水向东流》、沈浮的《万家灯火》,这些影片都一脉相承,将家与国交织在一起,将政治与伦理交织在一起,将社会批评与道德抚慰交织在一起,将现实与言情交织在一起,采用中国老百姓所“喜闻乐见”的传奇化的叙事方式,通过一个个个人和家庭悲欢离合的故事,一方面关注中国现实,另一方面提供某种精神抚慰。正从这个意义上说,在中国电影史上,我们可以看到一条郑正秋—蔡楚生—谢晋的发展线索:以家庭为核心场景的政治/伦理情节片一直是中国最有社会影响的电影,而这一电影传统与中国古典叙事传统有着千丝万缕的内在联系。

在艺术史上,历来有两种艺术家,一种是超前的、先锋的、前卫的艺术家,他们的意义要用将来时来确证;而另外一种则是主流的、常规的、集大成的艺术家,他们往往借助于传统来获得当代意义。而谢晋,作为主流电影的代表,在电影美学形态上,应该说是属于后一种艺术家的。

谢晋在谈到自己的艺术理想时说:“电影说到底是一个大众化的娱乐品,而且要跟时代能够结合。”[8]正是这样一种观念,使谢晋从中国儒家文化传统、中国通俗文艺传统与中国伦理情节剧电影传统和好莱坞通俗情节剧传统中,获得了主流电影的定位。所以,他的电影自觉不自觉地继承了中国民间叙事艺术如话本、戏曲、说书中的“苦戏”传统,用伦理冲突来结构戏剧冲突,用煽情场面来设计叙事高潮,用道德典范来完成人格塑造,许多忍辱负重、重义轻利的痴男怨女以他们的苦难和坚贞来换取观众的涕泪沾巾。谢晋电影以善为美,以家喻国,塑造人格和性格面貌清晰的人物形象而一般不刻画复杂的心理矛盾和细微的个人世界,采用中国老百姓所习惯的单线型、单视点的缝合性叙事一般不采用立体化、多视点、片断性的叙事,强调视听信息的封闭性和透明感一般不愿意强调形式本身的意味的开放性,重视故事的抚慰效果而不愿意过分展示生活图景的残酷……

应该说,正是这样一些艺术特点,使谢晋电影与中国观众历史性形成的审美习惯和积淀和叙事经验相一致,而且也与观众希望忘情于叙事过程中的审美趣味和希望得到想象的抚慰的精神需求相一致。其结果,一方面,谢晋电影充分实现了电影作为一种大众文化形式的文化本质,正如当年郑正秋、蔡楚生、郑君里的影片一样,他的影片也为在动荡迷惑之中的中国观众创作了一种“集体的意识”。但另一方面,谢晋电影在美学形态上的平面性、戏剧性和明晰性的确又在一定程度上限制了他电影的深度和力度,各种社会的现实矛盾和权力较量、人们实际的生存境遇和体验都被转化为一种以人为的二元对立为基础的、具有先验的因果逻辑的戏剧性冲突,社会或历史经验通常都被简化为"冲突—解决"的模式化格局,善恶分明、赏罚公正,因而,被认为是一种"具有既定模式的俗电影"[9]。

　　谢晋在50年的电影创作经历中,一直是一个始终愿意与"时代"步伐保持同步的艺术家,是一个始终希望并且确实成为了主流电影的代表的艺术家,当他的创作模式与"时代"的步伐出现异步状态时,他往往能够主动地进行自我"刷新",使自己一直占据着中国电影的主流位置。但是,尽管在80年代末以后谢晋作过相当诚实的努力,但他并没有、甚至我认为也不可能真正突破所谓的谢晋模式。谢晋模式的形成,既是谢晋自己生命个性和艺术个性的选择,其实更是"历史"和"时代"的选择。我们谁真正有可能超越我们的自我和镶嵌着自我的时代呢?

　　半个世纪以来,我们有多少人能够比谢晋更高瞻远瞩、更博大精深、更悲天悯人呢?难道我们假设谢晋电影为我们塑造了一群金刚怒目的"主体"英雄就会更有现实主义的真实性吗?难道不正是历史拯救了我们而是我们拯救了历史吗?难道我们采取过什么比谢晋的"家道主义"更有效的面对苦难的方式吗?钟惦棐曾经指出,"谢晋不是踩着三四十年代的脚印走过来的第一人,也是当时一批年轻导演中第一个接受新的电影观念的人。"[10]这句话所暗示的是,他把谢晋看作了那"一代人"的佼佼者。我们完全可以说,谢晋是"谢晋时代"的一座高峰。

原载《电影艺术》1999年第1期

注　释

1、8. 谢晋、李尔葳:《艺术家要有历史使命感》,《电影艺术》1997年第5期。

2. E. Ann Kaplan 著 *Melodrama/subjectivity/ideology*: *Western Melodrama Theories and Their Relevance to Recent Chinese Cinema*, W. Dissanayake 编 *Melodra ma and Asian Cinema*,纽约,剑桥大学出版社1993年版,第17页。

3. 参见 Nick Browne 著 *Society and Subjectivity*: *On the Political Economy of Chinese Melodrama*, Nick Browne 等编 *New Chinese Cinemas*,纽约,剑桥大学出版社1994年版。

4. 李奕明:《谢晋电影在中国电影史上的地位》,《电影艺术》1990年第2期。

5. 尹鸿:《世纪转折时期的中国影视文化》北京出版社1998年版,第20章"精神分析批评与《芙蓉镇》读解"。

6、9. 朱大可:《谢晋电影模式的局限》,《文汇报》1986年7月18日。

7. 柯灵:《中国电影的分水岭——郑正秋和蔡楚生的接力站》,见《蔡楚生选集》,中国电影出版社1988年版。

10. 钟惦棐:《谢晋电影十思》,《文汇报》1986年9月13日。

导　读

　　作者首先肯定了"谢晋模式"的意义,认为谢晋电影"始终在通过电影的影像,为处在急剧动荡之中的中国观众寻找/构造一个填平个人与社会、想象界和象征界之间的裂缝和鸿沟的电影世界",是一种"'建设性'的政治文化主流写作"。而其电影之所以在众多的主旋律电影中脱颖而出,很大程度上有赖于独特的叙事魅力,即"谢晋模式"——"政治/伦理情节剧"模式。在接下来的论述中,作者对这一模式的文本修辞策略进行了深入解读,分析了谢晋电影"对事件的因果化和阐释的封闭化"特点,以道德/伦理的力量突出"家"的乌托邦象征,并与政治遭遇相置换,采取"平衡——失去平衡——非平衡——恢复平衡——平衡"的缝合结构,将悲剧成功地转换为正剧。而这一过程则采用通俗情节剧的叙述方式,如伦理化的人格类型、起承转合的戏剧性结构、煽情性的美学效果等等,这些都构成了"谢晋模式"的重要特征。其后,作者分析了"谢晋模式"后来所受到的两种不同角度的批评,并对谢晋在20世纪80年代后期试图超越自身的努力进行了描述,认为谢晋这一时期的电影尽管还留有某些"一贯"的印记,但发生了较大转变,呈现出更为多样化的特征。但作者同时也指出,一方面是对旧有优势的放弃,另一方面又没能成功地迎合新的消费市场,这使得谢晋电影中心位置在不断被取代,这也成为谢晋电影面临的困境。直到1997年《鸦片战争》的拍摄,再次与主流意识形态的密切结合以及对情节剧模式的回归,使得谢晋模式的优势和局限"得到了再一次的验证"。在这篇文章中,作者较为完整地描述了谢晋电影的创作历程,对其电影模式的形成、成熟、所遭遇的挑战都进行了深入的分析,并最后指出,"谢晋模式的形成,既是谢晋自己生命个性和艺术个性的选择,其实更是'历史'和'时代'的选择"。对谢晋电影在电影发展史上的独特意义进行了肯定。

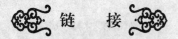

链　　接

饶朔光:《新时期电影理论批评回顾》,《当代电影》1995年第2期。

胡克:《谢晋电影与中国电影理论发展》,《当代电影》2004年第1期。

第五代与电影意象造型

罗艺军

一

　　80 年代中期,电影舆论界流行将中国电影史上各个不同历史时期的导演划分为"代"。这种分代现象在很大程度上基于第五代的不期而至,因为第五代最具鲜明的"代"的特征。第五代导演们多数在"文革"前还是初中学生或小学生,长在红旗下,接受非常正统的社会主义教育,满怀革命激情,立志成为共产主义事业接班人。当"文化大革命"的狂飙席卷中国大陆之际,他们也曾作为红卫兵以宗教徒式的虔诚投身造神运动,横扫一切牛鬼蛇神,甚至批斗自己的父母,以煽动人与人之间的仇恨为福音。他们要与传统进行彻底决裂,以暴力和动乱方式砸烂一切旧时代的封、资、修文化,实际上砸烂的多属历代人类文明进步的积淀。有些人由于出身不好,过早地尝试了"阶级斗争为纲"的苦果。其后他们上山下乡或进工厂、部队,与工农兵结合,经历过极度物质贫困和精神贫困的煎熬,并真切地体验到中国社会底层的真实情景。"文化大革命"的终结,意味着一个反历史潮流乌托邦式理想的幻灭。他们有幸成为千万渴望学习的青年中竞争的胜利者,在大学恢复考试第一届进入高等学府,多数进入北京电影学院。思想解放运动和改革开放政策,创造了较好的学习环境,有机会接触到形形色色的西方思想和西方电影。命运的跌宕起伏促使他们对中国历史和中国现实、中国文化和中国电影进行反思,也包括对自身的反思。一个与第五代同龄代的年轻诗人,在《我是狼孩》一诗中概括这一代人的反思:

> 我把草堆当作温暖的摇篮,
> 我把血痂当作紫色的花蕾,
> 我把狼嗥当作亲人的呼唤,
> 我把狼乳当作母亲的胸怀……

　　自 1898 年中国建立新式大学以来的百年中,大概找不出一届大学生集体,有过这样共同的曲折坎坷的人生经历,有过这样共同的精神上崎岖的里程。这一代人独特的经历,对艺术家来说,是一笔宝贵的财富,并导致他们的历史观和艺术观富于极端的反叛性。虽然第五代既不是一个艺术流派,也不是一个学派,其代表人物具有一股惊世骇俗的创新精神,勇于大胆地突破种种思想、艺术戒律。这恰恰是中国文化传统和新中国电影传统所欠缺的。第五代是特别幸运的一代。一般从事电影创作的人,从新手到独当一面,即便一帆风顺,也得十年八年,"文革"10 年,各类专业人才基本断档。新时期伊始,百废待兴,各行各业,人才短缺。第五代中有的人一离开校园,就获得独立拍片的机会。每年以两百多亿计的电影观众人次和计划经济的大锅饭,无需过多考虑票房价值,70 年代末至 80 年代的思想解放运动,创造了建国以来罕有的比较宽松的文化环境。第五代的反叛性的艺术追求,能争取到付诸实践的机会。几个 1982 年电影学院的毕业生,1983 年就拍出了标志第五代诞生的第一部影片《一个和八个》。

　　《一个和八个》的导演张军钊说:"常有人问我:《一个和八个》为何要在历史观和电影形态上采取极端叛逆的态度? ……我们只是本能地要求标新立异。想出这个东西,别人没整过,这是当时咱们确定的一条原则。这条原则在《一个和八个》自始至终全面贯串。"①

---

① 《从〈一个和八个〉到〈弧光〉》,载《电影艺术》1989 年第 1 期。

此言不虚。影片的摄影师张艺谋、肖锋的《摄影阐述》就贯彻这种标新立异的精神。"在艺术上，儿子不必像老子，一代应有一代的想法。"①

这部影片根据郭小川的叙事诗《一个和八个》改编。这个题材的选择就是标新立异的。过去反映抗日战争的作品，都是正面颂扬八路军和广大群众与日本侵略军斗智斗勇，这部影片的主角却是一个受到冤屈正在被审查的共产党员王金。王金与一群土匪、逃兵、奸细被关押在一起，以民族大义感召了这群社会渣滓，涤荡他们罪恶灵魂中的污垢，与日寇进行了一次殊死的搏斗，并在生与死的考验中提升人的精神境界。影片在战争和人的主题上，视角新颖，构思独特，具有精神震撼力。

然而《一个和八个》给中国电影留下的最有价值的财富，则是它的电影造型。摄影师之一的张艺谋后来回顾：

由于我们对以往中国战争片的那种矫饰感，那种贪花好色极为反感，于是走了一个极端，拍广阔的天和地，拍寸草不生，对民族危亡关头的严酷性进行抽象的表现……

这实际上是把造型手段推向极致，充分发挥画面内在的震撼力，这才是真正的电影描写，是用语言和文字难以表达清楚的……②

在人物肖像造型上，追求一种粗犷、原生的阳刚之美。影片中除唯一的女性杨芹儿之外，所有男性（包括摄制组中不上镜头的）一律剃成光头，并往往光着膀子。剽悍、桀骜不驯，在强烈光影对比中，富于雕塑感的力度。这些人物在囚禁之中，经常空间局促，像一群被囚禁的猛兽，积蓄着一种原始的挣脱牢笼的能量，一旦冲决而出，迸发石破天惊的爆发力。

影片主要场景是外景，可全部外景几乎完全没有出现代表生命的绿色。把原本织满青纱帐的田野，拍成戈壁滩式的荒凉。这种环境造型为了体现这样的主体意念：日本人的三光政策，将生意盎然的中国土地变成了种族灭绝的沙漠，从而赋予一种历史的悲怆感和沉重感。

张艺谋、肖锋的老师，北京电影学院摄影系的郑国恩教授，对他的学生在造型上的创新，做过很精辟的分析：

《一个和八个》开场空房中利用粗大横枕，地窖利用前景人头、肩背等作为巨大前景，使空间消失，造成视觉上挤压感。

碾房，以碾子为前景，广角镜头夸张了它的体积，使它占据画幅几乎三分之二，人物紧贴画面，由于后面的墙壁以平面形态成为后景，不仅使空间感消失，而且造成视觉上挤压感……

全片除个别场景外，画面都卡得很紧，人物都用中近景处理，几乎没有富裕空间，饱满得有胀破画框之感。人物很少处理在画面中心位，一般只占一个边角。

压缩的空间表现，正是对精神层面、灵魂搏斗的有形揭示，正是对扭曲的非正常的心理状态的可视展现，从而给观众视觉和心理上造成强烈震撼。

影片把主人公和作者的内心体验，通过造型语言直接化为视觉形象，把无形的灵魂搏斗和心理状态直接体现为造型因素的聚合，以诉诸观众的直接感受。③

郑国恩的文章虽未用"意象造型"概括这种造型特色，却对意象造型的美学意蕴及其具体的艺术处理和艺术效应做了精到的阐释。在影片的后半部，这种造型的主体意象，更侧重于表

① 《北京电影学院学报》1985 年第 1 期。
② 罗雪莹：《红高粱：张艺谋写真》，中国电影出版社 1988 年 7 月版。
③ 郑国恩：《强烈的视觉冲击——中国新电影的造型突破》，载罗艺军主编《20 世纪中国电影理论选》下册，中国电影出版社 2003 年版，第 473 页。

现人物的精神上的突变和升华。影片结尾,锄奸科科长拄着拐杖,斜倚在王金身上,构成一个大写的"人"字。"人"字几乎占满画面,在高光背景下,产生剪影的效果。无论被冤屈的王金或奉命处决他的锄奸科长,精神上都是扭曲的。经过严酷战斗的洗礼,人性得以复归。"人"字剪影,是对异化了的人性复归的一曲颂歌。

《一个和八个》在中国电影史上是一部具有开拓性的作品。

紧接着出现的《黄土地》(摄影张艺谋,1984)延续了《一个和八个》的意象造型,却不像后者那样刻意雕琢,比较平和自然。《黄土地》的主题更具文化意蕴,在国际上更引起普遍关注,在很多国际电影节上频频获奖。还有不少国际影评人,基于《黄土地》才开始关注中国电影。

《黄土地》环境造型的基本元素就是黄土地。

影片中展示的黄土地,往往占据银幕画框四分之三的空间,只有画框上部留下一条狭窄的蓝天,给人以堵塞感和挤压感。黄土地空旷裸露,沟壑纵横,是岁月留在大地上的年轮。黄土地干旱贫瘠,那是被人过度索取的印记。只有零星的象征着青春和生命的绿色点缀其间,如汪洋大海中的孤舟。在静止的长镜头中,舒缓的节奏赋予一种历史的凝滞感。黄土地是在晨曦或黄昏光线较柔和时拍摄的,因而比自然形态的色彩凝重,呈现为暖色。这种造型渗透这样的主观意绪:黄土地荒凉却雄浑,贫瘠而显温馨。大地母亲哺育了一代又一代儿女,而今精力衰竭,乳房干瘪,却仍然慈祥而勤劳。那飘荡在黄土地上古老悲凉的"酸曲子",倾吐着她历尽沧桑的心声。这是一块人化的黄土地,凝聚着对民族生生不息连绵邈远的诉说,对历史进程停滞的叹息,对生存艰辛的呻吟。她直观地以造型语言吐露导演陈凯歌的思绪:"一种思前想后产生的又悲又喜的情绪,一种纵横古今的历史感和责任感。"①

被这块黄土地养育的人,如翠巧爹,脸上沟壑纵横,延续两千多年前古老的耕作方式和生活方式,像黄土地一样古老,像黄土地一样贫瘠,也像黄土地一样淳朴。那些在自然灾害面前束手无策的"求雨"的农民,是扩大的翠巧爹的群体,愚昧、因循、质朴,对大自然的惩罚无能为力,只有匍匐在地祈祷上苍的怜悯。——黄土地是一块造神的沃土,当人在自然力量和社会力量面前显得孤立无助,当人未从传统羁绊中解放出来自觉为人,就会创造出天上或人间的神作为顶礼膜拜的对象。意象造型语言,将这种人的生存状态,人与环境的联系,以直观的视像和声音展现,从而使现实的描写获得了诗意的升华。然而这块沉寂、贫困的黄土地,积蓄着、蕴藏着巨大能量,一旦触发,像火山爆发似的喷薄而出。"腰鼓"一场中的龙腾虎跃,威震山河的鼓声、镲声,就是一种诗情化的写意。

源于中国的文化传统和叙事美学传统,中国电影长期以来重时间思维的叙事性,忽视空间思维的造型性。新时期中国电影意识的觉醒,很大程度上体现为电影摆脱对文学、戏剧的过分依赖,发掘电影造型的潜能,回归电影的映像本体。电影意象造型,大大强化了造型因素,将造型提升到电影本体意义的层次,乃电影意识觉醒的突出成果之一。有别于传统电影中隐喻、象征性的蒙太奇段落,如《战舰波将金号》(1925)敖德萨阶梯中的石狮子,《林家铺子》(1959)开场一桶倾入小河中的水激起沉淀河底的污垢;也有别于中国电影中那些运用环境来延伸人物思绪的蒙太奇段落,如《林则徐》(1959)中林则徐送别邓廷桢,《城南旧事》(1982)结尾处小英子告别父亲的墓地;意象造型直接以视觉造型表意,而且是整体性的。《一个和八个》、《黄土地》构成了一种整体性的写意的叙事风格。在电影语言上,是一种崭新的创造。

---

① 陈凯歌:《我怎样拍〈黄土地〉》,载《电影导演的探索》(5),中国电影出版社1987年版。

二

张艺谋、陈凯歌的前期创作中，意象造型成为他们艺术风格中一个最突出、最基本的元素。虽然他们有各自不同的美学追求，采取不同的美学策略。

张艺谋导演的处女作《红高粱》(1987)一问世，就获得了柏林电影节的大奖——金熊奖。国内舆论高度关注，并展开一场关于"中国电影走向世界"大讨论的热潮。

《红高粱》的主题，表现化外之民无法无天，无拘无束，天马行空。对长期受封建礼教约束和文化专制主义禁锢的中国人来说，真可谓一次精神的大解放。张艺谋运用意象造型语言夸张地展现中国的民风民俗，并发展为一种仪礼性的程式，富有民族文化意蕴。这种程式，多与性爱、婚姻相联系，既是对传统文化中性禁忌的大胆反叛，又构成极富愉悦性的视听奇观。

十八里坡一片茂密的野生红高粱，如同《黄土地》中的黄土地，成为影片中基本的造型元素。蛮荒、粗犷、神秘、诡谲，自生自长，自由自在。人格化的红高粱，提供杀人越货、偷情野合的场所，也似乎是这些无法无天活动的参与者，"我爷爷"、"我奶奶"的野合，红高粱地提供这种苟且之行以圣洁的祭坛。野合得手，在金色阳光抚摸下发育得丰满的碧绿高粱叶，迎风摇曳款摆，沙沙作响地吟唱。合着欢快旋律，挥动长袖轻歌曼舞，尽情地享受着青春的欢娱……

"颠轿"、"祝酒"，这类仪式化的场面，似为民俗；实际上是在民俗基础上做了大量的艺术加工。音乐造型亦复如此，"妹妹你大胆地往前走"、"颠轿歌"、"祝酒歌"，均具民族风味，都扯着嗓子喊，肆无忌惮地宣泄。这种对民风民俗的处理，一如意象造型之美学精神，既不脱离原型之形态情趣，又注入浓烈的主体意绪愈显其韵致。这就使表意叙事风格在美学上趋于统一。

尽管《红高粱》存在某些明显缺陷，例如结构，但张艺谋的美学策略还是获得巨大成功。神秘的东方美学在银幕上以一种张扬而易于感知的形态展示其魅力，张艺谋基本上沿着这条路线，花样翻新地以意象造型的电影语言，叙述反叛性的男女之情的故事。《菊豆》(1990)中超长的高高悬挂的五色缤纷的染布如同帐幔，为乱伦式的偷情提供隐蔽，又为这种突围禁忌的越轨之行的内心困惑、疑惧、纷乱和情意绵长提供一种象征。以在场事物诱导联想不在场事物，以实在的物质层面生发抽象的精神层面，就意味着诗情。

《大红灯笼高高挂》(1991)将意象造型推向极致。陈家大院那高墙矗立封闭的大片灰色建筑，清冷而阴森。排列整齐的一个个小院落，妻妾们各占一隅。陈家大院，像一座大监狱。那高高挂起的成排的大红灯笼，标志着宠幸、权势和情欲。每天傍晚宣布某院"挂灯"的仪式，类似皇上每晚用朱笔钦点行幸的嫔妃，或嫖客挑选妓女。"点灯"、"封灯"仪式被铺排得如此张扬，纯属艺术虚构。有些评论说张艺谋电影的这些场面是"伪民俗"，惑人耳目。我并不完全赞同这种观点。作为艺术创作，如实记录民俗固有其文化价值，创造一种近似民俗的场面，未可厚非。问题在于如何表现。张艺谋的意象造型，遵循的并非摹仿论的美学原则，乃属缘情言志的美学体系。这些写意性场面，倒有些近乎爱森斯坦曾一度提倡过的杂耍蒙太奇。

张艺谋的意象造型，浓郁、强烈、明快，在构图、色彩、形态和动作上，追求视觉的冲击力和感染力。在开拓历史文化意蕴中，充分发挥电影的影像本体功能，予观众以视、听的审美愉悦。在20世纪80年代，中国电影突围"影戏"美学的偏颇中，他异军突起，为中国电影趟出一条新路。当然，张艺谋电影也有自身的局限，包括意象造型这种造型模式自身的局限。

陈凯歌走一条迥异于张艺谋的道路。他运用意象造型进行文化思辨，探讨某些深邃的文化命题。《黄土地》思考人及其依附的土地，《大阅兵》(1985)则是个体的人与群体的关系，《孩子王》(1987)是人与大自然和人与文化的联系,《边走边唱》(1991)则是人的理想的执著与幻灭。在中国电影史上,还没有一个电影导演如陈凯歌这样执著于文化哲理性的思辨。他总是以一种批判的眼光审视中国人的生存状态和精神境域,并追溯这种文化积淀的根源,在理性的审判台上加以拷问。这种批判锋芒往往在刻意营造的视觉造型和声音造型中赋予复杂多变的含义,直接用镜头或镜头段落做哲理性的表述。

陈凯歌对自己的意象造型风格做过表白:"我在现实世界里决不加入任何抽象的造型因素,而是设置一些可以引起联想的具象造型材料,从这些生活化的场景中,引出抽象的具有哲理意味的结果。"①这里着重探讨《孩子王》的第一个镜头,这个镜头堪称陈凯歌意象造型之典范。

这是一个大远景的长镜头。背景是一片葱郁葱秀幽深封闭的亚热带森林。一条裸露红土地的小道从前景向纵深延伸,走向一所居于画面中心的茅草覆顶的小学校舍。通过固定的机位和逐步上升的视点,逐格拍摄,将自朝至暮的自然景观和人文景观纳入一个镜头之中。天空云彩飘逸,地上光影疾驰。自然景物和人文景物固定不变,代表时间的光影急速流转。

陈凯歌对这个长镜头的意蕴做过如下表述。

在片头以一个"斗转星移、天道运行"的画面作为全片之纲,是影片构思之初就有的想法。董仲舒说过"天不变道亦不变",我们这个画面所表现的却是自然界在运转,道仍旧不变。那金灿灿的校舍,是教育和文化的象征,它高居于群山之上,处于天道运行的中心。从黎明大雾起,到破雾日出,然后再到斗转星移,自然界的时序周而复始地循环变化,而校舍却伴随那白色的雾气和"逍遥游"的歌声,悠闲安适,纹丝不动坐落在山坡上。它代表了中国传统文化中最腐朽顽固的部分,是我们民族前进过程中亟待攻破的堡垒。②

大概找不出另一个电影导演如陈凯歌企图让一个电影镜头承载这样宏大而又高度抽象的宇宙观和文化观的哲学命题。电影是一种极为具象的艺术,长于整体再现,短于抽象思辨。电影是一次过的艺术,观众看影片时根本没有余裕像读哲学论文那样反复思考、仔细品味、深入解读。如果没有导演本人的导读,很难会有另外一个观众读出这样的内涵。一个镜头中密集超量的信息,接受中必然出现大量冗余信息。思想大于形象,成为陈凯歌电影的特色,晦涩难解,摈观众于影院之外。再者抽象的哲理思辨所据以引发联想的具象造型材料,构成的意象实际引发的联想与导演的意念未必吻合,有时甚至出现悖论。《孩子王》中不止一次出现放火烧荒留下狰狞的断木残桩的遗迹和牧童牧牛的意象。导演的意向是,孩子们应像牛群那样自由自在地生活,不要像枯死的树桩那样被传统文化束缚。可这样的意象完全可能理解成:放火烧荒是一种生产力低下的破坏生态平衡行为,应该学习科学文化知识既发展生产力又维护生态平衡。这与导演的设想,就南辕北辙了。还应指出,当陈凯歌执著地以电影表达他的文化思辨时,他自己的文化观尚处在探索和不断变易之中。《黄土地》年代,陈凯歌对那片哺育华夏文明的黄土地,抱着一种"又悲又喜"的情怀,到了拍《孩子王》时,对中国传统文化采取的是一种否定的立场。90年代,他创作《霸王别姬》时,对传统文化从基本否定转变为基本肯定。他公开宣称"突然发现自己是一个精神上的保皇党"。③ 一个年轻的艺术家不断发展和变易自己的文化观念,不足为病。在一个急骤变革的时代,这种变易倒是正常的。因此,他在电影中宣扬

①② 引自《电影艺术参考资料》第183期,《孩子王》专辑,中国电影家协会编印。
③ 罗雪莹:《银幕上的寻梦人》,载《文汇电影时报》1993年6月5日。

的文化观念有时难免偏颇和不成熟。

尽管陈凯歌电影存在上述诸多局限和缺陷,陈凯歌对中国电影的冲击波却是深远的。20世纪50—70年代,中国电影基本是大一统的格局。这种电影模式环绕着政治轴心旋转,既汲汲于目光短浅的社会效应,又阻碍艺术形式的创新。陈凯歌电影突出地代表了80年代的社会意识和电影意识觉醒的先锋浪潮,以电影语言进行文化哲理性的探索,从而拓展电影思维的境域,提升电影的文化品位。陈凯歌是中国大陆第一个被国际影坛关注的导演,并非偶然。他以意象造型作为文化思辨的重要元素,在发掘电影语言的潜能上的努力,亦具很高的美学价值;虽然并非都是成功的。总体说来,《黄土地》、《大阅兵》的意象造型比较贴切、精当,《孩子王》则过于雕琢晦涩。即便如此,有些尝试也是有价值的。以第一个镜头为例,人们固然难以领悟到导演主观上企图表达的那些抽象的哲学思辨,但这个镜头恢宏的气势,优美的构图和东方色彩的人文氛围,则是可以直观感受的。作为全片之纲,它与影片整体意图表达的意向大体上仍是能够体悟的。人作为大自然和谐的组成部分,在宇宙周而复始的循环中生息繁衍;这是中国式的空间意识和生命意识。

电影表意向理性思维的形而上发展趋于极致,进入哲理性层面;从美的范畴进入真的抽象。这并非艺术发展的必然之路。对电影这种大众化而又在造型上特别具象化的艺术,哲理性电影,从来曲高和寡,只能是个别的特例,不可能成为电影的主潮。凡在美学追求思辨性哲理的影片,在造型上往往是一种趋向,力求摆脱电影造型的具象、逼真的累赘,寻求变形化、扭曲化、抽象化,往往以梦境、主观幻觉的形态呈现。例如费里尼的《8$\frac{1}{2}$》(1962),英格玛·伯格曼的《野草莓》(1957)等即是。陈凯歌以意象造型的途径来表达,可能是一种更符合电影本性的方式,至少是一种可以选择的方式。

电影不是一种适宜于哲理思辨性的艺术,但电影史上普遍对英格玛·伯格曼、费里尼、安东尼奥尼等电影大师及其作品给予高度评价。因为他们的电影往往关注人类社会中的重大主题,表达对人生的终极关注,富有深厚的人文精神。陈凯歌前期电影,在中国可谓别辟蹊径的另类,其成功的经验和失误的教训,都值得珍视。

三

造型艺术就其与自然的关系,大体可以归纳为三种基本的形态类型,即具象造型、抽象造型和意象造型。

具象造型:按照自然界和社会生活自身的面貌加以再现,以逼真于描写对象的形态、质感、真实空间、真实色彩为美学原则。此乃西方古典摹仿论美学在造型艺术中的体现。古希腊的雕塑,堪称具象造型之典范。在绘画中,西方传统的油画,达到照相之逼真性,为具象造型之代表性形态。

抽象造型:基本上或完全背离描写对象的固有形态,将之变形、扭曲或抽象化,以表达主体的主观感受、主观意念、主观情绪。就其美学精神而言,乃是对摹仿论美学的彻底反叛,对纪实性的彻底颠覆。抽象造型以西方现代派绘画、现代派雕塑为代表性形态。中国的书法艺术,不以具体物象为表现对象,似应列入抽象造型范畴。

意象造型:介乎具象造型与抽象造型之间,既不脱离物象的固有形态,又力图超越这种形态,以抒发审美主体对物象的主观感受和寄富审美主体的意绪为美学原则。既写实,又写意,以神写形。中国传统绘画最充分体现意象造型之韵致，此乃中国传统缘情言志论美学在造型艺术中的体现。中国绘画以线条造型，散点透视，舍弃光影。中国绘画不提供精确的真实空间，色彩趋于表现性和装饰性，并非自然色彩的再现。不以逼真形似为高，而以"气韵生动"为美。

电影摄影机具有逼真地记录可见的或可能看见外部现实及其时间向度上动态的独特功能，在造型上臻于具象造型之极致。西方摹仿论的造型艺术传统在具象造型上，在把握光影色彩的规律和技巧经验上，提供了极其丰富的文化资源，可供电影直接继承。尽管中国绘画的美学价值，毋庸争辩；甚至可以说更符合艺术之本原；但对电影造型而言，则并非是可供轻而易举地直接运用的文化遗产。20 世纪 40 年代初，中国电影大师费穆先生在拍电影戏曲片时，曾多次尝试继承中国绘画之传统，并写下了他的创作体验：

中国画是意中之画，所谓"迁想妙得，旨微于言象之外"——画不是写生之画，而印象确是真实。用主观融合于客体，神而明之，可有万变。有时满烟云，有时轻轻几笔，传出山水花鸟的神韵，并不斤斤于逼真。那便是中国画。

我累想在电影构图上，构成中国画之风格，而每次都失败。可见其难。①

费穆先生乃中国电影导演艺术家中，第一个自觉地尝试全面在电影艺术继承和发展中国优秀美学传统之人。他在戏曲片拍摄中追求国画风格之不尽如人意，在于尚未充分探索到解决国画（写意美学）与电影造型（写实美学）两种不同美学体系矛盾之途径。不过这种探索积累的艺术经验，则是宝贵的财富。若干年之后，他拍摄了氤氲着浓郁东方美学韵致的电影杰作《小城之春》(1949)，为中国电影矗立了一块不朽的丰碑。

基于这种文化背景，中国电影的造型，相对于西方电影，基本上处于落后的状态。待到"文革"时期，当电影被极左路线奴役到极致的年代，中国电影造型更是大倒退。电影造型直接图解政治概念，成为一种完全背离电影造型纪实本性的模式："我大敌小，我明敌暗，我正敌偏。"这种公式主义的僵化模式，使中国电影之虚假矫饰达到令人不忍卒睹之状况。

新时期中国电影造型意识觉醒。巴赞的纪实美学欣逢时会，被介绍到中国来。克拉考尔的《电影的本性——物质现实的复原》(邵牧君译)、巴赞的《电影是什么?》(崔君衍译)先后出版。《谈电影语言的现代化》(张暖忻、李陀著)在 1979 年发表之后，紧接着出现了一大批评介纪实美学、长镜头的理论文章发表。中国影坛掀起了一次巴赞纪实美学的热潮。纪实美学是与第四代导演同时在中国影坛出现的，纪实美学在很大程度上也是第四代导演的旗帜，《沙鸥》(1981)、《邻居》(1981)、《城南旧事》、《我们的田野》(1983)、《如意》(1982)、《都市里的村庄》(1982)、《雾界》(1984)、《人生》(1984)、《红衣女》(1984)等一大批作品，都在不等程度上追求纪实风格，探索长镜头、场面调度的艺术效应。80 年代前期，中国电影的造型意识显著加强，中国电影的造型水平显著提升。但第四代电影很难说就是纯粹纪实美学的样品，在不等程度上仍渗入中国传统美学的表现性因素。

第五代的意象造型则是在第四代纪实美学基础上的跨越。如果没有第四代的造型意识的觉醒，没有电影造型的纪录本性的回归，第五代电影是很难跨出这一步的。电影意象造型，既不脱离物象的自然形态，又在自然形态的基础上按照电影的特性赋予突出的主体的表现性，这

---

① 费穆：《中国旧剧的电影化问题》，载罗艺军主编《20 世纪中国电影理论文选》上册，中国电影出版社 2003 年版，第 271 页。

合乎中国传统造型艺术的美学原则。这个造型原则,齐白石有过一句精练的概括:"作画在似与不似之间,太似为媚俗,不似为欺世。"可以说电影意象造型是中国传统的造型原则在电影中的直接延伸。电影意象造型的出现,既有其必然性,又有偶然性。

与张艺谋同为《一个和八个》摄影师的肖锋,回忆过电影意象造型诞生的过程。"为了追求逼真,最初的摄影方案并没有想把造型弄得那么强烈。开始张艺谋提出学日本人的拍法,把摄影藏在背后,以纪实性为主。样片出来,看着感到太温,不豁亮。后来我跟艺谋商量,稍来点画外空间的手法试试。这样拍了一场戏,回来一看效果,挺好,后来就定下按这个路子来。这种形式既宣泄了当时的情绪,也没有和逼真性造成直接冲突。"①画外空间,仅是意象造型的一个方面,大概是《一个和八个》探索意象造型的起点。

由此可见,意象造型并非深思熟虑自觉的美学追求,而是一种尝试性的摸索成果。初衷仍是追随第四代向纪实性发展。只是由于纪实性达不到他们追求的标新立异的效果,转向另觅蹊径。要在造型上寻找一种有别于以往中国电影和外国电影的造型语言,自觉或不自觉地就会从中国传统造型美学资源中寻求启示。传统文化潜移默化的熏染,显示出巨大的亲和力。

如果说《一个和八个》的造型意识带有较大的偶然性和非自觉性,到了拍摄第二部《黄土地》时,就已进入自觉状态了。《黄土地》的意象造型已是一种深思熟虑的美学追求。且看张艺谋写的《〈黄土地〉摄影阐述》:

立意

大凡做一件事,必要立意,或称构思。

古人有语:"……故善画者,必意在笔先,宁可意到而笔不到,不可笔到而意不到。意到笔不到,不到即到也;笔到而意不到,到而未到也。"

这一带,是中华先祖轩辕帝耕耘征战之地,是民族的摇篮。在这里拍片,大约总要想很多的。

我们想表现天之广漠,表现地之沉厚;想表现黄河之水一泻千里,想表现民族精神自强不息;想表现人们从原始的蒙昧中焕发出的呐喊和力量,想表现从贫瘠的黄土地中生发而出的荡气回肠的歌声;想表现人的命运,想表现人的感情——爱、恨、强悍、脆弱、愚昧和善良中对光明的渴望和追求……

"鉴画三寸,当千仞之高;横墨数尺,体百里之回。"

《摄影阐述》明确无误地说明意象造型的精髓,源于中国传统的绘画美学。

有一种流行的观点,认为第五代的电影美学思想,主要受西方现代文化思潮和西方现代电影的影响。这既表现在电影观念、电影形态上,也表现在他们极度反叛性的思想倾向和美学倾向上。因此,第五代是西方现代思潮的产儿。诚然,第五代接受了西方现代美学的重大影响,这是无可否认的事实。如果仅仅看到这一面,则失之于片面。实际上第五代的一些有代表性的人还有另一面,可能还是更具本质性的一面,则是对民族文化传统和民族美学传统批判性的回归。

既反叛传统,又回归传统,这岂非自相矛盾?

我们以"民族文化传统"来概括几千年中国文明积累之总和,实际上民族文化传统是一个十分复杂的无所不包的庞大体系。体系自身,也包含着各种矛盾对立和统一的元素。以宗教

---

① 《从〈一个和八个〉到〈弧光〉》,载《电影艺术》1989 年第 1 期。

哲学思想而言,儒家、道家、释家即呈现为这种相互对立又相互渗透的状况。文化传统并非静止的,随着时代的发展而不断变化发展。20世纪,中国文化更经历了巨大转折和剧烈震荡,出现了"五四"新文化传统,以西学中的民主与科学为旗帜。新中国建立后,文化的主流则是源于延安的革命文化传统。这种主流文化在特定历史时期曾发挥过积极作用,其后则愈来愈显示出政治上急功近利的偏颇,至"文革"时期更走入死胡同。

第五代对传统的反叛,主要反叛的是这种当代的文化专制主义传统,庸俗社会学的传统。中国古代美学中的精粹,不仅不是他们反叛的对象,而且为这种反叛提供了深厚的美学资源,艺术回归艺术,艺术是人学,不是政治学。艺术是心灵自由驰骋的花朵,艺术是独创性的,不是政治模具批量生产的螺丝钉。电影意象造型,正是对传统又反叛又回归的产物。

四

除张艺谋、陈凯歌外,第五代导演中的吴子牛、黄建新等也运用意象造型创造出很有特色的作品。

吴子牛在《喋血黑谷》(1984)中就显示了他在电影造型上的才华。这部影片叙述抗日战争中八路军、国民党投降派和地方军之间错综复杂的斗争故事,主题并不新颖。主要由于造型上的新异——峡谷中的大面积的阴影造成的阴森感,室内强烈的明暗对比隐喻的激烈矛盾构成的诡谲气氛,令人耳目一新。影片赢得了广大观众。在《晚钟》(1987)里,这种意象性造型更臻精美,画面和音响造型很见力度。精心营造的独特环境氛围,既令人震撼,又耐人品味。艺术上的精致和制作上的精细,均臻一流。这与吴子牛在《〈晚钟〉导演阐述》中的初衷,基本吻合。"这是一部比较'烈'的电影。在造型、情绪、表意等等方面,一旦需要强烈的时候,应彻底地奔腾咆哮……如果你对'诗'的理解不止停留在小布尔乔亚的无病呻吟上,如果你认为'诗'也可以用猛兽般的呐喊宣泄出来,那么,我们说,这部影片是一首诗。"①

吴子牛在追求诗电影创作上,两部拍得最精美的作品,《鸽子树》(1985)和《晚钟》都是对外战争题材,前者是对越自卫战,后者是抗日战争。他企图在对外战争题材中突出反战的思想。我们且不去具体探讨两部影片在思想倾向上之得失,这种反战的和平主义思潮,即便在80年代比较宽松的文化环境中,也是严重的越轨之行。《鸽子树》被封存,束之高阁;《晚钟》几经修改问世,并在国际国内获奖,仍引起舆论界的很大争议。吴子牛此后随时有电影新作问世,艺术上再也未能企及他自己的高峰。

电影意象造型与古老的中国美学有着血缘联系,中国传统美学孕育、成长和发展,又与中国长期停滞的农耕社会有千丝万缕的牵连。电影意象造型多表现比较古老的生活故事,不大容易适应当代城市的快速生活节奏,更难表现现代化工业建设。黄建新导演的《黑炮事件》(1986)不仅突破这一题材障碍,并为意象造型拓展了一个新美学境域。这个美学境域就是西方黑色幽默表达的荒诞感。

一个工作上很出色的技术员,因为丢失了一枚象棋黑炮棋子,给外地的朋友发了一封电报。电报引起党委对他政治上的忠诚产生怀疑,调动他的工作,从而给工程带来巨大损失。"黑炮事件"本身是荒诞的,意象造型将这种荒诞性直接以视觉语言表达出来。研究"黑炮事件"的党委会会议室,房间是超长的,超长房间摆着超长的会议桌。白墙、白台布,与会者一律

①　转引自张煊:《晚钟为谁而鸣——吴子牛》,湖南文艺出版社1967年版,第4页。

着白衣。党委书记背后白墙上,挂着一个超大的石英钟。那石英钟似乎昭示"时间就是金钱,效率就是生命",这个高度风格化变形的环境,与人们研究的很荒谬的现实议题产生一种不谐和感;高调摄影造成的形式美与会议言谈之陈旧荒唐,形成鲜明的对比。时间被消磨,生命在浪费。影片中房屋造型是积木式的,先进的工业化设备呈几何图形式,巨大集装箱群显示现代化规模。在色彩上,工地上巨大钢铁支架油上红漆,集装箱是黄色的,工作人员的工作服也是黄色的,红黄两种色调给人以亢奋感和焦灼感。这种现代化设施与人们精神状态的僵化,构成尖锐的冲突,从而突现出生活的荒诞性。

人生的荒诞性,乃西方许多现代主义艺术流派钟爱的主题。20世纪科学技术迅猛发展带来了物质生活的极大丰富。当人们热衷于追求物质享受的同时,却丧失了人类的精神家园。荒诞感是对当代人类社会走向的置疑。对后工业化社会而言,自有其重大的历史价值和美学价值。中国一直还处在工业化的进程之中,中国社会向现代化发展的方向是毋庸置疑的。但中国社会在这个进程中历尽曲折坎坷,在思想观念、社会体制上存在大量阻碍社会发展的历史沉积,带有鲜明的荒诞色彩。我们的艺术却很难以类似黑色幽默的方式对此加以揭露、嘲讽和鞭挞。《黑炮事件》出色地运用意象造型表达这一主题,并获得内容和形式的基本统一,难能可贵。中国传统美学精神创造性的继承和发展,完全可能在电影中处理现代化的主题。

意象造型的影片,大多弱于人物性格刻画,《黑炮事件》则创造了赵书信这样一个知识分子的典型。

在意象造型上,最后还要提到的是第四代导演丁荫楠拍摄的《孙中山》(1986)。将意象造型运用到历史人物传记片,创作一部史诗风格的气势磅礴的哲理性心理片,在传记片中独树一帜。鉴于《孙中山》与第五代无关,不赘述。

五

早期的西方电影艺术家,为了突破电影摄影机自动成像的机械记录性,在丰富和扩展电影叙事的可能性上进行过许多成效卓著的探索,大大发展和丰富了电影语言,使电影逐步摆脱原始的稚拙状态,成为一种独立的艺术。而对电影影像本体的纪实性、具象性进行挑战的尝试,相对而言就少得多。其中最大胆的试验,大概要数1920年R·维内导演的德国影片《卡里伽俐博士的小屋》。这部影片具有那个年代绘画中流行的表现主义造型风格。影片中一切像被严重扭曲,人物造型夸张,表情、手势、步态反常,穿着奇形怪状的服装。镜头的角度也同样怪异。给人印象尤为深刻的,许多街景、内景,使用的是表现主义的符号和线条画在油布上的布景。这种抽象的、扭曲的造型,是一个与现实世界相背离的虚幻的世界。它是艺术家内心焦灼、骚动不安情绪的外化。《卡里伽俐博士的小屋》当年在卖座和舆论上均引起轰动效应。但这种造型风格,显然只适应于特殊的主题和特殊的时代氛围。影片的主角卡里伽俐博士,一个神经失常的疯子;1920年的德国正处在第一次世界大战失败后的灾难和彷徨无助之中。这部影片虽被电影史学家们给予相当高的评价,但《卡里伽俐博士的小屋》的造型风格,后继无人。

1964年安东尼奥尼的《红色沙漠》对电影造型的纪实本性在色彩上发起挑战。影片在色彩上有两处大胆尝试,一是用颜料将外景地的垃圾堆和小贩货车上的水果喷成了灰色。另一是女主角沉浸于爱河中时,她住宿的旅馆的褐色墙壁在一个全景中变成了粉红色。让色彩出现超自然的变化,是为了直接表现女主角的心理情绪的主观视觉感受,并非是整个作品的造型风格。《红色沙漠》的女主角,又是一个神经质的女人,困扰于后工业社会的人的生存环境。《红色沙漠》也只能算是电影中特殊的另类。

与这些另类西方电影不同的,中国第五代导演崛起的电影意象造型风格,并非偶一为之的特例,而形成了独树一帜的造型系统和写意化的叙事风格。这种造型方式,可适用于广泛的题材领域,并创作了一批在国内和国际上受到好评的优秀作品。电影意象造型,乃中国电影对电影艺术作出的一项独特贡献。

从80年代初至90年代初,乃电影意象造型的辉煌10年。自《大红灯笼高高挂》将意象造型推向极致后,意象造型在中国电影中基本消失了。像张艺谋、陈凯歌等始作俑者,也放弃了曾给他们带来巨大声誉的意象造型,而向常规的电影造型靠拢。何以故?归根溯源,主要在于意象造型用之于电影,存在着内在的美学局限性。

电影的映像本体本质是纪实的,具象的,电影意象造型直接赋予影像以某种形而上的意绪,一定程度上改变了其纪实形态。造型从纪实到构成意象,需要对客观现实加以提炼、概括,进行风格化艺术处理。任何风格化的艺术处理,既会带来某些艺术上的优势和特殊魅力,也会带来某些艺术上的弱势和局限。

中国传统绘画与西方传统绘画在题材上从来就存在显著差别,西方传统绘画历来以人体、人们社会生活为主体,中国传统绘画则以山水、花鸟等大自然为主体。中国绘画题材之所以如此,既与中国传统文化中"天人合一"等哲学观念相关联,也受长期封建社会相对凝滞的社会生活所制约。中国绘画的意象造型方法,比较适应于相对稳定性的描写对象。这种造型方法,经过长期艺术积累,提炼出一套精致的技法和规范,富于诗情画意。一旦要表现急骤变革的现实生活,就有点捉襟见肘。在古香古色的山水中,加上几根电线杆,飘几面红旗,跑几辆汽车;那就未免太简单化了。这是国画改革面对的新课题。

中国戏曲的意象化、虚拟化的舞台造型、人物造型,尤其是意象化、虚拟化、程式化的表演,完全突破西方舞台的时间和空间局性,富于诗意的魅力,倾倒过西方许多戏剧大师。但中国戏曲也存在国画同样的局限,它的一整套独特的艺术法则、艺术规范、艺术程式,很不适应反映当代现实生活。20世纪60年代的京剧革命,力图将京剧转向现实生活。人们进行很多探索,应该承认,在某些方面取得一定成效,如戏曲文学、戏曲音乐领域。但在人物造型、环境造型尤其是表演动作的舞蹈化上,将存在诸多风格不一的矛盾。有些剧目虽被推崇到"样板戏"的位置,比起传统剧目来,仍丧失了许多视觉美感。

电影的意象造型及与之相联系的写意化叙事风格面对的美学课题,与国画和戏曲虽在具体问题上有所不同,实质上均属写实美学与写意美学之矛盾。其一,这种风格化的作品最见成效者,仍属那些沉淀着丰厚传统文化基因的题材。《黑炮事件》之成功,颇大程度上得力于造型风格化与影片的黑色幽默的意趣相得益彰。其二,更为重要的,造型的意象化,要求人物、情节相应的风格化,意象化成为创作的轴心。在突出影片造型元素的同时,往往以淡化情节,弱化人物性格描写为代价。有时人物趋于符号化。在导演总体艺术构思中,造型元素被置于首要位置。造型意识的过度张扬,矫枉过正。当第五代导演放弃意象造型后,他们的作品明显地加强了人物性格描写和叙事元素。电影造型的本原形态是纪实的、具象的,意象造型总是刻意为之的。舍弃意象造型,在一定意义上,意味着返璞归真,绚丽之极,归于平淡。

在电影造型上,电影大师卓别林美学上的一次大转折,可能对我们理解意象造型之兴衰会有所裨益。当电影还处在早期的伟大哑巴时代,卓别林创造的小流浪汉形象,走遍全世界的银幕。小流浪汉的肖像造型是独特的:蓄着短髭。头戴小圆顶帽,穿着紧窄上衣,肥大的裤子,携一根手杖,反穿一双大皮靴,走起路来迈着八字步,像鸭子似的摇摇摆摆……从造型和动作考察,小流浪汉的造型显然不是自然形态的摹仿。这个高度夸张和风格化的喜剧形象的肖像造型和动作造型,应属意象造型范畴。20 年代后期,电影告别伟大的哑巴时代,开口讲话、唱歌。卓别林面临困境,高度风格化视觉造型的小流浪汉,怎么能用自然形态的语言讲话呢?当电影有声片出现 10 年,卓别林仍坚持让小流浪汉沉默不语。他太钟爱小流浪汉风格化的视觉造型和与之相适应的风格化的世界。在这种人物与环境谐和的情境中,才能充分发挥他的喜剧天才。直到 30 年代末,当他拍摄《大独裁者》(1940),才让小流浪汉开口讲话。虽然《大独裁者》是一部很具超前意识的反法西斯杰作,卓别林还是意识到高度风格化视觉造型与自然形态语言的不协调。此后他创作的《凡尔度先生》(1947)、《舞台生涯》(1952)等影片时,完全放弃了小流浪汉的意象造型,采用纪实造型。从这位电影大师美学上的变法,不难体味到视觉造型的变革,牵一发而动全身。

张艺谋、陈凯歌放弃意象造型,也有卓别林类似的苦衷。

但意象造型这一蕴含中国美学精粹的创造,对中国电影造型的影响将不会消逝。举一个最近的事例,张艺谋在新世纪的新作《英雄》(2002)和《十面埋伏》(2004)先后问世。一方面在票房上急度飙升,另一方面受到电影舆论界绝大多数人的口诛笔伐。就其能吸引观众这一点而言,两部影片美轮美奂的造型,发挥了很大作用。

原载《当代电影》2005 年第 3 期

 **导　读**

　　罗艺军的《第五代与电影意象造型》一文节选于作者的专著《世纪影事回眸》(湖北人民出版社,2005 年 1 月版),在《当代电影》(2005 年第 3 期)发表时,作者做了重要的删改。文章指出"第五代"是富于反叛和创新精神的一代,第五代电影的共同特点是反叛主流文化的急功近利和艺术上的公式主义。作者以张艺谋和陈凯歌为例展开分析,认为张艺谋电影的最大艺术特点在于对民风民俗的独特处理方式,即运用意象造型语言夸张地展现中国的民风民俗,并把它发展为一种仪礼性的程式,富有民族文化意蕴,其意象造型的浓郁、强烈和明快,在构图、色彩、形态和动作上,追求视觉的冲击力和感染力,开拓了历史文化意蕴,充分发挥了电影影像的本体功能,为 20 世纪 80 年代的中国电影摆脱"影戏"美学的偏颇开拓了新路。而陈凯歌则善于运用意象造型进行文化思辨,以批判的眼光审视中国人的生存状态和精神境遇,并追溯这种文化积淀的根源,通过视觉造型和声音造型,用复杂多义的镜头或镜头段落,直接做哲理性文化拷问,走了一条迥异于张艺谋的道路。但第五代在电影艺术上共同的突出创造就是意象造型,它是中国传统造型原则在当代电影中的直接延伸。第五代的探索以回归传统的方式反叛传统,同时也回应了卓别林大师早期的风格化造型电影的探索努力,尽管意象造型方法也有其自身的局限,但仍然是中国电影对电影语言的一大贡献,在中国电影史上留下了深深的足迹。

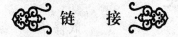 链　　接

陈凯歌:《我们最重视什么》,《电影评价》1988 年第 3 期。

王志敏:《第五代电影对中国电影的主要贡献》,《当代电影》2005 年第 3 期。

张颐武:《第五代与当代中国文化的转型》,《当代电影》2005 年第 3 期。

雾中风景： 初读"第六代"

戴锦华

乐 观 之 帆

在九十年代中国开阔而杂芜的文化风景线上，市声之畔是陡然林立、名目繁多的文化标识牌。再一次，作为逆推式的断代与命名法，宣告九十年代后现代主义文化诞生的狂喜完成了对八十年代终结的判决。拒绝悲悼与低回，拒绝一种临渊回眸的姿态；甚至没有"为了告别的聚会"和"为了忘却的纪念"。一如八十年代文化中所充满的、浸透了狂喜的忧患——历史断裂、死灭的寓言与宣判，是为了应和、印证中国撞击世纪之门的世纪之战，应和"中国走向世界"的伟大历史契机的到来；九十年代，全新文化命名所构造的后现代主义风景，则如同一叶乐观之帆，轻盈而敏捷地穿越诸多"文化沙漠"、"文化孤岛"、"艺术堕落"的悲慨，继续成就着一幅"中国同步于世界"的美丽图景。

然而，如果说八十年代波澜迭起、瞬息变幻的文化风景，是乐观主义话语所支撑的"中国走向世界"的伟大进军，那么，构造着九十年代文化景观的，便不只是中国知识界"同步于世界"的愿望投注，而且是远为繁复的动机、愿望、欲望与匮乏的共同构造。不同之处在于，八十年代当代中国文化尽管林林总总，但它毕竟整合于对"现代化"、对进步、社会民主、民族富强的共同愿望之上，整合于对阻碍进步的历史惰性与硕大强健的主流意识形态的抗争之上；而九十年代，不同的社会文化情势来自于后冷战时代变得繁复而暧昧的意识形态行为，主流意识形态在不断的中心内爆中的裂变，全球资本主义化的进程与民族主义和本土主义的反抗，跨国资本对本土文化工业的染指、介入，全球与本土文化市场加剧着文化商品化的过程，为后现代主义语境与后殖民主义情势所围困的本土知识分子角色与写作行为。

事实上，九十年代的中国文化成了一个为纵横交错的目光所穿透的特定空间；它更像是一处镜城——在东方主义与西方主义的交错映照之中，在不同的、彼此对立的命名与指认之上，在渐趋多元而又彼此叠加的文化空间之中，当代中国文化有如一幅雾中风景。

为那叶轻盈的乐观之帆所难于负载的，是太过沉重的前现代、现代、冷战时代、八十年代的文化"遗赠"。九十年代文化景观中林立的文化标识与命名行为更像是机敏而绝望的为能指寻找所指的语词旅行；更像是某种文化与话语的权力意欲的操作实践与游戏规则示范；更像是为特定的"观众"视域而设置的文化姿态与文化表演。

在此，笔者并非试图认定九十年代文化是一片虚构为乐园的焦土；事实上，在九十年代幕启时分的短暂沉寂之后，脱颖而出的是一道且陌生且稔熟、且危机四伏且生机勃勃的文化风景线。间或是为八十年代精英主义所遮蔽的边缘文化显影，更重要的是，八十年代末为刘小枫君预言为"游戏的一代"[1]人，以并非游戏的姿态与方式全线登场。然而，这些呈现于文化镜城之间，出演于双重或多重舞台之上的剧目，不断为纵横交错的目光所撕裂，又不断地为某种权力意欲的话语所整合，成为不断被文化命名的乐观之帆所借重、所掠过、却拒绝承载的文化现实。所谓影坛"第六代"便是九十年代的一处雾中风景。

一 种 描 述

影坛的断代说本身，便是新时期文化的典型话语之一。1979 年，一批年逾而立的"青年导演"艰难"出世"，而 1982 年，在中断了十数年之后再度毕业于北京电影学院的一批年轻人于次年脱颖而出,一举引动世界影坛的关注。至今未能溯本寻源出"第五代"这一称谓的命名者,但彼时以陈凯歌、田壮壮(直至1987年张艺谋才以《红高粱》的问世后来居上)为代表的一批青年导演,则以"第五代"的响亮名字登堂入室。作为一种逆推法,出现于1979年的导演群被指认为影坛第四代,而他们的前辈(新中国电影的缔造者与光大者)则无疑是第三代人了。没有人去追问这一断代的依据与由来,甚至没有人费心去定义影坛第一与第二代的划定。第五代面世五年之后,1987年,对应着第五代导演的两部重要作品:陈凯歌的《孩子王》与张艺谋的《红高粱》的问世,已有人宣布"第五代已然终结";而与此同时,"后五代"的命名则围绕着作为第五代同代人的另一批导演及另一批作品而再度沸沸扬扬。

作为一个极为有趣的文化现实,影坛第六代并不像他们语词性的前辈:影坛第三代、第四代、第五代那样,指称着某种相对明确的创作群体、美学旗帜与作品序列;在其问世之初,甚至问世之前,已经被不同的文化渴求与文化匮乏所预期、所界说并勾勒。事实上,第六代的命名不仅先于"第六代"的创作实践,而且迄今为止,关于第六代的相关话语仍然是为能指寻找所指的语词旅程所完成的一幅斑驳的拼贴画。因此,影坛第六代成了一处为诸多命名、诸多话语、诸多文化与意识形态欲望所缠绕、所遮蔽的文化现实。

指称着同一文化现实,与第六代的称谓彼此相关、相互叠加的名称计有:流行于欧美国家的是"中国地下电影"、甚至是"中国持不同政见者电影";在中国大陆则是"独立影人"、"独立制片运动"、"新纪录片运动"和北京电影学院"85班"、"87班"(1985年、1987年入学的导演系及其他各系的本科生)、"新影像运动"、"状态电影"作为"新状态文化"的一个例证。其中包括第五代的"宿将"、已在影坛预期中的"第六代"故事片导演、以录像带形式制作其作品的纪录片制作人,甚至包括非专业的录像制品及其制作者。而中国知识界则更乐于以"第六代"的称谓覆盖这一颇为繁复的文化现实。于是,"第六代"的命名至少涉及了三种间或彼此相关、相互重叠、间或毫不相干的影视现象与艺术实践:出现于九十年代、脱离计划垄断制片体系与电影审查制度的、以个人集资或凭借欧洲文化基金会资助拍摄低成本故事片的独立制作者,以张元的《北京杂种》、王小帅的《冬春的日子》为代表;先后于1989年、1991年毕业于北京电影学院的、颇孚众望的青年导演的电影体制内制作,以胡雪杨的《留守女士》、娄烨的《周末情人》为范本;另一个则是产生于八、九十年代之交,与北京流浪艺术家群落——因"圆明园画家村"而闻名于世——密切相关的纪录片制作者;而这一纪录片的创作实践与制作方式进而与电视制作业内部的艺术及表达的突围愿望相结合,以肇始中国新纪录片运动为初衷,形成一个密切相关的艺术群体;其创作实践以吴文光的《流浪北京——最后的梦想者》、时间的《我毕业了》为标志。将前两者联系在一起,确乎是创作者所从属的同一代群,特定的文化情势与现实文化遭遇使他们形成了一个颇为亲密、彼此合作的创作群体。**而将故事片独立制作者与新纪录片组合在一起的则是他们的非体制化的制片方式;或许更重要的,是某种后冷战时代西方文化需求的投射,是某种外来者的目光所虚构出的扣结,同时是自觉或不自觉地参照着这一"虚构"的本土反馈及自顾飞扬的本土文化的乐观之帆。**因此,围绕中国独立影人的行动,出涌流式的、不断增殖的话语彼此缠绕,有如"过剩的能指",不断借重着、又不断绕过这一名曰"第六代"的文化现实;使这一新的、尚稚弱的文化实践,成了某种九十年代中国文化的雾中风景与镜里奇观。

第 六 代

1994年,在与陈晓明、张颐武、朱伟为《钟山》杂志所作的名为《新十批判书》的"四人谈"

中,笔者曾断然否定影坛"第六代"的存在。一方面,缘于笔者所难于放弃的对艺术的等级与"客观"艺术价值的偏执:在笔者看来,到彼时止,在"第六代"的故事片制作中,只有个别的富于独创性、别具电影艺术价值的作品出现。其间或有新社会视域与文化企图的显影,但作为新一代电影人,他们尚未呈现出他们对已有的中国电影艺术的挑战。而在另一方面,笔者一度断然否定第六代的存在,则事实上隐含别一样的乐观主义希冀:在笔者看来,新时期中国文化、至少是中国影坛清晰的代群分布,与其说是当代文化的荣耀,不如说是一种深刻的悲哀。它不断地呈现为逃脱中的落网,不断显现为绝望的突围表演。从某种意义上说,八十年代最重要的文化事实之一:"重写文学史",究其实,正是对主流与文学群体之外的个人化、边缘化写作的不断钩沉而已,同时也显露了当代文化对边缘写作和"个人化"的内在匮乏与渴求。于是,在笔者的乐观期待与想象之中,在社会变迁已有力地粉碎了文化英雄主义之后,如果有一代新的电影人登临影坛,那么,他们应该是以他们自己的名字,而不是一个新的"代群"来命名自己。然而,**随着"第六代"作品的不断问世,渐次清晰的是,新一代电影人如果说尚不能构成对第五代的撼动与挑战;那么,他们的作品确乎在社会学或文化史的意义上,呈现为一个新的代群。一个确乎再次试图从主流的文化表述与第五代的光环与阴影下突围而出的青年群体。**

自第五代问世之日起,对第六代的殷殷期待便不断蠕动在中国影圈之内。不言自明的,这期待被置放在中国唯一的电影学府——北京电影学院(导演系)下一届的学员身上。距第五代走出校园后三年,当学院再度全面招生之时,这期盼变得更为具体而执拗。而构成了第六代主部的"85 班"、"87 班"学员无疑将这期盼深深地内化,因此而获得了一种强烈的电影使命感与自信。当"85 班"摄影系毕业生张元(继张艺谋之后)推出了处女作《妈妈》时,关于第六代终于出世的隐抑的欣喜已悄然弥散在 1990 年沉寂的影坛之上。而其中唯一的幸运儿胡雪杨的处女作《留守女士》(1992 年,上海电影制片厂)出品时,他立刻以宣言的方式发布:"89 届五个班的同学是中国电影的第六代工作者"[2]。而事实上成了第六代代表人物的张元要清醒些、含蓄些,说:"'代'是个好东西,过去我们也有过'代'成功的经验。中国人说'代'总给人以人多势众、势不可挡的感觉。我的很多搭档是我的同学,我们年龄差不多,比较了解。然而我觉得电影还是比较个人的东西。我力求与上一代人不一样,也不与周围的人一样,像一点别人的东西就是不再是你自己的。"但他继而表述的仍是一种代群意识:"我们这一代人比较热情"[3]。一个有趣的花絮是,第六代青年导演之一、电影学院 87 班的管虎在他的处女作《头发乱了》(原名《脏人》,1994 年,内蒙古电影制片厂)的片头字幕上,设计了一个书篆体的"八七"字样,良苦的用心与鲜明的代群意识只有心心相印者方知晓。

困 境 与 突 围

尽管背负着影坛急切而过高的企盼与厚爱,新一代电影人步入舞台之时,却恰逢一个"水土甚不相宜"的时节。八十年代以来的巨大震荡,使整个中国文化界经历了从八十年代乐观主义与理想主义的峰峦跌入谷底的震惊体验;除却王朔式的谵妄与恣肆,文坛在陡临的阻塞与创伤之间沉寂。伴商业化大潮而到来的蓬勃兴旺的通俗文化完成了对精英文化、艺术的最后合围;与中国电影无关的类电影现象(电视业、录像业)加剧了计划经济体制内电影工业的危机;风雨飘摇中的电影业愈加视艺术电影(甚至是电影节获奖影片)为票房毒药。而跨国资本文化工业运作对第五代优秀导演的垂青,使往日视为天文数字的资金进入了"中国"电影制作,因此在张扬的东方主义景观中愈加风头尽出的"第五代",固然在欧美艺术电影节上创造了某种"中国热"或曰"中国电影饥渴症"，但一批新人的"起事"却无疑受到了强大的阻碍与威慑。在此，且不论艺术才具、文化准备、生活阅历的高下与多寡，第六代步入影坛之际，确乎已没有第五代生逢其时的幸运。第五代入世之初，适逢不断突破、不断创新的八十年代伟大进军起步之时，于是作为中国、乃至世界电影业的奇迹之一，他们得以在走出校门的第一、第二年便成为各电影行档中的独立主创，并迅速使自己的作品破国门而出，"走向世界"。而"85班"、"87班"的毕业生，多数已难于在国家的统一分配之中直接进入一统而封闭的电影制作业，少数幸运者，也极为正常地面对着如果他们所在的制片厂不遭到倒闭、破产命运，也必须经历的由摄制组场记而副导演的六到十年、以至永远的学徒和习艺期。难于自甘被弃于电影事业之外的命运，或以另一种方式尝试重复第五代经验：由边远小制片厂起步的努力幻灭之后，他们终于加入北京流浪艺术家群落，或以制作电影片、广告、MTV为生，或在不同的摄制组打工，执着于他们对电影的梦想，并带着难以名状的焦虑，开始以影圈边缘人身份流浪北京。

　　在这近乎绝望的困境中，出现的第一线微光是第六代电影人中的佼佼者张元。这个毕业于电影学院摄影系的年轻人，起步伊始已绝然放弃了既定的生活模式与前代人的创作道路。事实上，在第六代的故事片制作者之中，张元是最深入北京流浪艺术家群落并跻身其间的一个。因此在与他的导演系同学、预期中的第六代导演王小帅共同策划剧本、并尝试购买厂标（各制片厂所拥有故事片摄制指标）未果之后，他毅然地把握机会，在没有获得电影生产指标，未经剧本审查的情况下，以极低的、向一家私营企业筹集的摄制经费拍摄了第六代的第一部作品《妈妈》。直到影片全部摄制完成，他们才向西安电影制片厂购到厂标，并由西影厂送审发行。这是自六十年代，彩色胶片取代黑白胶片之后，中国的第一部黑白（包括少量彩色磁转胶的现场采访的录像段落）故事片；或许从影片层次丰富、细腻的影调处理，在颇为极端的纪实风格中所渗透出的苦涩而浓郁的诗意中，《妈妈》也堪称为中国"第一部"黑白故事片。限于摄制经费，同时也缘于特定的艺术与意义追求——似乎是电影史上历次先锋电影运动的重演，影片全部采取实景拍摄，全部使用业余演员，编剧秦燕出演了故事中的主角妈妈。这部题献给"国际残废人年"的影片，以有着一个弱智儿的母亲的苦难经历为主要被述事件；然而，从另一个侧面，我们或许可以将其视为新一代的文化、艺术宣言。《妈妈》确实蕴含着另一个故事，我们可以将儿子读作故事中的真正主角。**如果说，第五代的艺术作为"子一代的艺术"，其文化反抗及反叛的意义建立在对父的名/权威/秩序确认的前提之上；他们的艺术表述因之而陷入了拒绝认同"父亲"而又必须认同于"父亲"的二难之境中。**如果说，八十年代末的都市电影潮的典型影片中，兄弟、姐妹之家取代了父母子女的核心家庭表象，但不仅墙上高悬的父母遗像（《疯狂的代价》、《本命年》）、远方不断传来的母亲的消息（《太阳雨》）、代行"父职"的哥哥、姐姐（《给咖啡加点糖》、《疯狂的代价》）、在性混乱的背景上的一对一的爱情关系（《轮回》、《给咖啡加点糖》），都标明了一种将父权深刻内在化的心理与文化现实；**那么，在《妈妈》中，那潜隐其间的儿子的故事，则借助一个弱智而语障的男孩托出了新一代的文化寓言。或许可以将其中的弱智与愚痴理解为对父亲和父权的拒绝，对前俄狄浦斯阶段的执拗；将语障理解为对象征阶段——对父的名、对语言及文化的拒斥。**影片中重复出现的西方宗教绘画中圣婴诞生的布光与构图方式以呈现儿子独在的画面：无光源依据的光束从上方投射在发病中的儿子身上，而被洁白的布匹的包裹，和儿子蜷曲为胎儿的姿态，都超出了影片的纪实风格与故事叙境，在提示着这一内在于母爱情节剧之中的反文化姿态，或曰新一代的文化寓言。

　　《妈妈》的问世无疑给在困境中挣扎的同代人以新的希望和启示。继而，张元的又一惊人之举则再次超出在体制内挣扎、不断妥协的人们的想象,指示出一个全新的突围路径。尽管影片的国内发行不利,首发只获得六个拷贝的订数;但第一次,未经任何认可与手续,张元便携带自己的影片前往法国南特,出席参赛以三大洲电影节(第五代的杰作《黄土地》也是从这个电影节起步,开始走向"世界"),并在电影节上获评委会奖与公众大奖。并且开始了影片《妈妈》在二十余个国际电影节上参展、参赛的迷人漫游。以最为直接而"简单"的方式,以异乎寻常的大胆,张元登上影坛,步入世界。继陈凯歌、张艺谋之后,张元成了又一个为西方所知晓的中国导演的名字。照欧洲中国电影的权威影评人托尼·雷恩的说法,"《妈妈》这部电影在今天中国电影界还是令人震惊的,对于年轻的北京电影学院的毕业生说来,这几乎称得上是英勇业绩了"。接着他预言说:"假如中国将要产生第六代导演的话,当然这代导演和第五代在兴趣品味上都是不同的,那么《妈妈》可能就是这一代导演的奠基作品"。接着,张元与中国摇滚的无冕之王崔健合作着手制作他的第二部彩色故事片《北京杂种》。这部确乎是以同仁、或者说朋友圈子的合作制作的影片,已彻底放弃了进入体制或与之在某种程度上妥协的努力。断续地自筹资金,独立制作,影片的拍摄过程与张元的 MTV、广告、纪录片的制作交替进行。他的 MTV 作品在海外和美国播出,其中崔健的《快让我在雪地上撒点野》获美国 MTV 大奖。1993 年,张元的《北京杂种》制作完成,再度开始了他和影片在诸多国际电影节上的漫游。也是在这一年,王小帅以自筹的十万人民币摄制了一部标准长度的黑白故事片《冬春的日子》。如果说《妈妈》之于张元,是一次果决大胆的行动,那么,《冬春的日子》便是一次壮举了。(此时,国产故事片的低预算至少是一百万,而张艺谋影片的"标准预算"是六百万,陈凯歌同年的《霸王别姬》则高达一千二百万港币。)整部影片是以先锋艺术艰苦卓绝的方式完成的。与此同时,另一个青年导演何建军,以同样的方式、相近的资金摄制了黑白、无对白实验片《世纪末的对话》,接着是黑白故事片《悬恋》,此后是在欧洲文化基金会的资助下拍摄的彩色故事片《邮差》。而《冬春的日子》的摄影邬迪则与人合作拍摄了故事片《黄金雨》。独立制片开始成为中国电影中的一股潜流。

在这一独立制片运动的近旁,1991 年,独具优势与幸运的胡雪杨——他在北京电影学院导演系的毕业作业、表现"文革"时代童年记忆的《童年往事》在美国奥斯卡学生电影节上获奖,他又身为著名戏剧艺术家胡伟民之子,在上海电影制片厂首先获得了独立执导影片的机会,于1992 年推出了他的处女作《留守女士》。同年,影片入选开罗国际电影节,并获金字塔最佳故事片、最佳女演员两项大奖;成为在第三世界电影节上获大奖的首位第六代导演。接着,他摄制了《湮没的青春》(1994 年),并终于如愿以偿地拍摄了他心目中的处女作《牵牛花》(1995年)。几经坎坷,并且都曾在通过发行中受挫,终于于 1994 年问世的是娄烨的《周末情人》(福建电影制片厂,1994 年)、《危情少女》(上海电影制片厂,1994 年),管虎的《头发乱了》(内蒙古电影制片厂,1994 年)。一如 1983—1986 年间的第五代,九十年代的前半叶,成了第六代的曲折入场式。

空寂的舞台之上

如果说,在故事片制作领域,第六代的登场事实上意味着艺术电影在商业文化的铁壁合围中悲壮突围,其先锋电影的创作方式不期然间构成了对正统电影制作体制的颠覆意义;或者更为直白地说,第六代故事片导演的文化姿态与创作方式的选取,多少带有点"逼上梁山"的味道;那么,对于以录像方式制作新纪录片的拍摄者则不然。从某种意义上说,在第六代电影的称谓下登场的新纪录片，实际上是为八十年代喧沸的主流文化所遮蔽的一处边缘的显影；或是在八、九十年代之交的社会震荡中被放逐到边缘的文化力量，与文化边缘人汇聚，开始的一次朝向中心的文化进军。

事实上，八十年代中后期，在北京、在都市边缘处开始形成了一个独特的流浪艺术家群落。他们大多没有北京户口，没有固定工作，因之也没有稳定的收入和相对固定的居所。在八十年代，这是奇特而空前自由的一群，他们同时偿付着这自由的代价：他们不再受到（也拒绝接受）这社会可能提供的、大多数都市人日常享有的任何保障和安全。他们中间有画家（九十年代名噪欧美的"政治波普"便产生于此）、摇滚乐团、先锋诗人、艺术摄影师、写作中的无名作家、实验戏剧导演，矢忠于电影、却苦于没有资金的未来电影导演。他们出没于电视、电影广告、美术设计的不同行当之中，获取时有时无的收入以维系自己的生存和艰辛的创作。事实上，他们有着和五、六十年代被天灾人祸逐出家门的逃荒农民同样的名字：盲流。他们不断遭受着画展被查封、演出被终止、从临时居所被驱赶；但更为经常的，他们面临饥饿的威胁。显而易见，将他们驱上这流浪之途，并非饥饿，而是比温饱远为神圣而超越的、尽管不甚明了的梦想。从某种意义上说，这是新时期以降真正的一群"新人"。八十年代末，尽管他们间或闯入由多元分裂的主流文化所构成的纷繁景观，但总的说来，这是一处不可见的边缘。而以录像方式制作新纪录片，并事实上成了新纪录片肇始者的吴文光便在这一行列之中。八十年代末，他开始以断续的、颇为艰苦的方式拍摄、纪录他的朋友、流浪艺术家们的日常生活。和他的拍摄对象一样，他的近于直觉的创作与彼时的任何潮流、时尚无关，他甚至无从于勾勒未来作品的形象与出路。或许这是当代中国舞台上的一次"倾城之恋"，借用吴文光的坦言，"我突然感到北京这座舞台空下来了。我突然有一种亢奋，特别亢奋。也许我是想在没有人的时候干出点什么"。在这空寂与亢奋之间，吴文光以 12：1 的片比完成了《流浪北京》，并为它加上了一个副标题："最后的梦想者"。对于吴文光，这是一份薄奠，一份献给八十年代的薄奠："当时我想的是，八十年代之后，这个梦想的时代该结束了。所谓梦想时代的结束包括中国人在寻找梦想的时候，许多幼稚的东西的结束。九十年代应该是什么呢？现在看来应该是一种行动。梦想应放到具体的行动中去"[4]。

1992 年，青年导演时间完成了一部在形态样式与呈现对象上都极为独特、迷人而极具震撼力的作品《我毕业了》。这部以北京大学、清华大学 1992 届毕业生踏出校园前七天为拍摄对象的作品，由对毕业生的采访、校园纪实和部分搬演组成。犹如完满却虚假的景片在撕裂处露出了杂芜真实的一隅，就像密闭的天顶被揭开了一角，在《流浪北京》所开始的那种逼近而近于冷酷的现场目击者的纪录风格之下，作品所呈现的不仅是某些事件、或某种现实，作品所暴露出的，是一片赤裸的令人眩目的心灵风景；作品所揭示的并非一般意义上的创口，而是一份始料不及的精神遗产及其直接承受者的心灵现实。在对已成历史的社会事件的叙述之中第一次出现了普通人／个人的视点。而 1993 年，吴文光的新作《1966——我的红卫兵时代》问世。不同于《流浪北京》那种极为赤裸、直觉而有力的纪录风格，《我的红卫兵时代》有着极为精致的结构形式。作品以对五个"老红卫兵"的访谈为主体，同时插入"文革"时代关于红卫兵的新闻纪录片的片断，而"眼镜蛇"女子摇滚乐队排练并演出《我的 1966》的全过程平行贯穿其间；而另一位独立影人郝志强制作的、以"文革"或曰广义的群众运动为其隐喻对象的、水墨效果的动画片的片断出现构成了一种作品节拍器式的效果。与其说，这是对"文革"历史的一次追问，是九十年代现实与昔日记忆的一次对话；不如说，是率先出现的将历史叙事个人化的尝试。与其说,它是对历史个人记忆的一次绝望的钩沉,毋宁说,它更像是在呈现历史与记忆的彻底沉没。它不仅沉没在"1966,红色列车,满载着幸福羔羊"的摇滚节拍之中,而且沉没在不断为真情与谎言所遮蔽、所涂抹的记忆之中。采访结束后,摄像机所捕捉到的一个有趣的场景是,当事人一一收起他所珍藏的、作为历史的见证的泛黄的歌篇、臂章与笔记,它们仿佛魔术般地消失在精致的仿古组合柜之中,瞬间隐没了那段记忆与现实空间中的不谐,犹如一个在黎明时分迅速消散的梦的残片。于是,"历史,是现在的历史;未来,是先在的未来"[5]。

镜 城 一 景

九十年代初年,当那座"空寂的舞台"使吴文光感到亢奋之时,最早开始他们独立影人生涯的年轻人并未意识到,他们所遭遇的是一个更大的、特殊的历史机遇。1991 年,《流浪北京》在香港电影节上参展,新纪录片开始引动了海外世界的关注;而同时张元的《妈妈》,作为一种新的中国电影样式,作为中国影坛上一次"令人震惊"的"英勇业绩"同样构成一种新的、来自于西方世界的、对中国电影的期盼。于是,以《妈妈》和《流浪北京》同样经历了它们在十数个欧美艺术电影节上的迷人的漫游。如果说,它缘自张艺谋和第五代电影在世界影坛上所造成的中国电影饥渴和对别样中国电影(不是一种模式:"张艺谋模式",不是一个女演员:巩俐)的希冀;如果说,它确乎由于优秀的独立影人、或曰第六代作品的独特的视点、景观与魅力;那么,此后围绕着这个有着繁多名目的九十年代文化现象的,是远为繁复的文化情势。

有趣之处在于,不是独立制片作品中的佼佼者,而是每一部独立制作的故事片和大部分新纪录片作品都赢得了同样荣耀而迷人的电影节上的奥德萨。这一光荣之旅的顶峰,是王小帅的《冬春的日子》,影片不仅在意大利、希腊等国际电影节上获最佳影片和导演奖,而且为纽约现代艺术博物馆所收藏,并入选英国广播公司世界电影史百部影片之列。**他们的作品,包括其中尚粗糙、稚弱的作品,都不仅在欧美艺术电影节上获得盛誉,而且为颇负盛名、颇为苛刻的西方艺术影评人所盛赞。作为一个特例,类似作品入选国际电影节的标准,不再是某种特定的、西方文化、艺术的(尽管可能是极为东方主义的)标准,而是仅仅是他们相对于中国电影体制的制片方式。**事实上,继张艺谋的"铁屋子"/老房子中被扼杀的欲望故事,和现、当代中国史的影片前出演的命运悲剧(田壮壮《蓝风筝》、陈凯歌《霸王别姬》、张艺谋《活着》)之后,独立制片成了西方瞩目于中国电影的第三种指认与判别方式。1993 年,当中方联络人告知荷兰鹿特丹电影节组织者,中国官方曾认可的唯一参赛者黄建新未能获准成行之时;对方一反常态地没有表述愤怒或抗议,相反轻松地表示:"我们已经得到了我们所需要的电影。"这些影片是有瑕疵、但富于新意的如张元的《北京杂种》;但也包括用家庭摄像机拍摄的、没有后期制作可能、无法达到专业影像标准的《停机》。而且后者所参展的,不是家庭录像作品展映,而是作为"重要的中国电影"之一。耐人寻味之处在于,第六代所采取的创作方式与创作道路,实际上是好莱坞之外的全世界(尤其是第三世界)有志于电影的年轻影人的寻常经历,从未见优雅而高傲的欧洲电影节、势利且自大的美国影人有过如此的善意与宽容。然而,针对着第六代、且绕开第六代艺术现实的命名:"地下电影",间或揭破了这一现象的谜底。**见诸欧美重要报刊的、诸多关于第六代的影评,绝少论及影片的艺术与文化成就,而是大为强调(如果不是虚构)影片的政治意义,不约而同地,他们对这些作品艺术成就的论述在于:它们相近于剧变前的东欧电影。**如果说,第六代作品拒绝主流意识形态、拒绝影片的意识形态运作方式,在九十年代的中国确乎意味着某种"政治"姿态;如果说,独立制片的方式确乎对中国电影的体制构成了冲击;如果说,第六代影人的创作与潜能构成了中国电影一个新的未来；那么，这并不是大部分欧美电影节或影评人所关注的。一如张艺谋和张艺谋式的电影满足了西方人旧有的东方主义镜像；第六代在西方的入选，再一次作为"他者"，被用于补足西方自由知识分子先在的、对九十年代中国文化景观的预期；再一次被作为一幅镜像，用以完满西方自由知识分子关于中国的民主、进步、公民社会、边缘人的勾勒。他们不仅无视第六代所直接呈现的中国文化现实，也无视第六代的文化意愿。大部分独立影人拒绝"地下电影"的称谓。张元曾表示如果一定要有一个"说法"，他更喜欢"独立影人"的称呼[6]。但第六代的西方盛赞者所关注的，不仅不是影片的事实，甚至也不是电影的事实；而是电影以外的"事实"。在笔者看来，这正是某种后冷战时代的文化现实。他们在慷慨地赋予第六代影人以殊荣的同时，颇为粗暴地以他们的先在视野改写第六代的文化表述。从某种意义上说，他们富于"穿透力"的目光"穿过"了这一中国电影的事实，降落在别一个想象的"中国"之上；降落在一个悲剧式的乐观情境之中。至少在九十年代初年，第六代成了在"外面世界"沸沸扬扬，而在中国影坛寂寂无声的一处雾中风景。除了影片《妈妈》，笔者是在海外报刊和海外友人处得知第六代创作的，也只有在西方电影节、北京的外国使馆、友人们的斗室之中，才可能一睹其真颜。

然而，它成就了一个特定文化位置，一种特定的文化姿态。独立影人在其起点处，是对九十年代中国文化困境的突围，是一次感人的，几近"贫困戏剧"式的、对电影艺术的痴恋；那么，其部分后继者，则成为这一姿态的、得益匪浅的效颦者。从某种意义上说，在九十年代的文化舞台上，由相互冲突的权力中心所共同导演的剧目中，独立影人成了一个意义确知、得失分明的角色；一个可仿效并出演的角色。如果说，"张艺谋模式"曾成为中国电影"走向世界"的一处窄门；那么，独立制片，便成了电影新人"逐鹿"西方影坛的一条捷径。

对话、误读与壁垒

在九十年代中国文化镜城之中，一种颇为荒诞的文化体验与现实，是某种文化对话的努力（以东、西方对话尝试为最），甚至是成功尝试，不时成为对"文化不可交流"现实的印证：这不仅在于对于不同文化间的对话、交流中必然的误读因素；甚至不仅在于特定的权力格局中，"平等对话"、"对等交流"始终只能是一厢情愿的想象；而且在于，弱势文化一方的对话前提，是将强势者的文化预期及固有误读内在化。一如张艺谋、陈凯歌九十年代创作在西方世界的成功，一如张戎的《鸿》和此前郑念的《生死在上海》在欧美的畅销，与其说是西方世界开始了解中国；不如说，它们仅仅再次印证了西方人的东方/中国想象。而围绕着第六代，则成了别一种荒诞体验。不仅西方对第六代电影的接受仍以误读为前提；而且，这误读同时有力地反身构造了来自于中国的"印证"。当"独立影人"的作品在欧美电影节上构造着新的中国电影热点的同时，一种回应是：中国电影代表团和中国制片体制内制作的电影作品拒绝或被禁止出席任何有独立制片作品参赛、参展的国际电影节。于是，一种复杂、微妙而充满张力的情形开始出现在不同的国际电影节上。作为一个"高潮"，是1993年东京电影节上，因第五代主将田壮壮未获审查通过的影片《蓝风筝》的参赛，以及《北京杂种》的参展，使中国电影代表团在到达东京之后，被禁止出席任何有关活动。同年，张元已经开机的影片《一地鸡毛》被令停机。继而，数份电影报刊上以公布作品名、不公布制作者名的方式，发表了对《蓝风筝》、《北京杂种》、《流浪北京》、《我毕业了》、《停机》、《冬春的日子》、《悬恋》七部影片的导演的禁令。这一剑拔弩张的局面的形成，无疑是国际间经典意识形态斗争的产物；然而，它在中国的遭遇，一如它在西方的成功，与其说依据着影片的事实,不如说对西方误读的一阕回声。从某种意义上说,它所参照的,固然是类似影片对中国制片体制的挑战意义,同时,或许在笔者看来,某些简单粗糙的批判,不过是从另一角度更多地参照着海外对这些影片的"地下"、"反政府"性质的命名与定义。它作为一个有力的明证,不过是反身印证了西方影坛误读的"真理性"。一个荒诞而有趣的怪圈。一处意识形态的壁垒,同时是一次对话:因其彼此参照,且有问有答。

"新人类"与青春残酷物语

不同于某些后现代论者乐观而武断的想象,在笔者看来,现有的第六代作品多少带有某种现代主义、间或可以称之为"新启蒙"的文化特征。新纪录导演吴文光在论及他制作《流浪北京》的初衷时谈到,流浪者之于他的意义,在于他们呈现了一种"人的自我觉醒"。他认为"他们开始用自己的身体和脚走路,用自己的大脑思考。这是西方人本主义最简单、最初始的人的开始"。"这种在西方人看来理所当然的事情,在中国,需要点勇气"[7]。而张元则指出《北京杂种》所表现的是"新人类"。因为"真正的文艺复兴是人格的复兴和个人怎样认识自己的复兴"[8]。影片《北京杂种》"贯穿了一个动作:寻找","导演也在生活中寻找——寻找自己的生存方式"。张元认为,"我们这一代不应该是垮掉的一代,这一代应该在寻找中站立起来,真正完善自己"[9]。在关于人、人格、人本主义与文艺复兴的背后,是新一代登临中国历史舞台时的宣言。这远不仅是影坛上的一代人,远不仅仅是第六代。纵观被名之为第六代的作品,其不同于前人的共同特征,与其说构成了一次电影的新浪潮,构成了一场"中国新影像运动",不如说,它是八、九十年代社会转型期社会文化的一种渐显。

从某种意义上说,第六代作品的共同主题,首先关乎于城市——演变中的城市。事实上,正是在第六代为数不多的优秀作品中,中国城市(诸如《北京杂种》中的北京,《周末情人》中的上海)在久经延宕之后,终于从诸多权力话语的遮蔽下浮现出来。同时,他们的作品关乎于作为都市漫游者的年轻一代,及形形色色的都市边缘人;关乎于在城市的变迁中即将湮没不可复现的童年记忆(间或是九十年代文化中特定的"文革记忆的童年显影");其中,成了第六代电影表象的核心部分的,是摇滚文化和摇滚人生活。他们的步入影坛的年龄与经历,决定了他们共同表现的是某种成长故事;准确地说,是以不同而相近的方式书写的"青春残酷物语"[10]。以没有(或拒绝)语言能力的弱智儿童(《妈妈》)、或沉溺于纯洁幻觉的精神病人(《悬恋》)为象喻,第六代的影片和片中人物多少带有某种反文化特征。在拒绝与茫然、寻找与创痛中,摇滚和摇滚演出所创造的辉煌时刻,成就了瞬间的完满。他们在大都市的穷街陋巷中漫游,介乎于合法与非法之间;介乎于寻找与流浪之间;介乎于脆弱敏感与冷酷无情之间。他们讲述青春的故事,但那与其说是一些爱情故事,不如说是在撕裂了青春与爱情神话之后,所呈现出的那片"化冻时分的沼泽"。对于其中的大部分影片说来,影片的事实(被述对象)与电影的事实(制作过程与制作方式)这两种在主流电影制作中彼此分裂的存在几乎合二为一。他们是在讲述自己的故事,他们是在呈现自己的生活,甚至不再是自传的化妆舞会、不再是心灵的假面告白。一如张元的自白:"寓言故事是第五代的主体,他们能把历史写成寓言很不简单,而且那么精彩地去叙述。然而对我来说,我只有客观,客观对我太重要了,我每天都在注意身边的事,稍远一点我就看不到了[11]"。而王小帅则表示:"拍这部电影(《冬春的日子》)就像写我们自己的日记"[12]。由于影片这一基本特征,也囿于资金的短缺,他们在起步处大都使用业余演员,或干脆"扮演"自己。诸如吴文光正是《流浪北京》中未登场的一个重要角色,编剧秦燕在《妈妈》中出演妈妈,崔健则在《北京杂种》中饰演崔健，王小帅的朋友、年轻的前卫画家刘小东、喻红主演了《冬春的日子》，而王小帅和娄烨则彼此出演对方的作品。同时他们也同样使用专业演员、甚至"明星"，诸如王志文、马晓晴、贾宏声联合主演《周末情人》、史可出演《悬恋》、冯远征主演《邮差》。但"同代人"仍是其中合作的基础。

从某种意义上说，张元所谓的"客观"与"热情"，或许可以构成第六代叙事之维的两极。他们拒绝寓言，只关注和讲述"自己身边"的人和事；同时，在他们的作品中最为突出的是一种文化现场式的呈现，而叙事人充当着（或渴望充当）九十年代文化现场的目击者。"客观"规定了影片试图呈现某种目击者的、冷静、近于冷酷的影像风格。于是，摄影机作为目击者的替代，以某种自虐的方式逼近现场。这种令人战栗而又泄露出某种残酷诗意的影像风格成了第六代的共同特征；同时，他们必须在客观的、为摄影机所记录的场景、故事中注入热情，诸如一代人的告白与诉求；在他们的作品中，他们不可能成为真正的目击者，倒更像是在梦中身置多处的"多元主体"。**远非每部影片都到达了他们预期的目标。多数第六代的影片的致命伤在于，他们尚无法在创痛中呈现尽洗矫揉造作的青春痛楚，尚无法扼制一种深切的青春自怜。**在笔者看来，正是这种充满自怜情绪呈现出的自恋损害了诸如《冬春的日子》这类作品对他们身在的文化现场的勾勒。第六代类似青春故事中的佼佼者，是娄烨的《周末情人》。影片以默片的字幕技巧，以某种刻意而不着痕迹的稚拙、老旧技法，以冷隽而诗意的纪实风格与叙事中的耦合、尾声中的滥套，以及取代了赤裸自恋的柔情与怜悯给第六代的青春叙事以某种后现代的意味。

或许第六代的文化经历与他们步入舞台的特定年代，决定了他们始终在不断地弃置经验世界的荒谬，同时也不断地在创伤与震惊体验中经历着经验世界的碎裂。由于无法、间或是拒绝补缀、整合起自己瞬间体验的残片，也由于特有的文化阅历：参与或长期从事广告与MTV特有的激情、瞬间影像、瞬间情绪，"叙事性"场景或曰梦的残片与青春残酷的故事、目击者冷漠而漫不经心的目光所构造的长镜头段落尝试拼贴起一种新叙事风格。**同样，类似风格的追求，稍不留意便会成为一种杂乱的堆砌，一种幼稚的技巧炫耀。事实上，类似败笔在第六代作品中不时可见。**在类似尝试中，最为出色的或许是《北京杂种》。影片将片断的叙事、瞬间情绪与破碎的场景以及崔健演出的"奇观"情境，拼贴于无名都市漫游者的目光所勾勒的、冗长的大都市与穷街陋巷的段落之中，叙事、或曰戏剧段落之后的延宕，传达出一种特定的都市感与时间体验。

结语或序幕

作为一种文化现实，围绕着他们的诸多话语、诸多权力中心的欲望投射，使第六代成了九十年代文化风景线上的一段雾中风景。但对生长于六十年代的一代人说来，这或许仅仅是一场序幕，或插曲。**作为一个新现实，是在渐次形成的社会共用空间中，第六代已然开始了由边缘而主流的位移与转换。新纪录片的主将开始越来越深广地进入主流电视台的节目制作。他们间或成为其中的栏目承包人或准制片人。**而新纪录片特有的影像风格、乃至文化诉求已然有力地改写着主流电视节目的面目。中央电视台的《东方时空》便是其中一例。在第五代导演田壮壮的组织和倡导下，第六代导演的主部开始在他周围聚拢于国家大型电影企业——北京电影制片厂，并开始或延续他们的体制内制作。对此，王小帅的告白是，"第一次感到自己是个完全的导演"。尽管他们仍在续写青春故事（诸如陆学长的《钢铁是这样炼成的》、王小帅的《越南姑娘》），但对影片的商业诉求无疑已开始进入了他们的创作。事实上，此前娄烨的《危情少女》已是一部不无大卫·林奇追求的商业电影,而李骏的《上海往事》则是包装在怀旧情调中的另一个商业化的故事,他自己也申明"更倾向于主流电影"。而娄烨的困惑是:"现在越来越难以判定,是安东尼奥尼电影还是成龙的《红番区》更接近电影的本质"。一次获救,还是屈服?一次边缘对中心的成功进军,还是无所不在的文化工业与市场的吞噬?是新一代影人将为风雨飘摇的中国电影业注入活力,还是体制力量将淹没个人写作的微弱力量?笔者的结语但愿成为一个序幕。

原载《天涯》1996 年第 1 期

注　释

1. 参见刘小枫:《关于"五四"一代的社会学思考笔记》,《读书》1989 第 5 期。

2、6. 参见郑向虹:《独立影人在行动》,《电影故事》1993 年第 5 期。

3、8、11. 郑向虹:《张元访谈录》,《电影故事》1993 年第 5 期。

4、7. 笔者 1993 年 6 月对吴文光所作的访谈。

5. 台湾黄寤兰主编:《当代港台电影:1993》,时报出版公司 1993 年版。

9. 宁岱:《北京杂种》剧情简介的题头。《电影故事》1993 年第 5 期。

10.《青春残酷物语》为日本著名导演大岛渚的片名。

12.《电影故事》1993 年第 5 期封 2。

导　读

在有关"第六代"电影的阐述、研究中,戴锦华的《雾中风景:初读"第六代"》是重要的一篇评论文章。在文中,作者较为全面地描述了"第六代"电影的称谓指向、产生背景以及当下所面临的困境。在作者看来,"第六代"电影至少涉及三种影视实践:(1)出现于 20 世纪 90 年代、脱离计划垄断制片体系与电影审查制度的、以个人集资或凭借欧洲文化基金会资助拍摄低成本故事片的独立制作者;(2)先后于 1989 年、1991 年毕业于北京电影学院的、颇孚众望的青年导演的电影体制内制作;(3)产生于 20 世纪八、九十年代之交,与北京流浪艺术家群落密切相关的纪录片制作者。作者指出,无论是游离于体制之外的独立制作,还是在体制内获得机会进行的电影制作,抑或是边缘化生存的纪录片制作,都体现着中国 20 世纪八、九十年代之交的文化转型,也暴露出"第六代"电影与生俱来的反叛性,而正是这一反叛性使得它们在国际上屡屡获奖的同时也遭遇着种种"文化误读"。作者指出,西方世界关于"第六代"的影评"绝少论及影片的艺术与文化成就,而是大为强调(如果不是虚构)影片的政治意义"。"一如张艺谋和张艺谋式的电影满足了西方人旧有的东方主义镜像;第六代在西方的入选,再一次作为'他者',被用于补足西方自由主义知识分子先在的、对上世纪 90 年代中国文化景观的预期……他们不仅无视第六代所直接呈现的中国文化现实,也无视第六代的文化意愿。"这种来自外界对"电影以外的事实"的关注,很大程度上影响了"第六代"电影的后继创作。此外,电影自身在艺术表现方面的某些匮乏,在商业文化与"中心"意识的挤压下对未来走向的某种不确定性,都构成"第六代"电影正在或即将面临的困境。

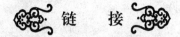 链　接

戴锦华：《百年之际的中国电影现象透视》,《学术月刊》2006 年第 11 期。

金丹元：《对中国文化的不同想象及其缝合——关于第五、六代电影导演之比较研究》,《文艺研究》2006年第 12 期。

作者小传（按选文先后顺序排列）

何其芳（1912—1977），散文家、诗人、文艺理论家。四川万县人。1935年毕业于北京大学哲学系，先后任延安鲁迅艺术学院教员、重庆《新华日报》副社长、延安马列学院（即高级党校）教员等。1952年主持筹建文学研究所（今中国社会科学院文学研究所），先后任副所长、所长及中国作协书记处书记等职。除诗集《汉园集》（合出）和散文集《画梦录》等外，还著有《关于现实主义》、《西苑集》、《关于写诗和读诗》、《论〈红楼梦〉》等理论著作。

王朝闻（1909—2004），雕塑家、文艺理论家。四川合江县人。1932—1937年在杭州艺术专科学校学习雕塑。1940年到延安，先后在鲁迅艺术文学院、华北联合大学艺术学院任教。新中国成立后，历任中央美术学院教授、《美术》杂志主编、中国艺术研究院副院长、中国美术协会副主席、中华全国美学学会会长等。雕塑作品有浮雕《毛泽东像》、《鲁迅像》，圆雕《民兵》、《刘胡兰》等，著有《新艺术创作论》、《面向生活》、《一以当十》、《喜闻乐见》、《创作、欣赏与认识》、《论凤姐》、《审美心态》、《美学概论》（主编）、《中国美术史》（主编）等，晚年辑有《王朝闻集》22卷。

李泽厚（1930—　　），思想家、美学家。湖南长沙人。1950年考入北京大学哲学系，毕业后任职于中国科学院（今中国社会科学院）哲学研究所。历任该所研究员、中国美学学会副会长等职。1988年当选为巴黎国际哲学院院士。1991年后旅居美国。著有《批判哲学的批判》、《中国近代思想史论》、《美学论集》、《美的历程》、《论语今读》等。

王元化（1920—2008），文艺理论家、思想家。湖北江陵人。20世纪30年代起开始文学活动，先事创作，后转向文学评论。抗战爆发后，任中共上海文委委员，编辑过《奔流》、《展望》、《地下文萃》等文艺杂志。新中国成立之初，先后担任上海文艺工作委员会文学处处长、新文艺出版社总编兼副社长等职，并任教于震旦大学、复旦大学。1955年因胡风案件受株连。1979年平反后，出任中共上海市委宣传部长，兼任全国文艺理论学会会长、华东师范大学兼职教授等。著有文学评论集《文艺漫谈》、《向着真实》、《文学沉思录》、《文心雕龙创作论》、《传统与反传统》、《清园夜读》、《清园近思录》、《思辨随笔》等。

胡风（1902—1985），原名张光人，笔名谷非、高荒、张果等。文艺理论家、诗人、文学翻译家。湖北蕲春人。1925年进北京大学预科，次年转入清华大学英文系，后南下参加革命运动。1929年留学日本，进东京庆应大学英文科。因参加当地左翼文学活动，1933年被驱逐出境，回到上海。曾任"左联"宣传部长、行政书记。1936年，撰文提出"民族革命战争的大众文学"口号，与周扬的"国防文学"口号并立，由此展开"两个口号"的论争。抗战期间，先后创办了文学杂志《七月》、《希望》，编辑出版了《七月诗丛》和《七月文丛》，并悉心扶植文学新人，对现代文学史上重要创作流派"七月"派的形成和发展起了重要作用。新中国成立后，曾任中国作家协会常务理事、主席团成员、《人民文学》编委等。1952年起，胡风的文艺思想再次遭到集中批评，但他坚持自己的理论立场，并于1954年向中共中央递交了《关于几年来文艺实践情况的报告》（以下简称《报告》），即"三十万言书"。这一文艺问题很快转化为政治问题，1955年胡风被捕入狱，一批作家、诗人亦以"胡风反党集团分子"之名遭受株连，成为建国以来文艺界最大的冤案。1979年，胡风获释，直至1988年胡风冤案彻底平反。著有诗集《野花与箭》、《为祖国而歌》、《时间开始了》，文艺评论集《文艺笔谈》、《密云期风习小记》、《剑·文艺·人民》、《论民族形式问题》、《在混乱里面》、《逆流的日子》、《为了明天》等，有10卷本《胡风全集》（湖北人民出版社,1999)行世。

钱谷融(1919—),文艺理论家。江苏武进人。1942 年毕业于国立中央大学师范学院国文系。先后任教于中国公学、交通大学、华东师范大学,任中文系讲师、教授。著有《论"文学是人学"》、《〈雷雨〉人物谈》、《文学的魅力》等。

周扬(1908—1989),原名周起应。文艺理论家、翻译家。湖南益阳人。早年求学上海,后留学日本。1931 年回国后参加"左联",主编过机关刊物《文学月报》,并负责中国左翼文化总同盟和中共中央宣传部文化工作委员会的工作。1937 年赴延安,曾担任陕甘宁边区教育厅长、文协主任、鲁迅艺术学院院长、延安大学校长。1949 年,参与筹备第一次中华全国文学艺术工作者代表大会,并作了以解放区文艺实践经验及其历史性理论意义为内容的《新的人民的文艺》的报告。新中国成立后,曾任文化部副部长、中共中央宣传部副部长、全国文联副主席、中国作协副主席等。1966 年,周扬被指控为"文艺黑线"的"总代表"而入狱。1975 年获释,平反后担任中国社会科学院副院长等职。作为党在文化宣传方面的领导人之一,周扬各个不同的历史时期,发表了不少具有指导性、总结性的文章,为在文艺领域中宣传、阐释毛泽东文艺思想,倡导建立中国化的马克思主义美学体系作出了重要贡献。"文革"后,他为推动中国马克思主义理论发展和思想解放运动作出了重要贡献。1979 年的《三次伟大的思想解放运动》、1983 年的《关于马克思主义的几个理论问题的探讨》(《人民日报》1983 年 3 月 16 日)两文,分别就革命文艺运动实践和马克思主义理论问题作出了深刻阐释和反思。

刘再复(1941—),文学理论家、散文作家。福建南安人。1959 年考入厦门大学中文系,1963 年毕业,进入中国科学院哲学社会科学部(今中国社会科学院),任《新建设》杂志编辑。1977 年后,转入中国社会科学院文学研究所。曾任该所研究员、所长、《文学评论》主编。1989 年旅居海外,先后在美国芝加哥、科罗拉多、斯德哥尔摩等大学担任访问学者、客座教授等职。著有《性格组合论》、《文学的反思》、《传统与中国人》(合著)、《告别革命》(合著)等。另有散文集《深海的追寻》、《太阳·土地·人》、《漂流手记》等。

王晓明(1955—),文学评论家。浙江义乌人。1982 年毕业于华东师范大学中文系后留校任教,现任该校及上海大学中文系教授。有著作《潜流与漩涡》、《所罗门的瓶子》、《无法直面的人生——鲁迅传》、《半张脸的神话》等。主编过《二十世纪中国文学史论》、《人文精神寻思录》。

陈焜(1934—),欧美文学研究者。曾任中国社会科学院外国文学研究所研究员。著有《论艾米莉·勃朗特的"呼啸山庄"》、《西方现代派文学研究》等。现移居美国。

李庆西(1952—),文学评论家、作家。山东乳山人。1969 年于杭州初中毕业后去黑龙江农场务农,1982 年毕业于黑龙江大学中文系。当过工人、编辑,后入浙江省作家协会工作。1977 年起发表作品,著有系列小说《人间笔记》、短篇小说集《不二法门》,评论集《文学的当代性》,随笔《人间书话》、《禅外禅》等。

陈晓明(1959—),文学评论家。福建光泽人。早年有过知青经历,1977 年考入大学,1990 年获中国社会科学院文学博士学位并留院工作。2003 年起任北京大学中文系教授。著有《无边的挑战——中国先锋文学的后现代性》、《解构的踪迹:历史话语与主体》、《剩余的想象》、《仿真的年代》、《后现代的间隙》等。

陈思和(1954—),文学评论家、中国现代文学史家。广东番禺人。1982 年毕业于复旦大学中文系并留校任教。任复旦大学教授,兼任上海作协副主席、中国现代文学学会副会长、中国当代文学学会副会长等职。著有:《巴金论稿》(与李辉合作)、《人格的发展——巴金传》、《中国新文学整体观》、《中国当代文学史教程》、《鸡鸣风雨》、《笔走龙蛇》、《陈思和自选集》等。

汪曾祺(1920—1997),作家。江苏高邮人。1939年考入西南联大中文系,成为沈从文的学生,1940年起写小说。毕业后在昆明、上海的中学执教,出版小说集《邂逅集》。1950年调至北京,在文艺团体、文艺刊物工作。1958年被划成右派,下放张家口的农业研究所。1962年调北京市京剧团任编剧。1979年重新开始创作小说。《受戒》、《大淖记事》等短篇小说影响广泛。出版小说集《晚饭花集》、《汪曾祺短篇小说选》和散文集《蒲桥集》、论文集《晚翠文谈》等,有10卷本《汪曾祺全集》行世。

郑敏(1920—　),诗人,文学评论家。福建闽侯人。1943年毕业于西南联大哲学系。1952年在美国布朗大学研究院获英国文学硕士学位。回国后曾在中国社会科学院文学研究所工作。1960年后任教于北京师范大学外语系。1948年出版《诗集:1942—1947》,成为"九叶"诗派中重要的诗人,新中国成立后中断新诗写作近30年。"文革"后重新开始创作,出版诗集《心象》、《寻觅集》和诗学专著《诗与哲学是近邻》等。

王一川(1959—　),文学评论家。四川沐川人。1982年考入四川大学,1987年获北京师范大学文学博士学位。1984年起任教于北京师范大学中文系。他自20世纪90年代以来,一直从事修辞论美学及现代中国文学的修辞学研究与阐释,将西方的"语言转向"梳理为一条语言论美学的线索,并以此思考20世纪中国文学,提出"汉语形象"的构想。著有《审美体验论》、《语言乌托邦——20世纪西方语言论美学探究》、《中国现代卡里斯玛典型——20世纪小说人物的修辞论阐释》、《通向本文之路》、《修辞论美学》、《中国形象诗学》、《汉语形象与现代性情结》等。

郜元宝(1966—　),文学评论家。安徽铜陵人。1982年考入复旦大学中文系,1992年获文学博士学位后留校任教,现任复旦大学中文系教授。著有《拯救大地》、《海德格尔存在论的语言观》、《在语言的地图上》、《鲁迅六讲》、《思想即依靠》、《为热带人语冰——我们时代的文学教养》、《小批判集》等。

毛时安(1948—　),文艺评论家。浙江奉化人。1982年从华东师范大学中文系毕业后,入上海社会科学研究院工作。历任文学研究所研究员、《上海文论》杂志副主编,上海文艺研究所所长,上海市创作中心主任等职。有《毛时安文集》(四卷本)。

张新颖(1967—　),文学评论家。山东招远人。1985年考入复旦大学中文系,1992年获文学硕士学位后,曾在《文汇报》任文化记者。1996年重入母校学习,1999年获得博士学位后留校任教,现任复旦大学中文系教授。著有《栖居与游牧之地》、《歧路荒草》、《迷失者的行踪》、《20世纪上半期中国文学的现代意识》、《火焰的心脏》、《文学的现代记忆》、《默读的声音》、《双重见证》等。

陶东风(1959—　),文学评论家。浙江温岭人。1991年毕业于北京师范大学中文系,获文学博士学位,现任首都师范大学中文系教授,兼任北京师范大学文艺学研究中心研究员,《文化研究》丛刊主编。著有《中国古代心理美学六论》、《文学史哲学》、《文体演变及其文化意味》、《从超迈到随俗——庄子与中国美学》、《后殖民主义》、《阐释中国的焦虑——转型时代的文化解读》、《社会转型与当代知识分子》、《90年代审美文化研究》、《文化研究:西方与中国》、《社会理论视野中的文学与文化》等。

严锋(1964—　),文学评论家。江苏南通人。1982年考入复旦大学中文系,1989年获文学硕士学位,1993 年获得博士学位后留校任教。先后在挪威、日本、美国等地访学与任教。著有:《现代话语》、《生活在网络中》(合著)、《雕虫缀网录》,译有《权力的眼睛》、《三人同舟》等。

李陀(1939—　　),原名孟克勤,曾用笔名孟辉,杜雨。电影编剧、作家、理论家。生于内蒙古自治区呼和浩特,达斡尔族。中学毕业即到工厂做工,1980 年调北京市作家协会任驻会作家,著有短篇小说《重担》、评剧剧本《红凤》等。短篇小说《愿你听到这支歌》获全国首届优秀短篇小说奖,电影文学剧本《李四光》、《沙鸥》(合作)分别获 1979 年、1981 年文化部优秀电影奖。1982 年前后停止小说写作并转向文学和电影批评,著有《谈电影语言的现代化》(与张暖忻合作)及其他文学评论。1986 年任《北京文学》副主编。1989 年赴美,在芝加哥、柏克莱、杜克、密西根等大学做访问学者。1988—1991 年主编《中国寻根小说选》、《中国实验小说选》、《中国新写实小说选》分别在香港和台湾出版。1999—2005 年主编《大众文化研究译丛》及《当代大众文化批评丛书》。2000—2004 年与陈燕谷共同主编理论刊物《视界》。现为哥伦比亚大学东亚系客座研究员。

黄子平(1949—　　),文学评论家。广东梅县人。1969 年去海南岛国营农场当农工,1978 年考入北京大学中文系,1984 年获文学硕士学位。曾任北京大学出版社文史编辑,中文系讲师。现任香港浸会大学中文系教授。著有评论专著《沉思的老树精灵》、《文学的意思》、《幸存者的文学》、《边缘阅读》、《漫说文化》、《害怕写作》以及诗集《如火如风》等。

殷国明(1955—　　),文学批评家。生于上海,先后毕业于新疆大学和华东师范大学,后任教于暨南大学和华东师范大学。1980 年开始发表文学评论。著有《艺术形式不仅仅是形式》、《中国现代文学流派发展史》、《小说艺术的现在与未来》、《中国现代小说中的知识女性形象》、《作品是怎样产生的》、《艺术家与死》、《20 世纪中西文艺理论交流史论》、《"跨文化"的必要和可能》等。

谢冕(1932—　　),笔名谢鱼梁。诗歌批评家、诗人。出生于福州,1960 年毕业于北京大学中文系并留校任教,历任中国语言文学研究所所长,兼任北京作家协会副主席,中国当代文学研究会副会长,《诗探索》杂志主编等。1948 年开始发表作品,著有诗评专著《湖岸诗评》、《共和国的星光》、《文学的绿色革命》、《新世纪的太阳》、《大转型——后新时期文化研究》(合作)、《1898:百年忧患》、《论二十世纪中国文学》,散文随笔集《世纪留言》、《永远的校园》、《流向远方的水》、《心中风景》,主编《二十世纪中国文学》(10 卷)、《百年中国文学经典》(8 卷)、《百年中国文学总系》(12 卷)等。

于坚(1954—　　),诗人。出生于昆明。14 岁辍学后当过工人,20 岁开始写诗,25 岁发表作品。1984 年毕业于云南大学中文系。1985 年与韩东等合办诗刊《他们》,形成对"第三代诗人"产生重要影响的"他们诗群"。1986 年发表成名作《尚义街六号》,1994 年发表长诗《0 档案》,是第三代诗歌的代表性诗人。20 世纪 90 年代末与韩东等一起提出"民间写作"的口号,并对"知识分子写作"提出质疑。著有诗集《诗六十首》、《对一只乌鸦的命名》、《于坚的诗》以及随笔文集《棕皮手记》等十余种。

王家新(1957—　　),笔名北新等。诗人。出生于湖北丹江口。1974 年高中毕业后下乡劳动。1977 年考入武汉大学中文系,1985 年起先后任《诗刊》编辑和北京教育学院中文系教师,现任中国人民大学文学院教授。大学期间开始发表诗作,著有诗集《纪念》、《游动悬崖》、《王家新的诗》,诗论集《人与世界的相遇》、《夜莺在它自己的时代》、《没有英雄的诗》和文学随笔集《对隐秘的热情》、《坐矮板凳的天使》等。另有编译著作《中国当代实验诗选》、《当代欧美诗选》、《二十世纪外国重要诗人论诗》、《叶芝文集》(三卷本)、《欧美现代诗歌流派诗选》(三卷本)、《中国诗歌:九十年代备忘录》等多种。

王安忆(1954—),小说家。生于南京,次年随母亲茹志鹃迁居上海,1970年初中毕业后赴淮北农村插队,1972年考入徐州地区文工团工作,1978年回上海,任《儿童时代》杂志编辑。现任中国作协副主席、上海作协主席、复旦大学中文系教授。1978年起发表处女作,主要作品有小说集《雨,沙沙沙》、《王安忆中短篇小说集》、《流逝》、《小鲍庄》、《小城之恋》、《锦绣谷之恋》、《米尼》和长篇小说《69届初中生》、《黄河故道人》、《流水三十章》、《纪实和虚构》、《长恨歌》、《富萍》、《上种红菱下种藕》、《桃之夭夭》、《遍地枭雄》、《启蒙时代》、《月色撩人》,散文集《蒲公英》、《独语》、《走近世纪初》、《旅德的故事》、《乘火车旅行》、《重建象牙塔》、《王安忆散文》、《街灯底下》、《窗外与窗里》、《漂泊的语言》、《母女同游美利坚》(与茹志鹃合著)等,此外还有文论集《心灵的世界》、《华丽家族》等。

贾平凹(1952—),原名贾平娃。小说家。生于陕西商洛市丹凤县。1975年毕业于西北大学中文系,曾在陕西人民出版社、《长安》文学月刊当编辑,1982年后从事专业创作,现任中国作家协会理事、中国作家协会陕西分会主席、西安建筑科技大学人文学院院长。1974年起发表作品,著有小说集《贾平凹获奖中篇小说集》、《贾平凹自选集》,长篇小说《商州》、《浮躁》、《妊娠》、《美穴地》、《废都》、《白夜》、《土门》、《高老庄》、《州河》、《黑氏》、《怀念狼》、《秦腔》、《高兴》、《情劫》和自传体长篇《我是农民》,以及散文集《月迹》、《爱的踪迹》、《心迹》、《贾平凹散文自选集》、《坐佛》、《朋友》、《我的小桃树》等。1992年创刊《美文》期刊,自任主编。

孙绍振(1936—),文学批评家、散文家。祖籍福建长乐。1960年北京大学中文系毕业后,先后在北京大学、华侨大学、福建师范大学任教,福建省作家协会副主席、中国文艺理论学会副会长。1953年开始发表作品,著有诗集《山海情》(合作),散文集《面对陌生人》,评论集《美的结构》、《孙绍振如是说》、《文学创作论》,并有三卷本《孙绍振默文集》和《论变异》等行世。

黄佐临(1906—1994),原名黄作霖。著名戏剧、电影艺术理论家。广东番禺人。曾获英国剑桥大学文学硕士学位,对欧美戏剧有着深入研究。执导话剧、电影百余部,著有《漫谈戏剧观》、《我与写意戏剧观》等,对中国戏剧的理论和实践产生了深远的影响。

孟京辉(1964—),中央实验话剧院导演,新时期先锋戏剧的倡导者和组织者。北京人。组织了"穿帮剧团"等实验戏剧团体,倡导"小剧场"演出实验。20世纪80年代主演过尤金·尤奈斯库的名剧《犀牛》和瑞士作家拉缪的音乐戏剧《士兵的故事》。自90年代起,先后导演了《送菜升降机》(品特著)、《秃头歌女》(尤奈斯库著)、《等待戈多》(贝克特著)、《阳台》(让·日奈著)、《一个无政府主义者的意外死亡》(达里奥·福著)等西方现代剧作,编导了先锋话剧《思凡双下山》、《我爱×××》及电影《像鸡毛一样飞》等。主编《先锋戏剧档案》等。

尹鸿(1961—),电影与文化批评家。重庆人。1989年获北京师范大学文学博士学位,现任清华大学新闻与传播学院教授。主要研究新闻传播学、艺术学、大众传媒及影视文化传播等。著有《悲剧意识与悲剧艺术》、《徘徊的幽灵——弗洛伊德主义与中国20世纪文学》、《当代中国大众文化研究》、《世纪转折时期的中国影视文化》、《全球化与大众传媒》、《新中国电影史》、《尹鸿自选集:媒介图景·中国影像》等。

罗艺军(1926—),曾名毅军。电影评论家。湖北新洲人。西南联合大学、北京大学肄业。1949年后历任文工团创作员、文化部电影局电影剧本创作所编辑,《电影艺术》编辑、副主编,中国影协电影艺术理论部主任、研究员,中国电影评论学会名誉会长等。著有电影论文集

《风雨银幕》,译有贝拉·巴拉兹的《电影美学》、《七十年代美国电影》等,1992 年主编出版了《1920—1989 年中国电影理论文选》。

　　戴锦华(1959—　　),电影与文化批评家。山东省苍山人。现任北京大学比较文学与比较文化研究所教授,从事电影理论、女性主义、大众文化等方面的研究,著有《浮出历史地表——现代中国妇女文学研究》(与孟悦合著)、《镜与世俗神话——影片精读十八例》、《隐形书写——90 年代中国文化研究》等。

图书在版编目(CIP)数据

中国当代文论选 / 陈思和主编. —上海：
上海教育出版社,2010.12
ISBN 978-7-5444-3169-9

Ⅰ.①中… Ⅱ.①陈… Ⅲ.①当代文学—文学理论—中国—高
等学校—教材 Ⅳ.①I206.7

中国版本图书馆CIP数据核字(2010)第264022号

本书系中国当代文论汇编,书中大部分选文已获得了作者的编选授权,还有部分选文因作者或版权受益人无法
联系,或其他原因,我社无法一一奉寄稿酬。如有遗漏,请及时与本社联系。

责任编辑 王　鹏　孔妮妮
装帧设计 陆　弦

中国当代文论选
陈思和　主编

出版发行　上海世纪出版股份有限公司
　　　　　上 海 教 育 出 版 社
　　　　　易文网 www.ewen.cc
地　　址　上海永福路 123 号
邮　　编　200031
经　　销　各地新华书店
印　　刷　昆山市亭林印刷有限责任公司
开　　本　787×1092　1/16　印张 21.75　插页 1
版　　次　2010 年 12 月第 1 版
印　　次　2010 年 12 月第 1 次印刷
书　　号　ISBN 978-7-5444-3169-9/I·0027
定　　价　48.00 元